The Odyssey

奥德赛
The Odyssey

Homer

〔古希腊〕荷马 著 陈中梅 译

上海译文出版社

Homer
The Odyssey
由上海译文出版社有限公司与企鹅兰登(北京)文化发展有限公司联合出品
Simplified Chinese edition by Shanghai Translation Publishing House in association with Penguin Random House (Beijing) Culture Development Co., Ltd.
Cover design and illustration Coralie Bickford-Smith

"企鹅"及相关标识是企鹅图书有限公司已经注册或尚未注册的商标。
未经允许,不得擅用。
封底凡无企鹅防伪标识者均属未经授权之非法版本。

图书在版编目(CIP)数据

奥德赛/(古希腊)荷马著;陈中梅译.—上海:
上海译文出版社,2023.3
(企鹅布纹经典)
书名原文:The Odyssey
ISBN 978-7-5327-9245-0

Ⅰ.①奥… Ⅱ.①荷…②陈… Ⅲ.①史诗-古希腊 Ⅳ.①I545.22

中国国家版本馆 CIP 数据核字(2023)第 020020 号

奥德赛

[古希腊]荷 马/著 陈中梅/译
总策划/冯 涛 责任编辑/宋 金 美术编辑/张志全工作室

上海译文出版社有限公司出版、发行
网址:www.yiwen.com.cn
201101 上海市闵行区号景路 159 弄 B 座
苏州市越洋印刷有限公司印刷

开本 850×1168 1/32 印张 17.25 插页 6 字数 257,000
2023 年 4 月第 1 版 2023 年 4 月第 1 次印刷
印数:00,001—10,000 册

ISBN 978-7-5327-9245-0/I·5759
定价:128.00 元

本书版权为本社独家所有,未经本社同意不得转载、摘编或复制
如有质量问题,请与承印厂质量科联系,T:0512-68180628

目 录

序 …………………………………………… 1

奥德赛 ……………………………………… 1

名称索引 …………………………………… 496

荷马生平轶闻 ……………………………… 520

序

陈中梅

荷马的身世向来扑朔迷离。有西方学者甚至怀疑历史上是否确有荷马其人。英国诗人兼文论家马修·阿诺德曾用不多的词汇概括过荷马的文风,其中之一便是"简明"(simplicity)。然而,这位文风庄重、快捷和简朴的希腊史诗诗人却有着不简明的身世,给后人留下了许多不解其"庐山真面目"的疑团。首先是他的名字。Homeros 不是个普通的希腊人名。至少在希腊化时期以前,史料中没有出现过第二个以此为名的人物。Homeros 被认为是 homera(中性复数形式)的同根词,可作"人质"解。Homeros 亦可拆解作 ho me (h) oron,意为"看不见(事物)的人",亦即"盲人"。这一解析同样显得勉强,也许是根据《奥德赛》里的盲诗人德摩道科斯所作的类推,把荷马想当然地同比为古代歌手中不乏其人的瞽者。细读史诗,我们会发现荷马有着极为敏锐的观察力,对色彩的分辨尤为细腻。荷马的名字还被解作短诗的合成者。有学者试图从 Homeridai(荷马的儿子们,荷马的后代们)倒推 homeros 的成因,所作的努力值得嘉许。然而,此类研究也可能走得过远。比如,历史上曾有某位英国学者,此君突发奇想,竟将 Homeros 倒读为 Soremo,而后者是 Soromon 的另一种叫法,由此将荷马史诗归属到了一位希伯来国王的名下。应该指出的是,从字面推导含义是西方学者惯用的符合语文学(philology)常规的做法,即便尝试倒读人名,也算不得十分荒唐,只是由此得出的结论可能与事实不符乃至南辕北辙,这是我们应该予以注意的。

即便承认荷马确有其人,他的生活年代也充满变数,让人难以准确定位。学者们所能做的,只是提出并满足于自以为能够自圆其说的设想(并在此基础上进行延伸评估)。从特洛伊战争时期(一般认为,战争的开打时段在公元前十三世纪至公元前十一世纪之间)到战争结束以后不久,从伊俄尼亚人的大迁徙到公元前九世纪中叶或特洛伊战争之后五百年(一说一六八年),都被古人设想为荷马生活和从艺的年代。史学家希罗多德认为,荷马的在世时间"距今不超过四百年",换言之,大约在公元前八五〇年左右(《历史》2.53);而他的同行修昔底德则倾向于前推荷马的创作时间,将其定位于特洛伊战争之后,"其间不会有太远的年隙"(《伯罗奔尼撒战争史》1.3)。荷马到底是哪个"朝代"的人氏?我们所能找到的"外部"文献资料似乎不能确切回答这个问题。另一个办法是从荷马史诗,即从"内部"寻找解题的答案。大量文本事实表明,荷马不生活在迈锡尼时期,因此不可能是战争的同时代人。从史诗中众多失真以及充斥着臆想和猜测的表述来看,荷马也不像是一位生活在战争结束之后不久的"追述者"。由此可见,希罗多德的意见或许可资参考。但是,考古发现和对文本的细读表明,希罗多德的推测或许也有追求"古旧"之虞。《伊利亚特》6.302—303所描述的塑像坐姿似乎暗示相关诗行的创编年代不太可能早于公元前八世纪;11.19以下关于阿伽门农盾牌的细述,似乎表明这是一种公元前七世纪以后的兵器;而13.131以下的讲述更给人"后期"的感觉,因为以大规模齐整编队持枪阵战的打法有可能盛行于公元前七世纪末以后。著名学者沃尔特·布尔克特(Walter Burkert)将《伊利亚特》的成诗年代推迟到公元前六六〇年的做法[1],似乎没有得到学界的广泛赞同。荷马史诗自有他的得之于历史和文学传统的古朴性,零星出现的后世资证和著名学者的"靠后"评论,都不能轻易改变这一点。综观"全

---

[1] Martin Mueller, *The Iliad*, London: George Allen and Unwin, 1984, p.1. 不排除史诗中的极少量内容得之于公元前六六〇年以后增补的可能。

局"，我们认为，把荷马史诗的成篇年代定设在公元前八世纪中叶或稍后比较适宜，其中《奥德赛》的成诗或许稍迟一些，可能在公元前八世纪末或前七世纪初。事实上，这也是许多当代学者所持的共识。大致确定了荷马史诗的成诗时期，也就等于大致确定了荷马的生活和活动年代。如果古希腊确实出现过一位名叫荷马的史诗奇才，那么他的在世时间当在公元前八世纪——这一时段定位或许比别的推测更接近于合理，更少一些由于年代的久远和可信史料的匮缺（以及误读史料）所造成的很难完全避免的草率。

荷马的出生地在哪儿？这个问题同样不好准确回答。《伊利亚特》和《奥德赛》均没有提供现成的答案，公元前八世纪至前七世纪也没有在这方面给我们留下任何可以作为信史引证的第一手资料。据说为了确知荷马的出生地和父母是谁，罗马皇帝哈德里安还专门求咨过德尔菲的神谕[①]。在古代，至少有七个城镇竞相宣称为荷马的出生地，并且似乎都有各自的理由。它们是斯慕耳纳（现名伊兹米尔）、罗德斯、科罗丰、（塞浦路斯的）萨拉弥斯、基俄斯、阿耳戈斯和雅典。能够成为荷马的乡亲，自然是个莫大的荣誉，尤其是在公元前六世纪以后，诗人的名望鼎盛，如日中天。但是，荷马的出生地毕竟不可能多达七处，否则我们将很难把他当做一介凡人（只有神才可能有那样的"分身术"）。希腊文化的传统倾向于把荷马的故乡划定在小亚细亚西部沿海的伊俄尼亚希腊人的移民区。任何传统都不是凭空产生的。荷马对伯罗奔尼撒的多里斯人所知甚少，表明他不是从小在那个地域土生土长的。此外，《伊利亚特》中的某些行段（比如 9.4—5，11.305—308）暗示他的构诗位置可能"面向"希腊大陆（或本土），即以小亚细亚沿海为"基点"。荷马所用的明显带有埃俄利亚方言色彩的伊俄尼亚希腊语，也从一个侧面佐证着他的出生地不在希腊本土

[①] 参考 Daniel B. Levine，"Homer's Death in the Biographical Tradition"，*The Classical Journal* 98.2 (2002/03), p.141。

或罗德斯等地。再者，作为一个生长在小亚细亚的希腊人，荷马或许会比生活在希腊本土的同胞们更多一些"国际主义"精神，这一点我们可以从他叙事的中性程度以及不时流露出来的对敌人（即特洛伊人）的同情心里看出来。上述原因会有助于人们把搜寻的目光聚集到小亚细亚沿海的斯慕耳纳和基俄斯，与传统的认识相吻合。我们知道，阿耳戈斯曾是个强盛的城邦，而公元前六世纪以后，雅典逐渐成为希腊的文化中心和书籍发散地（阿里斯塔耳科斯就认为荷马是雅典人），但历史和文本研究都不特别看好这两个地方，所以即使在古代，它们的竞争力也不甚强劲，无法与基俄斯等地相抗衡。基俄斯的西蒙尼德斯设想基俄斯是荷马的出生地（片断29；他称荷马是一个"基俄斯人"〈Chios aner〉）；事实上，那儿也被古代文论家认为是"荷马后代们"（Homeridai）发迹并长期诵诗从业的地方。在古代，荷马被认为是史诗作者（或诗人）的代名词，所有的"系列史诗"（如《库普里亚》、《埃塞俄丕亚》和《小伊利亚特》等）以及众多的颂神诗（如《阿波罗颂》和《赫耳墨斯颂》等）都被认为出自荷马的凭借神助的天分。基俄斯诗人库奈索斯创作了《阿波罗颂》，但却并不热衷于拥享作品的署名权。不仅如此，他似乎还有意充分利用人们对荷马的感情，凭借人们对荷马的印象，宣称该诗的作者是一位"来自山石嶙峋的基俄斯的盲（诗）人"（tuphlos aner，《阿波罗颂》172）。库奈索斯的做法当然可以理解，因为他不仅是基俄斯人，而且还是当地"荷马后代们"的首领，率先（公元前五〇四年）向远方输出荷马的作品，在苏拉库赛（即叙拉古）吟诵"老祖宗"的史诗。哲学家阿那克西美尼相信荷马的家乡在基俄斯，但史学家欧伽蒙和学者斯忒新勃罗托斯则沿用了公元前五世纪同样流行的荷马为斯慕耳纳人的传闻。抒情诗人品达的"视野"似乎更显开阔，既认为荷马是斯慕耳纳人（片断279），也愿意"折中"，即接受荷马同时拥有基俄斯和斯慕耳纳双重"国籍"的提法。有人认为荷马出生在斯慕耳纳，但在基俄斯完成了《伊利亚特》和《奥德赛》的创作。相传荷马卒于小岛伊俄斯，该地每年一次，在一个以荷马名字命名的月份，即 Homereon 里用一只山羊祭奠诗人的亡灵。

荷马的名字绝少见于公元前七世纪的作品史料。学问家鲍桑尼阿斯(生活在公元二世纪)在谈到史诗《塞贝德》时写道："卡莱诺斯曾提及这部史诗，并认为此乃荷马所作。"(ephesen Homeron ton poiesanta einai,《描述希腊》9.9.5)一般认为，卡莱诺斯即为厄菲索斯诗人卡利诺斯，其活动年代在公元前七世纪上半叶，以擅作对句格诗歌著称。如果卡莱诺斯即为卡利诺斯的推测不错，那么鲍桑尼阿斯的引文或提及很可能是现存惟一的一则比较可信的可资论证一位公元前七世纪诗人提及(原作当然早已佚失)荷马名字的珍贵史料。需要指出的是，卡利诺斯不太可能称荷马创编了《塞贝德》，因为这部史诗的成文年代很可能在公元前六世纪。卡利诺斯的意思或许是，他知晓发生在塞贝的战事，而荷马作为一位史诗诗人，编述过关于那场战争的故事①。一位生活年代不迟于公元三世纪的拜占庭评论家曾提及阿耳基洛科斯的观点(片断304W.)，称这位诗人相信《马耳吉忒斯》乃荷马的作品。阿耳基洛科斯同样生活在公元前七世纪，但考证表明《马耳吉忒斯》的创作年代当在公元前六世纪初以后，所以拜占庭评论家的论述显然有误，与事实不符。阿耳基洛科斯或许知晓荷马，但他的诗作已基本佚失，使我们无法就此进行准确的辨析。有趣的是，"傻瓜史诗"《马耳吉忒斯》长期被古代文家们认定为荷马的作品。我们知道，迟至公元前四世纪，像亚里士多德这样的大文论家依然对此深信不疑，将《马耳吉忒斯》看作是喜剧的"前身"(参阅《诗学》4.1448b38—1449a2，另参考《尼各马可斯伦理学》6.7.1141a14)。同样伪托公元前七世纪诗人提及荷马的还有另一见例。著述家菲洛科洛斯(出生在公元前三四〇年以前)引用过据说是出自赫西俄德的三行诗句(片断〈dub〉357M.—W.)，其中包括"我与荷马在

---

① 参考 M. L. West, "The Invention of Homer", *Classical Quarterly* 49.2(1999), p.377。

德洛斯高歌","唱颂莱托之子、持金剑的福伊波斯·阿波罗"等词语。菲洛科洛斯肯定是凭借道听途说编叙的,他的离奇说法在古代就没有什么信奉者,当代学者更不会把它当作严肃的史料加以引用。赫西俄德确曾参加过诗歌比赛并且获奖,但地点是在卡尔基斯,不是在德洛斯,而他对手应该也不是荷马,否则很难相信他会在对那次歌赛的记述中放过这一宣扬自己的绝佳素材,不予提及(参阅《工作与时日》654—659)。尽管如此,在公元前七世纪,荷马不是默默无闻的。据说诗人忒耳庞德耳曾在斯巴达吟诵荷马的诗作,图耳泰俄斯、阿尔克曼和阿耳基洛科斯等诗人也都吟诵过《伊利亚特》或《奥德赛》里的诗行。也就在同一时期,《伊利亚特》和《奥德赛》里的某些内容已见诸瓶画。应该指出的是,上述诗人的引诗有可能出自公元前八世纪以前即已成诗流行的短诗,而这些诗段也是荷马用以加工并构组长篇史诗的原材料。同样,瓶画艺术家们也可能取材于荷马史诗以外内容近似的故事,进行高度的艺术概括后,使其成为可视的、栩栩如生的人物和景观形象。

荷马的得之于传统的历史真实性在公元前七世纪没有受到怀疑。尽管如此,荷马的名字在那个时期成文的作品中非常罕见,这或许反映了那个时代的文人们的疑虑,也可能与存世作品的稀少不无关系。公元前六世纪初以后,这种情况发生了质的改变,荷马名字的出现率大幅度提升,仿佛人们突然意识到荷马的重要,觉得既然可以随意复诵或吟诵他的诗行,就不必忌讳提及他的名字,不必再对荷马的历史真实性存有戒心。或许,"荷马后代们"的活动逐渐开始发挥作用,不断扩大着荷马的影响,最终会同其他因素,使荷马的名字进入千家万户,成功塑造了一位"诗祖"的形象。在公元前六世纪下半叶,荷马是否确有其人已经不是问题。人们热衷于关注的是荷马的功绩(以及功绩有多大),此外便是他的过错。人们开始评论荷马。有趣的是,得以传世至今的对荷马及其诗歌最早的评论,不是热切的赞颂,而是无情的批评。科洛丰诗人哲学家塞诺法奈斯抨击荷马和赫西俄德的神学观,指责他们所塑造的神明是不真实、有害和不道德的(片断11、14、15)。大约三四十年之后,哲学家赫拉克利特以更严厉的措词狠批荷马,认为荷马应该接受鞭打,被逐出赛诗的场所(agones,片断42)。据传毕达哥拉斯曾在地府里目睹过荷马遭受酷刑的情景。故事的编制者显然意在告诉世人:荷马为自己对神祇的不体面描述付出了惨重的代价。此类传闻荒诞不经,自然不可信靠,这里略作提及,或许可从一个侧面说明后世某些哲人对荷马以及由他所代表的诗歌文化的憎恨程度。公元前六世纪,新兴的逻各斯(logos)及其所代表的理性思想开始在希腊学界精英们集聚的城邦里传播,哲人们显然已不满于荷马史诗对世界和神人关系的解释,迫切想用能够更多反映理性精神的新观点取代荷马的在他们看来趋于陈旧的"秘索思"(mythos,"诗歌"、"故事")。在新旧思想碰撞的时代背景下出现的哲学对诗歌的批评,自然会把攻击的矛头对准荷马,这一点不足为怪。当然,哲人们本来或许可以把语气放得温和一点,这样既可以显示风度,又能给从来无意攻击哲学的诗歌保留一点面子,还能为自己日后向诗歌的回归(至少是靠拢,如或许指望用自己的诗性哲学取代荷马的传统诗教的柏拉图所做的那样)提前准备一条退路。

真正有意将荷马扫地出门的哲学家只是极少数。荷马对希腊哲人的潜在和"现实"影响是巨大的。我们不敢断定希腊哲学之父泰勒斯在提出水乃万物之源观点之前是否受过荷马关于大洋河俄开阿诺斯是众神之源的见解(《伊利亚特》14.246)的启示,但后世毕达哥拉斯学派的某些成员热衷于引用荷马的诗行以论证自己观点的做法,却是古典学界广为人知的事实。苏格拉底的老师阿那克萨戈拉斯对荷马史诗的喻指功能兴趣颇浓,而他的再传弟子亚里士多德对荷马的敬重和赞扬更是有目共睹。我们知道亚里士多德曾赋诗赞美过老师柏拉图,但比之他在《诗学》里热情讴歌荷马及其史诗的话语,他对柏拉图的赞扬不仅显得零碎,而且肯定不够具体。就连有意把荷马史诗逐出理想国的柏拉图本人，也对荷马怀有深深的景仰之情，并且会在行文中情不自禁地信手摘引他的诗句，以佐证自己的观点。柏拉图对荷马史诗的喜爱一点也不亚于奥古斯丁对维吉尔作品的喜爱，只是二者都出于维护各自政治和宗教理念的需要，不得不努力遏制自己的"情感"，服从"理性"的支配，转而攻击或批判自己原本喜爱的诗人。

就在少数哲人批贬荷马的同时，诗人们却继续着传统的做法，就整体而言保持并增加着对荷马的信赖和崇仰。西蒙尼德斯赞慕荷马的成就，认为由于荷马的精彩描述方使古代达奈英雄们的业绩得到了彪炳后世的传扬。在说到英雄墨勒阿格罗斯在一次投枪比赛中获胜的事例时，他提到了荷马的名字，用以增强叙事的权威性："荷马和斯忒西科罗斯便是这样对人唱诵的。"（参阅《对句格诗》11.15—18, 19.1—2, 20.13—15）埃斯库罗斯谦称自己的悲剧为"荷马盛宴中的小菜"（阿塞那伊俄斯《学问之餐》8.347E）。我们了解埃斯库罗斯对悲剧艺术的卓越贡献，认可他的作品所取得的高度的艺术成就。他之所以这么说，固然是考虑到荷马史诗的规模和数量（在当时，荷马被普遍认为不仅仅是《伊利亚特》和《奥德赛》的作者），但同时可能也是出于他对荷马的敬重和叹服。他不认为自己的成就可以与荷马相提并论，故用了"小菜"（或"肴屑"）一词。当然，从埃斯库罗斯的形象比喻中我们也可以看出，他愿意把自己的作品纳入荷马的"系统"（柏拉图称荷马为第一位悲剧诗人），以能够成为荷马传统的一部分而感到光荣。事实上，无论是从思想感情还是气质或（行文）"品格"来评判，埃斯库罗斯都秉承了荷马的遗风，是最具荷马风范的悲剧诗人。喜剧大师阿里斯托芬同样崇仰荷马。他赞赏荷马的博学，不怀疑他在希腊民族中所处的当之无愧的教师地位，誉之为"神圣的荷马"（theios Homeros，《蛙》1034）。抒情诗人品达摘引荷马，赞同当时流行的荷马是史诗《库普里亚》作者的观点（从现存的史料来看，希罗多德是把《库普里亚》删出荷马作品的第一人,《历史》2.117),并称荷马把这部史诗作为陪嫁,将女儿嫁给了库普里亚(即塞浦路斯)人斯塔西诺斯。品达对荷马并非没有微词,但是,他的批评是含蓄而合乎情理的,有别于同样多次提及荷马的赫拉克利特对他的恶毒攻击(当然,在崇尚言论自由的古希腊,这么做是允许的)。品达认为,荷马拔高了古代英雄们的形象,以他典雅和瑰美的诗句使奥德修斯受到了过多的赞扬(《奈弥亚颂》7.20—21)[①]。

希罗多德引用荷马史诗十一个行次。此外,作为书名,《伊利亚特》和《奥德赛》最早见诸他的著述(《历史》5.67)。修昔底德引《伊利亚特》仅一个行次,但引《阿波罗颂》的诗行却高达十三例。值得注意的是,修昔底德是把《阿波罗颂》当作荷马史诗加以引用的。这表明他也像许多前辈文人一样,将包括《阿波罗颂》在内的我们今天称之为《荷马诗颂》的众多颂神诗都看作是荷马的作品。这种情况在公元前四世纪发生了改变。亚里士多德似乎已不认为《阿波罗颂》是荷马的诗作,尽管他仍然把《马耳吉忒斯》归入荷马的名下。当柏拉图和塞诺芬提及荷马史诗时,他们的指对一般均为《伊利亚特》和《奥德赛》,所引诗行似乎也都出自这两部史诗。从现存的古文献来看,雷吉昂学者塞阿格奈斯(Theagenes,活动年代在公元前五二五年前后)是希腊历史上著述研究荷马史诗的第一人,所著《论荷马》以讨论荷马史诗的"喻指"功能为主,在公元前三世纪以前即已失传。他提出的荷马史诗里的神祇皆可喻指自然界里的物质或现象的观点,对后世学者解读荷马的影响甚深,斯忒新勃罗托斯(据说他能揭示作品中藏而不露的意思〈tas huponoias〉),格劳孔和阿那克萨戈拉斯等人都曾沿袭他的思路,著述或研讨过当时(即公元前五世纪)的学者们所关注的某些问题。柏拉图对荷马史诗颇有研究,但囿于自己

[①] 品达三次提到荷马的名字。品达的提及客观上起到互相"增光"的作用,使两位大诗人(即荷马和他本人)相得益彰(参考 *A New Companion to Homer*, edited by Ian Morris and Harry Powell, Leiden: Koninkijek Brill, 1997, p.39)。

的学观取向，他的研究往往多少带有偏见，无助于人们正确和客观公正地解读荷马。亚里士多德写过《论诗人》、《修辞学》、《论音乐》、《诗论》等著作，其中应该包括研析荷马史诗的内容。《荷马问题》是一部探讨荷马史诗里的"问题"和如何解析这些问题的专著，可惜也像上述文论一样早已失传。亚里士多德的《诗学》是他的论诗专著中硕果仅存的一部（当然，他的《修辞学》也间接谈到诗论问题）。在《诗学》里，亚里士多德高度评价了荷马史诗的艺术成就，赞扬他"不知是得力于技巧还是凭借天赋"，几乎在有关构诗的所有问题上都有自己高人一筹的真知灼见（《诗学》8.1451a22—24）。罗马文论家贺拉斯很可能没有直接读过《诗学》，但有理由相信他会从亚里士多德的学生塞俄弗拉斯托斯和其他亚里士多德学派的成员（如萨图罗斯和尼俄普托勒摩斯等）的著述中了解到亚里士多德的诗学观，包括对荷马以及他的史诗的评价。包括西塞罗在内的罗马文人，大概也会通过上述途径接触到亚里士多德学派的诗艺观，从而加强自己的理论素养，加深对荷马的印象。

伴随着吟游诗人们（rhapsoidoi）的诵诗活动，荷马史诗从公元前八世纪末或前七世纪初即开始从小亚细亚的发源地向外"扩张"，逐渐渗入希腊本土和意大利南部地区。据说鲁库耳戈斯于旅行途中偶遇吟游诗人，由此把荷马诗作引入了斯巴达（参考普鲁塔克《鲁库耳戈斯》4）。但普鲁塔克所述的真实性颇值得怀疑。据希罗多德记载，鲁库耳戈斯的活动年代在公元前九百年左右；即使依据古代的保守估计，此君的盛年从政时期也应在公元前七七五年以前，因此除非前推荷马创作史诗的时间，我们很难估测鲁库耳戈斯有可能在公元前九世纪或前八世纪初引入荷马史诗，让斯巴达人有那等耳福。然而，鲁库耳戈斯的"引进"或许不实，但吟游诗人和"荷马后代们"的诵诗活动至迟在公元前六世纪下半叶已形成"气候"，大概不是耸人听闻的虚假之谈。吟游业的发展势必会导致所诵诗作（或故事）在枝节乃至重要内容上出现不可避免的变异。在没有"定本"的情况下,吟游诗人们会各逞所能,即兴增删诵诗的内容,加大异变荷马史诗的势头。据说面对这样的情况,梭伦曾发布政令,要求吟游诗人们严格按照传统的"版本"诵诗,不得擅作改动。据传公元前五三五年前后,雅典执政裴西斯特拉托斯组织了一个以俄诺马克里托斯为首的诗人委员会,负责收集各种诗段并以传统成诗为标准,基本"定型"了荷马史诗的受诵样本。公元前五二〇年左右,裴西斯特拉托斯或他的儿子希帕科斯下令,将吟诵荷马史诗定为泛希腊庆祭节上的保留项目,由参赛的诗人们依次接续,当众吟诵。裴西斯特拉托斯(或其子)的努力,对规范吟游诗人们的诵诗和增强民族凝聚力起了很大的作用。然而,对荷马史诗的校勘工作却远没有因此而中止。柏拉图的同时代人、史诗《塞贝德》的作者安提马科斯校编过荷马史诗。此外,古时还盛传亚里士多德曾专门为他的学生、马其顿王子亚历山大校订了一部日后伴随他南征北战的《伊利亚特》。

公元前四世纪末,托勒密家族在埃及建立了自己的王朝,利用雄厚的财富资源大力推动并弘扬科学文化事业,鼓励学人重视对古希腊重要文献文本的搜集和整理,在亚历山大创建了规模宏大的图书馆。至菲拉德尔福斯统治时期(公元前二八五至前二四七年),图书馆收藏的各种抄本已达四十万卷(相当于当今八开本的图书四万册)。图书馆拥有从马耳赛勒斯、阿耳戈斯、基俄斯、塞浦路斯、克里特和黑海城市西诺佩等地搜集到的荷马史诗抄本,其中的大多数或许均成文于对上述雅典(即在裴西斯特拉托斯或其子希帕科斯督导下形成的)校勘本的(有变异的)转抄。荷马史诗研究由此成为显学。图书馆的第一任馆长是菲勒塔斯的学生、厄菲索斯人泽诺多托斯(大概出生在公元前三二五年)。他校勘了《伊利亚特》和《奥德赛》,并首次将这两部史诗分别节分为二十四卷。在此之前,学者们习惯于以内容定名或称呼其中的部分,所指不甚精确,也难以形成规范。泽诺多托斯著有《荷马词解》(*Glossai*)。和他的校勘一样,此举虽然功不可没,但明显带有严重的个人主观取向,对词义的解析常显不够精细,且过于武断。继厄拉托塞奈斯之后,拜占庭的阿里斯托芬(生卒约为公元前二五七至前一八〇年)接任亚历山大图书馆馆长职务,继续着由泽诺多托斯在那个时代开创的以诠解词义为中心的研究工作。阿里斯托芬是个博学的人,精通文学、语言学、语文学,擅长文本的考证研究,首创重音符和音长标记,在泽诺多托斯和瑞诺斯(Rhianos)校本的基础上较大幅度地改进和完善了校勘的质量。

真正具备严格的学术意识并且能够代表亚历山大学者治学(即荷马史诗研究)水平的,是阿里斯托芬的学生、来自爱琴海北部岛屿萨摩斯拉凯的阿里斯塔耳科斯(生卒约为公元前二一七至前一四五年)。阿波罗尼俄斯卸任后,阿里斯塔耳科斯接受了亚历山大图书馆馆长的荣誉,也挑起了这一重要职位所赋予的责任。他以更加严肃的态度治学,两次校订荷马史诗(换言之,完成了两套校订本),并在页边写下了大量的评语,其中的许多行句经后世学者引用而得以传世,受到现当代荷马史诗研究者的高度重视。作为当时的顶尖学者(ho grammatikotatos 〈阿塞那伊俄斯《学问之餐》15.671〉),阿里斯塔耳科斯一生写达八百余篇短文,大都与荷马及其史诗(或相关论题)的研究有关。与有时或许会夸大比喻的作用,倾向于过度开发喻指的潜力以佐证斯多葛学派观点的裴耳伽蒙学者克拉忒斯不同①,阿里斯塔耳科斯强调并提倡例证的收集以及在此基础上进行分析类推(anology)的研究方法,重视文本内部提供的信息资料,避免无依据的立论,不作缺乏语法和可靠语义支持的哲学或哲理引申。阿里斯塔耳科斯建立了自己的学派,他的直接影响力一直延续至罗马的帝国时代,学生中不乏后世成为著名学人的佼佼者,包括修辞学家阿波罗道罗斯和语法学家狄俄尼索斯·斯拉克斯。尽管如此,阿里斯塔耳科斯及其前辈们的工

---

① 克拉忒斯是一位享有声誉的荷马学者(Homerikos),一位在语法和修辞方面有造诣的批评家(kritikos)。最新研究表明,此君不一定完全赞同斯多葛学派的主张。

作仍难免带有时代赋予的局限性。他们接过了荷马乃包括《伊利亚特》和《奥德赛》在内的众多古代史诗的作者的传统,接过了荷马的受到包括亚里士多德在内的众多学者文人颂扬,因此需要予以维护的名声。他们同样折服于荷马的诗才和传统形成的权威,遇到问题时总是倾向于往"好"的方面去设想。所以,尽管阿里斯塔耳科斯的研究方法经常是分析的,他的治学立场却是"统一"的,亦即立足于维护荷马的威望以及他是《伊利亚特》和《奥德赛》不可分割的统一(或"单一")作者的传统观点。立场决定具体的校勘行为。此外,大学问家的固执和时代赋予的局限也都会导致他误用自信,在释解史诗用语时牵强附会。

无论是阿里斯托芬还是阿里斯塔耳科斯,都没有把荷马的著述范围扩大到希罗多德或亚里士多德愿意接受的范围,而他们的前辈泽诺多托斯则似乎更趋"肯定"和"现代",将荷马史诗的所指限定于《伊利亚特》和《奥德赛》。三位学者都不怀疑荷马是《伊利亚特》和《奥德赛》的作者,尽管亚历山大学者中有人对此持有不同的看法,提出了反传统的观点。公元前三世纪,学者克塞诺斯和赫拉尼科斯先后对《奥德赛》的作者归属提出异议,认为它与《伊利亚特》很不相同,因此不可能由创编《伊利亚特》的诗人所作。一般认为,克塞诺斯和赫拉尼科斯是最早的"分辨派"学者(chorizontes),他们的态度和观点或许在阿里斯塔耳科斯等正统派学者看来不很严肃,却有着不可忽视的历史意义。毕竟,他们率先就荷马是《伊利亚特》和《奥德赛》铁定作者的观点提出了挑战,使人们听到了另一种声音。或许是因为受到了权威学者的有力反驳,或许是因为论证的方法不够学术,他们的观点未能得到后世有影响的学者的重视和积极响应。毫无疑问,史料因严重佚失而造成的匮缺,会"阻碍"我们的视野,"干扰"我们对问题作出正确的判断,但有一点可以肯定,那就是他们的见解没有成为近代分析派学者立论的依据,没有对后者的思考产生过质的影响。

公元三世纪，亚历山大已不再是古典学术和文化的研究中心。随着中世纪的到来，曾是一门显学的荷马史诗研究（包括文学批评）经历了长达一千多年的沉寂。但丁应该读过荷马史诗（他尊称荷马为"诗人之王"），但肯定不太熟悉历史上作为一门学问的荷马（史诗）评论。及至莎士比亚写作戏剧的时代，人们对荷马及其史诗的了解程度有了较大的改观。莎翁写过一出取材于有关特洛伊战争传闻的悲喜剧《特罗伊洛斯与克瑞西达》，颇得好评，可见当时的伦敦观众已或多或少地具备了接受此类剧作的文学素养和审美情趣。与此同时，荷马研究也在欧洲大陆悄然兴起，开始成为学者们谈论的话题。十七世纪九十年代，发生在英、法两国的"书战"（The Battle of the Books）起到了某种激励的作用，会同其他因素，把欧洲学人的目光引向对《伊利亚特》和《奥德赛》的内容孰"新"孰"旧"问题的关注，由此启动了新一轮的以荷马史诗为对象的"历史批评"。热奈·拉宾和威廉·坦布尔坦言他们更愿意相信裴西斯特拉托斯执政时期定型的荷马史诗抄本。一六八四年，学者佩里卓尼俄斯提请人们重视书写在文学创作中所起的作用；一七一三年，理查德·本特利发现并指出了辅音 F（作 W 音读）在荷马史诗里已经消失的"隐性"存在，提出荷马创编的很可能是一批内容上可以独立成篇的短诗（他们大概均以为荷马生活在公元前一千年左右），数百年后才由后世歌手或吟游诗人组合成长篇史诗的观点。《新科学》的作者、那不勒斯的维科语出惊人，认为历史上根本就不存在荷马其人，"荷马"只是个代表并统指古代歌手的"集体"名称。罗伯特·伍德于一七六九年发表了一篇题为《论荷马的原创天才与写作——兼论特罗阿得的古貌与现状》的文章，认为荷马"既不能阅读，也不会书写"。这一见解传递了一个明确的信息，亦即荷马史诗之所以在古代得以流传，靠的不是实际上不存在的规范文本，而是建立在博闻强记基础上的诗人的口诵。

在这一领域做出划时代和集大成贡献的，是德国学者弗里德里希·奥古斯特·沃尔夫（Friedrich August Wolf）。一七九五年，沃尔夫发表了专著《荷马史诗绪论》，大致奠定了近代荷马学的理论基础。除了罗伯特·伍德的上述和相关见解，促使沃尔夫写作《荷马史诗绪论》的另一个因素，是法国学者维洛伊森（Villoison）于十八世纪八十年代所发现并随之予以整理发表的 Venetus A。此乃《伊利亚特》现存最早的抄本，在当时是个轰动的事件。在沃尔夫看来，既然 Venetus A 的成文不早于公元一世纪（他误以为此抄本的母本是当时已受到质疑的阿里斯塔耳科斯的校勘本，尽管校勘本本身早已失佚），但却是既有最早的抄本，因此它毫无疑问地不是古代权威抄本的"真传"。他由此推断荷马史诗肯定以口诵的方式长期存在于成文抄本的出现之前，口头唱诵是荷马史诗流传的本源。伍德没有提及而沃尔夫依据上述认识引申得出的另一个观点是，考虑到人的记忆力的有限，诗人不太可能完整地把长篇史诗默记在心。因此，《伊利亚特》和《奥德赛》必定只能由短诗串联和组合而成，而这些短诗所涉内容有所差异，故事的风格也不尽相同。"荷马"要么是第一个构组取材于特洛伊战争的诗人，要么是一个以编诵此类故事为业的口诵诗人群体，亦即此类诗人的总称。以精深和广博的语言学知识以及大量取自文本的例证，加之使用了科学的、合乎学术规范的论证（包括发现并解析问题的）方式，沃尔夫集思广益，博采前人和同时代文人学者的洞见与智慧，建立了一个至今仍不显整体过时、仍在产生影响的理论体系。

在整个十九世纪，分析派（也被叫做分辨派或区分派）的学说在西方荷马研究领域强势占有着绝对的统治地位。在沃尔夫的《荷马史诗绪论》以及众多响应者的著述面前，统一派的见解受到了沉重的打击。个别统一派学者的抗争顶不住基于文本事实的批驳，显得捉襟见肘，他们维护荷马"一统"权威的良好意愿也常常显得过于感情用事，经不起学术规则的检验。直到十九世纪末以前，西方学界既没有推出一部高质量的维护统一派立场的专著，也没有出现过一篇学术含量高得足以与分析派观点相抗衡的论文。从十九世纪中叶开始，英国学者逐渐加入到分析派的行列，但总的说来，分析派是一个德国现象，持分析（即分辨）立场的顶尖学者集中在德国的一些高校里，从事著书立说和传授弟子的工作。

分析派不是铁板一块。从这个"阵营"里很快分裂出两个派别，一派完全秉承沃尔夫的学说，强调荷马史诗的合成（liedertheorie），而不刻意区分合成成分的主次。这派学者以卡尔·拉赫曼（1793—1851）为代表，主要成员包括赫尔德和藤萨尔等。另一派学者以高特弗雷德·赫尔曼为先锋人物。在一八三二年发表的《论荷马史诗里的窜改》一书里，赫尔曼指出，荷马史诗不同于《卡莱瓦拉》和奥西恩诗歌，不由等量部分的依次排列平铺直叙地组合而成。荷马史诗有一个核心（kernel），属于它的原创成分，由荷马所作，而其他部分则为后世诗人的添续，或紧或松地围绕核心展开叙事。《伊利亚特》的核心是阿基琉斯的愤怒，其他内容来自有关特洛伊战争的众多短诗，由后世诗人（如某些 Homeridai）汇编到既有的核心情节之中，形成一个规模庞大的故事组合。《伊利亚特》形成于一个不断增补、不断改动、调整和弥合的汇编过程。譬如，在赫尔曼看来，《伊利亚特》1.1—347 是诗作的原初内容，而 1.430—492、348—429 则（原本）分属于别的故事，是后世被组合到《伊利亚特》里的内容。赫尔曼及其追随者们的主张逐渐压倒合成派学者的观点，获得了包括菲克（Fick）、贝特（Bethe）、维拉莫维兹（Wilamowitz）、格罗特（Grote，此君力主今本《伊利亚特》由原诗和《阿基里德》组成）、默雷（Murray）、里夫（Leaf）和克罗赛（Croisset）等一批德、法、英国学者程度不等的赞同。上述学者在这一点上达成了共识：不管是作为一个人还是作为一个群体，荷马生活在开启了一个口头史诗传统的源头时代；（他们中的一些人倾向于认为）荷马的原作是最好的，而后世诗人的增补（包括改动）和串合则常常显得唐突、芜杂和笨拙，造成了许多用词和叙事上前后难以呼应或不一致的矛盾，破坏了史诗原有的明晰、直朴和自成一体的诗歌品位。不难看出，这里既有深刻的洞见，有值得我们认真思考品味的明智论断，也有我们应予仔细分辨和甄别的众说纷纭，或许还有我们无法苟同并且应该予以修正的不翔实的表述。

分辨的负面作用很快开始显现出来。学者们提出了不同的核心，并且无例外地全都以为自己的主张有理。此外，如何限定《伊利亚特》里作为核心的阿基琉斯的愤怒的所涉范围，也是个不好确定并容易引起争执的问题。学力的互相抵消和学派主要成员间的内讧，严重削弱了分析派和核心论的影响力，直接促成了统一派在二十世纪初期的东山再起，与在当时已呈分崩离析之状的分析派相抗衡。新时代的统一派学者们也"装备"了当时最高水平的语言学知识，学会了充分利用考古成果（包括海因里希·施里曼在特洛伊和迈锡尼卓有成效的发掘）佐证和强化理论分析的本领，从而得以进入长期以来为分析派学者所垄断占据的领域，借助同样的方法和同类型的资料实施反击，与对手展开周旋。安德鲁·兰教授脱颖而出，先后发表了专著《荷马和史诗》（1893年）、《荷马与他的时代》（1906年）以及《荷马的世界》（1910年），成为统一派的领军人物。分析派学者曾把某些词汇不同的词尾变化看作是确定成诗年代迟早的论据。统一派学者其时依据对同类资料的研析，认为此类词尾的变异表明荷马史诗从一开始就具备了充满活力的兼容性，兼采了来自不同地域的方言。特洛伊出土的文物中武器均为铜制，分析派学者曾据此将荷马史诗中出现铁制兵器的段落全部划为后人的续貂。统一派学者其时对这一结论提出了不同的看法，以荷马史诗的兼采性和对社会文化现象的兼容性解答了分辨派学者在他们的理论体系中所不能妥善回答的问题。持荷马史诗乃由同一位诗人所作观点的学者队伍持续壮大，先后吸引了罗塞（Rothe）、德瑞鲁普（Drerup）、斯各特（Scott）、爱伦（Allen）、伍德豪斯（Woodhouse）和C·M·鲍拉等一批饱学之士的加盟。

考古发现表明，公元前八世纪并不一定是个全社会均为文盲的时代。二十世纪中叶，统一派学者注意到了一只新近出土的成品于公元前八世纪的阿提卡瓶罐上有刻写的文字，这一事实表明当时有人或许掌握某种形式的书写技巧。当然，瓶罐的产地是阿提卡，因此还不能直接证明荷马生活的小亚细亚沿岸地区也有人能够熟练程度不等地书写。尽管如此，这一发现还是对在此之前流行的(新的)希腊字母产生于公元前六世纪的传统认识形成了冲击。荷马史诗本身也提供了不利于分辨派的信息。人们把其中提到的铁制兵器和腓尼基人的贸易活动联系起来，断言史诗内部存在着某种以往可能被忽略的深层次上的关联。众多迹象表明《奥德赛》的作者对《伊利亚特》有着至深的了解，延续了《伊利亚特》已经定下的调子，有铺垫地发展着奥德修斯的个性以及他与雅典娜之间的关系。诸如此类的例证不仅使得公元前八世纪成为一个特别值得关注的成诗时期，而且也使得作为《伊利亚特》和《奥德赛》单一作者的荷马呼之欲出，使之看来像是一件顺理成章的事情。荷马作为一个史诗诗人的"地位"也随之瓜熟蒂落地发生了改变。他不是如分析派学者所说的那样站在史诗发轫的最清纯的源头，而是置身于它的由众多诗段推涌而起的峰巅。荷马史诗的光辉不是得之于它的始发，而是得之于前辈诗人的积累，得之于荷马对传统叙事诗歌有着"一统"的胸怀和能够体现高超把握能力的提炼。

十九世纪肯定是个人才辈出的时代，其他方面如此，在荷马史诗研究领域自然也不例外。学者们注意到荷马史诗的源远流长，知道在它的背后肯定有一个以口头文学出现的诵诗传统，知晓这个传统容纳并得益于一套普遍存在着的、对诗人的构诗活动形成强劲制约的模式或程式(他们称之为 formulae 或 formulas)。德国学者顿泽尔的研究已经逼近到格律的需要与表述程式的产生问题，梅勒特则更进一步，指出史诗中重复出现的名词短语似乎表明它们的形成沿循着一套"固定的表述模式"。他注意到某些用词的位置明显不符合格律的要求,断言它们的构成有可能完成于荷马生活的年代之前——那时诗行的格律要求似乎更为"灵活"①,虽然更显初朴,却给诗人的发挥保留了更多的余地。然而,十九世纪的学者们毕竟未能再进一步。无论是分辨派学者还是他们的对手(即统一派学者)都没有把这看作是一个重要的课题。分辨派学者从中看到的是古代诗人用词时的互相"借用",并以为这只能证明荷马史诗的最终成篇乃众多诗人合力所致,而经典的统一派学者也把对这一现象的分析保留在提示语言传统的层面上,同样未能抓住机遇,与摘取一项重大理论成果的大好机会失之交臂。

米尔曼·帕里(Milman Parry)的工作在荷马研究史上树起了另一座令人瞩目的里程碑。帕里曾表示"效忠"统一派,但他也倾向于否认荷马史诗(指《伊利亚特》和《奥德赛》)乃由一人所作。如果说前人只是提到语言程式与格律要求之间的关系,帕里则以提供大量的例证入手,从中系统地归纳出一整套颇有说服力的理论。帕里的贡献还见之于为研究口头史诗指明了"行动"的方向,并提供了一套行之有效的方法。一九二八年,帕里发表了他的博士论文《荷马史诗里的名词短语传统》,宣告了一个成熟的、以研究口头史诗为指对的新理论的诞生。他明确指出,荷马史诗所用的是一种"人工语言",专门服务或应用于史诗的创作,它的制作者是历代口诵或吟游诗人,其表现力在长期使用中不断完善起来,逐渐形成套路后成为世代相传的唱诗的语言程式。帕里的研究表明,受前面音步的重音位置以及停顿等因素的影响,名词短语 polumetis Odusseus(足智多谋的奥德修斯)在荷马史诗里的位置无例外地均在诗行的末尾,尽管它有着高达五十的出现次数。同样,polutas dios Odusseus(历经磨难和神一样的奥德修斯)的

---

① 参考 Ann C. Watts, *The Lyre and the Harp*, New Haven: Yale University Press, 1969, p.20。据统计,《伊利亚特》和《奥德赛》的约"两万八千个行次里,重复出现的短语达两万五千个"(Michael Grant, *Greek and Latin Authors*[800 BC - 1000 AD], New York: The H. W. Wilson Company, 1980, p.209)。

出现和位置也受格律需要的节制。六音步长短短格(及其允许的有限变化)的构诗规则限制了诗人的用词,使得阿伽门农以外的一些小王或首领级的人物(如埃内阿斯和欧墨洛斯等)也有幸受到 aner andron(民众的王者)的修饰,身价倍增。在他的学生阿尔伯特·洛德(Albert Lord)的协助下,帕里对南斯拉夫口诵史诗进行了详细的实地考察。洛德继续老师的事业,以荷马史诗为"背景",在系统考察研析流行于塞尔维亚—克罗地亚地区的口头史诗的基础上,写出了《故事的唱诵者》(*The Singer of Tales*)一书,于一九六〇年出版。帕里—洛德的口头史诗(或诗歌)理论,建立在他们对史诗故事在内容取舍和语言运用方面均严重依赖于程式这一基本认识的基础之上,归纳起来有以下几个要点[①]:

一、口头诗歌没有作者和具体作品的个性风格,所用词汇大都承载文化和传统的负荷。口诵诗人依靠既有的语言程式构诗。

二、口头诗歌所用的语言程式构造上由小到大,即由单词到词组,再由词组的联合形成句子甚至段落。传统并因传统的制约而定型(或划定所涉范围)的故事主题代代相传,可以随时容纳枝节上的变动,但不鼓励"伤筋动骨"。

三、口诵诗人利用既有的积累即兴发挥,出口成章,构诗和唱诵常常几乎同时进行,没有必须因循的定型文本,歌手和听众对此都有共识,形成故事理解方面的"互动"。

四、"成文"是口头文学的天敌。

帕里和洛德的贡献有目共睹。但是,他们有时或许稍嫌过多强调了格律的决定性作用,而对诗人的表义需要关注不多。奥德修斯浴血战场,战争结束后又经历千辛万苦,回返故乡,"历经磨难的"(polutlas)非常准确地概括了这一点,在许多上下文里(比如参考《奥德赛》6.1)也显得极为协调。奥德修斯是"多谋善断的"(polumetis),这是他区别于阿伽门农和阿基琉斯等将领的"特

[①] 参阅 Martin Mueller, *The Iliad*, London: George Allen and Unwin, 1984, p. 9。

点"之一，在众多上下文里读来甚是贴切。诗人经常会根据表义的需要选用不同的饰词。在说到奥德修斯忍受的苦难时，诗人选用了"心志坚忍的"（talasiphronos，《奥德赛》4.241）一语；在需要突出奥德修斯的战力和强健时，诗人所用的饰词是非常贴切的"荡劫城堡的"（ptoliporthos，《伊利亚特》2.278，另参考《奥德赛》8.3）。抵达王者阿尔基努斯宫居前的奥德修斯自然是"卓著和历经磨难的"（《奥德赛》7.1）。但是，当他即将说出一番睿智的言谈以开导阿尔基努斯的心智时，诗人肯定会觉得诸如"历经磨难的"一类的饰词不能体现奥德修斯的明智（因此不合"时宜"），所以转而选用了"多谋善断的"（《奥德赛》7.207），使之与语境相协调。荷马不是总能这样做的，但他在选用饰词时会考虑表义与上下文相配称的需要，则是不争的事实。

过分强调口诵史诗的文化传统和程式（formulae）特点（有学者比如Norman Austin和David Shive认为帕里和洛德"走得太远"），无疑会导致对诗家个人才华和创造性的贬低或否定。综观史料，我们会发现这样一个事实，即从公元前七世纪起荷马便被认为是一个有天分的诗人。赫拉克利特说过，荷马是最聪明的希腊人（片断56DK）。如果说赫拉克利特是从负面角度出发说这番话的，那么亚里士多德对荷马的天分和才华的肯定（参考《诗学》8.1451a18—24）则可以被理解为纯粹的赞扬。亚历山大·波普翻译过荷马史诗，本身也是一位才华横溢的诗人。他对荷马的评价极高，认为这位希腊歌手的天分远在罗马诗圣维吉尔之上，是有史以来最具原创力的诗人[1]。即便同样以神话和传说为材料，史诗的质量仍然可以相去甚远（详见《诗学》23），足见诗家个人的素质和能力的重要。显然，我们在足够重视帕里—洛德理论的同时，不应忽略其

---

[1] Kirsti Simonsuuri, *Homer's Original Genius*, Cambridge University, Press, 1979, p.61. M. M. Willock 对此持赞同的态度（参见 "The Search for the Poet Homer", in *Homer*, edited by Ian Macauslan and Peter Walcot, Oxford University Press, 1998, p.55）。

他各方对荷马及其史诗的评价，否则将很可能导致走极端的危险，见木不见林，失去客观的评审维度。今天，荷马史诗是一种由传统积淀而成的口诵史诗的观点在西方学界几乎已成定论。大多数学者已不再认为《伊利亚特》和《奥德赛》出自同一位诗人的构组。然而，即使在这种情况下，如何在强调程式作用的口诵史诗理论和肯定荷马的作用以及诗才之间寻找一种平衡，仍然是一个需要得到妥善解决的问题。毕竟，荷马不会因为这个或那个原因退出历史舞台，历史既然造就了荷马和归在他名下的史诗，也就会坚持它的一如既往的一贯性，直到人们找到确切的证据，表明把荷马尊为《伊利亚特》和《奥德赛》的作者是一个确凿的历史性错误。只要这一天没有到来（它会到来吗？），世人就还会依循常规，将《伊利亚特》和《奥德赛》划归在荷马的名下，使他继续享领此份实际上无人可以顶替接受的荣誉。历史经常是不能复原的。在源远流长和同时极为需要最大限度的学力和想像力的荷马史诗研究领域，人们同样也只能容忍历史的出于"本能"的自我"遮蔽"，无可奈何地直面由此造成的不得不凭借人的有限智慧应对棘手问题的难堪。

主要参考书目

Curtius, E. R. *European Literature and the Latin Middle Ages* (translated by W. Trask), 1953.
De Jong, I. *A Narratological Commentary on the Odyssey*, 2011.
Dimock, G. E. *The Unity of the Odyssey*, 1989.
Flaceliere, R. *A Literary History of Greece*, 1964.
Foley, J. M. *Traditional Oral Epic*, 1990.
Knight, J. *Many-minded Homer*, 1968.
Lamberton, R. and Keancy, J. J. *Homer's Ancient Readers*, 1992.
Lefkowitz, M. *The Lives of the Greek Poets*, 1981.
Lord, A. B. *The Singer of Tales*, 1960.
Macausland, I. and Walot, P. *Homer*, 1998.
Meijering, R. *Literary and Rhetorical Theories in Greek Scholia*, 1987.
Morris, I. and Powell, H (eds). *A New Companion to Homer*, 1997.

Mueller, M. *The Iliad*, 1984.
Myres, J. L. *Homer and His Critic* (edited by D. Gray), 1958.
Thomson, J. A. K. *Studies in the Odyssey*, 1966.
Trypanis, C. A. *The Homeric Epics*, 1977.
Watts, A. C. *The Lyre and the Harp*, 1969.
Whitman, C. H. *Homer and the Heroic Tradition*, 1958.

奥德赛

第一卷

告诉我,缪斯,那位聪颖敏睿的凡人的经历,
在攻破神圣的特洛伊城堡后,浪迹四方。
他见过许多种族的城国,领略了他们的见识,
心忍着许多痛苦,挣扎在浩淼的大洋,
为了保住自己的性命,使伙伴们得以还乡。但
即便如此,他却救不下那些朋伴,虽然尽了力量:
他们死于自己的愚莽,他们的肆狂,这帮
笨蛋,居然吞食赫利俄斯·呼裴里昂的牧牛,
被日神夺走了还家的时光。开始吧,
女神,宙斯的女儿,请你随便从哪里开讲。

那时,所有其他壮勇,那些躲过了灭顶之灾的人们,
都已逃离战场和海浪,尽数还乡,只有
此君一人,怀着思妻的念头,回家的愿望,
被卡鲁普索拘留在深旷的岩洞,雍雅的女仙,
女神中的佼杰,意欲把他招做夫郎。
随着季节的移逝,转来了让他
还乡伊萨卡的岁月,神明编织的
时光,但即便如此,他却仍将遭受磨难,
哪怕回到亲朋身旁。神们全都怜悯他的处境,
惟有波塞冬例外,仍然盛怒不息,对
神一样的奥德修斯,直到他返回自己的家邦。

但现在，波塞冬已去造访远方的埃塞俄比亚族民——
埃塞俄比亚人，居家最僻远的凡生，分作两部，
一部栖居日落之地，另一部在呼裴里昂升起的地方——
接受公牛和公羊的牲祭，
坐着享受盛宴的愉畅。与此同时，其他
众神全都汇聚俄林波斯宙斯的厅堂。
神和人的父亲首先发话，
心中想着雍贵的埃吉索斯，
死在俄瑞斯忒斯手下，阿伽门农声名远扬的儿郎。
心中想着此人，宙斯开口发话，对不死的神明说道：
"可耻啊——我说！凡人责怪我等众神，
说我们给了他们苦难，然而事实却并非这样：他们
以自己的粗莽，逾越既定的规限，替自己招致悲伤，一如
不久前埃吉索斯的作为，越出既定的规限，姘居阿特柔斯
之子婚娶的妻房，将他杀死，在他返家之时，
尽管埃吉索斯知晓此事会招来突暴的祸殃——我们曾明
告于他，派出赫耳墨斯，眼睛雪亮的阿耳吉丰忒斯，
叫他不要杀人，也不要强占他的妻房：

40 俄瑞斯忒斯会报仇雪恨，为阿特柔斯之子，
一经长大成人，思盼回返故乡。
赫耳墨斯曾如此告说，但尽管心怀善意，
却不能使埃吉索斯回头；现在，此人已付出昂贵的代价。"

听罢这番话，灰眼睛女神雅典娜答道：
"克罗诺斯之子，我们的父亲，最高贵的王者，
埃吉索斯确实祸咎自取，活该被杀，
任何重蹈覆辙的凡人，都该遭受此般下场。
然而，我的心灵正为聪颖的奥德修斯煎痛，
可怜的人，至今远离亲朋，承受悲愁的折磨，

陷身水浪拥围的海岛，大洋的脐眼，
一位女神的家园，一个林木葱郁的地方。
她是歹毒的阿特拉斯的女儿，其父知晓
洋流的每一处深底，撑顶着粗浑的
长柱，隔连着天空和大地。
正是他的女儿滞留了那个愁容满面的不幸之人，
总用甜柔、赞褒的言词迷蒙他的
心肠，使之忘却伊萨卡，但奥德修斯
一心企望眺见家乡的炊烟，
盼愿死亡。然而你，俄林波斯神主，
你却不曾把他放在心上。难道奥德修斯
不曾愉悦你的心房，在阿耳吉维人的船边，
宽阔的特洛伊平野？为何如此无情，对他狠酷这般？"

　　听罢这番话，汇聚乌云的宙斯说讲，答道：
"这是什么话，我的孩子，崩出了你的齿隙？
我怎会忘怀神一样的奥德修斯？
论心智，凡生中无人可及；论敬祭，
对统掌辽阔天空的神明，他比谁都慷慨大方。
只因环拥大地的波塞冬中阻，出于对捅瞎
库克洛普斯眼睛的难以消泄的仇怨——
神样的波鲁菲摩斯力大无比，
库克洛佩斯中他最豪强。他母亲是仙女苏莎，
福耳库斯的女儿，前者制统着苍贫的①大海——
此女曾在深旷的岩洞里和波塞冬睡躺寻欢。
出于这个缘故，裂地之神波塞冬虽然不曾
把他杀倒，却梗阻了他还乡的企愿。

---

① 苍贫的：helikas，或作"奔腾不息的"解。

这样吧，让我等在此的众神谋划他的回归，
使他得返故乡。波塞冬要平息
怨愤；面对不死的众神，连手的营垒，
此君孤身一个，绝难有所作为。"
80　听罢这番话，灰眼睛女神雅典娜答道：
"克罗诺斯之子，我们的父亲，最高贵的王者，
倘若此事确能欢悦幸福的神祇，
让精多谋略的奥德修斯回归，那么，
让我们派出赫耳墨斯，导者，斩杀阿耳戈斯的神明，
前往海岛俄古吉亚，以便尽快传送
此番不受挫阻的谕言，对长发秀美的女仙，
让心志刚强的奥德修斯起程，返回故乡。
我这就动身伊萨卡，以便催励
他的儿子，鼓起他的信心，
召聚长发的阿开亚人集会，对
所有的追求者发话，后者正没日没夜地
屠宰步履蹒跚的弯角壮牛，杀倒拱挤的肥羊。
我将送他前往斯巴达和多沙的普洛斯，
询问心爱的父亲回归的信息，抑或能听到些什么，
由此争获良好的名声，在凡人中间传扬。"

　　言罢，女神系上精美的条鞋，在自己的脚面，
黄金做就，永不败坏——穿着它，女神
跨涉沧海和无垠的陆基，像疾风一样轻快。
然后，她操起一杆粗重的铜矛，顶着锋快的铜尖，
100　粗长、硕大、沉重，用以荡扫地面上战斗的
群伍，强力大神的女儿怒目以对的军阵，
从俄林波斯峰巅直冲而下，
落脚伊萨卡大地，奥德修斯的门前，

6

庭院的槛条边，手握铜矛，化作
一位外邦人的形貌，门忒斯，塔菲亚人的头儿。
她看到那帮高傲的求婚人，此刻正
坐在门前，被他们剥宰的牛皮上，
就着棋盘，欢悦他们的心房。
信使及勤勉的伴从们忙碌在他们近旁，
有的正在兑缸里调和酒和清水，
有的则用多孔的海绵擦拭桌面，
搁置就绪，另一些人切下成堆的肉食，大份排放。

　　神样的忒勒马科斯最先见到雅典娜，远在别人之前，
王子坐在求婚者之中，心里悲苦难言，
幻想着高贵的父亲，回归家园，
杀散求婚的人们，使其奔窜在宫居里面，
夺回属于他的权势，拥占自己的家产。
他幻想着这些，坐在求婚人里面，眼见雅典娜到来，
疾步走向庭前，心中烦愤不平——
竟让生客长时间地站等门外。他站在女神身边，　　　　　　120
握住她的右手，接过铜矛，
吐出长了翅膀的话语，开口说道：
"欢迎你，陌生人！你将作为客人，接受我们的礼待；
吃吧，吃过以后，你可告知我们，说出你的需愿。"

　　言罢，他引路先行，帕拉丝·雅典娜紧随在后面。
当走入高大的房居，忒勒马科斯
放妥手握的枪矛，倚置在高耸的壁柱下，
油亮的木架里，站挺着众多的
投枪，心志刚强的奥德修斯的器械。
忒勒马科斯引她入座，铺着亚麻的椅垫，

一张皇丽、精工制作的靠椅，前面放着一个脚凳。
接着，他替自己拉过一把拼色的座椅，离着众人，
那帮求婚者们——生怕来客被喧嚣之声惊扰，
面对肆无忌惮的人们，失去进食的胃口——
以便询问失离的亲人——父亲的下落。
一名女仆提来绚美的金罐，
倒出清水，就着银盆，供他们
盥洗双手，搬过一张溜滑的食桌，放在他们身旁。
一位端庄的家仆送来面包，供他们食用，
140　摆出许多佳肴，足量的食物，慷慨地陈放。
与此同时，一位切割者端起堆着各种肉食的大盘，
放在他们面前，摆上金质的饮具，
一位信使往返穿梭，注酒入杯。

　　其时，高傲的求婚者们全都走进屋内，
在靠椅和凳椅上依次就座，
信使们倒出清水，淋洗各位的双手，
女仆们送来面包，满满地装在篮子里，
年轻人倒出醇酒，注满兑缸，供他们饮用。
食客们伸出手来，抓起眼前的佳肴。
当满足了吃喝的欲望，
求婚者们兴趣旁移，转移
到歌舞上来——歌舞，盛宴的佳伴。
信使将一把做工精美的竖琴放入菲弥俄斯
手中，后者无奈求婚人的逼迫，开口唱诵。
他拨动琴弦，诵说动听的诗段。
忒勒马科斯开口说话，贴近灰眼睛
雅典娜的头边，谨防别人听见：
"对我的话语，亲爱的陌生人，你可会怨恨愤烦？

8

这帮人痴迷于眼前的享乐,竖琴和歌曲,
随手抪取,无需偿付,吞食别人的财产, 160
物主已是一堆白骨,在阴雨中霉烂,
不是弃置在陆架上,便是冲滚在海浪里。
倘若他们见他回来,回返伊萨卡地面,那么,
他们的全部祈祷将是企望能有更迅捷的快腿,
而不是成为拥有更多黄金和衣服的富贵。
可惜,他已死了,死于凄惨的命运;对于我们,
世上已不存在慰藉,哪怕有人告诉我们,
说他将会回返故里。他的返家之日已被碎荡破毁。
来吧,告诉我你的情况,要准确地回答。
你是谁,你的父亲是谁?来自哪个城市,双亲在哪里?
乘坐何样的海船到来?水手们如何
把你送到此地,而他们又自称来何方?
我想你不可能徒步行走,来到这个国邦。
此外,还请告诉我,真实地告诉我,让我了解这一点。
你是首次来访,还是本来就是家父的朋友,
来自异国他乡?许多其他宾朋也曾来过
我家,家父亦经常外出造访。"

听罢这番话,灰眼睛女神雅典娜答道:
"好吧,我会准确无误地回话,把一切告答。
我乃门忒斯,聪颖的安基阿洛斯的 180
儿子。我统治着塔菲亚人,欢爱船桨的族邦。
现在,正如你已看见,我来到此地,带着船和伴友,
踏破酒蓝色的洋面,前往忒墨塞,人操异乡方言的
邦域,载着闪亮的灰铁,换取青铜。
我的船停驻乡间,远离城区,
在雷斯荣港湾,林木繁茂的内昂山边。

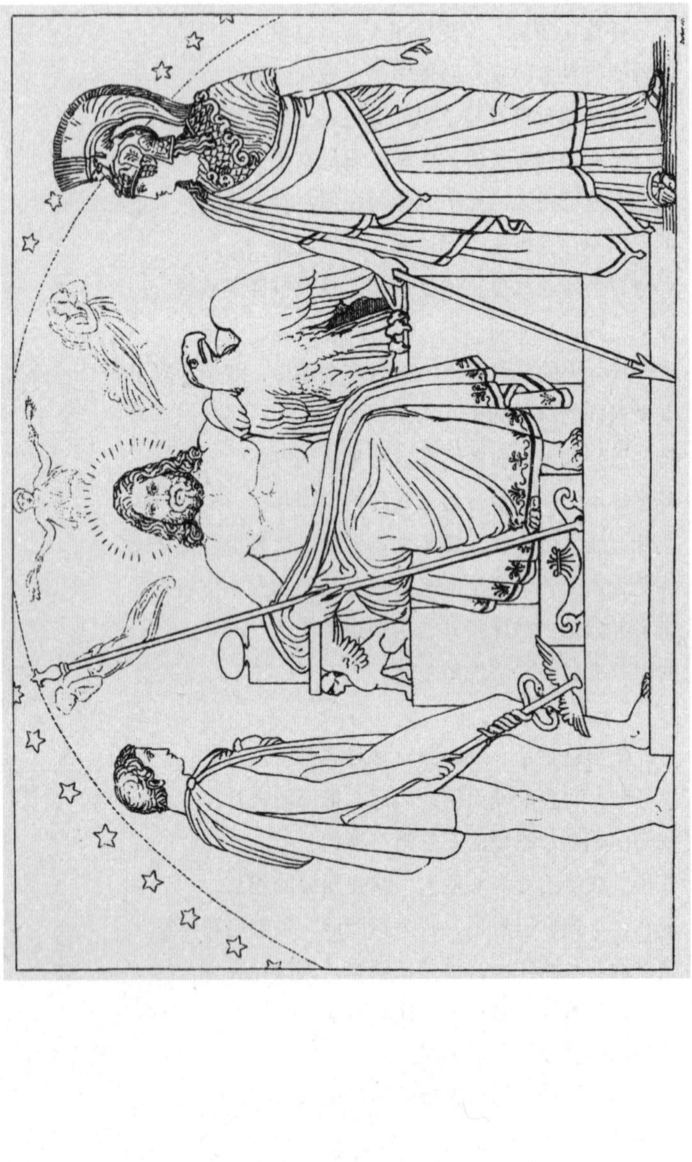

令尊和我乃世交的朋友,可以
追溯到久远的年代——如果愿意,你可去问问
莱耳忒斯,年迈的英雄。人们说,此人现已不来
城市,栖居在他的庄园,生活孤独凄惨,
仅由一名老妇伺候,给他一些
饮食,每当疲乏折揉他的身骨,
匍匐劳作在坡地上的葡萄园。现在,
我来到此地,只因听说他,你的父亲,
已回返乡园。看来是我错了,神明滞阻了他的回归。
卓著的奥德修斯并不曾倒死陆野,
而是活在某个地方,禁滞在苍淼的大海,
一座水浪扑击的海岛,受制于野蛮人的束管,
一帮粗莽的汉子,阻止他回返,违背他的意愿。
现在,容我告你一番预言,神们把它输入　　200
我的心田;我想这会成为现实,
虽然我不是先知,亦不能准确释辨飞鸟的踪迹。
他将不会长久远离亲爱的故土,
哪怕阻止他的禁链像铁一般实坚;
他会设法回程,此人多谋善断。
来吧,告诉我你的情况,要准确地回答。
你可是奥德修斯之子,长得如此高大?
你的头脸和英武的眼睛,在我看来,和他的
出奇的相像——我们曾经常见面,
在他出征特洛伊之前,偕同其他军友,
阿开亚人中最好的汉子,乘坐深旷的海船。
从那以后,我便再也不曾见他,他也不曾和我见面。"

　　听罢这番话,善能思考的忒勒马科斯答道:
"好吧,陌生人,我会准确无误地回话,把一切告答。

是的，母亲说我是他的儿子，但我自己
却说不上来；谁也不能确切知晓他的亲爹。
哦，但愿我是个幸运者的儿男，
他能扛着年迈的皱纹，看守自己的房产！
但我却是此人的儿子，既然你有话问我——
220　父亲命运险厄，凡人中谁也不及他多难！"

　　听罢这番话，灰眼睛女神雅典娜答道：
"神明属意于你的家族，让它千古
流芳——瞧瞧裴奈罗珮的后代，像你这样的儿男。
来吧，告诉我此番情况，回答要真实确切。
此乃何样宴席，何种聚会？此宴与你何干？
是庆典，还是婚娶？我敢断定，这不是自带饮食的聚餐。
瞧他们那骄横的模样，胡嚼蛮咬，
作孽在整座厅殿！目睹此番羞人的情景，置身
他们之中，正经之人能不怒满胸膛！"

　　听罢这番话，善能思考的忒勒马科斯答道：
"既然你问及这些，我的客人，那就容我答来。
从前，这所家居很可能繁荣兴旺，
不受别人讥辱，在某个男人生活在此的时节。
但现在，神们居心险恶，决意引发别的结局，
把他弄得无影无踪，此般处理，凡人中有谁
受过，除他以外？！我将不会如此悲痛，为了他的死难，
倘若他阵亡在自己的伙伴群中，在特洛伊人的土地，
或牺牲在朋友的怀里，经历过那场战杀；
这样，阿开亚全军，所有的兵壮，将给他堆垒坟茔，
240　使他替自己，也为儿子，争得传世的英名，巨大的荣光。
但现在，凶横的风暴已把他席卷，死得不光不彩，

没踪没影,无声无息,使我承受痛苦
和悲哀。然而,我的悲痛眼下已不仅仅是为了
他的死难,神们还使我遭受别的愁煎。
外岛上所有的豪强,有权有势的户头,
来自杜利基昂、萨墨和林木繁茂的扎昆索斯,
连同本地的望族,山石嶙峋的伊萨卡的王贵,
全都在追求我的母亲,败毁我的家院。
母亲既不拒绝可恨的婚姻,也无力
结束这场纷乱;这帮人挥霍我的家产,
吞糜我的所有,用不了多久,还会把我撕裂!"

听罢这番话,帕拉丝·雅典娜怒不可遏,答道:
"真是无耻至极!眼下,你可真是需要失离的奥德修斯,
要得火急——他会痛打这帮求婚者,无耻的东西。
但愿他现时出现,站在房居的
外门边,头戴战盔,手握枪矛一对,
一如我首次见他的模样,在
我们家里,喝着美酒,享受盛宴的香甜。
他从厄夫瑞过来,别了伊洛斯,墨耳墨罗斯的儿男,
乘坐快船——奥德修斯前往该地,
寻求杀人的毒物,以便
涂抹箭的铜镞,但伊洛斯丁点
不给,出于对长生不老的神明的惧畏,
幸好家父酷爱令尊,使他得以如愿。
但愿奥德修斯,如此人杰,出现在求婚人面前:
他们全都将找见死的暴捷,婚姻的悲伤!
然而,这一切都躺等在神的膝头:
他能否,是的,可否回乡报仇,在
自己的家院。现在,我要你开动脑筋,

想个办法，把求婚者们赶出厅殿。
听着，认真听取我的嘱告，按我说的做。
明天，你应召聚阿开亚壮士集会，
当众宣告你的主张，让神明作证。
要求婚者们就此散伙，各回家门，
至于你母亲，倘若心灵驱她再嫁，
那就让她回见有权有势的父亲，回返他的宫中，
他们会替她张罗，准备丰厚的
财礼，嫁出一位爱女应有的陪送。
现在，我将给你明智的劝告，希望你好生听着。
280 整备一条最好的海船，带配二十支划桨，
出海探问音讯，你那长期失离的父亲，
兴许能碰上某人，告诉你宙斯遣送的
谣传——对我等生民，她比谁都善传讯息。
先去普洛斯，询问卓著的奈斯托耳，
而后前往斯巴达，面见棕发的墨奈劳斯，
身披铜甲的阿开亚人中，他最后回归。
这样，倘若听说父亲仍然活着，正在返家途中，
你仍需等盼一年，尽管已历经艰辛。
但是，如果听说他已死了，不再存活，
那么，你可启程返航，归返心爱的故乡，
堆筑坟茔，举办隆重的牲祭，浩大的
场面，合适的规模，然后嫁出母亲，给另一位丈夫。
当办完这些，处理得妥妥帖帖，
你应认真思考，在你的心里魂里，
想出一个办法，除杀家居里的求婚人，
用谋诈，或通过公开的拼战。不要再
抱住儿时的一切，你已不是小孩。
难道你不曾听说了不起的俄瑞斯忒斯，

人世间煊赫的英名,杀除弑父的凶手,
奸诈的埃吉索斯,曾把他光荣的父亲谋害? 300
你也一样,亲爱的朋友,我看你身材高大,器宇轩昂,
勇敢些,留下英名,让后人称赞。
现在,我要返回快船,回见
我的伙伴,他们一定在翘首盼望,
焦躁纷繁。记住这一切,按我说的做。"

听罢这番话,善能思考的忒勒马科斯答道:
"我的客人,你的话充满善意,
就像父亲对儿子的谆告,我将牢记在心。
来吧,不妨稍作逗留,虽然你急于启程,
以便洗澡沐浴,放松肌体,
舒怡身心,然后回登海船,带着礼物,
绚丽的精品,贵重的好东西,你可常留身边,
作为我的馈赠,上好的佳宝,主客间的送礼。"

听罢这番话,灰眼睛女神雅典娜答道:
"不要留我,因我登程心切。此份
礼物——无论你那可爱的心灵选中什么,打算给我,
请你代为保存,面赠于我,在我下次造访之后,带回家中;
你会选定一份佳品,而我将回送一份同样珍贵的礼物。"

言罢,灰眼睛女神雅典娜旋即离去,
像一只鹰鸟,直刺长空,在忒勒马科斯心里 320
注入了力量和勇气,使他比往日更深切地
怀念父亲,猜度着此事的含义,
心中满是惊异,认为来者是一位神明。
他当即举步,神一样的凡人,坐入求婚的人群。

著名的歌手正对他们唱诵，后者静坐
聆听。歌手唱诵阿开亚人饱含痛苦的回归，
从特洛伊地面，帕拉丝·雅典娜的报惩①。

耳闻神奇的唱声，从楼上的房间，
谨慎的裴奈罗珮，伊卡里俄斯的女儿，
走下高高的楼梯，建造在她的宫中，
并非独自踽行，有两位侍女伴随。
当她，女人中的佼杰，来到求婚人近旁，
站在房柱下，柱端支撑着坚实的屋顶，
拢着闪亮的头巾，遮掩着脸面，
两边各站一名忠实的仆伴，
她开口说话，对神圣的歌手，泪流满面：
"菲弥俄斯，你知晓许多其他故事，
勾人心魂的唱段，神和人的经历，诗人的传诵，
何不坐在他们旁边，选用其中的一段，让他们静下，
340　啜饮杯中的浆酒——不要唱诵这个段子，它那
悲苦的内容总是刺痛我的心魂；
难忘的悲愁折磨着我，比对谁都烈，
怀念一位心爱的人儿，每当想起我的
夫婿，他名声遐迩，传闻在赫拉斯和整个阿耳戈斯境域。"

听罢这番话，善能思考的忒勒马科斯答道：
"母亲，为何抱怨这位出色的歌手？他受
心灵的驱使，欢悦我们的情怀。该受责备的
不是歌手，而是宙斯，后者随心所欲，
治弄吃食面包的我们，每一个凡人。

---

① 雅典娜的报惩：参考4·502—504，5·107—111等处。

此事无可指摘，唱诵达奈人悲苦的归程。
人们，毫无疑问，总是更喜爱最新
流诵的段子，说唱在听者之中。
认真听唱，用你的心魂；
奥德修斯不是特洛伊城下惟一失归的
壮勇，许多人倒死在那里，并非仅他一人。
回去吧，操持你自个的活计，
你的织机和线杆，还要催督家中的女仆，
要她们好生干活。至于辩议，那是男人的事情，
所有的男子，首先是我；在这个家里，我是镇管的权威。"

裴奈罗佩走回房室，惊诧不已，　　　　　　　　　　360
把儿子明智的言告收藏心底，
返回楼上的房间，由侍女们偕同，
哭念奥德修斯，亲爱的丈夫，直到
灰眼睛雅典娜送出睡眠，香熟的睡意把眼睑合上。

求婚者们大声喧闹，在幽暗的厅堂，
争相祷叫，全都想获这份殊荣，睡躺在她的身旁。
善能思考的忒勒马科斯见状发话，喊道：
"追求我母亲的人们，极端贪蛮的求婚者们，
现在，让我们静心享受吃喝的愉悦，不要
喧嚣，能够聆听一位像他这样出色的歌手唱诵，
是一种值得庆幸的佳妙；他有着神一般的歌喉。
明天，我们将前往集会地点，
展开辩论——届时，我将直言相告，
要你们离开我的房居，到别处吃喝，
轮番食用你们自己的东西，一家接着一家啖耗。
但是，倘若你等以为如此作为于你们更为有利，

更有进益，吃耗别人的财产，不予偿付，
那就继续折腾下去，我将对永生的神祇呼祷，
但求宙斯允降某种形式的报应，让
380　你们死在这座房居，白送性命，不得回报！"

　　听他说罢，求婚者们个个痛咬嘴唇，惊异于
忒勒马科斯的言语，竟敢如此大胆地对他们训话。

　　人群中，安提努斯，欧培塞斯之子，首先答道：
"忒勒马科斯，毫无疑问，一定是神明亲自出马，激励
你采取勇莽的立场，如此大胆地对我们发话。
但愿克罗诺斯之子永不立你为王，统治海水环抱的
伊萨卡，虽然这是你的权益，祖辈的遗赏。"

　　听罢这番话，善能思考的忒勒马科斯答道：
"尽管你恼恨我的言词，安提努斯，
我仍将希愿接继王业，倘若宙斯允诺。
你以为这是凡人所能承受的最坏的事情吗？
治国为王并非坏事；王者的家资会
急速增长，王者本人享有别人不可企及的荣光。
是的，在海水环抱的伊萨卡，阿开亚王者林立，
有年老的，亦有年轻的，其中任何一个都可
雄占统治的地位，既然卓著的奥德修斯已经身亡。
尽管如此，我仍将统掌我的家居，发号施令，
对奥德修斯为我争得的仆帮。"

　　听罢这番话，欧鲁马科斯，波鲁波斯之子，答道：
400　"此类事情，忒勒马科斯，全都候躺在神的膝头，
海水环抱的伊萨卡将由谁个王统，应由神明定夺。

不过,我希望你能守住你的财产,统管自己的宫房。
但愿此人绝不会来临,用暴力夺走你的家产,
违背你的愿望,只要伊萨卡还是个人居人住的地方。
现在,人中的俊杰,我要问你那个生人的情况:
他打哪里过来,自称来自
何方?亲人在哪,还有祖辈的田庄?
他可曾带来令尊归家的消息,
抑或,此行只是为了自己,操办某件事由?
他匆匆离去,走得无影无踪,不曾稍事逗留,
使我们无缘结识。从外表判断,他不像是出身低劣的小人。"

听罢这番话,善能思考的忒勒马科斯答道:
"我父亲的回归,欧鲁马科斯,已成绝望。
我已不再相信讯息,不管来自何方,
也不会听理先知的卜言——母亲
会让他们进来,询索问告。
那位生人是家父的朋友,打塔福斯过来,
自称门忒斯,聪颖的安基阿洛斯
之子,塔菲亚人的首领,欢爱船桨的族邦。"

忒勒马科斯一番说告,但心知那是位不死的女神。 420
那帮人转向舞蹈的欢乐,陶醉于动听的歌声,
尽情享受,等待夜色的降落。
他们沉湎在欢悦之中,迎来乌黑的夜晚,
随之回返床边,各回自己的家府。
忒勒马科斯走回睡房,傍着漂亮的
庭院,一处高耸的建筑,由此可以察见四周。
他走向自己的睡床,心事重重,
忠实的欧鲁克蕾娅和他同行,打着透亮的

火把，裴塞诺耳之子俄普斯的女儿，
被莱耳忒斯买下，用自己的所有，
连同她豆蔻的年华，用二十头牛；
在家中，莱耳忒斯待她如同对待忠贞的妻子，
但却从未和她同床，以恐招来妻侣的怨愤。其时，
她和忒勒马科斯同行，打着透亮的火把。欧鲁克蕾娅
爱他胜于其他女仆——在他幼小之时，老妇是他的保姆。
他打开门扇，制合坚固的睡房，
坐在床边，脱去松软的衫衣，
放入精明的老妪手中，
后者叠起衣裳，拂理平整，
440　挂上衣钉，在绳线穿绑的床架旁。
然后，她走出房间，关上房门，手握
银环，攥紧绳带，合上门闩。
忒勒马科斯潜心思考，想着雅典娜
指明的旅程，裹着松软的羊皮，整整一个晚上。

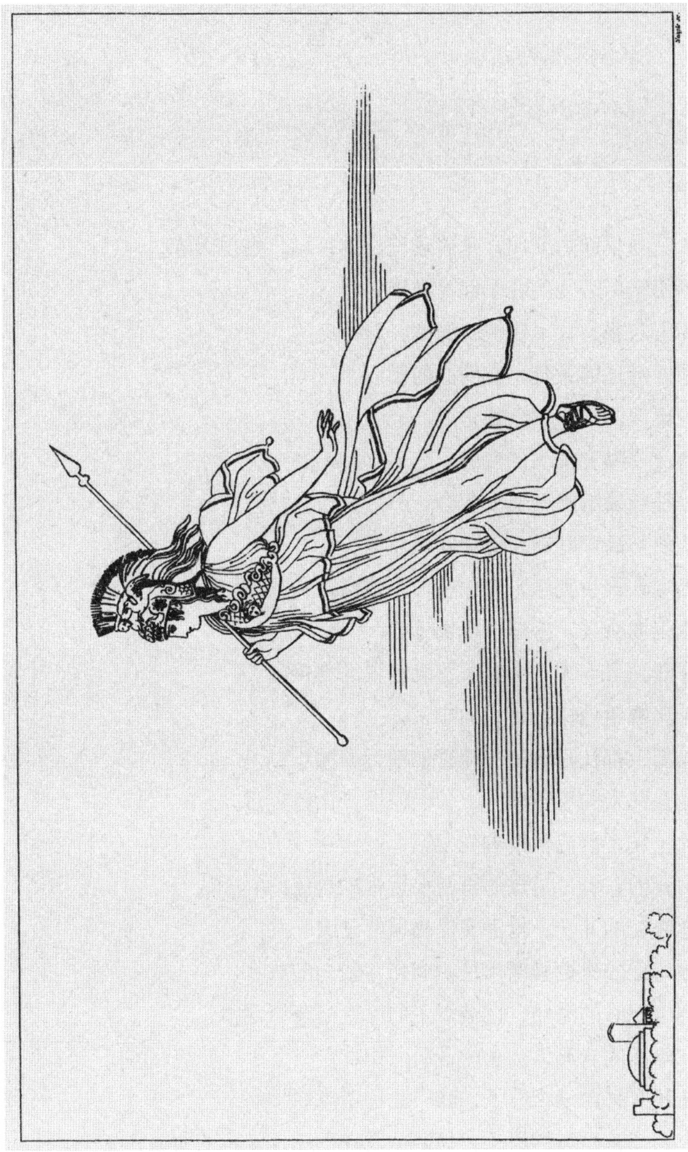

第二卷

　　当早起的黎明，垂着玫瑰红的手指，重现天际，
奥德修斯心爱的儿子起身离床，
穿上衣服，背上锋快的劈剑，斜挎肩头，
系好舒适的条鞋，在闪亮的脚面，
走出房门，俨然天神一般。
他命令嗓音清亮的使者
召呼长发的阿开亚人集会，
信使们高声呼喊，民众闻风而动。
当众人聚合完毕，集中在一个地点，
他走向会场，手握一杆铜枪，
并非独自一人，由两条腿脚轻快的狗伴随。
雅典娜给他抹上迷人的丰采，
人们全都注目观望，随着他前行的脚步。
他在父亲的位子就座，长老们退步让他走过。
壮士埃古普提俄斯首先发话，一位
躬背的长者，见过的事情多得难以数说。
他心爱的儿子，枪手安提福斯，已随
神一样的奥德修斯前往伊利昂，骏马的故乡，
乘坐深旷的海船，已被野蛮的库克洛普斯吃掉，
在幽深的岩洞，被食的最后一份佳肴。
他还有另外三个儿子，其中欧鲁诺摩斯
介入了求婚者的群伍，另两个看守田庄，父亲的所有。
然而，他仍然难忘那个失落的儿郎，满怀悲戚和哀愁。

带着哭子的悲情,他面对众人,开口说道:
"听我说,伊萨卡人,听听我的言告。
自从卓著的奥德修斯走后,乘坐深旷的海船,
我们便再也没有集会或聚首碰头。现在,
召聚我们集会的却是何人?是哪个年轻后生,
或是我们长者中的谁个,为了什么理由?
难道他已听悉军队回归的消息,
先于别人,现在打算详告我们?
抑或,他想禀告某件公事,提请争论?
看来,他像是颗高贵的种子,吉利的兆头。愿
宙斯体察他的希冀,实现他的每一个愿求!"

　　他如此一番说道,奥德修斯之子听后高兴,
静坐不住,心想张嘴发话,
站挺在人群之中。裴塞诺耳,一位
聪颖善辩的使者,将王杖放入他手中。
他张嘴说话,以回答老人的询问开头:
"老先生,此人距此不远,你老马上即会知晓谁人。 40
是我,是的,召聚了这次集会——我比谁都更感悲愁。
并非我已听悉军队回返的消息,
先于别人,现在打算把详情道说;
亦非想要禀告某件公事,提请争议,
实是出于我自个的苦衷——双重的灾难已降临我的
家园。我已失去亲爹,一个高贵的好人,
曾经王统你等,像一位父亲。
现在,又有一场更大的灾祸,足以即刻
碎灭我的生活,破毁我的家屋。
我的母亲,违背她的意愿,已被求婚者们包围,
来自此间最显赫的豪门大户,受宠的公子王孙。

他们不敢前往伊卡里俄斯的房居,她的
父亲,以便让他整备财礼,嫁出女儿,
给他喜欢的婿男,看中的人选,
而是日复一日,骚挤在我们家居,
宰杀我们的牛、绵羊和肥美的山羊,
摆开丰奢的宴席,狂饮闪亮的醇酒,骄虐
无度。他们吞糜我的财产,而家中却没有
一位像奥德修斯那样的男子,把这帮祸害扫出门外。

60 我们不是征战沙场的骁将,难以胜任此事,
强试身手,只会显出自己的羸弱。
假如我有那份力气,我将保卫自己的安全。
放荡的作为已超出可以容让的程度;这帮人肆虐,不顾礼面,
已经破毁我的家屋。你们应烦愤于自己的行径,
在乡里乡亲面前,在身边的父老兄弟面前
感到脸红!不要惹发神的愤怒,震怒于
你等的恶行,使你们为此受苦。
我恳求各位,以俄林波斯大神宙斯的名义,以
召聚和遣散集会的塞弥丝的名义,
就此了结吧,我的朋友们,让我独自一人,被钻心的
悲苦折磨,除非奥德修斯,我那高贵的父亲,
过去常因出于愤怒,伤害过胫甲坚固的阿开亚人,
而你们因此怀恨在心,有意报复,怂恿
这些人们害我。事实上,倘若你们耗去我的财产,
吞吃我的牧牛,事情会更加有利于我。
倘若你等吃了它们,将来就得回补——
我们将遍走城镇,四处宣告,
要求赔偿,直到索回每一分被耗的所有。
现在,你们正垒起难以忍受的痛苦,堆压在我的心头。"
80 就这样,他含怒申诉,掷杖落地,

泪水喷涌;怜悯占据了每一个人的心胸。
其时,众人默不作声,谁也没有那份胆量,
回驳忒勒马科斯的话语,用尖厉的言词,
只有安提努斯一人答话,说道:
"好一番雄辞漫辩,忒勒马科斯,你在睁着眼睛瞎说!
你在试图侮辱我们,使我们遭受舆论的谴责!
然而,你却没有理由责难阿开亚乡胞,求婚的人们。
错在你的母亲,多谋诡诈的心胸。
她一直在钝锉阿开亚人的心绪,现在
已是第三个年头,马上即会进入第四个轮转的春秋。
她使所有的人怀抱希望,对每个人许下言诺,
送出信息,而心里想的却是另外一套。
她还想出另一种诡计,在她心间,于
宫中安起一架偌大的织机,编制
一件硕大、精美的织物,对我们说道:
'年轻人,我的追随者们,既然卓著的奥德修斯已经死去,
你们,尽管急于娶我,不妨再等上一等,让我完成
这件织物,使我的劳作不致半途而废。
我为英雄莱耳忒斯制作披裹,备待使人
蹬腿撒手的死亡将他逮获的时候, 100
以免邻里的阿开亚女子讥责于我,说是一位
能征惯战的斗士,死后竟连一片裹尸的织布都没有。'
她如此一番叙告,说动了我们高豪的心魂。
从那以后,她白天忙活在偌大的织机前,
夜晚则点起火把,将织物拆散,待织从头。
就这样,一连三年,她瞒着我们,使阿开亚人
信以为真,直到第四个年头,随着季节的逝移,
她家中的一个女子,心知骗局的底细,把真情道出。
我们当场揭穿她的把戏,在她松拆闪亮织物的当口。

于是，她只好收工披裹，被迫违背自己的愿望。
现在，求婚者们已回复你的言告，以便
使你明了此事，连同所有的阿开亚乡胞。
送走你的母亲吧，要她婚嫁，
由她父亲相中，亦能使她欢心的男人。
但是，倘若她继续折磨阿开亚人的儿子，
内心矜持于雅典娜馈送的礼物，
聪颖的心计，精美绝伦的手工，此般
微妙的变术，我等从来不曾听过，就连古时的
名女，发辫秀美的阿开亚女子，就连图罗、
120 阿尔克墨奈和慕凯奈，顶戴精致的环冠，也不是她的
对手，她们中谁能竞比她的心智，把裴奈罗珮
赶超？然而，就在这件事上，她却思考欠妥。
只要她不放弃这个念头——我想，是天上的神明
将此念注入她心中——求婚者们就不会停止挥霍你的
家产，食糜你的所有。她为自己争得噪响的
声名，却给你的家业带来巨大的失损。
我们将不会回返自己的庄园，也不去其他任何地方，
直到她嫁给我们中的一员，受她喜爱的男人。"

　　听罢这番话，善能思考的忒勒马科斯答道：
"安提努斯，我不能逼迫生我养我的母亲，
把她赶出房居，违背她的心意。我的父亲，无论
死活，还在世间的某个地方。倘若我决意行动，遣回
母亲，我将难以拿出大批财物，付到伊卡里俄斯的家中。
我将受害于她的父亲，受到神灵的
谴责——母亲会呼求复仇女神的惩罚，
在她出走家门的时候，伴随着民众的
怨愤。所以，此番话语不会出自我的唇口。

至于你们，倘若我的答复触怒了你们的感受，
那就请离开我的宫居，到别处吃喝，
轮番食用你们的东西，一家接着一家啖耗。 140
但是，倘若你等以为如此作为于你们更为有利，
更有进益，吃耗别人的财产，不予偿付，
那就继续折腾下去，我将对永生的神祇呼祷，
但求宙斯允降某种形式的报应，让
你们死在这座房居，白送性命，不得回报！"

忒勒马科斯言罢，沉雷远播的宙斯
遣出两只鹰鸟，从山巅上下来，
乘着疾风，结伴冲滑了一阵，
舒展宽大的翅膀，比翼天中。但是，
当飞到会场上空，充彻着芜杂的响声，
它俩剧烈地抖动翅膀，不停地旋转，
朝着会场的人头俯冲，双眼闪出可怕的
凶光，亮出鹰爪，互相撕绞面颊和颈部，
然后急速飞向右边，越过城市和房屋。
眼见此番情景，众人瞠目结舌，
心想着预兆的含义，会有何事降落？
哈利塞耳塞斯，马斯托耳之子，一位年迈的武士，
开口说话——同辈中，他远比别人
更能卜释，辨示鸟踪。其时，
怀着对众人的善意，他开口喊道： 160
"听我说，伊萨卡人，听听我的话告：
我要特别警告求婚的人们，一场
巨大的灾难正在临头。奥德修斯肯定
不会长期远离家室；事实上，现在他已
置身距此不远的地方，谋划着给这帮人送来

毁灭和死亡。我们中的许多人也将面临悲难，
生活在阳光灿烂的伊萨卡。所以，让我们
趁早设法，使他们辍停止事，或使他们
自己作罢，此举会产生逢凶化吉的功效。
我不是卜兆的生手，经验使我知晓其中的门道。
关于奥德修斯，难道一切不像我预言的那样，
当着阿耳吉维人，随同足智多谋的
奥德修斯，登船上路，前往特洛伊的时候？
我说过，在历经磨难，痛失所有的伙伴后，
在第二十个年头，他将回返家园，避开
众人的耳目。现在，这一切正在变为现实。"

　　听罢这番话，欧鲁马科斯，波鲁波斯之子，答道：
"回去吧，老先生，把预言留给你的孩子，
免得他们灾祸临头。关于此事，
我能道出更好的释语，远比你的强胜。
天空中鸟儿众多，穿飞在金色的阳光
里，并非所有的飞鸟都会带来兆头。奥德修斯
已经作古，远离此地；你也真该死去，
随他一道！这样，你就不会瞎编这些预言，
也不会激挑怒气冲冲的忒勒马科斯他
期待着给自家争得一份礼物，倘若他真会出赏赠送。
现在，我要对你直言相告，此事将成为现实。
假如你，以你的世故和阅历，挑唆某个青年，
花言巧语，使他暴发雷霆，
那么，首先，你将承受更大的悲哀，
不会因为眼前的情势而有所作为，不会有点滴的收获。
其次，对于你，老先生，我们将惩你一笔财富，
让你揪心痛骨，带着悲愁支付。

这里，我要劝诫忒勒马科斯，当着众人，
让他催促母亲返回父居，
他们会替她张罗，准备丰厚的
财礼，嫁出一位爱女应有的陪送。
我敢说，阿开亚人的儿子们不会停止
粗放的追求，因为我们谁也不怕，
更不用说忒勒马科斯，哪怕他口若悬河。 200
我们亦不在乎你老先生告知些什么预言，
不会发生的事情，只会加深我们对你的憎恨。
他的家产将被毫不留情地食耗，永远
无需偿还，只要裴奈罗珮一味拖延阿开亚人的
婚娶，只要我们等待此地，日复一日，
为了争夺这位出众的佳人，不曾寻求
其他女子，各娶所需，合适的妻从。"

听罢这番话，善能思考的忒勒马科斯答道：
"欧鲁马科斯，其他所有傲慢的求婚人，
关于这些事情，我不打算继续恳求，也不想再作谈论，
因为神们已经知晓，连同所有的阿开亚人。
这样吧，给我一条快船，二十名伙伴，
载我往返水路之中。我将
前往斯巴达和多沙的普洛斯，
询索我那长期失离的父亲，
兴许能碰得某个凡人口述，或听闻宙斯遭送的
谣传——对我等生民，她比谁都善传讯说。
这样，倘若听说父亲仍然活着，正在返家途中，
我会继续等盼一年，尽管已历经折波；
但是，倘若听说他已死了，不再存活， 220
那么，我将启程，归返心爱的故乡，

堆筑坟茔，举办隆重的牲祭，浩大的
场面，合适的规模，然后嫁出母亲，给另一位丈夫。"

言罢，他屈腿下坐；人群里站起了
门托耳，曾是雍贵的奥德修斯的伴从，
而奥德修斯，于登船之际，曾把整座宫居
托付老人，让他好生看管，并要大家服从。
怀着良好的意愿，他开口说道：
"听我说，伊萨卡人，听听我的说告。
让手握权杖的王者从此与温善和
慈爱绝缘，不要再为主持公正劳费心力；
让他永远暴虐无度，凶霸专横，
既然神一样的奥德修斯，他所统治的属民中
谁也不再怀念这位王者，像一位慈善的父亲。
现在，我不想怒骂这帮高傲的求婚者，
他们随心所欲，肆意横行，
正用绳索勒紧自己的脖子，冒死吞咽
奥德修斯的家业，以为他绝不会回返；
我要责怪的是你等民众，为何木然
无声地坐着，不敢用批驳的话语斥阻求婚的
人们，虽然他们只是少数，而你们的人数如此众多！"

听罢这番话，琉克里托斯，欧厄诺耳之子，驳斥道：
"厥词乱放的门托耳，胡思乱想的昏老头！你在
瞎说些什么——要他们把我们打倒？！就是人再多些，
想在宴会上同我们交手，也只能落个吃力不讨好的结果。
即便伊萨卡的奥德修斯本人回来，
发现傲慢的求婚者们宴食在他的家居，
心急火燎，意欲把他们打出房宫，

他的妻子,尽管望眼欲穿,亦不会因他的回归
高兴:他将遭受悲惨的命运,在
寡不敌众的情势下被我们宰掉。你的话可谓瞎说。
这样吧,全体散会,各回居所,让
门托耳和哈利塞耳塞斯催办此人的航事,
他俩从前便是其父的伴友。不过,
我想他会长久地静坐此地,呆在伊萨卡,
听等音讯;他不会,绝不会开始这次航程。"

　　言罢,他匆匆解散集会,
人们四散而去,各回家门,而
追求者们则走回神样的奥德修斯家中。

　　忒勒马科斯避离众人,沿着海滩行走, 260
用灰蓝的海水洗净双手,对雅典娜开口祈祷:
"听我说,你,一位神明,昨天莅临我家,
催我坐船出海,破开灰蒙蒙的水路,
探寻家父回归的消息,他已久离
家门。现在,这一切都被此地的阿开亚人耽搁,
尤其是骄狂的求婚人,这帮不要脸的家伙!"

　　他如此一番祈告,雅典娜从离他不远的地方走来,
幻取门托耳的形象,摹仿他的声音,
开口说道,用长了翅膀的话语:
"忒勒马科斯,你将不会成为一个笨蛋,一个胆小鬼,
倘若你的身上确已蒸腾着乃父的豪莽——
他雄辩滔滔,行动果敢,人中的杰卓。
你将不会白忙,你的远航将不会无益徒劳。
倘若你不是他和裴奈罗珮的种子,

我就不会寄愿你实现心中的企望。
儿子们一般难和父亲匹比，
多数不如父辈，只有少数可以超过。
但是，你却不是笨蛋，也不是胆小之徒，
你继承了奥德修斯的机警，是的，
280　可望完成此项使命，获得成功。所以，
让那些疯狂的求婚者们去实践他们的目的
和计划吧，他们既缺头脑，也不知如何明智地行动，
不知死亡和幽黑的命运已等在
近旁，有朝一日必会死去，死个精光。
你所急切盼望的航程马上就将开始，
由我做你的伙伴，曾是你父亲的随从。
我将替你整备一条快船，并将亲自和你同走。
但现在，你必须返回家居，汇入求婚的人群，
准备远行的给养，把一切装点就绪，
将醇酒注入坛罐，将大麦，凡人的命脉，
装进厚实的皮袋，我将奔走城里，召聚
自愿随行的人们。海水环抱的伊萨卡
不缺船只，新的旧的成群结队，
我会仔细查看，找出最好的一艘，
马上整备完毕，启程宽阔的水路。"

　　雅典娜，宙斯的女儿言罢，忒勒马科斯
不敢耽搁，听过女神的话语，
当即拔腿回家，心情忧悒沉重。
他走回宫居，见着高傲的求婚人，
300　正在庭院里撕剥山羊，烧退肉猪的畜毛。
其时，安提努斯，咧着嘴，冲着忒勒马科斯走来，
抓住他的手，叫着他的名字，说道：

"雄辞漫辩的忒勒马科斯,何必怒气冲冲?不要再
盘思邪恶,无论是话语,还是行动;
来吧,和我们一起吃喝,像往常一样。
阿开亚人会把一切整治妥当,备置
海船,挑选伴从,使你尽快抵达
神圣的普洛斯,打听你爹的消息,高贵的人儿现在何方。"

听罢这番话,善能思考的忒勒马科斯答道:
"安提努斯,我绝不会和你等一起吃喝,默不
做声,保持愉快的心境,面对厚颜无耻的食客。
在此之前,你们欺我年幼,耗毁了我巨大的财富,
成堆的好东西——这一切难道还不算够?!
现在,我已长大成人,已从别人那里听晓
事情的经过;我的心灵已注满勇力,
决意给你们招致凶险的灾祸,
不管是前往普洛斯,还是留在这个地方。
我将登船出海,我所提及的航程将不会一无所获,
作为一名乘客,因我手头没有海船,亦没有受我调配
的伙伴——这一切,我想,正是你们的愿望。"

320

言罢,他脱离安提努斯的抓握,轻捷地
抽出手来;求婚者们正在宫内准备食物,
交谈中讥刺忒勒马科斯,出言侮辱,
某个傲慢的年轻人如此说道:
"毫无疑问,忒勒马科斯正刻意谋划,要把我们除掉,
招来一伙帮手,从多沙的普洛斯,
甚至从斯巴达,对此他已不能再等,急如星火。
也许,他将有意前往厄夫瑞,丰肥的
谷地,带回某种毒药,

撒入酒缸,把我们放倒。"

其时,另一个傲慢的年轻人这般说道:
"天知道,当步入深旷的海船,他是否也会
像奥德修斯那样,死于非命,远离亲朋?
假如此事当真,他将大大增加我们的工作:
我们将清分他的财产,把家居留给
他母亲看守,偕同娶她的新人。"

他们如此说道,而忒勒马科斯走下父亲宽敞的藏室,
顶着高耸的房面,满装着成堆的黄金青铜,
叠着众多的衣箱,芬芳的橄榄油,
340　还有一缸缸陈年好酒,口味香甜,
成排站立,装着神圣、不掺水的浆酒,
靠着墙根,等待着奥德修斯,
倘若他还能回来,冲破重重险阻。
两片硬实的板面,两扇紧密吻合的室门,
关锁一切,由一位妇人照管看守,
日以继夜,以她的小心和谨慎,
欧鲁克蕾娅,裴塞诺耳之子俄普斯的女儿。
其时,忒勒马科斯把她叫入房内,说道:
"亲爱的保姆,替我装一些香甜的美酒,装入带把的
坛罐,最好的佳品,仅次于你
专门储存的那种——为宙斯养育的奥德修斯,
苦命的汉子,以为他还能回返家乡,逃过死和命运的
追捕——装满十二个坛罐,用盖子封口。
另给我倒些大麦,装入密针缝制的皮袋,
手磨的精品,要二十个衡度。此事不要
对任何人说告。把这一切整治就绪,放在一堆,

我将在晚间取物,等母亲
登临楼上的房间,打算将息的时候。
我将前往斯巴达和多沙的普洛斯,
询问有关父亲回归的消息,碰巧能会有所收获。" 360

他言罢,欧鲁克蕾娅,他所尊爱的保姆,放声大哭,
号啕中吐出长了翅膀的话语,对他说道:
"这是怎么回事,我心爱的孩子,让这个念头
钻进了你的心窝?为何打算四处奔走,
你,惟一受宠的独苗?卓越的奥德修斯
已死在异国他乡,远离故土;这帮
家伙会聚谋暗算,在你回返的途中。
你会死于他们的欺诈,而他们将分掉你的所有。
不要去,留在这里,看护你的家业。无需担冒
风险,四处荡游,吃受苦难,逐走苍贫的洋流。"

听罢这番话,善能思考的忒勒马科斯答道:
"不要怕,保姆。此项计划原本出自神的意志。
你要发誓不将此事告诉我钟爱的母亲,
直至第十一或第十二个天日的来临,
或直到她想起我来,或听说我已出走;
这样,她就不会出声哭泣,用眼泪涩毁白净的面皮。"

他言罢,老妇对神许下庄重的誓诺。
当发过誓咒,立下一番旦旦信誓后,
她随即动手,舀出醇酒,注入带把的坛罐,
倒出大麦,装入密针缝制的皮袋, 380
而忒勒马科斯则走回厅堂,汇入求婚人之中。

其时，灰眼睛女神雅典娜谋算着另一件要做的事情。
她遍走全城，以忒勒马科斯的形象，
站在每一个遇会的凡人身边，要他们
晚上全都集聚在迅捷的海船旁。然后，
她对诺厄蒙发问，弗罗尼俄斯光荣的儿子，
要一条快船，后者当即答应，满口允诺。

其时，太阳西沉，所有的通道全都漆黑一片。
她把快船拖入大海，把起帆的索具
全都放上制作坚固的海船，
停泊在港湾的边沿；豪侠的伙伴们
拥聚滩头，女神催督着每一个人。

其时，灰眼睛女神雅典娜谋算着另一件要做的事情。
她离开船边，来到神一样的奥德修斯的家居，
用香熟的睡眠蒙住求婚的人们，
中止他们的饮喝，打落他们手中的
酒杯——这帮人起身回家，乱步城区，前往睡躺的去处，
再也稳坐不住，荷着朦胧的睡意，紧压在眼皮上头。
其后，灰眼睛雅典娜叫出忒勒马科斯，
400 从建造精固的房居，幻取门托耳的形象，
摹仿他的声音，开口说道：
"忒勒马科斯，你的伙伴，胫甲坚固的船员们
已坐在木桨之前，只等你发号施令。
快去吧，不要再迟搁我们的航程。"

言罢，帕拉丝·雅典娜引路疾行，
忒勒马科斯紧跟其后，踩着女神的脚印。
他们来到海边，停船的滩头，

见着长发的伙伴,已在滩边等候。
其时,忒勒马科斯,灵杰豪健的王子,开口喊道:
"跟我走,我的朋友们,把粮酒搬上船艘,
现已堆放在宫居里头。但我母亲对此一无所知,
女仆们亦然,例外只有一人。"

言罢,他引路前行,众人跟随其后。
他们把东西搬运出来,堆入制作坚固的
海船,按照奥德修斯爱子的指令;
忒勒马科斯登上海船,但雅典娜率先
踏临船板,下坐船尾之上;忒勒马科斯
坐在她近旁。随员们解开尾缆,
登上船面,在桨架前下坐。
灰眼睛女神雅典娜送来阵阵疾风,　　　　　　　　　　420
强劲的泽夫罗斯,呼啸着扫过酒蓝色的海波。
忒勒马科斯高声催喊,命令伙伴们
抓紧起帆的绳索,后者闻讯而动,
竖起杉木的桅杆,插入
深空的杆座,用前支索牢牢定固,
手握牛皮编制的绳条,升起雪白的帆篷,
兜鼓着劲吹的长风。海船迅猛向前,劈开
一条暗蓝色的水路,浪花刷刷地飞溅,唱着轰响的歌。
海船破浪前进,朝着目的地疾奔。
他们系牢缆索,在乌黑的快船上,
拿出兑缸,倒出溢满的醇酒,
泼洒祭奠,对长生不老、永恒不灭的仙神,
首先敬奉眼睛灰蓝的雅典娜,宙斯的女儿。
海船破开水浪,彻夜奔行,迎来了黎明的曙光。

第三卷

其时,赫利俄斯从绚丽的海面上探出头脸,
升上铜色的天空,送来金色的光芒,给不死的神祇
和世间的凡人,普照在盛产谷物的农野。
他们来到奈琉斯的普洛斯,墙垣坚固的城堡,
只见人们正汇聚海滩,用玄色的
公牛尊祭黑发的裂地神仙①。
人们分作九队,各聚五百民众,
每队拿出九头公牛,作为祭品奉献。当
他们咀嚼着内脏,焚烧牛的腿件,敬祀神明,
忒勒马科斯一行放船进入海湾,取下风帆,在匀称
的海船,卷拢收藏,泊船滩沿,提腿登岸。
忒勒马科斯步出海船,但雅典娜着岸在他之前,
眼睛灰蓝的女神,首先发话,对他说道:
"现在,忒勒马科斯,可不是讲究谦和的时候。
我等跨渡沧海,不正是为了打听
乃父的消息:身骨埋在何处,如何遭受死难?
鼓起勇气,昂首走向奈斯托耳,驯马的能手,
我们知道,他的心中珍藏着包含睿智的言谈。
你要亲口恳求,求他把真话直言,
老人心智敏慧,不会用谎话搪塞。"

听罢这番话,善能思考的忒勒马科斯答道:
"我将如何走上前去,门托耳,怎样开挑话端?

对微妙的答辩,我没有可用的经验。
年轻人脸嫩,对长者发问,难免感到窘急。"

听罢这番话,灰眼睛女神雅典娜答道:
"你的心灵,忒勒马科斯,会为你提供言词,
而神的助佑会弥补你的缺憾;你的出生
和成长,我相信,都体现了神的关怀。"

言罢,帕拉丝·雅典娜引路疾行,
忒勒马科斯跟随其后,踩着神的脚印。
他们来到普洛斯人聚会的场所,
奈斯托耳和他的儿子们息坐的地点,伴从们
在王者身边忙活,整备宴席,穿叉和炙烤肉块。
眼见生客来临,他们全都迈步向前,
挥手欢迎,招呼入座。
裴西斯特拉托斯,奈斯托耳之子,首先走近他们身边,
握住他俩的手,让他们在宴席边下坐,
就着松软的羊毛,铺展在海边的沙滩,
旁邻着他的父亲和斯拉苏墨得斯,他的兄弟。
他给两人端来内脏,倒出醇酒,
注入金杯,开口说话,对着
帕拉丝·雅典娜,带埃吉斯②的宙斯的女儿:
"现在,我的客人,请你对王者波塞冬祈祷,
你等眼见的宴会正是为了庆祭他的荣烈。
当你洒过奠酒,做完祷告,按我们的礼仪,
即可递出香甜的杯酒,给这位后生,

40

---

① 黑发的裂地神仙:即波塞冬。
② 埃吉斯:aigis 是一种神用的兵器,其功用相当于凡人的盾牌;亦可用于进攻。

让他亦可祭酒，我想他也会乐于对神
祈愿。凡人都需神的助佑，没有例外。
此人比你年轻，是我的同龄，
所以我让你先祭，给你这个金杯。"

　　言罢，他把一杯香甜的浆酒放入雅典娜手中，
后者满心欢喜，对年轻人的周详，
把金杯首先交给她祭奠。
她当即开口诵祷，用恳切的言词："听听
我的祈诵，环绕大地的波塞冬，不要吝惜你的赐予，
实现我们的希求，我们的告愿。
首先，请把光荣赐给奈斯托耳和他的儿子，
然后，再给出慷慨的回报，给所有的
普洛斯人，回报他们隆重的祭献。
60　答应让忒勒马科斯和我返回故里，完成此项
使命，为了它，我们乘坐乌黑的海船，来到这边。"

　　女神如此祈祷，而她自己已既定了对祷言的实践。
她把精美的双把酒杯递给忒勒马科斯，
奥德修斯的爱子开口祈诵，重复了祷告的内容。
当炙烤完毕，他们取下叉上的熟肉，
分发妥当，进食美味的肴餐。
当众人满足了吃喝的欲望，
奈斯托耳，格瑞尼亚的车战者，首先开口说道：
"现在，我们似可询问眼前的生客，问问他们
当为何人，趁着各位已饱尝饮食的欢悦，合宜的时候。
你们是谁，陌生的来人？从哪里启航，踏破大海的水面？
是为了生意出航，还是任意远游，
像海盗那样，浪迹深海，冒着

身家性命,给异邦人带去祸灾?"

　　听罢这番话,善能思考的忒勒马科斯答话,
鼓足勇气,雅典娜的赐予,注入他的
心田,使他得以询问失离的亲人,父亲的下落,
以便争获良好的名声,在凡人中间:
"奈斯托耳,奈琉斯之子,阿开亚人的光荣和骄傲!
你问我们从何而来,我将就此回言。　　　　　　　　　80
我们从伊萨卡出发,内昂山脚边,
此行只为私事,与公事无关,我将对你道来。
我正索寻父亲的消息,四处传播的谣言,但愿能碰巧听闻,
有关神勇的奥德修斯的下落,心志刚强的好汉,人说
曾和你并肩战斗,攻陷特洛伊人的城垣。
我们都已听说,所有征战特洛伊的好汉,
如何以各自的方式,临受悲惨的死难,
但克罗诺斯之子却使此人的亡故不为凡生知晓,
谁也无法清楚地告说他死在哪边,
是被人杀死在陆基,被仇对的部族,
还是亡命在大海,安菲特里忒的浪尖?
为此,我登门恳求你的帮助,或许你愿
告我他的惨死,无论是出于亲历,被你
亲眼目睹,还是听闻于其他浪者的
言谈。祖母生下他来,经受悲痛的磨煎。
不要回避惨烈,出于对我的怜悯,悲叹我的人生;
如实地言告一切,你亲眼目睹的情况。
我恳求你,倘若高贵的奥德修斯,我的父亲,
曾为你说过什么话,做过什么事,并使之成为现实,
在特洛伊地面,你等阿开亚人吃苦受难的地方。　　　　100
追想这些往事,对我把真情说告。"

听罢这番话，格瑞尼亚的车战者奈斯托耳答道：
"你的话，亲爱的朋友，使我回想起惨痛的往事，在那片
土地上所受的磨难，我们阿开亚人的儿子，勇敢战斗的兵汉。
我们曾感受航路的艰难，坐船奔波在混沌的
洋面，掠劫阿基琉斯带往的地域；
我们曾经受战争的痛苦，围绕着王者普里阿摩斯的
城垣。我们中最好的战勇都已倒下，
那里躺着埃阿斯，战场上的骁将，躺着阿基琉斯，
躺着帕特罗克洛斯，神一样的辩才，
还有我的爱子，强健、豪勇的
安提洛科斯，快腿如飞，英勇善战。
我们承受的苦难何止于此——谁有这个能耐，
凡人中的一员，能够尽说其中的滴滴点点。
哪怕你坐在这里，呆上五年六年，
要我讲述所有的苦难，了不起的阿开亚人遭受的祸灾：
你会听得疲乏厌烦，动身返回你的家园。
一连九年，我们为特洛伊人编织灾难，试过
各种韬略，直到最后，克罗诺斯之子才把战事
勉勉强强地了结。全军中，谁也不敢奢想和
卓著的奥德修斯智比谋算，无论是哪种韬略，后者
远非他们所能企及——这便是你的父亲，倘若你
真是他的儿男。是的，看着你的形貌，使我感到惊异：
你的言谈就像他的一样；谁也无法想像，
一位年轻人的谈吐会和他的如此相似。
在我俩相处的日子里，卓著的奥德修斯
与我从未有过龃龉，无论是在辩议，还是
在集会的场合，我俩从来心心相印，出谋
划策，定讨方略，如何使阿开亚人获取更大的进益。
然而，当我们攻陷了普里阿摩斯陡峭的城堡，

驾船离去，被神明驱散了船队后，
宙斯想出一个计划，在他心中，使痛苦伴随阿耳吉维人的
回归，只因战勇中有人办事欠谨，不顾既定的仪规。
所以，许多人在归返中惨遭不幸，因为神的
招致灾难的愤怒，一位灰眼睛女神，有个强有力的父亲。
她以此招开始，引起纠纷，在阿特柔斯的两个儿子中间。
二位首领不顾时宜，在太阳落沉之际，以匆率、
突莽的形式，召聚所有的阿开亚人前来，
阿开亚人的儿子们聚临会场，顶着酒力带来的迷乱。
他俩张嘴讲话，为此召聚起全军的兵汉。　　　　　　140
其时，墨奈劳斯催令所有的阿开亚人
琢磨回家的主意，踏破浩淼的大海，
但阿伽门农却不以为然，打算
留住队伍，举办神圣隆重的牲祭，
舒缓雅典娜的心怀，可怕的暴怒——这个笨蛋，
心中全然不知女神不会听闻他的祈愿；
长生不老者的意志岂会瞬息改变？
就这样，兄弟俩站着争吵，唇枪舌剑，
而胫甲坚固的阿开亚兵勇跳将起来，喧嚣呼喊，
声响可怕，附会去留的都有，会场上乱成一片。
那天晚上，我们双方寝睡不安，心中思忖着
整治对方的计划；宙斯正谋算着让我们尝受痛苦和灾难。
黎明时分，一些兵勇将木船拖入神圣的大海，
装上我们的所有，连同束腰紧深的妇女。
但一半军友留驻原地，跟随
阿伽门农，阿特柔斯之子，兵上的牧者，
我们这另一半军伍登上船板，启程开航；海船
疾驰向前，一位神明替我们抹平水道，掩起海里的洞穴。
我们来到忒奈多斯，尊祭众神，

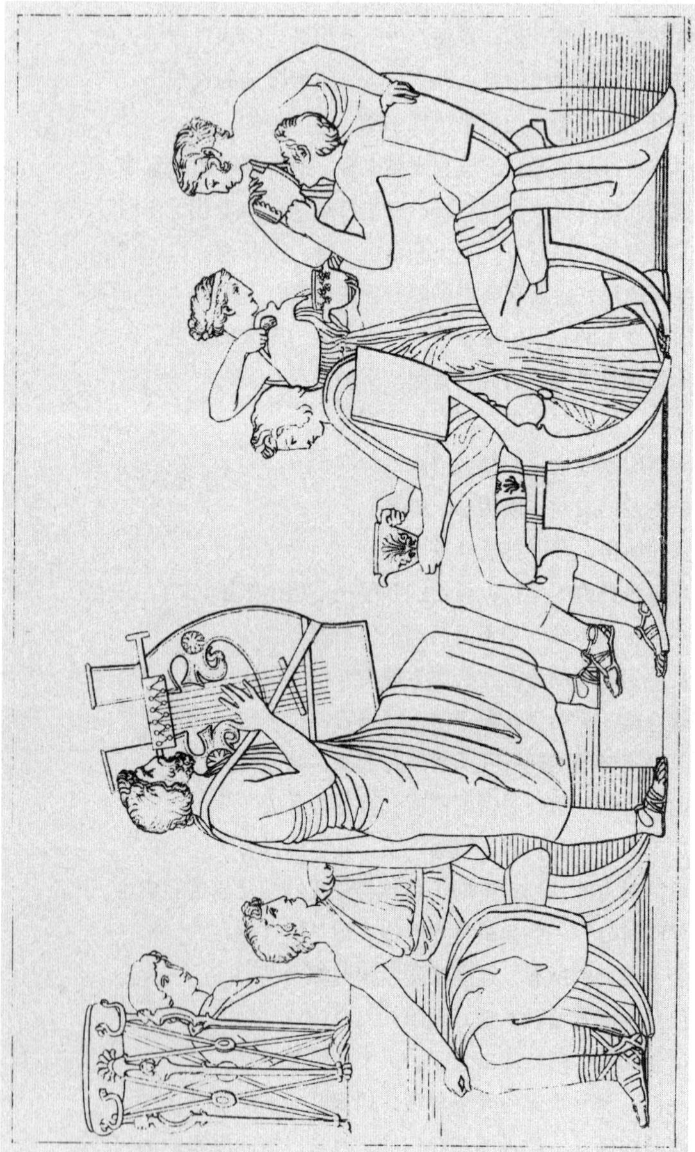

急切地盼望回归，但狠心的宙斯却还不想 160
使我们如愿，谋策了另一场争端。其后，一些人，
那些跟随奥德修斯的兵勇，一位足智多谋的王者，
掉过弯翘的海船，启程回行，
给阿伽门农，阿特柔斯之子带去欢悦。
然而，我，带领云聚的船队，继续
逃返，心知神明已在谋划致送我们的愁灾。
图丢斯嗜战的儿子亦驱船回跑，催励着他的伙伴；
其后，棕发的墨奈劳斯赶上我们的船队，和我们
聚会，在莱斯波斯，其时，我们正思考面临的远航，
是离着基俄斯的外延，陡峻的岩壁，
途经普苏里俄斯，使其标置于我们左侧，还是
穿走基俄斯的内沿，途经多风的弥马斯。我们敦请
神灵惠赠兆示，后者送出谕令，
要我们穿越大洋，直抵
欧波亚，以最快的速度，逃过临头的祸难。
一阵呼啸的疾风随之扑来，海船受到风力推送，
迅猛向前，破开鱼群汇聚的洋面，于晚间
抵达格莱斯托斯。我们祭出许多牛的
腿件，给波塞冬，庆幸跨过浩淼的大海。
到了第四天，图丢斯之子、驯马的狄俄墨得斯的 180
伙伴们，在阿耳戈斯的滩头锚驻了
匀称的海船。我引船续行，朝着普洛斯疾驶，
风势一刻不减，自从神明把它送上海面。
就这样，亲爱的孩子，我回到家乡，不曾得知讯息，
不知那部分阿开亚人中，谁个逃生，谁人死灭。
但是，只要是听过的消息，坐在我的宫里，
我都将对你说告——此乃合宜之举，我不会藏掩不谈。
人们说，心胸豪壮的阿基琉斯的后代，光荣的儿子，

已率领凶狂的慕耳弥冬枪手安抵乡园,而
菲洛克忒忒斯,波伊阿斯英武的儿子,航程顺利,
伊多墨纽斯亦已带着生离战场的伙伴
返回克里特地面,海浪不曾吞噬他们,尽数生还。
你等亦已听说阿特柔斯之子的遭遇,虽然居家遥远,
关于他如何返家,如何被埃吉索斯可悲地杀害。
但埃吉索斯为之付出了代价,死得凄凄惨惨。
所以此事很值得赞赏:长辈死后,留下一个
儿男,雪报弑父的冤仇,像俄瑞斯忒斯那样,除杀
奸诈的埃吉索斯,后者曾把他光荣的父亲谋害。
你也一样,亲爱的朋友,我看你身材高大,器宇轩昂——
200 勇敢些,留下英名,让后人称赞。"

听罢这番话,善能思考的忒勒马科斯答道:
"奈斯托耳,奈琉斯之子,阿开亚人的光荣和骄傲!
俄瑞斯忒斯的报仇干得妙极!阿开亚人将
广传他的英名,给后人留下诗曲一篇。
但愿神明会给我力量,像他那样强壮,
惩报求婚者们的恶行,他们的酷蛮。
这帮人肆意横行,放胆地谋划使我遭难。
然而,神明却没有给我编织此等福佑,
对我父亲亦然。现在,情状至此,我只有忍耐。"

听罢这番话,格瑞尼亚的车战者奈斯托耳答道:
"亲爱的朋友,你的话使我想起曾经听过的传闻,
有人确曾对我说过,大群的求婚人缠住你母亲,
麇聚宫居,违背你的意愿,图谋使你遭难。
告诉我,你是否已主动放弃争斗,还是因为
受到民众的憎恨,整片地域的人们,受神力的驱赶?

46

谁知道他是否会回来，在将来的某一天，惩报
这帮人的凶狂，孑然一身，或带领所有的阿开亚兵汉？
但愿灰眼睛雅典娜会由衷地把你疼爱，
像过去对待光荣的奥德修斯那样，在
特洛伊地面，我们阿开亚人经受了苦战的熬煎。　　　　　　　220
我从未见过哪位神明如此公开地爱助，
像帕拉丝·雅典娜那样，站在他身边，不加掩饰地帮赞。
假如她愿意像爱他一样爱你，把你放在心间，
那么，求婚者中的某些人一定会把婚姻之事忘却。"

　　听罢这番话，善能思考的忒勒马科斯答道：
"老先生，我以为你的话不会实现。
你设想得太妙，使我感到迷惘。我所企望的
事情绝不会发生，即便神明心存此般意愿。"

　　听罢这番话，灰眼睛女神雅典娜答道：
"这是什么话，忒勒马科斯，崩出了你的齿隙？
一位神明，只要愿意，便能轻松拯救一个凡人，哪怕从遥远
的地界。就我自己而言，我宁愿历经磨难，
回返家居，眼见还乡的时光，然后踏进
家门，被人杀死在自己的炉坛边，像阿伽门农那样，
死于埃吉索斯的奸诈，会同他的妻伴。
凡人中谁也难逃死亡，就连
神也难能把它阻拦，替他们钟爱的凡人，
当碎毁人生的命运把他砸倒，使他平躺。"

　　听罢这番话，善能思考的忒勒马科斯答道：
"尽管放心，门托耳，让我们不要再谈论这些。　　　　　　　240
他的返家已是虚梦一场，不死的

47

神祇已定下他的命运,乌黑的死亡。
现在,我打算了解另一件事情,问问
奈斯托耳,因为他的判识和智慧无人
能及——人们说,他已牧统了三代民众,
在我看来,长得像神明一样。
哦,奈斯托耳,奈琉斯之子,道出真情。
阿特柔斯之子,统治辽阔疆域的阿伽门农如何遭遇死难?
墨奈劳斯其时置身何方?奸诈的埃吉索斯
设下何样毒计,杀死一位远比他出色的英壮?
是否因为墨奈劳斯浪迹远方,不在阿耳戈斯
和阿开亚,使埃吉索斯有机可乘,斗胆把穷祸闹闯?"

　　听罢这番话,格瑞尼亚的车战者奈斯托耳答道:
"错不了,我的孩子,我会把真情原原本本地道来。
你,是的,你可以想像此事将会怎样,
倘若阿特柔斯之子,棕发的墨奈劳斯从特洛伊
回返,发现埃吉索斯仍然活着,在他的宫房。
此人死后,你会这般设想,人们不会为他堆筑坟茔;
他将暴尸城外的荒野,成为狗和
兀鹫吞食的对象。阿开亚妇女将不会
为他哀哭;他行径歹毒,可怕至极。
当我们汇聚战场,进行卓绝的拼斗,
他却置身牧草丰肥的阿耳戈斯的腹端,
花言巧语,勾引阿伽门农的妻房。
先前,美貌的克鲁泰奈丝特拉不愿
以此丢人现眼,她的生性尚算通颖。
此外,还因身边有一位歌手,阿伽门农的眼睛,
当着启程特洛伊之际,严令他监视自己的
妻侣。然而,当神控的厄运将她蒙罩,屈服

折损了意志的阻挡,埃吉索斯把歌手丢弃
荒岛,使之成为兀鸟的食物,吞啄的佳肴,
带着心甘情愿的克鲁泰奈丝特拉,回返他的家院。
他在神圣的祭坛、敬神的器物上焚烧了许多腿件,
挂起琳琅满目的供品,黄金和手编的织物,为了
此番轰烈的作为,实现了心中从来不敢企望实践的奢愿。

"其时,我们结伴从特洛伊驱船,带着互爱的友情,
阿特柔斯之子墨奈劳斯和我一起回返。
然而,当我们来到神圣的苏里昂,雅典的岬角,
福伊波斯·阿波罗放出温柔的飞箭,
射杀墨奈劳斯的舵手,紧握
舵把、驾驭快船的军友,
弗荣提斯,俄奈托耳之子,凡人中最好的把式,
操导海船,迎着狂疾的风暴向前。
所以,尽管归心似箭,墨奈劳斯停驻海船,
用合乎身份的礼仪,厚葬死去的伙伴。
然而,当他们再次奔上酒蓝色的洋面,乘坐
深旷的海船,行至陡峻的马勒亚
峰壁,其时,沉雷远播的宙斯决意
使他遭难,泼泻疾利的风飙,
掀起滔天的浪卷,像峰起的大山。
他在那一带截开船队,将其中的一部分赶往克里特,
库多尼亚人的居地,沿着亚耳达诺斯的水域。
那里有一面平滑的石岩,一峰出水的峣壁,
位于戈耳吐斯的一端,混沌的洋面,
南风推起汹涌的长浪,扑向岩角的左边,
直奔法伊斯托斯,一块渺小的岩石,挡住巨浪的冲击。
他们登岸该地,几乎丧命这场

祸灾；激浪已摧毁他们的海船，碎撞在
石岩的壁面。然而，海风和水浪推送另一支船队，
300　五条头首乌黑的海船，把它们带到埃及的口岸。
其后，墨奈劳斯收聚黄金财物，船行
在那些邦界，人操异方话语的地域；
与此同时，埃吉索斯呆守家里，定设歹毒的谋略。
一连七年，他统治着藏金丰足的慕凯奈，在
杀了阿特柔斯之子后，属民们臣服于他的王威。
然而，第八个年头给他带来了灾难，神勇的俄瑞斯忒斯
离开雅典，返回家门，杀了弑父的凶手，
奸诈的埃吉索斯曾把他光荣的父亲谋害。
除杀仇人后，他举办了一次丧宴，招待阿耳吉维乡胞，
为了可恨的母亲和懦弱的埃吉索斯的死难。
同一天，啸吼战场的墨奈劳斯驱船进港，
带回成堆的财物，满装在他的海船。
所以，亲爱的朋友，不要久离家门，远洋海外，
抛下你的财物，满屋子放荡不羁的
人们；小心他们分尽你的家产，吃光
你的所有，使你空跑一场，这次离家的航程。
不过，我要劝你，是的，敦促你晤访
墨奈劳斯，因他新近刚从外邦回来——从那
遥远的地面，倘若置身其间，谁也不会幸存还乡的意愿——
320　受害于一场风暴的驱赶，漂离了航线，
迷落在浩淼的大海，连飞鸟也休想
一年中（两次）穿越——如此浩瀚的水势，可怕的洋面。
去吧，赶快动身，带着你的海船和伙伴。
倘若想走陆路，我可提供现成的车马，
还有我的儿子，为你效力，伴随你的行程，
前往闪亮的拉凯代蒙，棕发的墨奈劳斯的家园。

你要亲口恳求,求他把真话直言。
其人心智敏睿,不会用谎话搪塞。"

　　他如此说告,伴随着太阳落沉,夜色的降临。
其时,灰眼睛女神雅典娜开口说道:
"老先生,你的话条理分明,说得一点不错。
来吧,割下祭畜的舌头,匀调美酒,
以便倾杯祭神,对波塞冬和列位
神仙,进而思想睡眠的香甜——现在已是入寝的时间。
明光已钻进黑暗,而此举亦非合宜,
久坐在敬神的宴席前。走吧,让我们就此离开。"

　　她言罢,宙斯的女儿;众人认真听完她的议言。
信使们倒出清水,淋洗他们的双手,
年轻人将醇酒注满兑缸,让他们饮喝,先在众人的
饮具里略倒祭神,然后添满各位的酒杯。　　　　340
他们把舌头丢进火堆,站起洒出奠酒,
敬过神明,众人喝够了酒浆,
雅典娜和神一样的忒勒马科斯提腿
离去,一起走向深旷的海船,
但奈斯托耳留住他们,开口说道:
"愿宙斯和列位神祇助佑,不让你们
走离我的家居,回返自己的快船,
仿佛走离一个一贫如洗的穷汉,缺衣少穿,
没有成垛的篷盖毛毯,堆放在家里,
为自己,也使来访的客人,睡得舒适香甜。
然而,我却有大堆毛毯和精美的篷盖,
壮士奥德修斯的爱子决不会
寝宿舱板,只要我还活着,

只要我的儿子，继我之后，还在宫里
待客，无论是谁，来到我们的家院。"

　　听罢这番话，灰眼睛女神雅典娜答道：
"说得好，尊敬的老先生。看来，忒勒马科斯
确应听从你的规劝——此举妙极，应该如此做来。
现在，他将随你同去，息睡在你的
360　宫居，而我将回头乌黑的海船，
激励我的伙伴，告知他们已经商定的一切。
要知道，我是他们中惟一的长者，其余的
都是心胸豪壮的忒勒马科斯的同龄人，
年轻的小伙，出于对忒勒马科斯的尊爱，一起前来。
我将睡躺在那里，傍着乌黑的海船。
明天拂晓，我将前往心胸豪壮的考科奈斯人的住地，
取回欠我的财债，一笔拖耽多时的旧账，
数量可观。至于你，既然这位后生登门府上，
你要让他乘车出发，由你儿子陪同，牵出你的
良驹，要那劲儿最大的骏马，腿脚最快。"

　　言罢，灰眼睛雅典娜旋即离去，化作
一只鹰鹫，在场的人们见状无不惊诧，包括
奈斯托耳老人，目睹眼前的奇景，握住
忒勒马科斯的手，张嘴呼唤，说道：
"亲爱的朋友，我想你不会成为一个低劣、贪生的废物，
倘若，当着如此青壮的年龄，便有神明的陪助和指点。
去者是俄林波斯家族中的一员。
正是宙斯的女儿，最尊贵的特里托格内娅，
总是赐誉你那高贵的父亲，在阿耳吉维人的军旅。
380　现在，我的女王，求你广施恩典，给我们崇高的名誉，

给我，我的儿子和我那雍雅的妻伴。
我将奉献一头一岁的小牛，额面开阔，
从未挨过责笞，从未上过轭架，
我将用金片包裹牛角，敬献在你的祭坛前！"

他如此一番祈祷，帕拉丝·雅典娜听到了他的声音。
其时，奈斯托耳，格瑞尼亚的车战者回到
堂皇的宫居，引着他的儿子和女婿。
他们行至王者著名的居所，
依次就座，在座椅和高背靠椅上面。
老人调开兑缸里的佳酿，为进屋的人们，
醇香可口的美酒，家仆已打开坛盖，
松开封口，已经储存了十一年。
老人调罢水酒，就着兑缸，连声祈祷，泼出
奠祭，给雅典娜，带埃吉斯的宙斯的女儿。

他们洒过祭奠，喝够了酒，尽兴而归，
移开腿步，返回各自的寝室入睡。
格瑞尼亚的车战者奈斯托耳安排了一个床位，
给忒勒马科斯，神一样的奥德修斯的爱子，
就着穿绑绳线的床架，在回音缭绕的门廊下。
裴西斯特拉托斯入睡他的近旁，使唤粗长的梣木杆枪矛的
壮士，民众的首领，王子中的未婚者，宫居里的单身汉。
奈斯托耳自己寝睡里屋，高大的房宫里，
身边躺着同床的伴侣，他的夫人。

当早起的黎明重现天际，垂着玫瑰红的手指，
格瑞尼亚的车战者奈斯托耳起身离床，
走出房居，入座光滑的石椅，

400

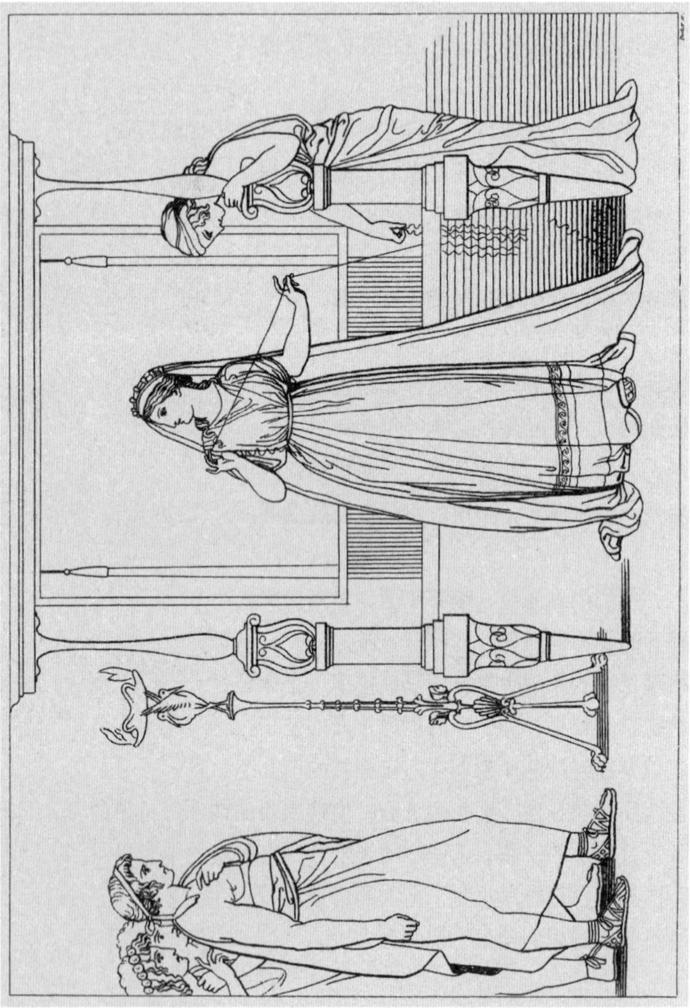

安置在高耸的门庭前，
洁白的石块，闪着晶亮的光泽。从前，
奈琉斯曾坐过这些石椅，神一样的训导，
只是命运无情，把他击倒，打入哀地斯的府居。
现在，格瑞尼亚的奈斯托耳，阿开亚人的监护，
手握王杖，端坐椅面，儿子们走出各自的睡房，
围聚在他身边，厄开夫荣和斯特拉提俄斯，
裴耳修斯、阿瑞托斯和神样的斯拉苏墨得斯，
还有裴西斯特拉托斯，英雄，第六个出来。
他们引出神一样的忒勒马科斯，请他坐在他们身边。
格瑞尼亚的车战者奈斯托耳开口发话，说道：
"赶快动手，亲爱的孩子们，帮帮我的忙，
使我能先对众神中的雅典娜求告，她曾
明晰地显示在我面前，在祭神的宴席上，丰足的牲品间。 420
动手吧，你们中的一员，前往平野，弄回一头小母牛，
越快越好，让一位牧牛的驱赶；另去
一人，前往乌黑的海船，心胸豪壮的忒勒马科斯的乘坐，
召来他的伙伴，仅留两位，留在船边；
再去一人，传话铜匠莱耳开斯，让他
过来，金包牛的硬角；其他人
呆留此地，作为一个群体，告诉
屋里的女仆，整备丰盛的宴席，
搬出椅子烧柴，提取闪亮的净水。"

听罢老人的训言，儿子们赶紧分头操办。祭牛
从草场赶来，心胸豪壮的忒勒马科斯的伙伴们
走离迅捷的海船，工匠亦从住地前来，
手提青铜的家什，匠人的具械，
砧块、锒锤和精工制作的火钳，

敲打金器的工具。雅典娜亦赶来参加，
接受给她的牲祭。其时，奈斯托耳，年迈的车战者，
递出黄金，交给匠人，后者熟练地包饰着
牛角，取悦神的眼睛，她的心灵。
斯特拉提俄斯和高贵的厄开夫荣带过祭牛，抓住
440 它的犄角，阿瑞托斯从里屋出来，一手捧着
雕花的大碗，装着清洗的净水，一手提着
编篮，装着祭撒的大麦，刚强的斯拉苏墨得斯
站在近旁，手握利斧，准备砍倒母牛，
裴耳修斯则手捧接血的缸碗。年迈的车战者
奈斯托耳洗过双手，撒出大麦，潜心祈诵，
对雅典娜作祷，扔出牛的毛发，付诸火堆。

　　当众人作过祷告，撒出大麦，
斯拉苏墨得斯，奈斯托耳心志高昂的儿子，
挨着牛身站定，对着颈脖击砍，劈断
筋腱，消散了它的力气。女人们放声哭喊，
奈斯托耳的女儿和儿媳们，连同雍雅的妻子，
欧鲁迪凯，克鲁墨诺斯的长女。
他们抬起牛躯，搬离广袤的大地，牢牢
把住，由裴西斯特拉托斯，民众的首领，割断喉管，
放出黑红的牛血，魂灵飘脱骨骼，离它而去。
他们切开牛身，剔出腿骨，
按照合宜的程序，用油脂包裹，
双层，把小块的生肉置于其上。
老人把肉包放在劈开的木块上烧烤，洒上闪亮的
460 醇酒，年轻人站在他身边，手握五指尖叉。
焚烧了祭畜的腿件并品尝过内脏，
他们把所剩部分切成条块，用叉子

挑起，仔细炙烤后，脱叉备用。

　　与此同时，美貌的波鲁卡丝忒，奈琉斯之子
奈斯托耳的末女，替忒勒马科斯洗净身子。
她浴毕来客，替他抹上舒滑的橄榄油，
穿好衣衫，搭上绚丽的披篷，
后者走出浴室，身材俊美得像似仙神，
行至位前就座，傍着民众的牧者奈斯托耳。

　　当炙烤完毕，从叉尖上撸下牛肉，
他们坐着咀嚼；贵族们热情
招待，替他们斟酒，注入金杯。
当大家满足了吃喝的欲望，
格瑞尼亚的车战者奈斯托耳开口发话，说道：
"动手吧，我的儿子们，替忒勒马科斯牵马套车，
套入轭架，让他踏上出访的途程。"

　　儿子们认真听过老人的训告，服从他的命令，
迅速带过驭马，飘洒长鬃，套入车前的轭架；
一名女子，家中的侍仆，将面包和酒装上车辆，
连同熟肉，宙斯哺育的王者们的食餐。　　　　　480
忒勒马科斯登上精工制作的马车，
裴西斯特拉托斯，奈斯托耳之子，民众的首领，
随即上车，抓起缰绳，扬鞭
催马，后者撒开蹄腿，冲向平原，
甩下普洛斯，奈斯托耳陡峭的城堡，不带半点勉强。
整整一天，快马摇撼着轭架，系围在它们的肩背。

　　其时，太阳落沉，所有的通道全都漆黑一片。

他们抵达菲莱,来到狄俄克勒斯的家院,
阿尔菲俄斯之子俄耳提洛科斯的儿男,
在那里过夜,受到主人的礼待。

　　当早起的黎明重现天际,垂着玫瑰红的手指,
他们套起驭马,登上铜光闪亮的马车,
穿过大门和回声隆响的柱廊,奈斯托耳之子
扬鞭催马,后者撒腿飞跑,不带半点勉强。
他们进入盛产麦子的平原,冲向旅程的
终点——快马跑得异常迅捷。其时,
太阳西沉,所有的通道全都漆黑一片。

第四卷

他们抵达群山环抱的拉凯代蒙,
驱车前往光荣的墨奈劳斯的居所,
见他正宴请大群城胞,在自己家里,
举行盛大的婚礼,为他儿子和雍雅的女儿。
他将把姑娘嫁送横扫军阵的阿基琉斯的儿子,
早已点头答应,在特洛伊地面,答应嫁出
女儿;眼下,神明正把这桩亲姻兑现。
其时,他正婚送女儿,用驭马和轮车,前往
慕耳弥冬人著名的城堡,尼俄普托勒摩斯王统的地域;
他已从斯巴达迎来阿勒克托耳的女儿,婚配
心爱的儿子,强健的墨伽彭塞斯,出自一位女仆的
肚腹——神明已不再使海伦孕育,
自她生下一个女儿,美貌的
赫耳弥娥奈,像金色的阿芙罗底忒一样迷媚。

就这样,光荣的墨奈劳斯的邻居和亲胞们
欢宴在顶面高耸的华宫,喜气
洋洋。人群中,一位通神的歌手引吭高唱,
手拨竖琴,伴导两位耍杂的高手,
踩着歌的节奏,扭身旋转。

其时,二位站在院门前,壮士忒勒马科斯
和奈斯托耳英武的儿子,连同他们的

20

骏马，被强健的厄忒俄纽斯看见，光荣的
墨奈劳斯勤勉的伴从，正迈步前行，眼见来者，
转身回头，穿过厅堂，带着讯息，禀告民众的牧者。
他行至王者身边站定，说告，用长了翅膀的话语：
"宙斯哺育的墨奈劳斯，门前来了生客，
两位壮汉，看来像是强有力的宙斯的后裔。
告诉我，是为他们宽卸快马，还是
打发他们另找别人，找那能够接待的户主安排。"

听罢这番话，棕发的墨奈劳斯心头暴烈烦愤，答道：
"厄忒俄纽斯，波厄苏斯之子，以前，你可
从来不是个笨蛋，但现在，你却满口胡言，像个小孩。
别忘了，我俩曾吞咽别人的盛情，许许多多
好东西，在抵达家门之前。愿宙斯
不再使我们遭受此般痛苦，在将来的岁月。去吧，
替生客宽出驭马，引他们前来，吃个痛快！"

他言罢，厄忒俄纽斯赶忙穿过厅堂，招呼
其他勤勉的伴从，随他同行帮忙。
他们将热汗津津的驭马宽出轭架，
40　牢系在喂马的食槽前，
放入饲料，拌之以雪白的大麦，
把马车停靠在闪亮的内墙边，
将来人引入神圣的房居。他们惊慕
眼见的一切，王者的宫居，宙斯养育的人杰，
像闪光的太阳或月亮，光荣的墨奈劳斯的房宫，
顶着高耸的屋面，射出四散的光彩。
当带着赞慕的心情，饱尝了眼福后，
他们跨入溜滑的澡盆，洗净身体。

姑娘们替他沐浴，抹上橄榄油，
穿上衣衫，覆之以厚实的羊毛披篷。
他们行至靠椅，坐在阿特柔斯之子墨奈劳斯身边。
一名女仆提来绚美的金罐，
倒出清水，就着银盆，供他们
盥洗双手，搬过一张溜滑的食桌，放在他们身旁。
一位端庄的女仆端来面包，供他们食用，
摆出许多佳肴，足量的食物，慷慨地陈放；
与此同时，一位切割者端起堆着各种肉馔的大盘，
放在他们面前，摆上金质的酒杯。
棕发的墨奈劳斯开口招呼，对他们说道：
"吃吧，别客气；餐后，等你们吃过 60
东西，我们将开口询问：来者
是谁。从你俩身上，可以看出你们父母的血统，
王家的后代，宙斯哺育的王者、手握权杖者的
传人；卑劣之徒不会有这样的后代，像你们这样的儿男。"

言罢，他端起给他的份子，优选的
烤肉，肥美的牛脊，放在他们面前。
食客们伸出手来，抓起眼前的肴餐。
当他们满足了吃喝的欲望，
忒勒马科斯对奈斯托耳之子说话，
贴近他的头脸，谨防别人听见：
"奈斯托耳之子，使我欢心的好汉，瞧瞧眼前的一切，
光芒四射在回音缭绕的厅殿，到处是闪光的青铜，
还有烁烁发光的黄金和琥珀，象牙和白银。
宙斯的宫廷，在那俄林波斯山上，里面肯定也像这般辉煌，
无数的好东西，瑰珍佳宝的荟萃。今番所见，使我诧奇！"

棕发的墨奈劳斯旁听到他的言谈，
开口对二位发话，吐出长了翅膀的言语：
　　"凡人中，亲爱的孩子，谁也不能和宙斯竞比；
他的厅居永不毁坏，他的财产亘古长存。
80　然而，能和我竞比财富的凡人，或许屈指可数，或许
根本没有。要知道，我历经磨难，流浪漂泊，方才
船运回这些财物，在漫漫岁月后的第八个长年。
我曾浪迹塞浦路斯、腓尼基和埃及人的地面，
我曾漂抵埃塞俄比亚人、厄仑波伊人和西冬尼亚人的国度，
我曾驻足利比亚——在那里，羊羔生来长角①，
母羊一年三胎，权贵
之家，牧羊人亦然，不缺
乳酪畜肉，不缺香甜的鲜奶，
母羊提供喂吮的乳汁，长年不断。
但是，当我游历这些地方，聚积起
众多的财富，另一个人却杀了我的兄弟，
偷偷摸摸，突然袭击，凭我嫂嫂的奸诈，该死的女人！
因此，虽然王统这些所有，却不能愉悦我的心怀。
你们一定已从各自的父亲那里——无论是谁——听闻
有关的一切。我历经磨难，葬毁了一个家族，
曾是那样强盛，拥有许多奇贵的珍财。
我宁愿住在家里，失去三分之二的
所有，倘若那些人仍然活着，那些死去的壮汉，
远离牧草丰肥的阿耳戈斯，在宽阔的特洛伊地面。
100　现在，我仍然经常悲思哭念
那些朋伴，坐在我的宫居，沉湎于
悲痛的追忆，直到平慰了内心的苦楚，停止悲哀；

---

① 羊羔生来长角：或"公羊很快长角"。

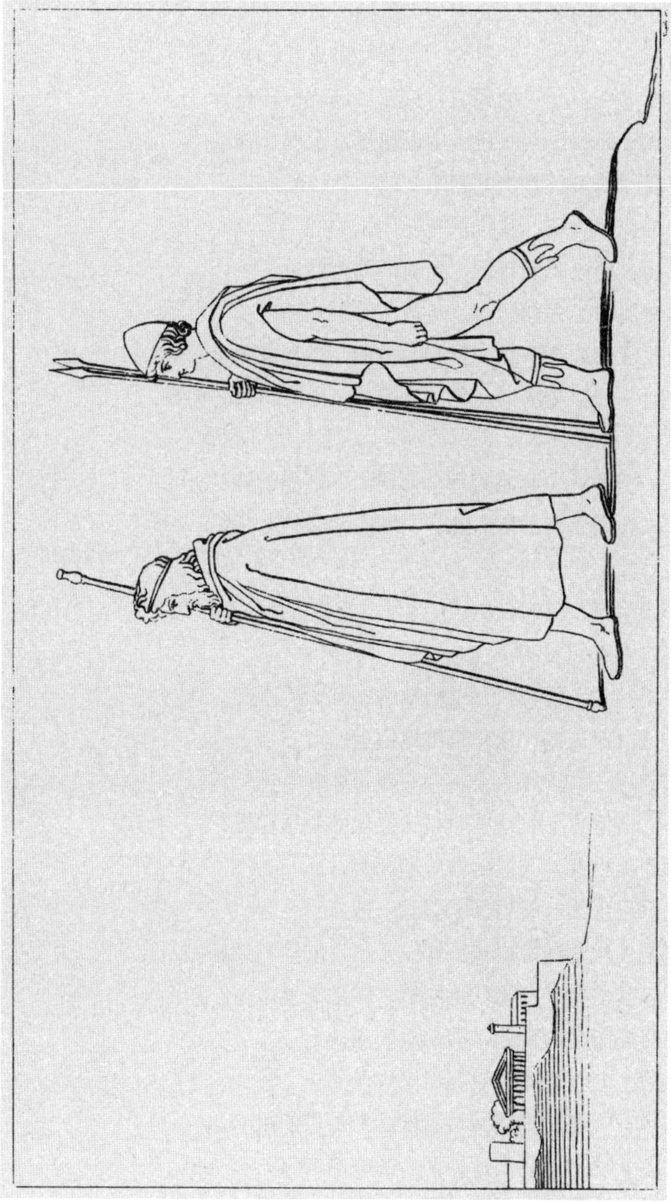

寒冻心胸的哭悼，若要使人腻饱，只需短暂的时间。
然而，对这些人的思念，尽管心里难受，全都赶不上
我对另一位壮勇的痛哀：只要想起他，寝食
使我厌烦——阿开亚人中谁也比不上奥德修斯
心忍的悲难，吃受的苦头；对于他，结局将是
苦难，而对我，我将承受无休止的
愁哀；他已久别我们，而我们则全然
不知他的生存和死难。年迈的莱耳忒斯
和温贤的裴奈罗珮一定在为他伤心，和忒勒马科斯
一起——父亲出征之际，他还是个出生不久的婴孩。"

　　一番话勾起忒勒马科斯哭念父亲的情愫，
泪水夺眶而出，落在地上，耳闻父亲的名字，
双手撩起紫色的披篷，遮挡在
眼睛前面。其时，墨奈劳斯认出了他的身份，
心魂里斟酌着两个意念，
是让对方自己开口，说出他的父亲，
还是由他先提，仔仔细细地问盘？

120　　当他思考着这些事情，在他的心里魂里，
海伦走出芬芳、顶面高耸的睡房，
像手持金线杆的阿耳忒弥丝一般。
阿德瑞丝忒随她出来，将做工精美的靠椅放在她身边，
阿尔基培拿着条松软的织毯，羊毛纺就，
芙罗提着她的银篮，阿尔康德瑞的
馈赠，波鲁波斯之妻，居家埃及的
塞拜——难以穷计的财富堆垛在那里的房间。
波鲁波斯给了墨奈劳斯两个白银的浴缸，
一对三脚鼎锅，十塔兰同黄金，而

他的妻子亦拿出自己的所有,珍贵的礼物,馈送海伦,
一枝金质的线杆,一只白银的筐篮,
底下安着滑轮,镶着黄金,绕着篮圈。
现在,侍女芙罗将它搬了出来,放在海伦身边,
满装精纺的毛线,线杆缠着
紫蓝色的羊毛,横躺篮面。
海伦在靠椅上入座,踩着脚凳,
当即开口发话,详询她的夫男:
"他们,宙斯钟爱的墨奈劳斯,是否已
告说自己的名字,这些来到我们家居的生人?
不知是我看错了,还是确有其事,我的心灵催我说话, 140
因我从未见过,是的,我想从未见过如此酷似的长相,
无论是男人,还是女子;眼见此人的形貌,使我惊异。
此人必是忒勒马科斯,心胸豪莽的奥德修斯
之子——在他离家之际,留下这个孩子,
新生的婴儿,为了不顾廉耻的我,阿开亚人
进兵特洛伊城下,心想闯入凶莽的战火。"

听罢这番话,棕发的墨奈劳斯答道:
"我亦已看出这一点,我的夫人,经你一番比较。
奥德修斯的双脚就像此人的一样,还有他的双手、
眼神、头型和上面的发绺。
刚才,我正追忆奥德修斯的往事,
谈说——是的,为了我——他所遭受的悲难,
忍受的苦楚,此人流下如注的眼泪,浇湿了脸颊,
撩起紫色的披篷,挡在眼睛前面。"

听罢这番话,奈斯托耳之子裴西斯特拉托斯说道:
"阿特柔斯之子,宙斯哺育的墨奈劳斯,民众的首领,

此人确是奥德修斯之子,正如你说的那样,
但他为人谦谨,不想贻笑大方,
在这初次相会之际,谈吐有失典雅,
160　当着你的脸面——我们赞慕你的声音,像神祇
在说话。奈斯托耳,格瑞尼亚的车战者差我
同行,做他的向导。他渴望和你见面,
愿意聆听你的指教,无论是规劝,还是办事的指导。
父亲走后,家中的孩子要承受许多
苦痛,倘若无人出力帮忙,一如
忒勒马科斯现在的处境,父亲出走,
国度中无人挺身而出,替他挡开祸殃。"

　　听罢这番话,棕发的墨奈劳斯答道:
"好极了!此人正是他的儿子,来到我的家居,那位
极受尊爱的壮勇,为了我的缘故,吃受了多少苦难!
我想,要是他驻脚此地,阿耳吉维人中,他将是我
最尊爱的英豪,倘若沉雷远播的宙斯使
我俩双双回返,乘坐快船,跨越大海的水浪。
我会拨出一座城堡,让他移居阿耳戈斯,定设
一处家所,把他从伊萨卡接来,连同他的财物,
他的儿子和所有的民众。我将从众多的城镇中
腾出一座,它们地处此间附近,接受我的王统。
这样,我俩都住此地,便能经常会面聚首,无论什么
都不能分割我们,割断我们的友谊,分离我们的欢乐,
180　直到死的云朵,黑沉沉的积翳,把我们包裹。
是的,必定是某位神灵,出于对他的妒愤,亲自
谋划,惟独使他遭难,不得回返家国。"

　　此番话语勾发了大家悲哭的欲望。

阿耳戈斯的海伦,宙斯的女儿,呜咽抽泣,忒勒马科斯,
就连阿特柔斯之子墨奈劳斯本人,也和她一样悲恸;
裴西斯特拉托斯,奈斯托耳之子,两眼泪水汪汪,
心中思念雍贵的安提洛科斯,被闪亮的
黎明,被她那光荣的儿子杀倒。
念想着这位兄长,他开口说话,吐出长了翅膀的言语:
"阿特柔斯之子,年迈的奈斯托耳常说你
能谋善断,聪颖过人,在我们谈及你的时候,
互相询问你的情况,在他的厅堂。
现在,如果可能,是否可请帮忙舒缓;
餐食中①我不想接受悲哭的慰藉,热泪盈眶;早起的黎明
还会重返,用不了多少时光。当然,我决不会抱怨
哭号,对任何死去的凡人,接受命运的捕召。
此乃我等惟一的愉慰,可怜的凡人,
割下我们的头发,听任泪水涌注,沿着面颊流淌。
我亦失去了一位兄弟,绝非阿耳吉维人中
最低劣的儿郎,你或许知晓他的生平,而我却既不曾　　　　200
和他会面,也不曾见过。人们说他是出类拔萃的汉子,
安提洛科斯,一位斗士,腿脚超比所有的战勇。"

　　听罢这番话,棕发的墨奈劳斯答道:
"说得好,亲爱的朋友,像一位比你年长的
智者的表述,他的作为——不奇怪,
你继承了乃父的才智,说得情理俱到。
人的亲种一眼便可认出,倘若克罗诺斯之子
替他老子编织好运,在他出生和婚娶的时候,
一如眼下给奈斯托耳那样,使他始终幸运如初,

---

① 餐食中:或"饭后","进食以后"。

享度舒适的晚年，在他的宫府，生下
众位儿郎，心智聪颖，枪技过人。
现在，让我们忘却悲恸，刚才的号哭，
重新聚神宴食的桌面，让他们泼水，
冲洗我们的双手。把要说的往事留到
明晨，忒勒马科斯和我将有互告的话头。"

　　言罢，阿斯法利昂，光荣的墨奈劳斯
勤勉的伴友，倒出清水，冲洗他们的双手。
洗毕，他们抓起面前的佳肴。

　　其时，海伦，宙斯的孩子，心中想着另一番主意，
220　她的思谋。她倒入一种药剂，在他们饮喝的酒中，
可起舒心作用，驱除烦恼，使人忘却所有的悲痛。
谁要是喝下缸内拌有此物的醇酒，
一天之内就不会和泪水沾缘，湿染他的面孔，
即便死了母亲和父亲，即便有人
挥举铜剑，谋杀他的兄弟或爱子，
当着他的脸面，使他亲眼目睹。
就是这种奇妙的药物，握掌在宙斯之女的手中，
功效显著的好东西，埃及人波鲁丹娜的馈赠，瑟昂的
妻子——在那里，丰肥的土地催长出大量的药草，
比哪里都多，许多配制后疗效显著，不少的却能使人致伤
中毒；那里的人个个都是医生，所知的药理别地之人
不可比争。他们是派厄昂的裔族。
其时，海伦放入药物，嘱告人们斟酒，
重新挑起话头，对他们说道：
"阿特柔斯之子，宙斯哺育的墨奈劳斯，还有你等各位，
贵族的儿郎，宙斯无所不能，有时

让我们走运，有时又使我们遭殃。
现在，我请各位息坐宫居，进用食餐，
欣享我的叙说。我要说讲一段故事，同眼下的情境配称。
我无法告说，也无法清数他的全部 240
功业，心志刚强的奥德修斯的业绩，只想叙讲
其中的一件，这位强健的汉子忍受的苦楚，完成的任务，
在特洛伊地面，你等阿开亚人遭受磨难的地方。
他对自己挥开羞辱的拳头，披上一块
破烂的遮布，在他的肩头，扮作一个仆人的模样，
混进敌人的居处，路面开阔的城堡，
扮取另一个人的形象，一个乞丐，
掩去自己的形貌，在阿开亚人的船旁。
他以乞丐的模样，混入特洛伊城内，骗过了
所有的人，惟独我的眼睛挑开了他的伪装，进而
开口盘问，但他巧用急智，避开我的锋芒。
但是，当替他洗过身澡，抹上橄榄油，
穿罢衣服后，我起发了一个庄严的誓咒，
决不泄露他的身份，让特洛伊人知晓奥德修斯就在里头，
直到他登程回返，返回快船和营棚；
终于，他对我道出阿开亚人的计划，讲所有的内容。
其后，他杀砍了许多特洛伊兵勇，用长锋的利剑，
带着翔实的情报，回返阿耳吉维人的群伍。
特洛伊妇女放声尖啸，而我的心里
却乐开了花朵，其时我已改变心境，企望 260
回家，悔恨当初阿芙罗底忒所致的
迷狂，把我诱离亲爱的故乡，丢下
亲生的女儿，离弃我的睡房，还有
我的丈夫，一位才貌双全的英壮。"

听罢这番话,棕发的墨奈劳斯答道:
"是的,我的妻子,你的话条理分明,说得一点不错。
我有幸领略过许多人的心智,听过许多人的辩论,
盖世的英雄,我亦曾浪迹许多城邦,
但却从未亲眼见过像他这样的凡人,
不知谁有如此刚韧的毅力,匹比奥德修斯的坚强。
那位刚勇的汉子,行动镇定,坚毅沉着,
和我们一起,一队阿开亚人的英豪,
藏坐木马之内,给特洛伊人带去毁灭和死亡。
其时,海伦你来到木马边旁,一定是受怂于
某位神明,后者企望把光荣赐送特洛伊兵壮;
德伊福波斯,神一样的凡人,偕你同行,一起前往。
沿着我们空腹的木堡,你连走三圈,触摸它的表面,
随后出声呼喊,叫着他们的名字,达奈人中的豪杰,
变幻你的声音,听来就像他们的妻子在呼唤。

280 其时,我和图丢斯之子以及卓著的奥德修斯
正坐在人群之中,听到你的呼叫,
狄俄墨得斯和我跳立起来,意欲
走出木马,或在马内回答你的呼唤,
但奥德修斯截止并拖住我们,哪怕我们心急如火。
阿开亚人的儿子们全都屏声静息,
惟有一人例外,安提克洛斯,试图放声答喊,
但奥德修斯伸出粗壮的大手,紧紧
捂住他的嘴巴,拯救了所有的阿开亚兵壮,
直到帕拉丝·雅典娜把你带离木马的边旁。"

听罢这番话,善能思考的忒勒马科斯答道:
"阿特柔斯之子,宙斯哺育的墨奈劳斯,民众的首领:
听过此番言告,更使我悲断愁肠。杰出的品质不曾替他

挡开凄惨的死亡,即使他的心灵像铁一样坚实硬朗。
好了,请送我们上床,让我们
享受平躺的舒怡,睡眠的甜香。"

　　他言罢,阿耳戈斯的海伦告嘱女仆
动手备床,在门廊下面,铺开厚实的
紫红色的垫褥,覆上床毯,
压上羊毛屈卷的披盖,女仆们
手握火把,走出厅堂,动手操办,　　　　　　　　　　300
备妥睡床。客人们由信使引出,
壮士忒勒马科斯和奈斯托耳光荣的儿子,
睡息在厅前的门廊下;
阿特柔斯之子入睡里屋的床面,在高大的宫居,
身边躺着长裙飘摆的海伦,女人中的佼杰。

　　当早起的黎明重现天际,垂着玫瑰红的手指,
啸吼战场的墨奈劳斯起身离床,
穿上衣服,背上锋快的铜剑,横挎肩头,
系好舒适的条鞋,在白亮的脚面,
走出房门,俨然天神一般,
坐在忒勒马科斯身边,开口说话,叫着他的名字:
"是何种需求,壮士忒勒马科斯,把你带到此地,
踏破浩淼的海浪,来到闪亮的拉凯代蒙?
是公干,还是私事?不妨如实相告。"

　　听罢这番话,善能思考的忒勒马科斯答道:
"阿特柔斯之子,宙斯哺育的墨奈劳斯,民众的首领,
我来到此地,想问你是否能告我有关家父的消息;
我的家院正被人吃耗,肥沃的农地已被破毁,

满屋子可恨的人们，正无休止地宰杀
320　群挤的肥羊和腿步蹒跚的弯角壮牛，
那帮追缠我母亲的求婚人，横行霸道，贪得无厌。
为此，我登门恳求你的帮助，或许你愿
告我他的惨死，无论是出于亲历，被你
亲眼目睹，还是听闻于其他浪者的
言谈。祖母生下他来，经受悲痛的磨煎。
不要回避惨烈，出于对我的怜悯，悲叹我的人生；
如实地言告一切，你亲眼目睹的情况。
我恳求你，倘若高贵的奥德修斯，我的父亲，
曾为你说过什么话，做过什么事，并使之成为现实，
在特洛伊地面，你等阿开亚人吃苦受难的地方。
追想这些往事，对我把真情相告。"

　　听罢这番话，棕发的墨奈劳斯气恼烦愤，答道：
"可耻！这帮懦夫们竟敢如此梦想，
梦想占躺一位心志豪勇的壮士的睡床！
恰似一头母鹿，让新近出生的幼仔睡躺在
一头猛狮的窝巢，尚未断奶的小鹿，
独自出走，食游山坡草谷，
不料兽狮回返家居，给
它们带来可悲的死亡；就像这样，
340　奥德修斯将使他们送命，在羞楚中躺倒。
哦，父亲宙斯，雅典娜，阿波罗！愿他
像过去一样，在城垣坚固的莱斯波斯，
挺身而出，与菲洛墨雷得斯角力，把他
狠狠地摔在地上，使所有的阿开亚人心花怒放。
但愿奥德修斯，如此人杰，出现在求婚人前方——
他们将找见死的暴捷，婚姻的悲伤！

至于对你的询问,你的恳求,我既不会
虚与委蛇,含含糊糊,也不会假话欺诬,
我将转述说话从不出错的海洋老人的言告,
毫无保留,绝不对你隐藏。

　　"那时,神明仍把我拘困埃及,尽管我
急于归返,因我忽略了全盛的敬祭,
而神们绝不会允许凡人把他们的谕言抛忘。
大海中有一座岛屿,顶着汹涌的海浪,
位于埃及对面,人们称之为法罗斯,
远离海岸,深旷的木船一天的航程,
凭着疾风的劲扫,来自船尾的推送。
岛上有个易于搁船的港湾,水手们上岸
汲取乌黑的淡水,由此推送匀称的木船,滑入大海。
就在那里,神祇把我拘搁了二十天,从来
不见风头卷起,扫过浪尖,持续不断的
顺风,推船驶越浩淼的洋面。其时,
我们将面临粮食罄尽,身疲体软的窘境,
要不是一位神祇恤怜,对我同情,
埃多塞娅,强健的普罗丢斯、海洋老人的
女儿。一定是我的话深深地打动了她的心房,
在我俩邂逅之际——其时正独自漫步,走离我的伙伴。
他们常去钓鱼,在全岛各地,带着
弯卷的鱼钩,受饥饿的驱迫。
她走来站在我身边,开口发话,对我说道:
'你是个十足的笨蛋呢,我说陌生人,心智里糊涂,
还是甘愿放弃努力,乐于挨受困苦的煎熬?
瞧,你已被长期困留海岛,找不到出离的
路子,而你的伙伴们已心力交瘁,备受折磨。'

360

"听她言罢,我开口答话,说道:
'好吧,我这就回话,不管你是女神中的哪一位。
我之困留此地,并非出于自愿;一定是
冒犯了不死和统掌辽阔天空的神明。
请你对我说告,因为神明无所不知,
380　是长生者中的哪一位把我拘困,不让我回家?
告诉我如何还乡,穿过鱼群聚游的大海。'

"听我言罢,丰美的女神答道:
'好吧,我会准确无误地回话,把一切答告。
说话从不出错的海洋老人出没在这一带海域,
出生埃及的普罗丢斯,不死的海神,谙知
水底的每一道深谷,波塞冬的助手。
人们说他是我的父亲,是他生养了我。
倘若你能设法埋伏,把他逮住,
他会告知你一路的去程,途经的地点,
告诉你如何还乡,穿过鱼群聚游的大海。
他还会对你说告,卓越的凡人,倘若你愿想知晓,
在你出门后,逐浪在冗长艰难的航程,
宫府里发生过何样凶虐,可曾有过善喜的事儿。'

"听她言罢,我开口答话,说道:
'替我想个高招,伏捕这位老神,
切莫让他先见,或知晓我的行动,回避躲藏。
此事困难重重,凡人想要把神明制服。'

"听我言罢,丰美的女神答道:
'好吧,我会准确无误地回话,把一切说告。
400　在太阳中移,日当中午的时分,

说话从不出错的海洋老人会从浪花里出来，
从劲吹的西风下面，藏身浑黑的水流。
出海后，他将睡躺在深旷的岩洞，
周围集聚着成群的海豹，美貌的海洋之女的孩儿，
缩蜷着睡觉，从灰蓝的大海里出来，
呼吐出深海的苦味，强烈的腥涩。
我将在那里接你，于黎明时分，把
你们伏置妥当。你要挑出三名帮手，最好的伙伴，
从你的人里，活动在凳板坚固的船旁。
现在，我将告你海洋老人的本领，他的伎俩。
首先，他会逐一巡视和清点海豹，然后，
当目察过所有的属领，记点过它们的数目，
他便弯身躺下，在它们中间，像牧人躺倒在羊群之中。
在眼见他睡躺的瞬间，你们
要使出自己的力气，拿出你们的骁勇，
紧紧把他抓住，顶住他的挣扎，试图逃避的凶猛。
他会变幻各种模样，活动在地面上
的走兽；他还会变成流水和神奇的火头。
你们必须紧抱不放，死死地卡住。
但是，当他终于开口说话，对你发问，

420

回复原有的形貌，像你们见他入睡的时候，
那么，我的英雄，你必须松缓力气，放开老头，
问他哪位神明对你生气动怒，
问他如何还乡，跨过鱼群游聚的汪洋。'

"言罢，她潜回大海峰起的浪头。
我返身海船搁聚的地方，沿着
沙岸，心潮起伏，随着脚步颠腾。
当我来到海边，停船的滩头，

我们当即炊餐,迎来神圣的黑夜,
平身睡躺,在浪水冲涌的沙滩旁。

"当年轻的黎明,垂着玫瑰红的手指,重现天际,
我沿着滩岸走去,傍着水面开阔的海流,
对神声声祈祷,带着我最信任的
三位伙伴,险遇中可以信赖的朋友。
与此同时,女神潜入大海宽深的水浪,
带来四领海豹的皮张,钻出洋面,
全系新近剖杀剥取,用以迷糊她的老爸。
她在滩面上刨出四个床位,就地坐等
我们前往;我们来到她的近旁。

440　她让我们依次躺入沙坑,掩之以海兽的剥皮,每人一张。
那是一次最难忍受的伏捕,那瘴毒的臭味,
发自咸海哺养的海豹身上,熏得我们头昏眼花。
谁愿和它,和海水养大的魔怪同床?
是女神自己解除了我们的窘难,想出了帮救的办法,
拿出神用的仙液,涂抹在每个人的鼻孔下,
闻来无比馨香,驱除了海兽的臭瘴。
整整一个上午,我们蛰伏等待,以我们的坚忍和刚强,
目睹海豹拥攘着爬出海面,逼近滩沿,
躺倒睡觉,成排成行,在浪水冲涌的海岸上。
正午,老人冒出海面,觅见他那些吃得膘肥体壮的
海豹,逐一巡视清点,而我们
是他最先数点的'海兽',全然不知
眼前的狡诈。点毕,他在海豹群中息躺。
随着一声呐喊,我们冲扑上前,展开双臂,将他抱紧不放。
然而,老人不曾忘却他的变术和诡诈。
首先,他变作一头虬须满面的狮子,

继而又化作蟒蛇、山豹和一头巨大的野猪,
变成奔流的洪水,一棵枝叶繁茂的参天大树——
但我们紧紧抱住,以我们的坚忍和刚强。
当狡诈多变的老人用尽了浑身的力气, 460
他开口对我问话,说道:
'是哪位神明,阿特柔斯之子,设法要你
把我伏抓,违背我的意愿?你想要什么?'

"听他言罢,我开口答话,说道:
'你知道我的用意,老人家,为何还要询问搪塞?
瞧,我已被长期困留海岛,找不到出离的
路子;我已备受折磨,心力交瘁疲伤。
请你对我说告,因为神明无所不知,
是长生者中的哪一位把我拘困,不让我回家?
告诉我如何还乡,穿过鱼群游聚的大海。'

"听罢我的话,他当即答话,说道:
'你早该奉献丰足的牲祭,给宙斯和列位
不死的神祇,如此方能登上船板,以极快的速度
穿越酒蓝色的大海,回抵家乡。
你命里不该现时眼见亲朋,回返
营造坚固的家府,世代居住的地方。
你必须返回埃及的水路,
宙斯泼降的水流,举办隆重神圣的牲祭,
给不死和统掌辽阔天空的神明。
此后,众神会让你如愿,给你日夜企盼的归航。' 480

"听罢这番话,我心肺俱裂,
因他命我回头水势混沌的洋面,

77

回返埃及,再经航程的艰难和冗长。
但即便如此,我仍然开口答话,说道:
'我会照此行动,老人家,按你说的做。
但眼下,我要你告说此事,要准确地回答。
那些阿开亚人,那些被我和奈斯托耳——在我们乘船离开
特洛伊之际——留在身后的伙伴,是否都已随船归返,
安然无恙?他们中可有人丧命凄惨的死亡,倒在船板上,
或牺牲在朋友的怀抱里,经历了那场战杀?'

"听罢我的话,老人当即答话,说道:
'阿特柔斯之子,为何问我这个?你不应了解
这一切,也不应知晓我的心肠。一旦听罢
事情的经过,我敢说,你一定会泪水汪汪。
他们中许多人丧命死去,许多人幸存灾亡,
首领中死者有二,身披铜甲的阿开亚人的英壮,
面对回家的路航。至于战斗,我无需多说,你已亲身在场。
有一位首领,仍然活着,困留在汪洋大海的某个地方。
埃阿斯已经覆亡,连同他的海船,修长的木桨。

500 起先,波塞冬把他推向古莱的
巨岩,以后又从激浪里把他救出,而
埃阿斯很可能已经逃离灾难,尽管雅典娜恨他,
要不是心智迷乱,口出狂言,
自称逃出深广的海湾,蔑视神的愿望。
波塞冬听闻此番话语,放胆的吹擂,
当即伸出粗壮的大手,抓起三叉投戟,
扔向古莱石岩,破开它的峰面,一部兀立原地,
一块裂出石岩;裂石捣入水中,
埃阿斯息坐和放胆胡言的地方,
把他打入无垠的大海,峰涌的排浪。

就这样，埃阿斯葬身大海，喝够了苦涩的水汤。
你的兄长总算保得性命，带着深旷的海船，
躲过了死之精灵的捕杀，得救于赫拉夫人的帮忙。
然而，当他驶近陡峻的悬壁
马勒亚，一股骤起的风暴将他贴裹着扫离航向，
任他悲声长叹，颠行在鱼群游聚的汪洋，
漂抵陆基边沿——从前，它是苏厄斯忒斯的
家乡；现在，埃吉索斯，苏厄斯忒斯之子，在那里居家。
但是，即便在那里，顺达的归程还是展现在他的前方：
神们扯回和风，把他送还家乡。 520
阿伽门农兴高采烈，踏上故乡的口岸，
手抓泥土，翘首亲吻，热泪滚滚，
倾洒而下，望着故园的土地，心爱的家乡。然而，
一位暗哨瞭见他的回归，从瞭望的哨点，狡猾的埃吉索斯
把他派往那边，要他驻守监视，许下报酬，
两塔兰同黄金。他举目哨位，持续了一年，惟恐
阿伽门农滑过眼皮，致送凶暴的狂莽。
暗哨跑回家院，带着信息，报知民众的牧者。
埃吉索斯当即定下凶险的计划，
从地域内挑出二十名最好的英壮，
暗设谋杀，排开宴席，在宫居的另一方。
然后，他出迎阿伽门农，兵士的牧者，
带着车马，心怀歹毒的计划，将他
引入屋内，后者全然不知临头的死亡，让他敞怀吃喝，
然后行凶谋杀，像有人宰砍一头壮牛，血溅槽旁。
阿伽门农的属从无一幸存，
埃吉索斯的下属亦然，全都拼死在宫房。'

"听罢这番话，我心肺俱裂，

坐倒沙地，放声号哭，心中
540 想死不活，不想再见太阳的明光。但是，
当我满地打滚，痛哭哀号，满足了发泄悲愤的需要，
出言不错的海洋老人开口发话，对我说道：
'别哭了，阿特柔斯之子，别再浪费你的
眼泪，眼泪帮不了你的忙。倒不如尽量争取，
争取尽快回返，回返你的故乡。
你或许会发现埃吉索斯仍然活着，虽然俄瑞斯忒斯
可能已经下手，把他宰杀——如此，你可参加他的礼葬。'

"一番话舒缓了我的心胸，平抚了我
高傲的情肠，尽管愁满胸膛，
开口吐出长了翅膀的话语，对他说道：
'我知道上述二位；现在，是否请你告我第三人的情况，
此人可是仍然活着，受阻于宽绰的大洋，还是
已经死了——尽管伤心，我愿听听这方面的讯况。'

"听罢我的话，他当即答话，说道：
'那是莱耳忒斯之子，居家伊萨卡，
我曾见他置身海岛，掉洒豆大的泪花，
在海仙卡鲁普索的宫居，后者强行
挽留，使他不能回返乡园，因他
既没有带桨的海船，亦没有伙伴的帮援，
560 帮他渡越浩淼的大海。但是，
至于你，宙斯养育的墨奈劳斯，神明却
无意让你死去，在马草丰肥的阿耳戈斯死亡；
长生者将把你送往厄鲁西亚平原，
大地的尽头，长发飘洒的拉达门苏斯的居地，
那里生活安闲，无比的安闲，对你等凡人，

既无飞雪,也没有寒冬和雨水,
只有阵阵徐风,拂自俄开阿诺斯的波浪,
轻捷的西风,悦爽凡人的心房——因为
你有海伦为妻,也就是宙斯的婿男。'

"言罢,老人潜回大海峰起的水浪。
我返身海船搁聚的地方,神样的伙伴们
和我同行,心潮起伏,随着脚步腾颠。
当我们来到海边,停船的滩头,
大伙动手炊餐,迎来神圣的黑夜,
平身睡躺,在浪水冲涌的沙滩旁。
当早起的黎明,垂着玫瑰红的手指,重现天际,
首先,我们把木船拖入闪亮的大海,
在匀称的船上竖起桅杆,挂上风帆,
然后,我等众人登上船板,坐入桨位,
以齐整的座次,荡开船桨,击打灰蓝色的海面,
回到埃及人的疆域,宙斯降聚的河水;
我停船滩头,敬办了隆重的牲祭。
当平息了神的愤怒,那些个长生不老的天尊,
我为阿伽门农堆了一座坟冢,使他的英名得以永垂。
做毕此事,我登船上路;永生的神明送来
顺推的海风,把我吹返亲爱的故乡,以极快的速度回航。
现在,我看这样吧,你就留在宫居,
直到第十一或第十二个白天——届时,
我将体体面面地送你出走,给你丰厚的礼物,
三匹骏马,一辆溜光滑亮的马车。此外,
我还将送你一只精美的酒杯,让你泼洒奠酒,
对不死的神明,记着我的好意,终生不忘。"

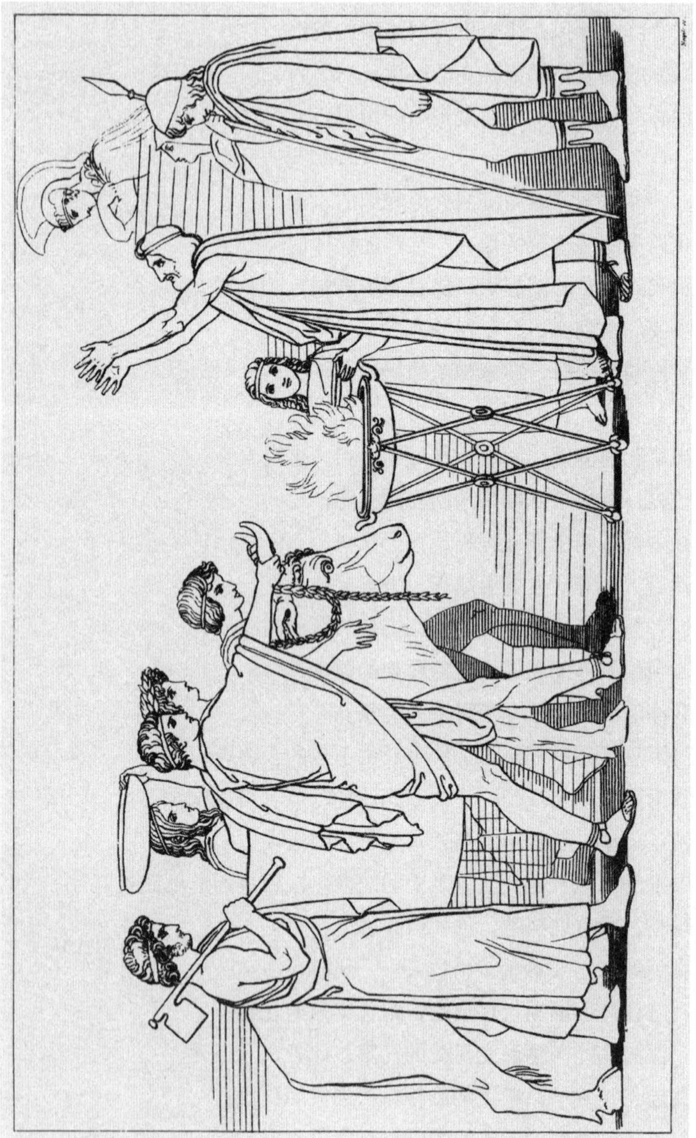

听罢这番话,善能思考的忒勒马科斯答道:
"阿特柔斯之子,不要留我长滞此地,
虽然我可坐上一个整年,毫无疑问,
坐在你的身边,不思家归,不念父母;
你的话语,你的谈吐使我欣喜,激奋得
非同寻常。但是,我的伙伴已感到焦躁不安,
在神圣的普洛斯,而你却要我再留一段时间。
至于你要给的礼物,最好是一些能被收藏的东西——
我不会接受驭马,带往伊萨卡;还是让它们留在这儿,
欢悦你的心房。你拥有这片广袤的平原,
遍长着三叶草和良姜,长着
小麦、稞麦和颗粒饱满的雪白的大麦,
而伊萨卡却没有大片的平野,没有草场:
那是个牧放山羊的去处,景致比放养马群的草野更漂亮。
群岛中没有一个拥有草场,让你赶着马儿溜达,
全都是傍海的斜坡,而伊萨卡是最具这一特征的地方。"

600

听罢这番话,啸吼战场的墨奈劳斯咧嘴微笑,
伸出手来,抚摸着他,出声呼唤,对他说道:
"你血统高贵,我的孩子,从你的话语中亦可听出。
所以,我将给你变换一份礼物,此事我可以做到。
我将从屋里收藏的所有珍宝中,拿出一件
最精美、面值最高的佳品,让你带走。
我要给你一只铸工瑰美的兑缸,纯银的
制品,镶着黄金的边圈,
赫法伊斯托斯的手工,得之于西冬尼亚人的王者,
英雄法伊底摩斯的馈赠——返家途中,我曾在
他的宫里栖留。现在,作为一份礼物,我要以此相送。"

620　　　就这样,他俩你来我往,一番说告。
与此同时,宴食者们已开始步入神圣王者的厅堂,
赶着肥羊,抬着裨益凡人的浆酒,带着
他们的妻子,掩着漂亮的头巾,送来宴食的面包。
就这样,他们忙着整备食肴,在厅堂里头。

　　其时,奥德修斯的宫居前,求婚者们
正以嬉耍自娱,或投饼盘,或掷镖枪,在一块
平坦的场地,一帮肆无忌惮的人们,和先前一样。
安提努斯和神样的欧鲁马科斯坐在一边,
求婚者们的首领,他们中远为出色的俊杰。
诺厄蒙,弗罗尼俄斯之子,走近
安提努斯身边发问,说道:
"安提努斯,我等心中可已知晓,或是全然不知,
忒勒马科斯何时回返,从多沙的普洛斯?
他走了,带走了我的海船,而现在,我正有事要用,
渡过海域,前往宽广的厄利斯,那里放养着
我的十二匹母马,哺喂着从未上过轭架的骡子,吃苦
耐劳的牲畜;我想驯使一头,赶离它的伴群。"

　　他言罢,众人心中惊异,不曾想到王子已
去了普洛斯,奈琉斯的城堡,以为他还呆在附近,
640　在他的牧地,置身羊群之中,或和牧猪的①混在一起。

　　这时,欧培塞斯之子安提努斯答道:
"实话告我,忒勒马科斯何时出走,哪些年轻人
随行?是伊萨卡的精壮,还是他自己的

---

① 牧猪的:指欧迈俄斯。

帮工,他的奴隶——他有这个权力。
告诉我,老老实实地告诉我,让我知晓这一切:
他之带用你的海船,是凭借武力,强违你的意愿,
还是征询你的意见,得取你的同意?"

听罢这番话,诺厄蒙,弗罗尼俄斯之子答道:
"我让他用船,出于自愿。面对他的询求,
这么个心中填满焦恼的人儿,谁能予以
拒绝?回拒他的要求不易,很难。
随他同去的小伙是我们地域内最高贵的
青年。此外,我还看见有人登船,作为首领,
门托耳,亦可能是一位神祇,但从头到脚长得和门托耳一般。
此事使我惊诧,因为昨天清晨我还在此见过神样的
门托耳——而他却在那时①登上了前往普洛斯的海船。"

言罢,诺厄蒙移步父亲的房居;
两位求婚者②高傲的心里填满惊异。
他俩要同伙坐下,坐在一起,中止了他们的竞比。
安提努斯,欧培塞斯之子,开口发话,   660
怒气冲冲,黑心里注满怨愤,
双目熠熠生光,宛如燃烧的火球:
"忒勒马科斯居然走了,一次了不起的出航,
放肆!可我等还以为他做不到这一点,绝对不行。
一个年轻的娃娃,尽管我等人多势众,拉下一条
海船,远走高飞,选带了本地最好的青年。
他将给我们带来渐多的麻烦。愿宙斯了结

---

① 那时,即四天前,雅典娜以门托耳的形貌登船上路。
② 两位求婚者:指安提努斯和欧鲁马科斯。

他的性命,在他长成浑熟的青壮之前!
动手吧,给我一条快船,二十名伙伴,
让我拦路埋伏,监等他的回返,在
那片狭窄的海域,两边是伊萨卡和萨摩斯的石岩,
让他尝吃寻父的苦果,出洋在外。"

他言罢,众人均表赞同,催他行动,
当即站立起来,走入奥德修斯的房宫。

然而,裴奈罗珮很快获悉了
求婚人的商讨和谋算——
信使墨冬闻听到他们的谋划,将此事告传。
其时,他正站在院外,而他们却在院内谋算;
带着信息,信使走向裴奈罗珮的房间。
680　裴奈罗珮开口发话,在他跨过门槛的时候:
"信使,傲慢的求婚人差你前来,有何贵干?
要让神一样的奥德修斯的女仆们
停止工作,替求婚人准备食餐?天啊,
但愿他们不要再来对我献媚,或在其他什么地方谋聚,
但愿这次酒宴是他们在此的最后,是的,最后一顿肴餐!
你们一回回地聚在这里,糜耗了这许多财物,
聪颖的忒勒马科斯的所有。难道你们不曾听过,
在多年以前,各位父亲的叙言,在你等幼小之时,
述告奥德修斯是位何样的人杰,在尔等父母中间?
在他的国度,此人从未做过一件不公正的事,说过一句
不公正的话,尽管这是神佑的王者们的权利,
憎恨某个国民,偏好另一个乡里,
但奥德修斯从不胡作非为,错待一位属民。
如今,你们的心地,你们无耻的行径,已昭然若揭;

对他过去的善行，你们无有半分感激！"

听罢这番话，心智敏捷的墨冬开口说道：
"但愿，我的王后，这是你最大的不幸。
然而，眼下，求婚者们正谋划另一件更为凶险
歹毒的事情。愿克罗诺斯之子夭折它的兑现。
他们心怀叵测，试图杀死忒勒马科斯，在他回返的途间， 700
用青铜的利械。他外出寻觅父亲的讯息，
前往神圣的普洛斯和拉凯代蒙光荣的地界。"

听罢这番话，裴奈罗珮双膝发软，心力消散，
沉默良久，一言不发，眼里噙着
泪水，悲痛噎塞了通话的喉管。
终于，她开口答话，说道：
"信使，我儿为何离我而去？他无需
登上捷驶的海船，凡人跨海的
马车，渡走浩淼的洋面。事情难道
会竟至于此，连他的名字也将销声匿迹在凡人中间？"

听罢这番话，心智敏捷的墨冬答道：
"我不知他到底是受某位神明的催励，还是受自己
激情的驱赶，前往普洛斯地面，探寻
有关父亲返家的消息，或他已遭受何样命运摆布的传言。"

言罢，他迈步穿走奥德修斯的房居，
一朵碎损心魂的雾团蒙住了裴奈罗珮，她再也
无意息坐椅面，虽然房居里有的是靠椅，
而是坐到门槛，她的建造精良的睡房前，
面色悲苦，呜咽哭泣，女仆们个个失声痛哭，在她身边，

720　　所有置身房居的人们,无论是年老,还是年轻的仆役。
裴奈罗珮长号不止,对女仆们哭诉道:
"听我说,亲爱的朋友们!在和我同期出生和长大的
女人中,俄林波斯大神给我的悲痛比给谁的都烈。
先前,我痛失丈夫,他的心灵像狮心一般,
出类拔萃在一切方面,超比所有的达奈壮汉,我那
高贵的夫婿,声名遐迩,在赫拉斯和阿耳戈斯的腹地传开。
现在,风暴又卷走我亲爱的儿子,从
我的房居,不留只言片语——我从未听知他何时离开。
狠心的人们,你们中竟然谁也不曾记得
把我唤醒,虽然你们明晓此事,
我儿何时出离,前往乌黑、深旷的海船。
倘若我知晓他在思量准备出海的讯息,那么,
尽管登程心切,他将呆留不走——否则,
他将撇下一个死去的妇人,在厅屋里面!
现在,我要你们中的一个,急速行动,叫来多利俄斯老人,
我的仆工,家父把他给我,在我来此之际,
为我看管一座树木众多的果园。让他
尽快赶往莱耳忒斯的住地,坐在他身边,把一切告言。
或许,莱耳忒斯会想出什么办法,
740　　出来抱怨这帮人的作为,他们正试图
剪除他的根苗,神一样的奥德修斯的后代。"

　　其时,欧鲁克蕾娅,她所心爱的保姆,答道:
"你可把我杀了,亲爱的夫人,用无情的铜剑,或让我继续
存活,在你的屋里;不管怎样,我将说出此事,对你说白。
我确实知晓此事的经过,并且给出他所要的一切,
给了他面包和香甜的醇酒,但他听过我庄重的誓言,
发誓决不将此事告你,直至第十二个天日的来临,

或直到你可能想念起他来，或听说他已出走——
这样，你便不会出声哭泣，让眼泪涩毁白净的脸面。
去吧，洗洗身子，换上干净的衣服，
走去楼上的房间，带着侍奉的女仆，
对带埃吉斯的宙斯的女儿祈祷，
她会使你儿得救，甚至从死的边缘。
不要忧扰那个老人，他已尝够了愁恼。我想，
幸福的神明还不至于那么痛恨阿耳开西俄斯的
后代；家族中会有一人存活，继承
顶面高耸的房屋，远处肥沃的田园。"

一番话平抚了她的悲愁，断阻了眼泪的
滴淌；裴奈罗珮洗过身子，换上干净的衣服，
走上楼面的房间，带着侍奉的女仆，
将大麦装入篮里，对雅典娜诵道：
"听我说，阿特鲁托奈，带埃吉斯的宙斯的孩子，
倘若多谋善断的奥德修斯曾在宫里
给你烧过祭羊或肥美的牛腿，现在，
请你记起这一切，帮帮我的忙，救护我的爱子，
挡开求婚的人们，这帮为非作歹的凶顽！"

她悲情诉说，放声号哭，女神听到了她的祈祷。
其时，求婚者们大声喧闹，在幽暗的厅堂，
某个高傲的年轻人如此说道：
"毫无疑问，我等苦苦追求的王后已答应成婚，
和我们中的一员，却不知谋定的死难已在等待她的儿男！"

他们中有人这么说道，虽然谁也不知事情的结果。
这时，安提努斯开口发话，对他们说道：

760

"你们全都疯了;不要再说此类不三不四的话语;
小心有人跑进屋里,告了我们的密。
来吧,让我们悄悄起身,把我等一致
赞同的计划付诸实践。"

言罢,他挑出二十名最好的青壮,
一起前往迅捷的快船,海边的沙滩。
780 首先,他们拽起木船,拖下幽黑的大海,
在乌黑的船身上竖起桅杆,挂上风帆,
将船桨放入皮制的圈环,
一切整治得清清楚楚,升起雪白的风帆,
心志高昂的伴从们把他们的器械搬运上船。
他们泊船海峡深处,走下甲板,
准备食餐,等盼黑夜的降现。

然而,在房居的楼上,谨慎的裴奈罗佩
绝食卧躺,既不进餐,也不喝饮,
一心想着雍贵的儿子,能否躲过死难——抑或,
他将不得不死去,被无耻的求婚人谋害。
像一头狮子,被猎人追堵,面对紧缩的
圈围,心里害怕,思绪纷飞,
裴奈罗佩冥思苦想,伴随着甜怡的睡眠的降临;
她沉下身子,带着舒松的关节,昏昏入睡。

其时,灰眼睛女神雅典娜谋算着另一件要做的事情。
她变出一个幻象,貌似裴奈罗佩的姐妹,
伊芙茜墨,心志豪莽的伊卡里俄斯的女儿,
夫婿欧墨洛斯,家住菲莱。眼下,
女神把她送入神样的奥德修斯的家府,

为了劝阻悲念和愁悼中的裴奈罗佩，让她
停止悲恸，中止泪水横流的哭泣。
梦影进入睡房，贴着门闩的皮条，
前往悬站在她的头顶，开口说道：
"睡了吗，裴奈罗佩，带着揪心的悲愁？
但是，生活舒闲的神明让你不要
哭泣悲哀。你儿仍可回返
家园，他不曾做下任何坏事，在神明看来。"

800

　　于是，谨慎的裴奈罗佩答道，
处于极其香熟的睡境，在梦幻的门前：
"为何临来此地，我的姐妹，以前你可从来
不曾登门，因你住在离此遥远的地界。
眼下，你要我消止悲痛和愁烦，
深重的悲难，纷扰着我的灵魂和心怀。
先前，我痛失丈夫，他的心灵像狮心一般，
出类拔萃在一切方面，超比所有的达奈壮汉，我那
高贵的夫婿，声名遐迩，在赫拉斯和阿耳戈斯的腹地传开。
现在，我的爱子又离此而去，乘坐深旷的海船，
一个无知的孩子，尚未跨越搏杀和辩谈的门槛。
我为他伤心，超过对夫婿的愁哀，
我浑身颤栗，担心险遭不测，在

820

他所去的国度，或在那苍茫的大海，
此间有这么多恨他的强人，谋划暗算，
急切地企望把他杀死，抢在他还乡之前。"

　　听罢这番话，幽黑的梦影说讲，答道：
"勇敢些，不要过分害怕，
想想护送他的神仙，多少人张嘴

祈祷，希望她站在自己身边——那是帕拉丝·
雅典娜，强有力的女神。此神怜悯你的悲难，
差我前来，将这些事情言告。"

听罢这番话，谨慎的裴奈罗珮答道：
"如果你确是一位神明，听过女神的嘱告，
那么，告诉我，告诉我另一个不幸之人的遭遇，
此人可还活着，得见太阳的光明，
还是已经死去，奔入哀地斯的府居？"

听罢这番话，幽黑的梦影说讲，答道：
"至于那个人，我却不能对你细告，
关于他的死活；此举可恶，信口胡说。"

言罢，梦影飘离睡房，贴着木闩和门柱，
汇入吹拂的风卷。伊卡里俄斯的女儿
840 从睡梦中醒来，感觉心里舒坦——在那
昏黑的夜色里，梦的形象显得清晰可见。

其时，求婚者们登上海船，驶向起伏的洋面，
心中谋算着忒勒马科斯的暴灭。
海峡的中部有一座岩壁峥嵘的岛屿，
位居中途，坐落在伊萨卡和高耸的萨摩斯之间，
唤名阿斯忒里斯，不大，却有泊锚的地点，
两面均可出船。阿开亚人设伏等待，就在那边。

第五卷

其时,黎明从高贵的提索诺斯身边起床,
把晨光遍洒给神和凡人。众神
弯身座椅,商讨聚会,包括
炸雷高天的宙斯,最有力的仙神。
面对众神,雅典娜说起奥德修斯遭受的种种
磨难——女神关心他的境遇——困留在海仙的家院:
"父亲宙斯,各位幸福、长生不老的神仙,
让手握权杖的王者从此与温善和
慈爱绝缘,不要再为主持公正劳费心力,
让他永远暴虐无度,凶霸专横,
既然神一样的奥德修斯,他所统治的属民中,
谁也不再怀念这位王者,像一位慈善的父亲。
现在,他正躺身海岛,承受巨大的悲痛,
在那水仙卡鲁普索的宫里,后者强行
挽留,使他不能回返乡园,因他
既没有带桨的海船,又没有伙伴的帮援,
帮他渡越浩淼的大海。现在,
那帮人已下了狠心,谋害他的爱子,
在那归返的途间。他外出寻觅父亲的讯息,
前往神圣的普洛斯和光荣的拉凯代蒙地界。" 20

听罢这番话,汇聚乌云的宙斯答道:
"这是什么话,我的孩子,崩出了你的齿隙?

难道这不是你的意图,你的谋划,
让奥德修斯回返,惩罚那帮人的行端?至于
忒勒马科斯,你可巧妙地把他带回家里,你有这个能耐,
让他不受伤害,安抵自己的家乡;
让求婚者们计划落空,驾船回返。"

　　说罢,他转而对爱子赫耳墨斯直言道:
"赫耳墨斯,既然处理其他事情,你亦是我的信使,
现在,我要你传送不受挫阻的谕言,对发辫秀美的女仙,
让心志刚强的奥德修斯启程,回返故乡,
既无神明,亦无凡人护援,
乘用一只编绑的船筏,吃苦受难,
及至第二十个天日,登岸丰肥的斯开里亚,
神族的旁裔、法伊阿基亚人的地面,
他们会真心实意地敬他,像对待神明,
把他送回亲爱的故乡,用一条海船,
堆满黄金、青铜和衣裳,数量之多,
远远超出他得获的份子,他的战礼,
40　即便他能平平安安地出离,从特洛伊归返。
此人命里注定可以眼见亲朋,回抵
顶面高耸的房居,回返乡园。"

　　听罢这番话,信使阿耳吉丰忒斯谨遵不违,
随即穿上精美的条鞋,在自己的脚面,
黄金铸就,永不败坏——穿着它,仙神跨涉沧海
和无垠的陆基,像疾风一样轻快。
他操起节杖,用它,赫耳墨斯既可迷合凡人的
瞳眸,只要他愿意,又可让睡者睁开双眼;
拿着这根节杖,强有力的阿耳吉丰忒斯一阵风似的启程

向前,穿越皮厄里亚山地,从晴亮的高空冲向
翻涌的海面,穿走大洋,像一只燕鸥,
贴着苍贫的大海,贴着惊涛骇浪疾飞,
捕食鱼鲜,展开急速振摇的翅膀,沾打着峰起的浪尖。
就像这样,赫耳墨斯穿越峰连的长浪,
来到坐落在远方的岛屿,
踏出黑蓝色的大海,走上
干实的陆地,行至深广的岩洞,发辫秀美的
仙女的家居,发现她正在里面。
炉膛里燃烧着一蓬熊熊的柴火,到处飘拂着
劈开的雪松和桧柏的香气,弥漫在整座 60
岛间。仙女正一边歌唱,亮开舒甜的嗓门,
一边来回走动,沿着织机,用一只金梭织纺。
洞穴的四周长着葱郁的树林,有生机勃勃的
桤树,还有杨树和喷香的翠柏,
树上筑着飞鸟的窝巢,长着修长的翅膀,
有小猫头鹰、隼和饶舌的水鸟,
捕食的鸬鹚,随波逐浪。
洞口的边旁爬满青绿的枝藤,
垂挂着一串串甜美的葡萄;
四口溪泉吐出闪亮的净水,
成排,挨连,流水不同的方向;还有那
环围的草泽,新松酥软,遍长着欧芹和
紫罗兰——此情此景,即便是临来的神明,
见后也会赞赏,悦满胸怀。
岩洞边,信使阿耳吉丰忒斯赞慕园林的绮丽,
心中饱领了景致的绚美,然后
走进宽敞的洞府;闪亮的女神卡鲁普索
见他前来——一眼望去,当即认出他来,

永生的神祇有此辨识的能耐，
80　互相辨识，即便居家在遥远的地带。
然而，赫耳墨斯却不曾在洞里见着心志豪莽的奥德修斯，
后者正坐在外面，靠海的滩沿，悲声哭泣，
像以往那样，泪流满面，伤苦哀号，心痛欲裂，
凝望着苍贫的大海，哭淌着成串的眼泪。
其时，卡鲁普索，丰美的女神，让赫耳墨斯
坐上一把油亮、明光闪烁的座椅，开口问道：
"是哪阵和风，手握金杖的赫耳墨斯，把你吹入我的房院，
我所尊敬和爱慕的神明，稀客，以前为何不常来看看？
告诉我你的心事，我将竭诚效劳，
只要可能，只要此事可以做到。
请进来吧，让我聊尽地主之谊。"

　　言罢，女神放下一张餐桌，
满堆着仙食，为他调制了一份红色的奈克塔耳①。
于是，信使赫耳墨斯，阿耳吉丰忒斯，动手吃喝。
当吃饱喝足，满足了消除饥渴和进食的需要，
他开口发话，回答对方的询问：
"你，一位女神，问我，一位神明，为何来此，
好吧，我将针对你的问话，把此事原原本本地告言。
宙斯差我前来，并非出于我的愿望——
100　谁愿跑越无边的大海，咸涩的
苦浪？这里没有城镇，杳无人烟，
无有祭神的人们，敬奉隆盛、精选的肴鲜。
但是，神明中谁也不能挫阻，谁也不能破毁
带埃吉斯的宙斯的意志。他说

---

① 奈克塔耳：一种神用的饮料，神不喝酒。

你拘留了一个可怜的凡人，攻打
普里阿摩斯的城堡的战勇中最不幸的一位。
他们苦战几年，在第十年里荡扫了那个地方，启程
返航，但在归家途中冒犯了雅典娜①，
后者卷来凶险的风暴击打，掀起滔天的巨浪。
他那些侠勇的伙伴全都葬身海底，
疾风和海浪推搡着他漂泊，把他冲到这边。
现在，宙斯命你尽速遣他上路，
此君并非命里注定要死在这里，远离朋眷。
他还有得见亲友的缘分，回抵
顶面高耸的房居，回返故乡。"

听罢这番话，卡鲁普索，女神中的佼杰，
浑身颤嗦，开口答话，用长了翅膀的语言：
"你们这些狠心的神祇，生灵中最能妒忌的天仙！
你们烦恨女神的作为，当她们和凡人睡躺，
不拘掩饰，企望把他们招为同床的侣伴。
当黎明，垂着玫瑰红的手指，择配了俄里昂，
你们这些生活悠闲的神明个个心怀愤怨，
直到贞洁的阿耳忒弥丝，享用金座的女神，射出
温柔的羽箭，在俄耳图吉亚，结果了他的性命。
同样，当发辫秀美的黛墨忒耳，屈从于
激情的驱使，和亚西昂睡躺寻欢，在
受过三遍犁耕的农野，但宙斯很快知晓
此事，扔出闪亮的霹雳，把他炸翻。
现在，你等神明恼恨我的作为，同居了一个凡人：

120

---

① 冒犯了雅典娜：具体所指不甚明确，参考 3·13, 145 以及 4·499—511。据后世传说，俄伊琉斯之子埃阿斯曾在特洛伊的雅典娜神庙里奸污了卡桑德拉（普里阿摩斯之女），由此触怒了女神。

是我救了他，在他骑跨船的龙骨，独身沉浮
之时——宙斯扔出闪光的炸雷，
粉碎了他的快船，在酒蓝色的洋面，
侠勇的伙伴全都葬身海底，
疾风和海浪推搡着他漂泊，把他冲到这边。
我把他迎进家门，关心爱护，甚至出言说告，
可以使他长生不老，享过永恒不灭的生活。
然而，神祇中谁也不能挫阻，谁也不能破毁
带埃吉斯的宙斯的意志。所以，让他
去吧，倘若这是宙斯的决定，他的命令，
¹⁴⁰让他逐浪在苍贫的大海，而我将不能为他提供方便，
因我既没有带桨的海船，也没有什么伙伴，
帮他跨越浩森的洋面，但
我将给他过细的叮嘱，绝无保留，
使他不受伤害，安抵自己的家园。"

听罢这番话，信使阿耳吉丰忒斯答道：
"既如此，那就送他去吧；小心宙斯的愤恨，
使他日后不致心怀积怨，把满腔的怒火对你发泄。"

言罢，强有力的阿耳吉丰忒斯离她而去，
女王般的水仙，听过宙斯的谕言，随即
外出寻找心志豪莽的奥德修斯，
只见他坐在海边，两眼泪水汪汪，
从来不曾干过，生活的甜美伴随着思图还家的
泪水枯竭；女仙的爱慕早已不能使他心欢。
夜里，出于无奈，他陪伴女神睡觉，在
宽敞的洞穴，违心背意，应付伴侣炽烈的情爱，
而白天，他却坐在海边的石岩，

泪流满面,伤苦哀号,心痛欲裂,
凝望着苍贫的大海,哭淌着成串的眼泪。
丰美的女神走近他身边,说道:
"可怜的人,不要哭了,在我身边枯萎　　　　　　　　　　　160
你的命脉。现在,我将送你登程,心怀友善。
去吧,用那青铜的斧斤,砍下长长的树段,捆绑起来,
做成一条宽大的木船,筑起高高的舱基,在它的
正面,载你渡越混沌的大海。
我将把食物装上船面,给你面包、净水和暗红的醇酒,
为你增力的好东西,使你免受饥饿的骚烦。
我还将替你穿上衣服,给你送来顺疾的长风,
使你不受伤害,倘若神明愿意,
安抵自己的家园,他们统掌辽阔的天空,
比我强健,更有神力,无论是筹谋,还是兑践。"

　　她言罢,卓著和历经磨难的奥德修斯
索索发抖,开口答话,说道:
"你的谋划,我的女神,并非出于送行的愿望,而是另有
一番打算。你让我渡过浩森的大海,乘用一只筏船,
此举惊险,充满艰难——即便是匀衡的快船,
兜着宙斯送来的劲风,也难以穿越。
所以,我将不会贸然登船,不,
除非你,女神,立下庄重的誓言,
保证不再谋设新的恶招,使我吃苦受难。"

　　他言罢,卡鲁普索,女神中的佼杰,　　　　　　　　　　180
咧嘴微笑,抚摸着他的手,出声呼唤,说道:
"嘿,你这个无赖,诡计多端,
竟存此般心思,说出这番话来。

让大地和辽阔的天空作证,还有
斯图克斯的泼水——幸福的神祇誓约,
以此最为庄重,最具可怕的威慑:我保证
不再谋设新的恶招,使你吃苦受难。
倘若让我置身你的境地,我亦会
如此设想,用同样的办法冲破难关。
我知道通情达理地处事,我的心灵
善多同情,不是铁砣一块。"

　　言罢,闪光的女神轻快地引路先行,
奥德修斯跟随其后,踩着女神的脚印。
他们一路前行,女神偕领凡人,来到深旷的洞穴。
奥德修斯弯身下坐,在赫耳墨斯刚才坐过的
椅子,女仙摆出各种食物,在他面前,
凡人食用的东西,供他吃喝,
然后坐在神一样的奥德修斯对面,
女仆给她送来奈克塔耳和神用的食物,
200　他们伸出手来,抓起面前的肴餐。
当他们享受过吃喝的愉悦,
丰美的女神卡鲁普索首先开口,说道:
"莱耳忒斯之子,宙斯的后裔,多谋善断的奥德修斯,
还在一心想着回家,返回你的
故乡?好吧,即便如此,我祝你一路顺风。
不过,你要是知道,在你的心中,当你
踏上故土之前,你将注定会遇到多少磨难,
你就会呆在这里,和我一起,享受
不死的福分,尽管你渴望见到妻子,
天天为此思念。但是,我想,
我可以放心地声称,我不会比她逊色,

无论是身段,还是体态——凡女岂是
神的对手,赛比容貌,以体形争攀?!"

听罢这番话,足智多谋的奥德修斯答道:
"女神,夫人,不要为此动怒。我心里一清二楚,
你的话半点不错,谨慎的裴奈罗珮
当然不可和你攀比,论容貌,比身形——
她是个凡人,而你是永生不灭、长生不死的神仙。
但即便如此,我所想要的,我所天天企盼的,
是回返家居,眼见还乡的时光。倘若   220
某位神明打算把我砸碎,在酒蓝色的大海,
我将凭着心灵的顽实,忍受他的打击。
我已遭受许多磨难,经受许多艰险,顶着大海的
风浪,面对战场上的杀砍。让这次旅程为我再添一分愁灾。"

他如此一番说道。其时太阳落沉,黑夜将大地蒙罩;
他俩退往深旷的岩洞深处,
贴身睡躺,享受同床的愉悦。
但是,当早起的黎明,垂着玫瑰红的手指,重现天际,
奥德修斯穿上衣衫,裹上披篷,
而起身的女仙则穿上一件闪光的白袍,
织工细巧,漂亮美观,围起一根绚美的金带,
扎在腰间,披上一条头巾。她开始
设想如何准备这次航程,为心志豪莽的奥德修斯。
女神给他一把硕大的斧斤,恰好扣合他的手心,
带着青铜的斧头,两道锋快的铜刃,安着一根
漂亮的柄把,橄榄木做就,紧插在铜斧的孔穴。
接着,女神又给他一把磨光的扁斧,引路前行,
来到海岛的尽端,耸立着高大的树木,

有桤树、杨树和冲指天穹的杉树，
240　早已风燥枯干，适可制作轻捷漂浮的筏船。
卡鲁普索，丰美的女神，把他带到伐木地点，
耸立着高高的树干，然后返回自己的居所。
奥德修斯动手伐木，很快便完成了此项工作。
他一共砍倒二十棵大树，用铜斧剔打干净，
劈出平面，以娴熟的工艺，按着溜直的粉线放排。
其时，丰美的女神卡鲁普索折返回来，带给他一把钻子，
后者用它钻出洞孔，在每根树料上面，
用木钉和栓子把它们连固起来。
像一位精熟木工的巧匠，制作底面
宽阔的货船，奥德修斯手制的
航具，大体也有此般敞宽。接着，
他搬起树段，铺出舱板，插入紧密排连的
边柱，不停地工作，用长长的木橼完成船身的制建。
然后，他做出桅杆和配套的桁端，
以及一根舵桨，操掌行船的航向，
沿着整个船面，拦起柳树的枝条，
抵挡海浪的冲袭，铺开大量的枝干。
其时，卡鲁普索，丰美的女神，送来大片的布料，
制作船的风帆。奥德修斯动作熟练地整治，
260　安上缭绳、帆索和升降索，在木船的舱面。
最后，他在船底垫上滚木，把它拖下闪光的大海。
到了第四天上，一切准备就绪；
到了第五天，丰美的卡鲁普索替他沐浴，
穿上芳香的衣衫，送他离程归返。
女神装船两只皮袋，一只灌满黑红的酒浆，
另一只，更大的那只，注满净水，搬上
一袋食物，以及许多裨益凡人的美味，

招来一阵顺风,温暖、轻柔的和风,送他行船。
光荣的奥德修斯,欣喜扑面的海风,张开船帆,
端身稳坐,熟练地操把舵桨,制导着
木船的航程。睡意从未爬上眼睑,因他
目不转睛地望着普雷阿得斯和沉降缓慢的布忒斯,
还有大熊座,人们称之为"车座",
总在一个地方旋转,注视着俄里昂,
众星中,惟有大熊座从不下沉沐浴,在俄开阿诺斯的
水面——卡鲁普索,丰美的女神,曾出言叮嘱,
要他沿着大熊座的右边,破开水浪向前。
一连十七天,奥德修斯驾船行驶,破浪前进,
到了第十八天里,水面上出现了朦胧的山景,
法伊阿基亚人的土地,离他最近的陆岸, 280
看来像一块盾牌,浮躺在浑浊的洋面。

其时,强健的裂地之神正从埃塞俄比亚人那里回来,
从索鲁摩伊人的山脊上远远眺见他的身影,
驾着木船渡海。见此情景,波塞冬怒火中烧,比以往
更烈,摇着头,对自己的心灵说道:
"这是怎么回事?!毫无疑问,关于奥德修斯,
神们已改变主意,在我走访埃塞俄比亚人的时候。
眼下,他已驶近法伊阿基亚人的国度,注定
可以摆脱他所承受的巨大灾祸的地界。
不过,我想,我仍可使他吃受足够的苦难!"

言罢,他汇聚云朵,双手紧握
三叉戟,搅荡着海面,鼓起每一股狂飙,
所有的疾风,密布起沉沉积云,
掩罩起大地和海洋。黑夜从天空里跳将出来,

东风和南风互相缠卷，还有凶猛的西风和
高天养育的北风，掀起汹涌的海浪，
奥德修斯吓得双膝发软，心志涣散，
感觉焦躁烦愤，对自己豪莽的心灵说道：
"咳，不幸的人儿，我将最终面对何样的结局？
300　我担心女神的言告一点不错，她说
在我到家之前，我将在海上
经受苦难——眼下，这一切正在兑现。
瞧这铺天盖地的云层，宙斯把它们充塞在广阔的天穹，
搅乱了大海，狂飙扫自各个方向，
冲挤在这边。我的暴死已成定局。和我相比，
那些战死疆场的达奈兵壮，在那辽阔的特洛伊大地，
为了取悦阿特柔斯的儿郎，要幸福三倍，甚至四倍。
但愿我也在那时阵亡，接受命运的捶击，
那一天，成群结队的特洛伊人对我扔出
铜头的利械，围逼着裴琉斯死去的儿男①——这样，
我就能接受火焚的礼仪，得获阿开亚人给我的荣誉。
现在，命运却要我带着此般凄惨终结。"

　　话音刚落，一峰巨浪从高处冲砸下来，
以排山倒海般的巨力，打得木船不停地摇转，
把奥德修斯远远地扫出船板，脱手
握掌的舵杆。凶猛暴烈的旋风
汇聚荡击，拦腰截断桅杆，
卷走船帆和舱板，抛落在远处的峰尖。
奥德修斯埋身浪谷，填压了好长一段时间，
320　无法即刻钻出水头，从惊涛骇浪下面，

---

① 裴琉斯死去的儿男：即阿基琉斯。

女神卡鲁普索所给的衣衫把他往下压扯沉淀。
终于，他得以探出头来，吐出
咸涩的海水，成股地从头面上泼泻。
然而，尽管疲倦，他却没有忘记那条木船，
转过身子，扑向海浪，抓住船沿，
蹲缩在船体的中间，躲避死的终结。
巨浪托起木船，颠抛在它的峰尖，忽起忽落，
像那秋时的北风，扫过平原，吹打
荡摇的蓟丛，而后者则一棵紧贴着一棵站立；
就像这样，狂风颠抛着木船，忽起忽落，在大海的洋面：
有时，南风把它扔给北风玩耍，
有时，东风又把它让给西风追击。

　　其时，卡德摩斯的女儿，脚型秀美的伊诺，又名
琉科塞娅，眼见他的踪影。从前，她是讲说人话的凡女，
现在，她生活在大海深处，享受女神的尊严。
见他随波逐浪，受苦受难，琉科塞娅心生怜悯，
钻出水面，像一只扑翅的海鸥，
停栖坚固的船上，对他说道：
"可怜的人！裂地之神波塞冬为何
如此恨你，让你遭受此般祸灾？

340

然而，尽管恨你，他将不能把你碎败。好吧，
按我说的做——看来，你不像是个不通情理的笨蛋。
脱去这身衣衫，把筏船留给疾风摆弄，
挥开双臂，奋力划泳，游向法伊阿基亚人的
陆岸，注定能使你脱险的地界。
拿去吧，拿着这方头巾，绑在胸间，
有此神物，永不败坏，你可不必惧怕死亡，担心受难。
但是，当你双手抓着陆岸的边沿，

105

你要解下头巾,扔入酒蓝色的大海,
使其远离陆地——做时,别忘了转过头脸。"

言罢,女神送出头巾,随后
扑入起伏的大海,像一只海鸥,
幽黑、汹涌的咸水掩罩起她的身形。
其时,卓著和历经磨难的奥德修斯心绪纷繁,
权衡斟酌,对自己那豪莽的心灵说道:
"天呀,我担心某位神祇有意
作弄,设置陷阱,要我放弃筏船。不,眼下,
我不能如此去做,我所亲眼目睹的那片
陆野——她说我可在那里脱走——仍在遥远的岸边。
对了,我可这么从事,此举看来妙极:
只要船体不散,木段靠连,
我就置身船上,忍受困苦的熬煎,
但是,一旦海浪砸碎船舟,那时,
我将入海游泳;我再也想不出比这更好的决断。"

正当他思考斟酌之际,在他的心里和魂里,
波塞冬,裂地之神,掀起一峰巨莽的海浪,
一股粗蛮、惊险的激流,卷起水头,狠砸下来,
恰如疾风吹扫,席卷一堆干燥的
谷壳,四散飘落,洒落在地面,
木船的块段被浪峰砸得碎烂,但奥德修斯
骑跨着一根木段,像跨坐马背,
剥下女神卡鲁普索送给的衣服,
迅速绑上伊诺的头巾,绕着胸围,
一头扎进海浪,挥开双臂,
拼命划摆。王者、裂地之神见此景状,

摇着头,对自己的心灵说道:
"挣扎去吧,在这深海大洋,让你吃够苦头,
直到置身那帮生民,宙斯哺育的民众,但即便
如此,我想,你已不会吹毛求疵,对你所历受的愁难。"

言罢,波塞冬扬鞭长鬃飘洒的骏马, 380
前往埃伽伊,那里有他辉煌的宫殿。

其时,雅典娜,宙斯的女儿,谋划着下一步打算。
她罢止风势,所有劲吹的狂飙,
让它们平缓息止,回头睡觉,只是
催起迅猛的北风,击伏奥德修斯身前的
水浪,直到宙斯育养的壮勇躲过死亡和死之精灵的
追赶,置身欢爱船桨的法伊阿基亚人中间。

一连两天两夜,他漂泊在深涌的海涛里,
心中一次又一次地想到死的临来;
然而,当发辫秀美的黎明送来第三个白天,
疾风停吹息止,呈现出无风、寂静的
海面。随着一峰升起的巨浪,奥德修斯闪出
迅捷的一瞥,眼见登陆的廓岸,已在离他不远的地点。
宛如病躺的父亲,带着钻心的疼痛,转现出
存活的生机,对他的孩童,使他们释去愁烦——
他已患病多时,身心疲惫,受之于某种可怕的神力的侵袭,
但情势转悲为喜,神明使他消除了病灾;
就像这样,陆地和树林的出现,使奥德修斯舒心爽气,
他破浪游去,奋力向前,试图登岸。
但是,当离岸的距程,进入喊声可及的范围, 400
他听到海涛冲击礁岩发出的响声,

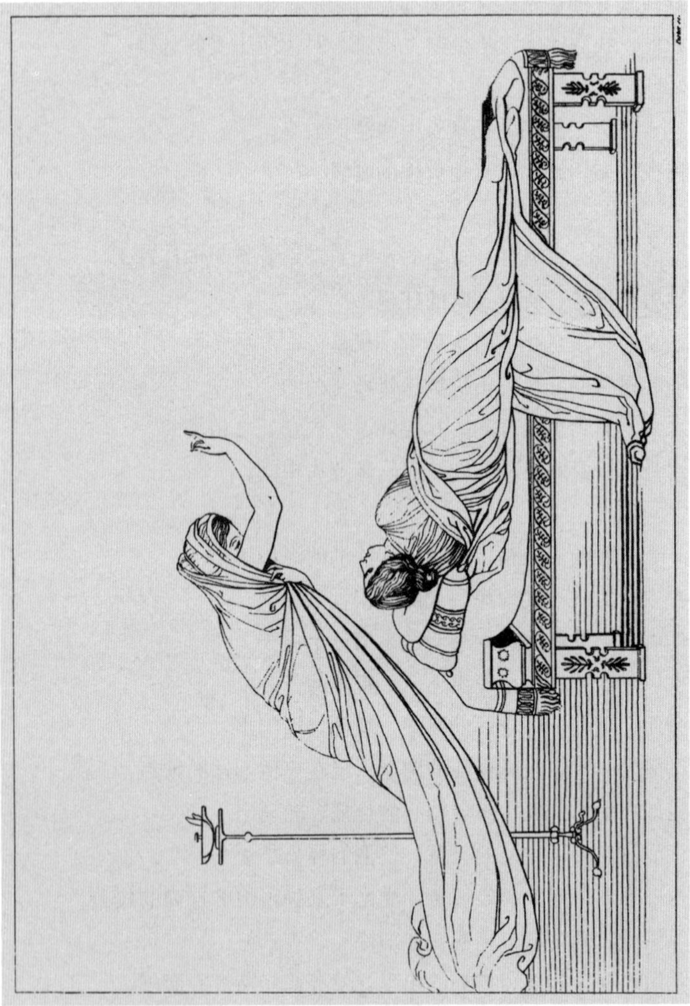

一堵滔天的巨浪峰起扑打，撞砸在
干实的滩地，溅出四散的水沫，蒙罩了一切，
此地既无泊船的港湾，亦无进船的道口，
只有突兀的岩峰，粗莽的悬崖绝壁。见此情景，
奥德修斯吓得双膝发软，心志涣散，
感觉焦躁烦愤，对自己豪莽的心魂喊道：
"完了，咳！在我绝望之际，宙斯让我眼见此番
岸景，而我已挣扎着闯过这片水域，
然而，眼下我却找不到出口，在这灰蓝色的海面。
前方是锋快的礁石，四周惊涛滚滚，
呼呼隆隆，顶着陡峻的岩壁，
岸边水势深沉，无有稳驻双脚的
空平之地，可资躲避眼前的危难。
我怕就在攀登之际，一峰巨浪会把我抛向
突莽的石壁，碎毁我上岸的努力。
但是，倘若沿着石岸下游，试图寻见
斜对海浪的滩面或停船的港湾，
我担心风暴会把我逮着，
任我高声吟叫，卷往鱼群游聚的深海； 420
或许，某位神明亦可能从海底放出一头
怪物，安菲特里忒有的是这一类伙伴——
我知道，光荣的裂地之神恨我，恨得深切。"

　　正当他思考斟酌之际，在他的心里和魂里，
一峰巨浪把他抛向粗皱的岩壁。其时，
他将面临皮肤遭受擦剥，骨头被岩石粉碎的结局，
要不是灰眼睛女神雅典娜送出启示，注入他的心间。
奥德修斯拼命抓住岩面，用他的双手，
咬牙坚持，大声叫喊，直到巨浪扑过身前。

然而，虽说熬过了这次冲击，浪水的回流却把他
砸离抓抱的岩块，远远地扔向海面。
像一条章鱼，被外力拖出巢穴，
泥砾糊满吸盘——就像这样，
岩石粘住手的脱力，扯去掌上的
表皮；海涛压住他的脸面，将他掩埋。
其时，可怜的奥德修斯可能破越命运的制约，葬身海底，
若非雅典娜，眼睛灰蓝的女神，给他送来脱险的心念。
他冲出激浪，后者喷砸在大海的岸边，
沿着海岸游去，两眼总是紧盯着滩沿，希望

440　寻见一处斜对海浪的滩面或停船的港湾。
然而，当他继续游去，抵及一处河口，
置身清湛的水流，感觉此乃最好的登岸地点，
无有岩石，倒有挡御风吹的遮掩。
眼见河流奔出水口，奥德修斯默然祈诵，发话心间：
"听我说，神主，无论你是哪位。我在向你靠近，亟需你的
帮援，一位不幸之人，逃出大海的杀捕，波塞冬的咒言。
即便对不死的神明，落荒的浪人亦可
祈求帮助，像我一样，忍受了
种种磨难，趋贴你的水流，身临你的膝边。
可怜我的不幸，王爷，容我声称，我是个对你祈求的凡男。"

　　他言罢，河流息止自己的水流，停息了奔涌的浪头，
理出一片宁静的水域，在他前面，让他安全
进入河口。奥德修斯膝腿弯卷，
垂展沉重的双手，心力交瘁，受之于咸水的冲灌，
全身皮肉浮肿，淌着成股的海水，
涌出嘴唇，从鼻孔里面。他身心疲软，躺在地上，
既不能呼气，也无力说话，极度的疲劳使他无法动弹。

但是，当他重新开始呼喘，命息回返心间，
他便动手解下女神的头巾，
放入河面，让那汇海的水流载着漂走， 460
峰卷的巨浪把它推入大海。伊诺当即出手，
取回头巾。奥德修斯步履踉跄，走离河边，
瘫倒芦草丛中，亲吻盛产谷物的地面。
其后，他感觉焦躁烦愤，对自己豪莽的心灵说道：
"咳，我的前景，最终将有何样悲惨的结局？
倘若苦熬不测的夜晚，在这条河边，
我担心，舒润的露珠和凶狠的寒霜会联手
整垮我虚软的躯体，我已精疲力竭——
清晨，阴飕飕的寒风会从河上吹来。
但是，倘若爬上斜坡，走入繁茂的树林，
躺在厚厚的枝丛里，那样，即便能躲过
疲乏和寒流的侵袭，睡一个香甜的好觉，
我担心，我的躯体将成为野兽猎杀、劫夺的食餐。"

　　两下比较，他认定后者佳妙，
于是走向树林，发现它离水不远。
在一片空显的位置，在两蓬树丛下止步，二者
生长在同一块地皮，一蓬灌木，一片野生的橄榄树，
既能抵御湿润的海风吹扫，
又可遮挡闪亮的太阳，日光的射照，
雨水亦不能穿透，密密匝匝， 480
枝干虬结。奥德修斯钻入树丛，
双手堆起一个床铺，床面
开阔——地上有的是落叶，
足够供两人，甚至三人睡躺，
在那冬令时分，哪怕在极其寒冷的时节。

见此景状，卓著和历经磨难的奥德修斯高兴，
躺在枝床中间，堆盖起厚厚的落叶。
像有人埋掩一块燃烧的木段，在黑色的炭灰下面，
置身边远的农地，附近没有邻居，
掩下此颗火种，省去无处寻觅的愁烦；
就像这样，奥德修斯掩躺叶堆，雅典娜
见状降下睡眠，对着他的眼睛，合上眼睑，
使他很快静心入睡，消除一路冲搏带来的疲惫不堪。

第六卷

　　就这样,卓著和历经磨难的奥德修斯卧躺枝丛,
沉睡不醒,疲惫不堪。与此同时,雅典娜
动身来到法伊阿基亚人的地域和城市,
后者原先住在呼裴瑞亚,宽敞的地野,
毗邻库克洛佩斯,横行霸道的人群,
仗着更为强健粗蛮,不断地骚扰侵袭。
神一样的那乌西苏斯将族民迁离该地,
落户斯开里亚,远离吃食面包的凡人,
沿城筑起围墙,城内盖起房屋,
立起敬神的庙宇,划分了土地。以后,
命运无情,把他送往哀地斯的府居;现在,
阿尔基努斯,从神那里得获谋辩的本领,统治那一方
人民。灰眼睛女神雅典娜前往他的家居,
谋划着心志豪莽的奥德修斯的回归,
闪入精工建造的卧房,里面睡躺着
一位姑娘,身段和容貌像不死的女神,
娜乌茜卡,心志豪莽的阿尔基努斯的女儿,
由两位侍女陪伴,带着典雅女神赐给的秀美,
分躺在门柱两边,关着闪亮的房门。
像一缕轻风,女神飘至姑娘的床沿,
悬站在她的头顶,开口说话,幻取
一位少女的形貌,以航海闻名的杜马斯的
女儿,娜乌茜卡喜爱的姑娘,和她同龄。

20

以此女的形象，灰眼睛女神雅典娜说道：
"你的母亲，娜乌茜卡，怎会有一位如此粗心的姑娘？
闪亮的衣服堆放在那边，不曾浣洗，而你的
婚期已近在眼前；届时，你将需要漂亮的
裙袍并让侍送你的人等，穿用给的衣衫。
女儿家由此赢获四处传谈的
美名，使你的父亲和尊贵的母亲欢心。
所以，明天清晨，黎明时分，让我们前往浣洗，
我将和你同行帮忙，以便尽快洗完
衣裳——不久后，你将成为出嫁的人妻。
所有最好的法伊阿基亚青壮都在
追你，而你自己亦是一位法伊阿基亚人的千金。
记住了，催请你高贵的父亲，明天一早，
为你套起骡子，拉着货车，装着待洗的
腰带、裙衫和闪亮的披盖。再者，
于你而言，坐车前往，亦比步行方便，大为
方便——浣洗之地离城遥远。"

40

灰眼睛雅典娜言罢，离她而去，
回返俄林波斯——人们说，神的居所
千古永存，既无疾风摇动，亦无雨水
淋浇，更没有堆积的雪片，永远是一片闪亮的气空，
万里无云，闪耀着透亮的光明。
幸福的神明在那里享受生活的欢快，日复一日。
灰眼睛女神告毕年轻的姑娘，返回永久的家居。

其时，黎明登上璀璨的宝座，唤醒
裙衫秀美的娜乌茜卡姑娘，后者惊诧于刚才的梦幻，
穿过房居，告会父母，面见

母亲和心爱的父亲。姑娘找到他们,
只见王后坐在火盆边沿,带着
侍女,手操线杆,绕卷染成紫色的羊毛。姑娘
遇见父亲,后者正准备出门,商会各位
著名的王者,接受高傲的法伊阿基亚人的召请。
娜乌茜卡紧站在心爱的父亲身边,说道:
"亲爱的阿爸,请你让他们套车,那辆
高大的货车,安着坚实的轮盘,让我载着织工精良的
衣服,前往河边浣洗,好吗?它们全都散堆在那里,
脏兮兮的——当你聚会议事的首领,坐在他们 60
之中,你亦须穿干净的衣服。再说,
你有五个爱子,在宫里长大,
两个已经婚娶,另三个正是风华正茂的年纪,
总在等盼干净、清爽的衣服,穿在身上,
走向跳舞的场地。这是我的责任,我要操心所有这些事宜。"

姑娘如此一番说道,却因碍于羞涩,没有说出欢愉
人心的婚事,告知尊爱的父亲,但后者心知一切,说道:
"对于你,我的孩子,我不会吝啬那些个骡子,或其他
什么东西,去吧,仆人们会替你套备,那辆
高大的货车,安着坚实的轮盘,带着装货的箱子。"

言罢,他对仆人们发出套车的嘱令,后者当即动手,
拉出顺滑的骡车,在房居外面,
牵出骡子,套入车前的轭架;
姑娘提出闪亮的衣服,从里面的房室,
放在油光滑亮的车上。与此同时,母亲
拿出各种可口的吃食,装入一只箱子,
放进许多美味的食物,倒出醇酒,注入

一只山羊皮袋,让女儿把它放入车辆。
　　母亲还拿出一只金瓶,装着舒滑的橄榄油,
80 供女儿,也给随去的仆人们,浴后抹擦。
　　娜乌茜卡拿起鞭子和闪亮的缰绳,
　　手起鞭落,赶动两头骡子,嘚嘚嗒嗒地向前行走,
　　卖劲地拉起车辆,载着姑娘和衣服——
　　女主人并非独自行动,侍女们跟走在她的身旁。

　　　她们来到河面清湛的水流,
　　从不枯竭的滩石旁,淌着晶亮的
　　河水,净洗衣服,不管多脏。
　　她们宽出骡子,牵离车辆,
　　赶着行走,沿着转打漩涡的河流,
　　让它们采食滩边、甜美的水草。姑娘们
　　搬下衣服,抬着走向黑亮的水头,
　　踏踩在河边的水塘,互相竞争赛比,
　　浣洗和漂净了所有的衣裳,
　　在海滩上铺出,整齐成行,在那
　　海水冲击岸沿,刷净大块卵石的地方。
　　随后,她们洗净身子,抹上橄榄清油,
　　吃用食餐,傍着河的边岸,
　　等待着天上的太阳,晒干洗过的衣裳。
　　当她们享受过进食的愉悦,娜乌茜卡
100 和女仆们摘去掩面的头巾,戏球玩耍,
　　白臂膀的娜乌茜卡领头歌唱,
　　像那箭雨纷飞的阿耳忒弥丝,穿走山林,
　　沿着陶格托斯山脉,或耸伟挺拔的厄鲁门索斯,
　　高兴地追赶野猪和迅跑的奔鹿,
　　领着山地水泽边的仙女,带埃吉斯的宙斯的女儿们,

116

奔跑嬉耍在野地里，使莱托见后心花怒放——
阿耳忒弥丝的头脸，她的前额，昂现在众仙之上，
显得非常瞩目，虽然她们个个艳美漂亮。
就像这样，娜乌茜卡闪现在女仆之中，一个未婚的姑娘。

　　然而，当娜乌茜卡准备套起骡车，
叠好绚美的衣裳，动身回家时，
灰眼睛女神雅典娜想起了另一件要做的事情：
应让奥德修斯醒来，见着这位佳美的姑娘，
由她引路，进入法伊阿基亚人的城邦。
其时，公主将圆球投向一位侍女，
不曾击中，掉落深卷的河水，
女人们尖声喊叫，惊醒了高贵的奥德修斯，
随即坐起身子，判断思考，在他的心里魂里：
"天啊，我来到了何人的地界，族民生性
怎样？是暴虐、粗蛮，无法无规，
还是善能友待外客，畏恐神的惩罚？
听这耳边震响的声音，一群年轻女子的叫喊，
抑或是一些女仙，出没在耸挺陡峻的山野里，
嬉耍在泉河的溪流边，水草丰美的泽地上。或许，
我已来到住人的邻里，傍依能和我通话的族邦？
好吧，看看去，用我的眼睛，看看情势到底怎样。"

　　言罢，卓著的奥德修斯从枝蓬下钻出身子，
伸出粗壮的大手，从厚实的叶层里折下
一根树枝，遮住身体，裸露的下身，
像一头山地哺育的狮子，满怀勇力带来的自信，
奋发向前，顶着疾风暴雨，两眼
闪闪发光，横冲直撞在牛或羊群里，追捕

120

狂跑的奔鹿，饥肠迫挤，催它
闯入坚固的栅栏，追杀肥羊。
就像这样，奥德修斯准备面对发辫秀美的姑娘，
尽管裸露着身子，出于需求的逼迫，
带着一身盐斑，模样甚是可怕，
吓得女人们四散奔逃，沿着突伸的海滩。
惟有阿尔基努斯的女儿稳站不跑，雅典娜已给她
140 勇气，注入她心里，同时抽走恐惧，从她的肢腿，
姑娘站立原地，面对眼前的生人。奥德修斯思考斟酌，
是恳求这位秀美的姑娘，抱住她的膝盖，还是
站守原地，离着姑娘，用温柔的言词，
求她告知进城的方向，借他一些衣裳。
两下比较，他认定后者更佳，
离着姑娘，用温柔的言语恳求，
不宜抱住她的膝腿，恐她生气发慌。
以温熟的语调，高超的技巧，奥德修斯开口说道：
"我在向你恳求，我的女王。你是一位神明，还是一个
凡人？倘若你是神明，拥掌辽阔天空的神祇中的一个，
那么，你的丰美，你的身段和体形，比谁都
更像宙斯的女儿，阿耳忒弥丝的模样。
但是，倘若你是一位居家凡间的女子，那么，
你的父亲和尊贵的母亲，还有你的兄弟，一定受着
三倍的幸福，是的，三倍于常人的幸福——有了你，我
知道，他们的心里一定永远喜气洋洋，眼见这么一棵
亭亭玉立的树苗，多好的姑娘，走向歌舞的地方。
然而，比谁都更为幸运，更感心甜的，是那个男人，
以众多的财礼，把你争作自己的新娘，引着回家。
160 我的双眼从未见过如此秀美的凡人，
无论是妇女，还是男子；你美得使我惊讶。不过，

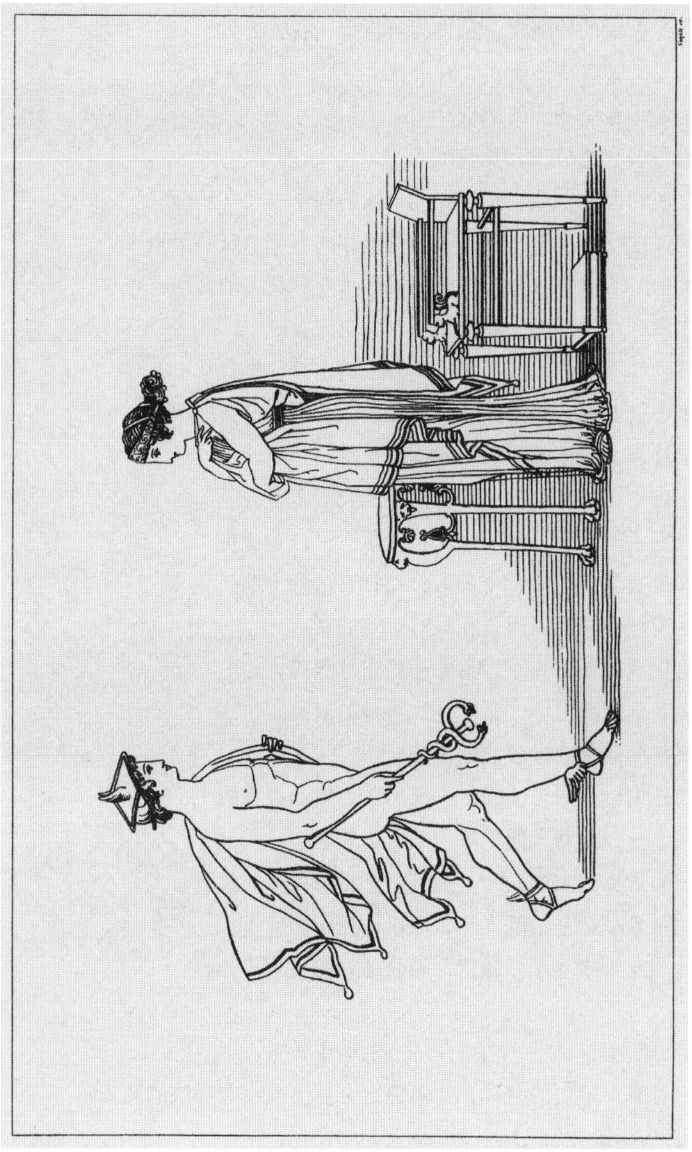

在德洛斯，我曾见过一件绝美的佳品，傍着阿波罗的祭坛，
一棵嫩绿的棕榈树，长得何等挺拔，我曾去过
那里，带着许多随员，在那次
远足，迎受将至的愁殃。
凝望着它的枝干，我赞慕
良久，大地上从未长过如此佳丽的树木——
就像这样，小姐，我惊叹和赞慕你的形貌，打心眼里
害怕，不敢抱住你的膝腿，虽然承受着莫大的悲伤。
在酒蓝色的洋面，我颠簸了十九个天日，
直到昨天登陆，遭受狂风和海浪的击打，把我从
俄古吉亚岛一路推搡——现在，命运把我带到此地，
继续遭受悲苦的折磨，我知道苦难
不会中止，在此之前，神们将让我艰辛备尝。
怜悯我的不幸，我的女王！我承受了许多磨难，
你是我遇见的第一个凡人；在拥有这片土地，
这座城市的族民里，我没有亲友朋帮。
告诉我进城的路子，给我一些布片包掩，
倘若你来此之际，带着什么裹身的衣裳。

180　愿神明给你心中盼想的一切，
愿他们给你一位丈夫，一座房居，给你舒心的
和谐——此乃人间最好、最可贵的赐赏：
一对男女，夫妻两个，拥有一个相处和睦的家庭，
此番景状，会给敌人送去难以消掩的愁戚，
给朋友带来欢乐，替自己赢获最好的名声传扬。"

听罢这番话，白臂膀的娜乌茜卡答道：
"看来，陌生的来客，你不像是个坏蛋或没有头脑的蠢人；
宙斯，俄林波斯大神，统掌人间的佳运，
凭他的意愿，送给每一个人，优劣不论。

是他给了你此般境遇,所以你必须容忍。
但现在,既然你已来到我们的国土,我们的居城,
你将不会缺衣少穿,或匮缺其他什么——
一位落难的祈求者可望得到的帮助,从当地主人的手中。
我将把你送到城边,告诉你我们部族的名称。
这片疆域和你所要去的城市,是法伊阿基亚人的属地,
而我是阿尔基努斯的女儿,心志豪莽的首领,
我的父亲,代表法伊阿基亚人的勇气,他们的力量。"

言罢,她转而嘱告发辫秀美的女仆:
"停下来吧,我的姑娘们,你们在往哪里奔跑——只是因为
见着了一个男人?你们以为他是某个敌人,对不?
这里现在没有,将来也不会有我们的敌人,
侵犯法伊阿基亚人的国土,
发起进攻。我们是不死者十分钟爱的族民,
独居在遥远的地方,激浪汹涌的海边,
凡人中最边远的族邦,不和其他生民杂居。
现在,这位不幸的落难之人来到我们中间,
我们理应予以照顾;别忘了,所有的生人浪者
都受到宙斯的保护;礼份虽小,却会得到受者的珍重。
所以,侍女们,拿出食物和饮酒,款待陌生的客人;
替他洗澡,在这条河里,有那遮风掩挡的去处。"

她言罢,侍女们收住脚步,互相鼓励,
领着奥德修斯,走下遮风的去处,遵照娜乌茜卡,
心志豪莽的阿尔基努斯之女的嘱咐,
放下一件衣衫,一领披篷,供他穿用,
拿出金质的油瓶,装着舒滑的橄榄油,
告诉生人,他可自便擦洗,在长河的水流。

光荣的奥德修斯开口说话，对同行的仆人：
"站着吧，姑娘们，站出一点距离，
容我洗去肩上的盐垢，涂上
220　橄榄油。我的皮肤已久不碰沾油的轻舒。
我不打算在你们面前洗澡，那会使我害臊，
光着身子，在发辫秀美的姑娘们身旁。"

　　他言罢，姑娘们转身离去，回告年轻的主人。
卓著的奥德修斯在河里洗净身子，搓去
咸水的积斑，从后背和宽阔的肩头，
刮去头上的盐屑，得之于荒漠大洋的水流。
当他洗毕全身，涂上松软的橄榄油，
穿上未婚少女给他的衣裳后，
雅典娜，宙斯的女儿，使出神通，让他看来
显得更加高大，更加魁梧，理出卷曲的发绺，
从头顶垂泻下来，像风信子的花朵。
宛如一位技艺精熟的工匠，把黄金浇上银层，
凭着赫法伊斯托斯和帕拉丝·雅典娜教会的各种
技巧，制作一件件工艺典雅的成物；
就像这样，雅典娜饰出迷人的雍华，在他的头颅肩膀。
奥德修斯走往一边，坐在海滩上，
光彩灼灼，英俊潇洒；姑娘赞慕他的形貌，
对着发辫秀美的侍女们说道：
"听着，白臂膀的女仆们，我这里有事嘱告。
240　此人并非违背全体拥掌俄林波斯的神明的意愿，
来到神一样的法伊阿基亚人之中。
刚才，他还形貌萎悴，在我看来，
现在，他简直就像拥掌辽阔天空的仙神。
但愿某个像他这般俊美的男人能被称做我的丈夫，

住在这里;但愿他愿意高兴地居留此地。
来吧,侍女们,拿出食物饮酒,款待陌生的客人。"

  侍女们认真听完嘱告,谨遵主人的指令,
拿出食物和饮酒,放在他身边;
卓著和历经磨难的奥德修斯大口吃喝,
迫不及待——路上不曾进食,已有好长时间。

  其时,白臂膀的娜乌茜卡想起了另一件要做的事情。
她折好衣物,放上精美的骡车,
套上蹄腿强健的骡子,登上车板,
对着奥德修斯催喊,开口说道:
"站起来吧,生客,你可就此进城,让我带你
前往我那聪颖的父亲的房居——在那里,我相信,
你会结识法伊阿基亚人的上层,所有的权贵。
看来,你不像是个笨汉,我们是否可以如此操办。
只要我等还行进在村野,农人耕作的田地,
你便可快步疾行,和侍女一起,跟走在骡子
和货车后面,由我引路居前。但是,当抵及
城边,我们便不能结帮行走,走在一块。我们的城市
有一堵高墙拱围,两边各有一座漂亮的港湾,
连接狭窄的通道,弯翘的海船由此
拖上口岸,停放路边,各有自己的位点。
围绕着波塞冬瑰美的神庙,是一处
聚会的场所,铺垫着采来的[①]石头,水手们
在那一带修整黑船上使用的家什,
比如缆索和布帆,精削待用的桨板。

---

① 采来的;或"巨大的"。

法伊阿基亚人不关心射弓箭壶,
所用的只是桅杆、船桨和线条匀称的海船,
领略航海的欣喜,穿越灰蓝色的洋面。
我不愿让他们见着什么,说造不雅的言谈,担心日后
有人出言讥刺,居民中确有些厚脸皮的东西。要是我们
走在一起,让他们中的某个无赖看见,他便会如此嘲讥:
'那是谁,跟着娜乌茜卡行走,那个高大、英俊的
陌生汉?她在哪里路遇此君?不用说,
那是她未来的夫婿,来自远方的宝贝,迷途海中,
被她捡着——我们的近旁可没有栖居的生民。

280 抑或,是某位神祇,因她苦苦恳求,顺应
她的祈祷,自天而降,让她终身随伴?
如此更好,倘若她自己出门,觅找丈夫,
从别的什么地方,既然她看不上邻里的法伊阿基亚乡胞,
尽管他们中有人追求,许多最好的男子。'
他们会如此说道,这将损害我的声名。
就我而言,我也反对姑娘自定终身,
倘若亲爱的父母仍然健在,违背他们的意愿,
私自结交男人,在待嫁闺中期间。
所以,陌生的客人,你要认真听我说告,
以便尽快得到家父赞助,回返乡园。
在邻近路边的地方,你会见到一片挺拔的杨树,
献给雅典娜的树林,奔流着一泓溪泉,旁边是一块草地,
那里有我父亲的园林,果实累累的葡萄园,
去城的距离一声喊叫可以达及。
到那以后,你可坐等一会,直到我们
进入城里,回到父亲的府居。
当你估摸着我们已抵达宫中,便可
走入法伊阿基亚人的城里,询问

我父亲的房居，心志豪莽的阿尔基努斯的家院。
宫居容易辨找，即便是无知的孩童，也会把你带到， 300
英雄阿尔基努斯的宫殿结构独特，
不同于其他法伊阿基亚人的房居。
当你进入宫居和场院，你要
迅速穿走大厅，直到见着我的
母亲，她正坐在火盆边，就着柴火的闪光，拿着
线杆，缠绕紫色的毛线——此景让人看后诧奇——
倚着房柱，身后坐着她的侍伴。
傍邻她的座椅，是我父亲的宝座，
王者端坐椅面，啜喝美酒，神仙一般。
你可走过他身旁，伸出双臂，抱住
我母亲的膝盖，以便尽早见到幸福的
返家之日，哪怕你住在十分遥远的地方。
所以，若能博取她的好感，
你便可企望见着自己的亲人，回到
营造坚固的房居，回返故乡。"

　　言罢，娜乌茜卡挥起闪亮的皮鞭，催击
车前的骡子，后者撒腿快跑，离开奔流的长河，
摆动坚实的蹄腿，跑得轻松自如。
姑娘控掌着骡子的腿步，以便让步行的人们，奥德修斯
和她的侍女们，跟上骡车的进程，恰到好处地使用长鞭。 320
其时，太阳缓缓下沉，他们来到那片著名的树林，奉献
给雅典娜的林地，卓著的奥德修斯弯身下坐，
随即开口祈祷，对大神宙斯的女儿：
"听着，阿特鲁托奈，带埃吉斯的宙斯的孩子，
听听我的诵告，既然你那天没有听取我的
祈愿，任凭著名的裂地之神把我捶捣。答应让我

汇入法伊阿基亚人之中,受到他们的怜悯和爱慕。"

　　奥德修斯一番诉说,帕拉丝·雅典娜听到了他的祈愿,
但女神不想在他面前显形,出于对
她父亲的兄弟波塞冬的尊恐,后者仍然盛怒不息,
对神一样的奥德修斯,直到他返回自己的乡园。

第七卷

　　就这样,卓著和历经磨难的奥德修斯在林中祈祷,
而那两头强健的骡子则拉着姑娘前往城里。
当来到父亲光荣的居所,姑娘在
门前停下骡车,兄弟们走出房居,站在
她周围,神一样的小伙,动手
从车前宽出骡子,抬着衣物,走进屋内,
娜乌茜卡亦走入自己的房室,来自阿培瑞的
欧鲁墨杜莎,一位负责寝房事务的老妇,替她点起火把。
多年前,弯翘的海船将她带离阿培瑞,
人们把她,作为礼物,选送给阿尔基努斯,因他统治
所有的法伊阿基亚人,民众听服他的指令,像敬神一样。
在宫里,她负责照料白臂膀的娜乌茜卡的起居;
现在,她点火照明,在屋里替姑娘备好晚餐。

　　其时,奥德修斯站起身子,朝着城边走去。雅典娜,
出于善意,在他周围罩起浓厚的迷雾,
以防某个心胸豪壮的法伊阿基亚人,见他前来,
出言不逊,询问他的来历。当他
来到迷人的城楼前,打算进城之际,
灰眼睛女神雅典娜和他相见,幻取一位
少女的模样,一个小姑娘,提着一只水罐,
走来站在他前面。卓著的奥德修斯开口问道:
"我的孩子,烦你领我寻访一位名叫阿尔基努斯

20

的人的住处,好吗?此人王统在这块地方。
我是个不幸的异邦人,浪迹此地,
来自遥远的国土,在拥有这座城市和
这片土地的族民里,我没有亲友朋帮。"

听罢这番话,灰眼睛女神雅典娜答道:
"既如此,我的朋友和父亲,我将带你前往你要我
引导的房所,国王是我雍贵父亲的近邻。
不过,你要静静地跟我行走,
不要目视这些路人,也不要发问,
他们没有过多的耐心,对异邦的生人,
亦不会热情接待来自外乡的宾客。
他们自信于快捷、迅跑的海船,跨越
深淼的洋流,驾乘裂地之神赐送的礼物,
这些越海的船舟,快得像展翅的羽鸟,飞闪的念头。"

言罢,帕拉丝·雅典娜腿步迅捷,
引路前行,奥德修斯跟走其后,踩着神的脚印,
以航海著称的法伊阿基亚人不曾见着他的踪影,
40 疾步在他们之中,穿走城市——长发秀美的
雅典娜,一位可怕的女神,不会让他们看见,在他
周围布起神奇的迷雾,出于对他的厚爱。
奥德修斯赞慕他们的港口和线条匀称的海船,
赞慕英雄们聚会的场所和绵长、高耸的
墙垣,竖顶着围栅,看了让人诧叹。
当他们行至国王光荣的宫殿,
灰眼睛女神雅典娜启口发话,说道:
"这里,我的朋友和父亲,便是你要我
指引的住房,你将会见到宙斯哺育的王者们欢宴,

享用食餐。进去吧,鼓起勇气,不要
害怕。勇敢的人做事,件件都有
善好的结果,哪怕置身异乡之中。
进宫后,你要先找我们的女主人。
此女名叫阿瑞忒,和国王
阿尔基努斯共有同一个祖宗。
家族中先有那乌西苏斯,由裂地之神波塞冬
和裴里波娅生养,裴里波娅,女人中身段最美的佼杰,
心志豪莽的欧鲁墨冬的末女,而欧鲁墨冬
曾是统治一方的王者,统治着心志高昂的巨人的族邦。
后来,他断送了粗莽的属民,也把自己葬送,
但波塞冬看上了他的女儿,和他睡躺欢爱,后者生下
心胸豪壮的那乌西苏斯,王统法伊阿基亚族邦。
那乌西苏斯有子瑞克塞诺耳和阿尔基努斯,
但银弓之神阿波罗击杀了瑞克塞诺耳,
已婚,但却不曾生子宫里,撇下一个女儿,
阿瑞忒,被阿尔基努斯妻娶,
所受的尊敬,女辈中,是的,在所有
替丈夫掌管房居的妇道中,无人可以比攀。
人们,包括她所钟爱的孩子,她的丈夫和
全城的居民,全都尊她爱她,过去如此,现在亦然——
城民们看她,如同仰视神明,
向她致意,当她行走城区街坊。
不仅如此,她还心智聪颖,通达情理,当辨察
使她有所择取,善能解决女人,甚至男人中的纠纷。
所以,若能博取她的好感,
你便可望见着自己的亲人,回抵
顶面高耸的房居,回返故乡。"

言罢，灰眼睛女神雅典娜离他而去，
穿越苍贫的大海，离开美丽的斯开里亚，
80　抵达马拉松，来到雅典宽阔的街面，
进入厄瑞克修斯营造坚固的房居。其时，奥德修斯
走向阿尔基努斯著名的宫居，心里反复
思考斟酌，站在门边，青铜门槛的前方。
像闪光的太阳或月亮，心志豪莽的阿尔基努斯的房居，
顶着高耸的屋面，射出四散的光芒。
青铜的墙面，展现在左右两边，从
门槛的端沿伸向屋内的边角，镶着珐琅的圈边，
门扇取料黄金，护挡着坚固的宫居，
合靠着白银的框柱，竖立在青铜的门槛上，
高处是一根银质的眉梁，门上安着金质的手把，
门的两边排着黄金和白银铸成的犬狗，
由赫法伊斯托斯手制，以精湛的工艺，
守护心志豪莽的阿尔基努斯的宫房，
忠诚的门卫，永生不灭，长生不老①。
大厅里，沿墙的两边，排放着座椅，
从内屋一直伸到门边，铺盖着
细密、精工织纺的垫片，女人的手艺。
法伊阿基亚人的首领们在此聚会
吃喝，他们的库产永远食用不完。
100　金铸的年轻人手握燃烧的
火把，站在坚实的基座上，
为宴食的人们，照亮整座厅堂。
五十名女仆劳作在房居里，有的
推动手磨，碾压苹果色的谷粒，

---

① 长生不老：犬狗虽系金银铸成，但荷马在此把它们当做活物处理。

有的在机前织布，摇转线杆，坐着，
不停地劳作，像高高的杨树上摇摆的枝叶，
织纺细密的亚麻布面上，渗落着橄榄果柔润的油滴。
正像法伊阿基亚男子是驾着快船、破浪远洋的高手，
他者不可企及，法伊阿基亚妇女是
织纺的专家，凭着雅典娜赋予的灵性，
手工精美绝伦，心智聪巧敏捷。
房院的外面，傍着院门，是一片丰广的果林，
需用四天耕完的面积，周边围着篱笆，
长着高大、丰产的果树，有
梨树、石榴和挂满闪亮硕果的苹果树，
还有粒儿甜美的无花果和丰产的橄榄树。
果实从不枯败，从不断档，
无论是夏天，还是冬时，长年不断，
西风总在拂送吹打，透熟一批，催长着另一批果鲜。
熟果一批接着一批出现，梨子接着梨子，苹果接着苹果， 120
葡萄串儿接着葡萄串儿，无花果粒迎来另一批无花果儿。
那里还根植着一片葡萄，果实累累，
有的在温软、平整的地野，颗粒在
阳光中收干，有的正被采摘，还有的
已被付诸压挤、踏踩；果园的前排挂着尚未
成熟的串儿，有的刚落花朵，有的已显现出微熟的紫蓝。
葡萄园的尽头卧躺着条垅齐整的菜地，
各式蔬菜，绿油油的一片，轮番采摘，长年不断，
水源取自两条溪泉，一条浇灌整片林地，
另一条从院门边沿喷涌出来，
城民们由此汲水，傍着高耸的房院。
这些便是阿尔基努斯家边的妙景，神赐的礼物绚美。

就这样，宫居边，卓著和历经磨难的奥德修斯站立
惊赏，直到饱领了宫景的佳美。随后，
他迅速跨过门槛，进入宫殿，
眼见法伊阿基亚人的首领和统治者们
正倾杯泼酒，给眼睛雪亮的阿耳吉丰忒斯，
每当上床之前，他们总把最后的杯酒奉献给这位神仙。
卓著和历经磨难的奥德修斯走入宫居，
140　裹着浓厚的雾团，雅典娜的神工，
直到行至阿瑞忒和国王阿尔基努斯面前。
奥德修斯伸出双手，抱住阿瑞忒的膝盖，
这时，神奇的迷雾方才飘散，
众人默不出声，呆在宫居里，眼见他的到来，
惊奇纳闷，望着他的脸面。奥德修斯出言恳求，说道：
"阿瑞忒，神样的瑞克塞诺耳的女儿，我历经艰险，
来到你的膝前，作为恳求者，对你和你的丈夫，
还有这些宴食的人们——愿神明给他们
丰美昌足的生活，让每一位都能传给儿子
房中的家产，传代属民们给予的权益和荣誉。
至于我，我只求尽快得到赞佑，返回
故乡，我已长期遭受磨难，远离朋伴。"

　　言罢，他坐身炉盆边的火堆，
傍着柴火，众人静默，肃然无声。
终于，年迈的英雄厄开纽斯开口打破沉寂，
法伊阿基亚人的长老，口才
比谁都好，知晓许多过去的传说。
其时，他心怀善意，对众人说道：
"此事不太佳妙，阿尔基努斯，亦不合体统，
160　让生人坐在灰堆里，傍着炉火。

众人全都默不作声，只因等待你的命令。
去吧，扶起生客，坐上银钉嵌铆的
靠椅，命嘱信使兑调醇酒，
供我们洒用，敬祭喜好炸雷的宙斯，
后者监护着祈求的人们——他们的权益应该受到尊重。
让家仆端来晚餐，招待陌生的客人，拿出贮存的食物。"

听罢这番话，灵杰豪健的阿尔基努斯
握住来者的双手，聪明、心计熟巧的奥德修斯，
将他从火盆边扶起，坐上闪亮的靠椅，
取代骁勇的劳达马斯，他的儿子，后者
一直坐在他身边，最受他宠爱。
一名女仆提来绚美的金罐，
倒出清水，就着银盆，供他
盥洗双手，搬过一张溜滑的食桌，放在他身旁，
一位端庄的家仆送来面包，供他食用，
摆出许多佳肴，足量的食物，慷慨地陈放。
卓著和历经磨难的奥德修斯大吃大喝，食毕，
豪健的国王阿尔基努斯对使者说道：
"调兑一缸浆酒，庞托努斯，供厅内
所有的人祭用，敬奠喜好炸雷的宙斯，

180

监护着祈求的人们——他们的权益应该受到尊重。"

他言罢，庞托努斯兑出香甜的浆酒，
先在众人的饮具里略倒祭神，然后添满各位的酒杯。
奠过神明，众人喝够了醇酒，
阿尔基努斯当众发话，说道：
"听我说，法伊阿基亚人的首领和统治者们！
我的话乃有感而发，受心灵的催使。现在，

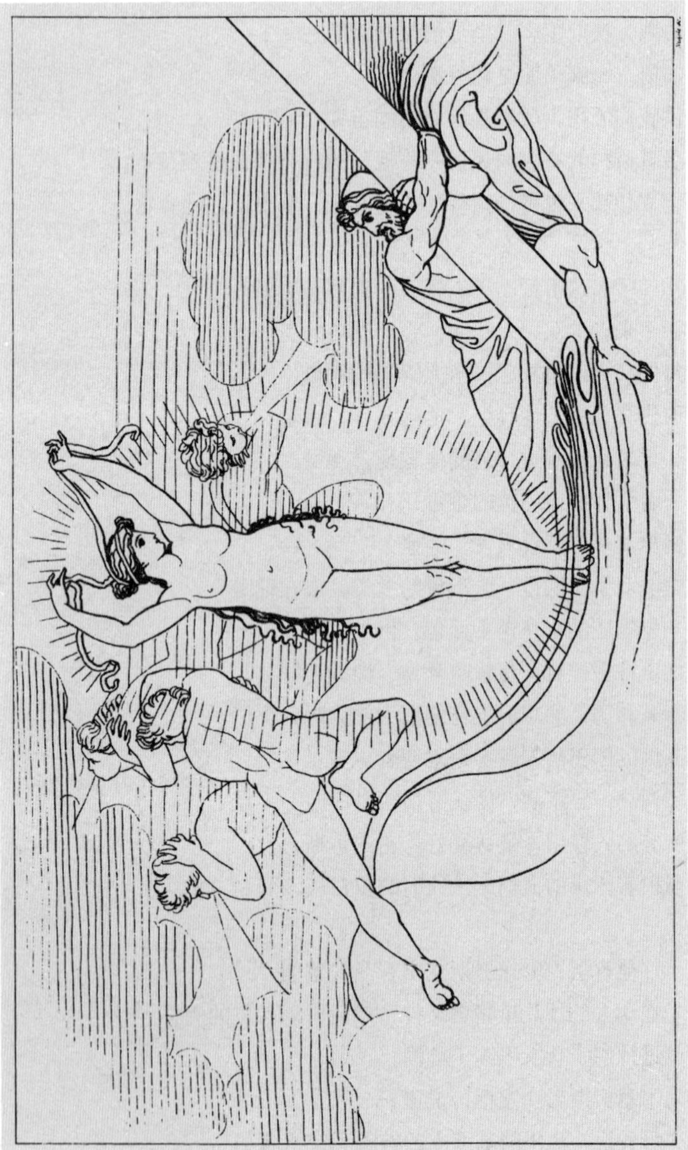

各位已吃饱喝足，宜于回家，睡躺休息，
明天一早，我们将召来更多的长老，
宴待客人，在我的厅堂，敬献丰美的牲祭，
给不死的神明。然后，我们将考虑送客回返
之事，如何使他不受烦恼，不经苦难，
接受我们的护送，回到自己的乡土，尽快
见到幸福的返家时光，哪怕他住在十分遥远的去处，
途中不受痛苦和愁难的骚扰，
安抵自己的家国。从那以后，他将
忍受命运和严酷的网结者为他编织的线网的
束缚，在他出生那天，母亲把他带到人间的时候。
但是，倘若他乃某位神明，从天而降，
那么，这将是一件新奇的事情，出自神的思导； 200
在此之前，神们一贯以明晰的形象对我们
显露，面对我们奉献的隆盛、光荣的牲祭，
坐在我们身边，和我们一起欢宴，
即便是某个独身行走的出门人，路遇神明，
他们也不会对他隐形，因为我们，像库克洛佩斯
和野蛮的巨人部落那样，是他们的族裔。"

听罢这番话，足智多谋的奥德修斯说讲，答道：
"你可不要往那面去想，阿尔基努斯，我不是
统掌辽阔天空的长生者，没有那个身段，
他们的体形；我只是个会死的凡人。
告诉我谁个承受过最大的不幸，在你们所知道的
凡人中，我所忍受的痛苦完全可以和他的
相比。事实上，我可以吐出更多的苦水，
我所遭受的磨难，出于神的意志。
现在，请允许我食用晚餐，尽管心里悲哀，

可恨的肚子是人间最不顾廉耻的
东西，强令人们记取它的存在，
哪怕你心中苦恼，悲痛万分，像
我现时一样，心中忍受着悲苦，而它却固执地
220　催我吃喝，强迫我忘记
遭受的一切，命我填饱它的空间。
明晨拂晓，你们可尽快行动，让
不幸的我回返自己的乡园，尽管
我已遭受许多悲难。让生命离我而去吧，一旦
让我见过我的财产、仆人和宏伟、顶面高耸的房殿！"

　　听他言罢，众人一致赞同，催请国王
送客还家——他的话句句在理，说得一点不差。
奠过神明，喝够了美酒，他们
全都返回各自的居所，睡躺休息，
而奥德修斯则仍然留在宫中，由
阿瑞忒和神一样的阿尔基努斯陪同，
坐在他身边；仆人们取走宴用的械具。
其时，白臂膀的阿瑞忒首开话端，
因她认出了奥德修斯身上的衫衣和披篷，
绚美的衣服，由她亲手织制，带着仆从。
现在，她开口说话，吐出长了翅膀的言语：
"我将首先发话，陌生的客人，朋友，问问你的来历。
你是何人，来自何方？是谁给你这身衣服？
你曾说漂越沧海，流落此地，对不？"

240　　听罢这番话，足智多谋的奥德修斯说讲，答道：
"此事不易，我的王后，从头至尾地说告我的
磨难；上天，神明给我的苦难多得述说不完。

不过,我将针对你的问话回答,告诉你下列事件。
远方有一座海岛,名俄古吉亚,躺在大洋
之中。那里住着阿特拉斯的女儿,机智的卡鲁普索,
垂着秀长的发辫,一位可怕的女神,独自居住,
既无神祇,亦无凡人陪同,
只有我这不幸之人,被命运送往她的
火盆——宙斯扔出闪亮的炸雷,
粉碎了我的快船,在酒蓝色的海面。
侠勇的伙伴全都葬身海底,而
我幸好抱住弯翘的海船,它的龙骨,
漂游了九天;到了第十天上,一个乌黑的夜晚,
神明把我带到俄古吉亚,发辫秀美的
卡鲁普索居住的海岛,一位可怕的女神,将我收下,
热情接待,关心爱护,甚至出言说告,
可以使我长生不老,享过永恒不灭的生活,
但她截然不能说动我的心房。
我在岛上忍过了七年,每日里泪水横流,
湿透了卡鲁普索给我的衣服,永不败坏的神物。 260
随着时光的移逝,我等来了第八个年头,
女神亲口告我离去,催我行动,不知是因为
得了来自宙斯的信息,还是受她自己心灵的驱促,
送我登上一条构合坚固的木船,给了许多东西,
有面包甜酒,给我穿上永不败坏的衣裳,
召来一阵顺风,温暖、轻柔的和风,送我登程。
一连十七天,我驾船行驶,破浪前冲,
到了第十八天里,水面上出现了朦胧的山景,
那是你们的国土,使我喜上心头。
但我运气不佳,仍要遭受许多苦难,
裂地之神波塞冬的严惩。

他挫阻我的航程,卷来阵阵狂风,
掀起滔天巨浪,难以描述的景状,峰起的
水头不让我驾船板面,哪怕我哀声叫唤。
其时,一阵旋急的风暴把木船砸成碎片,
我只得搏浪深森的洋流,直到
疾风和水浪把我推送到你们的口岸。
但是,倘若我在那里登滩,凶险的海浪
会把我抛向高耸的岩壁,让人心寒的石峰,
280 所以,我调转方向,奋力回游,抵及一条
长河的出口,感觉那是最好的登陆地点,
无有岩石,倒有抵御风吹的遮掩。我跌跌
撞撞地前走,瘫倒在地,息聚着失去的力量;神圣的
夜晚已经降现。我走出河床,离开宙斯泼泻的水流,
睡在灌木丛中,堆盖着厚厚的
落叶,神明送来睡眠,不知苏醒的熟甜。
叶堆里,我忍着悲痛,心力交瘁,
长睡整夜,不觉黎明,及至过了中午,
太阳开始西沉,方才摆脱睡眠的甜缠。
其时,我发现你女儿的侍从们玩耍在
滩头,姑娘活跃在她们之中,看来像是一位女仙。
我对她恳求,姑娘显示了通达事理的贤能——
倘若路遇一位年轻的不识,你不会期望他会
如此行动:年轻人总是比较粗疏。
她给我许多食物,连同闪亮的醇酒,
让我在河里洗澡净身,还给了我这身衣服。
尽管伤心,我所告知的这些,句句当真。"

听罢这番话,阿尔基努斯说讲,答道:
"虽说如此,陌生的朋友,我的女儿还是

有所疏忽：她不曾把你带到家里，引着
她的仆人；她是你第一个开口恳求的本地人。"

　　听罢这番话，足智多谋的奥德修斯说讲，答道：
"英雄，不要为了我的缘故，责备你的贤淑。
姑娘确曾要我跟着女仆，但
我却因出于窘惧，不愿听从，担心
眼见我们走在一起，你会心生怨恨，
我等凡人总难摆脱忌妒。"

　　听罢这番话，阿尔基努斯开口答道：
"莫名其妙的盛怒，陌生的客人，不会冲出
我的心胸；凡事宜求适度。
哦，父亲宙斯，雅典娜，阿波罗，但愿你，
一位如此杰出的人才，和我所见略同，
你能婚娶我的女儿，做我的女婿，
和我一起长住！我将陪送一所住房，丰足的财产，
如果你想留在这里，出于自愿；否则，法伊阿基亚人中
谁也不会滞阻。愿父亲宙斯责惩此类不友好的行为！
至于护送之事，我明天即会嘱办，
使你放下心来。登船以后，你可静心
睡觉，他们自会行船静谧的海面，送你回返
故土，你的家居，或任何你想要去的地方，
哪怕它远远超过欧波亚，离此最远的地界，
按那些见过该岛的水手们叙述——那时，
他们载送金发的拉达门苏斯，
会晤提图俄斯，伽娅的儿郎。
他们去了那儿，途中未遇任何风险，
当天就回返家乡，我们的身边。

你将亲眼目睹,察知在你的心房:我的船
最棒,我的年轻人最好,荡桨在起伏的海面上。"

他言罢,卓著和历经磨难的奥德修斯感到高兴,
出言祈祷,提及主人的名字,说道:
"父亲宙斯,让阿尔基努斯实现
提及的一切,得享不朽的荣誉,
在盛产谷物的大地上;求你了,让我回返故乡。"

就这样,他俩你来我往,一番说告;
其时,白臂膀的阿瑞忒嘱告侍女,
动手备床,在门廊下面,铺开厚实、
紫红色的褥垫,覆上床毯,
压上羊毛曲卷的披盖。女仆们
手握火把,走出厅堂,动手操办,
340 麻利迅捷,铺出厚实的床位,
行至奥德修斯身边站定,催请道:
"起来吧,生客,你可上床入睡,床已备妥。"

女仆言罢,深沉的睡意甜醉着他的心胸。
就这样,卓著和历经磨难的奥德修斯睡躺在
绳线编绑的床架上,回音缭绕的门廊下,而
阿尔基努斯亦在里面的睡房就寝,在高敞的房居里,
身边躺着他的夫人,同床的伴侣。

第八卷

当早起的黎明,垂着玫瑰红的手指,重现天际,
阿尔基努斯,灵杰豪健的王者,起身离床,
城堡的荡击者奥德修斯,宙斯的后裔,亦
站离床位;灵杰豪健的阿尔基努斯领着人们
走向法伊阿基亚人聚会的地点,筑建在海船的边沿。
他们行至会场,在溜光的石椅上
就座;帕拉丝·雅典娜穿行城里,
幻取聪颖的阿尔基努斯的使者的模样,
谋备着心志豪莽的奥德修斯的回归,
站在每一位首领身边,对他说道:
"跟我来,法伊阿基亚人的首领和统治者们,
前往聚会的地点,弄清那个陌生人的身份,
新近来到聪颖的阿尔基努斯家里,
漂逐大海的水浪,体形像不死的神明一样。"

一番话使大家鼓起了勇气,增添了力量,
人群迅速集聚,坐满石椅,蜂挤在
会场,许多人惊诧不已,望着
莱耳忒斯聪颖的儿子——在他的头颅
和肩膀上,雅典娜送来神奇的雍雅,
使他看来显得更加魁梧高大, 20
从而赢得全体法伊阿基亚人的喜爱,
受到他们的尊敬和畏慕,成功地经受各种

考验，法伊阿基亚人将以此把奥德修斯探察。
当人们聚合完毕，集中在一个地点，
阿尔基努斯当众发话，说道：
"听我说，法伊阿基亚人的首领和统治者们，
我的话乃有感而发，受心灵的催使。这里
有一位生人，我不知他为何人，浪迹此地，
恳求在我的家中，来自东方或是西方的部族。
他要我提供航送，求我们予以确认。所以，
让我们，像以往那样，尽快送他出海，
来我家中的人们从未忍着
悲愁，为求得护送长期等候。
来吧，让我们拽起一条黑船，拖下闪亮的大海，
首次航海的新船，选出五十二名青壮，
从我们地域，要那些最好的青年。
当你们全都把船桨绑上架位，
便可下船前往我的居所，手脚麻利地
备下肴餐，我将提供丰足的食物，让每个人吃得痛快。
40　这些是我对年轻人的说告，至于你等各位，有资格
握拿权杖的王者，可来我那辉煌的宫房，
招待陌生的客人，在我们的厅堂。
此番嘱告，谁也不得抗违。还要召来通神的歌手，
德摩道科斯，神明给他诗才，同行不可比及，
总能欢悦我们的心怀，不管心灵催他唱诵什么事件。"

　言罢，他引路先行，各位跟随其后，
手握权杖的王者们；其时，一位信使前往寻唤通神的歌手。
遵照国王的命令，精选出来的五十二名青壮
迈步前行，沿着荒漠大洋的滩岸，
来到海边，停船的地点。首先，

他们拽起海船，拖下幽深的大海，
在乌黑的船身上竖起桅杆，挂上风帆，
将船桨放入皮制的圈环，
一切整治得有条不紊，升起雪白的风帆，
把船泊定在深沉的水面。然后，
他们行往聪颖的阿尔基努斯宏伟的房院，
只见门廊下、庭院里，乃至房间里全都挤满了
聚会的人群，为数众多，有年长的，亦有年轻的城民。
人群中，阿尔基努斯给他们祭出十二头绵羊，
八头长牙闪亮的公猪，两头腿步蹒跚的壮牛。　　　　　60
他们剥杀了祭畜，收拾得干干净净，整备下丰美的宴席。

　　其时，使者走近人群，引来杰出的歌手，
缪斯女神极为钟爱的凡人，给了一好一坏的赠礼。
女神熏瞎了他的眼睛，却给了他甜美的诗段。
庞托努斯替他放下一张银钉嵌饰的座椅，
在宴食者中间，靠着高高的房柱，
信使将那声音清脆的竖琴挂上钉栓，在他
头顶上面，示告他如何伸手摘取，
并在他身边放下餐桌和一只精美的编篮，
另有一杯醇酒，供他在想喝之时饮用。
众人伸出双手，抓起面前的肴餐。
当他们满足了吃喝的欲望，
缪斯催使歌手唱诵英雄们的业绩，
著名的事件，它的声誉当时已如日中天，
那场争吵，在奥德修斯和裴琉斯之子阿基琉斯之间。
他俩曾破脸相争，在祭神的丰盛的宴席前，
出言凶蛮粗暴，最好的阿开亚人的争吵，
使民众的王者阿伽门农心欢——

福伊波斯·阿波罗曾对他有过此番预言，
80　在神圣的普索，其时，阿伽门农跨过石凿的门槛，
寻求神的示言；眼下，灾难已开始展现，降临在
特洛伊人和达奈壮勇头顶身边，出于大神宙斯的意愿。

　　著名的歌手唱诵着这段往事，而奥德修斯
则伸出硕壮的大手，撩起宽大、染成
海紫色的篷衫，盖住头顶，遮住俊美的脸面，
羞于让法伊阿基亚人眼见，眼见他潸然泪下的情景。
每当通神的歌手辍停诵唱，
他便取下头顶的遮片，擦去眼泪，
拿起双把的杯盏，泼出祭神的奠酒。但是，
每当德摩道科斯重新开唱，接受法伊阿基亚
首领们的催请——他们喜听这些故事，
奥德修斯便会重新掩起头脸，呜咽哭泣。
就这样，他暗自流泪，不为众人所见，
只有阿尔基努斯一人，体察和注意到这一动向，
因他坐在生客近旁，耳闻他的哭声，悲沉的呼叹。
国王当即发话，对欢爱船桨的法伊阿基亚人说道：
"听我说，法伊阿基亚人的首领和统治者们！
眼下，我们已吃饱喝足，用过均份的食餐，
听够了竖琴的弹奏，盛宴的偕伴。
100　现在，让我们去那屋外，一试身手，
进行各项比赛，以便让我们的生客告诉朋友，
待他回返家园：同别人相比，我们的竞技该有多么妙绝，
无论是拳击、摔跤、跳远，还是甩开腿步的跑赛。"

　　言罢，他领头先行，众人跟随走去；
使者挂起声音清脆的竖琴，在高处的突栓，

拉着德摩道科斯的手,引着他走出宫殿,
随着法伊阿基亚人的贵族,循走
同一条路线,前往观看比赛。
他们走向集聚的地点,后面跟着熙熙攘攘的人群,
数千之众。许多出色的青壮站挺出来,
有阿克罗纽斯、俄库阿洛斯和厄拉特柔斯,
那乌丢斯和普仑纽斯,安基阿洛斯和厄瑞特缪斯,
庞丢斯和普罗柔斯,索昂和阿那伯西纽斯,
还有安菲阿洛斯,忒克同之子波鲁纽斯的儿子,
以及欧鲁阿洛斯,那乌波洛斯之子,杀人狂
阿瑞斯般的凡人,他的身段和形貌,除了
雍雅的劳达马斯,法伊阿基亚人中谁也不可比及。
人群里还站出雍贵的阿尔基努斯的三个儿子,
劳达马斯、哈利俄斯和神一样的克鲁托纽斯。
作为第一个项目,他们以快跑开始比赛。

120

赛场从起点向前伸展,人们追拥着奋力
冲击,踢卷起平原上的尘埃。
克鲁托纽斯远远地跑在前头,
领先的距离约像骡子犁出的一条地垄的长短,
率先跑回人群,把对手们扔在后面。
然后,他们举行了充满痛苦的摔跤比赛,
由欧鲁阿洛斯夺魁,击败所有的对手。
跳远中,安菲阿洛斯超过其他赛者;
投赛中,厄拉特柔斯摔出了别人不可企及的饼盘;
劳达马斯,阿尔基努斯健美的儿子,击倒了拳赛中的人选。
当他们体验了竞比的愉悦,
阿尔基努斯之子劳达马斯在人群中呼喊:
"来吧,朋友们,让我们问问这位陌生的客人,是否知晓
和精熟某项技赛——看他的体形,不像是卑劣之人,

瞧他的大腿，小腿上的肌腱，那双有力的大手，
还有粗壮的脖子，浑身的力气；他也不缺盛年的
精壮，只是众多不幸的遭遇拖累了他的躯体。
以我之见，敌人中大海最凶，若要
摧垮凡人，哪怕他长得十分强健。"

140　　其时，欧鲁阿洛斯对他答话，说道：
"你的话条理分明，劳达马斯，说得一点不错。
去吧，走去和他说话，激挑他参加竞赛。"

　　听了这番话，阿尔基努斯杰卓的儿子
走上前去，站在中间，对奥德修斯说道：
"你也站出来吧，陌生的父亲，试试这些竞技，
倘若你精熟其中的任何一件。你一定知晓体育竞比；
我们知道，对活着的人们，没有什么能比
凭自己的腿脚和双手争来的荣誉更为隆烈。
出来吧，试试你的身手，忘掉心间的愁烦。
你的回航不会久搁，你的海船已被
拉下大海，你的船员正恭候等待。"

　　听罢这番话，多谋善断的奥德修斯说讲，答道：
"劳达马斯，为何此般讽刺挑激，要我同
你们竞比？我忧心忡忡，不想参与比赛，
我已遭受诸般折磨，许多苦难，
坐在你等聚会的人群中间，思盼着
回归家园，为此恳求你们的国王和所有的族民。"

　　其时，欧鲁阿洛斯出言讥辱，当着他的脸面：
"我看，陌生人，你不像是个精擅比赛的

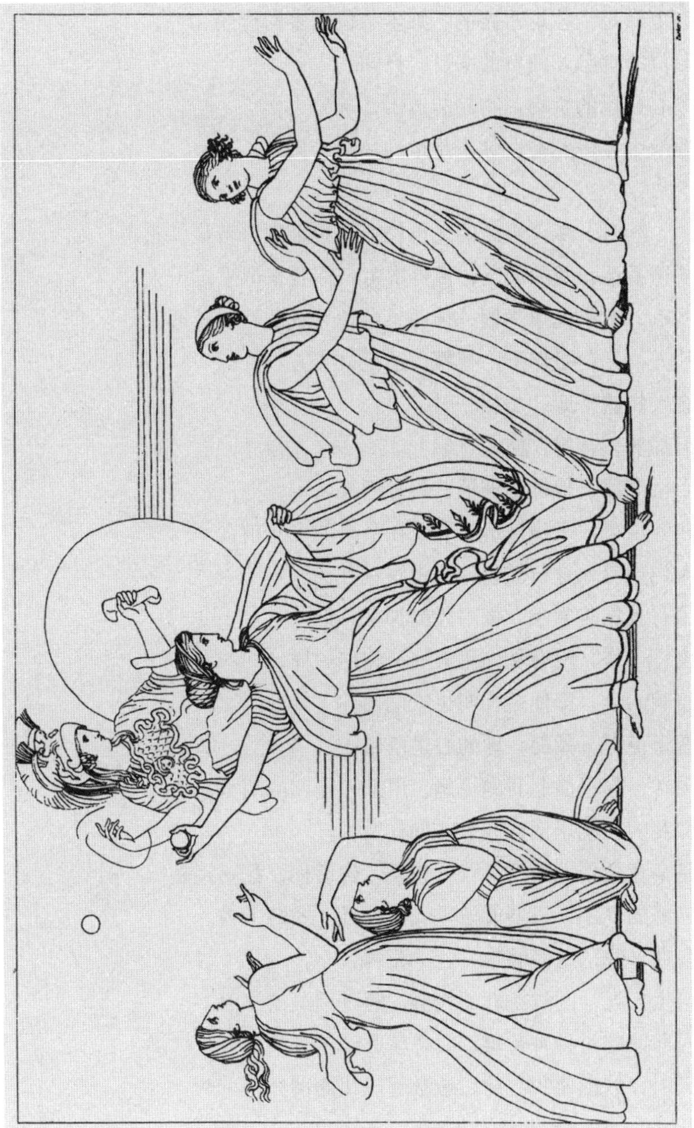

160　汉子，虽说竞技之事如今到处盛行不衰；
你更像是个往返水路的，乘坐桨位众多的海船，
船员的首脑，商贾的头目，只知
关心自己的货物，物品的进出，从
倒换中谋得利益。你不是运动场上的健儿。"

　　其时，多谋善断的奥德修斯恶狠狠地盯着他，答道：
"这番话，我的朋友，说得次劣；你看来似乎过于大大
咧咧。看来此事不假，神明不会把珍贵的礼物统赐
凡人，无论是体形、智慧，还是口才。
有人相貌平庸，长相一般，
但却能言善辩，使人见后
心情舒甜；他雄辩滔滔，不打顿儿，
和颜悦色，平稳谦逊，展现在会聚的民众前；
人们望着他穿行城里，仿佛眼见神仙。
另有人相貌堂堂，像不死的神祇，但
出言平俗，没有文饰雅典——和你一样，
相貌出众，即便是神明也难能使你
变得更美，然而，你的心里空白一片。
现在，你已激起我的愤怒，用颠三倒四的胡言，
在我的心胸里面。我并非如你所说，
180　是个竞技场上的门外汉；相反，告诉你，我一直是
最好的赛手，只要能信凭我的精壮，我的手力。
现在，我已历经愁难，含辛茹苦，
出生入死，闯过拼战的人群，跨过汹涌的洋面。
但即便吃过种种苦难，我将就此试试身手，
只因你的话使我心痛，催激起拼比的情怀。"

　　言罢，他跳将起来，就着披篷，抓起

一块更大、更厚的石饼,远远重过
法伊阿基亚人投掷比赛的那一些,
转动身子,松开硕壮的大手,飞出紧握的饼盘。
石饼呼响着穿过空间,吓得法伊阿基亚操用长桨的水手,
以航海闻名的船员,匍匐起身子,朝着地面,躲避
疾飞的石块,轻松地冲出他的指尖,
超过了所有落点。其时,以一位男子的模样,
雅典娜标出落石的击点,开口说道:
"即便是个瞎子,陌生的朋友,也可通过触摸,
区分出你的坑迹,因它不和群点杂混,
而是遥遥领先。不用担心,至少就此项比赛而言,
法伊阿基亚人中谁也不能均等或超越你的落点。"

　　她言罢,卓著和历经磨难的奥德修斯不胜欣喜,
高兴地看到赛场上有人站在他的一边。 200
他再次说话,对法伊阿基亚人,语调更为轻松诙谐:
"现在,年轻的人们,你们可竞达我的落点,然后,我想,
我可再作一次投掷,和这次一样,或更为遥远。
至于其他项目,你们中,要是谁有这份勇气和胆量,
尽可上来,和我比试,既然你们已极大地激怒了我,
无论是拳击、摔跤,还是赛跑,我都绝无怨言。
上来吧,法伊阿基亚壮士,不管谁者,除了劳达马斯
本人,因为他是我的客主——谁会和朋友争赛?
此人必定缺乏见识,或干脆是个无用的笨蛋,
倘若置身异邦,竟比挑战,对
接待他的客主;他将葬送自己的实惠。
但对其他人,我却不会予以拒绝,亦不会轻视小看,
我将领教他们的本事,面对面地竞赛。
人间诸般赛事,我项项拿得出手,

我知道如何对付溜滑的弓弩,
当会率先发箭,击中队群中的
敌人,虽然我身边站着许多
伴友,全都对着敌阵拉开弓弦。
惟有菲洛克忒忒斯比我强胜,在弓技之中,
220　当我们阿开亚人开弓放箭,置身特洛伊地面。
但是,同其他人相比,活着的、吃食
人间烟火的凡人,我的弓艺远为领先。
不过,我将不和前辈争比,不和
赫拉克勒斯或俄伊卡利亚的欧鲁托斯争雄,
他们甚至敢同不死的神明开弓竞赛。
所以,欧鲁托斯死得暴突,不曾活到老年,
在自己的房居;愤怒的阿波罗把他
杀倒,因他斗胆挑战阿波罗,用他的弓杆。
我投得标枪,远至别人射箭一般,
只是在跑赛中,我担心某个法伊阿基亚青壮
可能把我赶超:我已被大海,被那一峰峰巨浪
整得垂头丧气,疲惫不堪——船上的食物难能
维持良久,我的肢腿因之失去了活力。"

　　他言罢,全场静默,肃然无声,
惟有阿尔基努斯开口答话,说道:
"你的话,我的朋友,听来并非出于怨恶。
既然此人①把你激怒,在赛场之上,
你自然愿意一显本来就属于你的才能——
他小看了你,而一个聪达之人应该知晓如何
240　得体地说话,不会贬低你的杰卓。

---

① 此人:指欧鲁阿洛斯。

听着，注意我的说道，以便日后告知
其他英雄，置身你的家中，
坐享宴餐，由妻儿伴同，回忆
我们的杰卓，在这些方面，宙斯赐送的
技能，开始于我们祖辈生聚的时候。
我们不是白璧无瑕的拳家，也不是无敌的摔跤把式，
但我们腿脚轻快，亦是出色的水手。
我们不厌丰盛的餐肴，从来喜欢竖琴舞蹈，
享有众多替换的衣裳，钟恋睡床，用滚烫的热水洗澡。
来吧，跳起来吧，法伊阿基亚人中最好的
舞手，以便让我们的客人，在他返家之后，
告诉他的亲朋，比起别地的人们，我们的
航海技术，我们的快腿和歌舞，该有多么精妙。
去吧，赶快取来德摩道科斯声音清亮的
竖琴，此时正息躺在宫居的某个地方。"

　　神一样的阿尔基努斯言罢，信使站起身子，
返回国王的宫殿，提取空腹的竖琴；与此同时，
公众推举的理事们站立起来，
一共九位，负责赛比娱乐活动中的
事宜，平整出一大片空地，圆形的
舞场，而使者亦已取来声音清脆的竖琴，
交给德摩道科斯，后者移步中场，身边围站着
一群刚刚迈入风华之年的小伙，跳舞的行家，
双脚踢踏着平滑的舞场。奥德修斯
注视着舞者灵活的腿步，心里赞慕惊讶。

　　德摩道科斯拨动竖琴，开始动听的诵唱，
唱诵阿瑞斯和头戴鲜花冠环的阿芙罗底忒的情爱，

260

他俩如何悄悄行动,初次睡躺在赫法伊斯托斯的
居家。阿瑞斯给了她众多的礼物,玷辱了
王者赫法伊斯托斯的睡床。太阳神赫利俄斯
目察他俩的举动,欢爱在床上,当即送出口信,
给赫法伊斯托斯,后者听罢包孕痛苦的讯息,
行往自己的工场,带着揪心的愁伤,
搬起硕大的砧块,放上托台,锤打出一张罗网,
扯不开,挣不断,可把偷情的他俩罩合捕抓。
怀着对阿瑞斯的愤恨,他打出这个凶险的机关,
前往他的寝房,安放着那张珍贵的睡床,
铺开网套,沿着床边的柱杆,围成一圈,
且有众多的网丝,悬置在床上,垂自房顶的大梁,
280　纤小细密,像蜘蛛的网线,即便是幸福的神明
亦不能眼察。他设下的机关十分险诈。
当布下这张罗网,罩住整个床面,他便
动身前往莱姆诺斯,坚固的城堡,
受他钟爱的去处,远比人间的其他地方。
操用金缰的阿瑞斯对此看得真切,
眼见著名的神工赫法伊斯托斯离去,
旋即赶往后者光荣的居所,
急不可待地试想和头戴花环的库塞瑞娅合欢同床。
女神刚从克罗诺斯强有力的儿子宙斯的
宫居回返,坐在房内;阿瑞斯走进住房,
握住她的手,出声呼唤,说道:
"来吧,亲爱的,让我们上床作乐,睡躺一番;
赫法伊斯托斯已不在此地,想是
去了莱姆诺斯,寻见他的说话唧里呱啦的新提亚朋帮。"

　　他言罢,阿芙罗底忒欣然应允,

偕他走向睡床,平躺床面。一时间,网线四面扑来,
精打密编的罗网,聪颖的赫法伊斯托斯的手艺,
使他俩既动不得手脚,又不能抬起身来,
心知中了圈套,业已逃不出捕抓。
著名的强臂神工站在他们身边——他已返回 300
家来,不曾抵达莱姆诺斯,因为
赫利俄斯一直替他监看,告他事情的进展。
他拔腿回家,心情沉重忧悒,
站在门边,倾泻粗莽的怒怨,
发出可怕的呼啸,对所有的神明叫喊:
"父亲宙斯,各位幸福、长生不老的神仙,
来吧,前来看看一幅滑稽、荒酷的
奇景!阿芙罗底忒,宙斯的女儿,一贯使我
蒙受耻辱,却和杀人害命的阿瑞斯偷情,
只因他长得俊美,双脚灵便,而我却
生来瘸腿,虽然这不是我的过错,
而是父母的责任——但愿他们不曾把我生养下来!
你们将会看见,他俩卧躺在我的睡床,
拥抱作乐,情意绵长。见此情景,我的心灵痛得发慌。
不过,我想他们不会愿意继续睡躺,哪怕只是一会儿,
尽管他俩互爱至深;我敢说,他们将无意
卧躺,因为无奈我的铸网,会把他们紧紧箍扎,
直到她的父亲交还所有的财礼,为了
这个不要脸的姑娘,我曾作过付偿。
他的女儿虽然漂亮,但却不能把激情控掌。" 320

　　他言罢,众神接踵而来,拥聚在青铜铺地的
宫房,包括环拥大地的波塞冬,善喜助佑的
赫耳墨斯和远射之王阿波罗,但

女神们却出于羞涩,全都留在各自的住房。
赐送佳美之物的长生者们站在门厅里,
眼见聪颖的赫法伊斯托斯的杰作,
忍俊不禁,哄然大笑——这帮幸福的仙尊。
其时,神们望着自己的近邻,开口说道:
"丑恶之事不会昌达。瞧,慢腿的逮着了
快腿的,像现在一样,迟慢的赫法伊斯托斯,
虽说瘸拐,却设计逮住了阿瑞斯,俄林波斯诸神中
腿脚最快的一位。通奸者阿瑞斯必须赔偿。"

就这样,神们互相议论,一番说告;
其时,王者阿波罗,宙斯之子,对赫耳墨斯说道:
"赫耳墨斯,宙斯之子,信使,赐送佳美的神明,
告诉我,你是否愿意和她同床,被这些强韧的
网线蒙罩,睡躺在金色的阿芙罗底忒身旁?"

听罢这番话,信使阿耳吉丰忒斯答道:
"但愿此事当真,阿波罗,我的远射之王!
340 即便罩上三倍于此的绳线,不尽的丝网,
即便所有的神明,包括女神,全都旁站观望,
我仍愿和她一起,睡躺在金色的阿芙罗底忒身旁。"

他言罢,不死的神们哄堂大笑,只有
波塞冬例外,不停地恳求,求请
赫法伊斯托斯,著名的神工,要他放出阿瑞斯,
送去长了翅膀的话语,对他说道:
"让他出来吧,我保证他会按你的要求,当着不死的
神明的脸面,付足所欠的一切,每一分合宜的回偿。"

听罢这番话,著名的强臂神工答道:
"波塞冬,裂地之神,不要催我这么做。
对可悲的无赖,保证是无用的废物。
我怎能把你揪住不放,当着不死的众神,倘若
阿瑞斯抽身而去,既躲避了债务,又逃出了线网?"

听罢这番话,裂地之神波塞冬答道:
"倘若,赫法伊斯托斯,阿瑞斯溜之大吉,逃避
债务,我将担起责任,替他付偿。"

听罢这番话,著名的强臂神工答道:
"好吧,既如此,我不能,也不宜回绝你的劝讲。"

言罢,强壮的赫法伊斯托斯解开封网,
放出二位,后者当即跳将出来,脱离
强固的网面,阿瑞斯朝着斯拉凯跑去,
而爱笑的阿芙罗底忒则返往塞浦路斯的
帕福斯,那里有她的领地和青烟缭绕的祭坛。
典雅姑娘们替她沐浴,抹上仙界的油脂,
永不败坏的佳品,供长生不老的神祇擦用,
替她穿上漂亮的衣裳,女神美得让目击者惊诧。

360

就这样,著名的歌手一番唱诵,奥德修斯
听得心情舒畅,其他听众皆大欢喜,
操使长桨的法伊阿基亚人,以航海闻名的船家。

其后,阿尔基努斯命嘱哈利俄斯和劳达马斯起舞,
仅此二人——国度中,他俩的舞蹈谁也攀比不上。
于是,舞者手拿紫红的圆球,一件漂亮的

精品,由能工巧匠波鲁波斯制作。二者中
一人弯腰后仰,抛球出手,冲向带投影的
云层,另一人高高跃起,轻轻松松地
伸手接住,双脚还在离地的空中。
玩过了高抛圆球的竞技,
他俩随即跳起舞蹈,踏着丰产的大地,
迅速变动位置,旁围的年轻人
380 抬脚和拍,踢打出一片轰然的声响。
其时,卓越的奥德修斯开口说话,对阿尔基努斯赞道:
"哦,尊贵的阿尔基努斯,人中的俊杰,
你的称告确实不假,你的属民,诚如现时证明的那样,
确是最优秀的舞蹈家。眼见他们的表演,使我惊诧。"

　　他言罢,灵杰豪健的阿尔基努斯听后高兴,
随即发话,对欢爱船桨的法伊阿基亚人说道:
"听着,法伊阿基亚人的首领和统治者们!
我认为,这位陌生的来客是个严谨之人;所以,
我提议,让我们拿出表示客谊的礼物,此乃合宜的做法。
国内有十二位尊贵的王者,掌权的王贵,
训导民众的统治者,连我一起,总数十三。
这样吧,你们各位每人拿出一领崭新的披篷,
一件衫衣和一塔兰同贵重的黄金。然后,
我们将把礼物归聚一起,以便让生客
手捧我们的礼送,高兴地前往进用晚餐的厅堂。
欧鲁阿洛斯对他讲过不合宜的话语,
因此,还要当面道歉,除了拿出一份礼偿。"

　　他言罢,众王一致赞同,催请操办,
遣出各自的使者,前往提取礼物。其时,

欧鲁阿洛斯开口答话,对阿尔基努斯说道: 400
"豪贵的阿尔基努斯,人中的俊杰,
毫无疑问,我会遵照你的嘱告,对你的客人赔礼。
我将给他一柄劈剑,青铜的剑身,安着
白银的握把,附带一管剑鞘,取材新锯的象牙,
切成扁圆的形状。他会珍爱这份佳品,贵重的礼偿。"

言罢,他把铆嵌银钉的铜剑放入
奥德修斯手中,开口送出长了翅膀的话语,说道:
"向你致敬,陌生的父亲!倘若我说过任何
不合适的话语,愿那疾吹的风暴把它逮着,一扫而光!
愿神明保你得见妻房,回抵
故乡,你久离亲朋,远在海外,受尽了磨殃。"

听罢这番话,足智多谋的奥德修斯说讲,答道:
"我也向你致意,亲爱的朋友,愿神明使你幸福。
但愿你不会牵挂这柄铜剑,送给我的
礼物,连同表示歉意的好话。"

言罢,他将嵌缀银钉的铜剑挎上肩头。
其时,太阳落沉,人们送来光荣的礼物,
由阿尔基努斯高傲的使者们抬捧;
阿尔基努斯的儿子们接过礼物,精美绝伦的
好东西,放在他们尊敬的母亲身旁。 420
这时,阿尔基努斯,灵杰豪健的王者,领着
人们步入宫殿,坐身高高的椅面。
随后,豪健的阿尔基努斯对阿瑞忒说道:"去吧,
夫人,让人抬来精皇的衣箱,你所拥有的最好的一只,
你可亲自动手,放入一领簇新的披篷,一件衫衣。

然后，让人点火热起铜锅，备下滚烫的浴水，
让他洗过澡后，目睹排放得整整齐齐的礼物，
雍贵的法伊阿基亚人带到此地的每一件馈赠，
欣享宴食的喜悦，聆听歌手的唱诵。
我将给他一只金杯，精美绝伦的
礼物，让他泼酒家中，奠祭宙斯和
列位神明，记着我的好意，终生不忘。"

他言罢，阿瑞忒走向女仆，要她们
在火堆上架起大锅，以最快的速度。
仆人们把鼎锅架上炽烈的柴火，注入洗澡的
清水，添上木块，燃起通红的火苗；
柴火舔着锅底，将水温增高。与此同时，
阿瑞忒搬出一只绚美的箱子，从她的睡房，
送给陌生的客人，放入精美的礼物，
440　法伊阿基亚人赠送的黄金和衣服，
外加她本人的馈赠，一件漂亮的衫衣，一领披篷。
吐出长了翅膀的话语，她对客人说道：
"小心箱盖，赶快打上绳结，
以防途中有人行劫，趁你
睡得甜熟，卧行在乌黑的海船。"

听罢这番话，卓越和历经磨难的奥德修斯
当即合妥箱盖，绑上绳线，出手迅捷，打出个
花巧复杂的绳结，基耳凯夫人教会的本领。
绑完箱子，家仆即时催他
入浴，后者眼见滚烫的浴水，
心里甜蜜，自从离开长发秀美的卡鲁普索，
离别她的家居，已有好长时间没有享受此般舒怡，

虽然在女神家里,他被服侍得如同神明一般。
女仆们替他沐浴,抹上橄榄油,
穿好衫衣,覆之以绚丽的披篷,
他走离浴池,介入喝酒的
人群。展现出神赐的美貌,娜乌茜卡
站在撑着坚固的屋顶的房柱边,
双眼凝望着奥德修斯,赞慕他的俊美,
开口说道,用长了翅膀的话语: 460
"别了,陌生的客人。当你回返故乡,
不要把我忘怀;你得保命,是我拯救在先。"

听罢这番话,多谋善断的奥德修斯说讲,答道:
"娜乌茜卡,心志豪莽的阿尔基努斯的女儿,
我确要祈愿宙斯,赫拉的炸雷高天的夫婿,
答应让我回家,眼见还乡的时光,但即使
能够如愿,我仍将祈祷家中,对你,像对一位女神,
聊尽余生之愿;别忘了,姑娘,我的生命得之于你的馈赏。"

言罢,他走去入坐椅面,在国王阿尔基努斯身边。
其时,他们备出餐份,匀调美酒;
使者走进人群,引来杰出的歌手,
德摩道科斯,受人尊敬的诗诵,放下一张座椅,
在宴食者中间,靠着高高的房柱。
多谋善断的奥德修斯叫过使者,对他说话,
已经动刀长牙白亮的肥猪,割取一份脊肉,
仍然留下丰足的大块,两边挂着油膘:
"拿着,使者,把这份肉块递给德摩道科斯,
让他享用,带去我的问候,尽管心里悲伤。
生活在大地上的人们,所有的凡人,

480　无不尊敬和爱慕歌手，只因缪斯教会
　　他们诗唱，钟爱以此为业的每一个人。"

　　　他言罢，使者端着肉份，放入
　　英雄德摩道科斯手中，后者高兴地予以接收。
　　于是，众人伸出双手，抓起面前佳美的餐肴。
　　当各位满足了吃喝的欲望，
　　足智多谋的奥德修斯对德摩道科斯说道：
　　"我要把你称颂，德摩道科斯，在所有的凡人中。
　　不是缪斯，宙斯的女儿，便是阿波罗教会你诗唱的内容：
　　你的唱述极其逼真，关于阿开亚人的命运，
　　他们的作为，承受和尝吃的苦头，
　　仿佛你亲身经历过这些，或听过亲历者的讲述。
　　来吧，换一段别的什么，唱诵
　　破城的木马，由厄培俄斯制作，凭借雅典娜帮忙，
　　神勇的奥德修斯的良策，填入冲打的武士，
　　混入高堡，将伊利昂扫荡。
　　倘若你能形象地讲述这些，那么，
　　我将对所有的凡人宣告，神明已给你
　　慷慨的赐助，给了你奇绝的礼件，让你诗唱。"

　　　他言罢，歌手开始唱诵，受女神的催动，
500　起始于阿耳吉维人放火自己的营棚，
　　登上座板坚固的海船，扬帆离去的时候。
　　其时，著名的奥德修斯已坐藏木马，连同
　　他的精兵强将，傍着聚会的特洛伊壮勇，
　　他们已将木马拖入城堡高处，
　　让它直腿竖立，围着它的身影坐下，
　　无休止地议论，分持三种不同的谈说：

是挥起无情的铜剑,劈开深旷的木马,
还是把它拉向绝壁,推下石岩,或是
让它呆留原地,作为一件贡品,平慰神的心胸。
这第三项主张,最后得到纳用,
受制于命运的约束,城堡将被平毁,揣怀
巨大的木马,连同最好的阿耳吉维战勇,
藏坐木马之内,给特洛伊人带去死亡和毁破。
他唱诵阿开亚人的儿子们如何闪出深旷的
藏身之地,蜂拥着冲离木马,攻劫了城堡;
他唱诵勇士们如何分头出击,搏杀在陡峭的城上,
而奥德修斯又如何攻打,以阿瑞斯的狂勇,
偕同神样的墨奈劳斯,寻觅德伊福波斯的住处——
他说,那是他所经历过的最惨烈的战斗,凭着
心胸豪壮的雅典娜的助佑,如前一样,最后获得成功。 520

著名的歌手如此一番唱诵,奥德修斯
心胸酥软,泪如泉涌,流出眼眶,淋湿了面孔。
像一位妇人,痛哭流涕,扑倒在心爱的丈夫的尸体上,
后者已阵亡战场,倒死在自己的城前,民众的眼下,
为了打开无情的死亡之日,保卫城堡,救护孩童;
妇人眼见丈夫死去,大口地喘着粗气,匍抱在他的
身上,发出尖利、凄惨的号叫,后面的敌人
捣出枪矛的杆头,击打她的脊背肩膀,
逼她起来,强行带走,充作奴仆,操做
苦活,遭忍悲愁,辛酸的眼泪蚀毁了脸庞。
就像这样,奥德修斯流落辛酸的眼泪,
从眉毛下滴淌,不为众人所见,只有
阿尔基努斯一人,体察和注意到这一动向,
因他坐在生客近旁,耳闻他的哭声,悲沉的呼叹。

他当即发话,对欢爱船桨的法伊阿基亚人说道:
"听我说,法伊阿基亚人的首领和统治者们!
让德摩道科斯停奏声音脆亮的竖琴,
这段诵词看来不能愉悦每一个人的心房。
自从吃过晚餐,神圣的歌手拨响竖琴,
540 我们的客人便没有中止过悲沉的叹息;
他的心里,我敢说,一定承受着巨大的悲伤。
让我们的诗人停止歌唱,以便使在座的人们,
主客都能心情舒畅——如此远为妥当。须知
我们所做的一切都是为了尊贵的来宾,
选人护航,拿出表示友好的礼物,带着我们的敬仰。
谁都知道,只要略通常识,有客登门,
恳求者的来临,主客之间,实是亲如兄弟一样。
所以,不要再拥藏诡妙的心机,回避
我的问话;说出来吧,敞开你的心房。
告诉我居家时父母对你的称呼,
还有那些住在城里的市民同胞;
凡人中谁都有个名字,得之于出生的
时候,不管高低优劣,一旦
出生在世,父母便会给他取好名称。
告诉我你的国度,你的城市和胞民,
使我的海船能载着你回家,做到心中有数;
法伊阿基亚人中没有舵手,
也不像别人的木船那样,安着桨舵,
我们的海船知晓人的心思和目的,
560 知晓凡人居住的每一座城市,肥沃的
土地,以极快的速度跨越深森的海浪,
罩着云雾和水气,从来无需担心
触礁的危险,也没有沉船的顾忌。

162

但是，我却听过父亲那乌西苏斯的说告，
他说波塞冬已对我们心怀怨恨，
因为我们载运所有的来客，顺当安全。
他说，将来的一天，当一艘精制的法伊阿基亚海船
送人归来，回航在大海浑沌的洋面，裂地
之神将击毁木船，峰起一座大山，围住我们的城垣。
老人如此一番说告，而神明可能会实践此番诺言，
亦可能事过境迁，随他的心愿。现在，
我要你告说此事，要准确地回答：
你漂游过哪些地方，到过哪些凡人居住的
国邦，告诉我那些地方的人民，墙垣坚固的城堡，
那些个暴虐、粗蛮、无法无规的部勇，和
那些个善能友待外客，敬畏神明的族邦。
告诉我为何哭泣，愁满胸膛，当你
听悉阿耳吉维人，那些达奈人的遭遇，攻战在伊利昂。
是神明催导此事，替凡人编织出毁灭的
罗网，以便让后世的人们，听闻诗人的诵唱。 580
可是有哪位姻联的亲人死在伊利昂，一位勇敢的战士，
女儿的夫婿，或妻子的阿爸？这些是本家
血统外最亲近的人们，最近的亲家。
抑或，死去的是你的伙伴，一位骁莽的斗士，
心心相印的挚友？一位善能体察
朋友心绪的伙伴，他的情分如同兄弟一样。"

第九卷

听罢这番话,多谋善断的奥德修斯说讲,答道:
"尊贵的阿尔基努斯,人中的杰卓,
毫无疑问,能够聆听一位像他这样出色的歌手唱诵,
是一件值得庆幸的好事——他有着神一样的歌喉。
我想人间不会有比这更令人高兴的场面:
喜庆的气氛陶醉了所有本地的民众,
食宴在厅堂,整齐地下坐,聆听
诗人的唱诵,身边摆着食桌,满堆着
面包肉块,斟者舀酒兑缸,
依次倾倒,注满杯中。
在我看来,这是最美的景状盛隆。
但现在,你的心绪转而要我讲述以往的经历,痛心的
遭遇,由此将引发我更猛的号哭,更深的悲伤。
我将从何开始,把何事留在后头——
上天,神明给我的磨难,多得述说不完。
好吧,让我先报个名字,使你们知晓
我是谁人,以便在躲过无情的死亡,死的末日后,
我能有幸做东招待,虽然家居坐落在离此遥远的地界。
我是奥德修斯,莱耳忒斯之子,以谋略
20 精深享誉人间;我名声鹊起,冲上了云天。
我家住阳光灿烂的伊萨卡,那里有一座大山,
高耸在地面,枝叶婆娑的奈里托斯,周围
有许多海岛,一个接着一个,靠离得很近,

有杜利基昂、萨墨和林木繁茂的扎昆索斯，
但我的岛屿离岸最近，位于群岛的西端，朝着
昏黑的地域，而其他海岛则面向黎明，太阳升起的东方。
故乡岩石嶙峋，却是块养育生民的宝地；就我而言，
我想不出人间还有什么比它更可爱的地方。
事实上，卡鲁普索，丰美的女神，曾把我
挽留，在深旷的岩洞，意欲招为夫床，
而诡计多端的基耳凯，埃阿亚的女仙，也曾
把我强留，在她的厅殿，意欲招作丈夫，
但她们决然不能说动我的心房。由此可见，
家乡是最可爱的地方，父母是最贴心的亲人，
即便浪子置身遥远的地界，丰肥的
境域，远离双亲，栖居异国他乡。
好吧，我将告诉你我的回航，充满艰辛的
旅程，宙斯使我受难，在我离开特洛伊的时光。

"疾风推搡着我漂走，从伊利昂来到伊斯马罗斯的海滩，
基科尼亚人的地方。我攻劫了他们的城堡，杀了他们的 40
民众，夺得他们的妻子和众多的财富，在那处国邦，
分发了战礼，尽我所能，使人人都得到应得的份赏。
其时，我命促他们蹽开快腿，迅速
撤离，无奈那帮十足的笨蛋拒不听从，
胡饮滥喝，灌饱醉人的醇酒，杀掉
许多肥羊和脚步蹒跚的弯角壮牛，沿着海滩。
与此同时，基科尼亚人前去召来邻近的
基科尼亚部勇，住在内陆的邦土，
数量更多的兵众，阵杀的好手，
战车上的勇士，亦通步战，在需要的时候。
他们发起进攻，在天刚放亮的拂晓，像旺季里的树叶

或花丛，而宙斯亦给我们送来厄运，让
我们遭受不幸，所以我们必将承受剧烈的苦楚。
双方站定开战，傍着迅捷的舟船，
互投枪矛，带着青铜的镖尖，
伴随着清晨和渐增的神圣的日光，我们
站稳脚跟，击退他们的进攻，尽管他们比我们人多。
但是，当太阳西移，到了替耕牛卸除轭具的时候，
基科尼亚人终于打退和击败了阿开亚兵众，
60　来自海船上的兵勇，每船六位胫甲坚固的伙伴，
被他们杀倒，其余的仓皇逃命，躲过了命运和死亡。

　　"从那儿出发，我们继续向前，庆幸逃离了灾难，
虽然心里悲哀，怀念死去的战友，亲爱的伙伴。
尽管情势危急，我仍然无意让弯翘的海船启航，直到
我们发完表示敬意的啸喊，对死去的伙伴，每位三声，
不幸的人们，死在平野上，被基科尼亚人击杀。
其时，汇聚乌云的宙斯驱来北风，冲打我们的海船，
一阵狂野凶虐的风暴，布起层层积云，
掩罩起大地和海域。黑夜从天空降临。
海浪卷着船队横走，暴烈的狂风
捣烂我们的风帆，撕成三四块碎片。
我们惧怕死的来临，收下船帆，放入船身，
摇起木桨，急急忙忙划向陆岸。
我们在那里滞留了两天两夜，
痛苦和疲劳揪碎了我们的心怀。
但是，当发辫秀美的黎明送来第三个白天，
我们竖起桅杆，升起白帆，
坐入船位，任凭海风和舵手送导向前。
其时，我将已经抵达故园，不带伤痕，

要不是在海船绕行马勒亚之际,北风和激浪　　　　　　　　80
把我推离航线,疾冲向前,滑过了库塞拉地面。

"一连九天,我随波逐浪,被凶暴的强风推搡在
鱼群汇聚的大海,直到第十天上,我们才落脚岸边,
吃食落拓枣者的邦界,后者专吃一种开花的蔬餐。
我们在那里登陆,提取清水,
伙伴们动作利索,在快船边食用晚餐,
当吃喝完毕,我便遣出一些伙伴,
探访向前,要他们弄清这里可能
住着何样的生民,吃食面包的凡胎。
我选出两人,另有第三位去者,作为报信的角儿。
他们当即出发,遇见吃食落拓枣者的人群,
后者不曾谋算夺杀他们的性命,
我的伙伴,只是拿出落拓枣,让他们尝吃。
然而,当他们一个个吃过蜜甜的枣果,
三人中便没有谁个愿意送信回返,亦不愿离开,
只想留在那里,同枣食者们为伴,以
枣果为餐,忘却还家的当务之急。
我把这些人强行弄回海船,任凭他们啼哭呜咽,
把他们拖上船面,塞在凳板下,绑得结结实实,
发出命令,要其他可以信靠的　　　　　　　　　　　　100
伙伴们赶紧上船,惟恐有人
尝吃枣果,忘却还家的当务之急。
他们迅速登船,坐入桨位,以
整齐的座次荡开船桨,击打灰蓝色的海面。

"从那儿出发,我们行船向前,虽然心中悲哀,
来到库克洛佩斯们的邦界,一个无法无规,骄蛮

暴虐的部族,一切仰仗天赐,赖靠不死的神明,
既不动手犁耕,也不种植任何东西,
但凭植物自生自长,无需撒种,不用耕耘,
小麦,大麦,还有成串的葡萄,为他们
提供酒力——宙斯的降雨使果实熟甜。
他们没有议事的集会,亦没有共同遵守的礼仪和法规,
散住在高山大岭的峰峦,
深旷的岩洞里,每个男子都是
妻房和孩童的法律,不管别人的一切。

"那里有座林木森郁的海岛,从港湾的边界向内伸延,
既不远离库克洛佩斯人的住地,亦不贴近它的
跟前,遍长着林木,遮掩着数不清的野山羊,生聚在
山间——那里既没有居民的踪迹,骚扰它们的安闲,
没有屠捕的猎人,出没在深山老林,
含辛茹苦,追杀在高山的峰巅,
亦没有放牧的羊群,也没有农人,
自古以来从未开垦,从未种植,
荒无人迹,哺喂着成群的野山羊,咩咩叫唤。
库克洛佩斯们没有海船,船首涂得鲜红,
也没有造船的工匠,制作凳板坚固的
航船,使他们得以驾船过海,满足生活的需求,
造访异邦客地,像别处的人们那样,
驱船渡海,互相通商往来,从而
使这座岛屿成为繁荣昌盛的地界。
这是块肥沃的土地,可以栽培各种庄稼,
在合宜的季节,水源丰足的草地,松软的草场,伸躺在
灰蓝色大海的边沿;亦可种植葡萄,收取食用不尽的果鲜;
那里有平整、待耕的荒野,献出丰产的谷物,

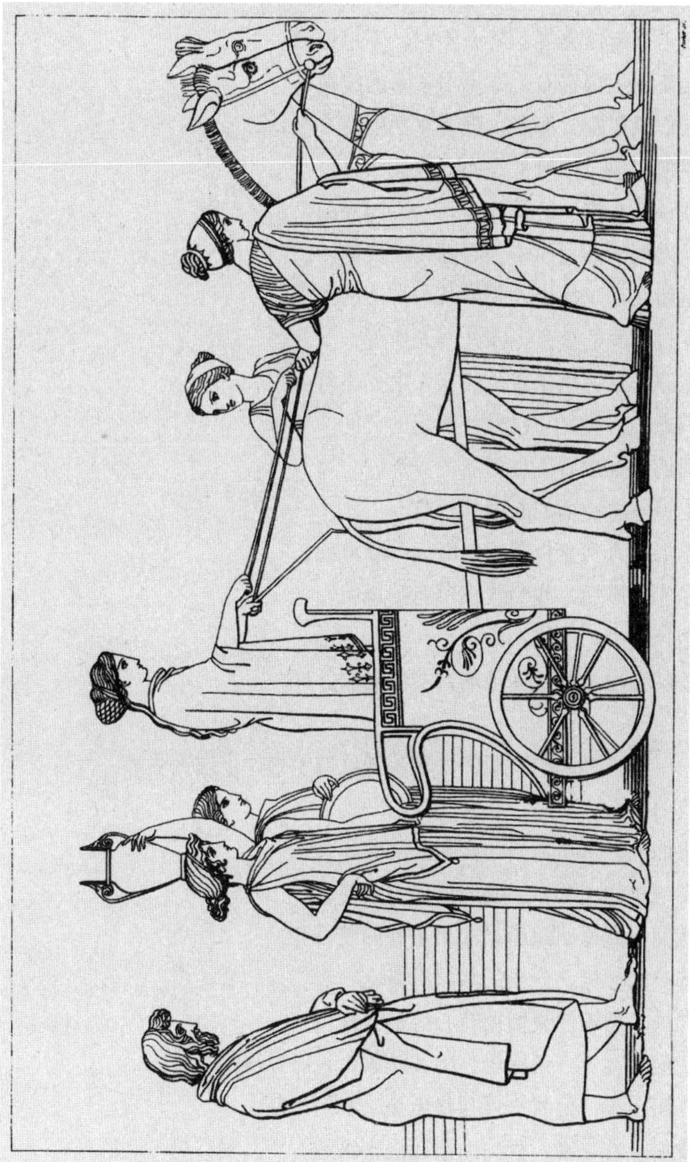

在收获的季节——表层下的泥土极其沃肥。
岛上还有座良港，易于停船，不用连绑，
既不用甩出锚石，亦不用紧系的绳缆，
人们只需跑上海岸，静等水手们的心愿
驱使行船，徐风从海面上缓缓送来。
140　此外，在港湾的前部，有一泓闪亮的泉水，
从岩洞下涌冒出来，周围杨树成林。我们
驱船在那里靠岸，凭借某位神明的指点，
穿过朦胧的夜色，四处一无所见，
浓厚的迷雾蒙罩着木船，天上见不着
闪光的月亮，它已藏身灰黑的云间。
我们中谁也看不见海岛的身影，
也见不着冲涌的长浪，拍打
岸沿，直到凳板坚固的海船抵靠滩面。
木船泊岸后，我们收下所有的风帆，
足抵滩沿，傍临大海，
睡躺在地，等候神圣的黎明的到来。

　　"当早起的黎明，垂着玫瑰红的手指，重现天际，
我们漫游了海岛，欣慕所见的一切；
水仙们，带埃吉斯的宙斯的女儿，拢来
岗地里的山羊，供我的伙伴们食猎。
我们当即返回海船，取来弯卷的硬弓和
修长的标枪，分作三队，出猎
向前，神明使我们得获心想的猎件。
我们共有十二条海船，由我统领，每船分得
160　九头山羊，但我一人独得十头，我的份额。
我们坐着吃喝，直到太阳西沉，整整
痛快了一天，嚼着吃不尽的羊肉，喝着香甜的酒浆——

船上载着红酒,还没有喝完,
仍有一些剩余,因为行前各船带了许多,
在满装的坛罐:我们曾荡扫基科尼亚人神圣的城垣。
我们举目望去,望着邻近的库克洛佩斯人栖居的地点,
眼见袅绕的炊烟,耳闻绵羊和山羊咩咩的叫唤。
当太阳西沉,神圣的黑夜把大地蒙罩,
我们平身睡躺,在长浪拍击的滩沿。然而,
当早起的黎明,垂着玫瑰红的手指,重现天际,
我召开了一次集会,对众人说道:
'你等留在这里,我的可以信赖的伙伴,
我将带着我的海船和船上的伴友
探寻那里的生民,弄清他们究为何人,
是一群暴虐、粗蛮、无法无规的部勇,
还是些善能友待外客,敬畏神灵的族民。'

"言罢,我举步登船,同时告嘱伙伴们
上来,解开船尾的绳缆,
众人迅速登船,坐入桨位,以
整齐的座次,荡开船桨,击打灰蓝色的海面。 180
我们行船来到那个地点,相去不远,
眼见一个山洞,在陆基的边岸,傍临大海,
高耸的洞口,垂挂着月桂,里面是羊群的
畜栏,大群的绵羊和山羊,晚间在此过夜,洞外是个
封围的庭院,墙面高耸,取料石岩,基座在泥层里深埋,
贴靠着高大的松树和耸顶着枝叶的橡树立站。
洞里住着一个魔鬼般的怪人,其时正牧羊
远处的草场,孤零零的一个——他不和别人
合群,独自游居,我行我素,无法无天。
事实上,他是个让人见后惧诧的魔怪,

看来不像个吃食谷物的凡人，倒像一座
长着树林的峰面，耸立在高山之巅在离别的岭峦。

"其时，我命令其他豪侠的伙伴
留在原地，傍守海船，只
挑出十二名最好的精壮，探行
向前。我拿出一只山羊皮缝制的口袋，装着醇黑
香甜的美酒，马荣给我的礼物，欧安塞斯的儿男，
阿波罗的祭司，阿波罗，卫护伊斯马罗斯的神仙。他以此物
相赠，因为我们，出于对他的尊敬，保护了他和妻儿的
200　安全。他居家奉献给福伊波斯·阿波罗的
神圣的林地，给了我光荣的礼件。
他给我七塔兰同精工锻打的黄金，
一个白银的兑缸，还给我
灌了十二坛罐的好酒，醇美甘甜，
不曾兑水，一种绝妙的好东西。家中的
男仆和女佣对此一无所知，只有亲爱的
妻子和他自己，另有一名家仆，知晓此酒的奥秘。
每当饮喝蜜甜的红酒，他总是
倒出一杯，添兑二十倍的
清水，纯郁的酒香让人跃跃
欲试，垂涎欲滴。其时，我用
此酒灌满一个硕大的皮袋，装了一些
粮食——我那高豪的心灵告诉我，
很快会遇见一个生人，身强力壮，
粗蛮凶悍，不知礼仪和法规的约限。

"我们行动迅速，来到洞边，但却不见
他的踪影，其时正在草场之上，牧放肥壮的羊儿。

我们走进洞里，赞慕眼见的一切，
那一只只篮子，满装着沉甸甸的酪块，那一个个圈栏，
拥挤着绵羊和山羊的羔崽，分关在不同的 220
栅栏：头批出生的，春天生养的和出生
不久的，都有各自的群体。所有做工坚实的容器，
奶桶和盛接鲜奶的盆罐，全都装着潽满的奶液。
其时，伙伴们出言建议，求我先把
一些奶酪搬走，然后再回头把
羊羔和小山羊赶出栏圈，迅速拢回
船舟，驶向咸涩的大海。但
我不听他们的劝议——不然该有多好——
心想见见那人，看看能否收得一些礼物回转。
然而，我们将会发现，他的出现绝难使我的朋伴们欢快。

"我们燃起一堆柴火，作过祀祭，
拿起奶酪，张嘴咀嚼，坐在里面，等候洞穴的主人，
直到他赶着羊群，回返家院。他扛着一大捆
透干的烧柴，以便在进食晚餐时点用，
扔放在洞里，发出可怕的碰响，
吓得我们缩蜷着身子，往洞角里藏钻。
接着，他把肥羊赶往洞中的空广之处，大群供他
挤用鲜奶的母羊，却把公羊，雄性的山羊和绵羊，
留在洞外，深广的庭院里。然后，
他抱起一块巨石，堵住大门， 240
一块硕大的岩石，即便有二十二辆坚实的
四轮货车，亦不能把它拖离地面——
这便是他的门挡，一面高耸的巉岩。接着，
他弯身坐下，挤取鲜奶，他的绵羊和咩咩叫唤的山羊，
顺次一头接着一头，随后将各自的羔崽填塞在母腹下面。

他把一半的白奶凝固起来，放入
柳条编织的篮里，作为乳酪藏存，
让那另一半留在桶里，以便随手
取来，尽情饮用，作为晚餐。
当忙忙碌碌地做完这些，他点起
明火，发现了我们，开口问道：'你们是谁，
陌生的来人？从哪里启航，踏破大海的水面？
是为了生意出航，还是任意远游，
像海盗那样，浪迹深海，冒着
身家性命，给异邦人送去祸灾？'

"他如此一番说道，吓得我魂飞胆裂，
惊恐于粗沉的声音，鬼怪般的貌态。
但即便如此，我还是开口答话，对他说道：
'我们是阿开亚人，从特洛伊回返，被各种方向的
260　疾风吹离了航线，在浩森的大海，只想
驾船回家，走错了海道，循着另一条路线，
着陆此间。如此安排，定能使宙斯心欢。
我们声称，我们是阿特柔斯之子阿伽门农的部众，
他的声誉，如今天底下无人可以比肩：
他攻掠了一座如此坚固的城堡，杀了这许多
兵民。然而我们却不如他走运，来到这里，恳求在你的
膝前；但愿你能给出表示客谊的款待，
或给出一份礼物，此乃生客的权益。
敬重神明，最强健的汉子，我们恳求在你面前。
宙斯乃客家的尊神，保护浪迹之人应享的权益，
总会助佑生客，惩罚错待他们的行迹。'

"我言罢，他当即答话，心里不带怜悯：

'陌生人，我看你真是个笨蛋，或从遥远的地方前来，
要我回避神的愤怒，对他们表示敬畏。
库克洛佩斯人不在乎什么带埃吉斯的宙斯，
或其他任何幸福的神明；我们远比他们强健。
我不会因为惧怕宙斯，而放过你
或你的伙伴，除非服从自己的心愿。
告诉我，让我知晓，你来时把
建造精固的海船停在哪里，在远处，还是近在眼前？'   280

"他如此说告，试图让我道出真情，但我经验丰富，
不受欺骗，开口作答，言语中包孕狡黠：
'波塞冬，裂地之神，砸碎了我的海船，
把它推向礁岩，在你邦界的滩岸，
撞上一峰巉壁，被海风刮得杳无踪影，
而我，还有这些伙伴，躲过了突至的毁灭。'

"我言罢，他默不作声，心中不带怜悯，
跳将起来，伸手我的伙伴，抓住
两个，捏在一块，朝着地表砸击，仿佛摆弄
一对小狗，捣出脑浆，涂流泼泻，透湿了地面。
他撕裂死者的躯体，一块接着一块，备下晚餐，
穷吃暴咽，像一头山地哺育的狮子，不留一点存残，
吞尽了皮肉、内脏和卷着髓汁的骨件。
我等大声哭喊，高举双手，对着宙斯，
眼见此般酷景，心中麻木不仁，无能为力。
库克洛普斯填饱了巨大的肚皮，
吃够了人肉，喝够了不掺水的羊奶，
躺倒睡觉，四肢伸摊在羊群中间。
其时，我在自己豪莽的心灵里思虑，

300 　打算逼上前去，从胯边拔出利剑，
　　扎入他的胸膛，横膈膜和肝脏相连的部位，
　　用手摸准进剑的入点。但转而一想，觉得此举不佳——
　　如此，我们自己将面临突暴的死难。
　　我们的双手推不开那峰石岩，
　　在高耸的出口，由他亲手堵塞。就这样，
　　我们哭守洞里，等待着神圣的黎明。

　　"当早起的黎明，垂着玫瑰红的手指，重现天际，
　　库克洛普斯点起明火，动手挤奶，成群白光闪亮的
　　母羊，顺次一头接着一头，随后将各自的羔崽填塞在
　　母腹下面。当忙忙碌碌地做完这些，他又
　　一把抓过两个活人，备作自己的肴餐，
　　吃饱喝足，赶起肥壮的羊群，走向洞口，
　　轻松地搬开巨大的门石，复又
　　堵上，像有人合上箭壶的盖子一般。
　　就这样，库克洛普斯吹着尖利的口哨，赶着肥壮的羊群，
　　走上山岗，把我关留在洞里，谋思凶险的计划，
　　如何将他惩治，倘若雅典娜给我这份荣光。
　　我冥思苦想，觉得此举佳杰。
　　羊圈边有一根硕大的橄榄树段，皮色
320　青绿，库克洛普斯把它砍截后放在那边，以便
　　干后当做手杖。在我们眼里，它的体积
　　大得好似一根桅杆，竖立在宽大、
　　乌黑的货船里，配备二十枝船桨，穿行海面。
　　用眼揣测，树段的长度和粗壮就像桅杆一般。
　　我走上前去，砍下一截，一㖊长短，
　　交给伙伴，要他们平整弄光。
　　他们削光树段，而我则站在一边，劈出

尖端，放入炽烈的柴火，使之收聚硬坚。
然后，我把它暗藏起来，藏在羊粪下——
散乱的粪堆遍布在洞穴的地面上。
其后，我命嘱伙伴们拈阄定夺，他们中
谁将承受此番艰难，和我一起，抬着巨大的木棍，
趁着库克洛普斯熟睡之际，插入他的眼睛。
中阄者正是我想挑筛的人选，
四人，连我一起，一共五个。随着
夜色的降临，库克洛普斯回到洞边，赶着毛层
深卷的羊群，当即将所有的肥羊拢入洞里，
从深广的庭院，一头不曾留下——不知
是因为产生了什么想法，或是受了某位神明的驱怂。
他抱起巨石，堵住洞口，然后
弯身坐下，挤取鲜奶，绵羊和咩咩叫唤的
山羊，顺次一头接着一头，随后将各自的羔崽填塞在
母腹下面。当忙忙碌碌地做完这些，他又
一把抓过两个活人，备作自己的肴餐。
其时，我手端一只常青藤木大碗，
满注着乌黑的醇酒，走向库克洛普斯身边，说道：
'拿着，库克洛普斯，喝罢我的酒浆，既然你已食罢
人肉的餐肴，看看我们载着怎样的好酒，在
我们船上。我把它带来给你，作为你祭洒的奠酒，
倘若你能可怜我的境遇，放我回家。我受不了
你的暴怒，残忍的家伙，日后谁还敢再来
造访？你的作为暴虐凶狂。'

340

"听我言罢，他接过美酒，一饮而尽，高兴得
神魂颠倒，尝了一碗的甜头，开口向我索要，说道：
'慷慨些，再给我一点；告诉我你的名字，赶快，

以便让我给你一份待客的礼物，快慰你的心房。
不错，库克洛佩斯人盛产谷物的田野亦可生产
大串的葡萄，酿出醇酒——宙斯的降雨使它们熟甜，
但你的佳酿取自仙界的食物和神用的奈克塔耳。'

360　　"他言罢，我复又给他一份闪亮的醇酒。
一连三次，我为他添送，一连三次，他大大咧咧地把
酒喝得精光。当酒力渗入库克洛普斯的心智，
我开口对他说话，言语中饱含机警：
'库克洛普斯，你想知道我光荣的名字，我将告诉于你，
但你得话出必果，给我一份表示友谊的送礼。
我叫无人，人们都这般称我，
我的父亲、母亲和所有的朋宾。'

"我言罢，他当即答话，心里不带怜悯：
'这么说来，我将把无人放在最后吞食，
我将先吃你的伙伴——这便是我的赏物，给你的赠礼！'

"言罢，他仰面倾倒，肩背撞地，
粗壮的脖子僵硬地歪向一边，所向披靡的睡眠
已把他抓拿，使他就范。他噎出喷涌的酸酒，从他的喉管，
带着人肉的块件；他醉了，呕吐在昏睡间。
其时，我把棍段捅入厚厚的柴灰，
使之升温加热，出言鼓励所有的
伙伴，要他们免去惊怕，不要退避躲闪。
当橄榄木段热至即将起火的温点，
尽管颜色青绿，发出可怕的光闪，
380　我就近拔出树段，使其脱离火花；伙伴们站在
我的身边。某位神明在我等心中注入了巨大的勇力。

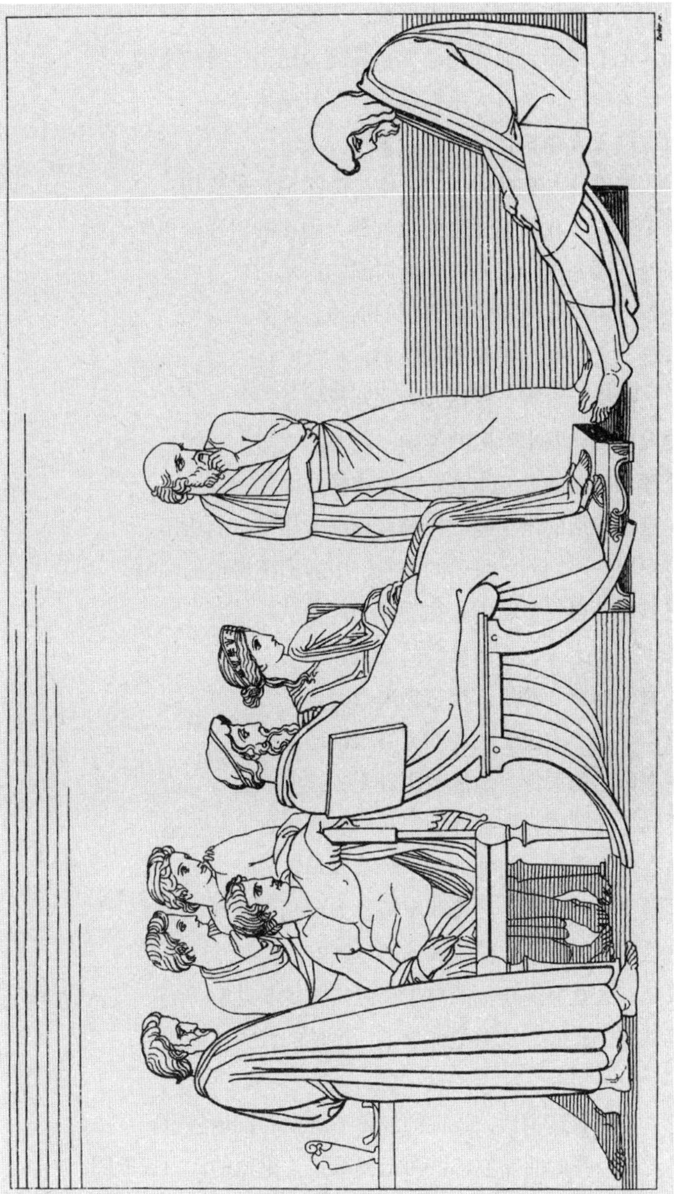

他们手抓橄榄木段,挺着劈削出来的尖端,
捅入他的眼睛,而我则运作在高处,压上全身的重力,
拧转着树段,像有人手握钻器,穿打船木,
而他的工友则协作在下面,紧攥皮条,
旋绞着钻头,在两边出力,使之深深地往里咬切;
就像这样,我们抱住尖头经过烈火硬化的树段,扭转
在他的眼睛里,沸煮着入点周围的血水,
蹿着火苗的眼球烫烧着眼眶的周边,焦炙着眉毛
眼睑,火团裂毁了眼睛的座基。
像一位铁匠,将一锋巨大的砍斧或扁斧
插入冷水,发出咝咝的噪响,经此淬火
处理,铁器的力度增强;就像这样,
库克洛普斯的眼里咝咝作响,环围着橄榄木的树干。
他发出一声剧烈、可怕的号叫,山岩回荡着他的呼喊,
把我们吓得畏畏缩缩,往后躲闪。他从
眼里拔出木段,带出溅涌的血浆,
发疯似的撩开双手,把它扔离身旁,
竭声呼喊,求援于他的库克洛佩斯同胞,

400 住在邻里的洞穴,多风的山脊上。
听到他的呼喊,他们蜂拥着从四面赶来,
站在洞穴周围,问他遇到了什么麻烦:
'出了什么事情,波鲁菲摩斯?为何呼天抢地,
在这神圣的夜晚,惊扰我们的睡眠?
敢是有人竟然逆走你的意志,赶走你的羊儿?
敢是谁个胆大,试图把你杀了,用他的武力或欺骗?'

"听罢这番话,强健的波鲁菲摩斯在洞内答道:
'无人,我的朋友们,试图把我杀了,用他的武力或欺骗。'

"听他言罢,他们开口答道,用长了翅膀的话语:
'倘若没有人欺你孤单,对你行凶动武,那么,
你一定是病了——此乃大神宙斯的送物,难以避免;
最好祈告你的父亲,请求王者波塞冬帮援。'

"言罢,他们动身离去;我暗自发笑,
心里高兴,庆幸我的名字和周全的计划把他们欺骗。
其时,库克洛普斯高声吟叫,出于揪心的疼痛,
伸手触摸,抱住石头,移开门户,
坐在出口之中,摊开双手,准备
抓住任何试图混随羊群,逃出洞穴的人们,
以为我会如此愚蠢,做出此番举动,
岂不知我正在计谋设想,争取最好的结果, 420
打算想出某种办法,使我和我的伙伴们
逃避死亡,使出我的每一分才智,每一点灵黠,
在这生死存亡的关口,巨大的灾难正显现在我们面前。
我冥思苦想,觉得此举佳妙。洞里
有一些公羊,雄性的绵羊,饲养精良,相貌壮伟,
体形硕大,毛层屈卷厚实,黑得发亮。
我悄悄地把公羊拢到一块,用轻柔的柳枝捆绑,
取自魔怪般的库克洛普斯,无法无天的家伙,通常睡觉的
地方,把它们绑连起来,三头一组,让中间的公羊怀藏
一位伙伴,另两头公羊各站一边,保护藏者的安全。
每三头公羊带送一人,而我自己,选中了另一头
公羊,羊群中远为出色的佼杰,
逮住它的腰背,缩挤在腹下的毛层,
静静地躺倒不动,以坚忍的意志,双手
抓住油光闪亮的毛卷,紧攥不放。
就这样,我们忍着悲痛,等待着神圣的黎明。

"当早起的黎明重现天际,垂着玫瑰红的手指,
公羊们急急忙忙地拥出洞口,走向草场,而
母羊们却等着压挤,垂着鼓胀的奶袋,似乎濒于破裂,
在羊圈里咩咩叫唤。与此同时,它们的主人正遭受剧痛的
折磨,触摸着每头羊的脊背,趁着后者行至他面前,
略作暂停的间息,但却不曾想到——这个愚蠢的家伙——
我的伴友一个个出逃,紧贴在毛层厚密的公羊腹下。
羊群中,大公羊最后行至洞口,迟缓于
卷毛的分量,我的体重和绵密的智囊。
强健的波鲁菲摩斯抚摸着公羊,说道:
'今天,亲爱的公羊,你为何落在最后,
迟迟行至洞口?以前,你可从来不曾跟走在
羊群后头,而是迈着大步,远远地走在前面,
牧食青绿的嫩草,抢先行至湍急的河边,
第一个心急火燎地赶回圈舍,在夜色降临的
时候。现在,你却落在最后。或许,你在替主人伤心,
为他的眼睛?一个坏蛋,先用美酒昏醉了我的心智,
然后偕同那帮歹毒的伙伴,捅出了我的眼珠,
那个无人,我发誓,还没有躲过死的惩贷!
但愿你能像我一样思考,开口说话,
告诉我那家伙躲在哪里,藏避我的暴怒,
我将即刻把他砸个稀烂,在这地表之上,让他
脑浆飞溅,涂满洞内的每一个地方,以此轻缓我痛苦的
心灵,一无所用的无人带给我的祸殃。'

"言罢,他松开公羊,让它走开。当我们
逃出一小段距离,去离庭院和山洞不远,
我自己先从羊腹下脱出身来,然后松开绑索,让伙伴们
下来,频频回首张望,迅速赶起

长腿的群羊,垂着大块的肥膘,拢至我们的
船边。眼见我们躲过死亡,安然归来,亲爱的
伙伴们兴高采烈,但马上转喜为忧,哭悼死去的同伴,
无奈我不让他们出声,织皱的眉毛使每一个人
停止哭泣,命嘱他们赶快动手,将毛层屈卷的
肥羊装上海船,驶向咸涩的大洋。
众人迅速登船,坐入桨位,以
整齐的座次,荡开船桨,击打灰蓝色的海面。
当我们离岸的距离,远至喊声及达的边围,
我放声嘲骂,对着库克洛普斯呼喊:
'你想生食他的伙伴,库克洛普斯,凭你的强蛮粗野,
在深旷的岩洞,现在看来,此人可不是个懦夫弱汉!
暴虐的行径已使你自食其果,毫无疑问,
残忍的东西,竟敢吞食造访的客人,在
自己家里。现在,你已受到责惩,被宙斯和列位神明!'

"听我言罢,库克洛普斯的心里爆出更猛的怒气, 480
扳下大山上的一面石峰,挥手掷来,
落在乌头海船前面,几乎擦着
舵桨的边沿,只差那么一点,
落石掀起四溅的水浪,
激流推扫着船儿,硬把我们
从海面冲向陆岸,几乎搁上滩沿。
其时,我抓起一根长杆,推船
离岸,出言鼓励伴友,点动
我的脑袋,要他们拼出全身力气,划离
死亡的威胁,众人俯身桨杆,猛划向前。
然而,当我们跑出离岸两倍于前次的距离,
我又打算高声呼喊,嘲骂库克洛普斯,尽管伙伴们

出言劝阻，一个接着一个，用温柔的话语：
'粗莽的人儿，为何试图再次诱发那个野蛮人的愤怒，
他刚才投来的那峰岩石，击落海中，把我们的
木船逼回岸边，使我们想到必死无疑的大难。
那时，倘若让他听见有人呼喊，哪怕只是一句话言，
他便会砸烂我们的脑袋，捣碎我们的船板，
用一方巨大凶莽的石块；他的投力就有那般强健！'

500　　"他们如此一番劝告，却不能说动我豪莽的心灵；
我满怀一腔愤怒，高声叫喊：
'今后若有哪个凡人问你此人是谁，库克洛普斯，
把你弄瞎，弄得这般难堪——告诉他，
捅瞎你眼睛的是我奥德修斯，城堡的荡击者，
居家伊萨卡，莱耳忒斯的儿男！'

"听我言罢，他出声悲叹，开口说道：
'哦，我的天！昔时的预言今天得以兑现！
这里曾经有过一位卜者，一个好人，高大强健，
忒勒摩斯，欧鲁摩斯之子，卜占比谁都灵验，
在库克洛佩斯人中活到晚年。此人告我
眼下发生的一切必将在某一天兑现，而我
则必将失去视看的眼睛，经由奥德修斯的手力。
但我总在防待某个英俊的彪形大汉，
勇力过人，来到此间，却不料
到头来了个小不点儿，一个虚软无力的侏儒，
先用醇酒把我灌醉，然后捅瞎我的
眼睛。过来吧，奥德修斯，让我给你一份客礼，
催请光荣的裂地之神，送你安抵家园，
因为我乃他的儿子，而他则自称是我的亲爹。

他可亲手治愈我的眼睛,只要愿意,其他幸福的 520
神明,或是什么凡人,谁都不行。'

"他言罢,我开口答话,说起:
'但愿我能夺走你的魂息,结果你的性命,
把你送往哀地斯的府居,就像知晓即便
是裂地之神亦不能替你治愈瞎眼一样确凿不移!'

"我言罢,他开口祈祷,对王者
波塞冬,举手过头,冲指多星的天空:
'听我说,环绕大地的波塞冬,黑发的神仙,
倘若我确是你的儿子,而你承认是我的父亲,
那么,请你允诺:绝不让奥德修斯,城堡的荡击者,
居家伊萨卡的莱耳忒斯之子,回返家园!
但是,倘若他命里注定可见亲朋,
回到营造坚固的房居,他的国度,也得
让他迟迟而归,狼狈不堪,痛失所有的伙伴,
搭坐别人的海船,回家后遭受悲难!'

"他如此一番祈祷,黑发的神明听到了他的声音。
其时,库克洛普斯举起顽石,体积远比第一块硕大,
转动身子,猛投出手,压上的力气大得难以估计;
巨石掉在乌头海船后面,几乎擦着
舵桨的边沿,只差那么一点, 540
落后掀起四溅的水浪,激流
冲搡着木船,硬把我们推向海滩。
就这样,我们回到那座海岛,滩边停等着
其余凳板坚固的海船,聚在一块,伙伴们围坐
船边。心情悲哀,盼望我们回归,等了好长时间。

及岸后，我们驻船沙面，
足抵浪水拍击的滩沿，傍临大海，赶出
库克洛普斯的肥羊，从深旷的海船，
分发了战礼，尽我所能，使人人都得到应得的份额。
分羊时，胫甲坚固的伙伴们专门给我留出
那头公羊，我把它祭献给王统一切的宙斯，
克罗诺斯汇聚乌云的儿子，在那沙滩之上，
焚烧了腿肉，但大神不为所动，
继续谋划如何摧毁我们所有凳板
坚固的海船，连同我所信赖的伙伴。

"就这样，我们坐着吃喝，直到太阳落沉，
整整痛快了一天，嚼着吃不尽的羊肉，喝啜酒的香甜。
当太阳下落，神圣的黑夜把大地蒙罩，
我们平身睡躺，在长浪拍击的滩沿。然而，
560　当早起的黎明，垂着玫瑰红的手指，重现天际，
我出言催励，要伙伴们上船，
解开船尾的缆索，众人
迅速登船，坐入桨位，以
整齐的座次，荡开船桨，击打灰蓝色的海面。
从那儿出发，我们继续向前，庆幸逃离了死亡，
虽然心中悲哀，怀念死去的战友，亲密的伙伴。"

第十卷

"其后，我们来到埃俄利亚岛，埃俄洛斯居住的
地方，希波塔斯之子，受到永生神明的钟爱；
那是一座浮动的岛屿，四周铜墙
围栏，坚不可破，由险峻的绝壁支撑。
他有十二个孩子，生活在宫居里，
六个女儿，六个风华正茂的儿子；
他把女儿婚配儿子，作为他们的妻床。
日复一日，他们食宴在心爱的父亲和雍贵的
母亲身边，美味的食物多得难以数计，堆在他们前面。
白天，宫居里充溢着烹食的奇香，响声飘回在
庭院的空间；夜晚，他们躺在温柔的妻子身边，
盖着织毯，就着绳线穿绑的睡床。
我们来到这座城市，走入精美的房居，
埃俄洛斯盛情款待我们，整整一月，问了许多问题，
关于伊利昂，阿耳吉维人的海船和阿开亚人的回归；
我详细回答了他的问话，讲述了战争的全过程。
其后，当我问及是否可继续回航，并请他提供
便利时，他满口答应，表示愿意帮忙。
他给我一个袋子，用料牛皮，取自一头九岁的壮牛，
它的躯体，内灌呼啸的疾风，奔走各个方向—— 20
克罗诺斯之子让他掌管风势，
或吹或止凭他的意愿，由他定判。
他将皮袋放上深旷的海船，用一根银绳

封绑,不使有所跑泄,哪怕只是一丁点儿。
但他放过了泽夫罗斯[①],使其助我归程,
推送海船和船上的人们,可惜事情注定不能
以此结果,我们的愚蠢使自己惨遭毁灭。

"一连九天,我们行船向前,日以继夜,
到了第十天上,终于见着了故乡的廓形,
离城已十分贴近,可以眼见人们添拨柴火的情景。
其后,甜美的睡眠爬上我的眉梢;我已精疲力竭,
总在亲自操掌帆的缭绳,不愿把此事交托
伙伴,以便使大家能够尽快返回
故里。但是,伙伴们却趁此机会,开始议论,
说我藏带金银,准备运往自己家中,
得之于希波塔斯之子、心志豪莽的埃俄洛斯的赠送。
这时,有人望着他的近邻,说道:
'瞧瞧这个人儿,不管身临哪座城市,哪片国土,
都会受到城民的尊敬,每个人的爱慕!

40 他从特洛伊掠得珍贵的财宝,带着回返,
而我们,虽然也经历了同样的航程,
但却两手空空,面对家乡就在眼前。
现在,埃俄洛斯,出于友爱,又给了他这些财富,
让我们快快瞥上一眼,看看袋里装着什么,
有多少黄金,多少白银,藏挤在里面。'

"他们如此说道,歪逆的建议得到众人的赞同,
于是打开皮袋,各种疾风随之冲泻出来,
转瞬之间,风暴把他们扫向海面,任凭他们

---

① 泽夫罗斯:即西风。

流泪哭泣,扫离自己的家园。其时,我从睡中醒来,
开始思考行动的择选,在坚忍豪迈的心间,
是跳船入海,送命浪尖,还是
静静地忍受等待,继续和活人作伴。
我坚持忍耐,用披篷盖住头脸,躺倒
船面;凶狠的风暴把船队刮回
埃俄利亚岛滩,伴随着伙伴们哀楚的叫唤。

"我们在那里登陆,提取清水,
伙伴们动作利索,在快船边吃用晚餐。
当吃喝完毕,我便带着
一位信使和一名伙伴,前往
埃俄洛斯著名的房殿,见他
正在进用晚餐,由妻子和孩子们陪伴。
我们走进宫居,傍着房柱,在门槛上
下坐,他们惊奇地望着我们,问道:
'你是怎么回来的,奥德修斯?碰上了什么邪毒的神力?
我们曾把你送走,置备得妥妥帖帖,使你回返
故土,你的家园,或任何你想要去的地点。'

"他们言罢,我忍着心头的悲痛,答道:
'这群该死的伙伴毁了我,连同那该受诅咒的
睡眠。帮我们一把,亲爱的朋友,你们有这个能耐。'

"我如此一番说告,用了动听的词藻,
但他们全部沉默不语,只有父亲一人开口说道:
'马上离开我的海岛,世间最邪毒的人们!
我不能赞助或帮送任何凡人,
倘若他受到幸福神明的痛恨。

滚吧,你的回返表明,你受到不死者的烦愤!'

"言罢,他把我遭出宫门,哪怕我高声吟唤。
从那儿出发,虽然心里悲苦,我们继续行船向前;
充满痛苦的桨摇耗尽了我们的心力,
都怪我们愚蠢,失去了和风的送推。

80　　"尽管如此,我们行船向前,一连六天,日以继夜,
到了第七天上,抵达一个陡峭的去处,拉摩斯的城堡,
莱斯特鲁戈奈斯人怪的忒勒普洛斯——在那里,赶着羊群
回归的牧人招呼赶着羊群出牧的同行,并接受后者的问候;
在那里,一个牧人,不事睡眠,可以挣得双份的工酬,
一份得之于放牧牛群,另一份得之于看管闪亮的羊群,
因为白天和黑夜离得很近,前者紧接着后者到来。
我们驱船进入一座良港,两边是峰指
天穹的巉壁,绝无空断之处,
边口耸立着两道突岩,石顶
对着峰面,掩着一条狭窄的入口。
伙伴们全都划着弯翘的海船,由此入内,
一条挨着一条,泊挤在深旷的
港湾,内中风平浪静,既无
巨涛,亦无微波,四周里一片清明静寂。
然而,我却独自将黑船停在口外,
傍着岩岸,牵出缆绳,牢系于石壁,
爬上一个粗皱的峰面,举目观望,双腿直立,
既不见牛耕的沟影,也不见人手劳作的痕迹,
只有一缕徐袅的青烟,升起在荒野。于是,
100　我遭出一些伙伴,探访向前,要他们弄清
这里可能住着何样的生民,吃食面包的凡胎;

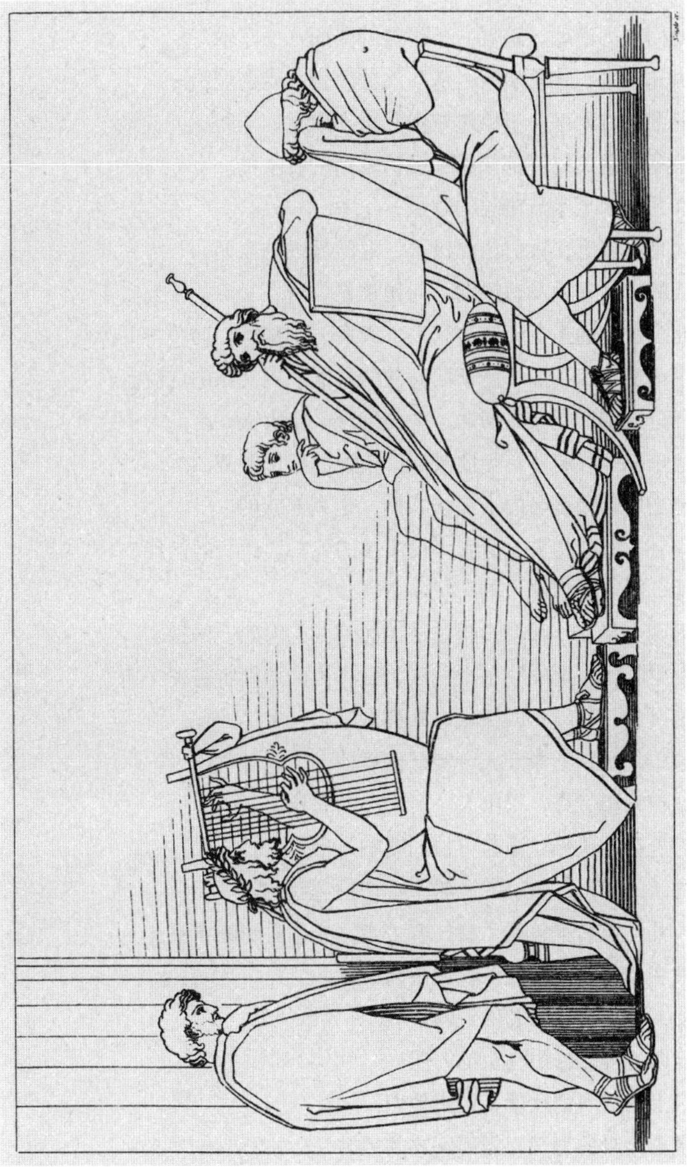

我选出两人,另有第三位去者,作为报信的角儿。
他们走离海船,踏着一条平整的路面——车辆
由此下来,拉着木料,从高耸的冈峦,走向城沿——
遇到一位姑娘,于路边城前,正在取水,
莱斯特鲁戈尼亚部族的安提法忒斯的壮实的
女儿,来至水流清甜的甘泉,
阿耳塔基厄,人们由此汲水,返回城中的家园。
我的人站在她身边说话,问她谁是
此地民间的王贵,统治这一方人民。她随即
举手指点,指向一所顶面高耸的宫居,她父亲的房院。
当进入那座光荣的房居,他们发现一个女人,
像山峰一样粗圆;见此景状,使他们心惊胆战。
她当即召唤著名的安提法忒斯,走离部族的
集会,她的丈夫,后者谋设凄惨的死亡,给我的同伴。
他一把夺过伙伴中的一员,备作食餐,
另两人见状,吓得拔腿逃还,回到我的海船。国王
发出呼喊,遍响在整个城区,强有力的莱斯特鲁戈奈斯
部民闻讯出动,四面八方蜂拥而来,
数千之众,不像凡人,实是巨怪,
站在峰崖旁边,扔出人一般大小的石块,
对着我的伙伴,激起可怕的嘈响,出自
被杀的船员,被砸的海船。他们挑起我的
人儿,像一串鱼鲜,肩扛着带走,充作昏晦的食餐。
就在他们杀入水流深森的港湾之际,
我从胯边拔出锋利的铜剑,
砍断缆绳,松出乌头的海船,
马上招呼我的伙伴,催励他们
拼出全身的力气,划离灾亡的威胁,
后者荡桨水面,奋勇搏击,出于对死的惧见。

值得庆幸的是，我的海船，只有我的那条，冲出了
拱悬的巉壁，驶向大海；其他的全都葬毁港湾。

　　"从那儿出发，我们继续向前，庆幸逃离了死亡，
虽然心中悲哀，怀念死去的战友，亲密的伙伴。
我们来到埃阿亚，一座岛屿，上面住着
发辫秀美的基耳凯，可怕的女神，通讲人话，
心地歹毒的埃厄忒斯的姐妹，
同是光照人间的赫利俄斯的孩子，
生母乃裴耳塞，俄开阿诺斯的女儿。
我们在那儿悄悄靠岸，驾着海船，　　　　　　　　　　140
进入适宜停泊的港湾，凭借某位神明的指点。
我们踏上滩沿，弯身睡躺，一连两天两夜，
痛苦和疲倦揪碎了我们的心怀。
但是，当发辫秀美的黎明送来第三个白天，
我终于得以提起枪矛和锋快的铜剑，
快步跑离船边，直奔登高瞭望之点，
寻觅凡人生息劳作的示迹，察听他们的话言。
我爬上一个粗皴的峰面，举目瞭望，双腿直立，
但见一缕青烟，袅绕在基耳凯的家院，
从广阔的大地升起，穿过灌木，透出林间。
见此情景，我开始斟酌盘算，在我的心魂里面：
既然已见柴火青烟，我是否可前行探访一番。
两下比较，觉得此举佳杰：
先回我的快船，回到海滩，让我的
伙伴吃上一顿食餐，然后遭出他们，侦访向前。
然而，在回返的路上，当我接近弯翘的海船，
某位神明，见我孤身一人，心生怜悯，
送来一头巨大的公鹿，顶着冲指的叉角，出现在

我的面前，刚从林中下来，前往河边
160　喝水——太阳的曝晒驱使他向前。
　　　当他从河边上来，我出手击入他的中背，脊骨的
　　　旁边，青铜的枪尖深扎进去，将他透穿，
　　　后者嘶叫着扑倒泥尘，魂息飘离他的躯干。
　　　我一脚踹住大身，拧拔出青铜的枪矛，从
　　　捅出的伤口，将他放躺在地面，动手
　　　拔来些树枝柳条，织出一根绳索，
　　　约有一咛长短，仔细地从一头编拧至另一头的根端，
　　　然后抓起巨兽的四脚，捆绑起来，
　　　扛上肩背，绕着脖圈，回返乌黑的海船，
　　　撑拄着我的枪杆——须知此兽十分庞大，
　　　仅凭一肩一手之力，绝难把他搬抬。
　　　我走回城边，扔下猎鹿，招聚我的伙伴，
　　　站在每个人身边，对他说话，用和善的语言：
　　　'尽管伤心，我的朋友们，我们还不至就此坠入
　　　哀地斯的府居，命定的死期还没有临来。
　　　来吧，快船里还有我们的吃喝，让
　　　我们填饱肚子，抗拒饥饿的磨煎。'

　　　"听我言罢，众人立即行动，
　　　撩开蒙头的衣物，在那苍茫大海的边沿，
180　凝望着眼前的公鹿——此鹿确实大得非同一般。
　　　当带着赞慕之情，饱享了眼福后，
　　　他们洗净双手，开始整备丰美的肴餐。
　　　我们坐着吃喝，直到太阳西沉，整整
　　　痛快了一天，嚼着吃不尽的烤肉，喝着香甜的美酒。
　　　当太阳下落，神圣的黑夜把大地蒙罩，
　　　我们平身睡躺，在长浪拍击的滩沿。然而，

当早起的黎明,垂着玫瑰红的手指,重现天际,
我召开了一次集会,对众人说道:
'听着,我的伙伴们,虽然你们遭受了磨难!
亲爱的朋友们,眼下,我们不知黎明何在,黄昏的
去踪,亦不知普照人间的太阳从何升起,从何
下落。让我们赶快开动脑筋,想想是否
还有救药的办法——我们已山穷水尽,依我之见。
我曾爬上一块粗皱的峰面,登高瞭望,
发现我们置身海岛,四周环围着无垠的咸水,
岛上地势低洼,但我眼见一缕青烟,
从岛内中部升起,穿过灌木,透出林间。'

"我如此一番说告,破碎了他们的心灵,
回想起莱斯特鲁戈尼亚部族的安提法忒斯的作为,
以及生食人肉的库克洛普斯的残暴,心志粗莽的人怪, 200
不禁高声尖叫哭号,淌着大滴的眼泪,
但此般悲戚,不会给他们带来收益。

"其时,我把胫甲坚固的伙伴们分作
两队,指定了各队的首领,由我带领
一队,让神样的欧鲁洛科斯管带另一半兵丁。
我们随即摇起阄块,用一顶铜盔装容,
心志豪莽的欧鲁洛科斯的那个蹦出盔盖。
于是,他动身出发,带着二十二名伴友,
哭哭啼啼,而我等留守原地的人亦以哭声送别。
在一片林中的谷地,他们行至基耳凯的住所,
取料磨得溜光的石块,座立在一片空旷之处,
四周漫游着许多狮子和山上的灰狼,
已受女神魔服,吃了凶邪的迷药。

眼见他们前来，野兽不曾进攻，而是站立起来，
做出亲昵之状，摇动粗长的尾巴，
像跑迎讨好主人的犬狗，见他外宴
归来，总是带着一些食物，使它们心欢；
就像这样，臂爪粗壮的狼和狮子前来奉承
讨好他们，但伙伴们心里害怕，眼见这帮可怕的兽类。
220 他们站在发辫秀美的女神的大门前，
耳闻屋里甜美的声音，基耳凯的歌唱，
其时正往返穿梭，沿着一幅宽大、永不败坏的织物，
女神的手工，细密、精美、闪出烁烁的光彩。
其时，波利忒斯，民众的首领，我的
朋友中最忠诚、最亲密的一位，开口对众人说道：
'朋友们，里面有人往返穿梭，沿着一幅硕大的织物，
唱着动听的歌曲，回传在此间的每一个角落，许是
一位凡女，亦可能是一位女神；来吧，让我们对她呼喊。'

"听罢这番话，众人放开嗓门，高声呼喊，
女神当即打开闪亮的门户，出来召请
他们入内，后者纯朴无知，全都随她而去，
惟有欧鲁洛科斯例外，怀疑此事有诈，不敢近前。
基耳凯把他们引到里面，在靠椅和凳椅上就座，
调制好饮料，用普拉姆内亚美酒，加入
大麦、奶酪和淡黄色的蜂蜜，拌入
邪迷的魔药，使他们饮后忘却自己的乡园。
她递出饮料，供他们食用后，举起
一根棍棒，击打屋里的人们，把他们赶入猪圈，
使其变成猪的形貌，袭取猪的头脸，猪的声音，
240 竖顶猪的鬃毛，但人的心智不变，照旧依然。
他们跑入猪圈，放声哭叫；基耳凯

丢下橡子以及山毛榉和山茱萸的果实,
睡躺泥地的猪的饲料,它们常吃的食餐。

"欧鲁洛科斯跑回乌黑的快船,
传告伙伴们的遭遇,凄苦的命运,虽然
试图说话,但却发不出声来,
心中已遭受伤愁的重击,两眼
泪水汪汪,一心只想痛哭举哀。
我们惊望良久,开口发问,终于,
他说出话来,讲述痛失伴友的经历:
'按你的嘱告,光荣的奥德修斯,我们穿走丛林,
发现一座精美的住房,在幽谷之中,
取料磨得溜光的石块,矗立在一片空旷之处。
有人正往返穿梭,沿着一幅巨大的织物,不知是女神,
还是凡间的女子,放开清亮的嗓门。伙伴们呼唤,
对她说话,房主当即打开闪亮的大门,出来招请
他们入内,后者纯朴无知,全都随她而去,
惟我一人例外,怀疑此事有诈,不敢近前。
其后,他们全都消失殆尽,谁也不曾
出来,虽然我在那里坐望良久,耐心等待。' 260

"听罢这番话,我挎起柄嵌银钉的
硕大的铜剑,在我的肩头,挂上射弓,
命他循着原路,带我前行,但
他伸出双手,抱住我的膝盖,出言恳求,
号啕中吐出长了翅膀的话语,对我说道:
'不要违背我的意愿,宙斯哺育的人儿,把我带往那边!

"让我留在这儿。我知道,你不能带回伙伴,连你自己

也不得回返。让我们赶快,带领所剩的朋伴,
就此离开;我们仍可躲避末日的凶邪!'

"他言罢,我开口答话,说道:
'欧鲁洛科斯,你可呆留此地,吃喝一番,
傍着深旷的黑船,我将独自
前往,这是我的义务,我顶着巨大的压力。'

"言罢,我从船边出发,走离海滩。
然而,当我循着静谧的林谷走去,接近
精通药理的基耳凯宽大的房居,
持用金杖的赫耳墨斯走来和我见面,
离着房院的门前,以一位青年男子的模样,
留着头茬的胡子,正是风华最茂的岁月,
280 握住我的手,出声呼唤,说道:
'去哪呀,不幸的人儿,孤身一人,穿走荒野山间,
陌生的地界?你的朋友已落入基耳凯手中,
以猪的形面,关在紧围的栏圈——
你来到此地,打算把他们救还?告诉你,
你将脱身不得,和他们聚首作伴。
不过,我会使你免受欺害,救你出来。
拿着这份神奇的妙药,带在身边,前往基耳凯的
房殿,它会使你避过今天的凶邪。现在,
我将告诉你基耳凯的手段,全部歹毒的欺变。
她会给你调出一份饮料,将魔药拌入其间,
但她无法使你变形,我将给你这份良药,可使
你抵防她的狡黠。让我告你如何行事,所有的一切。
当基耳凯准备击打,举起长长的杖杆,
你要马上抽出利剑,从你的胯边,

猛扑上去,仿佛想要把她杀害。
她会感到害怕,邀你和她同床寝睡。
其时,你不可拒绝女神的厚爱,倘若
你想使她放还伙伴,善待你的一切。
但要让她立发庄重的誓言,以幸福的神祇的名义,
保证不再谋设新的恶招,使你受害。否则, 300
趁你赤身露体,她会抽去你的勇力,碎毁你的阳健。'

"言罢,阿耳吉丰忒斯给我那份奇药,
从地上采来,让我看视它的形态,
长着乌黑的茎块,却开着乳白色的花儿,
神们叫它'魔力',凡人很难把它
挖起,但神明却没有做不到的事儿。

"其时,赫耳墨斯离我而去,穿过林木葱郁的海岛,
回程俄林波斯的峰巅,而我则走向基耳凯的
家居,心潮起伏,随着脚步腾颠,
行至发辫秀美的女神的门前,
高声呼喊,双腿直立;女神闻讯
打开闪亮的门户,出来招请我
入内,我亦随她进去,带着极大的愤烦。
她让我下坐一张做工精致的靠椅,
嵌铆着绚丽的银钉,前面放着脚凳。
她为我调出一份饮料,在一只金杯里面,
怀着恨毒的心念,拌入魔药,
递送与我,见我饮后不变形态,
举杖击打,开口说话,出声呼唤:
'滚去你的猪圈,和他们躺在一起,你的伙伴!' 320

199

"听她言罢，我抽出利剑，从我的胯边，
猛扑上去，仿佛想要把她杀害，
但她尖叫一声，弯腰跑来，抱住我的膝盖，
放声哭喊，对我说道，用长了翅膀的话语：
'你是谁，你的父母又是谁？来自哪个城市，双亲在哪里？
你喝了我的魔药，居然不曾变形，此事使我惊异。
别人谁也挡不住我的药力，
只消喝下肚去，渗过他的齿隙，
你的心灵魔力不可侵袭。如此看来，
你定是奥德修斯，聪颖敏睿的人杰。持用金杖的
阿耳吉丰忒斯总是对我说告，告说你的到来，
从特洛伊回返，带着乌黑的海船。
来吧，收起你的铜剑，插入鞘内，让
咱俩前往睡床，躺倒做爱，在
欢爱的床笫，或许可建立你我间的信赖。'

"听她言罢，我开口答话，说道：
'这可不行，基耳凯，你要我对你温存，
而你却把我的伙伴变作猪猡，在你的宫殿？
现在，你又把我缠在这边，不怀好意，
要我前往睡房，同你合欢，以便
趁我赤身露体，抽去我的勇力，碎毁我的阳健。
所以，我不愿和你同床，
除非你，女神，立下庄重的誓言，
保证不再谋设新的恶招，使我受害。'

"听我言罢，她当即起誓，按我的求愿。
当发过誓咒，立下一番旦旦信誓后，
我举步前往基耳凯精美的床边。

"与此同时，四名居家服侍基耳凯的
仙仆，开始操持忙活，在女神的宫殿。
她们是泉溪、丛林和神圣的
奔流入海的河流的女儿。她们中，
一位铺开绚美的垫布，在座椅
之上，然后覆上紫色的毛毯；
第二位搬过白银的餐桌，放在
椅前，摆上金质的食篮；
第三者调出醇香、蜜甜的美酒，用
银质的缸碗，摆出金杯；第四位
提来清水，点起熊熊的柴火，
在一口大锅下面，增热着水温。
当热腾腾的浴水沸滚在闪亮的铜锅， 360
她让我进入浴缸，从大锅里舀出澡汤，
加上凉水，调至中我心意的热点，泼淋在
我的头上，浇洗我的双肩，冲去折毁心力的疲倦，
从我的肢腿。浴毕，她替我抹上舒滑的橄榄油，
穿好衫衣，覆之以绚美的披篷，让
我下坐一张做工精致的靠椅，
嵌铆着绚丽的银钉，前面放着脚凳。
一名女仆提来瑰美的金罐，
倒出清水，就着银盆，供我们
盥洗双手，搬过一张溜滑的食桌，放在我们身边。
一位端庄的家仆送来面包，供我们食用，
摆出许多佳肴，足量的食物，慷慨地陈放，
请我们吃喝。然而，我却啥也不想食用，
坐着思考别的事情，心中忖想着凶邪的景态。

"基耳凯见我呆坐椅面，不曾

拿用食物,沉溺于强烈的悲哀,走来
站在我的身边,吐出长了翅膀的话语,对我说道:
'为何干坐此地,奥德修斯,像个不会说话的呆子,
伤心忧愁,不吃不喝,不碰食肴?
380　是否担心我会再次把你作弄?不,
别害怕——我已对你起誓,发过庄重的誓言。'

　　"她言罢,我开口答话,说道:
'告诉我,基耳凯,有哪个正直的好人能
静心尝用酒肉的甘美,不曾救出
自己的伙伴,见着他们,和他们聚首会面?
如果你诚心诚意地劝我吃喝,何不放出
他们,让我亲眼看见,重见我所信赖的伙伴。'

　　"听我言罢,基耳凯走过厅殿,
手握枝杖,打开圈门,赶出
我的伙伴,像一群九岁的肥猪。
伙伴们站在她面前,后者步入他们中间,
用另一种魔药涂抹他们的身子,那密密的
长毛,由先前的那种凶邪的药物催长,女王般的
基耳凯将它调入饮料,即时消离他们的躯干,
使其回复了人的形貌,较前更为年轻,
看来显得远为高大、俊美。他们
认出我来,一个个走近身前,抓住我的双手,
悲恸的欲望揪塞在我们心间,房居里
哭声震响,悲楚至极,就连基耳凯亦心生怜悯,
400　丰美的女神,前来站在我身边,说道:
'莱耳忒斯之子,宙斯的后裔,多谋善断的奥德修斯,
去吧,去往你的快船,回到海滩,

先可拽起木船,拖上滩岸,将
所带之物和船用的具械放入海边的洞岩,
然后转身回返,领着你所信赖的伙伴。'

"她如此一番言告,说动了我高豪的心灵。
我行往迅捷的快船,海边的沙滩,
找到受我信赖的伙伴,在快船的边沿,
面色悲苦,呜咽哭泣,淌着大滴的眼泪。
一如在那乡村之中,牛犊们活蹦乱跳,围在母牛身边,
后者方刚走离草场,回返栏圈,吃得肚皮滚圆;
小牛成群结队地奔跑,棚栏已挡不住它们
撒欢,不停地哞哞叫唤,颠跑在母亲
周围。就像这样,伙伴们见我回归,
蜂拥着跑至我的身边,流着眼泪,心中的激情使
他们感到仿佛回到了家乡,回到自己的城堡,
山石嶙峋的伊萨卡,生养和哺育他们的故园。
就这样,他们放声哭喊,对我说道,用长了翅膀的话语:
'眼见你的回归,哦,宙斯哺育的奥德修斯,我们心里高兴,
仿佛回到了伊萨卡,我们的家乡。来吧, 420
告诉我们那些人的死亡,我们的朋帮。'

"听罢这番话,我用温柔的言词回答,说道:
'让我们先拽起木船,拖上海岸,将
所带之物和船用的具械放入海边的洞岩,
然后赶回那边,所有的人们,跟我向前,
以便面见你们的伙伴,在基耳凯神圣的家院,
正在开怀吃喝;屋里的食品,他们永远吃用不完。'

"听我言罢,众人立即行动,惟有

欧鲁洛科斯试图拖阻我的伙伴，
开口说道，用长了翅膀的话语：
'嘿，倒霉的人们，我们要去哪儿？为何期盼
灾难，前往基耳凯的宫居？她会把
我们全都变成猪、狼或者狮子，
强行逼迫，让我们替她看守高大的房居，
同上次对待库克洛普斯的情况一样，伙伴们
走入他的院子，和胆大包天的奥德修斯一起——
正是此人的鲁莽断送了他们的性命！'

"他言罢，我心中思考权衡，是否要
抽出长锋的利剑，从壮实的股腿边，
440 砍下他的脑袋，掉滚在地，尽管
他是我婚连的近亲，但伙伴们
劝阻我的冲动，一个接着一个，用舒甜的话语：
'倘若愿意，宙斯养育的王者，你可下达命令，我们
将把此人留在这里，让他看守海船，
由你领头，带着我们，前往基耳凯神圣的房殿。'

"他们言罢，我们从船边出发，走离海滩，
欧鲁洛科斯亦不曾留守深旷的海船，
跟随前往，惧怕我凶暴的责言。

"与此同时，房居里，基耳凯，带着美好的意愿，
浴洗了我的伙伴，替他们抹上舒滑的橄榄油，
穿好衫衣，覆之以厚实的羊毛披篷。其时，
我等找见他们，正坐在一起，尽情吃喝，在主人的厅堂。
当两拨兵朋注目相望，认出了自己的伙伴，
眼里涌出如泉的泪水，动情的哭声在房居里回旋。

其时,丰美的女神走近我身边,说道:
'莱耳忒斯之子,宙斯的后裔,多谋善断的奥德修斯,
停止号哭吧。我也知道你们
经历了千辛万苦,在鱼群游聚的大海,
承受了各种磨难,面对敌视的人们,在干实的陆野。
现在,我要你们吃用食物,饮喝醇酒, 460
以便激起胸中的豪情,找回那种精神,
带着它,你们离开伊萨卡,离开岩石嶙峋的
故乡。眼下,你们萎靡不振,心绪颓败,
难以忘却旅途的艰难,整日里郁郁
寡欢,因为你们备受折磨,受尽了苦难。'

　　"女神如此一番言告,说动了我们高豪的心灵。
其后,日复一日,一晃便是一年,我们坐享其成,
嚼着吃不尽的烤肉,喝着香甜的美酒。
然而,当陈年临终,季节变动,
月数转移,到了白昼变长的时候,
我的可以信赖的伙伴们把我叫到一边,说道:
'该醒醒了,奥德修斯,别忘了你的故土,
倘若你命定可以得救,回抵
营造坚固的房居,回返家中。'

　　"他们如此一番言告,说动了我高豪的心灵。
我们坐着吃喝,直到太阳落沉,整整
痛快了一天,嚼着吃不尽的烤肉,喝着香甜的美酒;
当太阳下落,神圣的黑夜把大地蒙罩,
他们平身睡躺,在昏黑的房居。
其时,我前往基耳凯精美的睡床, 480
抱住她的膝盖,出言恳求,女神听见了我的声音。

我开口说话,吐出长了翅膀的言语:
'实现你的允诺吧,基耳凯;你曾答应
送我回返。眼下,我急切地企盼回家,
我的朋友们亦然;他们耗縻我的心魂,
痛哭在我面前——其时你不在我们身边。'

"听我言罢,丰美的女神立即答道:
'莱耳忒斯之子,宙斯的后裔,多谋善断的奥德修斯,
我无意留你们在此,强违你的心愿。
但你们必须先完成另一次远足,
前往哀地斯的府居,可怕的裴耳塞丰奈的豪院,
咨询塞贝人泰瑞西阿斯的灵魂,
一位双目失明的先知,心智仍然健全,
裴耳塞丰奈使他保有智辩的能力,死者中
惟一的例外,其余的只是些阴影,虚拂飘闪。'

"听罢这番话,我心肺俱裂,
坐倒床上,放声号哭,心中
想死不活,不想再见太阳的光明。但是,
当我翻滚折腾,痛哭哀号,满足了发泄的需要,
我开口答话,对她说道:
'这次远行,基耳凯,谁将做我的引导?
谁也不曾驾着黑船,去过哀地斯的房院。'

"听我言罢,丰美的女神立即答道:
'莱耳忒斯之子,宙斯的后裔,多谋善断的奥德修斯,
行船无有向导,你却不必为此担忧,
只要竖起桅杆,升起白帆,
静坐船中,让顺疾的北风推你向前。

当你坐船前行，穿越俄开阿诺斯的水流，你会
见着一片林木葱郁的滩头，来到裴耳塞丰奈的树丛，
长着高大的杨树，落果不熟的垂柳，其时，
你要停船滩头，傍着水涡深卷的俄开阿诺斯的激流，
然后徒步向前，进入哀地斯阴霉的家府。
在那里，普里弗勒格松，还有科库托斯，
斯图克斯的支流，卷入阿开荣，绕着一块
岩壁，两条轰响的河流，汇成一股水头。
到了那儿，我的英雄，你要按我说的去做。
挖出一个陷坑，一个肘掌见方，
泼下奠祭，给所有的死人，
先倒蜂蜜和羊奶，再注香甜的醇酒，
最后添加饮水，撒上雪白的大麦，　　　　　　　　520
许下诚挚的允愿，对疲软无力的死人的脑袋，
当回返伊萨卡地面，你将杀祭一头不孕的母牛，
最好的选送，在你的房宫，垒起柴垛，堆上你的财产；
此外，你将给泰瑞西阿斯奉祭一头全黑的
公羊，畜群中最瞩目的佳选。随后，
你要开口祈祷，恳求死人光荣的部族，
祭出一头公羊和一头黑色的母羊，将
羊头转向厄瑞波斯，同时撇过你的头脸，
朝对俄开阿诺斯的水流；其时，众多
死者的魂灵会跑上前来，围聚在你身边。
接着，你要催励伙伴，告嘱他们
捡起倒地的祭羊，被宰于无情的铜剑，
剥去羊皮，烧焚肉身，祈求神明，
祷告强健的哀地斯和可怕的裴耳塞丰奈；
与此同时，你要抽出胯边锋快的铜剑，
蹲坐下来，不要让虚软无力的死人的

头脸贴近血边,在你发问泰瑞西阿斯之前。
这时,民众的首领,那位先知会很快来到你身边,
告诉你一路的去程,途经的地点,
540　告诉你如何还乡,穿过鱼群游聚的大海。'

　　"基耳凯言罢,黎明登上金铸的宝座。
她替我穿上衣服,一件衫衣,一领披篷,
而她自己,海边的女仙,穿起一件闪光的白袍,
织工细巧,漂亮美观,围起一根绚美的金带,
扎在腰间,披上一条头巾。
其时,我穿走厅房,叫起我的伙伴,
站在每个人身边,对他说话,用和善的语言:
'别再卧躺床上,沉湎于睡眠的香甜。让
我们就此上路,女王般的基耳凯已告诉我要去的地点。'

　　"我如此一番言告,说动了他们高豪的心灵。
然而,我却并非一无失误,带走我的伙伴——
我们失去了厄耳裴诺耳,伙伴中最年轻的一位,战斗中
并非十分骁勇,头脑亦不够灵捷。此人
喝得酩酊大醉,离开朋伴,在基耳凯神圣的
宫居,寻觅清凉的空气,躺倒昏睡。
其后,他耳闻伙伴们行前发出的声响,还有喧杂的
话音,蓦地站立起来,压根儿不曾想到
顺着长长的楼梯走下地面,而是
一脚踏出房沿,冲栽着跌下顶面,碎断了
560　颈骨,裂离脊椎的根端,灵魂坠入哀地斯的房院。

　　"出发后,我对同行的伙伴们说道:
'你等或许以为,你们正启程回返心爱的

故园,但基耳凯已给我们指派了另一条航线,
前往哀地斯的府居,令人敬怕的裴耳塞丰奈的家院,
咨询塞贝人泰瑞西阿斯的魂灵。'

"听我言罢,他们心肺俱裂,
坐倒在地,号啕大哭,绞拔出自己的头发,
但此般悲戚,不会给他们带来收益。

"我们来到快船边沿,回到海滩,
哭哭啼啼,淌着大滴的眼泪;与此同时,
基耳凯已来过此地,将一头公羊和一头
玄色的母羊系上乌黑的海船,轻而
易举地避过我们的视线——谁的眼睛可以
得见神的往返,除非出于神们自己的意愿?"

第十一卷

"当众人来到海边,停船的地点,
我们先把木船拖入闪亮的大海,
在乌黑的船上竖起桅杆,挂上风帆,
抱起祭羊,放入海船,我们自己亦
登上船板,哭哭啼啼,淌着大滴的眼泪。
发辫秀美的基耳凯,可怕、通讲人话的女神,
送来一位特好的旅伴,顺吹的海风,兜起
布帆,从乌头海船的后面袭来;
我们调紧船上所有的索械,
弯身下坐,任凭海风和舵手送导向前。
整整一天,木船行驶在海面,劲风吹鼓着长帆,
伴随着下沉的太阳,所有的海道全都漆黑一片。

"海船驶向极限,水流浩森的俄开阿诺斯的边缘,
那里有基墨里亚人的居点,他们的城市,
被雾气和云团罩掩。赫利俄斯,闪光的
太阳,从来不曾穿透它的黑暗,照亮他们的地域,
无论是在升上多星的天空的早晨,
还是在从天穹滑降大地的黄昏,
那里始终是乌虐的黑夜,压罩着不幸的凡人。
20 及岸后,我们驻船沙面,带出
羊鲜,众人向前行走,沿着俄开阿诺斯的水边,
来到要去的位置,基耳凯描述过的地点。

"其时，裴里墨得斯和欧鲁洛科斯抓稳
祭羊，我从胯边拔出锋快的铜剑，
挖出一个陷坑，一个肘掌见方，
泼下祭奠，给所有的死人，
先倒蜂蜜和羊奶，再注入香甜的醇酒，
最后添加饮水，撒上雪白的大麦，
许下诚挚的允愿，对虚软无力的死人的脑袋，
当我回返伊萨卡地面，我将杀祭一头不孕的母牛，
最好的选送，在我的宫居，垒起柴垛，堆上我的财产；
此外，我将给泰瑞西阿斯奉祭一头全黑的
公羊，畜群中最瞩目的佳选。
作过祀祭，诵毕祷言，恳求过
死人的部族，我抓起祭羊，割断脖子，
就着地坑，将浓黑的羊血注入洞口，死人的
灵魂冲涌而来，从厄瑞波斯地面，
有新婚的姑娘，单身的小伙，历经磨难的老人，
鲜嫩的处女，受难的心魂，苦受愁哀，
还有许多阵亡疆场的战士，死于铜枪的   40
刺捅，仍然披着血迹斑斑的甲衣。
死人的魂灵飘涌而来，从四面八方，围聚坑沿，
发出惊人心魂的哭叫，吓得我彻骨心寒。
其时，我催励身边的伙伴，告嘱他们
捡起祭羊，被宰于无情的铜剑，
剥去羊皮，烧焚肉身，祈告神明，
祷言强健的哀地斯，受人敬怕的裴耳塞丰奈；
与此同时，我抽出胯边锋快的劈剑，
蹲坐下来，不让虚软无力的死人的
头脸贴近血边，在我发问泰瑞西阿斯之前。

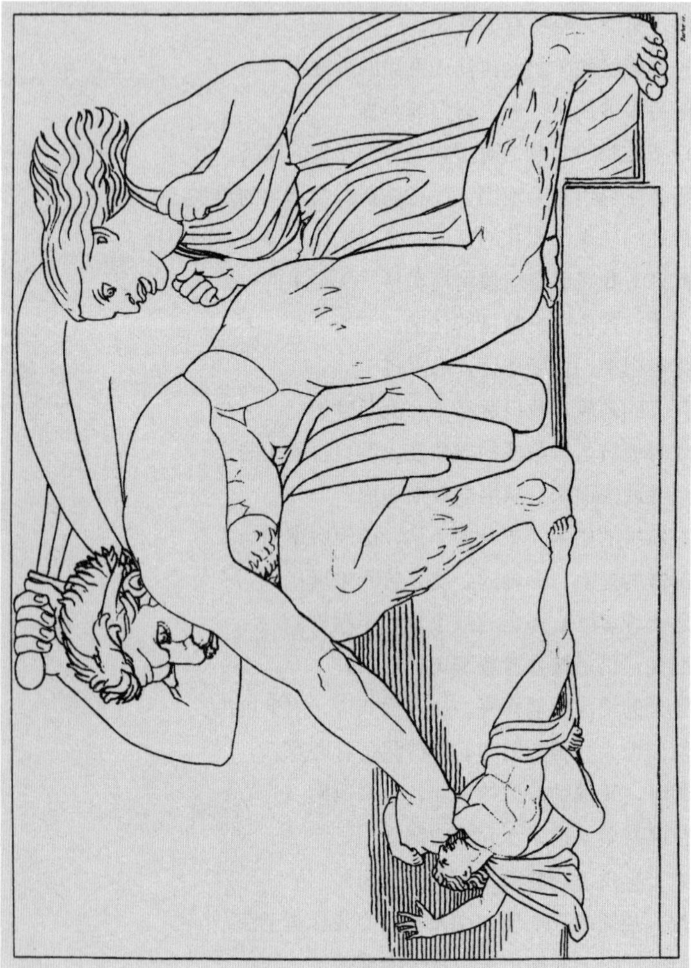

"首先过来的是我的伙伴,厄尔裴诺耳的灵魂,
因他还不曾被人收葬,埋入旷渺的地野——
我们留下尸体,在基耳凯的宫院,
不曾埋人,不曾哭念,忙于应付这项使命前来。
眼见此般景状,我潸然泪下,心生怜悯,
开口说话,用长了翅膀的语言:
'厄尔裴诺耳,你如何来到此地,穿过昏黑的雾团?
你步行前来,却比我快捷,乘坐我的黑船。'

"听我言罢,他出声悲叹,说道:
'莱耳忒斯之子,宙斯的后裔,多谋善断的奥德修斯,
某种凶邪的神力和过量的豪饮使我迷醉,
躺倒在基耳凯的房顶,压根儿不曾想到
顺着长长的楼梯走下地面,而是
一脚踏出屋沿,冲栽着跌下顶面,碎断了
颈骨,裂离脊椎的根端,灵魂坠入哀地斯的房院。
现在,我要对你恳求,以留居家中,不在此地的人们的名义,
以你的妻子、父亲——他把你养大,在你幼小之时——
还有忒勒马科斯的名义,你的独子,留在宫中,
因我知道,当离开此地,离开哀地斯的家府,
你会停驻制作坚固的航船,在埃阿亚海岛,
到那以后,在那个时候,我的王爷,我求你把我记住,
不要弃我而去,不经埋葬,不受哭悼,
启程回返:小心我的诅咒给你招来神的责惩。
你要把我就地火焚,连同我的全部甲械,
垒起一座坟茔,在灰蓝色大海的滩沿,
纪念一位不幸的凡人,使后世的人们知晓我的踪迹。
替我做下这件事情,还要把我的船桨置放在坟堆上面,
那是我生前划船的用具,偕同我的伙伴。'

60

"听他言罢,我开口答话,说道:
80　'我会妥办所有这些,不幸的朋友,按你说的做来。'

"就这样,我俩呆在坑边,交换悲凄的话语,
我在坑的一边,握着铜剑,监护着羊血,
面对另一边的虚影,我的伙伴,喋喋不休地对我叙谈。

"接着,另一个灵魂,我的母亲,行至我面前,
安提克蕾娅,心志豪莽的奥托鲁科斯的女儿,
我把她留在家里,动身前往神圣的伊利昂。
眼见此般景状,我潸然泪下,心生怜悯,
但即便如此,尽管极其悲伤,我也不让她
逼近羊血——我得先问问泰瑞西阿斯,获知他的告言。

"其时,塞贝人泰瑞西阿斯的灵魂来到我面前,
手握黄金节杖,已知我为何人,开口说道:
'莱耳忒斯之子,宙斯的后裔,多谋善断的奥德修斯,
为何撇离阳光,不幸的人儿,来到
此地,探视死去的人们,置身无有欢乐的地界?
眼下,我要你从坑边后退,收起利剑,
让我喝饮牲血,对你道出真言。'

"他言罢,我收回柄嵌银钉的铜剑,
推入剑鞘,杰卓的先知
喝过血浆,开口对我说道:
100　'你所盼求的,光荣的奥德修斯,是返家的甜美,
但有一位神明却要你历经艰难。我想你
躲不过裂地之神的责惩,他对你心怀愤怨,
恼恨你的作为,弄瞎他心爱的儿男。

但即便如此，你等或许仍可返家，受尽磨难，
倘若你能克制自己，同时抑制伙伴们的欲念，
在那个时候，当你乘坐制作坚固的海船，冲破
紫蓝色的洋面，抵达斯里那基亚海岛，
发现牧食的畜群，太阳神的牛群和肥羊——
须知赫利俄斯无所不知，见闻一切。
倘若你一心只想回家，不伤害牛羊，
那么，你们便可悉数返回伊萨卡，虽然会历经磨难；
但是，倘若你动手伤害，我便可预言你们的覆亡，
你的海船和伙伴。即使你只身出逃，
也只能迟迟而归，狼狈不堪，痛失所有的朋伴，
搭坐别人的海船，回家后遭受悲难，
发现厚颜无耻的人们，正食糜你的财产，
追求你神一样的妻子，赠送求婚的礼件。
回家后，你将惩罚这些作恶的人们。
但是，当你宰了这帮求婚人，在你的宫居，
无论是凭谋诈，还是通过公开的杀击，用锋快的铜剑，　　120
你要拿起造型美观的船桨，登程上路，
直至抵达一方地界，那里的生民
不知有海，吃用无盐的食餐，
不识船首涂得紫红的海船，不识
造型美观的木桨，推送航船，像鸟儿的翅膀。
我将告诉你一个迹象，相当醒目，你不会把它错过。
当你一径走去，你会遇见某个赶路的生人，
他会说你扛着一支簸铲，在闪亮的肩头；
其时，你要把造型美观的船桨牢插在地，
献出丰足的牲祭，给王者波塞冬，
一头公羊、一头公牛和一头爬配的公猪，
然后转身回家，举办神圣、隆重的牲祭，

献给不死的仙尊，统掌辽阔天空的神明，
按照顺序，一个不漏。将来，死亡会从远海袭来，
以极其温柔的形式，值你衰疲的
岁月，富有、舒适的晚年；你的人民将
享过幸福美满的生活。这便是我的预告，句句真言。'

　　"他言罢，我开口答话，说道：
'这一切，泰瑞西阿斯，必是神明编织的命线。
140　现在，我要你告说此事，要准确地回答。
眼下，我想见晤死去的母亲，她的灵魂，
但她只是坐在血边，沉默不语，亦不愿屈尊
面对面地看我，她的儿子，对我说谈一番。
告诉我，王者，我将怎样使她知晓我是她的儿男？'

　　"听我言罢，他当即答话，说道：
'这很容易，我将对你说告，使你明白。
任何死人，若得你的允诺，靠近
血边，都会给你准确的答言；但是，
倘若你吝啬不给，他便会返回原来的地点。'

　　"说罢，王者泰瑞西阿斯的灵魂返回
哀地斯的冥府，道毕此番预言。与此同时，
我双腿稳站，原地等候，直到母亲
过来，喝罢黑稠的血浆，当即认出我来，
放声哭喊，对我说道，用长了翅膀的话语：
'你如何来到此地，我的孩子，穿过昏黑的雾气，
仍然活着？活人绝难来此，目睹这里的一切，
两地间隔着宽阔的大河，可怕的流水，
首先是俄开阿诺斯，除非有制作坚固的海船，

凡人休想徒步跨越。你是否从
特洛伊回返，经年漂泊，来到此地，带着　　　　　　　　　160
你的海船和伙伴？你还不曾回到
伊萨卡，见着你的妻子和房居——事情可是这般？'

"她言罢，我开口答话，说道：
'母亲，一件必做之事把我带到这里，哀地斯的府居；
我必须咨询塞贝人泰瑞西阿斯的魂灵。
我还不曾临近阿开亚大地，不曾
踏上故乡，总在吃苦受难，流离漂泊，
自从跟上卓著的阿伽门农，前往
出骏马的伊利昂，和特洛伊人拼战。
现在，我要你告说此事，要准确地回答。
是何样悲惨的厄运，痛苦的死亡，夺走了你的生命？
是长期的病痛，还是带箭的阿耳忒弥丝，
射出温柔的羽翎，把你放倒终结？
告诉我父亲和留在家里的儿子的情况，
是否握掌我的王权，或被那里的某个
小子夺走了这份权威，以为我再也不会回还？
告诉我那位婚配的妻子，她的想法，有何打算？
是仍然和儿子同住，看守家里的一切，
还是已另嫁他人，阿开亚人中最好的俊杰？'

"听我言罢，高贵的母亲当即答道：　　　　　　　　　180
'她以极大的毅力和容忍之心，
等盼宫中，泪流满面，耗洗去
一个个痛苦的黑夜和白天。
属于王者的权利不曾旁落，忒勒马科斯
经营着你的份地，平安无事，出席

份额公平的聚宴,以仲裁者的身份享领,
受到每个人的邀请。你父亲仍在他的
农庄,从不去访城里。住地没有床铺,
没有床用的铺盖,没有披篷和闪亮的毯罩。
冬天,他睡在屋里,和帮工们一起,
垫着灰堆,贴着柴火,走动时穿着破旧的衣衫;
而当夏日来临,在金果累累的秋天,那时,
他到处睡躺,席地为床,就着
堆起的落叶,在隆起的葡萄园。
他躺在那里,悲痛难忍,狠狠地钻咬他的身心,
哭盼着你的回归,痛苦的晚年捶挤着他的腰背。
我也一样,在此般境遇中了结了我的残生,
并非带箭的夫人,眼睛雪亮的女神,射出温柔的
羽箭,在我的宫里,把我放倒终结,
亦非恼人的病痛,常见的杀手,以可恨的
糜耗,夺走人的生命,从肢体之中,而是
对你的思盼,闪亮的奥德修斯,对你的聪颖和
温善的思盼,切断了我的命脉,夺走了甜美的人生。'

"她言罢,我心中思忖,希望能
抱住死去的妈妈,她的灵魂;一连
三次,我迎上前去,急切地企望拥抱,
但一连三次,她飘离我的手臂,像一个阴影,
或一个梦幻,加深了我心中的悲哀。
我开口说话,用长了翅膀的言语:
'为何避我,母亲,当我试图伸手拥抱,
以便,即使在哀地斯的府居,你我能
合拢双臂,用悲伤的眼泪刷洗我们的心田?
抑或,你只是个影像,由高傲的裴耳塞丰奈

送来给我,以此引发更猛的号哭,更深的愁伤。'

"听我言罢,高贵的母亲当即答道:
'哦,我的孩子,凡人中命运最险厄的一个,
裴耳塞丰奈,宙斯的女儿,并没有把你欺骗;
事情本来就是这样,人死后,凡人中没有例外,
筋腱不再连合肉体和骨块。
一旦命息脱离白骨,人的
一切全都付诸狂猛的烈焰,
灵魂飘散拂荡,飞离而去,像一个梦幻。
你必须离开,以最快的速度,回返光明,但要记住
这里的一切,以便回家后告诉你的妻爱。'

"就这样,我俩一番交谈。其时,一些妇人
来到我的身边,受高傲的裴耳塞丰奈的送遣,
过去都是为王之人的妻子和女儿,
眼下拥聚在黑血边沿。我
思考着如何发问,一个接着一个,
静心一想,觉得此举佳杰:
拔出长锋的利剑,从粗壮的股腿边,
不让她们一拥而上,饮喝黑血。
所以,她们等待着依次上前,各人
讲述自己的身世;我询问了她们中的每一位。

"首先,我见着出身高贵的图罗,
告我她乃雍贵的萨尔摩纽斯的女儿,
又说她是埃俄洛斯之子克瑞修斯的妻房,
爱上了一条河流,河神厄尼裴乌斯——
他的水浪远比其他奔涌大地的长河透澈清明——

220

240　　徘徊在秀美的河水边。一天
　　　以他的形象，环绕和震撼大地的尊神
　　　和图罗睡觉，在打着漩涡的河流的出口，
　　　一峰紫蓝色的水浪卷起在他俩
　　　周围，掩挡着一位神明和一个凡人的女儿。
　　　海神解开她少女的腰带，使她坠入睡眠，
　　　然而，当他结束了性爱的冲动，神明
　　　握住她的手，出声呼唤，开口说道：
　　　'你应该高兴，夫人，为今天的欢爱。当时月转过年终，
　　　你将生产聪灵的孩儿，须知不死者的交配
　　　不会留下空孕的腹间。你要关心照顾，把他们养大成才。
　　　去吧，回返你的家中，封紧口舌，不要道出我的名字——
　　　告诉你，我是波塞冬，裂地的神仙。'

　　　　"言罢，波塞冬潜回汹涌的洋流，
　　　而她则怀孕和生养了裴利阿斯和奈琉斯，
　　　二子双双成人，成为强有力的宙斯的侍从
　　　强健。裴利阿斯拥有丰足的羊群，生活在宽广的
　　　伊俄尔科斯，而奈琉斯则在普洛斯为王，多沙的地面。
　　　女王般的妇人还生养了几个孩子，替克瑞修斯，
　　　有埃宋、菲瑞斯和酷喜战车的阿慕萨昂。

260　　　"接着，我见着了安提娥培，阿索波斯的女儿，
　　　声称亦曾睡在宙斯的怀抱，替他
　　　生下两个儿子，安菲昂和泽索斯，
　　　二者兴建了那座城堡，七门的
　　　塞贝，筑起墙垣——没有高墙的遮掩，
　　　他们，尽管强健，却不能在地域宽广的塞贝站脚生衍。

"接着,我见着了安菲特鲁昂的妻子,阿尔克墨奈,
曾躺在了不起的宙斯的怀抱,生下
赫拉克勒斯,骠勇刚健,胆量和狮子一般。
我还见着了墨佳拉,心志高昂的克雷昂的女儿,
嫁配安菲特鲁昂的儿子,粗莽的斗士。

"我见着了美丽的厄丕卡丝忒,俄底浦斯的母亲,
出于不知真相,做下荒诞可怕的事情,
嫁给自己的儿子,后者杀了父亲,
娶了母亲,但神明,不久之后,即将此事公诸世间。
俄底浦斯,尽管承受着巨大的悲痛,仍在美丽的塞贝为王,
统治卡德墨亚民众,按照神的包孕痛苦的安排,
而厄丕卡丝忒则去了把守冥界大门的强有力的哀地斯的
家府,自缢而死,垂吊在高处的顶梁,就着
绳编的活结,怀着强烈的悲楚,给儿子留下
不尽的愁哀,复仇女神的责惩,母亲的咒言。

280

"其后,我见着了绝色的克洛里丝,奈琉斯视其
貌美,娶为妻子,给了数不清的财礼。
她是亚索斯之子安菲昂的末女,
安菲昂曾以强力王统米努埃人的俄耳科墨诺斯地面。
所以,她是普洛斯的王后,给王者生养了光荣的孩儿:
奈斯托耳、克罗米俄斯和高傲的裴里克鲁墨诺斯,
还有典雅秀美的裴罗,凡人中的佳丽,
英雄豪杰们为之苦苦穷追,但奈琉斯不愿
把她嫁出,除非有人能赶回那群莽牛,从夫拉凯
地面,额面开阔,长角弯卷,被强健的伊菲克勒斯夺占①。

---

① 被强健的伊菲克勒斯夺占:伊氏曾从图罗那里夺走壮牛。

221

这是件不易办到的难事，惟有豪勇的先知墨朗普斯
出面承担，但他受制于神定的限约，受阻于
悲苦的厄运，戴着沉重的镣铐，被粗野的牧牛人虐待。
但是，当时月的消逝磨过了年头的
末尾，季节的转换开始新的循回，
强健的伊菲克勒斯，听罢他所说的谕示，
每一句告言，将他释放——由此实践了宙斯的意愿。

　"我还面见了莱达，曾是屯达柔斯的妻房，
替夫婿生下两个心志刚烈的儿子，
300　驯马的卡斯托耳和强有力的波鲁丢开斯，拳击的健儿。
丰产谷物的泥土已将他俩埋葬，但他们仍然活着，
即便长眠泥中——宙斯使他们获得殊荣，
让他们隔天生死，轮换着
存活，享受神一般的荣光。

　"接着，我见着了伊菲墨得娅，阿洛欧斯的妻房，
对我说道，她曾和波塞冬睡躺做爱，
生下两个孩子，短命的儿郎，
神样的俄托斯和声名远扬的厄菲阿尔忒斯，
盛产谷物的大地哺育的最高大的男儿，
形貌远比别人俊美，仅次于著名的俄里昂。
当他们还只是九岁的男孩，双肩已宽达九个
肘掌，身高九㖊。他们出言威胁，
打算苦战一番，催发战争的轰莽，
攻战俄林波斯山上不死的神仙；他们
计划将俄萨堆上俄林波斯，再把枝叶婆娑的
裴利昂压上俄萨，攀上天穹。他俩
定会实践此事，倘若长成精壮的小伙。

然而，宙斯之子，秀发的莱托生养的
阿波罗，杀了他俩，趁着他们还处于头穴下尚未
长出须毛的童稚时期，浓密的胡子尚未遮掩领角。 320

"我见着了法伊德拉和普罗克里丝，面见了美丽的
阿里阿德奈，心计歹毒的米诺斯的女儿。塞修斯曾把她
带出克里特，前往地势高耸神圣的雅典，
但却不曾得到她的爱悦——狄俄尼索斯说出了她的
行迹，阿耳忒弥丝将她杀死，在迪亚，海浪冲涌的地界。
我见着了迈拉，克鲁墨奈和可恨的厄里芙勒，
接受贵重的黄金，葬送了丈夫的性命。
我无法告说，亦不能一一道出她们的名字，
那些我所见到的女人，英雄们的妻子和女儿——
在此之前，神圣的黑夜将会消歇。现在，
我该上床睡觉，可以和伙伴们一起，就寝迅捷的船上，
亦可在此过夜。回返之事烦劳你们和神明操办。"

奥德修斯言罢，全场静默，肃然无声，
惊愕于他的叙告，在整座幽暗的厅殿。
其时，白臂膀的阿瑞忒首开话端，说道：
"你们看此人如何，各位法伊阿基亚乡贤，
他的形貌、身材、沉稳敏锐的思辨？
不错，他是我的客人，但你们全都分享此份荣誉。
不要急于把他送走，吝啬奉赠的礼件，
给一位亟需的客人——你等全都家产丰盈， 340
感谢神的恩宠，储藏在自己的宫居。"

听罢这番话，年迈的英雄厄开纽斯张嘴
说道，法伊阿基亚人中的长老：

"朋友们，我们谨慎的王后没有说错，
亦没有违背我们的意愿；让我们按她说的做。
现在，我们等着阿尔基努斯发话，采取什么行动。"

听罢这番话，阿尔基努斯说讲，答道：
"按她的计划办，坚决执行——只要我还
活着，王统欢爱船桨的法伊阿基亚民众。
让我们的客人，尽管归心似箭，急于登程，
再忍耐一时，明天动身；届时，我将征齐
所有的礼送。他的回归是我等共同的事情，
首当其冲的是我，因为我是镇统这里的王公。"

听罢这番话，多谋善断的奥德修斯说讲，答道：
"尊贵的阿尔基努斯，人中的俊杰，
倘若你劝我留在此地，甚至呆上一个整年，
只要答应送我回家，给我光荣的礼物，
我将乐意敬从；载着更多的礼送，
回返亲爱的故乡，将使我广受神益：

360 我将受到更高的尊誉，更隆重的欢迎，
被所有的人民，眼见我回到伊萨卡，我的家院。"

听罢这番，阿尔基努斯开言，答道：
"当我们望着你的脸面，奥德修斯，你不像是个
骗子或油嘴滑舌的小人，虽然乌黑的泥土
供养了大批诸如此类的活宝，游荡在各个地方，
生编虚假的故事，胡诌谁也无法见证的谣言。
你的讲述用词典雅，你的心智聪颖通达，
像一位歌手，以高超的本领，你诉说了
凄烈的楚痛，你和所有阿耳吉维兵壮遭受的苦难。

来吧,告诉我此事,要准确地回答。
你可曾见着神一样的伙伴,他们曾和你
一起前往伊利昂,接受命运的召访?
长夜漫漫,似乎没有尽头,现在还不是
入睡宫中的时候。继续吧,讲述你不平凡的历程,
我可坚持听赏,直到清亮的黎明,只要你
继续开讲,告说你的苦痛,在我的宫房。"

听罢这番话,多谋善断的奥德修斯说讲,答道:
"尊贵的阿尔基努斯,人中的俊杰,
讲述长段的故事和上床入寝各有各的时宜,
然而,倘若你仍愿听我说讲,我将不会拒绝, 380
讲说另外一些见遇,比你听过的那些更为凄惨,
我的伙伴们的悲苦,死在战后,
躲过了特洛伊人的喧喊冲杀,但却
丧命于一位邪毒女人的意志,虽然已经回抵家园。

"其时,当圣洁的裴耳塞丰奈驱散了
女人们的幽灵,赶往各个方向,坑边
飘来阿伽门农的亡魂,阿特柔斯之子,
带着悲恨,另有兵勇们的魂灵,拥聚在他
周围,和他一同死去,亡命在埃吉索斯家里。
他喝过黑血,当即认出我来,开始
号啕大哭,尖声喊叫,泪水涌注,
伸开双臂,试图把我抱拥,
但却不能如愿:昔日的刚健,旧时的
勇力,充注在柔润的四肢,其时已不复存在。
眼见此般景状,我潸然泪下,心生怜悯,
开口询问,用长了翅膀的话语:

'阿特柔斯之子，最高贵的王者，全军的统帅阿伽门农，
　　告诉我，是何样悲惨的命运，痛苦的死亡，夺走了你的生命？
　　是因为波塞冬卷来呼啸的狂风，无情地
400　摧打你的海船，葬毁了你的人生？
　　抑或，你死在干实的陆野，被凶恶的部民击杀，
　　当你试图截抢他们的牛群和卷毛的肥羊，或正和
　　敌人打斗，为了掠劫他们的女人，荡毁他们的城垣？'

　　"听我言罢，阿伽门农当即说话，答道：
　　'莱耳忒斯之子，宙斯的后裔，多谋善断的奥德修斯，
　　并非因为波塞冬卷来呼啸的狂风，无情地
　　摧打我的海船，葬毁了我的人生，
　　也不是在那干实的陆野，凶狠的部民把我击杀，
　　埃吉索斯谋设了我的毁灭和死亡，邀我
　　前往他家，设宴招待，把我杀掉，由我那
　　该死的妻子帮衬，像有人宰砍一头壮牛，血溅槽边。
　　就这样，我送命于凄惨的死亡，伙伴们
　　也都相继倒死在我身边，像白牙闪亮的猪猡，
　　被宰在一位有权有势的富人家里，飨食
　　一次婚礼，一次庆典，或一次公众的聚餐。
　　你曾亲眼见过许多人的阵亡，或
　　死于一对一的开打，或丧命在大群激战的人流，
　　但你不会把那时的凄惨等同于我们的悲伤：
　　摊手躺在地上，傍着调酒的兑缸和堆载食物的
420　餐桌，遍倒在整个厅堂，鲜血满地流淌。
　　我耳闻卡桑德拉的惨叫，那是最凄厉的声响，
　　普里阿摩斯的女儿，被邪毒的克鲁泰奈丝特拉击杀，
　　横躺在我身上；我挥起双手，击打地面，
　　死于利剑的刺捅，但那不要脸的女人

转过身去,不愿哪怕稍动一下,合拢我的
眼睛,我的嘴巴,虽然我正前往哀地斯的府居。
可见世上女人最毒,臭名昭彰,
她会在心中谋划此类行径,像这个
淫妇一样,预谋可耻的行动,算计
杀害婚合的夫郎。咳,我还想
归返家中,受到孩子和仆从们的
欢迎,但她心怀奇恶的邪毒,
泼倒出耻辱,对着自己的脸面,也对所有的女流,
对后世的女子,包括她们中品行贤善的杰佳。'

"他言罢,我开口答话,说道:
'唉!沉雷远播的宙斯从一开始
便入骨地痛恨阿特柔斯的后代,借用女人的
恶谋,实现他的意愿。我们中死者甚众,为了海伦,
而趁你远离之际,克鲁泰奈丝特拉又设下害你的图谋。'

"听我言罢,阿伽门农当即说话,答道: 440
'记住我的教训,不要太过温软,甚至对你的妻从,
不要告她所有的一切,你所知晓的事由,
说出一点,把其余的藏留心中。但是,
你,奥德修斯,你却截然不会被妻子谋害,
伊卡里俄斯的女儿,谨慎的裴奈罗珮,
为人贤和,心智敏慧温存。
唉,我们走时,前往奋战搏杀,她还
只是位年轻的妻子,怀抱尚是婴孩的
男儿,现在一定已经长大,坐在成人的排位中。
幸福的孩子!亲爱的父亲将会还家见他,
他会伸出双臂,拥抱亲爹,此乃合乎人情的举动。

我的妻子甚至不让我略饱眼福，看一眼
我的儿郎——在此之前，她已把我击杀。
我还有一事奉告，你要牢记心上。
当驱船回到亲爱的故乡，你要
悄悄地靠岸，不要大张旗鼓。女人信靠不得。
好吧，告诉我此事，要准确地回答。
你和你的伙伴可曾碰巧听说我的孩子仍然活着，
或许在俄耳科墨诺斯，或在多沙的普洛斯，
460　亦可能和墨奈劳斯吃住一起，在宽广的斯巴达，
高贵的俄瑞斯忒斯，我知道，还活在人间。'

　　"他言罢，我开口答话，说道：
'为何问我这个，阿特柔斯之子，我不知
他的死活，不能回答；此举可恶，信口胡说。'

　　"就这样，我俩站在那边，交换悲凄的言词，
心中哀苦，淌着大滴的眼泪。其后，
坑边飘来阿基琉斯的灵魂，裴琉斯之子，
以及帕特罗克洛斯和雍贵的安提洛科斯的魂灵，
还有埃阿斯的魂魄——若论容貌体形，除了裴琉斯
豪勇的儿子，达奈人中谁也不可比及。
埃阿科斯的后代，捷足的阿基琉斯认出我来，
放声哭喊，对我说道，用长了翅膀的话语：
'莱耳忒斯之子，宙斯的后裔，多谋善断的奥德修斯，
粗莽的人，你的心灵是否还会想出比这更宏烈的探访？
你怎敢斗胆跑到哀地斯的界域，失去智觉的
死人的领地，面见死去的凡人，虚幻的踪影？'

　　"他言罢，我开口答话，说道：

‘阿基琉斯，裴琉斯之子，阿开亚人中最勇猛的豪杰，
我前来此地，出于探问的需要，把泰瑞西阿斯询访；
或许，他会告诉我返家的办法，回到山石嶙峋的伊萨卡。 480
我还不曾临近阿开亚大地，不曾
踏上故乡，总有那些烦难，使我遭殃。过去，
阿基琉斯，谁也没你幸运；今后，也不会有比你走运的凡人。
从前，在你活着的时候，我们阿耳吉维人敬你
如同敬对神明；如今，在这个地方，你是掌管死者的
了不起的统领。不要伤心，阿基琉斯，虽然你已死去。'

"听我言罢，阿基琉斯当即说话，答道：
'哦，闪光的奥德修斯，不要舒淡告慰死的悲伤。
我宁愿做个帮仆，耕作在别人的农野，
没有自己的份地，只有刚够糊口的收入，
也不愿当一位王者，统管所有的死人。现在，
我要你讲说我那豪贵的儿子，有关他的情况。
他可曾奔赴战场，作为统兵的将领？
告诉我雍贵的裴琉斯，你可曾听闻有关他的消息。
老人是否还拥享尊贵，享誉在慕耳弥冬人的族群里？
或许，他们已鄙视他的尊贵，在弗西亚和赫拉斯，
因为老迈的年龄已僵缚了他的双手，他的腿脚？
他们知道，我不在那边，生活在阳光底下，帮助父亲，
像以往那样——我置身广阔的特洛伊大地，
杀死敌方最好的战将，为阿耳吉维人拼斗。但愿我能 500
像那时一样强壮，回返父亲的家居，哪怕只有些许时间；
我的勇力和不可战胜的双手将使那帮人害怕，
倘若有人胆敢强行逼迫，夺走属于他的权益和荣光。'

"他言罢，我开口答话，说道：

'关于雍贵的裴琉斯,我不曾听闻任何消息,
但是,关于你的爱子尼俄普托勒摩斯,
既然你有此般要求,我会道出全部真情。
我曾亲自前往,乘坐深旷、匀称的海船,将他带回,
从斯库罗斯岛,介入胫甲坚固的阿开亚人的群队。
每当我们聚会商议,围着特洛伊城堡,
他总是第一个发言,从不说错。辩谈中
能够超胜他的,只有神一样的奈斯托耳和我。
当我们阿开亚人决战特洛伊平原,
他从不会呆在后头,汇随大队人马大群的兵勇,
而是远远地冲在前面,谁也不让,怒气冲冲,
杀倒众多的敌人,在惨烈的搏杀中。
我无法告说,亦不能一一道出他们的名字,
被他杀死的敌手,在为阿耳吉维人战斗的时候,
但我却记得他杀倒忒勒福斯的儿子,一位骁莽的战勇,
520 英雄欧鲁普洛斯,用青铜的枪矛,另有许多开忒亚伙伴,
被杀在他的四周,只因一个女人的贪图,①
死者乃我所见过的最英俊的男子,仅次于卓著的门农。
此外,当我等阿耳吉维人中最好的战勇藏身木马,
由厄培俄斯手制,归我指挥,
紧闭隐藏,或打开木马的大门杀冲。
其他达奈人的首领和统治者们全都抬手
擦抹脸上滚涌的泪珠,双腿索索发抖,
但我却从未见他胆怯害怕,
面色苍白,抬手抹去脸上的
泪花;相反,他求我让他冲出

---

① 只因……贪图:阿基琉斯死后,普里阿摩斯以一树金葡萄(由赫法伊斯托斯手铸)贿赂欧鲁普洛斯的母亲阿丝图娥开,后者受贿后劝说儿子出战。

木马,不停地触摸身边的剑把和沉重的
枪矛,挑着青铜的枪尖,一心想着伤损特洛伊兵众。
其后,当我们攻陷了普里阿摩斯陡峭的城堡,
他带着自己的份子和足量的战礼,登上
海船,安然无恙,既不曾被锋快的铜枪击中,
亦不曾在近战中被谁刺伤——战斗中,这是经常
发生的景状;阿瑞斯的疯烈没头没脑,横冲直撞。'

"听我言罢,埃阿科斯捷足的后代,他的灵魂,
大步离去,穿越开着常春花的草地,
高兴地听完我的说告,关于他的儿子,噪响的名声。 540

"此后,其他死者的精灵围站在我身边,悲悲
戚戚,和我说话,一个接着一个,诉说自己的苦难。
只有忒拉蒙之子埃阿斯的亡魂离我
而站,依然盛怒难平,为了我的胜利,
他的输损,在我们船边,争获
阿基琉斯的甲械。他那女王般的母亲把它作为
奖酬,由特洛伊人的儿子们和帕拉丝·雅典娜仲裁。
咳,但愿我不曾在那次竞比中获胜——
豪健的埃阿斯为此下了地府,为了那套甲械,
埃阿斯,除了裴琉斯豪贵的儿子,
容貌和功绩超比所有的达奈人。
所以,我出言抚慰,对他说道:
'埃阿斯,雍贵的忒拉蒙之子,难道你打算
永世不忘对我的愤恨,即便在死了以后,为了那套该受
诅咒的甲械?它是神明致送的凶灾,给阿开亚人带来苦难,
使我们失去了你——你,曾是那样坚固的一座堡垒!我们
阿开亚人悲悼你的死难,常念不忘,像对裴琉斯之子

阿基琉斯的阵亡；该受指责的
不是别个，而是宙斯，是他刻骨痛恨持枪的
560　达奈军旅，使你遭受死的灾亡。来吧，
走近些，我的王贵，听听我的话语，我的
说告，压下你的愤怒，舒息高傲的心胸。'

"听我言罢，他默不作声，离我而去，汇入
其他死人的灵魂，进入昏黑的厄瑞波斯。
当时，尽管愤怒，他或许会对我，而我亦会
对他说话，要不是我一心企望着
见到其他死去的人们，他们的灵魂。

"冥界里，我见到了米诺斯，宙斯光荣的儿子，
坐着，手握金杖，发布判决的号令，对着死人的
灵魂，围聚在王者身边，请他审听裁夺，
有的坐着，有的站着，在宽大的门外，死神的府居前。

"接着，我见着了硕大的俄里昂，
在开着常春花的草野，拢赶着被他
杀死的野兽，在荒僻的山脊上，
手握一根永不败坏的棍棒。

"我还见着了提图俄斯，大地光荣的儿子，
躺在平野，伸摊着双手，占地九顷，
被两只秃鹫撕啄肝脏，尖嘴扎入腹肠，
蹲栖在身子两边；无力的双手不能挡开鹰的钩爪。
580　他曾粗鲁地拖攥莱托，宙斯的妾房，
当她前往普索，途经舞场佳美的帕诺裴乌斯地方。

"我还见着了唐塔洛斯,承受着巨大的苦痛,
站在湖塘里,水头漫涌在唇颔下。然而,
尽管焦渴,亟想饮喝,他却难以舔到水花。
每当老人躬身水面,急切地试图啜饮,
水势便会回涌消退,露出脚边幽黑的
泥巴,某位神明干泄了水塘。在
他的头顶,枝干高耸的大树垂下如雨的果实,
有梨树、石榴和挂满闪亮硕果的苹果树,
还有粒儿甜美的无花果和丰产的橄榄树,
然而,每当老人挺起身子,伸手攀摘,
徐风便会拂走果实,推向浓黑的云层。

　"我还见着了西苏福斯,正遭受巨大的痛苦,
双手推顶一块奇大的岩石,挣扎着
动用肢臂和双脚,试图推着石头,
送上山岗的顶峰;但是,每当石块
即将翻过坡顶,巨大的重力会把它压转回头,
无情的莽石翻滚下来,落回起步的平处。于是,
他便再次推石上坡,竭尽全力,浑身
汗如雨下,头上泥尘升腾。　　　　　　　　　　　　600

　"其后,我见着了强有力的赫拉克勒斯,
当然,是他的影像,他自己则置身不死的神明之中,
领享他们的宴畅,妻娶脚型秀美的赫蓓,
大神宙斯和系穿金条鞋的赫拉的女儿。他的
四周噪响着阵阵喧叫,死人的精灵,像一群鸟儿,
四散飞躲;他来了,像乌黑的夜晚,
拿着出袋的强弓,箭枝扣着弦线,双眼
左右扫瞄,射出凶狠的目光,似乎随时准备放箭击杀。

他斜挎一条模样可怕的背带，金质的条带，
铸着瑰伟奇特的条纹，有
大熊，双眼闪亮的狮子和林中的野猪，
有争打和拼斗的场面，杀人和屠人的景状。
但愿制作此带的工匠，不要再设计这样的
图案，凭他的手艺，在背带之上！
他眼见我的脸面，当即认出我来，
放声哭喊，对我说道，用长了翅膀的话语：
'莱耳忒斯之子，宙斯的后裔，多谋善断的奥德修斯，
不幸的人儿，难道你也撑负某种厄运，
像我一样，忍辱负重，在阳光下艰难地生活？

620 我乃克罗诺斯之子宙斯的儿男，但却尝受了
无数的苦难，伺役于一个比我远为低劣的
凡人，指派我难做的苦活。一次，
他派我来此，带走那条獒犬，以为
世上不会有比这更难的活儿，
但我逮着犬狗，引出哀地斯的冥域，
由赫耳墨斯护送，还有灰眼睛的雅典娜伴同。'

"言罢，他返回哀地斯的冥府，
而我却稳站原地，希望能面见
某些前辈的英雄，早已作古的人们，
而我确有可能见着旧时的强者，我想
要见的裴里苏斯和塞修斯，神明光荣的儿子，
若不是在此之前，成群结队的死鬼拥聚在我身边，
发出惊人心魂的哭喊，吓得我彻骨心寒，
以为高傲的裴耳塞丰奈或许会送来戈耳工的
脑袋，可怕的魔鬼，从哀地斯的冥府，对我发难。
所以，我回头登上木船，告嘱伙伴们

上来,解开船尾的绳缆,
众人迅速登船,坐入桨位,
起伏的水浪载着木船,直下俄开阿诺斯河面,
先是开桨荡划,以后则凭轻捷的徐风推送向前。" 640

第十二卷

　　"其时，我们的海船驶离俄开阿诺斯的水流，
回到大海浩淼的洋面，翻滚的浪头，回返
埃阿亚海岛，那里有黎明的家居和宽阔的舞场，
早起的女神，亦是赫利俄斯，太阳升起的地方。
及岸后，我们驻船沙面，
足抵浪水拍击的滩沿，傍临大海，
睡躺在地，等候神圣的黎明。

　　"当早起的黎明，垂着玫瑰红的手指，重现天际，
我遣出一些伙伴，前往基耳凯的房殿，
抬回厄尔裴诺耳的遗体，死在那里的伙伴。
然后，我们砍下树段，将他火焚掩埋，在滩边
突岬的尖端，痛哭哀悼，滴下滚烫的眼泪。
当焚毕尸体，连同他的甲械，我们
垒起坟茔，竖起墓碑，把
造型美观的船桨插在坟的顶端。

　　"就这样，我们忙完这些，而基耳凯
亦知晓我们已经回返，从哀地斯的府居，当即
打扮一番，迎走出来，带着伴仆，后者携着
面包、闪亮的红酒和众多的肉块。
20　丰美的女神站在我们中间，开口说道：
'粗莽的人们，活着走入哀地斯的房府，

度死两遍,而其他人只死一回。
来吧,吃用食物,饮喝醇酒,在此
呆上一个整天;明天,拂晓时分,
你们可登船上路。我将给你们指点航程,
交代所有的细节,使你们不致吃苦受难,出于
歪逆的谋划,无论脚踏陆地,还是漂游大海。'

"女神如此一番言告,说动了我们高豪的心灵。
我们坐着吃喝,直到太阳西沉,整整
痛快了一天,嚼着吃不尽的烤肉,喝着香甜的美酒。
当太阳下落,神圣的黑夜把大地蒙罩,
众人躺倒身子,睡在系连船尾的缆索边。
其时,基耳凯握住我的手,避开亲爱的伙伴,
让我下坐,躺在我身边,仔细询问我所经历的一切;
我详尽地回答她的问话,讲述了事情的起始终结。
接着,女王般的基耳凯开口发话,对我说道:
'好啊,这一切都已做完。现在,我要你听我
嘱咐,神明会使你记住我的话言。
你会首先遇到女仙塞壬,她们迷惑
所有行船过路的凡人;谁要是
不加防范,接近她们,聆听塞壬的
歌声,便不会有回家的机会,不能
给站等的妻儿送去欢乐。
塞壬的歌声,优美的旋律,会把他引入迷津。
她们坐栖草地,四周堆满白骨,
死烂的人们,挂着皱缩的皮肤。
你必须驱船一驶而过,烘暖蜜甜的蜂蜡,
塞住伙伴们的耳朵,使他们听不见歌唱;
但是,倘若你自己心想聆听,那就

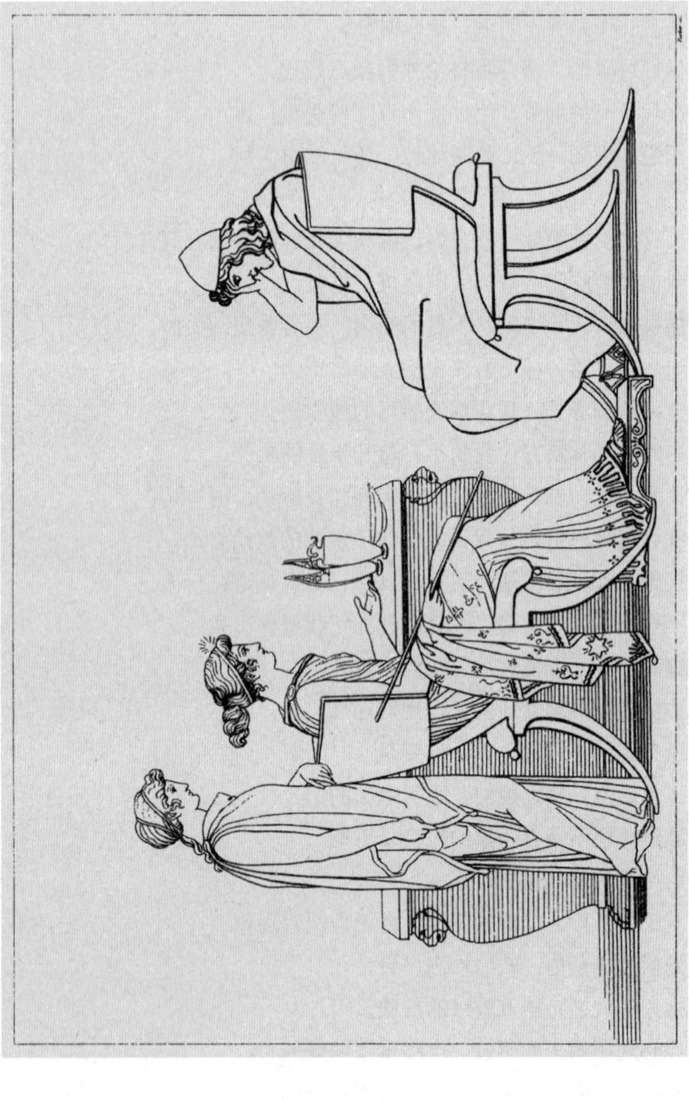

让他们捆住你的手脚,在迅捷的海船,
贴站桅杆之上,绳端将杆身紧紧围圈,
使你能欣赏塞壬的歌声——然而,
当你恳求伙伴,央求为你松绑,
他们要拿出更多的绳条,把你捆得更严。

"'当伙伴们载送你脱离塞壬的诱惑,
从那以后,我将不能明确地为你指点,
两条航线中择取哪条——你必须在自己的心里,
思考判断。现在,我要把这两水路对你讲解。
一条通向悬耸的崖壁,溅响着
黑眼睛安菲特里忒掀起的滔天巨浪,
幸福的神祇称之为晃摇的石岩,
展翅的鸟儿不能飞穿,就连胆小的
鸽子,为宙斯运送仙食的飞鸽,也不例外,
陡峻的岩壁每次夺杀一只,
父亲宙斯只好补足损失,添送新鸽飞来。
凡人的海船临近该地,休想逃脱,
大海的风浪和猖莽凶虐的烈火会
捣毁船板,吞噬船员。自古以来,
破浪远洋,穿越该地的海船只有一条,
无人不晓的阿耳戈,从埃厄忒斯的水域回返。
然而,即便是它,亦会撞碎在巨岩峭壁之上,
要不是赫拉送它通过,出于对伊阿宋的护爱。

"'另一条水路耸托着两峰岩壁,一块伸出尖端,
指向广阔的天空,总有一团乌云围环,
从来不离近旁,晴空一向和峰顶
绝缘,无论是在夏熟,还是在秋收的时节。

60

凡人休想爬攀它的壁面，登上顶峰，
哪怕他有十双手掌，十对腿脚，
石刃兀指直上，仿佛磨光的一般。
80 岩壁的中部，峰基之间，有一座岩洞，浊雾弥漫，
朝着西方，对着昏黑的厄瑞波斯；从那儿，
哦，闪光的奥德修斯，你和你的伙伴要驱导
深旷的海船。没有哪个骠勇的壮汉，
可以手持弯弓，放箭及达洞边，从深旷的木船。
洞内住着斯库拉，她的嘶叫令人毛骨悚然。
事实上，她的声音只像刚刚出生的小狗的
吠叫，但她确是一头巨大、凶狠的魔怪。眼见她的
模样，谁也不会高兴，哪怕是一位神明，和她见面。
她有十二只腿脚，全部垂悬空中。
长着六条极长的脖子，各自耸顶着
一颗可怕的脑袋，长着牙齿，三层，
密密麻麻，填溢着幽黑的死亡。她的
身子，腰部以下，蜷缩在空旷的洞里，
但却伸出脑袋，悬挂在可怕的深渊之外，
捕食鱼类，探视着绝壁周围，
寻觅海豚、星鲨或任何大条的美味，
海中的魔怪，安菲特里忒饲养着成千上万。
水手们从来不敢吹喊，他们的海船躲过了她的抓捕，
没有损失船员——她的每个脑袋各逮
100 一个凡人，抢出头面乌黑的海船。

"'另一面岩壁低矮，你将会看见，奥德修斯，
二者相去不远，只隔一箭之地，上面
长着棵巨大的无花果树，枝叶繁茂，
树下栖居着卡鲁伯底丝，吞吸黑水的神怪。

一日之中,她吐出三次,呼呼隆隆地吸吞
三次。但愿你不在那边,当她吸水之时,
须知遇难后,即便是裂地之神也难能帮援。
驾着你的海船,疾驶而过,躲避她的吞捕,
偏向斯库拉的石壁行船——痛念整船伙伴的
覆灭,远比哭悼六位朋友的死亡艰难。'

"她言罢,我开口答话,说道:
'现在,女神,我请你告说此事,要如实道来:
我是否可避开凶毒的卡鲁伯底丝,同时避开
斯库拉的威胁,当她抢夺我的伙伴,发起进攻的时节?'

"听我言罢,丰美的女神当即答道:
'粗莽的汉子,心里永远只有厮杀和拼战!
难道,面对不死的神祇,你亦打算表现一番?
她不是一介凡胎,而是个作恶的神仙,
凶险、艰蛮、狂暴,不可与之对战,
亦无防御可言。最好的办法是躲避她的击杀。 120
倘若你披甲战斗,傍着石峰,耗磨时间,
我担心她会冲将出来,用
众多的脑袋,抓走同样数量的人员。
你要尽快行船,使出全身力气,求告克拉泰伊丝,
斯库拉的母亲,生下这捣蛋的精灵,涂炭凡胎。
她会阻止女儿发起另一次攻击。

"'其后,你将航抵斯里那基亚海岛,牧放着
大群的肥羊和畜牛,太阳神赫利俄斯的财产,
七群牛,同样数量的白壮的肥羊,
每群五十头。它们不生羔崽,

亦不会死亡，牧者是林间的神明，
发辫秀美的女仙，兰裴提娅和法厄苏莎，
闪亮的奈埃拉和太阳神呼裴里昂的女儿。
女王般的母亲生育和抚养她们长大，
把她们带到遥远的海岛斯里那基亚，
牧守父亲的羊儿和弯角的牛群。
倘若你一心只想回家，不伤害牛羊，
那么，你们便可悉数返回伊萨卡，虽然会历经磨难；
但是，倘若你动手伤害，我便可预言你们的覆亡，
你的海船和伙伴。即使你只身出逃，
140　也只能迟迟而归，狼狈不堪，痛失所有的朋伴。'

　　"基耳凯言罢，黎明登上金铸的宝座。
丰美的女神就此离去，走上岛坡，
而我则登上航船，告嘱伙伴们
上来，解开船尾的绳缆；
众人迅速登船，坐入桨位，以
齐整的座次，荡开船桨，击打灰蓝色的海面。
发辫秀美的基耳凯，可怕、通讲人话的女神，
送来一位特好的旅伴，顺吹的海风，兜起
风帆，从乌头海船的后面袭来；
我们调紧船上所有的索械，
弯身下坐，任凭海风和舵手送导向前。
其时，尽管心头悲痛，我对伙伴们说道：
'朋友们，我想此事不妥，倘若只让一两个人
知晓基耳凯，姣美的女神，对我的告言。
所以，我将说出此事，以便使大家明白，我们的
前程，是不归死去，还是躲过死亡，逃避命运的追击。
首先，她告嘱我们避开神奇的塞壬，

她们的歌声和开满鲜花的草地,仅我
一人,她说,可以聆听歌唱,但你等必须将我
捆绑,勒紧痛苦的绳索,牢牢固定在船面,
贴站桅杆之上,绳端将杆身紧紧围圈;
倘若我恳求你们,央求松绑,
你们要拿出更多的绳条,把我捆得更严。'

"就这样,我把详情细细转告,对我的伙伴;
制作坚固的船儿急速奔驰,借着
神妙的风力,接近塞壬的海滩。
突然,徐风停吹,一片静谧的宁静笼罩着
海面,某种神力息止了波涛的滚翻。
伙伴们站起身子,收下船帆,
置放在深旷的海船,坐入舱位,
挥动船桨,平滑的桨面划开雪白的水线。
其时,我抓起一大片蜡盘,用锋快的铜剑
切下小块,在粗壮的手掌里搓开,
很快温软了蜡块,得之于强有力的辗转
和呼裴里昂王爷的热晒,太阳的光线。
我用软蜡塞封每个伙伴的耳朵,一个接着一个,
而他们则转而捆住我的手脚,在迅捷的海船,
让我贴站桅杆之上,绳端将杆身紧紧围圈,
然后坐入舱位,荡开船桨,击打灰蓝色的海面。
当我们离岸的距离近至喊声及达的范围,
走得轻巧迅捷,塞壬看见了渐近的
快船,送出甜美的歌声,朝着我们飘来:
'过来吧,尊贵的奥德修斯,阿开亚人巨大的光荣!
停住你的海船,聆听我们的唱段。
谁也不曾驾着乌黑的海船,穿过这片海域,

不想听听蜜一样甜美的歌声,飞出我们的唇沿——
听罢之后,他会知晓更多的世事,心满意足,驱船向前。
我们知道阿耳吉维人和特洛伊人的战事,所有的一切,
他们经受的苦难,出于神的意志,在广阔的特洛伊地面;
我们无事不晓,所有的事情,蕴发在丰产的大地上。'

"她们引吭歌唱,声音舒软甜美,我心想聆听,
带着强烈的欲望,示意伙伴们松绑,
摇动我的额眉,无奈他们趋身桨杆,猛划向前,
裴里墨得斯和欧鲁洛科斯站起身子,
给我绑上更多的绳条,勒得更紧更严。但是,
当他们划船驶过塞壬停驻的地点,而我们亦不能
听见她们的声音,欣赏歌喉的舒美,
我的好伙伴们挖出耳里的蜂蜡,
200 我给他们的充填,随后动手,解除绑我的绳环。

"通过海岛,我当即望见一团
青烟,还有一峰巨浪,响声轰然。
伙伴们心惊胆战,脱手松开船桨,
全都溅落在大海的浪卷。由于众人不再
荡划扁平的船桨,航船停驻海上,静浮水面。
其时,我穿行海船,催励各位伙伴,
站在每个人身边,对他说话,用和善的语言:
'亲爱的朋友们,大家知道,我们已几度磨难,在此之前。
眼前的景状,并不比那次险烈;库克洛普斯
把我们关在深广的洞里,用横蛮的暴力。但
即便在那里,我们仍然脱身险境,借凭我的勇气、计划
和谋略。我想,这些个危险也将作为你我的经历,
回现在我们心间。来吧,按我说的做,谁也不许执拗。

坐稳身子,在你们的舱位,荡开船桨,
深深地击入奔涌的水面,奋勇拼搏;宙斯
或许会让我们脱险,躲过眼前的灾难。
对你,我们的舵手,我有此番命令,你要牢牢记住,
记在心间——在我们深旷的船上,你是掌舵的
人员。你必须仔细避开烟团巨浪,
尽可能靠着石壁航行,以免,在你不觉之中, 220
海船偏向那边——你会把我们葬送干净。'

"听我言罢,众人立刻执行。我不曾
讲说斯库拉的凶险,一种不可避免的灾虐,
担心伙伴们惊恐害怕,停止
划船,躲挤在船板下面。其时,
我抛却心头基耳凯严苛的
训言——叫我不要披挂战斗——
穿上光荣的铠甲,伸手抓起两枝
粗长的枪矛,前往站在船首的
甲面,心想由此得以先见探头石峰的
斯库拉,神怪给我的伙伴们带来苦难。
我翘首巡望,但却不见她的踪影,双眼疲倦,
到处搜索,扫视着迷迷糊糊的岩面。

"于是,我们行船狭窄的岩道,痛哭不已,
一边是神怪斯库拉,另一边是闪光的卡鲁伯底丝,
可怕,陷卷大海的涛水。当她
着力喷吐,像一口大锅,架着熊熊燃烧的柴火,
整个海面沸腾翻卷,颠涌骚乱,激散出
飞溅的水沫,从两边岩壁的峰顶冲落。
但是,当她转而吞咽大海的咸水, 240

混沌中揭显出海里的一切,岩石发出
深沉可怕的叹息,对着裸露的海底,
黑沙一片;彻骨的恐惧揪住了伙伴们的心灵。
出于对死的惊怕,我们注目卡鲁伯底丝的动静,
却不料斯库拉抢走六个伙伴,从我们
深旷的海船,伴群中最强健的壮汉。
我转过头脸,察视快船和船上的伙伴,
只见六人的手脚已高高悬起,悬离
我的头顶,哭叫着对我呼喊,
叫着我的名字,最后的呼唤,倾吐出心中的悲哀。
像一个渔人,垂着长长的钓竿,在一面突出的
岩壁,丢下诱饵,钓捕小鱼,
随着硬角沉落,取自漫步草场的壮牛,
拎起渔线,将鱼儿扔上滩岸,颠挺挣扎,
就像这样,伙伴们颠扑挣扎,被神怪抓上峰岩,
吞食在门庭外面。他们嘶声尖叫,
对我伸出双手,争搏在丧命的瞬间。
我觅路海上,饱受苦难,所见
的景状,莫过于那次悲惨。

260　　"逃离岩壁,躲过可怕的卡鲁伯底丝和
斯库拉,我们驶近一座绮美的海岛,
神的领地,放养着额面开阔的壮牛,体形健美,
另有许多肥美的羊群,日神呼裴里昂的财产。
当我还置身黑船,漂行海上,
便已听见哞哞的牛叫,集群回返栏圈的边沿,
夹杂着咩咩的羊语,心中顿然想起
双目失明的先知,塞贝人泰瑞西阿斯和埃阿亚的
基耳凯的叮咛——二位曾谆谆嘱告,要我

避开赫利俄斯的海岛,虽说太阳的光辉给凡人带来欢快。
其时,尽管心头悲痛,我对伙伴们说道:
'听着,我的伙伴们,虽然你们遭受了苦难!
我将告诉你们泰瑞西阿斯和埃阿亚的
基耳凯的预告——二位曾谆谆叮嘱,要我们
避开赫利俄斯的海岛,虽说太阳的光辉给凡人带来欢快。
他们预言那里将有一场最大的凶灾,等待着我们的到来。
所以,让我们划催乌黑的木船,就此向前,避离岛滩!'

"我如此一番说告,破碎了他们的心灵。
欧鲁洛科斯当即答话,言语中带着愤恨:
'你生性刚忍,奥德修斯,一身的力气我等不可比及;
你的四肢从来不会酸软,你的体格必定是铁板一块。 280
怎能不让你的伙伴,他们已被重活折磨得疲惫不堪,
缺少睡眠,驻脚陆岸?在这
水浪拥围的海岛,我们本可再次整备可口的食餐。
但你却强迫我们胡闯向前,像现在这般,在这迅捷的
夜晚,避离海岛,行船浑浊的洋面。
黑夜属于凶虐的风暴,会捣散我们的
海船。我们中谁可逃避突至的死亡,
倘若海上骤起狂风,南风
或西风死命地劲吹,最喜
裂毁海船,不顾我们的主宰、神明的意愿?
现在,让我们接受黑夜的规劝,
整备晚餐,傍着快船;明天
拂晓,我们将登程上路,驶向宽阔的海面。'

"欧鲁洛科斯言罢,伙伴们均表赞同,
我由此明白,神明确已给我等谋设灾难。

于是，我开口对他说道，用长了翅膀的话语：
'主行者仅我一人，欧鲁洛科斯，你在逼我就范。
这样吧，对我立下庄重的誓言，你等谁也不能例外，
倘若遇见牛群或大群的

300 羊鲜，谁也不许出于粗莽和骄狂，
动手杀宰——一头也不行！宜可享用现有的
食物，长生不老的基耳凯的赠送，图个平平安安。'

"听我说罢，众人遵照嘱令，盟发誓言。
当发过誓咒，立下一番旦旦信誓后，
我们将精固的海船停泊在深旷的港湾，
傍着一泓甜净的清水，伙伴们下得
船来，娴熟地整备晚餐。
当大家满足了吃喝的欲望，他们
想起了亲爱的伙伴，哭悼他们的死亡，
送命于斯库拉的吞食，抢出深旷的海船。
他们悲悼哭泣，直到顺服于甜怡的睡眠。
当夜晚转入第三部分①，星宿移至天空的另一端，
汇聚乌云的宙斯卷来呼啸的疾风，
狂野凶虐的风暴，布起层层积云，
掩罩起大地和海域。黑夜从天空降临。
但是，当早起的黎明重现天际，垂着玫瑰红的手指，
我们拽起海船，拖入滩边空旷的岩洞，
内有水仙们漂亮的舞场，聚会的地点。
其时，我召开了一次集会，对众人说道：

320 '朋友们，既然快船上储放着我们的吃喝，
大家伙不要沾碰岛上的牛群，以免招惹是非。

---

① 第三部分：即黑夜的最后一部分。

这里有牧牛和肥羊,归属一位可怕的仙神,
赫利俄斯无所不知,见闻一切。'

"我如此一番言告,说服了他们高豪的心灵。
但南风长刮不止,竟有一月时间,无有其他
疾风,刮自别的方向,惟有南风和东风的劲吹。
只要尚有食物,得饮红酒,众人倒也不曾
碰沾牧牛——谁个想死不活?然而,
当船上储存罄尽,他们便
离走出猎,于无奈之中,四处寻觅,
抓捕鱼儿、鸟类,任何可以逮着的东西,
带着弯卷的鱼钩,受饥饿的驱迫。
其时,我单身离去,朝着岛内行走,以便
对神祈祷,但愿他们中的一位,给我指点行程。
如此,我穿走海岛,撇下伙伴,
洗净双手,在一个避风的去处,对
所有拥掌俄林波斯的神明祈祷,
但他们却送来舒甜的睡眠,合拢我的双眼。
其时,欧鲁洛科斯提出凶邪的计划,对伙伴们说道:
'听着,我的伙伴们,虽然你们遭受了苦难! 340
不错,对悲苦的凡生,各种死难都让人厌恶,
但饥饿,在饥饿中迎见命运,是最凄惨的死亡。
来吧,让我们杀倒赫利俄斯最好的壮牛,
祭献给不死的神明,统掌辽阔的天空,
倘若有幸回返伊萨卡地面,亲爱的故乡,
我们将马上兴建一座供品丰足的神庙,给呼裴里昂,
天上的太阳,放入上好的祭品,大量的进奉。
但是,假如他出于愤恨,为了这些长角的壮牛,
打算摧毁我们的海船,得获其他神明的赞同,

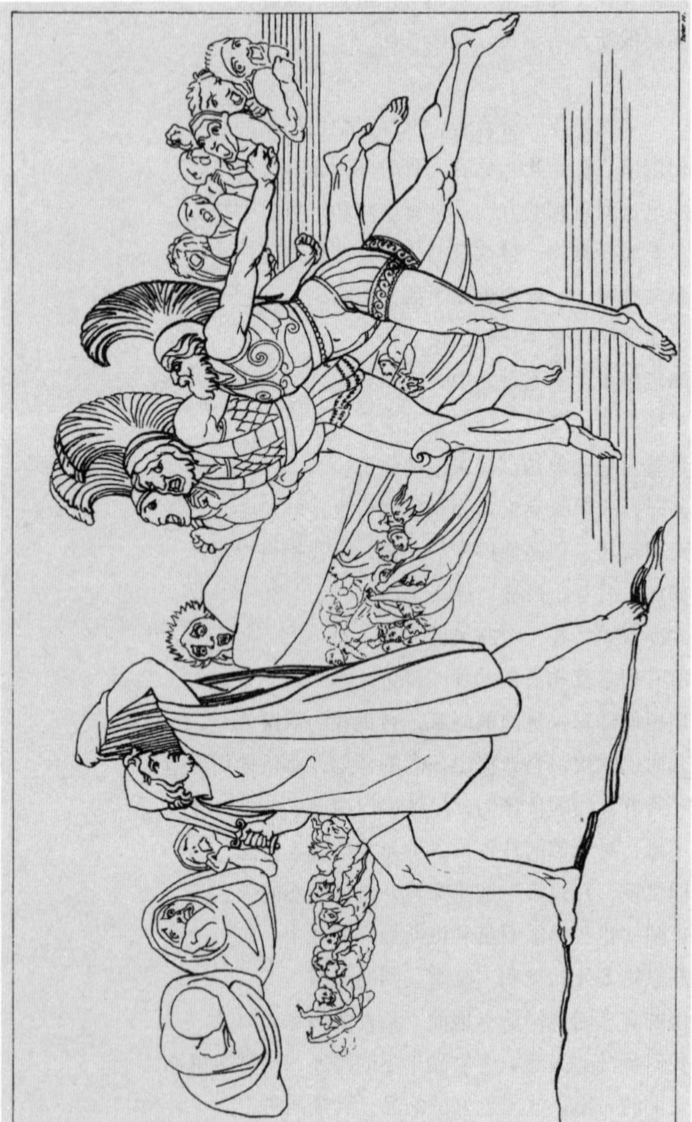

那么,我宁愿吞吃咸水,送命海浪,一死了之,也不愿
遭受饥饿的逼磨,慢慢地死去,在这片荒芜的岛滩!'

　　"欧鲁洛科斯言罢,其他伙伴均表赞同,
当即动手,就近拢来赫利俄斯最好的
壮牛,额面开阔,体形健美,
牧食在头首乌黑的海船旁。他们
赶来牧牛,在它们周围站定,对神祈祷,
摘下娇嫩的绿叶,从枝干高耸的橡树——
凳板坚固的船上已没有雪白的大麦可用。
他们作过祷告,割断牛的喉管,剥去皮张,
剖下腿肉,用油脂包裹腿骨,　　　　　　　　　　　　360
双层,把小块的生肉置于其上。
由于没有醇酒祭奠,泼洒烧烤的祭品,
他们以水代酒,烤熟了所有的内脏。
焚烧了祭牛的腿件,品尝过内脏,
他们把所剩部分切成小块,挑上叉尖。

　　"其时,舒甜的睡眠离开我的眼睑,
我走回迅捷的海船,海边的沙滩;
然而,在回返的路上,当我接近弯翘的海船,
烤肉的香味迎面扑来,萦绕在我的身边。
我悲声叹叫,对着不死的神明呼喊:
'父亲宙斯,各位幸福、长生不老的神仙!
你们用残忍的睡眠,将我欺哄,使我遭难;
伙伴们留在这里,做下的事情可怕荒诞!'

　　"裙衫飘逸的兰裴提娅即速出动,带着我们已
杀宰壮牛的信息,前往告诉呼裴里昂,天上的太阳,

后者心怀暴怒，在众神中喊道：
'父亲宙斯，各位幸福、长生不老的神仙，
责惩莱耳忒斯之子奥德修斯的伙伴，
这帮骄蛮的家伙，杀了我的牧牛，使我
380　欢悦的心爱，在升登多星的天空，
或从天上回返地面的时间。
我要他们补足杀牛的损失，否则，
我将把光明送给死人，下至哀地斯的房院！'

"听罢这番话，汇聚乌云的宙斯答道：
'继续照射不死的神明和世间的凡人，
赫利俄斯，普照盛产谷物的大地。
至于那些凡人，我会击捣他们的快船，在酒蓝色的
洋面，用闪光的炸雷，将它砸成碎片。'

"我从长发秀美的卡鲁普索那里听知这些；
她说，她从信徒赫耳墨斯那里得知此番消息。

"当回到海边，停船的滩头，我
挨个指责，责备他们的粗蛮，但我们
找不到补救的办法：死牛不会复还。其时，
神明开始送出预兆，展现在我们眼前。
牛皮开始爬行，叉尖上的牛肉发出轰鸣，
无论生熟，像活牛的吼喊。

"一连六天，豪侠的伙伴们杀食太阳神
赫利俄斯最好的肥牛，他们拢来的美餐。
但是，当宙斯，克罗诺斯之子，送来第七个白天，
400　啸卷的狂飙终于收起风势，

我们即刻登船,竖起桅杆,
升起白帆,驶向宽阔的海面。

"我们离开海岛,眼前无有别的
陆岸,只有天空一顶,汪洋一片:其时,
克罗诺斯之子卷来灰黑的云朵,压罩着
深旷的木船,大海变得乌黑森严。
海船继续向前,但只有短暂的时间;尖啸的
西风突起扑来,呼吼的狂飙凶猛
吹打,断毁了两条系固船桅的
前支索,桅杆向后倾倒,所有的索具
掉入底舱里面。船尾上,折倒的桅杆
砸打舵手的脑袋,当即粉碎了
整个头盖,像一位潜水者,从
舱面上倒翻,高傲的心魂飘离了他的骨件。其时,
海面上雷电交加,来自宙斯的抛甩,砸捣我们的海船,
被宙斯的响雷打得不停地旋转,
填满了硫磺的硝烟。伙伴们摔出海船,
像一群海鸥,被海浪冲碾,围着
乌黑的海船,被神明卷走了回家的企愿。

"与此同时,我往返船上,直到激浪　　　　　420
卷走龙骨边的船帮,推着光杆的龙骨
漂走,砸断与之相连的桅杆,幸好
还有一根连绑的后支索,牛皮做就,垂挂在上面,
我抓起绳条,把龙骨和桅杆捆连一块,
骑跨着它们沉浮,任凭凶暴的强风推搡腾颠。

"其后,西风停止啸吼,
南风轻快地吹来,给我的内心带来悲苦:

我将再次穿走那条海路,领略卡鲁伯底丝的凶险。
海风推着我漂走,整整一夜;及至旭日东升,
来到斯库拉的石岩,逼近可怕的卡鲁伯底丝,
其时正吞陷咸涩的海水。见此情景,
我高高跳起,伸手探摸高大的无花果树,
抱住树干,紧贴在上面,像一只蝙蝠。然而,
我却找不到蹬脚支身的地方,亦无法爬上果树,它的
根部远在我双脚之下,而枝叶则高高在上,远离头顶——
粗大、修长的枝干,荫罩着卡鲁伯底丝的形面。
我咬牙坚持,强忍不屈,等着她吐水,将
龙骨和桅杆送回。我急切等盼,而它们则姗姗迟来,
在那判官审定许多好斗的年轻人的
440 争讼,回家吃用晚餐的时间——就在
这种时刻,卡鲁伯底丝方才吐回吞走的杆段。
其时,我松开双臂腿脚,从高处
跳下,溅落水面,偏离长长的树材,
但我跨爬上去,挥动双手,划水向前。
人和神的父亲不让斯库拉重见我的出现,
否则,我将逃不出暴至的毁灭。

"从那儿出发,我漂行九天,到了第十天晚上,
神们把我带到俄古吉亚,发辫秀美的卡鲁普索
居住的岛屿,一位可怕的女神,通讲人话,
热情地接我住下,关心照料。然而,为何复述此番经历?
昨天,在你家里,我已对你们讲说①,
对你和你雍雅的妻房。我讨厌重复,
那段往事我已清清楚楚地对你们讲过一遍。"

----

① 我已对你们讲说:见第七卷第241—297行。

第十三卷

奥德修斯言罢,全场静默,肃然无声,
惊愕于他的叙说,在整座幽暗的厅殿。
其后,阿尔基努斯开口答话,说道:
"的确,奥德修斯,你已历经艰难,但现在,
你置身我的房居,青铜铺地,顶面高耸;
我相信你能回返故里,不再回来,既然已历经磨难。
现在,我要催嘱你等各位,各位
王爷,你们饮喝闪亮的醇酒,常在
我的宫殿,聆听歌手的唱段。
我知道,衣服已在滑亮的箱内,还有
精工冶铸的黄金和其他各种物品,
法伊阿基亚人的首领们将其带来此地,作为送客的礼件。
现在,我建议,我们每人各出一只硕大的三脚鼎
和一口烧锅,日后,我们可从对民众的税征中补还;
如此慷慨的捐赠,若由我一个人支付,将成为过重的负担。"

阿尔基努斯言罢,众人满心欢喜,
全都散去睡觉,各回自己的家门。
当早起的黎明重现天际,垂着玫瑰红的手指,
他们疾步赶往海船,带着大量的铜器,
阿尔基努斯亲自上船,灵杰豪健的王者,   20
把东西整齐地塞下凳板,使其不致挡碍
船员的手脚,妨碍他们荡开木桨,疾驰向前。

然后，众人行往阿尔基努斯的家府，备下丰盛的食餐。

　　阿尔基努斯，灵杰豪健的王者，替他们祭了一头公牛，
给王统一切的宙斯，克罗诺斯汇聚乌云的儿子。
当焚烧了腿件，他们开始享领光荣的
肴餐，聆听德摩道科斯的唱诵，一位
通神的歌手，深得人民的敬重。奥德修斯
频频回首，看视闪光的太阳，
巴望它赶快下落，急切地盼想回程，
像一个农人，盼吃食餐，赶着酒褐色的
耕牛，拖着制合坚固的犁具，整天翻土
田中，太阳的下落使他舒展眉头，
得以回家吃饭，挪动沉重的腿脚；
就像这样，奥德修斯喜迎太阳的下落。
他开口发话，对欢爱船桨的法伊阿基亚人，
首先是对阿尔基努斯，高声说道：
"哦，尊贵的阿尔基努斯，人中的俊杰，
请你敬洒奠酒，送我安返家园。
40　我愿祝你平安——眼下我的一切企望都已实现，
有了客主的护送和表示友好的礼件。愿天神
让它们使我幸福美满！但愿我能回抵家园，
见着贤洁的妻子和所有的亲朋，无伤无害！
愿你们留居此地，给婚娶的妻子和孩儿们
带来舒怡和欢快！愿神明允佑你们
一切顺利，使不幸和你的人民绝缘！"

　　听他言罢，众人一致赞同，催请
送客还家——他的话句句在理，说得一点不错。
其时，豪健的国王阿尔基努斯对使者说道：

256

"调兑一缸浆酒,庞托努斯,供厅内
所有的人祭用,以便对父亲宙斯祈祷,
送出我们的客人,归返他的乡园。"

他言罢,庞托努斯兑出香甜的美酒,
依次斟倒在各位杯中,后者洒过奠酒,给
所有幸福的神明,统掌辽阔的天空,从他们
息坐的椅旁,但卓著的奥德修斯站立起来,
拿着一只双把的酒杯,放入阿瑞忒手中,
开口说道,送出长了翅膀的话语:
"祝你幸福,尊敬的王后,直到老年和
死亡的降临,凡人不可避免的时辰。现在,
我将登程上路,愿你生活甜美,在府居之中;愿孩子们
使你幸福,还有你的人民和国王阿尔基努斯,你的丈夫!"

60

言罢,卓著的奥德修斯迈开大步,跨出门槛,
豪贵的阿尔基努斯遣出信使,作为陪送,
引他前往停驻的快船,聚沙的滩头。
阿瑞忒亦遣出女仆,跟随前往,
一个手捧衣服,一领洁净的披篷和一件衫衣,
另一个受遣的女仆搬动那只坚固的箱子,
第三名伴者提着面包和红色的酒。

他们来到海边,停船的滩头,
高傲的水手们迅速接过东西,存放
在深旷的舱内,包括食物和饮酒,
铺开一条毛毯和一条亚麻的布单,在
船尾舱边的甲面,以便让奥德修斯睡躺,
安闲舒适;后者登上船板,静静地躺在

上面。水手们解开缆绳,从带系孔的石块,
坐入各自的桨位,成行成排,
躬身荡划,船桨扬起飞溅的浪水。
奥德修斯当即闭眼睡去,温熟、
80　最甜美的酣睡,长眠不醒,仿佛死去一般。
像一架四匹马儿拉引的快车,奔驰在平野,
受激于鞭头的驱赶,合力向前,
高高跃起,飞跑着冲向要去的地点,
木船高翘起船尾,划开紫蓝色的水路,
浪花飞舞,奔驰在啸吼的海面,
走得平实稳健,即便是翱旋的鹰隼,
羽鸟中最快的飞禽,也不能和它争赛,
海船迅猛异常,破浪向前,载着
一位凡人,和神明一样多谋善断,心中
已忍受许多悲苦,许多愁哀,多少个长年,
出生入死,闯过拼战的人群,跨过汹涌的洋流;
但现在,他在平和的气氛中舒躺,忘却了所有的愁难。

当那颗最亮的星星①升上天空,比别的
星座更及时地预报早起的黎明,曙光的洒现,
劈波远洋的海船靠近了伊萨卡岸边。

那里有一处港湾,海洋老人福耳库斯的属界,
位于伊萨卡郊外,口边伸出两道
突兀的岩岬,将海港拱围,
挡御巨浪的袭冲,顺应强风的推送,
100　扑自港外的海面。岬内风平浪静,带凳板的

---

① 最亮的星星:可能指金星。

海船在驶入锚点后就水停泊，不用绳缆。
港湾的前部长着棵叶片修长的橄榄树，
附近有个幽荫的洞穴，佳美的去处，奉献给
一群水泉边的神灵，人们称之为奈阿德丝的女仙。
洞里有石缸和双把的石罐，
蜂群在里面储藏精酿的纯蜜。
里面还有石头的织机，造型修长，
水仙们用来制作紫色的织物，精品，看后令人诧叹；
另有潺流的山泉，永不枯干。洞穴有两个入口，
一个对着北风，凡人可以进去，
但对朝南风的那个，却是神的通径，
凡人从不逾用，长生者由此入内。

　　水手们熟悉洞边的情况，划船进入海湾。
海船疾冲向前，前半身搁上
滩沿，借助桨手的臂力。
他们走出凳板坚固的海船，踏上陆岸，
先把奥德修斯抬出深旷的海船，
连同亚麻的布单和闪光的织毯，
将他平放沙滩，后者仍然处于熟睡状态。接着，
他们搬出礼件——高傲的法伊阿基亚人的馈赠，120
受心胸豪壮的雅典娜催劝，在他登船
回返的前夕——放在橄榄树干边，
垒作一堆，离着路径，惟恐某个行人
途经此地，在奥德修斯醒来之前，伤损他的财产。
然后，他们转身回返，船走家园。但是，裂地之神
却不曾忘记初时的威胁，对神一样的
奥德修斯，这时开口说话，询问宙斯的意见：
"父亲宙斯，不死的神祇将不再对我

表示尊敬，眼见凡人诋辱我的威风，
这帮法伊阿基亚人，还是我的脉裔。
你知道，我说过奥德修斯将吃受许多苦难，
方能得返家园，我并不曾彻底破毁他的
还家，因为早先你曾点头答应，让他如愿。
但他们载他回返，睡躺在迅捷的海船，穿行海中，
抬上伊萨卡地面，给了难以数计的礼物，
有大量的青铜、黄金和织纺的衣衫，
多于奥德修斯能从特洛伊带出的物件，即使
他能安抵家园，携着战礼，分获的一切。"

　　听罢这番话，汇聚乌云的宙斯说讲，答道：
140　"你说了些什么，威镇远方的撼地之神？
神们不曾贬损你的尊严。此事何以行得，
侮辱、攻击我们中的尊长，最好的一位？
但是，倘若有哪个凡人，不管是谁，凭着蛮力和强健，
胆敢藐视你的尊严，那么你可惩罚此人，放手去干，
无论是现在或将来。做去吧，凭你的意愿。"

　　听罢这番话，裂地之神波塞冬答道：
"我本该迅速行动，乌云之神，按你的告诫，
但我总是敬你，回避你的愤怒。这一回，
我决心砸烂那条法伊阿基亚人
漂亮的海船，在浑浊的洋面，趁它回航
之际，使他们停止运送过岛的凡人。
我将峰起一座大山，围住他们的城国。"

　　听罢这番话，汇聚乌云的宙斯说讲，答道：
"听听我的想法，好朋友，我以为此法妙极。

当所有的民众都举目城上,望着回返的
海船,你可将它变作一块石头,看来像似
一条快船,靠离陆岸,让所有的人
惊叹,然后峰起一座大山,围住他们的城垣。"

听过此番嘱告,裂地之神波塞冬大步
奔向斯开里亚,等候在法伊阿基亚人生聚的 160
地域。其时,破浪远洋的海船驶近岛岸,
跑得轻松快捷,裂地之神逼近船边,
挥手击打,将它变作一条石船,
扎根海底之中,然后迈步离开。

操用长桨的法伊阿基亚人,以海船闻名,
开始互相说告,用长了翅膀的话语,
有人望着自己的近邻,说道:
"天哪,是谁停驻了我们的快船,在那水面之上,
不让它驶回家园?刚才,它的形象还是那样清晰可见。"

观者中有人这样说道,但他们并不知晓事发的原因。
其时,阿尔基努斯开口发话,说道:
"咳,昔日的预言今天竟得报现,
父亲的言告,他说波塞冬将会憎恨我们的作为,
因为我等载运所有的来客,顺当安全。
将来的一天,他说,当一艘精制的法伊阿基亚海船
送人归来,回航在大海浑沌的洋面,裂地
之神将击毁木船,峰起一座大山,围住我们的城垣。
这便是老人的预告,如今已被实践。
来吧,按我说的做,谁也不要执拗。
让我们停止送人,不管是谁,落脚 180

这座城边。我们要敬献十二头公牛,
给波塞冬,从牛群里选来。如此,他或许会怜悯
我们,不致峰起一座大山,围住我们的城垣。"

听他言罢,众人心里害怕,备妥奉祭的公牛。
于是,法伊阿基亚人的首领和统治者们
出声祈祷,对王者波塞冬,
肃立在祭坛周围。其时,卓著的奥德修斯
长睡醒来,在自己的故土,不识究为何地——
他已久别家乡,而女神亦已布下迷雾,
帕拉丝·雅典娜,宙斯的女儿,以便
掩隐他的身份,对他嘱告详情,
使妻子认不出他来,还有他的朋友和城里的民众,
直到严惩了求婚者们的胡作非为。所以
在王者奥德修斯眼前,她使一切改头换面,
蜿蜒的山径,泊船的港湾,
陡立的石壁和高耸的大树,枝叶茂繁。
他跳将起来,双腿直立,环望久别的故乡,
出声吟叫,挥起手掌,击打
两边的股腿,带着悲痛,开口说道:
200 "天哪,我来到了何人的地界,族民生性
怎样,是暴虐、粗蛮,无法无规,
还是善能友待外客,畏恐神的惩罚?
我将把这许多东西带往哪里?我自己又将
漂游何处?咳,真希望我还留在法伊阿基亚人
那里,如此,便能另访某位强健的
王者,他会善待于我,送我回程。
眼下,我不知该把这些东西放在哪里;显然
不能留置此地,恐遭别人抢劫。

算了吧,那些个法伊阿基亚人的首领和统治者们!
他们并不十分周谨,亦不诚实可信,把我
弄到这片外邦的土地,说是会
把我送往阳光灿烂的伊萨卡,但却不予兑践。
但愿帮佑恳求者的宙斯惩罚他们,大神监视
所有的凡人,责惩任何破毁礼规的行为。
这样吧,让我先数点东西,看看他们是否
顺手带走什么,载入深旷的海船。"

　　言罢,他开始计点精美的三脚鼎和
烧锅,还有黄金和织工精致的衣物。
东西件件俱在,无一缺损,但他悲念故乡,
踱走在涛声震响的滩沿,痛哭　　　　　　　　220
流涕。其时,雅典娜走近他身边,
幻变一位年轻人的模样,放羊的
牧人,一位雅致的小伙,像那王家子弟,
肩披一领精工织制的衣篷,双层,
足登条鞋,在闪亮的脚面,手握一杆枪矛。
奥德修斯见状,心中欢喜,迎上前去,
对她说道,用长了翅膀的话语:
"你是我在此遇见的第一个路人,亲爱的朋友,
请接受我的问候!但愿你对我不存恶意;
救救我,救护这些东西。我要对你祈祷,
像对一位神明,在你亲爱的膝前,恳求你的帮助。
请你告诉我,真实地告诉我,让我了解这一点。
这是什么地方,同什么国邦接邻,住着怎样的生民?
是某个阳光普照的海岛,还是片倾斜的
滩地,滑自丰肥的陆基,汇入咸涩的海水?"

听罢这番话,灰眼睛女神雅典娜答道:
"看来你纯朴简单,陌生人,或从遥远的地方前来,
如果你问的是这座海岛,绝非默默无闻的
地域——事实上,知晓者以千数论计,
240　无论是居住东方日出之地的凡生,
还是家居昏暗、乌黑之处的族民。
这是个山石嶙峋的国度,并非跑马的平野,
虽然狭窄,却不是赤贫之地,
生产丰足的谷物,有大串酿酒的葡萄,
雨量充沛,露水佳宜。这里
牧草肥美,适放山羊和牛群,长着
各种树木,灌溉的用水长年不竭。所以,
陌生的来人,伊萨卡的名声甚至噪响在特洛伊,
虽然人们说,这里远离阿开亚大地。"

　　她言罢,卓著和历经磨难的奥德修斯感到高兴,
欣喜于踏上故乡的土地——帕拉丝·雅典娜,
带埃吉斯的宙斯的女儿,已将真情告明。
奥德修斯开口回答,用长了翅膀的话语,
但却没有道出真情,将喉头的言词吞入心底,
总想利用胸中的机巧,心智的敏捷:
"噢,我曾听人提及伊萨卡,在宽广的克里特,
坐落在远方的海面;现在,我却来到此地,
带着这批东西,留下等同此数的财富,给我的男丁。
我逃离家乡,一个亡命者,因我杀了俄耳西洛科斯,
260　伊多墨纽斯的儿子,快腿如飞,在宽广的克里特,
吃食面包的凡人谁也不可比及。我宰了他,
因他试图夺走我的份子,从特洛伊掠获的
一切,为了它们,我忍着心头的痛苦,出生入死,

264

闯过拼战的人群，跨过汹涌的洋流——
我不愿伺候他的父亲，作为随从，在
特洛伊大地；我要率领我的人马，我的军兵。
所以，我带着一位朋伴，藏伏路边，用铜头的
枪矛击打，趁他从郊野回返之际。那是个
漆黑的夜晚，黑雾蒙罩着天空，我夺走
他的生命，无人知晓，谁也不曾看清。
其后，当我将他放倒，用锋快的铜矛，
抬腿迅速跑回海船，请求高贵的
腓尼基人，付出一些战获，欢悦他们的心胸，
求他们带我出走，前往普洛斯登岸，或
落脚秀美的厄利斯，厄培亚人镇统的地面。
然而，事出不巧，劲吹的疾风将海船扫离要去的地点，
极大地违背了他们的意愿——水手们并非故意让我受骗。
就这样，海船偏离航线，我们顶着夜色，来到这边，
赶紧划入港内，无人有此闲心，
思想进用晚餐，虽然此事亟需操办，　　　　　　　　　　280
全都下得船来，忍着饥饿，躺倒滩面。
其后，甜美的睡眠爬上我的眼睑，我已精疲力竭，
而他们则搬下所有的东西，从深旷的海船，
放在滩边，近离我睡躺的地方，
登船上路，前往人丁兴旺的西冬，
把我留在海滩，带着心中的愁哀。"

　　他言罢，灰眼睛雅典娜咧嘴微笑，
伸手抚摸，变成一位女子的形象，
美丽、高大，手工瑰丽精巧，
开口说话，用长了翅膀的言语：
"此君必得十分诡谲狡诈，方能胜过

265

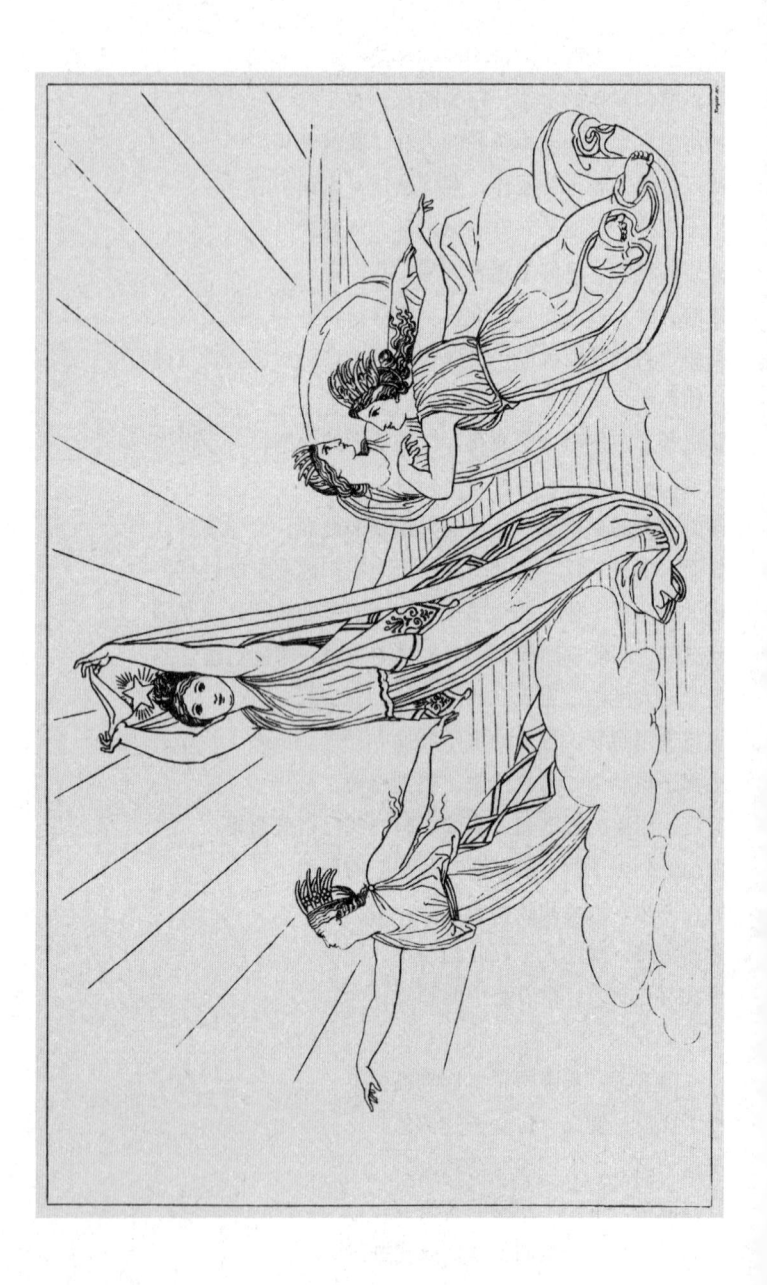

你的心计，哪怕他是一位神明，和你会面。
顽倔的汉子，诡计多端，喜诈不疲，即便在
自己的国土，亦不愿停止巧用舌尖，用
瞎编的故事哄骗，如此这般，是你的本性再现。
好了，让我们中止此番戏谈；你我都谙熟
精辩的门槛。你是凡人中远为杰出的
辩才，能说会道，而在神祇中，我亦以智巧
和聪灵闻传。然而，尽管聪明，你却不曾认出我来，
帕拉丝·雅典娜，宙斯的女儿，总是站在　　　　　　　　300
你的身边，护佑你的每一次经历；
是我，使你受到所有法伊阿基亚人的尊爱。
现在，我又来到这里，帮助你定设谋略，
藏起所有的东西，高豪的法伊阿基亚人给你的
礼件，按照我的计划和意愿，在你返航的前夕，
告诉你所有的麻烦，注定会遇到的事件，
在建造精固的房院。但你必须，是的，必须忍受
一切，不要道出此事，无论对男人，还是女辈，
不要告言你已浪迹归来；要默默地承受
巨大的痛苦，忍辱负重，面对那些人的暴烈。"

听罢这番话，多谋善断的奥德修斯说讲，答道：
"此事实在很难，哦，我的女神，让一个凡人见后辨识
你的脸面，不管他多么聪敏灵捷——你可幻变各种形态。
但此事我却知晓得十分清晰：从前，你给我的慈爱，
在那战斗的年月，我们阿开亚人的儿子们拼战在特洛伊
地界。然而，当我们攻陷了普里阿摩斯陡峭的城堡，
驾船离去，被一位神明驱散船队后，
我便再也没有见你，宙斯的女儿，亦不知
你曾访晤我的海船，为我挡开愁难，

320　总在流离颠泊，痛苦揪揉着我的
心怀，直到神明解除我的不幸，直到
在法伊阿基亚人富饶的土地，你出言慰诫，
亲自引我行走，进入他们的城域。现在，
我恳求你的好意，看在你父亲的份上，因我并不认为
真已回到阳光灿烂的伊萨卡，而是走离了航线，
漂到了另一片地界；我想你在笑弄我，
出言欺骗，说我已在这边。告诉我，
我是否真已回来，回到亲爱的故园。"

　　听罢这番话，灰眼睛女神雅典娜答道：
"你的胸中总有此般心计，而正因为这样，
我不能见你遭受不幸，丢下不管。
你说话流畅，心智敏捷，头脑冷静；
换成别人，浪迹归来，早就会迫不及待，
冲向厅堂，见视妻儿，但你
却不乐于急着询盘，提出问题，
直到你试探过妻子，虽然她仍像往常
一样，坐在宫中，泪流满面，
耗洗去一个个痛苦的黑夜和白天。
我从不怀疑你的存还，但我知道，
340　你将失去所有的伙伴，然后回返家园。
然而，你知道，我不愿和父亲的兄弟
波塞冬翻脸，他对你心怀愤怨，
恼恨你的作为，弄瞎了他心爱的儿男。
来吧，我将使你相信，展现伊萨卡的貌态。
这是海洋老人福耳库斯的港湾，
头前长着棵叶片修长的橄榄树，
附近有个幽阴的山洞，佳美的去处，奉献给

一群水泉边的神灵，凡人称之为奈阿德丝的女仙。
那是它的拱弧的洞顶，过去你常在
里头举办丰盛、隆重的祀祭，给水边的神仙。
再瞧那座山脉，奈里同，披着森林的衣衫。"

女神一番说道，驱散迷雾，显现出山野的貌态。
卓著和历经磨难的奥德修斯心花怒放，高兴，
眼见自己的乡园，俯首亲吻盛产谷物的大地，
高举双手，对水仙们祈告，诵道：
"我一直以为，奈阿德丝水仙，宙斯的女儿，
我已见不着你们的脸面；现在，请你们接受我充满
善意的祈愿。我还将给你们礼物，像过去一样，
倘若雅典娜，宙斯的女儿，战勇的福佑，慷慨应允，
答应让我存活，让我的儿子长大成才。"

360

听罢这番话，灰眼睛女神雅典娜答道：
"鼓起勇气，不要担心这些事情。眼下，
让我们搬起这堆东西，不要迟疑，藏在精妙的
洞里，洞穴的深处，使你不受损缺。
然后，我们将商定计划，争取最好的结局。"

言罢，女神走进幽阴的山洞，
寻看藏物的去处；与此同时，奥德修斯
搬来他的所有，放在近处，有黄金、坚韧的青铜
和精工织制的衣服，法伊阿基亚人的馈送，
仔细地堆放妥帖；帕拉丝·雅典娜，
带埃吉斯的宙斯的女儿，撂下一块石头，堵住洞口。

他俩弯身下坐，贴着那棵神圣的橄榄树，

定设计谋,杀毁胡作非为的求婚人。
灰眼睛女神雅典娜首先发话,说道:
"莱耳忒斯之子,宙斯的后裔,多谋善断的奥德修斯,
想个办法,你打算如何行动,惩治那帮无耻的求婚者,
横霸在你的宫殿,已达三年之久,
追扰你神一样的妻子,赠送求婚的礼物。
裴奈罗佩总在盼念你的回归,带着悲愁,
380 虽然亦使所有的人怀抱希望,对每个人许诺,
送出信息,而心里想的却是另外一套。"

　　听罢这番话,多谋善断的奥德修斯说讲,答道:
"毫无疑问,我会死于险厄的命运,在我的
宫中,重蹈阿特柔斯之子阿伽门农的覆辙,要不是
女神你的点拨,告诉我家中的情况,发生的一切。
来吧,订个计划,我将如何报复他们;
站在我身边,催鼓我的勇气和力量,像以往
那样,我们齐心合力,扳倒闪亮的冠头,在特洛伊城上。
倘若你,哦,灰眼睛的尊神,能站在我的身边,挟着
狂怒,我便能奋勇敌战,夫人,我的女神,三百个凡人,
借你的神威,只要你全心全意,大力帮助。"

　　听罢这番话,灰眼睛女神雅典娜答道:
"放心吧,我会站在你身边,不会把你忘了,
当我俩操办此事,我知道,他们将鲜血喷涌,
这帮吞糜你家产的求婚人,脑浆
飞溅,遍洒在宽广的大地上。来吧,
让我把你改变,使凡人认不出你的形貌。
我将折皱你滑亮的皮肤,在你柔韧的肢腿,
毁除棕黄色的发绺,在你的头顶,

披上破烂不堪的衣衫，使人们见后避闪腻烦； 400
我将昏糊你的目力，曾是那样俊美的眼睛，
使你看来显得卑龊，在求婚人眼里，
亦在被你留守宫中的妻儿面前。
这样吧，你要先去牧猪人的住地，
此人看养你的猪群，对你的感情善好真诚，
亲爱你的儿子，友待谨慎的裴奈罗珮。
你会发现他正看守在猪群近旁，牧放在
渡雅石的边沿，贴着阿瑞苏沙泉溪，
吃着它们喜爱的橡树子，喝着昏黑的
流水，猪的饲料，养育它们，催发满身膘肥。
呆留在那儿，和他一起，询问所有的一切，
而我将赶往斯巴达，出美女的地界，
召回忒勒马科斯，你心爱的独苗，对不——
他已去往宽阔的拉凯代蒙，会见墨奈劳斯，
询问你的消息，是否还活在世上人间。"

听罢这番话，多谋善断的奥德修斯说讲，答道：
"为何不把真情告他——作为神明，你心知一切？
是否因为他也将浪迹苍贫的大海，
忍受悲痛，让求婚者们吃耗他的财产？"

听罢这番话，灰眼睛女神雅典娜答道： 420
"不必为他担心，是我亲自送他出航，
让他出使远方，争获良好的声名。
他并没有吃苦受难，现时正稳坐厅内，
和阿特柔斯之子一起，平安无事，享受丰奢的礼待。
不错，那些年轻的人们，驾着乌黑的海船，已设下
埋伏，盼想在他返家之前，动手杀害，但

我想他们不会如愿,相反,用不了多久,泥土便会把
他们中的某些人覆盖,这帮求婚人,正吃耗你的家产。"

言罢,雅典娜举杖拍打奥德修斯,
折皱起滑亮的皮肉,在他柔韧的肢腿,
毁除棕黄色的发绺,在他的头顶,
全身披布苍暮老人的皮肤,
昏糊了他的目力,曾是那样俊美的眼睛。
然后,女神替他变出衣裳,一领旧篷,一件衫衣,
破破烂烂,脏乱不堪,被浊臭的烟火熏得黑不溜秋,
压上一块硕大的兽皮,奔鹿的皮张,已被搓磨去除
鹿毛,给他一根枝杖,一只丑陋的袋包,
百孔千疮,悬连着一根编绞的绳线。

　　就这样,他俩定下计划,各奔东西。女神
440　前往神圣的拉凯代蒙,带回奥德修斯的男儿。

第十四卷

与此同时,奥德修斯离开港湾,走上崎岖的山路,
穿过繁茂的林地,越过山岗,行往雅典娜
指明的地点,寻觅高贵的牧猪人的踪迹,仆人中,
他比谁都忠诚,看护杰卓的奥德修斯的家产。

奥德修斯发现他坐在屋前,四周垒着
高耸的墙栏,在一块隆起的地面,围拥着舒坦、
宽敞的庭院,地面上干干净净,由牧猪人
自己堆建,关围着离家的主人的猪群,
不为女主人知晓,也不为年迈的莱耳忒斯知道。
他用大块的石头垒起围墙,上面铺着带刺的蒺丛,
外面竖着柱杆,围作一圈,顶着石面,
排得密密匝匝,劈开的木段,橡树中
幽黑的部分。围墙内,他分出十二个圈栏,
一个接着一个,猪的床圈,每栏封关
五十头睡躺地面的猪猡,怀孕的
母猪,公猪们躺在外头,数量远为
稀少,由于神样的求婚人不停地吃宰,
使肉猪的数目减少——牧猪人被迫源源
不断地使应,送去饲养精良的肥猪,猪群中
最好的佳选,还有三百六十头存栏。   20
猪场上有四条牧狗,野兽一般,每日息躺在
猪群边沿,牧猪人,猪倌的头儿,驯养的帮手。

眼下，他正割下一块牛皮，色调温厚，
制作合脚的便鞋。与此同时，其他
牧猪人已赶着猪群，出走不同的方向，
一共三人，第四个已被他遣往城里，
赶着一头肥猪，送给骄蛮的求婚人，出于被迫，
供他们祭杀饕餮，满足饱啖的欲念。

　　突然，啸吼的牧狗瞥见了奥德修斯，
狂叫着冲扑上前，奥德修斯谨慎地
蹲坐在地，掉落手中的枝棍。其时，
他将会受到严重的伤损，在自己的庄院，
要不是牧猪人腿脚轻快迅捷，放下
手中的皮件，即时冲出门庭，
大声呵斥，对着狗群，投出雨点般的石块，
把它们轰得四处奔跑，然后对着主人，开口说道：
"狗群突起奔袭，我的老先生，险些把你撕坏，
引来你对我的责怪，责怪我的错闪。
然而，神明已给我痛苦，使我悲哀，
40　我坐在这边，伤心哭念，为了神一样的
主人，精心饲养他的肥猪，给别人
吃耗，而他，忍着饥饿的煎磨，浪走在
某个城市或乡村，讲说异邦话语的地界，
倘若他还活着，得见太阳的光明。
来吧，老先生，进入我的棚屋，先吃饱
肚子，喝够酿酒，然后告诉我
你打何处过来，忍受了多少愁哀。"

　　言罢，高贵的牧猪人引着奥德修斯行走，
进入棚屋，让他坐下，在一堆柴蓬之上，

垫出块野山羊的皮张，取自他的睡床，
附着松乱的羊毛，硕大、深厚。奥德修斯欣喜于
所受的招待，开口发话，出声呼唤，说道：
"愿宙斯，陌生的朋友，和列位不死的神明，使你
得到潜心希愿的一切——你以此般盛情，欢迎我的到来。"

听罢这番话，你，牧猪人欧迈俄斯，开口答道：
"我不能，陌生的客友，回拒一个生人，
即便来者的境况比你更坏。所有的生人浪者
都受到宙斯的保护；礼份虽然轻小，却会得到受者的珍爱，
我们所能给的东西，我们，侍服于人的仆工，
心里总是揣着恐惧，畏于主子的权势，
新来的那帮壮汉。神明滞止了旧主的回归，不然，
我会得到他的关心护爱；他会给我财产，
一座房子，一片土地，一位受人穷追的妻子，
像一个好心的主人，施舍家里的帮仆，
后者辛勤为他工作，劳绩受到神的驱助，
正如神力对我一样，驱助我埋头苦干。所以，
主人定会给我许多好处，倘若他在此安度晚年。
可惜，他死了——但愿海伦断子绝孙，
全都死个精光，此女酥软了这么多壮勇的膝盖。
为了替阿伽门农雪耻，我的主人，偕同各位英豪，
前往出骏马的伊利昂，和特洛伊人拼战。"

60

言罢，他当即束紧衫衣，用一根腰带，
走向猪栏，圈围着他的猪群，
选抓了两头，带入屋内，动手杀宰，
烧去猪毛，切成小块，挑上叉尖，
尽数炙烤，端来放在奥德修斯身前，

滚烫的肉块，就着烤叉，撒上雪白的大麦，
调出美酒，蜜一样醇甜，在一只常青藤木的兑缸，
下坐在奥德修斯对面，请他吃用，说道：
80　"吃吧，陌生的客人，将就我等奴仆们的
食餐，小猪的肉块；滚肥的肉猪供给求婚者们啖宴，
他们心里不惧神力的责惩，不带半点怜悯。
幸福的神明不喜残忍的举动，
他们褒奖正义，人间合理合宜的行为。
即便是无情的海盗，登陆异邦的
滩头，宙斯让他们抢获财富，
装满海船，扬长而去，回返家院；
即便是这些人，他们的心中亦兜着强烈的恐惧，
担心受到报复。所以，这帮求婚人或许听过神送的
讯息，得知我主已惨死途中，不愿规规矩矩地
追求，亦不想回返自己家中，而是心安
理得地吞糜别人的财物，大大咧咧，以空扫为快。
他们杀宰牲畜，不是一头，亦不是
两头，在那宙斯送临的日日夜夜；
他们取酒，无节制地耗饮。
主人资产丰足，多得难以数计。无论在
黑色的陆架，还是在伊萨卡岛上，豪杰中
找不出比他更富的人选，即便汇聚二十个人的财富，
也比不上他的家产。现在，我要告说他的所有，让你听闻。
100　陆架上，他有十二群牛，同等数量的绵羊，
同样数量的毛猪，以及同样多的山羊，熙熙攘攘，
由他雇用的外邦人和派去的劳工牧放。
在这座岛上，它的边端，饲放着遍走的山羊，
十一群之多，放管者是受他信赖的仆役。
日复一日，每个牧人赶出一头山羊，进献给

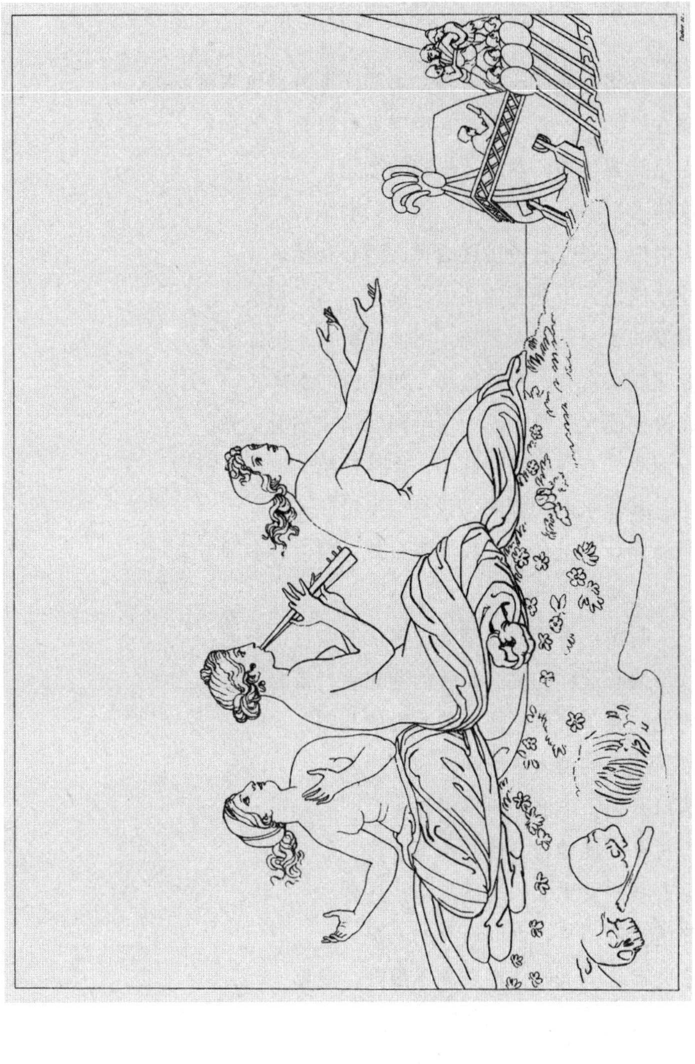

求婚的人们,畜群中最好的肥羊;我
本人负责看管、守护这些猪群,和他们一样,
小心翼翼,选出最好的肥猪,送给他们饱餐。"

　　牧猪人如此一番言告,奥德修斯静静地喝酒吃肉,
横吞暴咽,一言不发,心中谋划着求婚人的祸灾。
当他吃罢食物,满足了果腹的欲望,
牧猪人斟酒自己的杯中,潜溢的酒浆,
递给他饮喝,后者接过酒杯,满心欢畅,
开口送出长了翅膀的话语,说道:"告诉我,
亲爱的朋友,那人是谁,用他的财富,把你买下,
如此殷实富有,权势显赫,如你说的那样?
你说他已人死身亡,为了给阿伽门农雪耻争光。
告诉我,或许我知晓此人,凭你介绍的情况,宙斯知道,
还有其他永生的神明,我是否见过此人,
能给你什么讯息——我浪迹海外,到过许多地方。"

　　听罢这番话,牧猪人,猪倌的头目,答道:
"不会有这样的来人,我的老先生,带着讯息,
使他的妻子信服,还有他心爱的儿郎。
漂落此地的浪人缺吃少穿,
信口开河,不愿把真情说讲,
每每来到此地,在伊萨卡落脚,
见着我的女主人,胡编乱造,后者
热情接应招待,询问所有的讯况,
悲哭自己的夫婿,泪珠滴下眼眶,像那
通常之举,一位哭悼的妻子,丈夫死在遥远的地方。
你也一样,老先生,或许会信口编出个什么故事,
倘若有人会给你一件衫衣,一领披篷,穿在身上。

然而，至于我的主人，狗和疾飞的兀鸟必定已撕去
他的皮肉，留下骨头，灵魂已弃离于他。或许，
鱼群已将他吞食，在那浩海大洋，尸骨
横躺在陆架的滩旁，深埋在沙堆下。
就这样，他已死在那边，使他的亲朋，在今生之中
痛苦悲伤，尤其是我，再也找不到
一位像他那样善好的主人，无论走向何方，
即便回到父母家中，那是我　　　　　　　　　　　　140
出生的地方，双亲关心爱护，把我养大。
我亦不是为了他们，如此悲伤，尽管盼望
亲眼见到二位，在我的家乡。我的
思念萦系于奥德修斯，他已出离，
但即便如此，我的朋友，我亦顾忌
直言他的名字；他关照我的生活，爱我至深，
在他心里。所以我称他主人，尽管他已不在此地。"

　　其时，卓著和历经磨难的奥德修斯对他答道：
"既然你矢口否定，亲爱的朋友，
认为他不会回返，心中总是不信多疑，
我将不会像那些人一样，说得随随便便；我要对你发誓，
告诉你奥德修斯正在归返。你要拿出酬礼，褒奖我
带来的喜讯，在他回到故乡，踏入家门的时候，
给我精美的衣裳，一件衫衣，一领披篷，穿着在身，
在此之前，尽管亟需，我不会接受你的馈送。
我痛恨有人信口胡言，就像厌恨死神的家门，
出于贫困的逼迫，说讲骗人的故事。让神明
作证，首先是宙斯，至尊的仙神，还有这好客的桌面，
以及豪勇的奥德修斯的炉盆——我来到此地，对着它
恳求——我说的一切都将兑现，奥德修斯将回返　　　160

家门,在将来的某时,今年之内,
当着旧月销蚀,新月登升的时候,
他将回到家里,杀敌报仇,倘若
有谁屈待他的妻子,羞辱他光荣的儿男。"

听罢这番话,你,牧猪人欧迈俄斯,开口答道:
"老先生,你要我酬报带来的喜讯,我看此事不会兑现,
因为奥德修斯不会回返,跨入家门。静心
喝酒,让我们谈论别的事情。不要再
提及此事,我的内心一阵阵楚痛,
每当有人谈及我的恩遇,慷宏的主人。
至于你的誓言,我们可以把它忘掉,但我盼望奥德修斯
回来,此乃我的心愿,也是裴奈罗佩以及老人
莱耳忒斯和神一样的忒勒马科斯的愿望。
此刻,我为奥德修斯的儿子忒勒马科斯痛心,
难以抛却此份悲伤。神明使他像树苗似的茁长,
我想他会出类拔萃在凡人之中,不比
他父亲逊色,容貌和体形都非同寻常。
可惜不死者颠乱了他聪颖的心智,要不,
就是某个凡人——他外出寻访父亲的讯息,
180 前往神圣的普洛斯。傲慢的求婚人正伏藏
等待,在他归返的途中,使阿耳开西俄斯的
家族断子绝孙,销声匿迹在伊萨卡岛滩。
现在,我们只好让他听天由命,是让人逮着,
还是,凭借克罗诺斯之子的护佑,脱险生还。
来吧,老先生,叙叙你的悲苦,
告诉我,真实地告诉我,使我了解这一切。
你是谁,你的父亲是谁?来自哪个城市,双亲在哪里?
乘坐何样的海船到来?水手们如何

把你送到此地,而他们又自称来自何方?
我想你不可能徒步行走,来到这个国邦。"

听罢这番话,多谋善断的奥德修斯说讲,答道:
"好吧,我将准确地回话,把一切告答。
但愿这里有足够的食物和香甜的醇酒,
供你我两个,在这个棚屋,
静静地吃用,其他人劳作在棚外的牧场——
如此,我便可讲上一个整年,仍然
道不尽过去的往事,心中的悲伤,
我所经受的艰难,出于神的愿望。
我的家乡在丰广的克里特,
我乃一个富家子弟,和父亲的其他儿男一样,200
在宫居里长大,但他们是合法的子嗣,
由婚配的妻子生养,而我母亲却是个买来的女人,
他的情妇——尽管如此,我却和他的嫡子一样,受到
卡斯托耳的钟爱,呼拉科斯的儿子,我声称他是我的亲爸。
当时,克里特人敬他,在那片地面,如同
敬神一样,尊慕他的富有和权势,生养了光荣的儿郎。
其后,咳,死的精灵把他逮着,送往
哀地斯的府居,骄豪的儿子们
摇动阄块,分掉他的家产,
给我一个极小的份子,连同栖居的住房。
但是,我得娶了一房妻子,从一个地产丰足之家,
仗着我的人品,既非卑鄙的俗夫,又不曾
逃离战场。现在,昔日的豪强已离我而去,
然而,我想,如果你察看庄稼的秆茬,便可推知
丰收时颗粒饱满的景状。从那以后,我历经艰难,
但阿瑞斯和雅典娜给我勇气,横扫

千军的力量。每当挑出最好的战勇，
藏兵伏击，给敌人谋送灾难，
我那高豪的心灵从来不知何为死亡，
220 总是第一个奋起搏杀，远在伙伴们前头，出枪
撂倒敌人，只要他的双脚被我的腿步赶上。
战斗中，我就是这么勇敢；然而，我不喜农地里的劳作，
还有家中的琐事，虽然那是人们养育光荣孩儿的地方。
我爱木桨推送的海船，一生如此，还有
疆场上的搏杀，扔出杆面光滑的投枪，射出羽箭，
可怕的东西，别人见后心惊胆战，而我却乐于
把它们玩耍。一定是神明，我想，在我心中注入此般
情感——不同的人们喜做不同的事情，你说对吧？
在阿开亚人的儿子们登船去往特洛伊之前，
我曾九次带兵出袭，乘驾破浪疾行的海船，
荡击异邦的生民，抢获大量的财物，从中挑出
许多所得，凭我喜欢，又在以后的分摊中进益丰广，
所以，我的家产迅速积聚；从那以后，
我赢得了克里特人的尊从，他们的敬怕。
当沉雷远播的宙斯谋设了那次可恨的
远征，那场酥软了许多战勇膝盖的恶仗，
他们催我出战，偕同著名的伊多墨纽斯，
统领船队，进兵伊利昂。此事回拒
不得，公众的舆论相当苛厉，逼顶着我们出发。
240 一连九年，我们，阿开亚人的儿子，战斗在那边，
在第十年里，攻陷了普里阿摩斯的城堡，
驾船离去，被一位神明驱散了船队。然而，
精擅谋略的宙斯设置苦难，给我这不幸的凡胎。
我回居家中，领略天伦之乐，和我的孩儿和
婚娶的妻子，享用我的财富，如此仅仅一月，

我的内心便驱使我整备海船，出门远航，
前往埃及，带着神一样的伙伴。
我整出九条海船，船员们迅速集聚，
一连六天，豪侠的伙伴们开怀
吃喝，由我提供大量的牲畜，
让他们敬祭神明，整备丰足的宴餐。
到了第七天上，我们登坐船板，从宽阔的克里特
出发，由明快、顺疾的北风推送，
走得轻轻松松，像顺流而下，海船
无一遭损，我等亦平安无事，静坐船中，
任凭海风和舵手的驾导，无病无恙。
及至第五个白天，船队驶入埃古普托斯奔涌的水流，
我将弯翘的舟船停驻该河的边旁，
命嘱豪侠的伙伴们留等原地，
近离船队，看守海船，同时

260

派出侦探，前往哨点监望。然而，
伙伴们受纵于自己的莽荡，凭恃他们的蛮力，
突起奔袭，掠劫埃及人秀美的
田庄，抢走女人和幼小无助的孩童，
杀死男人，哭喊之声很快传入城邦。
城里的兵民惊闻喊声，冲向我们，在黎明
时分，成群的车马，赴战的步兵，塞满了平野，
到处是闪烁的铜光；喜好炸雷的宙斯撒下
邪恶的恐惧，在我的伴群之中，谁也没有那份胆量，
站稳脚跟，开打拼斗，凶狠的敌人围逼在四面八方。
敌兵杀人甚众，都是我的伙伴，用锋快的青铜，
掳走另一些部属，充作强迫劳役的奴工，
但宙斯亲自赐送急智，在我的
心中——我宁愿在那时遇会死的命运，

在埃及人的国土，日后亦可少受许多苦痛。
我迅速行动，摘下铸工精致的盔盖和硕大的盾牌，
分别从我的脑门和肩头，丢下枪矛，落出手中，
跑向王者身边，他的马车，亲吻他的
膝盖，紧紧抱住它们；国王心生怜悯，免我一死，
280 让呜咽抽泣的我坐在他的车上，撤兵还家。
许多人冲上前来，手握榉木杆的枪矛，
急切地意欲夺杀，风风火火，怒不可遏，
但王者替我挡开他们，畏恐于宙斯的愤怒，
浪走他乡之人的护佑，比谁都痛恨歪逆的做法。
我在那留居七年，积聚了许多财物，
埃及人个个拿出东西，给我的礼送。
随着时光的移逝，我们进入了第八个年头，
其时，我遇见一位腓尼基人，行骗的高手，
贪财的无赖，已使许多人吃受苦头。
他花言巧语，骗我上当，随他同行，
前往腓尼基，那里有他的家居，他的财物。
我在那儿居住，呆了十二个足月，
但是，当时光的消逝磨过年头的末尾，
季节的转换开始新的循回，他带
我踏上破浪远洋的海船，前往利比亚，
谎言要我帮忙，运送他的货物，但真正的目的
却是要把我卖到那里，赚取一大笔财富。
我随他上船，出于被迫，疑团满腹。
轻快、顺疾的北风推船向前，沿着大海的中路，
300 遥对克里特的滩沿——其时，宙斯正心谋死亡，
给渡海的人们。我们撇下克里特岛，眼前无有别的
陆岸，只有天空一顶，汪洋一片——
克罗诺斯之子卷来灰黑的云朵，压罩着

深旷的船舟,大海变得乌黑森严。
海上雷电交加,来自宙斯的抛甩,砸捣我们的海船,
被克罗诺斯之子的响雷打得不停地旋转,
填满了硫磺的硝烟。船员们摔出海船,
像一群鸥鸟,被海浪冲碾,围着
乌黑的海船,被神明夺走了回家的企愿。
幸好宙斯亲自关怀,虽然我心中痛烦,
将那乌头船上粗大的桅杆放入我的手中,
让我逃离死难,紧紧抱着长桅,
随波逐浪,面对凶猛的风吹。
我漂游了九天,到了第十天上,一个乌黑的夜晚,
峰涌的巨浪把我冲上塞斯普罗提亚的海滩。
塞斯普罗提亚人的王者,英雄菲冬,
将我收留,不问报酬——他的爱子见我遇难,
憔悴不堪,遭受疲倦和冷风的折磨,伸出双手,
将我扶起,引路前往父亲的房府,
替我穿上衣服,一件衫衣,一领披篷。
正是在他的宫中,我听到奥德修斯的讯息。
国王说他曾宴请和结交此人,在他回乡的途中,
让我赏看奥德修斯的财富,所有的聚收,
有青铜、黄金和艰工冶铸的灰铁,数量之巨,
足以飨享他的后人,直到第十代重孙,
如此众多的财物,收藏在王者的宫中。
他说奥德修斯去了多多那,求听
宙斯的意愿,从那棵神圣、枝叶高耸的橡树,
问知如何返回家乡,富足的伊萨卡,是
秘密行抵,还是公开登岸——离家的时间已有那么长久。
他亲口发誓,当着我的脸面,泼出奠神的浆酒,
在他的屋里,告知航船已被拖下大海,船员正操桨以待,

320

载送奥德修斯，返回亲爱的故园。但
在此之前，他让我先行上路，因为碰巧有一条
塞斯普罗提亚人的海船，前往杜利基昂，盛产小麦。
所以，他命嘱船员们把我捎上，带给国王阿卡斯托斯，
要他们小心关照，但这帮人心怀邪念，
打我的主意——如此，我还有要受的苦难。
当破浪大洋的海船远离陆岸，

340 他们当即谋想盘算，决意把我卖作奴隶，
剥去我的衣服，我的衫衣和披篷，
还之以一领旧篷，一件破旧的
衣衫，就是这身衣裳，你已看在眼前。
黄昏时分，他们抵达阳光灿烂的伊萨卡，
把我紧紧捆绑在凳板坚固的船上，
用一根编绞的绳索，而后离船登岸，
急急忙忙地吃过晚饭，在大海的滩沿。
其时，神们亲自解开捆我的绳子，
不费吹灰之力；我用破篷遮住头脸，
滑下装卸用的溜光的条板，胸肩隐下
海面，挥开双臂，争泳向前，
很快出水上岸，避离了那帮人汇聚的地点。
我朝着岛内潜行，蹲伏在一片枝叶密匝的
灌木丛里，那帮人大声喊叫，
四处寻找，觉得徒劳无益，
停止搜索，转身回走，登上
深旷的海船——一定是神明亲自将我隐藏，
轻而易举；亦是他们带引，使我来到你的牧舍，
见着一位通情达理的好人。看来，我还有存活的机缘。"

360　　听罢这番话，你，牧猪人欧迈俄斯，开口答道：

"咳，不幸的陌生人，你的话颠腾翻搅着我的心胸，
告诉我这些细节，如何经受苦难，漂流在外。
尽管如此，我认为其中仍有部分虚构，有关奥德修斯的
叙述，不能使我信服。为何徒劳无益地说谎，一个像你
这样处境艰难的浪人？告诉你，我知晓事情的真相，
关于主人的还家。神们痛恨于他，所有的
神明，不让他阵亡在特洛伊人的故乡，
或长眠在朋友怀里，经历过那场战杀；
否则，阿开亚全军，所有的兵壮，将给他堆垒坟茔，
使他替自己，也为儿子，争得传世的英名，巨大的荣光。
但现在，凶横的风暴已把他席卷，死得不光不彩。
至于我，我避居此地，看守猪群，不进
城里，除非谨慎的裴奈罗佩传我前往，
倘若有人带来讯息，从海外的什么地方。
其时，人们围坐在来者身旁，询问各种细节，
无论是关心他的伴仆，悲念久久离家的主人，
还是兴高采烈的食客，吞糜别人的财产，不付报偿。
对此类盘索询问，老实说，我已失去兴趣，
自从那回被一个埃托利亚人诳骗，告说虚假的
故事。此君杀人故乡，浪迹广袤的大地， 380
来到我家，受到殷勤的接待。他说
曾见过奥德修斯，和伊多墨纽斯一起，置身
克里特人之中，修缮遭受风暴击损的海船，
声称主人将要回返，不在夏日，便在秋时，
带着许多财物，连同神一样的伙伴。
请你注意，悲断愁肠的老人，别忘了神明送你
前来，不要瞎编谎言，骗取我的欣欢。
我的热情，对你的招待，并非因为你讲了这些，
而是因为惧怕宙斯，护客的尊神，和发自内心的怜悯。"

听罢这番话，多谋善断的奥德修斯说讲，答道：
"看来，你确是生性多疑。即便立下
誓证，我亦不能使你听从，使你相信。
来吧，我们可订下协约，让拥居
俄林波斯的神明督察双方执行。
倘若你主回返家乡，他的宫府，
你要给我一件衫衣，一领披篷，穿着在身，送我
上路，前往杜利基昂，我心想往之的去处；
但是，假如你主不得归返，与我的言告不符，
你可遣出伙伴，把我扔下兀挺的峭壁，
400　以此警告后来的乞者，不要谎言骗述。"

　　听罢这番话，光荣的牧猪人说讲，答道：
"哈，我的朋友，这将是我的美德，为我争得荣誉，
在凡人之中，无论是现在，还是将来，
倘若我把你引进棚屋，先是热情招待，
继而把你杀了，夺走你亲爱的生命，然后
开口祈祷，对宙斯，克罗诺斯之子，带着愉快的心情！
好了，现在是吃饭的时候，但愿伙伴们即刻到来，
以便在这棚屋之内，整备可口的食餐。"

　　就这样，他俩一番谈说，你来我往，
与此同时，牧猪的伙伴们从外面回返，
把猪群拢入栏圈，在它们熟悉的地方睡躺过夜，
后者拥挤着哄走，呼呼噜噜的噪声响成一片。
光荣的牧猪人见状，对着伙伴们叫喊：
"弄出一条最好的肥猪，让我宰了，招待来自远方的
客人，也好让我等自己欣享一番，我们，
长期承受苦劳的艰难，放养长牙白亮的肥猪，

让别人吞吃劳作的成果，不付酬金。"

言罢，他挥起无情的铜斧，劈开木段，
伙伴们抓来一头五年的肉猪，极其肥壮，
让它站在火堆前面。牧猪人不曾忘记 420
永生的神明，怀揣一颗通达事理的心灵，
动刀割下鬃毛，从白牙利齿的肉猪头顶，丢入
柴火，作为祭物，敬祷所有的神明，
让精多谋略的奥德修斯回返家园。随后，
他挺直腰板。从身边抓起一根橡树的柴棍，举手打击，
捣出生命的魂息，从猪的躯体；众人杀了猪，烧去
猪毛，肢解猪身。牧猪人割下肉块，从猪的四肢，
头刀的祭物，放在厚厚的肥膘上面，
撒上食用的大麦，扔入火堆。接着，
他们把所剩部分切成小块，用叉子
挑起来仔细炙烤后，脱叉备用，
堆放在盆盘里面。牧猪人
起身分放，心知食份应该公允，
将所有的烤肉放作七份，留出
其中之一，开口作诵，敬祭水仙和赫耳墨斯，
迈娅的儿子，其余的均分众人，
但将一长条脊肉让给奥德修斯，以示尊褒，
割自白牙的肉猪，愉悦主人的心怀。
其时，多谋善断的奥德修斯说讲，答道：
"但愿父亲宙斯爱你，欧迈俄斯，就像我喜欢 440
你一样；你给我上好的美食，尽管我是个潦倒的穷汉。"

听罢这番话，你，牧猪人欧迈俄斯，开口答道：
"吃吧，我的客人，享用我们的食物，就着

这些份餐。神明给出什么,亦可不给什么,给与
不给,全凭他的喜恶;神明没有做不到的事儿。"

　　言罢,他将头刀割下的熟肉敬祭长生不老的神祇,
然后倒出闪亮的醇酒,给奥德修斯,城堡的荡击者,
递出酒杯,放入他手中,坐下,对着自己的份子。
墨萨乌利俄斯分送着面包,牧猪人自己
搞来的工仆,当主人离家在外的时候,
不经女主人和年迈的莱耳忒斯资助,
从塔菲亚人那边买来,用自己的财物支付。
其时,他们伸出双手,抓起眼前的肴餐。
当他们满足了吃喝的欲望,
墨萨乌利俄斯收走食物,众人赶忙
离去睡觉,装着满肚子猪肉面包。

　　那是个气候恶劣的夜晚,无有月光,宙斯降下
整宿的落雨,西风狠吹不停,卷着湿淋淋的水雾。
奥德修斯开口说话,心想试探牧猪的人儿,
460　是否会取下身上的披篷,送作他的被盖,或
催命他的某个朋伴奉献,因他由衷地关心客人:
"听我说,欧迈俄斯,还有你们,他的伴朋,
我想做点自我吹嘘,狂迷的酒力驱使我
言说。醇酒使最明智的人歌唱,
咯咯地嬉笑,诱使他荡开舞步,
讲出本该闭口不说的话儿。但现在,
既然话题已经挑开,我想还是一吐为快说出。
但愿我能重返青壮,浑身是劲,像当年
那样,在特洛伊城下,我们策划并布设了一次埋伏。
奥德修斯乃统兵的首领,另有阿特柔斯之子墨奈劳斯

和我,作为排名第三的头领——他们邀我参战。
我们来到城下,面对陡峻的墙垣,
围着墙边伏躺,顶着甲械的重力,在那
泥泞的地面,芦草丛生的水泽,长着虬密的
灌木,挨受气候恶劣的夜晚,北风劲吹,
天寒地冻,雪片飞舞,冷得像落霜
一般,冰条沿着盾边封结。
伏点上,人们全都裹着披篷和衫衣睡躺,
舒闲安逸,用盾牌盖住双肩,
只有我,粗心大意,出行前忘带披篷,留给了
我的伙伴,根本不曾想到会感觉如此冰寒,
随军前来,只穿一件闪亮的腰围,带着盾牌。
当黑夜转入第三部分,星宿移至天空的另一端,
我对奥德修斯说话,用手肘推挪他的躯干,
后者躺在我身边,当即注意到我的言谈:
'莱耳忒斯之子,宙斯的后裔,多谋善断的奥德修斯,
我将就此离开人间,受不了此般
严寒。我没有披篷;神力迷糊了我的心智,
使我只穿一件单衣。眼下,我只有等受死难。'

480

"听我言罢,他当即想出一个主意,在他心里——
如此人杰,擅能智辩,精于战击——
压低声音,对我发话,说道:
'别出声,别让其他阿开亚人听见。'
随后,他用臂肘撑起脑袋,开口说道:
'听着,朋友们。熟睡时,一个神圣的梦幻会我,找来。
我们已过远地离开船队。最好能去个人,报告军情,
向阿伽门农,阿特柔斯之子,兵士的牧者,这样,
他或许会派出更多的战勇,离开船边,和我们会面。'

"他言罢，索阿斯当即跳将起来，安德莱蒙
500　之子，拔腿出走，甩下紫色的披篷，
一路跑去，朝着海船。我在他的篷衣里躺下，
心满意足，直到黎明登上金座的晨间。
咳，但愿我能重返青壮，像那时一样，浑身是劲，如此，
某个牧猪的汉子，在这棚屋之内，便会给我一领披篷，
出于两个原因：为了表示友善，亦为尊慕一位骁勇的豪杰。
眼下，人们小看于我，只因我穿了这身脏烂的衣衫。"

　　听罢这番话，你，牧猪人欧迈俄斯，开口答道：
"你讲了个绝好的故事，老先生，
不曾离题瞎扯，故而不会没有收益白说。
你将不会缺衣少穿，或短缺其他什么，
一位落难的祈求者可望得到的帮助，从遇见的生人手中——
至少今晚如此；明天早晨，你将重新穿裹自己的破旧。
我们没有许多可供替换的衫衣
披篷，每人只有一套穿用。然而，
当奥德修斯心爱的儿子回来，他会
给你穿着的衣裳，一件衫衣，一领披篷，
送你出门，前往要去的地方，不管何处，受心魂的驱怂。"

　　言罢，他跳将起来，铺下一方睡床，傍着
柴火，扔上绵羊和山羊的皮毛。
520　奥德修斯弯身躺下，欧迈俄斯给他盖上一领披篷，
硕大、厚实，用主把它留在身边，作为备用的
衣物，在那冰冷的冬天，刺骨的寒流袭来的时候。

　　于是，奥德修斯合眼睡觉，年轻的
牧人们躺在他身旁，但牧猪人却

不愿丢卜猪群,舒怡地躺在里面,
整备一番,走出棚门;奥德修斯心里高兴,得知
牧猪人如此尽责,看护他的财产,在他离家的时候。
首先,牧猪人挎上锋快的背剑,在宽阔的肩头,
穿上一件特厚的披篷,挡御寒风,然后
拿起一张硕大的毛皮,取自滚肥的山羊,
抓起一杆锋快的标枪,防御人和狗的打斗,
迈步走去,躺在长牙白亮的猪群睡觉的圈边,
在一处挡避北风的地方,悬伸的石岩下息身。

第十五卷

其时，帕拉丝·雅典娜前往宽广的
拉凯代蒙，提醒闪光的忒勒马科斯，心胸豪壮的
奥德修斯的儿子，急速起程，动身还家。
她发现忒勒马科斯正和奈斯托耳豪贵的儿子一起，
睡在前厅里，光荣的墨奈劳斯的宫居。
奈斯托耳之子睡得深酣舒畅，但
忒勒马科斯却难以欣享睡眠的甜香，在这
神赐的夜晚，担心父亲的安危，焦思了一个晚上。
灰眼睛雅典娜站在他近旁，开口说道：
"不宜久离家门，忒勒马科斯，浪迹海外，
抛下你的财产，满屋子放荡不羁的
人们。不要让他们分尽你的家产，吃光
你的所有，使你空跑一场，这次离家的远航。
赶快行动，催请啸吼战场的墨奈劳斯送你
出走，如此，你可见到雍贵的母亲，还在
家中，须知她的父亲和兄弟正催她重嫁，
婚配欧鲁马科斯，后者已拿出大量的礼物，
求婚者中无人比攀，并把追娶的财礼增加。
不要让一件财物离走你的家门，违背你的愿望。
你知道女人的胸境，她的性情，总想
增聚夫家的财产，她所婚附的男子，
忘却前婚的孩儿，还有原配的丈夫，
死去的亲人，不闻不问。所以，

回到家后，你要采取行动，把一切托付给
家中的女仆，在你看来最可信的一位，
直到神明告你，谁是你尊贵的夫人。
此外，我还有一事相告，你要牢记心上。
求婚者中最强健的人们正埋伏等候，出于敌意，
在那片狭窄的海域，两边是伊萨卡和萨摩斯的岩峰，
盼想把你杀了，抢在你回家之前。然而，
我想他们不会如愿，相反，用不了多久，泥土便会把
他们中的某些人覆盖，这帮求婚人，正吃耗你的所有。
你必须拨开坚固的海船，远离那些海岛，
摸黑前行，日夜兼程，那位关心和
助佑你的神明会送来顺吹的海风。
当抵达最近的岸点，伊萨卡的滩头，
你要送出海船，连同所有的伙伴，让他们回城，
而你自己则要先去牧猪人的住地，
此人看养你的猪群，对你的感情善好真诚。
你可在那里过夜，但要命他进城，   40
对裴奈罗佩转告你的信息，告诉她
你已安然回返，从普洛斯回返家门。"

言罢，女神就此离去，返回巍峨的俄林波斯；
忒勒马科斯弄醒奈斯托耳之子，从香熟的睡境，
用他的脚跟，挪动睡者的身躯，说道：
"醒醒，裴西斯特拉托斯，奈斯托耳之子，牵出蹄腿
坚实的驭马，套入轭架，以便踏上回返的途程。"

裴西斯特拉托斯，奈斯托耳之子，开口答道：
"尽管你我企望登程，忒勒马科斯，我们却不能
走马乌黑的夜晚；别急，马上即是拂晓时分。

再等等，等到阿特柔斯之子墨奈劳斯，以枪矛
闻名的英雄，给你送来礼物，放入马车，
说出告别的话语，用和善的言词送我们登程。
客友会终身不忘接待他的主人，
不忘他待客的心肠，真挚的情分。"

　　他言罢，黎明很快登上金铸的宝座。
啸吼战场的墨奈劳斯起身离床，
从长发秀美的海伦身边，走向他们。
奥德修斯的爱子见状，当即
60　套上闪亮的衣衫，穿着在身，
名门的公子，搭上一领硕大的披篷，
在宽厚的胸肩，迎上前去，站在主人身边，
忒勒马科斯，神样的奥德修斯的爱子，开口说道：
"宙斯哺育的墨奈劳斯，阿特柔斯之子，民众的首领，
现在，你可送我上路，回程亲爱的故土，
此刻，我的内心焦盼着回返家中。"

　　听罢这番话，啸吼战场的墨奈劳斯答道：
"我决不会要你延留此地，忒勒马科斯，
倘若你亟想回归。我不赞成
待客的主人过分盛情，也讨厌有人
对客人恨之入骨，漠不关心。凡事以适度为宜。
催促不愿起行的客人出走固然不好，
迟留急于回返的客人居住同样强违人情。
妥当的做法应是欢待留居的客人，送走愿行的宾朋。
不过，还是请你再呆一会，让我送来精美的礼物，
放入车里，使你亲眼目睹；我将命嘱女人们
整治食餐，在我的厅堂——家中的储备丰足。

宴食包蕴尊誉和光荣，亦使人体得受裨益，
食后，人们可驱车远行，奔走在无垠的大地上。
所以，倘若你愿想穿走赫拉斯和阿耳戈斯的腹地， 80
让我和你同行，我将套起马车，充作
你的向导，穿走凡人的城市，谁也不会
让我们空手离去，都会拿出礼品，让
我们带着出走，一个三脚鼎，或一口铜锅，
精铸的佳品，也许是一对骡子，一只金杯。"

听罢这番话，善能思考的忒勒马科斯答道：
"宙斯哺育的墨奈劳斯，阿特柔斯之子，民众的首领：
我更愿即刻回家，因为出门之时，
我不曾托付谁个，看守家中的财物。
我不能寻找神样的父亲不着，送了自家性命，
或让珍贵的家产盗出我的府邸。"

听罢此番说告，啸吼战场的墨奈劳斯
即刻嘱咐妻子和所有的女仆整治
食餐，在他的厅堂——家中的储备丰足。
其时，波厄苏斯之子厄忒俄纽斯起身离床，
来到他们跟前，他的家居离此不远。
啸吼战场的墨奈劳斯要他点起柴火，
炙烤畜肉，后者听罢谨遵不违。
与此同时，墨奈劳斯走下芬芳的藏室，
并非独自一人，由海伦和墨伽彭塞斯陪同。 100
他们来到贮放家珍的藏室，
阿特柔斯之子拿起双把的酒杯，
嘱告墨伽彭塞斯提拿银质的
兑缸，海伦行至藏物的箱子，站定，

里面放着织工精致的衫袍,由她亲手制作。
海伦,女人中的佼杰,提起一领织袍,
精美、最大、织工最细,像
星星一样闪光,收藏在衫袍的底层。
他们举步前行,穿走厅屋,来到忒勒马科斯
身边,棕发的墨奈劳斯开口说道:
"忒斯马科斯,愿宙斯,赫拉炸响雷的夫婿,
实现你的心愿,回归家中;我已从
屋里收藏的所有珍宝中,拿出一件
最精美、价值最高的佳品,给你带走。
我要给你一只铸工精美的兑缸,纯银的
制品,镶着黄金的边圈,
赫法伊斯托斯的手工,得之于西冬尼亚人的王者、
英雄法伊底摩斯的馈赠——返家途中,我曾在
他的宫里栖留。作为一份礼物,我要以此相送。"

120　　　言罢,英雄,阿特柔斯之子,将双把的
酒杯放入他手中;强健的墨伽彭塞斯拿出
兑缸,闪着白亮的银光,放在他
面前。美貌的海伦站在他身边,
手捧织袍,出声呼唤,开口说道:
"我亦有一份礼送,亲爱的孩子,使你记住
海伦的手工,在那喜庆的时刻,让你婚娶的
妻子穿着。在此之前,让它躺在你的家里,
让你母亲藏收。我愿你高高兴兴地回到
世代居住的乡园,营造坚固的房宫。"

　　　言罢,海伦置袍他的手中,后者高兴地予以接收。
王子裴西斯特拉托斯拿起礼物,放入

298

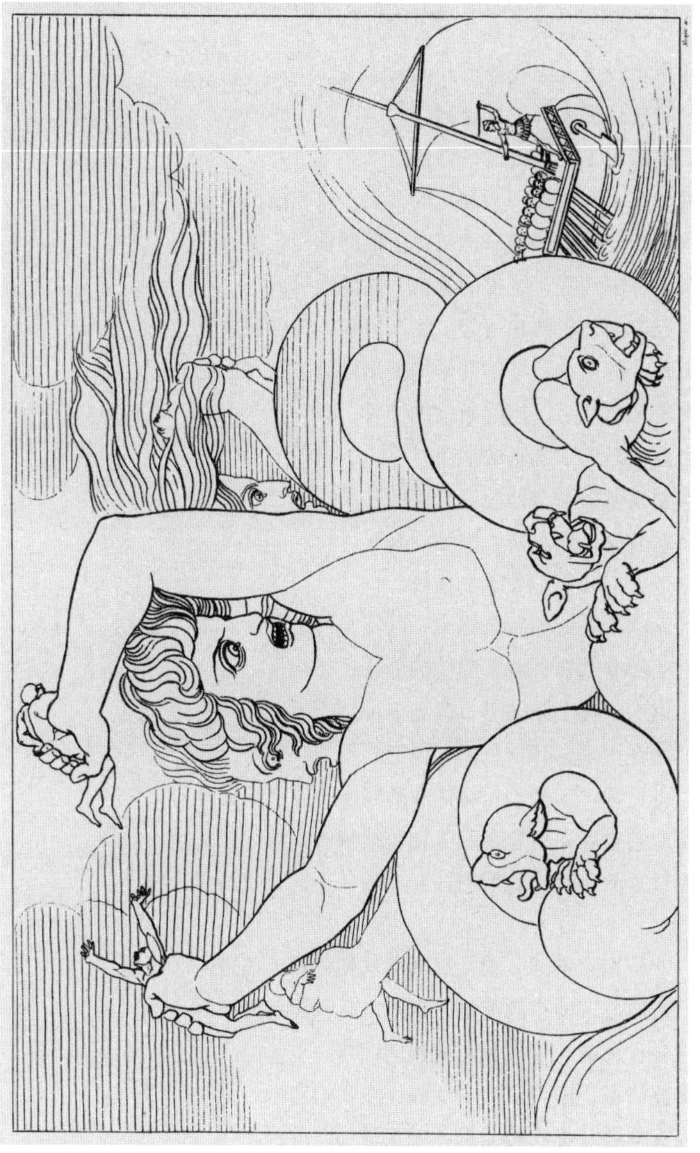

车上的箱篮,心中默默羡赏每一份礼送。
棕发的墨奈劳斯引着他们走回宫殿,
两位年轻人入座在靠椅和凳椅上头。
一名女仆提来绚美的金罐,
倒出清水,就着银盆,供他们
盥洗双手,搬过一张溜光的食桌,放在他们身旁。
一位端庄的家仆提来面包,供他们食用,
摆出许多佳肴,足量的食物,慷慨地陈放。

140 波厄苏斯之子站在近旁,切下肉食,按份发放,
而光荣的墨奈劳斯的儿子则斟出醇酒,在他们的杯中。
食者伸出双手,抓起面前的佳肴。
当他们满足了吃喝的欲望,
忒勒马科斯和奈斯托耳光荣的儿子
套起驭马,登上铜光锃亮的马车,
穿过大门和回声轰响的柱廊。
棕发的墨奈劳斯跟着出来,阿特柔特之子,
右手端着金杯,装着甜美的酒浆,
让他们,在上路之前,泼洒祭神。
他站在车前,开口祝愿,说道:
"再见吧,年轻人!转达我的问候,给奈斯托耳,
民众的牧者;他总是那么和善地待我,像一位父亲,
在过去的年月,我们阿开亚人的儿子,在特洛伊战斗。"

听罢这番话,善能思考的忒勒马科斯答道:
"请放心,神育的英雄,到那以后,我们将
转告你说的一切。但愿我还能面告
奥德修斯,回到伊萨卡地面,在我们宫中,
告诉他我从你这边回返,受到极为友好的
款待,带回许多珍贵的礼物。"

话音未落，一只飞鸟出现在右边，一只雄鹰，　　　　　　　　160
爪上掐着一只巨大的白鹅，一只驯服的
家禽，逮自屋前的庭院。男人和女子
追随其后，高声叫喊，山鹰飞临人群的上空，
滑向右边，驭马的前面，众人见后
笑逐颜开，感觉心情舒畅。
奈斯托耳之子裴西斯特拉托斯首先开口，说道：
"宙斯哺育的墨奈劳斯，民众的首领，请你指释
神的告示，是给你，还是给我俩的讯兆？"

　　他言罢，嗜战的墨奈劳斯沉默
思索，以便做出合宜的回答，
但长裙飘摆的海伦先他发话，说道：
"听着，听听我的释告，按照不死者的启示，
在我心中，我想此事会成为现状。正如
雄鹰从山上下来——那是它的祖地，生养
它的地方，抓起喂食院中的白鹅，
漂游四方的奥德修斯，历经磨难，
将回家报仇。或许，他已置身
家中，谋划灾难，给所有求婚的人们。"

　　听罢这番话，善能思考的忒勒马科斯答道：
"愿宙斯，赫拉炸响雷的夫婿，使之成为现状！　　　　　　　　180
如此，即便回返家中，我将对你祈祷，像对一位女神。"

　　言罢，他举鞭策马，后者迅速起步，
急切冲跑，穿过城市，扑向平野，
摇动肩上的轭架，一天不曾息脚。

其时,太阳西沉,所有的通道全都漆黑一片。
他们抵达菲莱,来到狄俄克勒斯的家院,
阿尔菲俄斯之子俄耳提洛科斯的儿男,
在那里过夜,受到主人的礼待。

当早起的黎明,垂着玫瑰红的手指,重现天际,
他们套起驭马,登上铜光闪亮的马车,
穿过大门和回声隆响的柱廊,驭手
扬鞭催马,后者撒腿飞跑,不带半点勉强。
他们很快抵达普洛斯,陡峭的城堡,
忒勒马科斯对奈斯托耳之子说道:
"不知你能否同意我的见解,奈斯托耳之子,实现
我的企愿?我俩是否可以声称,你我乃终身的朋友,
承续父辈的友谊,也作为同龄的伴朋——
这次旅程紧固了我们间的情分。所以,
宙斯哺育的王子,不要驱马跑过我的海船,让我
在那儿下车,恐防好心的老人,出于待客的盛情,留我
呆在宫里,违背我的愿望。我必须就此出发,尽快回程。"

200

他言罢,奈斯托耳之子静心思考,
如何得体地允诺朋友的敦请,将此事做好。
经过一番权衡,他觉得此举佳妙,于是
掉过马车,朝着快船奔跑,前往海边的滩头,
搬下绚美的礼物,放上船尾,
衣服、黄金、墨奈劳斯的赠送,开口
吐出长了翅膀的话语,催促忒勒马科斯登程说道:
"赶快上去,催督所有的伙伴登船,
在我带着送给老人的信息,回家之前。
我知晓他的脾气,我的心灵知晓,

他的性情该有多么倨傲;他不会让你离去,
将会亲自赶来回召——我相信,他不会来而复返,
没有你的同道;他会怒火满腔,不由你说出什么推掉。"

言罢,他赶起长鬃飘洒的骏马,
回返普洛斯人的城堡,很快回到家中。
忒勒马科斯开口招呼伙伴,发出命令:
"朋友们,整妥所有的索具,在停置的黑船,
让我们踏上船板,启程回还。"

众人认真听过训告,服从了他的命令,
迅速登上海船,坐入桨位。就这样,
当他忙忙碌碌,启口诵祷,在船尾边旁,
敬祭雅典娜的时候,滩边走来一位浪者,
从远方的阿耳戈斯过来,在那欠下一条人命,出逃在外。
他曾是一位卜者,按血统追溯,是墨朗普斯的后代。
墨朗普斯曾居家普洛斯,羊群的母亲,
族民中的富人,拥有高大宏伟的房院。
但后来,他浪走异乡,逃出自己的国度,
心胸豪壮的奈琉斯,活人中最高傲的汉子,
强夺了他的所有,丰广的家产,拥占了
一年。与此同时,墨朗普斯被囚在夫拉科斯的家院,
带着紧籀的禁链,遭受深重的苦难,
为了带走奈琉斯的女儿,极度疯迷的作为,
复仇女神,荡毁家院的厄里努丝,使他神志昏乱。
然而,他躲过了死亡,赶出哞哞吼叫的牛群,
从夫拉凯,前往普洛斯,回惩了神一样的
奈琉斯的残暴,带走姑娘,送入
兄弟的房府,自己则出走海外,来到

220

马草丰肥的阿耳戈斯，命定要去的地域，
240　在那儿落脚，统治许多阿耳吉维生民。
他娶下一名女子，盖起顶面高耸的房居，
有了孩子，门提俄斯和安提法忒斯，强健的汉子。
安提法忒斯生养一子，心胸豪壮的俄伊克勒斯，
后者得子安菲阿拉俄斯，驱打军阵的首领，
带埃吉斯的宙斯和阿波罗爱之甚切，给了他
每一分恩宠。但他不曾临及老年的门槛，
死在塞贝，只因妻子受了别人的贿赂。
他亦得养子嗣，阿尔克迈昂和安菲洛科斯。
门提俄斯有子波鲁菲得斯和克雷托斯，
但享用金座的黎明带走了后者，视其
俊美，让他生活在不死的神明之中。
安菲阿拉俄斯死后，阿波罗使心志高昂的
波鲁菲得斯成为卜者，凡生中远为出色的人杰。
出于对父亲的恼怒，他移居呼裴瑞西亚，
在那儿落脚，为所有的民众释卜凶吉。

其时，正是此人的儿子，塞俄克鲁墨诺斯是他的
大名，前往站在忒勒马科斯身边，见他正
泼出奠酒，在乌黑的快船边祈祷神明，
来者就近发话，用长了翅膀的言语：
260　"亲爱的朋友，既然我已发现你在此祀祭，
我恳求你，以此番祭神的礼仪和神灵的名义，
看在你的头颅和随你同行的伙伴份上，
告诉我，真实地告诉我，不要隐讳，
你是谁，你的父亲是谁？来自哪个城市，双亲在哪里？"

听罢这番话，善能思考的忒勒马科斯答道：

"好吧,朋友,我会准确地回话,把一切告答。
我居家伊萨卡,奥德修斯是我的父亲,倘若
他曾经活在世上。现在,他一定已经死去,死得凄楚
悲伤。所以,乘坐乌黑的海船,带着伙伴,
我来访此地,探询父亲的消息,他已长久离家。"

听罢这番话,神样的塞俄克鲁墨诺斯答道:
"我也一样,离乡背井,因为杀了一条人命,畏于
同族中的生民,他有许多亲戚兄弟,居家
马草丰肥的阿耳戈斯,在阿开亚人中权势隆烈。
为了避免死亡和乌黑的命运,死在那帮人手里,我逃出
该地,因为这是我的命数,在凡人中流离。让我
登上你的海船,接受我的请求,作为一个逃离的难民——
否则,他们会把我杀了;我知道,他们正在后面紧追。"

听罢这番话,善能思考的忒勒马科斯答道:
"既如此,我自然不会乐意把你挡离线条匀称的海船。 280
来吧,一起出发,享用剩下的所有,在我们家乡。"

言罢,忒勒马科斯接过他的铜枪,
放躺在弯翘海船的舱板,
然后抬腿破浪远洋的海船,
下坐船尾之上,让塞俄克鲁墨诺斯
坐在身旁。伙伴们解开尾缆,
忒勒马科斯高声催喊,命令他们
抓紧起帆的绳索,后者闻讯而动,
竖起杉木的桅杆,插入
空深的杆座,用前支索牢牢定固,
手握牛皮编织的索条,升起雪白的篷帆。

灰眼睛女神雅典娜送来推动船尾的顺风,
呼啸着冲下晴亮的气空,以便催动海船
全速向前,跑完全程,穿越咸涩的洋面。
他们驶过克鲁诺伊,掠过水流清澈的卡尔基斯;
其时,太阳下沉,所有的海道全都漆黑一片。
海船迅猛向前,乘着宙斯送来的疾风,掠过菲埃,
闪过秀美的厄利斯,厄培亚人镇统的地面。
其后,忒勒马科斯驱船直奔尖突的海岛①,
300 心中想着此行的凶吉,是被人抓捕,还是避死生还。

 与此同时,奥德修斯和高贵的牧猪人
正置身棚屋,食用晚餐,由牧人们陪同。
当他们满足了吃喝的欲望,
奥德修斯开口说话,意欲试探牧猪的人儿,
是愿意继续盛情款待,邀他留住
农庄,还是打算催他出走,前往城里:
"听我说,欧迈俄斯,还有你等各位伙伴,
我愿想离开此地,在黎明时分,前往城里,
求施行乞;我不想成为累赘,给你和你的伙伴增添麻烦。
只需给我一些有用的劝告,派给一位热心的向导,
送我进城。我将乞行城里,出于
果腹的需要,兴许有人会给我一杯水,一小块面包。
我将行往神一样的奥德修斯的府居,
带着给谨慎的裴奈罗佩的讯告;
我将和骄蛮的求婚人厮混,看看他们
是否会从成堆的好东西里拿出点什么,给我一顿食肴。
我可当即提供高质量的服务,无论他们吩咐什么,要

---

① 尖突的海岛:所指不明。"海岛"原文用复数。

我效劳。我将告说此事,你可认认真真地听着:
得益于神导赫耳墨斯的恩宠——他给
凡人的劳作镀饰典雅,增添风韵, 320
我的活计凡人中找不到对手,
无论是斧劈树段,点起红红的柴火,
还是整治肉食,切割烧烤,斟倒美酒,
所有这些下人服侍高贵者的粗活。"

带着极大的纷繁,你,牧猪人欧迈俄斯,对他答道:
"唉,我的客人,是什么古怪的念头,钻入了你的
心窝?你想自取突暴的死亡,对不?
倘若你愿想介入求婚人的群伍,他们的
暴虐、横蛮的气焰,冲上了铁青色的天空。
瞧你这寒酸的模样,如何比得求婚者们的随从,
那帮年轻的小伙,穿着华丽的衫衣披篷,
相貌俊美,头上总是闪着晶亮的油光。这些,
便是求婚人的仆者,站候在溜光的食桌旁,
满堆着烤肉、醇酒和面包。不,
还是留住这里,我们中谁也不曾因此烦恼,
无论是我,还是和我共事的伴友。
当奥德修斯亲爱的儿子回来,
他会给你穿着的衣裳,一件衫衣,一领披篷,
送你出门,前往要去的地方,不管何处,受心魂的驱怂。"

听罢这番话,卓著和历经磨难的奥德修斯对他答道: 340
"但愿父亲宙斯爱你,欧迈俄斯,就像我喜欢
你一样——你使我不再流浪,息止了巨大的悲痛。
对于凡人,恶劣莫过于漂走乡里,靠乞讨谋生。
然而,出于饥饿的逼迫,该死的肠胃,人们

忍受深切的悲愁,四处流浪,面对痛苦和忧愁的折腾。
现在,既然你有意留我,要我等待王子的回归,
那么,请你给我讲讲神样的奥德修斯的母亲,
还有留置家乡的父尊,踏着暮年的门槛,在他出征的时候。
他们是否仍然活着,享领阳光的沐浴,
抑或已经死去,在哀地斯的房府?"

听罢这番话,牧猪人,猪倌的头目,对他答道:
"好吧,陌生的朋友,我将如实回复。
莱耳忒斯仍然活着,但总是对着宙斯祈祷,
愿想灵魂离开躯体,在自己的房中,
承受着揪心的悲痛,为了失离的儿子,亦
为贤颖的夫人,他的妻侣,后者的死亡使他遭受
打击,比什么都沉重,使他过早地衰老。
她死于悲念光荣的儿子,凄楚的
死亡;但愿和我同住此地的朋友,
360 善意助我的人们,不要死得这般凄苦。
当她在世之时,揣着心中的悲愁,
我总爱张嘴询索发问,因她
抚养我长大,和她雍贵的女儿一起,
长裙飘摆的克提墨奈,家中最小的孩童。
我俩一起长大,夫人待我几乎像对自己的孩儿。
当我俩长大成人,进入青壮的年华,他们把姑娘
嫁走,去了萨墨,得了难以数计的财宝。
夫人给我一件衫衣,一领披篷,精美的衣服,
穿着在身,给我系用的鞋子,
遣我来到农庄——她爱我,发自心中。
现在,我缺少所有这些,但幸福的神明
使我亲手从事的劳动见显成效,我

由此得获吃喝的食物,招待我所尊敬的客人。
但是,从女主人那儿,现在我却听不到一句安抚的话,
领受她的关顾:悲难已降临她的家居——
那帮骄横的人们。仆工们热切盼想
在女主人面前讲话,了解发生的一切,
吃喝一番,带着一些东西,回返乡间的家园,
此类事情总能温暖伺仆之人的心胸。"

听罢这番话,多谋善断的奥德修斯说讲,答道: 380
"如此看来,牧猪的欧迈俄斯,你一定是个幼小的毛孩,
在你浪迹远方,离开故乡和父亲的时候。
来吧,告诉我你出走的缘故,要准确地答诉。
是否因为族民生聚的城堡,路面开阔的去处,你父亲
和尊贵的母亲居住的宫所,遭到敌人的袭扫?
也许,你被仇对的强人抓走,正独自看守在羊群和牛群
边旁,放入海船,出走他乡,被他们卖入
这座房居,主人为你付出数量可观的财物?"

听罢这番话,牧猪人,猪倌的头目,答道:
"陌生的朋友,既然你确想知晓这些,那么,
你可潜心静听,得取欢悦,稳坐此地,喝饮
浆酒。长夜漫漫,既有时间酣睡,
亦可让人听享故事的美妙;我等无需
过早地睡觉。睡眠太多会使人烦恼。
至于其他人,倘若心魂催他上床,
尽可走去睡觉,明天拂晓,
吃过早饭,赶出主人的猪群,牧放跟走。
但是你我二人,可以坐在棚内,边吃边喝,
互相欣享,记取悲酸的往事,告说受过的

400 痛苦。一个历经艰辛、到处流浪的凡人，
日后会从自己的悲苦中得到享受。
所以，我将回答你的询问，你的问告。
远方有一座海岛，叫做苏里亚，你或许有过听说，
位于俄耳图吉亚的上方，太阳在那里转身；
岛上居民不多，却是个丰腴的去处，适于
放牧牛群绵羊，丰产小麦和酿酒的葡萄。
那里的人民从不忍饥挨饿，也不沾
可恨的病痛，不像别处可悲的凡生。
当部族中的前辈衰老在他们的城里，
操用银弓的阿波罗，和阿耳忒弥丝同来，
射杀他们，用无痛的箭矢。
岛上有两座城市，均分它的所有，
全都归我父亲统辖，作为国王，
克忒西俄斯，俄耳墨诺斯之子，神一样的凡人。

　　"后来，岛上来了一些腓尼基人，著名的水手，
贪财的恶棍，乌黑的船上载着无数的小玩艺花哨。
当时，父亲家里有一位腓尼基女子，
高挑，漂亮，手工娴美精熟。那帮
狡诈的腓尼基水手花言巧语，将她迷惑。
420 初时，当她出门浣洗衣裳，一个水手将她引入
深旷的船舟，合欢作乐，须知甜蜜的爱情
可以迷糊每一个女人，哪怕她手工精熟。
然后，水手问她是谁，来自何方，后者随即举手
指向一所顶面高耸的房居，我父亲的住所，说道：
'我乃西冬人氏，来自盛产青铜的地方；
我是阿鲁巴斯的女儿，他的财富像翻滚的江河。
但来自塔福斯的人们，一群海盗，将我抓捕，

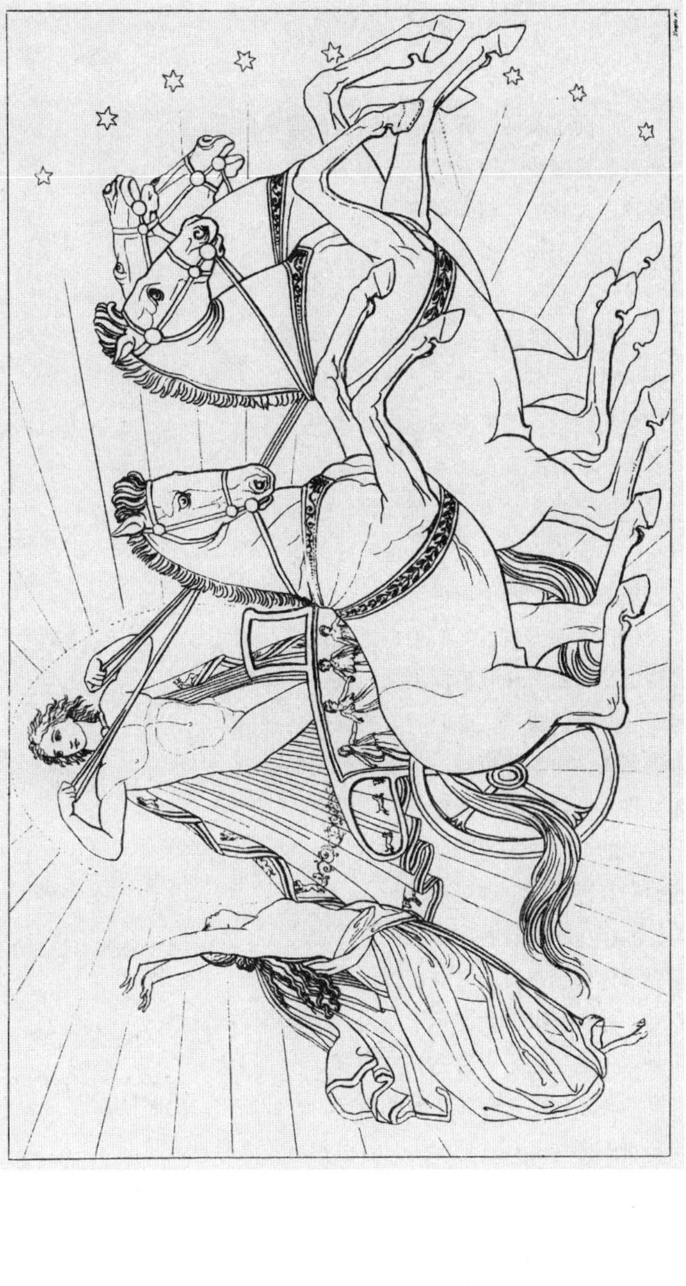

趁我从田野回返的时候，带到此地，卖入
这座房宫，主人付出了数量可观的财物。'

"听罢这番话，和她偷情欢爱的海员说道：
'你可愿意随我们回返，回到你的家中，
重见顶面高耸的房居和双亲
本人？他们仍然活着，以富有传闻。'

"听罢这番话，那个女子回复，答道：
'此事可行，但你等水手必须盟发誓咒，
保证送我归返，平平安安地回到家中。'

"她言罢，水手们全都起誓，按她的要求。
但是，当他们信誓旦旦，发过誓咒，
女人复又进言，对他们说道：
440 '记住，不要出声，你们中谁也不要
和我讲话，倘若和我碰面街头，或
邂逅在井泉的边口，恐防有人去往宫居报信，
告诉老人，而后者可能心生疑忌，用痛苦的
绳索将我捆绑，谋划给你们的灾愁。
记住我的话，快去采购回运的货物，
当你们装满海船，即可遣出一人，要快，
去往那座房居，告我此事已经办妥；
我会给你们带出黄金，一切可以到手的器物。
此外，另有一事，我亦乐于嘱告，作为搭船的回报。
我是宫中的保姆，照料主人的孩童，一个极为
机灵的孩子，总是蹦跳在我的身旁，在我们出门的时候。
倘若我能把他弄到你们船上，他会给你等来难以数计的
财宝，无论在哪里，在讲说外邦话的地方把他卖掉。'

"言罢，她就此离去，回到堂皇的宫中。
水手们在岛上呆了一年，以物易物，
赚取丰足的财富，堆入深旷的船舟。
当深空的海船填满货物，正是回航的时候，
他们派上信使，传讯给那个女人。
水手来到父亲的宫中，一个精明狡黠的家伙，
带着一根项链，间嵌着琥珀的粒珠。

460

厅堂里，我那尊贵的母亲和女仆们
注目凝视，翻转抚摸，讲说
愿出的价钱；男子默默点头，示意那个女人，
传过信息，走出门外，回返深旷的船艘。
女人抓住我的手，将我带出房宫，
行至前厅门边，眼见食桌酒杯，
宴用的具械，招待我父亲的伴从，
他们已去辩议的地点，参加民众的集会一同。
她抓起三个杯子，藏在胸兜里面，
带着出走；我年幼无知，随她行动。
其时，太阳西沉，所有的通道昏黑一片，
我们快步疾行，来到精美的港湾，
那里躺着腓尼基人快捷的船舟。
水手们踏上甲板，把我俩放置里面，
海船破开水道，乘着宙斯送来的疾风。
就这样，我们行船海面，一连六天，日以继夜。
但是，当宙斯，克罗诺斯之子，送来第七个白天，
箭雨纷飞的阿耳忒弥丝射杀那个女子，
后者撞倒货舱，像一只扑水的燕鸥；
水手们把她扔入大海，充作鱼群和海豹的

480

食餐，留下我孤零零的一个，带着心中的哀愁。
疾风和海浪推送着水手，把他们带到伊萨卡滩头，

莱耳忒斯将我买下,用他的财物。
就这样,我来到此地,眼见这片岛土。"

听罢这番话,宙斯的后裔奥德修斯对他答道:
"不幸的欧迈俄斯,你的话颠腾翻搅着我的心胸,
告诉我这些事情,心灵中承受的苦痛。
但是,除了苦难,宙斯亦给你带来幸福,
在历经艰辛之后,使你得遇一位善好的主人,
来到他的家中,受到他的关爱,吃喝
不愁,你的日子过得相当舒松。同你相比,
我浪走凡人的城市,避难在你的家中。"

就这样,他俩你来我往,一番说告,然后
上床睡觉,但时间不长,只有短暂的一会儿,
光荣的黎明很快送来白昼。与此同时,
忒勒马科斯的伙伴们收拢船帆,放下桅杆,做得
轻轻松松,然后摇动船桨,划向落锚的滩头。
他们抛出锚石,系牢船尾的缆绳,
足抵滩沿,迈步前走,备妥
500 食餐,注入清水,兑调闪亮的醇酒。
当众人满足了吃喝的欲望,
善能思考的忒勒马科斯首先说道:
"你等可划着黑船,停泊城边的港口,
我将前往田庄,察访那里的牧人,
看过农庄,将于晚间返回居城。明天上午,
我将设置丰盛的宴席款待,有肉块和香甜的醇酒,
作为酬礼,答谢诸位随我出海的苦功。"

其时,神一样的塞俄克鲁墨诺斯说道:

"我将去哪里,亲爱的孩子?我将问访哪位
王贵的家居,在这岩石嶙峋的伊萨卡岛中?
抑或,我可面见你的母亲,直接前往你的房宫?"

听罢这番话,善能思考的忒勒马科斯答道:
"倘若情况不是这样,我会催你前去我家,
作为主人,我们不缺待客的实物,只是于你而言,
去则更为糟劣,因为我将不在那里,而母亲也不会
同你见面——她很少出来,屋里满是求婚的人们——
总是呆在楼上的房居,在织机前消磨时辰。
但我可介绍另一个房主,你可找访
欧鲁马科斯,聪颖的波鲁波斯光荣的儿男,
伊萨卡人看他,如今就像视对仙神。他是 520
那里远为出众的凡人,亦是求婚者中追得最紧的一个。
试图婚娶我娘,借此夺取奥德修斯的荣誉,他的王尊。
但是,俄林波斯山上的宙斯,雄踞在高天的气空,
知晓他们是否会绝命狠酷的一天,赶在婚娶的前头!"

话音未落,一只飞鸟出现在右边,一只游隼,
阿波罗迅捷的使者,爪上掐着
一只鸽子,揪下飞散的羽毛,
飘落在海船和忒勒马科斯之间。
塞俄克鲁墨诺斯召他离开群伴,
握住他的手,叫着他的名字,开口说道:
"忒勒马科斯,此鸟飞翔在右边的空间,
带着神的旨意,我眼见心知,此乃神送的预兆。
无论谁家都比不上贵府的王威,在这
伊萨卡地面;你们将永远王统这块地方。"

听罢这番话，善能思考的忒勒马科斯答道：
"但愿你的话，陌生的客人，将来得以实现，
如此，你将很快领略友谊的甘甜，收取我给的
许多礼件，让人们夸你好运，要是和你聚首碰面。"

言罢，他转而嘱告裴莱俄斯，一位忠诚的伙伴：
540　"裴莱俄斯，克鲁提俄斯之子，在所有随我前往
普洛斯的伙伴中，服从我的言告，处理事情，你比谁都
坚决。所以，现在，我请你携客回家，给他
应有的尊誉，热情的礼待，直到我归返城中。"

他言罢，善使枪矛的裴莱俄斯答道：
"忒勒马科斯，即便你在那儿久呆，
我亦会招待客人；待客的东西我们应有尽有。"

言罢，他举步舱板，同时招呼伙伴们
上船，解开船尾的绳缆，
众人迅速登船，坐入桨位。
忒勒马科斯系上精美的条鞋，
抓起一条粗长的枪矛，顶着青铜的锋尖，
从海船的舱面；众人解开尾缆，
推船入海，驶向城边，按照忒勒马科斯
的嘱告，神一样的奥德修斯心爱的儿男。
忒勒马科斯迈开大步，迅走向前，行至要去的农院，
那儿有大片的猪群，高贵的牧猪人
睡在它们旁边，念想着主人，心里充满诚挚的情感。

第十六卷

其时,奥德修斯和高贵的牧猪人
拨着棚屋里的柴火,迎着黎明的曙光,整备早餐,
遣出牧人,随同放走的猪群。这时,
喧闹的牧狗摇头摆尾在忒勒马科斯身边,
对走来的后者不出声吠喊,卓著的奥德修斯注意到
狗群的媚态,耳闻脚步声噔噔而来,
当即告知欧迈俄斯,吐出长了翅膀的语言:
"欧迈俄斯,有人正向这边走来,必定是你的
伴属,或是你熟悉的人儿,瞧这帮狗不出一声叫唤,
反倒摇头摆尾在他的身边;此人踏出的声响我已听见。"

话未说完,他心爱的儿子已落脚
门边;牧猪人突站起来,目瞪口呆,
兑缸出手掉落,他正用此调制
闪亮的酒液。他迎上前去,面见主人,
亲吻他的头颅,那双俊美的眼睛,
贴吻着他的双手,流下倾注的眼泪。
像一位父亲,心怀慈爱,欢迎他的宝贝儿子,
在分离后的第十个年头,从远方的邦土归来,
家中的独子,受到百般的疼爱,为了他,父亲遭受许多悲难;
就像这样,高贵的牧猪人紧紧抱住神样的
忒勒马科斯,热切亲吻,似乎他正逃脱死的逼难。
他放声号哭,开口说道,用长了翅膀的语言:

20

"你回来了,忒勒马科斯,像一缕明媚的光线。我以为
再也见不到你的脸面——你去了普洛斯,乘坐海船。
进屋吧,亲爱的孩子,让我欣享见你的愉悦,
在棚屋里重睹你的丰采,刚刚从远方归来。
你已很少前来此地,看访牧人和你的庄园,
你喜欢呆在城里,是的,你似乎已产生某种兴趣,
看着求婚的人们,那帮作孽的混蛋!"

听罢这番话,善能思考的忒勒马科斯答道:
"就算是这样吧,我的好伙计,但这次我确是为你而来,
心想亲眼看看你,同时听你通报一番,
我的母亲是否仍住家里,还是已经
被人娶走,丢下奥德修斯的睡床,
无人睡躺,挂满脏乱的蜘蛛网线。"

听罢这番话,牧猪人,猪倌的头目,说道:
"她以极大的毅力和容忍之心,等盼
在你的宫中,泪流满面,耗洗去
一个个痛苦的白天和黑夜。"

40　　言罢,牧猪人接过他的铜枪,
走进棚屋,跨过石凿的门槛。奥德修斯,
他的父亲,起身离座,让给进门的来者,
但忒勒马科斯劝阻在棚屋的那边,说道:
"坐下吧,陌生人,我们会另备一张软座,
在棚屋里面,此人近在眼前,自会张罗操办。"

他言罢,奥德修斯回身入座;牧猪人
铺下青绿的枝丛,盖上羊皮,整备妥当,

奥德修斯的爱子弯身坐在上面。牧猪人
端出盆盘,放在他们面前,装着烧烤的
猪肉,上回不曾吃完,剩留的食餐,
迅速拿出面包,满堆在篮里,调出
美酒,蜜一样醇甜,在一只常青藤木的缸碗,
下坐在神一样的奥德修斯对面。
他们伸出双手,抓起眼前的肴餐。
当他们满足了吃喝的欲望,
忒勒马科斯开口说话,对高贵的牧猪人问道:
"我说好心的人儿,这位生人是谁?水手们如何
把他送到伊萨卡,而他自己又自称来自何方?
我想他不可能徒步行走,来到这个国邦。"

听罢这番话,你,牧猪人欧迈俄斯,开口答话: 60
"好吧,我的孩子,我将把全部真情告说在你面前。
他自称出生在克里特,丰广的地面,
说是落走客乡,浪迹许多凡人的
城市,那是神明替他罗织的命运的网线,
这次逃难于塞斯普罗提亚人的海船,
来到我的农居。现在,我把他交付给你,按
你的愿望招待。他是你的生客,他说,恳求在你面前。"

听罢这番话,善能思考的忒勒马科斯答道:
"你的话,欧迈俄斯,深深地刺痛了我的心怀。
你说,我将如何接收和招待一位生人,在我的家院?
我还年轻,对自己的双手防卫缺乏
信心,倘若有人挑起事端,和我拼战。
此外,母亲一心两意,思斟着两种选择,
是和我一起,留在屋里,看守家产,

忠于丈夫的床铺，尊重民众的声音，还是
最终离去，跟随阿开亚人中最出色的俊杰，
追求在她的宫里，给她最多的礼件。
至于这位生客，既然来到你的棚院，我会
给他一件衫衣，一领披篷，精美的衣裳，
80　给他穿用的鞋子和一柄双刃的铜剑，
送他出门，行往要去的地方，不管何处，受心魂的驱赶。
或者，如果你愿意，让他留在农院，由你负责照顾，
我会送出衣服，连同所需的全部食物，
使他不致成为你和你的伙伴们的负担。
但我不会让他入宫，同求婚者们
交往，他们肆意横行，已到令人发指的地步；
我担心那帮人会讥辱于他，那将使我悲痛万分。
一个人，哪怕十分骁勇，也很难对付
成群的敌手，他们更有力量，远为强猛。"

　　听罢这番话，卓著和历经磨难的奥德修斯答道：
"亲爱的朋友，我有幸答告你的话语，亦是合宜之举。
你的话痛咬着我的心胸，当我听说
那帮求婚的人们，放荡无耻的行径，作孽
在你家里，违背你的意愿，而你是这样一位人杰。
告诉我，你是否已主动放弃争斗，还是因为
受到民众的憎恨，整片地域的人们，受神力的驱赶？
抑或，你在抱怨自家的兄弟？人们信靠兄弟的
帮助，在激烈的争吵械斗中抱成一团。
但愿我和你一样年轻，同我的豪情相符；
100　但愿我是雍贵的奥德修斯之子，或是英雄本人，
浪迹归来——对此，我们仍然怀抱希望。
让某个陌生人当即砍下我的脑袋，从我的肩头，

倘若我的到来不给他们所有的人带去灾愁,
当我走入奥德修斯的房居,莱耳忒斯之子的房宫。
假如,由于孤身奋战,被他们压倒,仗着人多,
我宁愿死去,送命在自己家中,
也不愿看着这帮人无休止地作孽,
粗暴地对待客人,拖着女仆,
不顾廉耻,穿走精美的宫居,
放肆地取酒酣饮,无节制地吞糜食物,
纵情享受,天天如此,没有结终!"

听罢这番话,善能思考的忒勒马科斯答道:
"好吧,我的朋友,我会坦率地回话,告说一切。
并非因为民众,整片地域的人民,心怀不满,憎恨于我,
我亦不能抱怨自家的兄弟——人们信靠兄弟的
帮助,在激烈的争吵械斗中抱成一团。
然而,克罗诺斯之子使我生活在单传的家族,
阿耳开西俄斯仅得一子,莱耳忒斯,
莱耳忒斯亦只生一子,奥德修斯,而奥德修斯也只有
一根独苗,那便是我,留在宫中,不曾给他带来欢悦。 120
如今,宫里恶人成群,多得难以数计,
外岛上所有的豪强,有权有势的户头,
来自杜利基昂、萨墨和林木繁茂的扎昆索斯,
连同本地的望族,山石嶙峋的伊萨卡的王贵,
全在追求我的母亲,败毁我的家院。
母亲既不拒绝可恨的婚姻,也无力
结束这场纷乱;这帮人挥霍我的家产,
吞糜我的所有,用不了多久,还会把我撕裂!
然而,所有这些事情,全都卧躺在神的膝头。
快去,欧迈俄斯,我的好伙计,告诉谨慎的

裴奈罗珮,告诉她我已安全回返,从普洛斯归来。
我将暂留此地,你可去往城中,把
口信传送,只给她一人,不要让其他阿开亚人
听见,那边有众多的歹人,图谋我的凶灾。"

听罢这番话,你,牧猪人欧迈俄斯,开口答道:
"知道了,明白;听你训示的人能够理解。
来吧,告诉我此事,要准确地回答。
我是否可借此机会,前往告知凄苦的
莱耳忒斯——先前,尽管痛心悲哀,思念奥德修斯,
140 但仍然照看他的农庄,每当心灵驱使他
吃喝,和屋里的帮工们一起食餐。
但现在,自从你去了普洛斯,驾坐海船,
人们说,他便再也没有碰沾食物醇酒,
不再看顾农庄的事务,总在长吁短叹,悲声哭泣,
坐地哀号,骨上的皮肉正在萎靡缩卷。"

听罢这番话,善能思考的忒勒马科斯答道:
"此事确实悲惨,但尽管伤心,我们只能把它搁置一边。
倘若凡人有此能耐,在诸事中得取符合心愿的一件,
那么,我们将首先选择这个日子:父亲的归还。
所以,当送罢信息,即可回来,不要
前往田庄见他,但可告诉我的母亲,
请她尽快遣出家仆,要注意
保密,找见老人,把信息告传。"

他言罢,牧猪人当即行动,拿起条鞋,
系上脚面,抬腿出发,去往城里。其时,
雅典娜目睹牧猪人欧迈俄斯离开农院,

逼近前来，幻成一个女人的模样，
高大、漂亮，手工精熟绚美，
站在门庭前面，让奥德修斯眼见，但
忒勒马科斯却看不见她的身影，也无法感知她的到来，
神明不会让所有的人清晰地目睹他们的形态。
所以，只有奥德修斯和牧狗见她前来，狗群不曾吠喧，
畏缩着躲闪，呜咽，退至棚屋的另一边。
她点动眉毛示意，高贵的奥德修斯看得真切，
步出棚屋，沿着高大的院墙走去，
站在她面前。雅典娜开口发话，说道：
"莱耳忒斯之子，宙斯的后裔，多谋善断的奥德修斯，
现在，你可道出真情，告诉儿子，无需再予隐瞒，
以便父子同心协力，前往光荣的城区，谋设
求婚人的灾难，命定的死亡。我将不会
久离你们——我已急不可待，盼想着杀战。"

言罢，雅典娜伸出金杖，轻轻触及，
变出洁净、闪亮的衫衣和披篷，在
他的胸肩，增大他的身躯，添注男子汉的勇力。
他的皮肤回复了铜色，双颊顿显丰满，
颏边的胡髭变得深黑。做完
此事，雅典娜再次离去；奥德修斯
走回屋棚，爱子惊奇地举目视看，
移开眼神，心里害怕，以为此君必是神明，
张口说话，用长了翅膀的言语：
"你怎么突然变了，我的朋友，变了刚才的身形，
你的衣服变了模样，你的肤色弃旧迎新。
毫无疑问，你是神中的一员，拥掌辽阔的天空。
愿你同情开恩，我们将给你舒心的祭物和

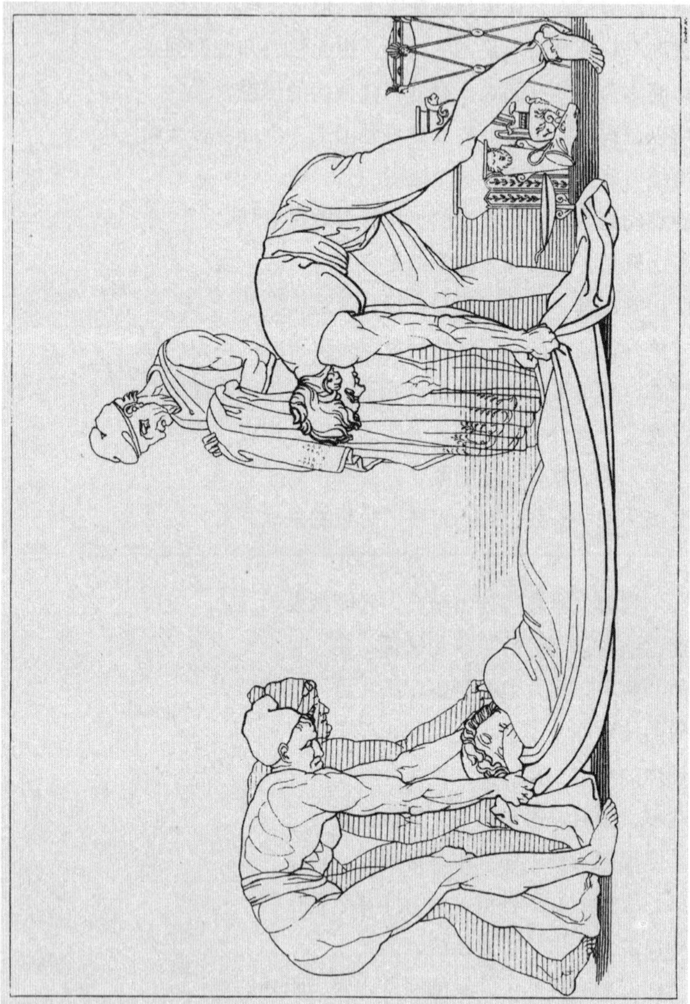

精工制作的黄金礼品,求你宽容。"

听罢这番话,卓著和历经磨难的奥德修斯答道:
"不,我不是神;为何把我当做神明?
我是你父亲,为了他,你总在悲愁伤心,
吃受许多痛苦,忍让别人的暴行。"

言罢,他亲吻自己的儿子,眼泪顺着脸颊流淌,
滴洒在地——他一直忍到现在,强忍着他的感情。
但忒勒马科斯不信此人就是自己的
父亲,开口答话,对他说道:
"不,你不是奥德修斯,我的父亲;此乃神力的作为,
意在将我惘迷,以便引发更大的悲哀,使我痛哭一番。
凡人谁也不能如此谋变,仅凭
自己的心计,不,除非有某位不死者亲自帮忙,
从天而降,变换人的青壮老年,容易。
刚才,你还是个老人,穿着破旧的衫衣,而
现在,你却像一位统掌辽阔天空的神明。" 200

听罢这番话,多谋善断的奥德修斯说讲,答道:
"此举不妥,忒勒马科斯,不可过分震惑,
亦不必惊疑,对你父亲的归还。不会有
另一个奥德修斯回返;只有我,站在你的面前,
如你所见的这般,历经千辛万苦,
在第二十个年头,重返家园。至于
那些变幻,那是掠劫者的福佑雅典娜的神力,
她使我变这变那,随她的心愿,她有这个能耐。
有时,我像个乞丐;有时,我又像个
年轻的小伙,身穿绚美的衣衫。

对统掌辽阔天空的众神，此事轻而易举，
增彩或卑龊一个会死的凡人。"

　　他言毕下坐，忒勒马科斯展开双臂，
抱住高贵的父亲，放声痛哭，
泪流满面，悲恸的欲望升腾在父子的心头。
他们尖声哭叫，胜过飞鸟的嘶鸣，
海鹰或屈爪的秃鹫，悲愤于被
农人抓走的孩子，在羽翼尚未丰满的时候。
就像这样，他俩发出悲凄的哭喊，泪水哗哗地淋洗脸面。
其时，太阳的光辉将照映他们的号哭，
若非忒勒马科斯出言迅捷，对父亲说道：
"水手们用何样的海船，亲爱的父亲，
把你带到伊萨卡？那些人自称来自何方？
我想你不可能徒步行走，回到自己的国邦。"

　　听罢这番话，卓著和历经磨难的奥德修斯答道：
"好吧，我的孩子，我将对你回话，把全部真情告说。
以行船闻名的法伊阿基亚人把我带到这里；他们
也运送别人，只要落脚那个地方。他们
载我回返，睡躺在迅捷的快船，穿行海上，
抬上伊萨卡地面，给了光荣的礼件，
有大量的青铜、黄金和织纺的衣衫，
藏存在海边的山洞，感谢神的恩典。
现在，雅典娜要我前来，
让我俩定下计划，杀宰仇敌。
来吧，告诉我求婚者的人数，讲讲他们的情况，
使我知晓他们的数目，何样的人儿，
以便在我高贵的心中，斟酌谋划，

是否可以你我的力量,敌对他们,不用
外力帮衬,还是需要求助他者,出力帮忙。"

听罢这番话,善能思考的忒勒马科斯答道: 240
"父亲,我常常听人说道,讲讲你轰烈的名声,称你
是一位斗士,凭借高超的谋略和强健的双手。
然而,你刚才的说讲却有点过分,使我震惊。仅凭
你我两个,打不过那帮强壮的汉子,偌大的人群,
不是十个,也不是十数的两倍——求婚的人们
远为众多,我将告诉你他们的人数,就在
此地此刻。从杜利基昂来了五十二个青壮,
精选的年轻人,带着六名仆工;
来自萨墨的人选,一共二十有四;
另有二十个阿开亚人的儿子,来自扎昆索斯。还有
来自伊萨卡本土的求婚者,一十有二,最出色的人选;
信使墨冬和他们一起,外加通神的歌手,
还有切肉的侍宴,两名伴从。
倘若我们和宫中所有的对手战斗,我担心你的
复仇,对他们的凶暴,会把我们带入凄惨和痛苦的结局之中。
所以,想想吧,如果你能想出什么帮忙的
户头,诚心诚意,为了保卫我们战斗。"

听罢这番话,卓著和历经磨难的奥德修斯答道:
"好吧,认真听着,听听我的言告。
你可扪心自问,对你我二人,雅典娜和父亲宙斯的帮忙, 260
是否算得足够?或许,你认为我还要想出别个什么神人?"

听罢这番话,善能思考的忒勒马科斯答道:
"你所告知的二位,确是极好的帮佑,

虽然远离,高坐云层;他们统治着天上
人间,统治着凡人和不死的仙神。"

听罢这番话,卓著和历经磨难的奥德修斯答道:
"二位尊神不会长时间地闲离
激烈的战斗,一旦战神的力量付诸验证,
在我们宫中,卷入交战的双方,我们和求婚的敌人。
这样吧,你可动身出走,于拂晓时分,
回到我们的房居,介入横蛮的求婚人。
其后,牧猪人会带我前往城里,我将
变取乞丐的模样,像个悲酸的老头。
倘若他们虐辱于我,在你我的宫中,你要
静心忍耐,尽管我吃受着他们的凶横,
即便拉着双腿,拖我出宫,或出手
投掷,击打于我,你必须看在眼里,忍在心中。
不过,你确可和颜悦色地讲话,求他们
中止疯迷的举动,虽然他们绝不会
听从,这伙人的末日已逼近在他们的脚跟。
我还有一事相告,你要牢记心中。
当精多谋略的雅典娜授意行动,
我会对你点头,见示以后,你可
收起置躺厅中的兵器,所有战用的家伙,
移往宫居的角落,高耸的
藏屋。当求婚人想起它们,询问兵器的
去处,你可用和善的话语,将他们骗惘,说道:
'我已将兵器移出黑烟的熏污,它们已面目全非,失去
当年的风貌——那时,奥德修斯留下它们,前往特洛伊
战场;兵器已受脏损,弥漫的青烟使它们变样。
此外,克罗诺斯之子在我心里注入了

更周全的想法,恐怕你等乘着酒兴,站起来
斗打,互留伤痕,毁了宴席和求婚的
计划;铁器本身即可诱人产生抓握的愿望。'
但要留下一些,仅供你我使用,两柄利剑,
两枝投枪,一对牛皮的战盾,握在手中,
冲上前去,和他们拼斗;雅典娜和
精擅谋略的宙斯会迷搅他们的心胸。
我还有一事嘱告,你要牢记心中。
倘若你真是我的种子,继承我的血统, 300
你就不能让任何人知晓奥德修斯已在宫中。
别让莱耳忒斯知道,也别让牧猪人听说,
别让家中的任何人知晓,包括裴奈罗珮;
我们,你我二人,将判察女人的心态,
此外,我们还将试探那些帮仆的男工,
看看他们谁个忠诚,敬重我们,谁个
轻辱你的存在,胆敢蔑视一位像你这样出色的人。"

听罢这番话,光荣的儿子答道:
"父亲,我想你会看到我的表现,我的勇气,
在关键的时候,我可不会松动。
我只是觉得你的主张不会给你我带来
好处,所以,我劝你三思。你将浪费
许多时间,奔走农庄,询访探察
每一个仆人,而求婚者们却平安无事,在宫中
放肆地糜耗我们的食物,吃光了方肯罢休。
不过,我确想劝你探访那些女人,
查明哪些人邪荡,哪些个清白无辜。
但我不赞成你走访农庄,试探
那里的男工,此事可放在以后去做,

320　倘若你确已得获宙斯的旨意,带埃吉斯的仙神。"

　　就这样,他俩你来我往,一番说告;
与此同时,那条制作精固的海船,曾载送忒勒马科斯
和他的伙伴们从普洛斯来此,已进入伊萨卡港湾。
当他们抵达幽深的海港,众人
将乌黑的海船拖上隆起的滩岸,
心志高昂的仆从们拿起他们的甲械,
抬着绚美的礼物,前往克鲁提俄斯的家院。
他们遣出一位信使,去往奥德修斯的宫殿,
带着口信,告诉谨慎的裴奈罗珮,
忒勒马科斯已回返乡间,要他们驱船
回城,使雍雅的王后不致
担心牵挂,流下伤心的眼泪。
其时,二者在路上会面,信使和高贵的猪倌,
带着同样的讯息,面告尊贵的夫人。
当他俩进入神圣的王者的府居,
信使开口说话,站在女仆中间:
"你的爱子,我的王后,已回返故园!"
但牧猪人则走近裴奈罗珮身边,
告诉王后她的爱子要他传告的一切;
然后,当说完要送的信息,每一句话言,
340　他离开宫居和庭院,回身猪群栖居的地点。

　　然而,此番信息沉抑和沮丧着求婚人的心怀,
他们步出宫居,沿着高大的院墙行走,
在门前止步,聚首商议,商定方略。
欧鲁马科斯,波鲁波斯之子,首先说道:
"朋友们,忒勒马科斯居然回来了,一次了不起的出航,

放肆的行为!可我等还以为他做不到这一点——绝对不行!
来吧,让我们拽起一条最好的黑船,拖下大海,
招聚水手,划桨向前,急速出发,
将信息带给设伏的伙伴,要他们赶快回来。"

话未说完,安菲诺摩斯碰巧转身,
眼见海船已在幽深的港湾,
众人手握船桨,正收拢船帆。
于是,他们发出舒心的笑声,对伙伴们说道:
"我们无需致送信息——他们已经回船港湾。
可能是神明要他们回返,亦可能因为眼见
那条海船过去,无法将它追赶。"

他言罢,众人站立起来,走向海边,
归来的人们将黑船拖上隆起的滩岸,
心志高昂的伙伴们拿起他们的甲械。
求婚者们于是一起前往聚会,不让他人
参与,一起入座,无论是年轻还是年老的公民。
安提努斯开口发话,欧培塞斯的儿子:
"看来,是神明赞佑此人,使其免于毁灭。
白天,我们坐守多风的突岩,
轮班眺望,从无断缺,及至太阳西沉,
从未睡躺,在滩头过夜,而是巡行海上,
漂走快船,等待神圣的黎明,截伏
忒勒马科斯的到来,把他结果在那边。
尽管如此,某位神明还是把他送回家来。所以,
让我们在此谋定计划,给忒勒马科斯送去
悲惨的死难,让他死在这边。我认为,
只要他还活着,我们的意图便不可能实现。

360

此人心机敏捷，善能思考，
而此间的民众已不再对我们抱有好感。
我们要采取行动，抢在他聚合阿开亚人集会
之前。我想他不会淡化此事；他会宣泄
胸中的愤怒，站在所有的人面前，告诉他们，
我等如何谋图将他伤害，只是不曾把他获逮。

380 当民众了解了我们的恶行，他们显然不会拍手称快；
我担心他们会使用暴力，把我们
赶出这块地面，浪迹别人的乡园。
不，让我们先行下手，将他杀除，在远离城区的
郊野，或在路上；然后，我们可夺取他的财富，
公平地分掉他的家产，留下宫居，
给他母亲和婚娶他的婿男。倘若
此番话语不能愉悦你等的心怀，而你们
心想让他活着，继承父亲的财产，如此，
我们便不能继续麇聚此地，吞糜他的食物，
大量的好东西。让我们各回家门，送出
求婚的礼物，争获她的好感。她会嫁给
送礼最多的求婚者，命定能娶她的新男。"

　　他言罢，全场静默，肃然无声；其后，
安菲诺摩斯开口说话，面对众人。
他乃王者阿瑞提阿斯之子尼索斯豪贵的儿男，
领着那帮求婚人，来自杜利基昂地面，
辽阔的草场和谷地，善能谈吐，
以通达的情智，最得裴奈罗佩的心欢。
怀着对众人的善意，他开口说道：

400 "亲爱的朋友，就我而言，我不愿谋杀
忒勒马科斯；这是件可怕的事情，杀死王者

的后代。我们应先求问神明的告示,
倘若得获宙斯的旨意,大神的准许,
我将亲自杀他,同时敦催各位向前。但是,
如果神明不让我们行动,我劝各位放弃杀人的心念。"

安菲诺摩斯的话得到众人的赞同,
他们当即站起身子,走向奥德修斯的房居,
进去后行至滑亮的靠椅,坐在上面。

其时,谨慎的裴奈罗珮却另有一番打算,
准备显现身影,出现在肆虐横暴的求婚人面前。
她已听闻他们的预谋,杀死她的孩子,在宫居里面——
信使墨冬听知他们的计划,告说在她的耳边。
她行至厅堂,由侍女们陪伴,她,
女人中的佼杰,来到求婚者近旁,
站在房柱下,柱端支撑着坚实的屋顶,
拢着闪亮的头巾,遮掩着脸面,
出言责备安提努斯,叫着他的名字说开:
"残忍的安提努斯,谋划凶险的暴徒!人们说,
在伊萨卡,你是同龄中最擅辩议,口才
最好的俊杰,但你却从来不是这么一条好汉。 420
你这个疯子,为何谋划忒勒马科斯的
毁灭和死亡?为何无视祈援者的恳求,
他们享有宙斯的保护?存心谋害他人,此举亵渎神圣。
忘了吗,你父亲曾逃避此地,一个亡命之人,
害怕民众的义愤?人们震怒于他的作为,
痛恨他和塔菲亚海盗联手,攻扰
我们的朋友塞斯普罗提亚人。
他们决意把他毁了,让他粉身碎骨,

吞糜他的家产，丰足的所有。其时，
奥德修斯回挡和阻止了众人的行动，顶着他们的狂怒。
现在，你吃耗他的家产，不予偿付，追媚他的婚妻，
谋杀他的男儿，使我深受折磨，怒满心胸！
我要你就此作罢，并命嘱同伙们服从！"

其时，欧鲁马科斯，波鲁波斯之子，答道：
"伊卡里俄斯的女儿，谨慎的裴奈罗佩，
不要害怕。排除这些纷繁，扫出你的心胸。
此人并不存在，将来亦不会出现，永远不会，
胆敢对忒勒马科斯，你的儿子，动武撒野，
只要我还活在世上，得见白昼的光明。
440　让我坦率地告你，此事将成为现实：
行凶者的黑血会喷洗我的枪尖，在动手的瞬间！
难忘奥德修斯，城堡的荡击者，常常
让我坐上膝头，给出小块烤肉，
放入我的手心，给我红色的醇酒。
所以，生民中，忒勒马科斯是我最亲的
朋友——我告他不必惧怕求婚人，担心他们动手。
但是，如果神明既定此事，那么，谁也休想避躲。"

就这样，他出言抚慰，心中却谋划着杀人的
念头。裴奈罗佩回身上层闪亮的睡房，
哭念着奥德修斯，心爱的丈夫，直到
灰眼睛雅典娜送出睡眠，香熟的睡意把眼睑合拢。

晚间，高贵的牧猪人回到奥德修斯父子
的农庄，一起整备食餐，杀祭了
一头一岁的肉猪。与此同时，雅典娜

离近莱耳忒斯之子奥德修斯身边，
出杖碰点，又把他变作一个老汉，
穿着脏乱的衣衫，以防牧猪人
盯视他的脸面，认出他来，带着信息，
去找谨慎的裴奈罗珮，不能严守秘密。

其时，忒勒马科斯首先发话，说道： 460
"你已回返此地，高贵的欧迈俄斯。告诉我城里传诵着
什么谣言？高傲的求婚者们可已回撤，从伏击的地点？
抑或，他们还守等在那里，拦截我的回还？"

听罢这番话，你，牧猪人欧迈俄斯，开口答道：
"我无意穿走城区，询问打听，
弄清这些事情——只想尽快
送出口信，回返这边。但是，
我却碰到一位你的伙伴，快腿的信使，和我同行，
那位使者，先我说话，对你母亲言谈。
对了，还有一事，我亦知晓，乃我亲眼所见。
我置身高高的城区，赫耳墨斯的山面，
独自行走，眼见一条快船驶入
港湾，载着许多人员，还有
双刃的枪矛和盾牌。我曾想
这些便是归来的他们，但我无法确言。"

他言罢，忒勒马科斯，灵杰豪健的王子，微笑着
瞥了父亲一眼，但却不让牧猪人瞅见。
当一切整治完毕，盛宴已经排开，
他们张嘴咀嚼，人人都吃到足份的食餐。
当满足了吃喝的欲望，他们 480
想起了床铺的酥软，息躺接受睡眠的祝愿。

第十七卷

当早起的黎明,垂着玫瑰红的手指,重现天际,
忒勒马科斯,神一样的奥德修斯的爱子,
系上舒美的条鞋,在他的脚面,
操起一杆粗重的枪矛,恰好抓握在手间,
去往城里,临行之时,对牧猪人出言告诫:
"伙计,我这就进城,以便和母亲
见面;我知道,在亲眼见我之前,
她不会停止悲恸,流着眼泪哭喊。
现在,我有一事告你,要你操办。
带着这位不幸的生人,引他进城,以便
让他乞讨食餐,若有那愿给之人,不管是谁,
会给他一块面包,一杯清水。眼下,我不能负担
每一个来人,我的心里充满悲哀。所以,
倘若来客为此生气抱怨,那么,后果
只能更坏。我喜欢真话直说,坦率陈言。"

听罢这番话,多谋善断的奥德修斯说讲,答道:
"我亦不愿留在此地,亲爱的朋友;
作为乞者,求食乡间不如行讨城里,
碰上愿给之人,不管是谁,给我一点餐饮。
20 我已过了那个年纪,能干活的年龄,不能居留农庄,
听从主人的吩咐,操做每一件事情。
上路吧,此人,你所指派的导者,会把我带往那里,

一俟我烤暖身子，就着火边，太阳爬得
更高一些——我衣着破旧，担心被早晨的霜寒
冻坏。此地离城路远，你们已对我说及。"

他言罢，忒勒马科斯快步离去，
穿走庄院，谋划着险厄，求婚人的灾难。
当行至宏伟的家居，他放妥
手握的枪矛，使其倚靠高耸的壁柱，
跨过石凿的门槛，步入宫中。

欧鲁克蕾娅最先见他前来，他的保姆，
其时正铺出羊皮，在精工制作的椅面，
泪水涌注，匆匆赶到他的面前；女仆们
拥围在他身边，心志刚忍的奥德修斯的家仆
热切欢迎他的归来，亲吻着他的头颅和双肩。

其时，谨慎的裴奈罗珮走下睡房，
像阿耳忒弥丝或金色的阿芙罗底忒一般，
泪水涌注，张开双臂，抱住心爱的儿男，
亲吻他的头颅，那双俊美的眼睛，
呜咽抽泣，开口说道，用长了翅膀的话语： 40
"你回来了，忒勒马科斯，像一缕明媚的光线。我以为
再也见不到你的脸面。你去了普洛斯，乘坐海船，
悄悄出走，违背我的意愿，探寻心爱的父亲，关于他的消息。
来吧，告诉我你可见着什么，可曾见着他的形面。"

听罢这番话，善能思考的忒勒马科斯答道：
"母亲，不要引发我的悲愁，烦扰我的
心境；我刚刚脱险生还，逃离突暴的毁灭。

去吧，可去洗澡沐浴，穿上干净的衣衫，
在那上层的房间，带着你的女仆，
许愿所有的神明，保证敬献丰盛、隆重的
牲祭，倘若宙斯答应，替我们申报所有的冤难。
我将前往聚会的地点，以便召请
一位生客，此人随我同来，
我让他先走，偕同神样的伙伴，
嘱告裴莱俄斯带他回家，使他欣享
主人的盛情，客人应受的礼待，直到我回返归来。"

他言罢，裴奈罗佩说不出长了翅膀的话语，
洗澡沐浴，穿上干净的衣衫，
许愿所有的神明，保证敬献丰盛、隆重的
60　牲祭，倘若宙斯答应，替他们仇报所受的冤难。

忒勒马科斯大步前行，穿走厅堂，
手握枪矛，带着一对腿脚轻快的犬狗；
雅典娜给了他迷人的丰采，
所有的人们见他前来，目光中带着惊赞。
高傲的求婚人拥聚在他身边，
口中甜言蜜语，心里谋划着灾难。
忒勒马科斯避开大群的求婚者，
前往门托耳，还有安提福斯和哈利塞耳塞斯，
这些个他们家族的老朋友下坐的地方，
在那里坐定；朋友们探问起所有的一切。
其时，裴莱俄斯，著名的枪手，行至他近旁，
带着生客，穿走城区，来到会场；忒勒马科斯
毫不犹豫，迎上前去，站在客人身边。
裴莱俄斯首先发话，说道：

"遣出你的女仆,忒勒马科斯,快去我家,
提取墨奈劳斯的相送,给你的礼件。"

听罢这番话,善能思考的忒勒马科斯答道:
"裴莱俄斯,由于我们不知事态发展的结局,
不知高傲的求婚人是否会设计谋害,杀我在
自己的厅间,分掉我父亲的财产,所以, 80
我希望由你本人,而不是那帮家伙,拥有这些,欣享
它们带来的欢悦。但是,倘若我能谋划他们的死亡和毁灭,
我想你会送归我的家院,而我亦会高兴地予以收回。"

言罢,他带着历经磨难的生客回返家居。
他们来到精皇的宫殿,脱下披篷,
放上座椅和高背的靠椅,
走入光滑的澡盆,盥洗沐浴。
女仆们替他们洗毕,抹上清油,
穿上衫衣和羊毛厚实的披篷;
他们走出澡盆,坐在椅子上面。
一名女仆提来绚美的金罐,
倒出清水,就着银盆,供他们
盥洗双手,搬过一张溜光的食桌,放在他们身旁。
一位端庄的家仆提来面包,供他们食用,
摆出许多佳肴,足量的食物,慷慨地陈放。
裴奈罗珮坐在他们对面,厅堂的房柱边,
背靠座椅,转动线杆,绕缠精良的毛线。
他们伸出双手,抓起面前的肴餐。
当食者满足了吃喝的欲望,
谨慎的裴奈罗珮开始发话,说道: 100
"忒勒马科斯,我要去楼上的房间,

睡躺在我的床上，那是我恸哭的地方，
总是湿漉漉的一片，我的眼泪，自从奥德修斯
出征伊利昂，随同阿特柔斯的儿男。而你亦没有
这份耐心，在高傲的求婚者们进宫之前，告诉我
你所听到的消息，有关你父亲的归返。"

　　听罢这番话，善能思考的忒勒马科斯答道：
"好吧，我的妈妈，我将道出真情，告说一切。
我们曾前往普洛斯，会访奈斯托耳，民众的首领，
受到他的欢迎和热情款待，在
高大的宫居，像父亲对待自己的儿男，
久无音讯，刚从远方归返——就像这样，
他热情关照，和光荣的儿子们一起接待。
然而，他说，关于坚忍的奥德修斯，壮士的
生死，他不曾听闻任何讯息，从世上的凡人中间。
他送我去找阿特柔斯之子，善使枪矛的墨奈劳斯，
提供了代步的驭马和制合坚固的轮车。我见着了
阿耳戈斯的海伦，为了她，阿耳吉维人和特洛伊人，
出于神的意志，受够了战争的苦难。啸吼战场的
墨奈劳斯对我发问，在我们会面之时，
问我出于什么原因，来到神圣的拉凯代蒙。
其时，我和盘托出所有的一切，
王者听后答话，对我说道：
'可耻！一帮懦夫们居然如此梦想，
梦想占躺一位心志豪勇的壮士的睡床！
恰似一头母鹿，让新近出生的幼仔睡躺在
一头猛狮的窝巢，尚未断奶的小鹿，
独自出走，食游山坡草谷，
不料狮子回返家居，给

它们带来可悲的死亡；就像这样，
奥德修斯将使他们送命，在羞楚中躺倒。
哦，父亲宙斯，雅典娜，阿波罗！愿他
像过去一样，在城垣坚固的莱斯波斯，
挺身而出，与菲洛墨雷得斯角力，把他
狠狠地摔在地上，使所有的阿开亚人心花怒放。
但愿奥德修斯，如此人杰，出现在求婚人面前——
他们将找见死的暴捷，婚姻的悲伤！
但是，对你的询问，你的恳求，我既不会
虚与委蛇，含含糊糊，也不会假话欺诓，
我将转述说话从不出错的海洋老人的言告， 140
毫无保留，对你绝不隐藏。他说
曾见过此人，在一座岛上，忍受剧烈的悲痛，
在海仙卡鲁普索的宫居，后者强行
挽留，使他不能回返乡园，因他
既没有带桨的海船，亦没有伙伴的帮援，
帮他渡越浩淼的大海。'这便是
阿特柔斯之子，善使枪矛的墨奈劳斯的答言。
带着此番信息，我登船上路；不死的神明送来
顺推的海风，把我吹返亲爱的故乡，以极快的速度回航。"

　　一番话纷搅着裴奈罗珮的心胸。
其时，塞俄克鲁墨诺斯，神一样的凡人，开口说道：
"尊贵的夫人，莱耳忒斯之子奥德修斯的妻伴，
听听我的话语，墨奈劳斯并不掌握可靠的讯况。
我将真实地对你预告，不作丝毫隐藏。
让宙斯作证，至尊的天神，还有这好客的桌面
以及豪勇的奥德修斯的炉盆，我来到此地，
对着它恳求，奥德修斯已经回返故乡，

静坐等待，或穿走运行，侦访邪恶的
作为，谋设所有求婚人的灭亡。
160 这便是我对鸟迹的卜释，当我坐在
凳板坚固的船上，已对忒勒马科斯说讲。"

听罢这番话，谨慎的裴奈罗佩答道：
"但愿你的话，陌生的客人，将来得以实践，
如此，你将很快领略友谊的甘甜，收取我给的
许多礼件，让人们夸你好运，要是和你聚首碰面。"

就这样，他们你来我往，一番说告。
与此同时，在奥德修斯的宫居前，求婚人
正以嬉耍自娱，或投饼盘，或掷标枪，
在平坦的场地，一帮肆无忌惮的人们，和先前一样。
及至晚饭时分，羊群离开草场，从
四面归来，由原来的那班牧人拢赶，
墨冬对求婚者们说话，后者最喜此人，胜于对
其他所有的使者——在他们宴享之时，他总是侍待一旁：
"年轻人，既然你们已从竞耍中得取愉悦，
我劝各位进屋，让我们整备食餐。
按时进食可取，有益于身心健康。"

他言罢，众人起身走去，听从了他的劝告。
当步入精皇的宫殿，他们
放下衣篷，在座椅和高背靠椅上面，
180 动手刀宰硕大的绵羊和肥壮的山羊，
杀了一些滚肥的肉猪，外加一头牵自畜群的小母牛，
备作他们的美餐。与此同时，奥德修斯和高贵的
牧猪人正准备离开农庄，前往城区，

牧猪的人儿,猪倌的头目,首先说道:
"陌生的客人,既然你急于进城,今天就要
动身,按照我主人的吩咐,虽然就我而言,
我更愿你留在这儿,看守庄院。尽管如此,
我敬畏和惧怕家主,不愿遭受
他的责斥——主人的训骂凶猛严苛。
让我们就此出发。白天的大部已经
逝去,面对即将来临的夜晚,你会倍感凄寒。"

听罢这番话,多谋善断的奥德修斯说讲,答道:
"知道了,明白;听你训示的人能够理解。
让我们就此出发,由你引路,把全程走完。
但要给我一条撑拄的枝棍,倘若你有已经
砍下的柴段,你说,路上奇滑,行路艰难。"

言罢,他挎上破烂的兜袋,在他的肩头,
百孔千疮,悬连着一根编绞的绳线。
欧迈俄斯给他一条称心如意的枝棍,
两人迈步走去,留下狗群和牧工,
看守庄院。牧猪人带着主人前行,去往城里,
后者一副乞丐模样,像个悲酸的穷汉,
拄着支棍,一身破旧的衣衫。

他们沿着崎岖的山路行走,
临近城区,来到一处泉溪的喷口,甜净的水流,
石砌的槽头,城民们取水的去处,
伊萨科斯的手工,会同奈里托斯和波鲁克托耳,
周围是一片杨树,近水的植物,
排成一圈,凉水从高处的岩壁

下落，上面耸立着水仙们的
圣坛，赶路的人们全都在此敬祭神仙。
就在那里，墨朗西俄斯，多利俄斯之子，遇上他们，
正赶着山羊，群队中最好的精选，
供求婚人食用，另有两个牧者，跟走在后面。
目见二位来者，墨朗西俄斯开口发难，出言羞辱，
用词狂毒，滥骂一番，激恼着奥德修斯的心胸：
"哈哈，一个无赖带着另一个无赖，
像神明那样，总是带着神明结伴！
你要去哪，可悲的牧猪人，领着这个穷酸，

220 讨厌的叫花子，臭毁宴席的恶棍？
这种人随处贴靠，在门柱旁边蹭磨臂肩，
乞讨点滴的施舍，绝不会奢想大锅铜剑。
倘若你把他给我，看守农庄，
清扫栏圈，给小山羊添喂嫩绿的料餐，
如此，他便可饮食乳清，长出坚实的腿腱。
但是，既然此人啥也不会，只擅游荡作恶，他便不会
思想动手干活，宁肯沿路求乞，行走在这片地界，
讨得点滴施舍，充填无有底端的肠胃。
但我要直言相告，此事将会实现。
如果他胆敢走近神样的奥德修斯的家舍，
那么，他的脑袋将迎对我们的击打，纷飞的木凳，
甩自壮士的臂膀，捣烂肋骨，将他追砸在宫居里面！"

　　言罢，牧羊人走过奥德修斯身边，抬脚猛踢他的
腿股——这个笨蛋——但却不能把他赶出路面，
后者稳稳地站着，心中斟想着两个念头，
是奋起进击，举杖敲打，结果他的性命，
还是拎起他的腰杆，砸碎他的脑袋，在脚下的地面。

想来想去,他还是站着不动,控制着心绪,但牧猪人盯视着
墨朗西俄斯,诅咒他的恶行,举起双手,诵道:
"水泉边的仙女,宙斯的女儿,倘若奥德修斯 240
曾给诸位焚烧过绵羊羔和小山羊的腿件,
裹着厚厚的肥膘,那么,请你们答应我的祈愿,
让我主浪迹归来,依循神的引导。
如此,墨朗西俄斯,他会医治你的骄奢,
碎烂你的狂蛮,你这小子,整天闲荡在
城里,让无能的牧人糟毁羊儿!"

听罢这番话,牧放山羊的墨朗西俄斯答道:
"心计脏毒的恶狗,你说了些什么废话!
我会把你带上凳板坚固的黑船,运出
伊萨卡,卖到遥远的地方,给我换回一笔横财。
但愿阿波罗,银弓之神,放箭今天,射杀忒勒马科斯,
让他死在宫中,或被求婚人放倒;但愿此事真实,
就像奥德修斯浪走远方,失去了回归之日一样确凿!"

言罢,他撇下二位,由他们缓缓走在后面,
自己则快步向前,迅速接近主人的宫门,
当即走入府中,坐在求婚者们身边,
面对欧鲁马科斯,他最崇爱的人儿。
侍餐的仆人端来一份烤肉,放在他面前,
一位端庄的家仆送来面包,放下,供他
食用。奥德修斯继续前行,由高贵的牧猪人陪同, 260
在家居附近止步,耳边回荡着竖琴的响声,
菲弥俄斯正拨动空腹的乐器
吟诵。奥德修斯握住牧猪人的手,说道:
"毫无疑问,欧迈俄斯,这便是奥德修斯漂亮的居所,

345

极易辨认，在一大片家居之中。
瞧这座宫殿，房屋一栋连着一栋，石墙围着院落，
带着墩盖，双扇的门板，建造
精固；这处家居，谁能小看？此外，
我亦知晓里面有大群的人们，食宴厅间，
我已嗅到食物的香味，耳闻竖琴的声音，
神创的乐器，作为宴会的宾伴。"

听罢这番话，你，牧猪人欧迈俄斯，开口答道：
"你辨得既快又好，真是个精明的人儿。
来吧，让我们想想下一步的计划，作何打算。
你可先入精皇的宫居，汇入
求婚的人们，让我留在外面；亦可，
如果你愿意，留站这边，由我先入宫中。
但不要久滞此地，以免让宫外的人们看见，
对你投扔，把你打开。小心，记住我的说告。"

280　　听罢这番话，卓著和历经磨难的奥德修斯答道：
"知道了，明白；听你说话的人能够理解。
但你可先去，我将留在外面。
我已习惯于拳打脚踢，飞投的物件；
我有一颗忍耐的心灵，已经遭受许多苦难，闯过大海
的波浪，战斗的人群。眼前之事，只能为我增添阅历。
即便如此，谁也不能藏起贪婪的肚皮，
该受诅咒的东西，给凡人招致众多的厄难，
为了它，人们驾着制作坚固的海船，渡过
苍贫的大海，给敌人送去愁灾。"

　　就这样，他俩你来我往，一番交谈；

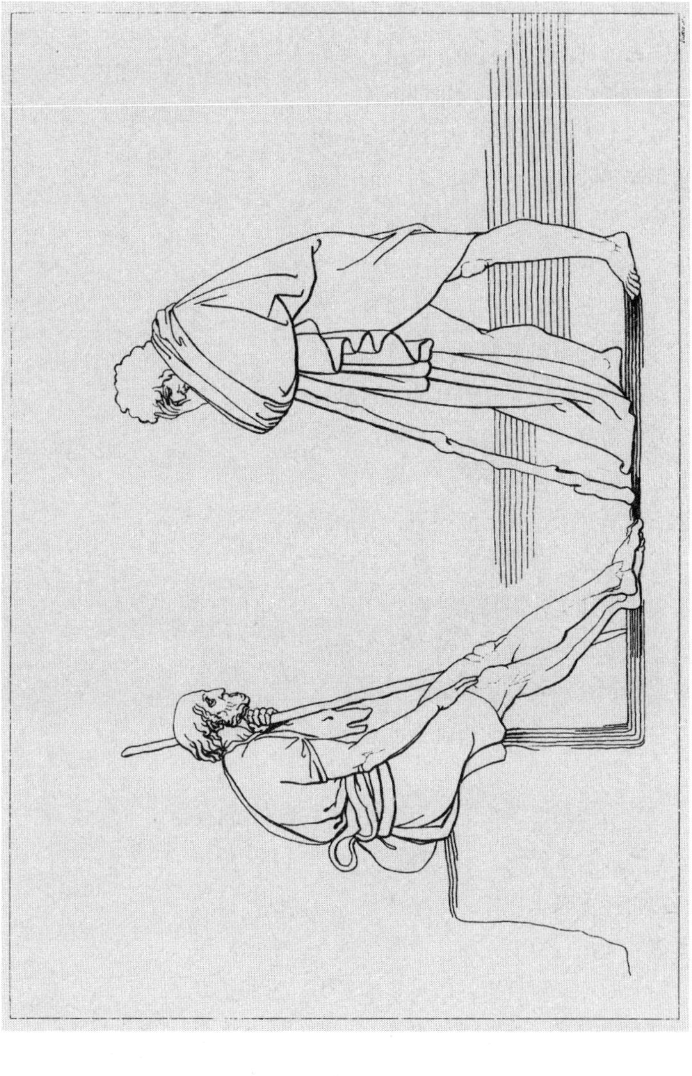

近旁躺着一条老狗，头耳竖立，
阿耳戈斯，心志刚忍的奥德修斯的家犬，
由他亲自喂养，但却不曾欣享日后的喜悦——在此之前，
他已去了神圣的伊利昂。从前，年轻人带着它出猎，
追杀兔子、奔鹿和野地里的山羊，
如今，主人不在此地，它被冷落一边，
躺在深积的粪堆里，骡子和牛的泻物，
高垒在大门前，等着奥德修斯的
仆人，把它们送往丰广的庄园，作为粪肥。

300　就这样，老狗阿耳戈斯扁虱满身，横躺粪堆。
其时，当它觉察奥德修斯的来临，
摇动尾巴，收回竖起的耳朵，只是
无力移动身子，贴傍主人，和他靠得
更近，后者瞥见此番景状，抹去眶角的眼泪，
轻松地避开欧迈俄斯的视野，对他说道：
"此事奇异，欧迈俄斯，这条狗卧躺粪堆。
此狗体形佳美，但我无法断言它的
腿力，迅跑的速度，是否和外形称配。
抑或，它只是条桌边的懒狗，主人
把它们养在身边，作为观赏的点缀。"

　　听罢这番话，你，牧猪人欧迈俄斯，开口答道：
"它的确是条好狗，主人是一位死在远方的战勇。
倘若它还像当年那样，体格健壮，行动敏捷，
奥德修斯把它留下，前往伊利昂战斗，那么，
你马上即可亲眼目睹，眼见它的勇力，它的速度。
当它奋起追捕，野地里的走兽，出没在密林之中，
绝无潜逃的可能。它十分机敏，善于追踪。
现在，它处境悲惨，而它的主人，远离家乡，

已经作古；女人们漫不经心，不管它的死活，
男仆们心知主人出走，不再催他们干活，
个个懒懒散散，不愿从事分内的劳动。
沉雷远播的宙斯取走他一半的美德，
一旦此人沦为别者的奴工。"

言罢，他走入精皇的宫殿，
大步穿行厅堂，见着高傲的求婚人。
其时，幽黑的死亡逮住了猎狗阿耳戈斯，
在历经十九年之后，重见奥德修斯，它的主人。

神样的忒勒马科斯最先眼见
牧猪人到来，进入房宫，马上点头示意，
召他前往身边。欧迈俄斯左右环顾，就近搬过切肉者
下坐的凳子，此君切开奉食的烤肉，大量的肉块，
替求婚的人们，食宴在厅堂里头。
他搬过凳子，放在忒勒马科斯桌边，
面对主人下坐，使者端来一份
肉食，放在他面前，从篮里取出面包。

奥德修斯紧接着走入厅堂，
一副乞丐模样，像个悲酸的老头，
拄着支棍，身穿破旧的衣裳。
他蹲坐桦木的门槛，在门庭里面，
靠着柏木的门柱，用料在很久以前，
由高手精工削刨，紧扣着画打的粉线。
忒勒马科斯发话牧猪的仆工，叫他过来，
拿起一整条面包，从精美的编篮，
添上许多肉块，塞满他的手中：

"拿着这些,给那陌生的人儿,同时告他
巡走求婚者跟前,乞求每个人施舍;
对一个贫寒之人,羞怯不是良好的伙伴。"

他言罢,牧猪人得令走去,
行至奥德修斯面前,送出长了翅膀的话语:
"陌生人,忒勒马科斯给你这些,并要你
巡走求婚人跟前,乞求每个人施舍;
他说,对一个贫寒之人,羞怯不是良好的伙伴。"

听罢这番话,多谋善断的奥德修斯开讲,说道:
"王者宙斯,求你使忒勒马科斯幸福,
满足他的希冀,所有的企愿!"

言罢,他双手接过食物,放在
脚前,破烂的袋兜上,开口吞咽,
歌手诵声不绝,在厅堂里面。
吃罢食物,神圣的歌手停辍,
360 求婚人喧闹纷纷,轰响在整座宫房,但雅典娜
前来站在奥德修斯身边,莱耳忒斯之子,
催他巡走求婚的人群,乞收小块的面食,
以便看出哪些人心好,哪些人不善,
但即便如此,她亦不会让任何人避死生还。
奥德修斯走上前去,从左至右,乞讨在每个人身旁,
伸手各个方向,活如一个长期求讨的乞丐。
食客们心生怜悯,给出食物,感到诧异,
互相询问,此人是谁,来自何方。
其时,墨朗西俄斯,牧放山羊的那位,说道:
"听我说,追求我们光荣的王后的人们,关于

这个陌生的来者。我已见过他的脸面，知道
是牧猪人把他引到这边，但我尚不确知
此人是谁，声称来自什么地界。"

听他言罢，安提努斯开口辱骂，对牧猪人说道：
"嘿，你这臭名昭著的牧猪人，为何把这家伙
带到城里？难道我们还缺少乞丐，
讨人嫌的叫花子，糟毁我们的宴席？
要不，便是你还嫌这里人少，耗食你
主人的财产，故而还要再招个把，招请此人进来？"

听罢这番话，你，牧猪人欧迈俄斯，开口答道： 380
"虽然你出生高贵，安提努斯，你的话却说得不甚
妥帖。谁会外出寻访，邀来一位
生人，除非他是个有一技之长的高手，
一位先知，一位医者，或是一个木工，
一位通神的歌手，用他的歌唱给人们带来欢快？
这些人无处不请，在广袤的大地无边。
但是，谁也不会恭请一个乞丐，吃耗他的家产！
求婚者中，你比别人更为严厉，
对奥德修斯的仆人，尤其是我，
但我并不在乎，只要谨慎的裴奈罗珮
生活在宫里，还有忒勒马科斯，神一样的青年。"

听罢这番话，善能思考的忒勒马科斯答道：
"别说了，不要洋洋洒洒，回答他的论谈。
安提努斯总爱激怒别人，出言
歹毒，同时催励旁者，和他一起骂骂咧咧。"

言罢,他转而面对安提努斯,说道:
"安提努斯,你关心我的利益,像父亲对待儿子,
不是吗——要我赶走生人,扫出宫门,用
苛厉的言词!愿神明不让此事实现。
400 拿出你的食物,送交此人;我不会吝啬这些,相反,
我要催你做来!不必介意我娘,也不必理会任何
侍者,神样的奥德修斯家里的仆役。
事实上,你胸中并无此番心意;
你不愿把食物让给别人,只热衷于自个吃喝痛快!"

听罢这番话,安提努斯说讲,答道:
"好一番雄辞滥辩,忒勒马科斯,你在睁着眼睛瞎喊!
倘若别的求婚者都愿给他我要给的这么多,
这座房居将摆脱此人的缠扰,在长长的三个月内!"

言罢,他亮出桌下的脚凳,抓握在手,
食宴中的用品,搁置白亮的脚足。但是,
别的求婚人个个拿出食物,用肉和面包
填满他的兜袋。奥德修斯本想走回门槛,
既已试探过阿开亚人的心地,无需偿付,
但途中站立安提努斯身边,对他说道:
"给我一些食物,亲爱的朋友,阿开亚人中,你似乎不是
最卑劣的一位;你是最出色的俊杰,看来像似王贵。
所以,你要给我食物,比别人给出的
更多;我将颂扬你的美名,在无边的地面。
我也曾是个幸福的阔佬,拥有丰足的房产,
420 生活在邻里之中,常常施助浪者,
不管何人,带着何样的需求前来。
我有无数的奴仆,各式各样的好东西,

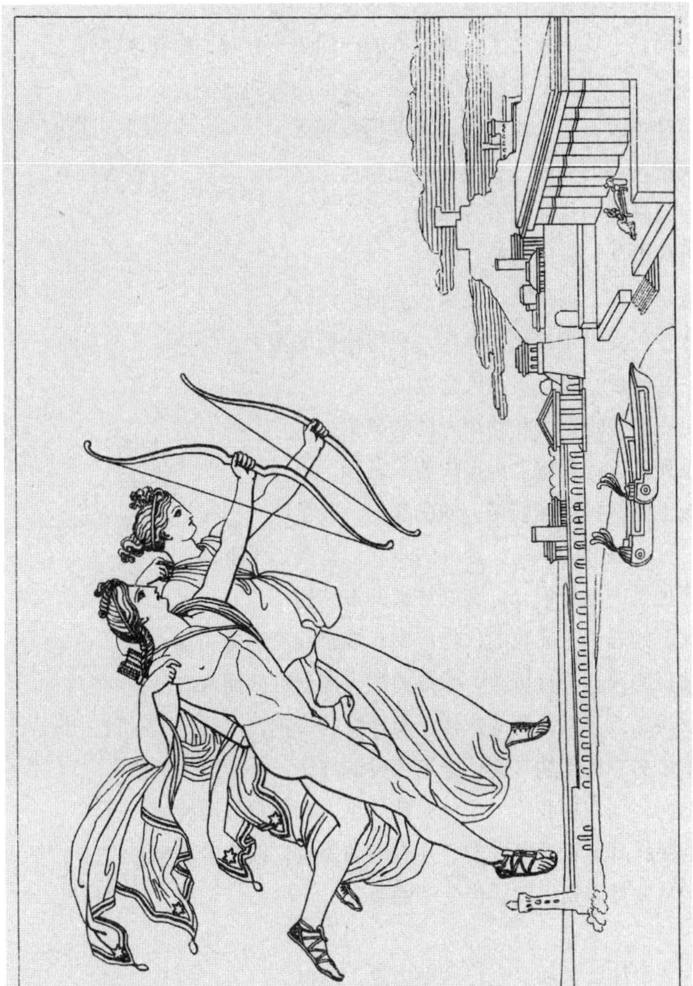

人们以此欣享生活，被民众称为富有。但
宙斯，克罗诺斯之子，毁了我的一切——有时，他有这样的
嗜好——让我随着漫游的海盗，劫抢的人们，
前往埃及，偌长的旅程，足以把我毁灭。
我把弯翘的海船停驻埃古普托斯河边，
命嘱豪侠的伙伴们留等原地，
近离船队，看守舟船，同时
派出侦探，前往哨点监望。然而，
伙伴们受纵于自己的莽荡，凭恃他们的蛮力，
突起奔袭，掠劫埃及人秀美的
田庄，抢走女人和幼小无助的孩童，
杀死男人，哭喊之声很快传入城邦。
城里的兵民惊闻喊声，冲向我们，在黎明
时分，成群的车马，赴战的步兵，塞满了平野，
到处是闪烁的铜光；喜好炸雷的宙斯撒下
邪恶的恐惧，在我的伙伴群中，谁也没有那分胆量，
站稳脚跟，开打拼斗，凶狠的敌人围逼在四面八方。

440　敌兵杀人甚众，我的伙伴，用锋快的青铜，
掳走另一些部属，充作强迫劳役的奴工。
然而，他们把我给了一位去那的生人，来自塞浦路斯，
德墨托耳，亚索斯之子，强有力的王者，镇统着那座海岛。
我从塞浦路斯来此，经受了磨难。"

　　听罢这番话，安提努斯说讲，答道：
"是哪位神灵，送来此番痛苦，纷扰我们的宴乐？
走开点，站到中间去，滚离我们的桌旁。
否则，我将让你品尝埃及或塞浦路斯的凄苦，
你这大胆的东西，不要脸的乞丐！
你依次乞讨，站在每个人身边，而他们则大大咧咧地

赐给，不必俭省，无需节制，
随意丢送别人的东西——我们的身前食物成堆。"

听罢这番话，多谋善断的奥德修斯移身后退，说道：
"如此看来，你的心智根本无法匹配外表的俊美！
在你家里，你不会舍得一撮食盐，给你的工仆，
瞧你现在的模样，坐在别人家中，不愿拿出一丝
屑末，放在我手里，尽管面前有的是面包一类的东西。"

他言罢，安提努斯的心里爆出更猛的怒气，
眉下射出凶狠的目光，对他说道，用长了翅膀的话语：
"眼下，我想你已不能平平安安地
退出府居——你出口伤人，骂我一番！"

言罢，他扔出脚凳，打在奥德修斯的右肩，
击中肩座，连接脊背的部位，但后者巍然屹立，
像一块石岩，安提努斯的投击不曾使他趔趄，
只是默默地摇头，心中谋划着凶险。
他走回门槛坐下，放落鼓鼓
囊囊的袋兜，对求婚者们说道：
"听着，你们这些追媚光荣的王后的求婚人，
我的话乃有感而发，受心灵的驱使。
此事不会带来悲痛，也不会引发伤愁，
当壮士搏战敌手，被人击中，为了自己的
财产，保护牛群或雪白的绵羊战斗，但
安提努斯出手击我，只因我可悲的肚腹，
该受诅咒的东西，给凡人招致众多的灾愁。
哦，倘若乞者有神和复仇女神护佑，
我愿安提努斯早早死去，先于婚娶的时候！"

听罢这番话,安提努斯,欧培塞斯之子,答道:
"老老实实地坐着,静静地吃用;不然,就给我离开此地,
免得你胡言乱语,惹使年轻人动怒,抓住你的
手脚,拖出宫中,把你的臭皮撕破!"

他言罢,旁者无不烦恼愤恨,
傲慢的年轻人中,有人开口说道:
"安提努斯,此举可恶,击打不幸的浪者;
你将必死无疑,倘若他是天上的仙神。
神们确会变取生人的模样,来自外邦,
幻变各种形貌,浪走凡人的居城,
探察谁个知礼守法,谁个蛮横。"

求婚人如此说道,但安提努斯不听他们的言告。
眼见父亲挨揍,忒勒马科斯心头一阵
剧痛,强忍住眼泪,不使掉落地上,
只是默默地摇头,心中谋划着凶险。
其时,当谨慎的裴奈罗佩听知生客
被击厅堂,对女仆们说道:
"但愿神射手阿波罗击杀投砸的凶手!"

听罢这番话,家仆欧鲁诺墨说道:
"但愿我们的祈求得以兑现。如此,
这帮人中谁也休想活到明天,见着黎明的光彩。"

听罢这番话,谨慎的裴奈罗佩答道:
"妈妈,这帮人着实可恨,都在图谋凶灾,
尤以安提努斯为烈,简直像幽黑的死难。
宫里来了个生人,一个不幸的浪者,穿走房居,

出于无奈,请求他们的施舍。
别的求婚人都给出食物,塞满他的袋兜,
惟有此人,投出脚凳,击中他右肩的基座。"

就这样,裴奈罗珮坐身睡房,同女仆们
交谈;与此同时,卓著的奥德修斯进嚼着食餐。
其时,裴奈罗珮召来高贵的牧猪人,说道:
"去吧,高贵的欧迈俄斯,请那位生人
过来,我想和他打个招呼,问问他是否
碰巧听过什么消息,关于心志刚忍的奥德修斯,
或是否碰巧见过;此人像是去过遥远的地方。"

听罢这番话,你,牧猪人欧迈俄斯,开口答道:
"但愿这些阿开亚人,我的王后,给你宁静的时分。
他的故事娓娓动听,可以勾迷你亲爱的心魂。
我陪了他三个晚上,留他住了三个白天,
在我的屋棚,因他最先来到我的住地,从一艘海船逃生——
然而,他还不曾讲完自己的经历,所受的苦痛。
像有人凝视歌手的脸面,后者正唱说神明
教给的诗篇,欢悦凡人的心怀,
人们带着持续的热情聆听他的诗段——
就像这样,他坐身厅堂,迷住了我的魂儿。
他说,他乃奥德修斯家族的朋友,
居家克里特,那里住着米诺斯的后代。
他从那边过来,来到此地,流离漂泊,
历经艰险。他声称有人提及奥德修斯,
说是已在附近,置身塞斯普罗提亚人丰肥的地域,
仍然活着,带着许多财富,准备回返家园。"

520

听罢这番话，谨慎的裴奈罗珮说道：
"去吧，请他过来，以便直接对我说告。
让那帮人去往门边，亦可留在屋里，
运动竞技，随他们喜欢。他们
有自己的财富，面包、甜酒，不受靡费，
堆在家里，仅供仆人们食餐。与此同时，
他们日复一日，骚挤在我们家居，
宰杀我们的壮牛、绵羊和肥美的山羊，
摆开丰奢的宴席，狂饮闪亮的醇酒，骄虐
无度。他们吞糜我们的财产，而家中却没有
一位像奥德修斯那样的男子，把这帮祸害扫出门外。
倘若奥德修斯得以回转，回返故园，
540　他会马上着手惩报，带着儿子，惩罚他们的暴虐。"

她言罢，忒勒马科斯打出疾猛的喷嚏，
整座房居回荡着轰响的声音。裴奈罗珮失声欢笑，
当即发话欧迈俄斯，送去长了翅膀的言语：
"去吧，快去，替我召来那位生人。没有
注意到吗，我儿打出告示的喷嚏，针对我的每一句说议？
但愿此事意味死亡，彻底的死亡，降落在全体，
每一个求婚人身上，谁也逃不出惨死，命运的惩击！
我还有一事嘱告，你要牢记在心：
倘若我听出他说话不假，句句当真，
我将给他精美的衣裳，一件衫衣，一领篷披。"

裴奈罗珮言罢，牧猪人听后得令而去，
站在奥德修斯近旁，开口说道，用长了翅膀的话语：
"父亲，我的朋友，谨慎的裴奈罗珮，忒勒马科斯
的母亲，要你过去，心中牵挂她的丈夫，

尽管凄楚伤悲，急于打听消息。
如果听出你说话不假，句句当真，
她将给你穿用的衣裳，衫衣披篷，你最
需要的东西；然后，你可穿走城区，乞讨面包，
求得愿给者的接济，填饱你的肚皮。"

听罢这番话，卓著和历经磨难的奥德修斯答道： 560
"我将马上道出全部真情，欧迈俄斯，
对伊卡里俄斯的女儿，谨慎的裴奈罗珮。
我熟知奥德修斯的经历，我们有过同样的艰辛。
但是，我惧怕这群粗莽的求婚者，
他们的暴虐，横蛮的气焰，冲上了铁青色的天空。
即便是现在，当我穿走房居，不曾做出
任何有害之事，此人已出手击我，给我带来疼痛。
忒勒马科斯无法阻止他行凶，谁也不行。
所以，告诉裴奈罗珮，尽管心中急切，请她
在宫中等我，直到太阳沉落。届时，
请她开口发问，关于丈夫的回归之日，
给我一张椅子，傍着柴火，因我衣着
破烂——你知晓此事，最先听知我的求说。"

他言罢，牧猪人听后拔腿走去。
裴奈罗珮，见他跨过门槛，开口说道：
"你没把他带来，欧迈俄斯？那个落难的浪人不来，何意？
是惧怕某人的愤怒，还是羞于徜徉在
这座房宫？乞讨之人不可如此忌顾脸面。"

听罢这番话，你，牧猪人欧迈俄斯，开口答道：
"他的话合乎情理，换个人也会这般思虑， 580

避开这些骄狂的人们,他们的暴虐。
他要你静候太阳沉落,此举于你,
我的王后,亦十分有利:
单独和他谈话,聆听他的告叙。"

听罢这番话,谨慎的裴奈罗珮答道:
"生人蛮有头脑,知晓可能会发生的事情。
凡界还不曾有过这样的无赖,这帮东西,
肆无忌惮地谋划凶暴和残虐。"

她如此一番说道,而高贵的牧猪人,传毕
所有的话语,走回求婚的人群,
当即送出长了翅膀的言语,贴近
忒勒马科斯头边,谨防别人听见:
"亲爱的朋友,我要回去看护猪群和其他财物,
你的家产,我的东西。你要照看这里的一切,
首先要当心自己的安危,要时刻警惕,
免受伤恼;许多阿开亚人正谋划你的凶灾。
愿宙斯毁了他们,不让他们把你我伤害!"

听罢这番话,善能思考的忒勒马科斯答道:
"但愿如此,我的伙计。好吧,吃过晚饭,就此归去,
明晨回返,带来肥美的牲祭;神明
和我会看顾这边的事务,所有的事情。"

他言罢,牧猪人复又弯身闪亮的座椅。
当吃饱喝足,欧迈俄斯
归返猪群,离开庭院和厅堂,
满屋子盛宴的人们,沉醉于舞蹈和歌唱的
欢乐。屋外,夜色已经降临。

第十八卷

其时,过来了个本地的乞丐,行讨
在伊萨卡城里,以贪食闻名,饭量
特大,吃喝不停。他看来体形硕大,
却没有几分劲儿,也没有什么力气。
他真名阿耳奈俄斯,尊贵的母亲取给的称谓,
在他出生之际,但所有的年轻人都叫他伊罗斯[①],
因他听候别人的差遣,谁都可以要他传送口信。
其时,这小子走来驱赶奥德修斯,意欲把他赶出自己的
家门,恶言辱骂,喊出长了翅膀的话语:
"走开点,老家伙,走离门边,免得被人抓住双脚,
拖出门外。没看见他们都在对我眨眼,
要我把你拖拽?!我讨厌动手——此事要看你的表现。
起来吧,不要让我们的争吵引出横飞的拳击!"

其时,多谋善断的奥德修斯恶狠狠地盯着他,说道:
"我说先生,我既不曾出手伤你,亦没有出言刺你,
我也不会抱怨,倘若有人给你大份的食品。
这条门槛还算宽长,可以容得我你;你亦不必
眼红别人的所有。我想你也是个行讨的乞丐,
和我一样,依赖神明的赐给。不要对我
炫耀你的拳头,不要逼人太甚,否则,你会使我愤怒,
尽管老了,我会替你放血,涂满胸脯,
你的嘴唇!如此,明天,我便能得享更多的

20

宁静——我知道你不会重返这边,
再临奥德修斯,莱耳忒斯之子的府邸!"

听罢这番话,要饭的伊罗斯怒气冲冲,说道:
"呵,瞧这脏老头子的骂劲,满嘴叽叽喳喳的话语,
像个炊火厨房的女人!我会设法治他,让他尝吃苦头,
挥起双手击打,捣出他的牙齿,脱出颚骨,
掉落在地,把他当做一头糟蹋庄稼的悍猪揍击!
来吧,束起你的衣服,让所有的人看着我们
斗打,倘若你有这份胆量,与一个比你年轻的汉子争比!"

就这样,在高耸的宫门前,站在
溜光的门槛上,两人互致粗粝的话语,纵情对骂。
与此同时,灵杰豪健的安提努斯听察到他们的言行,
高兴得咧嘴大笑,对求婚的同伴们说道:
"朋友们,在此之前,神明可没有致送过
如此逗人的事情,可与门前的趣事相媲美:
陌生的浪人和伊罗斯已准备开战,用
他们的拳头。来吧,赶快,让我等催怂他们动手!"

40　　他言罢,众人跳将起来,哈哈大笑,
围观在两个衣衫褴褛的乞丐身边,
安提努斯,欧培塞斯之子,开口说道:
"听着,你等高傲的求婚人,听听我的议告。
火上有一些山羊的胃肚,我们已塞入
油脂,灌入牲血,备作晚间的食餐。
二人中不管谁个获胜,证明比较优秀,

---

① 伊罗斯,Iros。《伊利亚特》中有神使伊里丝。

让他走上前来,挑选其中的任何一个;
此外,他可天天和我们聚餐,我们将
不再放允其他乞者进来,求讨在我们身边。"

安提努斯言罢,人们欣表赞同。
其时,多谋善断的奥德修斯说道,怀藏巧黠的心计:
"朋友们,一个上了年纪的老人,饱经忧愁的摧损,
固然难以敌打青壮的强盛,但邪毒的
肚子驱我拼命,迎受他的拳头。
来吧,对我立下庄重的誓言,你等谁也不能例外,
保证不会站在伊罗斯一边,亮出粗壮的大手,
给我凶狠的击揍,使我扑倒在此人前头。"

他言罢,众人盟发誓咒,按他的要求。
当他们全都发过誓言,立下一番旦旦信誓后,
忒勒马科斯,灵杰豪健的王子,在人群中说道:
"陌生的客人,倘若你的心魂催励你
回击此人的挑衅,那么,你就无需惧怕任何
别个阿开亚人的帮衬——对你出手会招来众人的围攻。
我本人便是你的东家,且有二位王者的赞同,
安提努斯和欧鲁马科斯,善于智辨的人们。"

他如此一番说告,博得众人的赞同。奥德修斯
束起身上的破旧,环扎腰围,露出
健美、硕壮的大腿,宽阔的肩膀,展露出
胸脯和粗蛮的手臂;此外,雅典娜,
站在民众的牧者身边,粗壮了他的肢腿。
骄狂的求婚者们见后无不震叹惊讶,
有人望着身边的近邻,开口说道:

"伊罗斯即将面目全非,自招险厄挨打。
瞧这个老人的粗腿,在破衣烂衫的遮掩下!"

　　他言罢,伊罗斯的心中悲苦愤烦,
但人们不管这些,束起他的衣衫,强行拽到门前,
任凭他心惊胆战,全身抽筋一般。
安提努斯出言辱骂,责斥道:
"你不该活着,你这头笨牛;但愿你不曾出生,
倘若你惧怕那个家伙,吓得浑身发抖,
惧怕一个老头,饱经忧愁的摧损!
我要直言相告,此事将成为现实:
如果此人获胜,证明比你优秀,
我将把你扔上黑船,送往大陆,
交给王者厄开托斯,此君摧杀所有的凡人,
会用无情的铜械,割下你的鼻子耳朵,
撕下你的阳具,丢给饿狗生吞活剥!"

　　听他言罢,伊罗斯的肢腿颤抖得更加烈猛,
但他们推他向前,交战的双方举起了拳头。
其时,卓著和坚忍不拔的奥德修斯斟酌思考,
是出拳猛打,把他击倒,灵魂出窍,
还是轻轻推捣,使其倒地便好?
两下比较,觉得此举佳妙,
宜用轻拳推捣,免得阿开亚人心生疑惑。
他俩举起拳头,伊罗斯击中右边的肩膀,
但奥德修斯出拳耳朵下的颈脖,砸烂了
里面的骨头,鲜血喷出他的唇口,
后者哀叫一声,扑倒泥地,牙齿堆叠在一块,
双脚踢打泥尘;傲莽的求婚者们高举

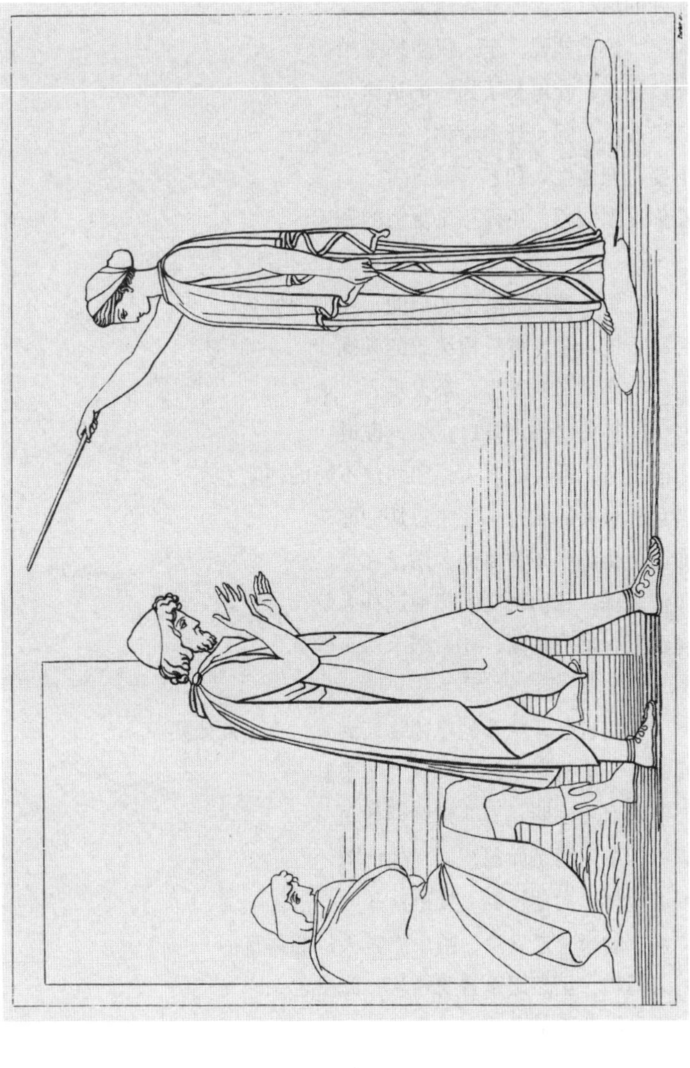

100 双手，笑得差点断了气儿。奥德修斯
抓起他的双脚，拖过门庭，来到院落，
柱廊的出口，让他靠着院墙
倚坐，给出枝棍，塞入伊罗斯手中，
开口说道，吐出长了翅膀的话语：
"坐在这儿吧，赶走猪狗，
不要再充当生人和乞丐的王者，
瞧你这副酸相，免得招来更大的悲苦。"

　　言罢，他挎起脏乱的袋兜，在他的肩头，
百孔千疮，悬连着一根编绞的长绳，
走回门槛，弯身下坐，众人步入
宫中，笑得欢快，开口祝贺，说道：
"愿宙斯，陌生的客人，和列位不死的神明，
满足你最大的希望，心中急切的愿求。
你已中止那小子贪婪的乞游，在
我们邻里；我们将马上把他送往大陆，
交给王者厄开托斯，此君摧杀所有的凡人。"

　　他们言罢，卓著的奥德修斯高兴，有了此般兆头。
其时，安提努斯提过一只硕大的羊肚，
充塞着血和油脂；安菲诺摩斯伸手
120 篮中，拿出两条面包，放在他面前，
举着金杯，对他祝酒，说道：
"祝你健康，老先生，陌生的客人！愿你日后
时来运转，虽然眼下置身逆境，吃受苦头。"

　　听罢这番话，多谋善断的奥德修斯说讲，答道：
"安菲诺摩斯，看来你处事贤谨，不愧为

那位父亲的儿子,他声名卓著,我早有耳闻,
杜利基昂的尼索斯,强健,富有,
人说你是他的儿子,看来是个善能说话的年轻人。
既如此,我将对你直言,请你用心听着。
大地哺育的生灵中,所有呼喘和行走
在地面的族类里,人是最羸弱的一种,
只要神祇给他勇力,腿脚尚还强健,
他便以为永不遭难,将来不会吃苦。
然而,当幸福的神明送来不幸的日子,他便
只能承受苦难,以强忍的心念,违背自己的初衷;
凡人的心绪会随着神和人的父亲的
赐予,随着时日的来去改动。
就说我吧,我曾是个可望致富走运的凡人,
但我的勇力和强暴催使我干出许多蠢事,骄狂的行动,
寄望于我的父亲和兄弟,以为他们会出力帮忙。 140
所以,谁也不能无视法规,自行其是,
让他默默地接受神赐的礼物,不管他们给出什么。
今天,我眼见求婚的人们,谋设放肆的行为,
屈辱房主的妻子,滥毁他的财产,
此人不会长期出离家乡,我想,不会久别
亲朋——不,他已逼近你们身旁!但愿命运把你们
带出此地,送回家去;我希望你们不致面对他的出现,
当他回返亲爱的故乡,祖辈居住的地方。
我相信,当他步入自己的厅堂,此君
不会与求婚者们和解,不放出他们的血浆!"

　　言罢,他洒出祭奠,喝下蜜甜的醇酒,
交还酒杯,放入民众牧者的手中,
后者穿走房居,心情沉重,

摇着脑袋，心中展现出凶邪的景状。
然而，他却不能逃避命运，雅典娜已将他框绑束缚，
让他死于忒勒马科斯的双手，他的投枪。
安菲诺摩斯走回刚才站离的椅子，弯身下坐。

其时，灰眼睛女神雅典娜催动伊卡里俄斯
的女儿，谨慎的裴奈罗珮的心胸，
160 要她出现在求婚人面前，以便激起后者
更强烈的追恋，从而赢获丈夫和儿子
的欢心，较前更多的尊爱。于是，
她强作笑脸，叫着保姆的名字，说道：
"欧鲁诺墨，我的内心企盼着——虽说此般闪念以前从未
有过——面见求婚的人们，尽管仍然把他们恨贬。
此外，我亦想提醒儿子，如此对他有利，
不要老是和骄横的求婚人厮混，
那帮人当面说得好听，心里却谋划着将来的凶邪。"

听罢这番话，家仆欧鲁诺墨答道：
"你的话，我的孩子，听来条理分明，说得一点不错。
去吧，劝诫你的儿子，不要把话藏在心中。
但必须先洗净身子，油抹你的脸面；不要下楼，
带着被泪水浸蚀的双颊，像现在这般；
不宜天天哭泣，总用泪水洗面，如此有害无益。
别忘了，你儿已长大成人，而你总在对神祈祷，
表述你最大的冀盼：让他长成一个有胡子的男子汉。"

听罢这番话，谨慎的裴奈罗珮答道：
"虽说你爱我，欧鲁诺墨，但却不要劝我如此这般，
要我洗净身子，抹上油清；

拥居俄林波斯的神明已败毁我的容颜,
自从丈夫离去,乘坐深旷的海船。
不过,你可传告奥托诺娥和希波达墨娅
前来,以便站在我的身边,在那厅堂里面。
我不会独自前往,站在男人中间,如此有损贤节。"

她言罢,老妇遵命走去,穿行宫居,
传话二位女子,要她们去往女主人身前。
其时,灰眼睛女神雅典娜的谋算着另一件要做的事情。
她撒出舒甜的睡眠,蒙起伊卡里俄斯的女儿,
松软了所有的关节,使她躺倒长椅,
闭眼酣睡。与此同时,她,女神中的佼杰,
赐予神用的礼物,使阿开亚人赞美她的丰美。
首先,女神清爽了她秀美的五官,
用神界的仙脂,库塞瑞娅以此增色,头戴
漂亮的花环,参加典雅姑娘们多彩的舞会。
接着,女神使她看来显得更加高大,越加丰满,
淡润了她的肤色,比新锯的象牙还要洁白。
美化完毕,雅典娜,女神中的佼杰,动身离去,
白臂膀的女仆们跑出厅堂,遵命前来,
说话的声音惊醒了熟睡中的裴奈罗佩,
后者伸出双手,搓揉双颊,开口说出话言:
"好一觉香甜的酣睡,竟在我伤心悲愁的时间!
但愿纯贞的阿耳忒弥丝让我死去,就在此时,也像
这般舒甜,中止我糜耗自己的生命,
罢息我的悲苦,思念心爱的夫婿,
凡界的全才,阿开亚人中的俊杰。"

言罢,她走下闪亮的睡房,

并非独自踽行,有两位侍女伴随。
她,女人中的佼杰,来到求婚人近旁,
站在房柱下,柱端支撑着坚实的屋顶,
拢着闪亮的头巾,遮掩着脸面,
两边各站一位忠实的仆伴。
求婚者们见状,爱欲顿生,腿脚酥软,
人人祈告求愿,得以睡躺在她的身边,
但后者出言心爱的儿子,对忒勒马科斯说道:
"你的心智和思绪,忒勒马科斯,已不如从前稳健,
孩提时代的我儿,比现在更能思考判断。
如今,你已长大成人,一个风华正茂的青年,
倘若有人自外邦而来,目睹你的俊美,你的身材,
定会说你是一位富家的儿男,

220　可惜你的心智和思绪已失去先前的敏慧,
我指的是眼下宫中的情景,而你却让
陌生的来客遭受如此无礼的待遇。
此事如何开交,倘若让客人坐在我们家里,
遭受别人的伤损,粗暴的虐待?
人们会指责你的荒唐,使你丢尽脸面。"

听罢这番话,善能思考的忒勒马科斯答道:
"母亲,我的妈妈,我不想抱怨你的愤怒,
但我确已留心注意,知晓分辨
诸事的好坏——我已不是一个毛孩。
但我仍然无法明智地筹谋一切,
这些人挫阻我的意志,这里那里,坐夹在我的
身边,心怀凶险,而我只是赤手空拳。
然而,这场拳斗,展开在生客和伊罗斯之间,
却没有称合求婚人的心愿,生客比伊罗斯强健。

哦，父亲宙斯，雅典娜，阿波罗，
我多想眼见求婚人遭受同样的
毁败，低垂他们的脑袋，有的在院子里，
有的在厅堂中，一个个肢腿松软，
恰似伊罗斯那样，坐在厅院的门边，
耷拉着脑袋，像个醉汉，不能　　　　　　　　　　240
撑腿直立，挪移着归返，
返回他的家院——此人已有气无力。"

　　就这样，他俩你来我往，一番交谈。
其时，欧鲁马科斯发话，对裴奈罗佩说道：
"伊卡里俄斯的女儿，谨慎的裴奈罗佩，但愿
所有的阿开亚人，居家伊阿松的阿耳戈斯，都能目睹你的
丰采；明天一早，将会有更多的求婚者前来，
食宴在你家里，因为你相貌出众，身材丰美，
心智聪达，女辈中无人可以比及。"

　　听罢这番话，谨慎的裴奈罗佩答道：
"神明毁了我的丰韵，欧鲁马科斯，毁了
我的容貌和体形，在阿耳吉维人登船离去之际，
前往伊利昂，随同出征的奥德修斯，我的夫婿。
若是他能回来，主导我的生活，
我将会有更好、更光彩的声名。
现在，我忧心忡忡，神明使我承受悲伤。
当着离走之前，把我留在故乡之时，
他握住我的右腕，对我说道：
'亲爱的夫人，我知道，胫甲坚固的阿开亚人
不会全都安返故里，不受伤损；你知道　　　　　　　　260
人们的传闻，特洛伊人是能征惯战的斗士，

他们是投矛的枪手,发箭的弓兵,
鞭赶快车的壮汉,能以最快的速度,
突破势均力敌的兵阵,结束大规模惨烈的争战。
我不知神明是否会让我生还,不知是否会躺倒
在特洛伊地面。所以,我要把这里的一切托给你看管。
记住照顾我的父母,在我们的宫中,像你
现在所做的这样,或能更好一些,因为我已不在家院。
然而,当眼见儿子长大,生出胡须,
你可婚嫁中意的男人,离开这座宫居。'

　　这便是他的嘱告,如今,所有的一切都已成为现状。
将来会有那么一个晚上,可恨的婚姻会临落我
悲苦的人生;宙斯已夺走我幸福的时光。
但是,眼前的情景纷扰愁恼着我的心魂,
求婚人的行为不同于以往的常规,
那时,求婚者竞相争比,讨好
高贵的女子,富人家的千金。
他们带来自家的牛和肥羊,食宴在
新娘的家府,拿出光荣的赠礼。
280 他们不会吞耗女方的家产,不付酬金。"

　　她言罢,坚忍不拔的奥德修斯心中欢喜,
听闻夫人巧索财礼,说出馨软的话语,
迷蒙对方,胸中则怀藏另一种心机。

　　其时,安提努斯,欧培塞斯之子,开口答道:
"伊卡里俄斯的女儿,谨慎的裴奈罗佩,
不管我们中谁个送来礼物,你可放心
收下;拒礼不收,并非佳宜之举。我们

将不会返回自己的庄园,也不去其他任何地方,
直到你嫁给我们中的一员,阿开亚人中最好的儿男。"

　　安提努斯的话欢悦着所有的求婚人,
他们遣出各自的信使,提取礼物。
安提努斯的信使取来一件硕大的织袍,
绚美、精致,缀着十二条衣针,
全金的珍品,带着弯曲的针扣;
欧鲁马科斯的随从取来一条金项链,
纯妙的工艺,串连着琥珀的珠粒,像闪光的太阳;
欧鲁达马斯的两个仆从取来一对耳环,
垂着三挂沉悬的熟桑,射出绚美的光芒。
从王者裴桑得罗斯家里,波鲁克托耳之子,
他的仆人拿来一条项链,瑰美的精品。　　　　　　300
就这样,求婚的阿开亚人取来各不相同的礼物,
而裴奈罗珮,女人中的佼杰,则走回楼上的房间,
女仆们跟随后面,拿着礼件。

　　其时,求婚人转向舞蹈的欢乐,陶醉于动听的
歌声,尽情享受,等待夜色的降临。就这样,
他们沉湎在欢悦之中,迎来了乌黑的夜晚,
随之挂起三个火篮,在宫厅之中,
用以照明,垒起成堆的木段,
早已被风吹得焦干,被铜斧新近劈开,
将点着的木块置于其间。心志刚忍的奥德修斯的
女仆们已准备轮班守候,添顾燃烧的柴堆,
杰著和多谋善断的奥德修斯说话,言道:
"我说奥德修斯的女仆,你们的主人已久久离家;
去吧,可去尊贵的王后的房间,

绕线在她的身边，坐在家里，
悦慰她的心房，亦可梳理羊毛，用双手的力量；
照明之事由我负责，给此间所有的人致送亮光，
求婚者们不能把我拖垮，我的忍耐之力刚柔持续，
哪怕他们愿意挨到黎明登上精美的座椅，等到天亮。"

320　　他言罢，女仆们哄堂大笑，侧目相视，
美貌的墨兰索厚着脸皮，出言讥刺，
虽是多利俄斯的闺女，却由裴奈罗珮收养，
给她舒心的礼物，像对亲生的女儿一样，
但尽管如此，她却不为裴奈罗珮的不幸忧烦，
倒和欧鲁马科斯睡觉，作为他的情人。
眼下，她出言责辱，对奥德修斯说道：
"讨厌的陌生人，你的心智可是出了毛病？
不去铁匠的作坊睡躺，或去某个
公众息聚的客栈，而是呆在此地，当着
众多男人的脸面，喋喋不休地胡言乱语；你的心灵
不知惧怕。毫无疑问，必是酒力糊涂了你的心智；要不，
你从来就是这样，天生就爱唠讲废话。
你竟敢如此不自量力，是否因为击败了伊罗斯，要饭的人儿？
小心，一个比伊罗斯强健的汉子会起来和你作对，
击砸你的脑袋，用粗壮的大手，
捣出血流，把你打出宫房！"

　　其时，多谋善断的奥德修斯恶狠狠地盯着她，说道：
"你这条可恨的母狗！我将马上去找忒勒马科斯，传告
你的话语，让他碎解你的肢干，你的躯体！"

340　　奥德修斯一番斥说，轰跑了女人，

她们跑过厅居，吓得酥软了
膝腿，以为他真要如此做去。
奥德修斯在燃烧的火篮边站定，使其放送光明，
监视着所有求婚人的动静，心中谋划着
另一些事情，它们都将实现。

　　但是，雅典娜不想让高傲的求婚人
罢息极度的骄横，以便给奥德修斯，
莱耳忒斯之子的心灵，增添新的伤悲。
欧鲁马科斯，波鲁波斯之子，开始发话，
讥责奥德修斯，张嘴大笑，在伙伴群中喊道：
"听着，所有的求婚人，追求光荣的王后，听听我的言告。
我的话乃有感而发，受心灵的催动。
此人许是受到神的指引，来到奥德修斯的房宫；
不管怎样，照明的亮光似乎来自此人的身躯，
来自他的秃顶，溜光的一片，无有一根发丝。"

　　言罢，他转而发话奥德修斯，城堡的荡击者：
"陌生人，倘若我属意要你，你可愿充当
我的雇工，劳作在边远的农场，我会给你足够的报酬，
替我垒石筑墙，种植树木，高耸在地面上？
我将为你提供食物，长年不断， 360
给你脚穿的鞋子，身披的衣裳。
但是，既然你啥也不会，只擅游荡作恶，你自然不会
心想动手干活——宁肯沿路乞讨，行走在整片地界，
讨得别人的施舍，充填无有底端的肚肠。"

　　听罢这番话，多谋善断的奥德修斯说讲，答道：
"但愿我俩能举行一场干活的竞赛，欧鲁马科斯，

在那春暖季节，天日变长的时候，
去那草地之上，手握弯卷的镰刀，
你我一样；以便验察谁个更能吃苦耐劳，
无有充填的食物，从早到晚，每人都有大片的青草要割。
我们亦可比赛赶牛，那种最好的壮牛，
体格硕大，颜色黄褐，吃足草料，
同样的年龄，均等的拉力，劲儿非同一般。
我将选用一块四顷的田地，犁头得以切开的泥土，
那时，你会见我不停地犁走，留下笔直的沟行！
此外，倘若克罗诺斯之子挑起一场战斗，就在
此时此刻，我将抓起一面战盾，提起两枝枪矛，
头戴全铜的帽盔，恰好扣压鬓穴的边旁，
你会见我站在前排壮士之中——那时，
你就不会出言讥辱，嘲骂我肚皮太大。
你为人极其骄狂，生性残暴。
或许，你自以为长得牛高马大，骠勇强壮；
别忘了，你所对付的只是那么几个人，而且无一派得上
用场！告诉你，倘若奥德修斯回返故乡，
宫居的大门，虽说十分宽敞，会在转眼之间
变得狭小：你等匆匆奔命，沿着门道逃亡！"

　　他言罢，欧鲁马科斯的心里爆出更猛的怒火，
恶狠狠地盯着他，吐出长了翅膀的话语：
"该死的东西，我将使你受损，回报你的谬论，当着
众多男人的脸面，喋喋不休地胡言乱语；你的心灵
不知惧怕。毫无疑问，必是酒力糊涂了你的心智；要不，
你从来就是这样，天生就爱唠讲废话。
你竟敢如此不自量力，是否因为击败了伊罗斯，要饭的人儿？"

言罢,他抓起一张脚凳,但奥德修斯
躬身缩坐杜利基昂的安菲诺摩斯的膝前,
惧怕欧鲁马科斯的盛怒,后者扔出凳子,击中
侍酒人的右手,酒罐脱手落地,砰然作响,
侍酒人仰面倒下,张嘴呻吟,背躺泥尘。
求婚人噪声四起,幽暗的厅居里喧嚣沸腾,
混乱中,他们望着自己的近邻,说道: 400
"但愿这陌生的老儿倒死在来此之前,
别的什么地方;他引发了这场昏芜的喧闹——
我们在为要饭的争吵!盛大的宴会将不再
给我们带来欢乐,令人讨厌的混战会把一切毁掉。"

其时,忒勒马科斯,灵杰豪健的王子,开口斥道:
"蠢货,你们可是昏糊了头脑!很明显,你们肚中的
食物,那一杯杯醇酒,使你们疯狂。必定是某位神明
催使你们作乱。你们已吃饱喝足,应可回家伸腿,无论
何时,只要愿意——当然,并非我要赶走谁个。"

听他说罢,求婚人个个痛咬嘴唇,惊异于
忒勒马科斯的言语,竟敢如此大胆地对他们训话。
其时,安菲诺摩斯发话,王者
阿瑞提阿斯之子尼索斯豪贵的儿子,面对众人说道:
"不要动怒,我的朋友们!不要用粗暴的答语
回复合乎情理的言告。停止
虐待生客,也不要错对任何
侍者,神一样的奥德修斯家里的仆工。
来吧,让侍斟的下手倒出美酒,在各位的杯中,
让我们泼酒祭奠,回返家门;
让忒勒马科斯照看生人,后者来到 420

他的家里,在奥德修斯的房宫。"

　　安菲诺摩斯言罢,众人欣表赞同,
壮士慕利俄斯,来自杜利基昂的使者,安菲诺摩斯
的随从,在兑缸里调出美酒,
斟倒在各位杯中,后者洒过祭奠,
给幸福的神明,喝过蜜甜的浆酒。
洒过奠酒,喝得心满意足,
他们走去睡觉,各回自己的家门。

第十九卷

其时,卓著的奥德修斯留身厅堂,心中
谋划着如何击杀求婚的人们,凭靠助佑的雅典娜。
他当即送出长了翅膀的话语,对忒勒马科斯说道:
"忒勒马科斯,我们必须收起武器,放入高处的
藏室。当求婚人想起它们,询问兵器的
去处,你可用和善的话语,将他们骗惘,说道:
'我已将兵器移出黑烟的熏污,它们已面目全非,失去
当年的风貌——那时,奥德修斯留下它们,前往特洛伊
战场;兵器已受脏损,弥漫的青烟使它们变样。
此外,克罗诺斯之子,在我心里注入了
更周全的想法,恐怕你等乘着酒兴,站起来
斗打,互留伤痕,毁了宴席和求婚的
计划;铁器本身即可诱人产生抓握的愿望。'"

他言罢,忒勒马科斯服从了心爱的父亲,
召来欧鲁克蕾娅,他的保姆,说道:
"过来,保姆,留住那帮女人,让她们呆在屋里,
我将收起父亲精美的器械,放入藏室,
眼下正散置在宫里,被青烟熏得乌黑,
因我父亲不在此地,那时候,我还是个娃娃。
现在,我要把它们收起,放置烟火熏及不到的地方。"

听罢这番话,欧鲁克蕾娅,他所尊爱的保姆,答道:

"我真高兴,亲爱的孩子,你能想到自己的责职,
关心宫内的事情,保护所有的财物。
好吧,告诉我,谁将和你同往,为你照明?
女仆们会替你举火,但你说,你不愿让她们出来帮忙。"

听罢这番话,善能思考的忒勒马科斯答道:
"这位生人可以帮忙;我不会让人白吃
东西,啥也不干,哪怕他来自远方。"

他言罢,欧鲁克蕾娅说不出长了翅膀的话语,
拴紧门面,堵住大厅的出口,精固的厅堂。
两位汉子,奥德修斯和他光荣的儿子,跳将起来,
开始搬运头盔、中心突鼓的战盾和
锋快的枪矛,帕拉丝·雅典娜举着金柄的
火把,在他们前头,照出一片瑰美的亮光。
忒勒马科斯见状发话,急切地对父亲说道:
"父亲,我的眼前出现了惊人的景象,
瞧这屋墙,这一根根漂亮的板条,
还有杉木的房梁,撑顶它们的木柱,所有这一切,
全都闪耀在眼前,像燃烧的火焰一样。

40 必有某位神明在此,辽阔的天空由他们统掌。"

听罢这番话,多谋善断的奥德修斯说讲,答道:
"嘘,别说这个,心知就行,不要询问这些。
此乃神的做事方式,他们拥居俄林波斯山上。
你可前去睡觉,我将留守此地,
以便继续挑察宫里的女仆和你的妈妈,
后者会强忍悲痛,对我把一切询访。"

他言罢，忒勒马科斯步出大厅，
凭助火把的照明，走向自己的房间，他的睡床，
每当甜蜜的睡眠附体，这里从来便是他栖身的地方。
眼下，他亦睡躺该床，等待神圣的黎明，
而卓著的奥德修斯则仍然留在厅堂，心中
盘划着如何击杀求婚人，凭靠雅典娜的帮忙。

　　其时，谨慎的裴奈罗珮走下睡房，
像阿耳忒弥丝或金色的阿芙罗底忒一样。人们
搬过椅子，让她傍着柴火，入座在通常息坐的地方，
靠椅嵌着白银和象牙，匠人
伊克马利俄斯的手艺，制作连椅的
脚凳，椅上铺着一张硕大、曲卷的
羊皮，谨慎的裴奈罗珮弯身坐下。
白臂膀的女仆们走出房间，
清走大堆吃剩的食物，收起桌子和
酒杯，狂傲的求婚人用它们饮喝。
她们摇动火篮，抖下烬末，落在地上，添搁
成堆的木块，致送照明，增散热量。
其时，墨兰索再次开口责辱，对奥德修斯说道：
"陌生人，看来你是打算整夜呆守此地，使我们腻烦，
蹑行在宫里，侦刺女人的行踪谈话？
滚出门去，你这个穷酸，满足于你的食餐。
否则，你将被打出门外，挨受投出的火把！"

　　其时，多谋善断的奥德修斯恶狠狠地盯着她，说道：
"你这女子，这是为何，为何怒气冲冲，出言责骂？
是因为嫌我脏乱，穿着破旧的衣裳，
行乞在这片地方？我可是出于无奈；

这是浪人的命运，乞丐的生涯。
我也曾是个幸福的阔佬，拥有丰足的房产，
生活在邻里之中，常常施助流浪者，
不管何人，带着何样的需求前来。
我有无数的奴仆，各式各样的好东西，
人们以此欣享生活，被民众称为富有。但宙斯，

80 克罗诺斯之子，毁了我的一切——有时，他有这样的嗜好。
所以，女人，你要小心在意，你也会倒霉，失去你的
每一分容貌，凭此，你在成群的女仆中绰显风光。
当心女主人的惩罚，她会恨你，对你发火。
抑或，奥德修斯还会回来，对此，我们仍然怀抱希望。
即便他死了，归返无望，即便如此，
宫中还有忒勒马科斯，他的儿子，凭借阿波罗的恩典，
和他一样出色。女人的肆狂，不管谁个，
全都躲不过他的听察，他已不是个娃娃。"

　　他如此一番言告，传至谨慎的裴奈罗佩耳旁，
随之训示她的女仆，出声呼唤，责斥道：
"放肆，不要脸的东西！我已闻睹
你的丑行，为此，你将付出血的代价[①]！
你已听过我的言告，知道得清清楚楚：
我想在厅堂里会见生人，问及
我的丈夫——为了他，我的心情悲苦异常。"

　　言罢，她转而嘱告欧鲁诺墨，她的家仆：
"搬过椅子，欧鲁诺墨，垫上一张羊皮，

---

① 你将付出血的代价。直译作：你将用自己的头颅拭擦。古时，人们杀牲后，在祭畜头上擦去刀上的血痕，以此将杀生的"罪过"移嫁到祭畜身上。

让生人入座，讲说他知晓的事情，
同时听听我的谈论；我亟想对他问话。"

她言罢，仆人迅速搬来椅子，一张
溜光的座椅，铺出一块卷毛的羊皮。
卓著和坚忍不拔的奥德修斯在椅上入坐，
谨慎的裴奈罗佩首先挑起话题，说道：
"我将首先发话，陌生的客人，问问你的来历。
你是谁，你的父亲是谁？来自哪个城市，双亲在哪里？"

听罢这番话，多谋善断的奥德修斯说讲，答道：
"谁也不能对你吹毛求疵，夫人，
在无垠的大地。你的名声冲上了宽广的天际，
像某位国王，一个豪勇、敬畏神明的汉子，
王统众多强健的兵民，
伸张正义，乌黑的泥土给他送来
小麦大麦，树上果实累累，羊群从不
停止羔产，海中盛产鲜鱼，人民
生活美满，得利于他的英明。
你可提出任何问题，在你家里，
只是不要问我是谁和家乡的称谓，
担心由此引发凄楚的回忆，加深我心中的
伤悲；我有过许多痛苦的愁凄。我不该
坐在别人家里，悲悲戚戚，痛哭
流涕；哀恸不止，不是可取的行为。
你的女仆，或你自己，会恼怒我的行径，
说我泡泳在泪水里，被酒汤迷糊了心灵。"

听罢这番话，谨慎的裴奈罗佩答道：

"神明毁了我的丰韵，陌生的客人，毁了
我的美貌和体形，在阿耳吉维人登船离去之际，
前往伊利昂，随同奥德修斯，我的夫婿。
若是他能回来，主导我的生活，
我将会有更好、更光彩的声名。
现在，我忧心忡忡，神明使我承受伤悲。
外岛上所有的豪强，有权有势的户头，
来自杜利基昂、萨墨和林木繁茂的扎昆索斯，
连同本地的望族，山石嶙峋的伊萨卡的王贵，
全都紧追在我后边，违背我的意志，败毁我的家院。
所以，我无心照看生客和恳求帮助的人们，就连
服务于公众的信使，我亦无暇顾及，整天
思念奥德修斯，耗糜我的心绪。
这帮人急于婚娶，而我则以智骗应对。
早先，神明将织纺的念头注入我心里；我在
宫里安起一架偌大的织机，编制

140　一件硕大、精美的织物，对他们说道：
'年轻人，我的追随者们，既然卓著的奥德修斯已经死去，
你们，尽管急于娶我，不妨再等上一等，让我完成
这件织物，使我的劳作不致半途而废。
我为英雄莱耳忒斯制作披裹，备待使人
蹬腿撒手的死亡将他逮获的时候，
以免邻里的阿开亚女子讥责于我，说是一位
能征惯战的斗士，死后竟连一片裹尸的织布都没有。'
我如此一番叙告，说动了他们高豪的心灵。
从那以后，我白天忙活在偌大的织机前，
夜晚则点起火把，将织物拆散，待织从头。
就这样，一连三年，我瞒着他们，使阿开亚人
信以为真，直到第四个年头，随着季节的转换，

时月的消逝，日子一天天过去，其时，
通过我的女仆，那些个鲁莽、轻佻的女子，他们
得悉此事，前来拆穿我的骗哄，大骂出口。
于是，我只好收工披裹，被迫违背自己的愿望。
眼下，我躲不过这场婚姻，我已想不出
别的招数。父母紧催我再嫁，此外，
由于眼见这帮人吃耗我们的家财，我儿现已心情烦愤。
他察知一切，孩子已长大成人，足以 160
照看宫居——宙斯给了他这份光荣。然而，
尽管心境不好，我还是要你讲讲自己的身世，打何方而来，
你不会爆出传说里的橡树，不会生自石头。"

听罢这番话，多谋善断的奥德修斯说讲，答道：
"莱耳忒斯之子奥德修斯的妻侣，尊敬的夫人，
看来，你是非想知道不可，关于我的身世，
好吧，我这就告诉你，虽然这会使我悲伤，
比现在更甚，但此乃出门在外的常事，
倘若有人远离故乡，像我一样旷日持久，
浪走许多凡人的城市，历经艰难。
尽管如此，我将答复你的询告，回答你的问话。
有一座海岛，在那酒蓝色的大海之中，叫做克里特，
土地肥沃，景色秀丽，海浪环抱，住着许多
生民，多得难以数计，拥有九十座城市，
语言汇杂，五花八门。那里有阿开亚人，
本地的心志豪莽的克里特人，有库多尼亚人，
多里斯人，分为三个部族，以及高贵的裴拉斯吉亚人。
岛上有一座城市，宏伟的克诺索斯，米诺斯曾在那里
为王，历时九年，能和大神宙斯通话。
他乃我的祖父，心胸豪壮的丢卡利昂的父亲。 180

丢卡利昂生得二子,我和王者伊多墨纽斯,
后者统兵去了伊利昂,偕同阿特柔斯的儿子,
带着尖翘的舟船。埃松是我的大名,
我乃父亲的次子,伊多墨纽斯长出,比我勇猛。
正是在家乡的宫居,我结识了奥德修斯,款待过他的
光临——强劲的海风将他刮离航线,在前往伊利昂的
途中,掠过马勒亚,来到克里特。
他在安尼索斯停船,那里有埃蕾苏娅的岩洞,
一处难以泊驻的港湾,从风暴中死里还生。
他当即前往城里,询问伊多墨纽斯的住处,
声称他是兄长尊敬和爱慕的朋友。然而,
那时已是伊多墨纽斯离家的第十或十一个早晨,
带着尖翘的海船,前往特洛伊战斗。
于是,我把他带到家里,热情招待,
权尽地主之谊,用家中成堆的好东西。
至于随他同来的伙伴,我从
公众那边征得食物,给出大麦和闪亮的醇酒,
连同祭用的壮牛,欢悦他们的心房。
高贵的阿开亚客人在岛上留息,住了十二天,
200 受阻于强劲的北风,刮得人们难以着地行走,
站稳脚跟。某位严厉的神明催起了这股狂风。
到了第十三天上,疾风停吹,他们登船上路。"

  奥德修斯一番言告,把众多的假话说得逼真,
裴奈罗佩听后泪流满面,皮肉酥松。
像积雪溶化在山岭的顶峰,
西风堆起雪片,南风吹解它的表层,
雪水涌入河里,聚起泛滥的洪峰;
就像这样,裴奈罗佩热泪涌注,滚下漂亮的脸蛋,

哭念自己的男人，后者正坐在她的身旁。眼见
妻子悲恸，奥德修斯心生怜悯，
但他目光坚定，睑皮中的眼珠纹丝不动，似乎
取料于硬角或铁块，强忍住眼泪，为了欺悯的需要。
然而，当哭出了胸中的悲悒，女主人
再次开口答话，对生人说道：
"现在，我的朋友，我打算出言试探，看看你
是否真的招待过我的丈夫，连同他神样的
伙伴，如你说的那样，在你的宫中。
告诉我他身穿什么衣服，是个何样的
人儿；说说他的伙伴，随行在他的身旁。"

　　听罢这番话，多谋善断的奥德修斯说讲，答道： 220
"此事不易，夫人，描述一个久不见面
之人，须知这已是第二十个年头，
自从他来到我们地界，离开我们的国邦。
尽管如此，我仍将对你回话，按我心中记住的情景描说。
卓著的奥德修斯身穿紫色的羊毛披篷，
双层，别着黄金制作的饰针，带着
两道针扣，正面铸着精美的图纹：
一条猎狗伸出前爪，逮住一只带斑点的小鹿，
捕杀拼命挣扎的猎物。人们无不惊赞金针的工艺，
那金铸的图纹，猎狗扑击小鹿，咬住它的喉咙，
后者蹬腿挣扎，企图死里逃生。
我还注意到那件闪亮的衫衣，穿着在身，
像那蒜头上风干的表皮，轻软
剔透，像太阳一样把光明闪送。
许多女子凝目衫衣，带着赞慕的情貌。
我还有一事说告，你可记在心中。

387

我不知奥德修斯的这身穿着是否取自家里；
抑或，某位伙伴以此相送，当他踏上快船的时候，
亦可能得之于海外的赠获——爱慕奥德修斯的朋友
240 人数众多，阿开亚人中很少有人像他这样广泛结交。
我亦给他一份礼物，一柄铜剑和一领紫色的
双层披篷，漂亮的精品，另有一件带穗边的衫衣，
送他出海，载着光荣，乘坐凳板坚固的船舟。
我还记得一位信使，年龄比他稍大，
随他一起来到。我愿对你描述他的形貌。
他双肩弯躬，肤色黧黑，头发屈卷，
名叫欧鲁巴忒斯，最得奥德修斯尊爱，
在所有的伙伴群中，因为他俩见识略同。"

　　一番话打动了女主人的心灵，挑发了更强烈的恸哭
之情——她已听知某些确切的证迹，从奥德修斯口中。
当哭出了胸中的悲悒，裴奈罗佩
开口答话，对客人说道："如果说，
陌生的客人，在此之前你得到我的怜悯，那么
现在，你已是我的朋友，理应受到尊敬，在我的房宫。
是我亲手给他那身衣服，如你描述的那样，
拿出存衣的藏室；是我给他别上闪亮的衣针，
作为身上的点饰。然而，我将再也不能
迎他回来，回返他亲爱的故乡。
咳，那可真是个凶险的日子，奥德修斯登上
260 深旷的海船，前往邪毒的特洛伊，不堪言喻的地方！"

　　听罢这番话，多谋善断的奥德修斯说讲，答道：
"莱耳忒斯之子奥德修斯的妻子，尊贵的夫人，
莫再损毁你秀美的皮肤，痛绞你的心灵，

悲哭奥德修斯,你的丈夫。但我不想责备于你,
女人天性如此,当她失去自己的婚偶,
生儿育女的情侣,同床睡觉的男人——即便此人
不及奥德修斯出色,人们说,他像一位不死的仙神。
现在,我劝你停止哭泣,注意我的话语,
我无意欺骗,亦不想保留:
我已听说奥德修斯,正在回家途中。
他已近离国界,置身塞斯普罗提亚人丰肥的土地,
仍然活着,带着许多财富,收聚在那块地面,
准备运回家中。他失去了随行的伙伴,
连同深旷的海船,在酒蓝色的洋面,
从海岛斯里那基亚行船向前——宙斯及赫利俄斯
恨他,只因他的伙伴杀了太阳神的牧牛。
那帮人全都死于冲涌的海浪,只有
奥德修斯,骑着船的龙骨,被激浪推上滩头,
置身法伊阿基亚人的土地,神的裔族,
受到他们的尊敬,发自内心,像对一位仙神, 280
给他许多东西,愿意送他出海,安抵家园,
不受伤损。是的,奥德修斯本应早已回返
此地,但他心想得获更多的收益,
浪走许多国界,收集赠送的财物。
凡人中,奥德修斯最晓
聚财的门道,比谁都精通。
这些便是菲冬的言告,塞斯普罗提亚人的王者。
他亲口发誓,当着我的脸面,泼出奠神的浆酒,
在他的屋里,告知船已被推下大海,船员正执桨以待,
载送奥德修斯,返回亲爱的故园。
但在此之前,他让我先行上路,因为碰巧有一条
塞斯普罗提亚人的海船,前往杜利基昂,盛产小麦。

他让我赏看奥德修斯的财富，所有的积聚，
足以飨食他的后人，直到第十代重孙，
如此众多的财物，收藏在王者的宫中。
他说奥德修斯去了多多那，求听
宙斯的意愿，从那棵神圣、枝叶高耸的橡树，
问知如何返回家乡，富足的伊萨卡，是
秘密回行，还是公开登岸——离家的时间已有那么长远。
300 所以，放心吧，此君安然无恙，正在返家。他已
临近此地，不会久离亲朋，他的故乡。
为此，我可对你发誓，立下庄重的誓言。
让神明作证，首先是宙斯，至尊的仙神，还有这好客的桌面，
以及豪勇的奥德修斯的炉盆，我来到此地，对着它恳求，
我说的一切都将兑现，奥德修斯将回返
家门，在将来的某时，今年之内，
当着旧月销蚀，新月登升的时候。"

听罢这番话，谨慎的裴奈罗佩答道：
"但愿你的话，陌生的客人，将来得以实现，
如此，你将很快领略友谊的甘甜，收取我给的
许多礼件，让人们夸你好运，要是和你聚首碰面。
不过，在我看来，我心里明白，此事将会如此这般：
奥德修斯不会回返，此间也不会有人
送你出海，家中无人发号施令，像
奥德修斯那样拥有权威——倘若他曾经生活在人间——
接待尊敬的生客，把他们送上海船。
来吧，侍女们，给他净洗双脚，备整一张床面，
拿出铺盖、披篷和闪亮的毛毯，让他
躺得舒暖，等待黎明登坐金椅的晨间。
320 明天一早，你等要替他沐浴，抹上清油，

以便让他愿想在厅堂里坐吃食餐,
在忒勒马科斯身边。倘若有人打算伤痛
他的心灵,使他愤烦,结果将会更坏;
他将一无所获,哪怕气得暴跳如雷。
你将如何检察我的睿智,陌生的朋友,
看出我的精明,超越所有的女人,
倘若你脏身不洗,衣着破烂,食宴在
我们的厅殿?凡人的一生匆忽短暂。
倘若为人苛刻,心思尖毒,那么,
当他活着之时,所有的人都会潜心祈愿,愿他
日后遭难,而当他死去后,人们又会讥责他的一切。
然而,要是为人厚道正直,心地慈善,那么,
受他招待的朋友会传出美名,使他
誉满人间——众人会赞颂他的行迹。"

听罢这番话,多谋善断的奥德修斯说讲,答道:
"莱耳忒斯之子奥德修斯的妻子,尊敬的夫人,
我讨厌披盖和闪亮的毛毯,
自从初时离开克里特积雪的
大山,坐上长桨的海船。
我将像以往那样息躺,熬过不眠的长夜,
我已度过许多个这样的夜晚,蜷缩在脏乱的
椅面,等待璀璨的黎明登上座椅的晨间。
此外,洗脚的盆水亦不会给我带来
欢乐,我不要任何女人沾碰我的脚面,
不,不要那些做活宫中的女子,
除非有一位温贤的老妇,她的
心灵和我的一样,承受了许多悲难。
倘若由她碰洗我的双脚,我将不会愤怨。"

听罢这番话,谨慎的裴奈罗佩答道:
"谁也不如你精细,亲爱的朋友,在到过我家,
来自远方的宾客中,你是最受欢迎的一位;
你出言机警,说得合情合理。
我确有一位老妇,头脑清醒,
曾经抚养那不幸的人儿,带大我的夫婿,
将他抱在怀里,在那出生的时刻,母亲把他送临人间。
他将盥洗你的双脚,虽然她已年老体弱。
来吧,谨慎的欧鲁克蕾娅,快来净洗
此人的腿脚,他的年纪和你主人相仿。奥德修斯
的手脚现在亦应和此人的相似,
360 不幸的逆境里,凡人比平时更快地衰老。"

她言罢,老妇双手掩面,
热泪滚滚,悲痛中开口说道:"我为你
哭泣,我的孩子,但却帮不了你的忙!毫无疑问,
宙斯恨你——虽说你敬畏神明——甚于对别的凡人;
人间谁也不曾像你这样,焚烧过这么多
肥美的腿肉,举办过这么多次盛大的祀祭,用精选的牲品,
敬献给宙斯,喜好炸雷的仙神,祈求让你
舒顺地活到老年,把光荣的儿子养大成人。
现在,他惟独不让你回归,夺走了你还家的企望。
眼下,女人们一定也在对他嘲指奚落,
在远方的生人中,走入某座光荣的房居,
就像此间一样,陌生的客人,不要脸的女人们把你嘲弄。
为了避开她们的讥责羞辱,你不愿让她们
盥洗你的脚丫,但谨慎的裴奈罗佩,伊卡里俄斯的
女儿叫我操办,我亦愿意出力帮忙。
我将替你清洗腿脚,既为裴奈罗佩,

亦是为了你好,我的心灵承受着悲愁的
煎熬。来吧,注意听听我的说告。
此间来过许多饱经风霜的生人,但
我要说,我从未见过有谁比你更像   380
奥德修斯,凭你的话音、双脚和形貌。"

听罢这番话,多谋善断的奥德修斯说讲,答道:
"所有见过我俩的人,老妈妈,全都这么
评说。他们说我俩极其相像,
如你已经看出的那样,你的话没有说错。"

他言罢,老妇取过闪亮的大盆,
供洗脚之用,注入大量清水,先是
凉的,然后用热的匀和。奥德修斯
坐在柴火旁,突然转向黑暗的一边,
心中掠过一个闪念,担心在她动脚之时,
眼见伤疤,揭穿先前的伪装。
她走近主人身边,动手盥洗,当即认出那道
伤痕,长牙白亮的野猪撕开的口子——其时,他正
置身帕耳那索斯山上,访见奥托鲁科斯和他的孩儿,
前者是他母亲高贵的父亲,比谁都精于
狡诈,擅长咒发誓证,神明赫耳墨斯热心
帮赞,亲自教会的本领,奥托鲁科斯的焚祭,
羊羔和小山羊的腿犍,使他心情欢畅。
奥托鲁科斯曾来过土地肥沃的伊萨卡,
发现女儿刚刚生养了一个孙儿;   400
晚餐后,欧鲁克蕾娅将婴儿放上
他的膝盖,叫着他的名字,开口说道:
"给孩子取个名吧,奥托鲁科斯,给你

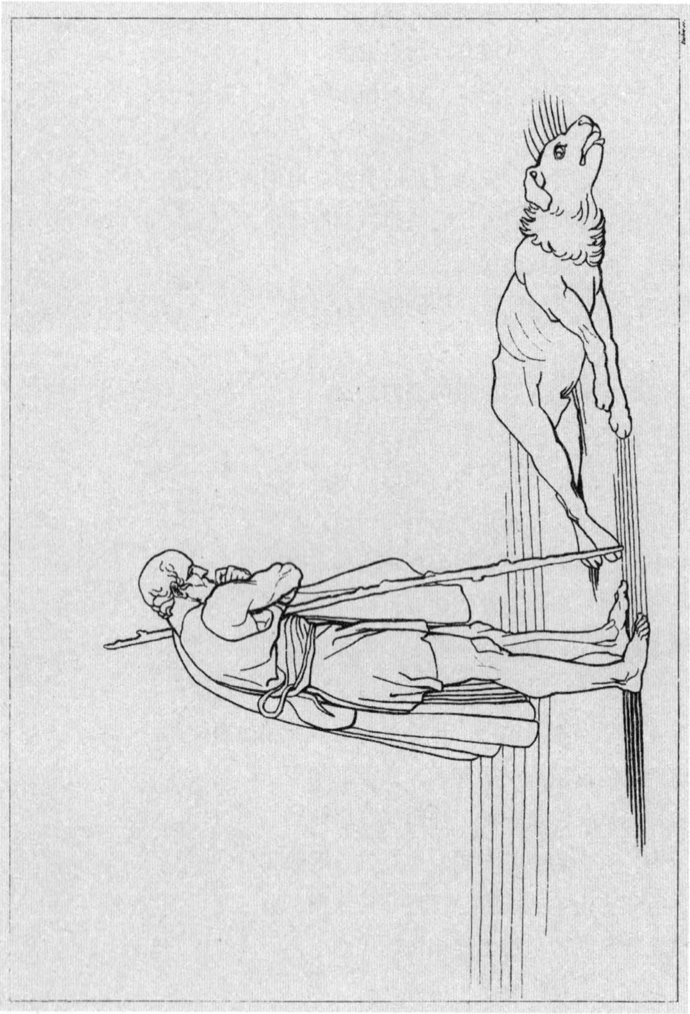

孩子的儿男；我们早就声声祈盼，盼望他的来到。"

听罢这番话，奥托鲁科斯说讲，答道：
"好吧，我的爱婿和女儿，让他接取我给的称唤。
既然我身临此地，受到许多人的厌烦，
男女亦有，在这片丰腴的地界，不妨让他
用名奥德修斯，'遭受厌恨的人儿'。待他长大后，
可来娘家的故地，帕耳那索斯山边，
偌大的房殿，那里有我的家产。
我会慷慨出手，使他欢快，送他回返。"

为此，奥德修斯去往那里，得取光荣的礼件。
奥托鲁科斯和他的儿子们同他握手，
用亲切的话语，欢迎他的来访，
安菲塞娅，她母亲的母亲，抱住奥德修斯，
亲吻他的额头，俊美闪亮的眼睛。
奥托鲁科斯命嘱光荣的儿子们
整备宴餐，后者服从他的令言，
当即牵来一头五岁的公牛，   420
剥去皮张，收拾停当，肢解了大身，
把牛肉切成小块，动作熟练，挑上叉尖，
仔细炙烤后，给出食用的份餐。
他们坐着吃喝，整整痛快了一天，直到
太阳沉落，人人都吃到足份的食餐。
当太阳西沉，神圣的黑夜把大地蒙罩，
他们散去睡觉，接受酣睡的祝福。

当早起的黎明，垂着玫瑰红的手指，重现天际，
他们外出狩猎，奥托鲁科斯的儿子们，

带着狗群，高贵的奥德修斯和他们一起
前往。他们爬上陡峻的高山，覆盖着森林，
帕耳那索斯，很快来到多风的斜坡。
其时，太阳乍刚露脸，将晨晖普洒在农人的田野，
从微波荡漾、水势深鸿的俄开阿诺斯河升起，
猎手们来到林木繁茂的山谷，前面奔跑着
狗群，追寻野兽的踪迹，后头跟着
奥托鲁科斯的儿子，偕同奥德修斯，
紧随在猎狗后面，挥舞着落影森长的枪矛。
树丛深处趴躺着一头硕大的野猪，在它的窝巢，
440 既可抵御湿风的吹扫，又可
遮挡闪亮的太阳，白光的射照，
雨水亦不能穿透，密密匝匝，
枝干虬缠，满地厚厚的落叶。
人和狗的腿步呼呼隆隆，逼近
野猪，后者冲出巢穴，
鬃毛竖指，双眼喷出火光，
面对他们的近迫。奥德修斯最先
出击，高举粗壮的臂膀，大手抓握长枪，
心急如火，准备击杀，无奈野猪比他更快，一头撞来，
掠过他的膝盖，用雪白的獠牙，裂出一长道豁口，
向一边划开，幸好不曾触及骨头。
奥德修斯出手刺击，扎入右边的胸肩，
闪亮的矛尖深咬进去，穿透击点，
野猪嘶声狂叫，躺倒泥尘；魂息飘离了躯干。
奥托鲁科斯的爱子们收拾好野猪的躯体，
熟练地包扎伤口，替雍贵和神一样的
奥德修斯，诵起驱邪的咒语，止住了
乌黑的血流，旋即回见亲爱的父亲，回返他的房宫。

奥托鲁科斯和他的儿子们精心
治愈了他的伤口，给他闪亮的礼物，
送他高高兴兴地上路，很快回到亲爱的故乡，
伊萨卡地方。父亲和尊贵的母亲
满心欢喜，眼见他的归来，问他发生的一切，
为何带着痕伤，后者详细回答了问话，
如何外出杀猎，被白牙利齿的野猪击伤，
爬上帕耳那索斯大山，偕同奥托鲁科斯的儿郎。

　　老妇抓住他的腿脚，在她的手心，
摸及那道伤疤，认出它的来历，松脱双手，
脚丫掉入水里，撞响铜盆，
使其倾向一边，泻水溅淌在地上。
欧鲁克蕾娅悲喜交加，双眼
热泪盈眶，激奋噎塞了通话的喉嗓。
她伸手托摸奥德修斯的下颌，说道：
"错不了，亲爱的孩子，你确是奥德修斯，我先前
不知，我的主人，直到触摸在你的身旁。"

　　说罢，她举目裴奈罗佩，心想
让女主人知晓，亲爱的丈夫已在身旁，
但裴奈罗佩不知掉头这边，看出她的意思，
雅典娜拨移了她思绪的方向。奥德修斯
摸找她的位置，右手掐住她的喉咙，
左手将她拉至近旁，说道：
"你想把我毁了，我的老妈妈？如此，为何
把我养大，挨着你的乳房——如今，我历经千辛万苦，
在第二十个年里，回返家乡。现在，
既然你已认出我来，神明将讯息注入你的心房，

我要你保持沉默，不要对宫中任何人声张。
让我直言相告，此事会成为现状：倘若
你张扬出去，而通过我的双手，神明击倒傲慢的求婚者，
那时，尽管你是我的保姆，我将不会把你饶放，
当我杀死别的女仆，放倒在我的宫房！"

听罢这番话，谨慎的欧鲁克蕾娅说道：
"这是什么话，我的孩子，崩出了你的齿隙？
你知道我的心志，倔硬刚强，
我将闭口不言，像一方顽石，或一块生铁一样。
我还有一事相告，你要记在心上。
倘若通过你的双手，神明击倒傲慢的求婚者，
我将对你诉告宫中女仆的情况，
哪些个贱污了你的门楣，哪些个清白无辜。"

听罢这番话，多谋善断的奥德修斯说讲，答道：
500　"为何说告这些，我的保姆？你无需这样。
我会亲自察访，知晓每一个人的心肠。
不要张扬，将此事留给神明操掌。"

他言罢，老妇穿走厅堂，拿取
用水，原有的汤水已全数倾洒。
洗毕，老妇替他抹上清油，
奥德修斯拖过椅子，移近火旁，
借以取暖，遮住伤疤，用破旧的衣裳。
谨慎的裴奈罗珮首先发话，说道：
"我还想动问一事，陌生的客人，一件细小的事情，
我知道，现在已接近欣享睡眠的时分，
至少是对那些人，尽管悲愁，仍能欣享睡眠的甜香。

神明给我悲苦,深重得难以计量。
白天,我哀声哭泣,长吁短叹,借以平慰心胸,
同时操持我的活计,督察宫中的女仆们奔忙;
然而,当黑夜来临,睡眠将所有的人缚绑,
我却躺在床上,焦躁和烦恼箍围着
怦跳的心房,折磨着我的思绪,哭断愁肠。
像潘达柔斯的女儿,绿林中的夜莺,
停栖密密的树叶之中,放声动听的
歌喉,当着春暖花开的时候, 520
颤音回绕,抑扬顿挫,以激婉的旋律,
哀悼伊图洛斯,王者泽索斯的儿郎,她的爱子,
母亲在疯迷中落下铜剑,把他杀死。
就这样,我心绪纷争,或这或那:
是仍然和儿子同住,看守这里的一切,
我的财产,我的家仆,这座宏伟、顶面高耸的房府,
听纳民众的呼声,忠于丈夫的睡床;
还是离家出走,跟随这帮阿开亚人中最好的一个,
他们用无数的财礼,追媚在我的宫房?
我的儿子,当他尚是孩童,心计雏弱之时,
不愿让我嫁人,离开丈夫的宫府;但现在,
他已长成高大的小伙,日趋成熟,
甚至祈愿我回返娘家,走出宫门,
烦愤于财产的糜损,被那帮白吃白喝的阿开亚人食吞。
来吧,听听我的梦景,释卜它的内容。
我有二十只鹅,散养在家院,吃食麦粒,
摇摆在水槽边旁,它们的活动,是我爱看的景状。
然而,一只硕大的鹰鸟,曲着尖嘴,扑下山脉,
拧断它们的脖子,杀得一只不剩,全都
堆死宫中;大鹰展翅飞去,冲上气空。 540

其时，我开始哭泣，虽说还在梦中，大声哭喊，
发辫秀美的阿开亚女子过来围在我的身旁，
鹰鸟杀死家鹅，使我悲楚哀伤。然而，
雄鹰飞转回来，停驻在突出的橡木，
以人的声音讲话，对我说道：
'别怕，声名遐迩的伊卡里俄斯的女儿。
这不是睡梦，而是个美好的景兆，将会成为现状。
鹅群乃求婚的人们，而我，疾飞的雄鹰，
眼下正是你归来的丈夫，我将
送出残虐的死亡，给所有求婚的人们！'
他言罢，蜜一样香甜的睡眠松开了沉迷的束绑，
我左右观望，只见鹅群仍在宫中，还像
先前那样，吃食麦粒，摇摆在水槽边旁。"

听罢这番话，多谋善断的奥德修斯说讲，答道：
"此梦曲解不得，夫人，只有一种
解释；奥德修斯本人已道出它的
含义，结局将会怎样。求婚人必死无疑，
都将送命，谁也休想逃避命运，凄惨的死亡！"

听罢这番话，谨慎的裴奈罗佩答道：
"梦景很难卜释，我的朋友，意思难以捉摸，
梦中所见不会一一变成现状。
飘走的梦幻穿度两座大门，
一对取料硬角，另一对用象牙做成。
穿走象牙门扇的睡梦，锯开的牙片，
只能欺人，所送的信息从来不会成真；
但是，那些穿走角门的梦景，穿过溜光的门面，
却会成为现实，送致见过的人们。

我想,刚才所说的那场怪梦,穿走的不是
这座大门;否则,我的儿子和我将会感觉舒畅。
我还有一事相告,你要记在心上。
即至的早晨将和邪毒一起到来,它将把我
带出奥德修斯的房府。我将举办一次竞赛:
他曾在宫中竖起斧斤,排成一行,
总数十二,连成一线,像撑固海船的树木,
他会远远地站离斧斤,箭穿斧孔。
现在,我将以此为名,让求婚者们竞赛,
让那抓弓在手,弦线上得最为轻快,
一箭穿过十二把斧斤的赛手,
带我出走,离弃奥德修斯的家府,
我曾是这里的新娘,一处十分漂亮的宫院,足藏财物,
我将不会把它忘怀,我知道,即使在梦境里头。"

580

听罢这番话,多谋善断的奥德修斯说讲,答道:
"莱耳忒斯之子奥德修斯的妻子,尊敬的夫人,
赶快举办竞赛,莫要迟延,在你的房宫。
不等这帮人操整坚固的射弓,设法
安上弦线,箭穿那些个铁块,
计谋深广的奥德修斯即会回返宫中。"

听罢这番话,谨慎的裴奈罗佩答道:
"但愿你能坐在我身边,在我的宫里,
使我欢快,这样,睡眠便决然不会催我合眼。
但是,凡人不可能长醒不睡,
永生的神明定下了每一种活动的时限,
给会死的凡人,生活在丰产谷物的地面。
所以,现在,我要去楼上的房间,

睡躺在我的床上，那是我恸哭的地方，
总是湿漉漉的一片，我的眼泪，自从奥德修斯
离家而去，前往邪毒的特洛伊，不堪言喻的地方。
我将进房息躺，你可在厅里入睡，既可
铺地为床，亦可让她们动手，替你整备一张。"

600　　　言罢，她回身上层闪亮的睡房，
并非独自踽行，有女仆们随同前往，
回到楼上自己的房间，女仆们跟侍身旁，
哭念着奥德修斯，心爱的丈夫，直到
灰眼睛雅典娜送出睡眠，香熟的睡意把眼睑合上。

第二十卷

其时,高贵的奥德修斯在前厅里动手备床,
垫出一张未经鞣制的牛皮,压上
许多皮张,剥自阿开亚人杀倒的祭羊。
他躺倒皮面,欧鲁诺墨将篷毯盖上。
奥德修斯只躺不睡,心中谋划悲难,
给求婚的人们。这时,一帮女子走出宫门,
说说笑笑,嘻嘻哈哈,喜气洋洋,
求婚者们的情妇,早已和他们睡躺。
奥德修斯见状,胸中极其愤烦,
一个劲地争辩,在自己的心魂里头,
是一跃而起,把她们尽数杀砍,还是
让她们再睡一夜,和骄狂的求婚人合欢,作为
最近,也是最后一次同床?心灵呼呼作响,在他的胸膛。
像一条母狗,站护弱小的犬崽,
面对不识的生人,咆吼出拼斗的狂莽,奥德修斯
愤恨此般恶行,心灵在胸膛里咆响。
但他挥手拍打胸脯,发话自己的心灵,责备道:
"忍受这些,我的心灵;你已忍受过比这更险恶的景状:
那天,不可抵御的库克洛普斯吞食我
强健的伙伴,但你决意忍耐,直到智算
把你带出洞穴,虽然你以为必将死亡。"

他如此一番说道,发话自己亲爱的心灵,

后者服从他的训示，默然忍受，以
坚忍的毅力。然而，他的躯体却辗转反侧，
像有人翻动一只肚膜，充塞着血和
脂肪，就着燃烧的柴火，
将它迅速炙烤黄熟一样，
奥德修斯辗转反侧，思考着
如何敌战众人，仅凭一己之力，击打
求婚的恶棍。其时，雅典娜从天而降，
行至他身边，幻变成女人的身形，
悬站在他的头顶，开口说道：
"为何还不入睡，世间最悲苦的人儿？
这是你的房居，屋里有你的妻子，还有你的
儿子——如此出色的人品，谁个不想有这样的儿男？"

听罢这番话，多谋善断的奥德修斯说讲，答道：
"是的，女神，你的话条理分明，说得一点不错。
然而，我心中仍有需要盘算的事情，
如何敌战众人，仅凭一己之力，击打
40　求婚的恶棍，他们总在这边，成群结队。
我还有更深一层的考虑，思谋在心间：
即使能凭宙斯和你的恩典，击杀那帮人儿，
我将如何逃生脱险？这便是我要你帮谋的事件。"

听罢这番话，灰眼睛女神雅典娜答道：
"犟顽的种子！人们取信于远不如我的伙伴，
他们哪有这么多主见？你知道我长生不死，
我乃神中的一员，始终关注你的安危，帮你
战胜每一次艰险。现在，我要对你言告，说得明明白白：
即使有五十队战斗的凡人，

围逼在我们身边,风风火火,试图杀戮,
即便如此,你仍可赶走他们的牛群,肥壮的羊儿。
接受睡眠的催捕吧,躺着不睡,整夜防范,
会使人精神疲惫。你将很快摆脱困境。"

　　言罢,雅典娜撒出睡眠,合上他的眼睑,
她,女神中的佼杰,返回俄林波斯大山。
其时,睡眠将他捕获,轻酥了他的肢腿,
驱出折磨心灵的焦烦;与此同时,他那聪慧的妻子
一觉醒来,坐着哭泣,在松软的床面。
当满足了悲哭的欲望,她,
女人中的佼杰,开口祈祷,首先对阿耳忒弥丝说道: 60
"阿耳忒弥丝,王后般的女神,宙斯的女儿,我真想
借烦你的射箭,请你夺走我胸中的命息,
就在此时此地!要不,就让风暴袭来,把我卷走,
扫离地面,刮往昏黑的海道,
丢在回流的俄开阿诺斯泼水的地点,
一如从前,狂风卷走潘达柔斯的女儿——
神明杀了她们的双亲,使她们孤苦伶仃,
抛遗在宫廷里面。光彩夺目的阿芙罗底忒看顾她们,
喂之以奶酪、醇郁的美酒和香甜的蜂蜜。
赫拉送之以美貌,使她们聪灵,在
女人中出类拔萃;纯贞的阿耳忒弥丝赋之以身段,
雅典娜授之以女工,精美的手艺。
然而,当闪光的阿芙罗底忒返回高高的俄林波斯,
问请姑娘们的婚事,幸福的婚姻,
面见喜好炸雷的宙斯——大神无所不知,
凡人的幸运或不幸尽在他的料掌之内——
就在那时,狂吹的暴风卷走姑娘,

交给可恨的复仇女神,充当她们的仆役。
但愿和她们一样,家住俄林波斯的众神把我弄得
无影无踪;不然,就让发辫秀美的阿耳忒弥丝击杀,
让我带着奥德修斯的形象,走向可恨的冥府,
无需嫁随一位低劣的丈夫,欢悦他的心房。
悲痛尚可忍耐,倘若有人白天
哭泣,心中伤楚愁哀,但
晚间仍可听凭睡眠的摆布——酣睡消弭万事,
无论好坏,合拢的双眼使人把一切抛却。
然而,如今神灵给我致送邪恶的梦幻。
今夜,此人又睡傍我的身边,酷似他的模样,
像他随军出征时的形态,我为之
心欢,以为那不是梦境,而是真实的景观。"

　　她言罢,黎明登上金铸的座椅;
卓著的奥德修斯听闻她的哭泣,
斟酌思考,觉得妻子似乎正
站在他的头顶,已经认出他是谁来。
他收起昨晚睡躺的篷袍和羊皮,
放上宫里的椅面,提起牛皮,
放在屋外,举起双手,对宙斯祈愿:
"父亲宙斯,倘若你等众神有意,让我穿走
陆地大海,给了我极其深重的悲难,最终回返乡园,
那就让某个醒着的凡人,给我传个信迹,
在房宫里面,也请你自己,在屋子外头,给我送个兆现。"

　　他如此一番祈祷,精擅谋略的宙斯听到了他的声音,
当即甩出一个炸雷,从云层上面,闪光的
俄林波斯,高贵的奥德修斯听后,心里一阵喜欢。

其时，一名在近处干活的女仆，从磨房里出来，
说出一番话言——民众的牧者在那里置设推磨，
十二名女子在里面埋头苦干，
碾压保命的食粮，种产的大麦和小麦。
其他女子都已磨完麦粒，上床入睡，
惟有她，磨女中最弱的一位，还有要做的活计。
她停住推磨，出口祈祷，送给主人的示言：
"父亲宙斯，神和人的主宰，刚才，
你甩出震响的炸雷，从多星的苍穹，虽然
天上没有云彩。看来，这是你给的预兆，让某人闻悉。
还请听听我的话语，一个悲苦的女子，向你求愿。
今天，让求婚的人们最后，最后一次
欢宴在奥德修斯的厅间；是他们
累断了我的双腿，操做痛心裂肺的活计，
为他们推磨粮面——让他们吃完这顿，就此了结！"

女仆言罢，卓著的奥德修斯欣喜于此番兆言， 120
连同宙斯的响雷，心知仇报作恶者的机缘已经握掌在
他的手间。其时，女仆们汇聚在奥德修斯佳美的
宫殿，点起不知疲倦的柴火，火盆里的木块。
忒勒马科斯起身离床，神一样的青年，
穿上衣服，背上锋快的铜剑，斜挎肩头，
系好舒美的条鞋，在闪亮的脚面，
抓起一柄粗重的投枪，顶着犀利的铜尖，
行至门槛边站定，对欧鲁克蕾娅开言：
"你等女子，亲爱的保姆，可有善待生客，在我们家里？
可曾给他食物，备整床位？抑或，你们置之不管，
任其凑合着躺睡？我母亲，虽说聪颖，
却常常急于迎对次劣的来人，

407

而把较好的访者回拒,不予款待。"

听罢这番话,谨慎的欧鲁克蕾娅答道:
"就此事而言,我的孩子,你却不能责备;你母亲做得
十分周全。那人坐着喝酒,凭他的意愿,至于食物,
他说肚子不饿,无需充填;裴奈罗佩曾出言问探。
其后,当来人心想息躺睡觉,她
确曾嘱告女仆,整备一铺床盖,
140 但他自己不愿睡在床上,躺在毛毯
之间,像那吃尽苦头,不走好运的人儿,
垫着粗生的牛皮和羊皮,睡在
前厅里面,是我给他铺上篷盖。"

她言罢,忒勒马科斯大步向前,穿走厅堂,
手提枪矛,带着一对腿脚轻快的狗,前往
人们集会的地点,胫甲坚固的阿开亚人汇聚在那边。
欧鲁克蕾娅,女人中的佼杰,裴塞诺耳
之子俄普斯的女儿,催命仆女们干活,喊道:
"动手吧,你们去那,清扫宫廷,要快,
洒水地面,将紫红的披盖铺上
精工制作的椅件。你们负责洗擦
所有的桌子,用浸水的海绵,净洗兑酒的缸碗
和做工精美的双把酒杯。余下的可去
泉边,取回用水,要快去快回。
求婚者们即刻便会到来,早早地
来到宫里——今天是个庆祭的日子,公众的庆典。"

众人认真听过训示,服从她的指令,
二十人旋即上路,汲取幽黑的泉水,

其余的留在宫里，娴熟地操做指派的活计。

其时，高傲的男仆们走近宫居，马上动手， 160
劈开烧柴，做得轻熟自然；取水的女子
从泉边归返。牧猪人赶来三头
肉猪，猪群中最好的佳选，
留食在精固的院里，自己则
发问奥德修斯，用温和的语言：
"朋友，阿开亚人是否已给你较多的关切，抑或，
他们照旧鄙视你的出现，在这座宫里，如前一般？"

听罢这番话，多谋善断的奥德修斯说讲，答道：
"咳，欧迈俄斯，但愿神明惩罚求婚人的骄狂，
他们横行霸道，放肆地谋设凶虐，
在别人的家院；这帮人不要脸面！"

就这样，他俩你来我往，一番交谈；与此同时，
墨朗西俄斯，山羊的牧者，走近他们，
赶着牲品，群队中最好的佳选，供
求婚人美餐，另有两个牧者，跟走在后面。
他将山羊拴系在回音缭绕的门廊下，
开口说话，对奥德修斯，用责辱的语言：
"你还在这里，陌生的人儿？还要给宫院带来厌烦，
乞求食客们的施舍，不愿行讨在房院外边？
我想，咱俩不会彻底分手，直到 180
试过手中的拳头；我讨厌你行乞的手段！
何不去别处试试，那里也有备宴的阿开亚家院。"

他言罢，多谋善断的奥德修斯没有答话，

只是默默地摇头,心中谋划着凶险。
第三位来者是菲洛伊提俄斯,牧者的首领,
赶来一头不育的母牛和肥壮的山羊,
船工把他们载过海面——他们也运送
别人,只要落脚在那个地方。
他将牲畜仔细拴系在回音缭绕的门廊下,
前往站在牧猪人近旁,开口问道:
"这个生人是谁,牧猪的朋友,新近来到
我们的家院?他自称打哪里过来,
祖居何地,家族在哪?不幸的
人儿,瞧他的模样像是一位权贵,一位王者。
然而,神明罗织痛苦的经历,替浪迹四方的凡人,
即便贵为王者,让他们遭受磨难。"

　　言罢,他站到奥德修斯近旁,伸出右手,
开口说道,用长了翅膀的话语:
"欢迎你,老先生,陌生的客人!愿你日后
200　时来运转,虽说眼下置身逆境,吃苦受难。
父亲宙斯,神明中谁也没你狠毒,
你生养了凡人,却不施怜悯,
你给他们带来不幸,使他们遭受深重的灾难。
见着你的情景,老先生,我汗流浃背,想起奥德修斯,
我泪水盈眶;我想他也一样,
穿着破衣烂衫,浪迹异国他乡,
倘若他还活着,眼见太阳的明光。
但是,倘若他已死了,去了哀地斯的宫房,
我悲悼豪勇的奥德修斯,念他在我幼小之时,
让我负责看管牛群,在开法勒尼亚人的乡庄。
如今,牧牛繁衍增殖,多得难以数计,谁也

无法使牛群的头数,让额面开阔的壮牛,以更猛的
势头增长。然而,这些人要我赶来牛群,供
他们食享,无视宫内主人的儿子,
不畏神的惩罚。眼下,他们急于
分享主人的财产,他已长期不在家乡。
我曾反复思考,压下纷繁的心绪,
觉得主人的儿子尚在,不应赶着
牛群,走向别的地域,异邦人的
故乡。然而,离去不好,留下更坏: 220
含辛茹苦,放养牧牛,交在别人手下。
确实,我早就该逃离此地,投奔
某位强有力的国王,这里的情势已无可忍让。
但是,我仍然想念那不幸的人儿,寄望他回返此地,
杀散求婚的人们,使其奔窜在宫居里面!"

听罢这番话,多谋善断的奥德修斯说讲,答道:
"看来,牛倌,你不像是个坏蛋,也不缺少心眼,
我已看出,你是个心计纯熟的人儿。
所以,我将以此相告,并愿对它起发庄重的誓言。让神明
作证,首先是宙斯,至尊的仙神,还有这好客的桌面
以及豪勇的奥德修斯的炉盆——我来到此地,对它恳求——
奥德修斯将会返家,当你仍在屋里之际,
你将亲眼见到,如果你有这个希愿,
目睹他杀死求婚的人们,称霸宫中的无赖。"

听罢这番话,牧牛人对他答道:
"我真心希愿,朋友,克罗诺斯之子会实现你的言告。
那时,你将看知我的力气,我的双手能做些什么!"

欧迈俄斯也作过同样的祈祷,对所有的神明,
求他们让精多谋略的奥德修斯回返家园。

240　　就这样,他们你来我往,一番说告,
与此同时,求婚人正谋划忒勒马科斯的
毁灭和死亡。其时,一只飞鸟出现在左边上空,
一只高飞的山鹰,掐着一只索索发抖的鸽子;
安菲诺摩斯随即发话,开口说道:
"朋友们,谋除忒勒马科斯的计划将不会
实现;让我们心想宴食的愉悦。"

　　安菲诺摩斯言罢,众人接受他的建议,
走入神一样的奥德修斯的宫居,
放下衣篷,在座椅和高背靠椅上面,
动手刀宰硕大的绵羊和肥壮的山羊,
杀了一些滚肥的肉猪,外加一头牵自畜群的小母牛,
炙烤好内脏,分发完毕,调出饮酒,
在兑缸里面,牧猪人分放着酒杯,
菲洛伊提俄斯,牧者的头领,提着精美的编篮,
分送面包,墨朗西俄斯斟出调好的浆酒。
众人伸出双手,抓起面前的肴餐。

　　忒勒马科斯心怀谋谲,让奥德修斯
坐在精固的大厅里,傍着石凿的门槛,
放下一把破椅,一张小小的餐桌,
260　给他一份内脏,倒出醇酒,
在一只金铸的酒杯,开口说道:
"坐在这边,饮喝醇酒,在权贵们中间。
我将防卫你的安全,不让任何求婚人出言责辱,

挥动拳头。这座宫居不是公共场所，而是
奥德修斯的财产——他争下这份家产，由我继承这一切。
所以，你等求婚人，压住你们的心念，不要出言讥辱，
挥拳动手，以避免和我对抗，争吵和混战的局面！"

听他言罢，求婚者们个个痛咬嘴唇，惊异于
忒勒马科斯的言语，竟敢如此大胆地对他们训话。
其时，安提努斯，欧培塞斯之子，对众人说道：
"让我等阿开亚人接受他的劝议，
尽管他出言冒犯，话语中带着恫吓和威胁。
宙斯，克罗诺斯之子，不让我们动手；否则，尽管他
伶牙俐齿，在此之前，我们已中止他的叫嚣，在他的厅殿。"

安提努斯言罢，忒勒马科斯不予理会。
与此同时，信使们穿走城区，领着祭神的
神圣的牲品；长发的阿开亚人集聚在
远射手阿波罗的林地，枝叶的投影下。

他们烤熟畜肉，取下叉杆，
匀开份数，吃起丰足的食餐。 280
侍宴的人们拿过一份均量的肉食，放在奥德修斯
面前，和他们自己所得的相同，执行忒勒马科斯
的命令，神样的奥德修斯钟爱的儿郎。

但是，雅典娜不想让高傲的求婚人
罢息极度的骄横，以便给奥德修斯，
莱耳忒斯之子的心灵，增添新的悲伤。
求婚者中有个无法无天的小人，
名叫克忒西波斯，家住萨墨，

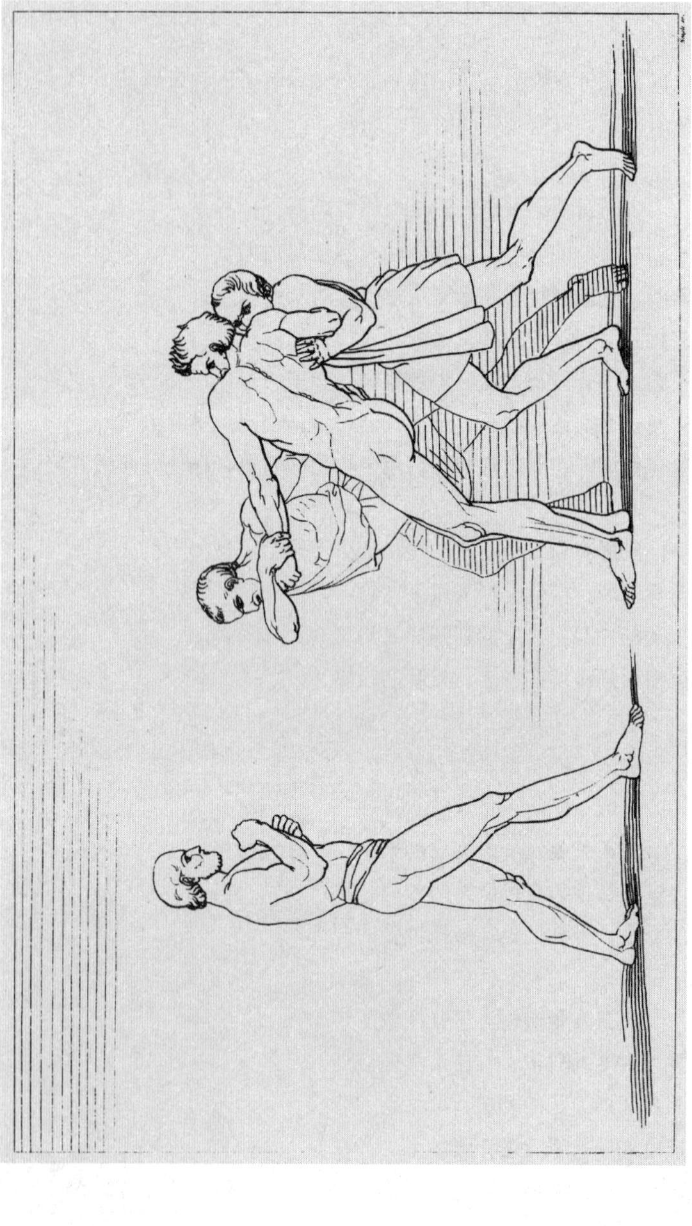

凭仗极为丰广的财富，满怀信心，
追求奥德修斯的妻子，丈夫已久别家乡。
其时，此人开口说话，对骄虐的求婚者们呼喊：
"听我说，你等高傲的求婚人，听听我的意见。
陌生人早已得了他的份子，按待客的规矩，分得均等的
食餐——此乃非宜非义之举，怠慢轻辱
忒勒马科斯的来客，不管是谁，来到他的家院。
好吧，我也想给生人一份客礼，让他作为
礼物，送给替他洗脚的女人，或给
其他某个侍者，神样的奥德修斯家里的仆役！"

　　言罢，他伸出粗壮的大手，抓起一只牛蹄，
从身边的篮里，奋臂投掷，奥德修斯避过击打，　　　　　300
脑袋迅速歪向一边，愤怒中挤出微笑，
狞笑中带着轻蔑。牛蹄击中屋墙，在精固的宫内；
忒勒马科斯开口发话，怒责他无理放肆：
"此事于你的心灵有利，克忒西波斯，
不曾击中陌生的客人；他躲过了你的牛蹄。
否则，我将举枪击打，扎穿你的肚皮，
让你父亲在此忙忙碌碌，不是为了你的婚娶，
而是为了操办儿子的葬礼。记住，谁也不许放肆胡来，
在我的家里，我已注意和知晓一切，
有关善恶的言行——在此之前，我还只是个孩子。
尽管如此，我们还在容忍眼前的情景，
被宰的羊群，被喝的浆酒，被糜耗的
食品；我孑然一身，难以阻止众人的作为。
收敛些，好吗？不要和我为敌，使我受损。
不过，假如你们决意杀我，用锋快的青铜，
那么，你们也就成全了我的愿望；我宁愿

死去,也不想看着你们无休止地作孽,
粗暴地对待客人,拖着女仆,
不顾廉耻,穿走精美的宫居。"

320　　他言罢,众人静默,肃然无声;
终于,阿格劳斯,达马斯托耳之子,在人群中说道:
"不要动怒,我的朋友们!不要用粗鲁的答言
回复合乎情理的话语。停止
虐待生人,不要错对任何
侍者,神样的奥德修斯家里的仆人。
然而,对忒勒马科斯和他母亲,我要和颜悦色地
劝告,但愿此番话语能欢愉他俩的心胸。
只要你们心中仍然持抱希望,以为
精多谋略的奥德修斯还会回返家室,
那么,谁也不能责备你们,等着他的回归,困滞
求婚的人们,在你们的宫居,因为如此与你们有利,
倘若奥德修斯真的归返,回到家里。
但现在,事情已经明朗,屋主不会返归。
去吧,坐在你母亲身边,提出此番劝议,
婚随我们中最好的一个,他能拿出最多的财礼。
如此,你会感到高兴,握掌父亲的遗产,
吃吃喝喝;让她照管别人的房居。"

　　听罢这番话,善能思考的忒勒马科斯答道:
"我发誓,阿格劳斯,以宙斯的权威,并以我父亲所受的苦难,
340　此人已经死去,或是浪迹他乡,在远离伊萨卡的地方。
我不曾拖缓母亲的婚事,相反,我还催她
出嫁中意的人选,并准备提供无数的财礼。
但我羞于赶她出门,违背她的心意,

说出苛厉的言词；愿神明不让此事实现。"

忒勒马科斯言罢，帕拉丝·雅典娜挑发了
难以制抑的狂笑，在求婚人之中，混迷了他们的心智。
他们放声大笑，用似乎不再属于自己的嘴颌，
咀嚼浸染鲜血的肉块，双眼
泪水喷注，心里充彻着号哭的粗蛮之情。
其时，神一样的塞俄克鲁墨诺斯开口说道：
"可怜的东西，你等到底遭了什么瘟灾？你们的头脸和
身下的膝盖全都蒙罩在漆黑的夜雾里，
哭声四起，脸上涂满泪水，
墙上淌着血珠，精美的顶柱上殷红一片，
前厅和院落里到处都是鬼影，
争挤着跑下冥界，黑魆魆的地府。太阳
已从天空消失，昏霉的雾气掩罩着一切。"

他言罢，求婚人全都乐不可支，对他哈哈大笑，
欧鲁马科斯，波鲁波斯之子，首先发话，说道：
"我看他心智出了问题，这个初来乍到的生人。
来吧，我说小伙子们，把他送出房宫，
前往聚会的地点，既然他嫌这里幽暗，像黑夜一般。" 360

听罢这番话，神样的塞俄克鲁墨诺斯答道：
"欧鲁马科斯，我可不要你派人押送；
我有眼睛，有自己的耳朵和双脚，
此外，我胸中的心智相当机敏，
它们会带我走出宫院——我已察知
凶祸向你们逼来，求婚者们谁也甭想
消灾避难；你们羞损别人，在

神样的奥德修斯家里，谋设放肆的行为！"

言罢，他走出精皇的宫殿，
前往裴莱俄斯家里，受到热情的接待。
其时，求婚人目光交错，出言讥辱，试图
通过嘲笑他的客人，挑逗忒勒马科斯回言。
狂傲的年轻人中，有人如此说道：
"谁也不比你晦气，忒勒马科斯，就待客而言。
你收留了此人，这个浪汉，
要这要那，酒和面包，既没有力气，
又没有干活的本领，只是个压地的窝囊废。
380 刚才，那小子又站起身来，预卜一番。
你将受益匪浅，倘若愿意听从我的议言：
把陌生的人们送上桨位众多的海船，
载往西西里人的地面，替你挣回高价的兑换。"

求婚人言罢，忒勒马科斯不予理睬，
只是默默地望着父亲，总在等待，
等待着挥动双手，击杀求婚的无赖。

伊卡里俄斯的女儿，谨慎的裴奈罗珮
已搬过精美的靠椅，坐在睡房门边，
听闻厅中每一个人的话言。
求婚者们哈哈大笑，整备香美、
可口的食餐，宰了许多牲品，大开杀戒。
然而，人世间不会有比这更少欢悦的食宴：
女神和强健的奥德修斯马上即会让他们
茹毛饮血！是他们首先做下丑恶的事端。

第二十一卷

其时,灰眼睛女神雅典娜催动伊卡里俄斯
的女儿,谨慎的裴奈罗佩的心胸,要她
拿出弓和灰铁,放在求婚人面前,在
奥德修斯家里,布设一场竞赛,作为起点,开始屠宰。
裴奈罗佩走上高耸的楼梯,通往她的套间,
坚实的手中握着瑰美、精工弯铸的
铜钥匙,带着象牙的柄把,
领着女仆,走向最里端的房间,
远处的藏室,放着主人的珍财,
有青铜、黄金和艰工冶铸的灰铁,
躺着那把回弹的弯弓,连同插箭的
袋壶,装着许多招伤致痛的羽箭。
这些是一位朋友送他的礼物,在拉凯代蒙,得之于
伊菲托斯,欧鲁托斯之子,神一样的壮汉。
他俩在墨塞奈相遇,聪颖的
俄耳提洛科斯的家院——其时,奥德修斯
出使该地,收讨一笔公方的欠债。
墨塞奈人曾驱坐桨位众多的海船,登临
伊萨卡地面,赶走三百头绵羊,连带牧羊的人儿,
奥德修斯远道而来,衔领着使命,当时
还是个男孩,受父王和各位长老派遣。
伊菲托斯则是去那寻索良驹,丢失的十二匹
母马,哺着吃苦耐劳的骡崽,

20

谁知马群带来的却是毁灭和灾难。
其时，他找到宙斯心志刚烈的儿子，
名叫赫拉克勒斯的壮汉，善创艰伟的事业。
此君杀了伊菲托斯，虽说后者是来访的宾客，在他的家院，
狠毒的汉子，既不惧怕神的责惩，也不敬畏
招待伊菲托斯的桌面，他的客人，杀了来者，
占留蹄腿坚实的良马，在自己的宫居。就这样，
为了寻找母马，伊菲托斯遇识了奥德修斯，给他这把
硬弓，曾是卓著的欧鲁托斯的用物，
临终时传交儿子，在高敞的房居里。
奥德修斯回赠了一把锋快的背剑和一杆粗重的枪矛，
结下诚挚的情谊，但他俩不曾互相
款待——在此之前，宙斯的儿子杀了
伊菲托斯，欧鲁托斯的儿男，神一样的壮汉，
把强弓送赠卓著的奥德修斯用管，但后者
从不带它出征，乘坐乌黑的海船，
40　一直收藏在宫里，尊念亲爱的朋友，
虽说在自己的国度，他曾携用这份礼件。

　　其时，裴奈罗珮，女人中的佼杰，行至藏室，
橡木的门槛前，由木工
精心削刨，紧扣着画打的粉线，
按上贴吻的框柱，装上闪光的门面。
首先，她松开挂把上的绳条，
然后插入钥匙，对准孔眼，
拨开木闩，房门发出声声噪响，如同公牛的哞喊，
牧食在户外的草原；就像这样，绚美的房门
一阵轰响，带着钥匙的拨力，迅速敞开在她的眼前。
随后，她踏上高处的平台，邻近陈放的

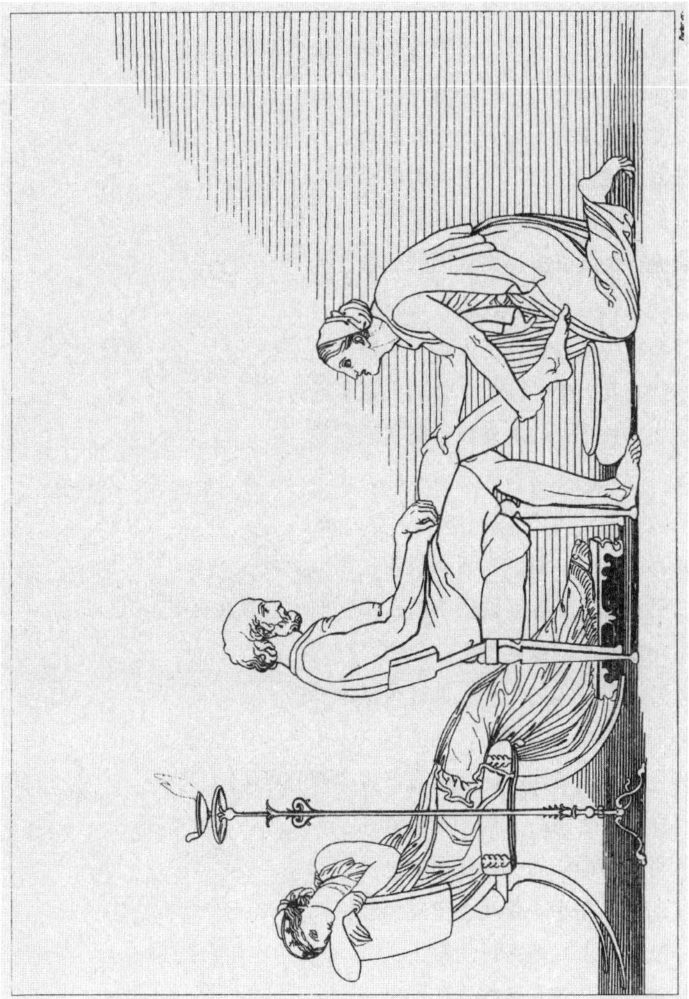

箱子，收藏着芬芳的衣衫，
伸手取下射弓，从挂钉上面，连同
闪亮的弓袋，罩护着弓面。
她弯身下坐，将所拿之物放在膝盖上面，
取出夫婿的弓弩，出声哭泣。
当辛酸的眼泪舒缓了心中的悲哀，
她起身走向厅堂，会见高贵的求婚人，
手握回拉的弯弓，连同插箭的
60 袋壶，装着许多招伤致痛的羽箭。
女仆们抬着箱子，装着许多
铁和青铜的铸品，主人留下的器件。
当她，女人中的佼杰，来到求婚者近旁，
站在房柱下，柱端支撑着坚实的屋顶，
拢着闪亮的头巾，遮掩着脸面，
两边各站一名忠实的仆伴，
她当即发话，对求婚者们说道：
"听我说，你等高傲的求婚人！你们一直赖在宫里，
不停地吃喝，没完没了，虽说
此乃另一个人的财产，他已久离家园。
你们说不出别的理由，别的借口，
只凭你们的意愿，让我嫁人，做你们的妻伴。
这样吧，求婚的人们，既然赏礼①有了，
我将拿出神样的奥德修斯的长弓，
让那抓弓在手，弦线上得最为轻快，
一箭穿过十二把斧斤的赛手，
带我出走，离弃奥德修斯的家居，
我曾是这里的新娘，一处十分漂亮的宫院，足藏财物；

---

① 赏礼：指她自己。

我将不会把它忘怀,我知道,即便在梦境里面。"

　　言罢,她告嘱欧迈俄斯,高贵的牧猪人, 80
拿着弓和灰铁,放在求婚人面前。
欧迈俄斯接过东西,含着泪水,放在他们前面;
牧牛人哭哭啼啼,眼见主人的弓箭,招来
安提努斯的辱骂,对他们二位,出声呼喊:
"笨蛋,土包子,从来不想还有明天!
卑鄙的东西,为何泪流满面,烦恼我们的夫人,
激扰她的心怀?她已积愁甚多,
心中悲哀,为失去的丈夫,她的心爱。
去吧,静静地坐吃一边;要不,就去那
屋外哭喊,滚离我们面前,把射弓留在这边,
求婚者们将有一场关键的比赛;我不认为这把
油亮的弓,可以被人轻而易举地上挂弦线。
我们中谁也不能同奥德修斯相比,
像他过去那般。我曾亲眼见他,
仍然记得起来,尽管那时还是个小孩,天真烂漫。"

　　他言罢,胸中的心灵却希愿
自己能挂上弓弦,箭穿所有的铁块,
尽管到头来第一个尝吃飞箭,发自
豪勇的奥德修斯的手臂,此人刚才还受他羞辱,
坐在自己的宫里——他还鼓励所有的伙伴,群起责难。 100

　　其时,忒勒马科斯,灵杰豪健的王子,开口说道:
"咳,一定是宙斯,克罗诺斯之子,蒙迷了我的心念!
我心爱的母亲,虽说聪颖,告诉我
她将撇弃这座房居,跟随另一个男人,

423

而我，出于心地的愚笨，居然哈哈大笑，兴高采烈。
算了，求婚的人们，既然奖酬已经设下，一个
妇人，你等找不到可以和她媲比的女辈，无论在阿开亚
大地，在神圣的普洛斯、阿耳戈斯和慕凯奈，
还是在伊萨卡本土或灰黑的陆架旷野。
此事你们全都清楚，无需我把亲娘颂赞。
来吧，不要寻找借口，磨磨蹭蹭；莫再迟滞不前；
动手吧，让我们看看你等如何安上弓弦。
是的，我本人亦想试试身手，如此，
倘若我能上好弦线，箭穿劈斧，
我那尊贵的母亲便不会跟人出走，把我
留在家里，伴随着痛苦，因为我已能
动得父亲的家什，光荣的兵械。"

　　言罢，他一跃而起，解下紫红的
披篷，取下锋快的铜剑，从他的肩头，
120　动手竖起斧块，挖出一条长沟，
贴沿着笔直的粉线，埋下所有的斧头，
踩下两边的泥土；旁观者们瞠目结舌，惊诧于
竖铁的齐整，虽说在此之前，他还从来不曾见过这些。
接着，他提弓走去，试着安挂弦线，站在门槛上面。
一连三次，他弯起颤摇的弓杆，急不可待，一连三次，
他息手作罢，不得成功，心中仍然怀抱希望，
能将弦线挂上，射出羽箭，
其时，他第四次弯起弓杆，即将挂上弦线，
但奥德修斯摇动脑袋，要他住手，尽管他心里火急。
其时，忒勒马科斯，灵杰豪健的王子，开口说道：
"见鬼了！看来，我将只能是个弱者，一个懦夫；
要不，就是我还年轻，对用自己的双手防卫

缺乏信心,面对有人挑起事端,和我拼战。
来吧,你等比我劲大的人们,试试
你们的身手,就着这张弯弓;让我们结束这场比赛。"

言罢,他放下射弓,顶着地面,
靠着制合坚固、油光滑亮的大门,
将迅捷的箭枝贴着精美的弓端,
走回刚才起离的椅子,弯身下坐。
这时,安提努斯,欧培塞斯之子,开口说道: 140
"依次起身吧,我的伙伴们,从左至右,
按照斟酒的顺序,开始上挂弦线。"

安提努斯言罢,众人欣表赞同。
琉得斯首先起身,俄伊诺普斯之子,
他们中的祭卜,总是坐在边端,
傍着兑酒的缸碗。惟他讨厌
求婚人的暴虐,憎恨他们的举动。
他第一个操起弓和迅捷的羽箭;
举步走去,试图安挂弦线,站在门槛上面,
不得成功,倒是酸累了松软、无茧的双手,
苦于对付绷紧的弦线,开口求婚的人们,说道:
"我挂不上弦线,朋友们;下一个是谁,让他试试身手。
我想,此弓会射倒许多人杰,碎捣
他们的心怀。事实上,死去何尝不好,
比之像现在这样活着,不能如愿以偿,
天天聚在这里,总在企盼。
现在,还有人怀抱希望,心想
婚娶裴奈罗佩,奥德修斯的妻房,
让他试试此弓,看看结果怎样!他会

160 转移追求的目标,别个裙衫秀美的阿开亚女子,
争获她的婚许,献上礼物;裴奈罗佩会
出嫁送礼最多的男子,注定的侣伴。"

言罢,他放下弓,顶着地面,
靠着制合坚固、油光滑亮的大门,
将迅捷的箭枝贴着精美的弓端,
走回刚才起离的椅子,弯身下坐。
其时,安提努斯破口辱骂,叫着他的名字:
"这是什么话,琉得斯,崩出了你的齿隙?
你在散布失败情绪,一派胡言,听了让我愤烦!
我不信此弓会射倒许多人杰,捣碎
他们的心怀,只因你上不了它的弦线。
这可不是你能做的事情,你那尊贵的
母亲不曾生养开弓放箭的男子汉!
瞧着吧,其他高贵的求婚人将即刻挂上弦线。"

言罢,他催命墨朗西俄斯,牧放山羊的人儿:
"来吧,墨朗西俄斯,点起宫里的柴火,
放下一张大凳,铺出卷毛的羊皮,在火堆旁边,
从藏室里搬出一大盘牛脂,让
我等年轻人给此弓升温加热,涂之以
180 油膘,弯动弓杆,结束这场闹赛。"

他言罢,墨朗西俄斯赶忙点起不知疲倦的柴火,
搬来一张凳子,铺上羊皮,
从藏室里拿出一大盘牛脂,
年轻人将弓杆升温加热,一试身手,但却无法
挂上弦绳;他们的力气远不能使自己如愿。

然而，安提努斯和神样的欧鲁马科斯仍在坚持，
求婚者的首领，远比同伴们俊杰。

其时，牧羊人和牧猪人结伴出走，
走出宫门，神样的奥德修斯的工仆，
卓著的奥德修斯自己亦出得门来，和他们聚首。
当他们走离宫门和庭院，
奥德修斯开口发话，用温和的言语说道：
"牧牛人，还有你，牧猪的朋友，我存话喉中，是一吐
为快，还是埋藏心底？不，心灵催我说话，告问你们。
你们将如何战斗，保卫奥德修斯，倘若
他突然归返，从某地回来，接受神的引导？
你们将帮谁战斗，为奥德修斯，还是替求婚的人们？
告诉我你们的想法，你们的心愿。"

听罢这番话，牧牛的工仆答道：
"父亲宙斯，倘若你能兑现我的祈告，
使那人回返家园，受神的引导，那时，
你将看知我的力气，我的双手能做些什么！"

欧迈俄斯亦作过同样的祈祷，对所有的神明，
求他们让精多谋略的奥德修斯回返家园。
当得知他俩的心迹，忠诚可靠，
奥德修斯随之答话，开口说道：
"我便是他，我已回返自己家中，历经千辛万苦，
回返乡园，在第二十个年头。
我已查清，我的人中只有你俩
盼我归返，除此之外，我还不曾听闻有人
祈祷，愿我回来，归返家中。所以，

我将道出真情,对你等二位,此事将如此发生。
倘若通过我的双手,神明击倒傲慢的求婚人,
那时,我将给你俩娶妻,给你们财产,
兴建家舍,挨着我的房居,日后当做亲戚
对待,当做忒勒马科斯的兄弟和佳朋。
来吧,让我出示一个清晰无误的标记,
以便使你们确信我的身份,究为何人:
这道疤口,野猪用白牙裂留的伤痕,
在帕耳那索斯山上,偕同奥托鲁科斯的男儿。"

言罢,他撩起破衣,亮出一道长长的伤痕;
当仔细察看,辨认清楚后,
他俩放声号哭,抱住聪颖的奥德修斯的肩头,
欢迎他回归,亲吻他的肩膀头颅,
奥德修斯亦亲吻他们,他们的头颅和双手。
其时,太阳的光辉将映照他们的哭泣,
若非奥德修斯出言制止,开口说道:
"停止悲恸,莫再哀哭,以防有人走出
宫门,发现我等,通报里面的人们。
让我们分头进去,不要一起走动,
由我先行,你俩随后。一旦此景出现,这便是
行动的信号:那帮人们,所有傲贵的求婚人,
出言拒绝,不让我得获箭袋和射弓。那时,
你,高贵的欧迈俄斯,必须穿走厅堂,携着弓,
放入我的手中,然后告诉屋内的女人,
闩上关合紧密的厅门;此外,
倘若有人听闻厅里呻喊击撞之声——
男人们拼打在里头——告嘱她们不要惊跑
出来,而要静留原地,操做手头的工作。

高贵的菲洛伊提俄斯,你的任务是关死院门, 240
插上木栓,出手要快,用绳线牢牢系捆。"

言罢,他步入精皇的宫殿,
回到刚才走离的椅子,弯身下坐;另外二人,
神样的奥德修斯的奴仆,跟行在后面。

欧鲁马科斯已经拿起射弓,动手摆弄,
不停地翻转,就着烧柴的火苗,但尽管如此,
他仍然不能安上弦线,高傲的心胸备受折磨,
带着极大的怨愤,对自己豪莽的心灵说道:
"咳,招瘟的东西;我替自己,也为你们所有的人悲痛!
尽管烦恼,我不为婚事痛心,不——
阿开亚女子众多,有的就在此地,居家
海浪环拥的伊萨卡,还有的住在各地的城镇。
我痛心我们缺乏力气,倘若此事属实,远远
比不上神样的奥德修斯——我们甚至对付不了他的弓,
上不了弦绳!这是我们的耻辱,即便对将来的子孙!"

其时,安提努斯,欧培塞斯之子,答道:
"事情不会如此这般,欧鲁马科斯,你自己亦明白这一点。
今天,人们正举办神圣的祭宴,敬奉神明①,
在整片地界;眼下,谁能挂弦开弓?放下它吧,
换个时间;可让斧斤原地
竖站。我想不会有人进来,偷走 260
铁块,从莱耳忒斯之子奥德修斯的堂殿。
来吧,让侍斟的下手倒酒,在各位的杯里,

---

① 神明:指阿波罗。

让我们泼洒祭奠,把弯翘的弓弩放在一边。
明天拂晓,让牧放山羊的墨朗西俄斯
赶来牲品,群队中最好的佳选,以便
祭出羊腿,给阿波罗,光荣的弓手,
然后抓起弯弓,结束这场争赛。"

　　安提努斯言罢,众人欣表赞同,
信使们倒出清水,淋洗他们的双手,
年轻人将美酒注满兑缸,先在众人的
饮具里略倒祭神,然后添满各位的酒杯。
奠过神明,众人啜饮,喝够了浆酒,
足智多谋的奥德修斯开口说话,藏抱狡黠的念头:
"听我说,你等求婚人,追求光荣的王后,
我的话乃有感而发,受心灵的驱怂。
我要求请各位,尤其是欧鲁马科斯和神一样的
安提努斯,他的话说得一点不错,条理分明。
你等确应暂罢弓赛,将此事交付神灵照管;
280　明天,弓神会把胜利赐给他所愿送的那一位。
这样吧,眼下,不妨给我油亮的射弓,以便在你等之中,
我能试试自己的双手,衡察身上的力气,看看
柔韧的肢腿里是否还有勇力,像过去那样,
看看到处流浪和缺少衣食的生活,是否已把我断送。"

　　他言罢,求婚人无不烦蛮愤恨,
担心他会拿起油亮的器械,挂弦上弓。
其时,安提努斯开口辱骂,喊道:
"你缺少心智,该死的陌生人,连一点都没有!
让你坐着吃喝,平安无事,和我们一起,比你高贵的人们,
不缺均等的餐份,只是听着我们讲话,我们的谈论,

须知别的乞丐或生人没有这份殊荣——
如此这般,你还不知满足!
一定是蜜甜的醇酒使你迷糊,正如它也使
其他人恍惚,倘若狂饮滥喝,不知节度。
饮酒曾使马人精神恍惚,著名的欧鲁提昂,
在心胸豪壮的裴里苏斯的宫府,
其时正面会拉庇赛人,头脑被酒精冲昏,
狂迷中做下许多恶事,在裴里苏斯家中。
英雄们悲愤交加,跳起来把他抓住,
拖过前厅,攥到外头,割下他的鼻子耳朵, 300
用无情的青铜。马人被酒灌得稀里糊涂,
头脑昏乱,疯疯癫癫,受难于心智的迷钝。
自那以后,马人和凡人之间种下怨仇;
欧鲁提昂是吃亏于酗酒作恶的第一人。
所以,我宣称你会大难临头,倘若你弦挂
此弓;你不会受到殷勤的礼待,
在我们的乡土;我们将把你押上黑船,
交给王者厄开托斯,此君摧残所有的
凡人,使你脱身无门!静静地坐着,
喝饮你的醇酒,不要和比你年轻的人争斗!"

听罢这番话,谨慎的裴奈罗珮答道:
"此乃非宜非义之举,安提努斯,不应轻辱
忒勒马科斯的客人,不管是谁,来到我们宫中。
你以为这位生人,信靠他的勇力和
双手,弦挂奥德修斯的长弓,试想
把我带回家门,作为他的妻从?
不,他可不存这种想法,在他心中。
谁也不要为此伤心,你等食宴的

人们；这种想法实乃无中生有。"

320　　　听罢这番话，欧鲁马科斯，波鲁波斯之子，答道：
"伊卡里俄斯的女儿，谨慎的裴奈罗佩，
我们并不以为他会把你带走，此事并不可能。
但是，我们羞于听闻男人和女子的风言，
惟恐某个阿开亚人，比我们低劣的乡胞，如此谈论：
瞧，那帮求婚的人们，追求一位雍贵者的妻子，是
何等的无用，他们甚至无力挂上漂亮的弦弓！其后，
另有一人，一个要饭的浪者，打别处过来，
轻而易举地挂上弦线，一箭穿过铁斧，成排的眼孔。
人们会如此议论，而这将是我们的耻辱。"

　　　听罢这番话，谨慎的裴奈罗佩答道：
"这帮人不会，欧鲁马科斯，绝不会有佳好的名声，
在国民之中；他们吞食别人的财产，羞贱别人，一位
王者的房宫。所以，为何把此事当做责辱？
这位生人长得高大，体形魁梧，
声称有一位高贵的父亲，是他的儿种。
来吧，给他油亮的射弓，视看结果如何。
我有一事相告，此事将成为现实。
倘若他挂弦上弓，阿波罗给他这份光荣，
我将给他一件衫衣，一领披篷，精美的衣裳，
340　给他一杆锋快的标枪，防御人和狗的扑打，
还有穿用的鞋子和一柄双刃的铜剑，
送他出门，前往要去的地方，不管何处，受心魂的驱怂。"

　　　听罢这番话，善能思考的忒勒马科斯答道：
"阿开亚人中，我的妈妈，谁都没有我的权大，

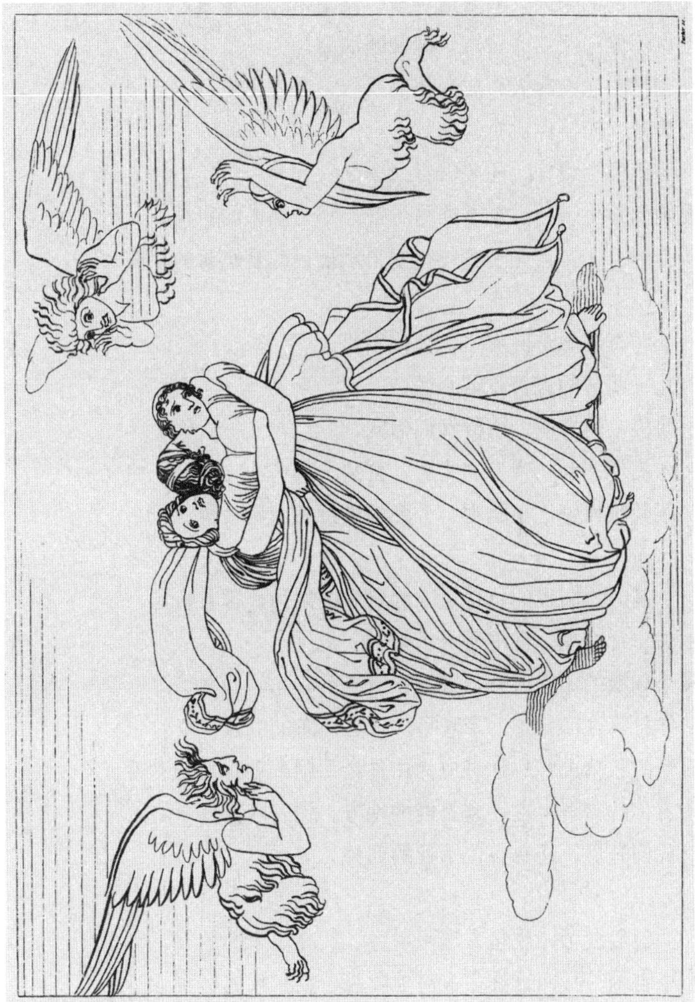

处置这把弓弩，决定给与不给，凭我的愿望，
无论是本地的权贵，家住岩石嶙峋的伊萨卡，
还是外岛的来人，离着厄利斯，马草丰肥的地方。
谁也不能逼我违心背意，即便我决意
即刻把它送交客人，成为他的所有，带着出走。
回去吧，操持你自个的活计，
你的织机和线杆，还要催督家中的女仆，
要她们好生干活。至于摆弓弄箭，那是男人的事情，
所有的男子，首先是我；在这个家里，我是镇管的权威。"

裴奈罗珮走回房室，惊诧不已，
将儿子明智的言告收藏心底，
返回楼上的房间，由侍女们偕同，
哭念奥德修斯，亲爱的丈夫，直到
灰眼睛雅典娜送出睡眠，香熟的睡意把眼睑合拢。

其时，高贵的牧猪人拿起弯翘的射弓，携着行走，
360 引来一片喧喊，宫中所有求婚的人们，
某个狂傲的年轻人开口说道：
"你打算往哪行走，带着弓，你这疯游的家伙，
该死的牧猪人？！你将成为由你亲手喂养的狗群的食肴，
傍着你的猪群，在远离人群的地方，倘若阿波罗
对我们开恩，还有各位不死的仙神！

他们言罢，牧猪人送回射弓，放在原来的地方，
心里害怕，耳闻这许多人对他喧喊，在主人的房宫。
但是，忒勒马科斯在另一头开口发话，威胁道：
"带弓行走，我的伙计，你不能听从每个人的呼号。
否则，虽说比你年轻，我会把你赶往郊野，

用落雨般的石头——我比你强壮!
但愿我更加强健,双手更能战斗,
比所有求婚的人们,死赖在我的宫中!
如此,我便能把他们赶出家门,狼狈逃窜,
用不了多少时辰——他们图谋我们的灾凶。"

　　他言罢,求婚人全都乐不可支,对他哈哈大笑,
消缓了心头的恼怒,对忒勒马科斯的愤恨。
牧猪人拿起弓条,穿走宫中,
行至聪颖的奥德修斯身边,递出手中的家伙。
随后,他唤过欧鲁克蕾娅,主人的保姆,说道: 380
"谨慎的欧鲁克蕾娅,忒勒马科斯要你
闩上关合紧密的厅门;此外,
倘若有人耳闻厅里呻喊击撞之声——
男人们拼打在里头——告嘱她们不要惊跑
出来,而要静留原地,操做手头的工作。"

　　他言罢,欧鲁克蕾娅说不出长了翅膀的话语,
拴住门面,堵住精固的厅堂,大厅的出口。
菲洛伊提俄斯跳将起来,悄悄走到
屋外,关上围墙坚固的庭院的大门。
他提起柱廊下纸莎草编绞的绳缆,
用于弯翘的海船,紧紧扎住院门,然后折返回来,
回到刚才走离的椅子,弯身下坐,
望着奥德修斯,正在摆弄强弓,
不停地转动弓杆,上下左右,察试它的每个部位,
担心蠹虫侵食它的骨件,在主人离家的时候。
其时,他们中有人望着自己的近邻,开口说道:
"这家伙精明,知晓把玩弓弩的诀窍,

435

或许他有此般家什，收藏在家中，
抑或他也想制作一把，瞧他翻弓的模样，
400　上下左右——这个要饭的乞丐，作恶的赖棍！"

其时，人群中，另一个骄狂的求婚人说道：
"我愿他不走好运，生活中收获甚微，
就像他上弦的机缘，就着这把射弓。"

求婚人如此议说，而多谋善断的奥德修斯
则拿着长弓，察视过它的每个部分，
像一位谙熟竖琴和歌诵的高手，
轻巧地拉起编织的羊肠弦线，
绷紧两头，挂上一个新的弦轴，
就这样，奥德修斯安上大弓的弦线，做得轻轻松松。
然后，他动用右手，试着开拨弦绳，
后者送回悦耳的音响，像燕子的叫声。
求婚者们感到心头一阵剧烈的楚痛，脸色变得
苍白阴沉；宙斯送出预兆，一阵滚滚的雷声。
卓著和历经磨难的奥德修斯心花怒放，
心知工于心计的克罗诺斯之子已经给他送来兆头。
他拿起一枚迅捷的箭枝，露躺在身边的
桌面，其余的仍然插息在幽深的箭壶——
阿开亚人会知晓它们的厉害，用不了多久。
他搭箭上弦，拉动箭槽和弓线，
420　从他下坐的椅面，对准目标，
松弦出箭，飞穿排列的斧头，
从第一到最后一块，青铜的箭镞长驱直入，
从另一头穿冲出来。他于是发话，对忒勒马科斯说道：
"息坐宫中的客人，忒勒马科斯，不曾

给你丢脸;我不曾错失目标,无需使出
牛劲,吭吭哧哧地上挂弦线;我仍然浑身是劲,
不像求婚人讥说的那样,把我轻贬。
眼下已是整备晚餐的时候,给阿开亚食客,
趁着还有白日的光明;饭后还有别的娱乐,
舞蹈和竖琴,它们是盛宴的佳伴。"

　　言罢,他点动眉毛,忒勒马科斯见状,
神样的奥德修斯的爱子,挂上锋快的劈剑,
攥紧投枪,站好位置,傍着
座椅,在父亲身边,兵械闪出青铜的光辉。

第二十二卷

其时，多谋善断的奥德修斯扯去身上的破衣烂衫，
跳上硕大的门槛，手握射弓和袋壶，
满装着羽箭，倒出迅捷的箭枝，
在脚前的地面，话对求婚的人们，说道：
"这场关键性的比赛，眼下终于有了结果；
现在，我将瞄击另一个靶子，还不曾有人射过，
倘若我能出箭中的，阿波罗给我这份光荣。"

言罢，他拉开一枚凶狠的羽箭，对着安提努斯，
其时正打算端起双把的
金杯，起动双手，以便喝饮
杯中的浆酒，心中根本不曾想到
死亡。谁会设想，当着众多宴食的人们，
有哪个大胆的人儿，尽管十分强健，
能给他送来乌黑的命运，邪毒的死难？
但奥德修斯瞄对此人，箭中咽喉，
深扎进去，穿透松软的颈肉，
后者歪倒一边，受到箭枝的击打，酒杯掉出
手心，鼻孔里喷出暴涌的血流，
浓稠的人血，伸腿一脚，蹬翻
20　餐桌，散落所有佳美的食物，掉在地上，
脏秽了面包和烧烤的畜肉。求婚者们
放声喊叫，厅堂里喧声大作，眼见此人倒地，

从座位上跳将起来,惊跑在房宫,
双眼东张西望,扫视精固的墙沿,
但那里已没有一面盾牌,亦没有粗长的枪矛。
他们怒火满腔,破口大骂,对着奥德修斯喊叫:
"你出箭伤人,陌生的来者,此举凶恶。你将不会
再有争赛的机会!你将暴死无疑——
你已射倒伊萨卡青年中远为出色的
英杰;秃鹫会把你吞咽!"

　　他们七嘴八舌,满以为他不是故意
杀害——好一群笨蛋,还在懵里懵懂,
不知死的绳索已勒住他们每一个人的喉咙。
奥德修斯恶狠狠地盯着他们,答道:
"你们这群恶狗,从来不曾想到我能活着回来,
从特洛伊地面。所以,你们糟蹋我的家室,
强逼我的女仆和你们睡觉,
试图追娶我的妻子,而我还活在世上,
既不畏统掌辽阔天空的神明,
也不怕凡人,子孙后代的责谴, 40
死亡的绳索已勒紧在你等每一个人的脖圈!"

　　他言罢,彻骨的恐惧揪住了所有求婚人的心灵,
个个东张西望,企图逃避突暴的死亡,
惟有欧鲁马科斯开口答话,说道:
"倘若你真是伊萨卡的奥德修斯,重返家园,那么,
你的话,关于阿开亚人的全部恶行,说得公正妥帖——
这许多放肆的行为,对你的家院,你的庄园。
然而,现在,此事的元凶已经倒下,
安提努斯,是他挑唆我们行事,

439

并非十分心想或盼念婚娶,而是带着
别的企望——此般念头,宙斯不会让它成为现状。
他想伏杀你的儿子,自立
为王,霸统在精固的伊萨卡地域。
如今,他已死去,应得的下场;求你饶恕我们,
你的属民;日后,我们会征收物产,
偿还你的损失,已被吃喝的酒肉,在你的厅房,
每人支付一份赔送,二十头牛的换价,
偿还所欠,拿出黄金青铜,舒缓你的
心房。在此之前,我们没有理由责备你怒满胸膛。"

60　　其时,多谋善断的奥德修斯恶狠狠地盯着他,答道:
"欧鲁马科斯,即便你给我乃父的一切,你的
全部家当,加上能够收集的其他资产,从别的地方,
即便如此,我也不会罢手,停止宰杀。
直到仇报过求婚人的恶行,每一笔欠账!
眼下,你们可自行选择,是动手应战,还是
拔腿奔跑,假如你们中有谁可以逃避命运和死亡。
我看你等逃不出惨暴的毁灭,全都一样!"

　　他言罢,对手们腿脚发软,心力消散,
但欧鲁马科斯再次喊叫,对求婚者们说道:
"很明显,亲爱的朋友们,此人不会闲置他那不可战胜
的双手,既然他已拿起油亮的射弓和袋壶,他会
开弓放箭,从光滑的门槛上,把我们
杀光。让我们行动起来,准备战斗!
拔出劈剑,用桌面挡身,顶回致送
暴死的箭镞——让我们一拥而上,
争取把他逼离大门和门槛边旁,如此我等即可

奔走城区，顷刻之间引发轰然的噪响，一片喧嚣
之声；刚才的放箭将是此人最后一次击杀！"

他如此一番呼喊，从胯边拔出锋快的劈剑，
青铜铸就，两边各开刃口，对着奥德修斯冲杀，
发出粗野的吼叫。与此同时，奥德修斯
射出一枚羽箭，击中他的前胸，奶头旁边，
飞驰的箭枝扎入肝脏，铜剑脱出手中，
掉落在地，欧鲁马科斯倾倒桌面，
佝偻起身子，撞翻双把的酒杯，连同佳美的
食物，满地落撒。他一头栽到地上，
带着钻心的疼痛，蹬动两条腿脚，
踢摇带背的椅座；死的迷雾把他的眼睛蒙罩。

安菲诺摩斯趋身向前，面战光荣的奥德修斯，
猛扑上去，抽出利剑，以为后者会
被迫后退，离开宫门，但忒勒马科斯
出手迅捷，掷出铜头的枪矛，从他后边，
击中双胛之间，深扎进去，穿透胸背，
后者随即倒地，轰然一声，额头撞打在地上。
忒勒马科斯跳往一边，留下投影森长的枪矛，
扎在安菲诺摩斯胸间，转身回头，担心趁他
拔枪之际，连同森长的投影，某个阿开亚人会
冲上前来，用剑杀伤，给他就近一击，当他俯身尸首的
时光。他大步跑去，很快离近心爱的父亲，
站在他身边，开口说告，用长了翅膀的话语：
"现在，我的父亲，我将给你拿取一面盾牌，两枝枪矛，
连带一顶全铜的帽盔，恰好扣紧鬓穴，头颅两旁。
我自己亦将披挂上阵，也让牧猪的和

80

100

牧牛的伙伴穿挂；我们将能更好地战斗，身披铠甲。"

听罢这番话，多谋善断的奥德修斯说讲，答道：
"快去快回，趁我还有箭枝在手，得以自我防卫；
他们会把我逼离门边，视我孤身一人！"

他言罢，忒勒马科斯服从了心爱的父亲，
行往里面的藏室，存放着光荣的甲械，
从中取出四面盾牌，八枝枪矛，
外加四顶铜盔，缀着厚厚的马鬃，
带着归返，很快回到心爱的父亲身边。
忒勒马科斯首先披挂，穿上铜甲，
两位奴仆也随之披上精美的甲衣，和他一样。
站在聪颖和多谋善断的奥德修斯身旁。
其时，奥德修斯，手头仍有箭枝，得以自卫，
不停地瞄射，在自己家里，箭无虚发，
击杀求婚的人们，一个接着一个，成片地倒下。
但是，当箭矢用尽，王者的弦上无所射发，
120　他放下弓，倚着门柱，柱端撑顶着
坚固的宫房，弓杆靠着闪亮的屋墙。
他挎起四层牛皮垫垒的战盾，搭上肩头，
戴上精工制作的帽盔，盖住硕大的头颅，
顶着马鬃的盔冠，摇曳出镇人的威严。
随后，他操起两枝粗长的枪矛，带着青铜的锋尖。

建造精固的墙上有一处边门，在隆起的地面，
入口穿对坚固的厅房，沿着它的门槛，
通连外面的走道，接着紧密关合的墙门。
奥德修斯命嘱高贵的牧猪人把守道边，

注意那边的动静;通向边门的路子,仅此一条。
其时,阿格劳斯放声喊叫,对求婚人说道:
"亲爱的朋友们,是否可爬上边门,出去一人,传告
民众?这样,我们很快便可引发轰然的噪响,一片喧嚣
之声;刚才的放箭将是此人最后一次杀生!"

听罢这番话,牧放山羊的墨朗西俄斯答道:
"此事难以行通,卓越的阿格劳斯;通往庭院的
大门,精美的门面,离那很近,小道的出口很难穿走,
一位斗士,倘若英勇善战,即可挡住众人的冲杀。
这样吧,让我从藏室里弄出甲械,
武装你们——我知道,它们存放在屋里, 140
别处没有,奥德修斯和他光荣的儿子将其放在里面。"

言罢,牧放山羊的墨朗西俄斯爬上
大厅的楼口,进入奥德修斯的藏室,
取出十二面粗重的盾牌,同样数量的枪矛,
同样数量的铜盔,嵌缀着马鬃的盔冠,
动身回头,出手迅捷,交给求婚的人们。
其时,奥德修斯腿脚发软,心力酥散,
眼见对手穿甲在身,手中挥舞着
修长的枪矛。他意识到形势严重,将有一场酷战,
当即送出长了翅膀的话语,对忒勒马科斯说道:
"忒勒马科斯,宫中的某个女子,或是
墨朗西俄斯,已对我们挑起凶险的战斗!"

听罢这番话,善能思考的忒勒马科斯答道:
"此乃我的过错,父亲,不能责备
他人;我没有关死藏室,虽然门框的连合

做得十分紧凑。他们的哨眼比我的好用。
去吧，高贵的欧迈俄斯，关上房门，
看看是不是某个女人，做下此事；抑或，
我怀疑，是墨朗西俄斯的作为，多利俄斯的儿郎。"

160　　就这样，他俩你来我往，一番说告；
与此同时，牧放山羊的墨朗西俄斯走回藏室，
拿取更多的甲械。高贵的牧猪人见他走去，
当即告知奥德修斯，站在他身边：
"莱耳忒斯之子，宙斯的后裔，多谋善断的奥德修斯：
又是这个歹毒的家伙，我们怀疑的凶魔，
溜进了藏室。实说吧，告诉我你的意图，
倘若我证明比他强健，是动手把他杀了，
还是把他抓来给你，让他偿付自己的种种
恶行，谋设的全部丑事，在你家中。"

　　听罢这番话，多谋善断的奥德修斯说讲，答道：
"忒勒马科斯和我会封住这帮傲慢的求婚人，
顶住他们的狂烈，在宫厅之中；你等二人
可去那边，扳转他的腿脚和双手，
把他扔在藏室，将木板绑在身后，
用编绞的绳索勒紧，挂上
高高的房柱，直到贴近屋顶，傍着梁木。
如此，虽说让他活着，他将承受剧烈的痛苦。"

　　帮手们认真听过他的训告，服从他的命令，
走入室内。墨朗西俄斯仍在那里，不见他们行来，
180　埋头搜寻武器，在藏室的深角之处。
他俩站等在房柱后面，贴着它的两边，

直到墨朗西俄斯，牧放山羊的人儿，跨出房门，
一手拿着顶绚美的头盔，另一手提着
一面古旧的战盾，盾面开阔，满是霉蚀的斑点，
英雄莱耳忒斯的用物，在他年轻力壮的时候，
此盾一直躺在那边，皮条上的线脚早已脱落。
其时，两人跃扑上前，将他逮住，揪住他的头发，拖进
室内，一把扔在地上，由他熬受苦痛，
绕出绞肉的绳索，拧过他的手脚，捆得
结结实实，绑在背后，遵从莱耳忒斯之子的
命令，卓著和坚忍不拔的奥德修斯，
用编绞的长绳把他勒紧，挂上
高高的房柱，直到贴近屋顶，傍着梁木。
其实，你开口嘲骂，你，牧猪的欧迈俄斯：
"现在，墨朗西俄斯，你可挂望整夜，
躺在舒软的床上，该你领受的待遇，
醒着迎来黎明登上黄金的宝座，
从俄开阿诺斯河升起，在你通常赶来山羊的
时候，给求婚的人们，食宴在厅堂里面。"

就这样，他俩把他丢在那里，捆着要命的长绳， 200
自己则关上闪亮的房门，披上铠甲，
回头走去，站在聪颖和多谋善断的奥德修斯身旁。
两军对阵，喘吐出狂烈，奥德修斯等四人
站守门槛，面对屋内大群骠勇的人们。
其时，雅典娜，宙斯的女儿，前来造访，
变取门托耳的形象，摹仿他的声音。
奥德修斯心里高兴，见她前来，开口说话，喊道：
"帮我解脱危难，门托耳；忘了吗，我是你的朋友
和伙伴，曾使你常受神益；你我同龄，一起长大。"

他如此一番言告，猜想他乃雅典娜，军队的统领。
在厅堂的另一边，求婚者们高声喧喊，
首当其冲的是阿格劳斯，达马斯托耳之子，呵斥道：
"门托耳，别让奥德修斯花言巧语，把你争劝，
战打求婚的人们，为他卖命。考虑我们的话语，
我们会做些什么——告诉你，此事将成为现实。
当杀除了他们，这对父子，你也休想活命，
倒死在他们之中，为你眼下的计划，打算在这座宫中，
替他出力。你将付出代价，用你的头颅。
杀了你们这帮人后，用我们的铜械，
220　我们将连带收取你的财产，这边的和别地的
所有，会同奥德修斯的一切；我们不会放过
你的儿子，让他活在家里，也不会幸免你的女儿，
连同你忠贞的妻子，走动在伊萨卡城区。"

　　他言罢，雅典娜的心里爆出更猛的怒气，
责骂奥德修斯，用饱含愤怒的言语：
"看来，奥德修斯，你已失去昔日的刚烈和勇气，
不像从前那样，为了卓著和白臂膀的海伦，
你力战九年，和特洛伊人对阵，英勇顽强，
杀死众多的敌人，在惨烈的搏斗中拼击，
凭着你的谋略，攻陷了普里阿摩斯路面开阔的城基。
如今怎样？你已回返家园，眼见你的所有，
反倒窝窝囊囊，不敢站对求婚的人们。
来吧，朋友，看看我如何战斗，站在我身边，
瞧瞧门托耳，阿尔基摩斯之子，是个何样的人儿，
面战你的敌人，回报你的厚爱！"

　　雅典娜言罢，却不曾给他所需的勇力，全胜这场

446

战斗；她还想测探奥德修斯和他光荣的儿子，
二位的勇气和刚烈，变成一只
燕子，展翅高飞，让他们瞧见，
停在顶面的梁上，在青烟熏绕的宫居里。 240

其时，阿格劳斯，达马斯托耳之子，催励求婚的人们，
偕同欧鲁诺摩斯，德谟普托勒摩斯，安菲墨冬
以及裴桑得罗斯，波鲁克托耳之子，和聪颖的波鲁波斯。
就战技而言，他们是远为出色的壮勇，在
仍然活着的求婚人中，为了活命战斗。
其他人已经倒下，死于弓弩的击射，箭雨之中。
阿格劳斯高声喊叫，对着求婚的人们：
"现在，我的朋友们，此人将罢息不可战胜的双手，
门托耳走了，在空说了一番大话之后，
撇下他们，势孤力单，在大门前头。
眼下，你们不要一起击打，投出修长的枪矛，
让我等六人先掷——兴许，宙斯会让
我们得手，击中奥德修斯，争得光荣。
只要捅倒此人，旁者容易对付。"

他言罢，六人凶狠急迫，举枪投掷，按他的
吩咐，但雅典娜的神力使它们一无所获。
有人把投枪扎入木柱，撑顶着精固的房宫，
有人击中大门，紧密吻合的板条，
还有一枝梣木杆的标枪，沉重的铜尖咬入壁墙之中。
其时，当避过求婚人的枪矛， 260
卓著和坚忍不拔的奥德修斯首先开口，说道：
"现在，亲爱的朋友们，该是我发话的时候。让我们
投出枪矛，扎入求婚的人们，这帮人疯疯烈烈，

试图杀倒我们，在旧恶之上增添新的冤仇。"

言罢，他们一齐瞄准投射，掷出
锋快的枪矛；奥德修斯击中德谟普托勒摩斯，
忒勒马科斯击中欧鲁阿得斯，牧猪人击中厄拉托斯，
牧牛人菲洛伊提俄斯击中裴桑得罗斯，
四人中枪倒下，嘴啃深广的泥层；
求婚者们退往厅堂的角落，
奥德修斯一行冲上前去，拔出尸体上的枪矛。

其时，求婚人再次掷出锋快的投枪，
凶狠急迫，但雅典娜的神力偏废了它们中的许多：
有人把投枪扎入木柱，撑顶着精固的房宫，
有人击中大门，紧密吻合的板条，
还有一枝梣木杆的标枪，沉重的铜尖咬入壁墙之中。
然而，安菲墨冬击中忒勒马科斯，枪尖碰着手腕，
一擦而过，铜尖将表层的皮肤挑破。此外，
克忒西波斯击中欧迈俄斯，长枪穿过盾沿，
擦破肩膀，落空而去，掉在地上。接着，
聪颖和心计熟巧的奥德修斯，连同他的帮手，
投出枪矛，捣入求婚的人群中；
奥德修斯，城堡的荡击者，击倒欧鲁达马斯，
牧猪人枪击波鲁波斯，忒勒马科斯放倒了安菲墨冬。
接着，牛倌菲洛伊提俄斯击中克忒西波斯，
打在胸脯上，出口炫耀，喊道：
"哈哈，波鲁塞耳塞斯之子，喜好谩骂的小人，
不要再口出狂言，胡说八道，
把一切留给神明评说——他们远比你杰卓。
接着吧，这是给你的礼物，回报你的牛蹄，

击打神样的奥德修斯,在他乞行宫居的时候!"

放养弯角壮牛的牧人如此一番说道;其时,奥德修斯
逼近刺捅,击中阿格劳斯,达马斯托耳之子,用他的长枪,
而忒勒马科斯则击倒琉克里托斯,欧厄诺耳之子,
扎入肚子正中,铜尖穿透肉层,
后者随即扑倒,头脸朝下,额角撞在地上。
其时,雅典娜摇动埃吉斯,凡人的灾祸,
在那高耸的屋顶,把求婚者们吓得昏头昏脑,
惶惶奔逃,惊窜厅堂,像一群牧牛,
被犟勇的牛虻叮爬追咬,发疯似的奔跑, 300
在那春暖季节,天日变长的时候。
奥德修斯等人,像利爪弯曲,硬嘴勾卷的兀鹫,
从大山上下来,扑击较小的飞鸟,后者
振翅在平野上,惊叫在云层下,疾速飞逃,
鹰鹫猛扑上去,将他们碎咬,无所抵御,
无一漏跑,使目击者欣喜欢笑。
就像这样,他们横扫房殿,击杀求婚的
人们,后者发出撕心裂肺的号叫,倒在这边那边,
宫居里人头破碎,地面上血水横流。

琉得斯冲跑上前,抱住奥德修斯的膝头,
出声恳求,用长了翅膀的话语:
"我在向你求告,奥德修斯,尊重我的意愿,怜悯我的处境!
相信我,我从未说过错话,做过错事,在你的厅房,
对宫中任何女人;相反,我总在试图
阻止其他求婚者们,当有人如此行事的时候,
但他们不听规劝,拒不罢息双手,停止作恶。
所以,他们悲惨地死去,得咎于自己的狂傲,

而我，作为人群中的卜者，不曾犯下什么错恶。
尽管如此，我也只有死路一条，做过的好事不会得到恩报。"

320　　其时，多谋善断的奥德修斯恶狠狠地盯着他，说道：
"倘若你声称是这帮人的巫卜，那么，
你一定多次祈祷，在我的宫中，祈求
不要让我碰沾回归的甜美，
让我妻子随你出走，为你生儿育女；
你将为此负责，难逃悲惨的死亡！"

言罢，他伸出粗壮的大手，抓起铜剑，
阿格劳斯被杀之时，将它丢落在
地上。他手起剑落，砍在脖子的中段，
琉得斯的脑袋掉扑泥尘，仍在不停地说着什么。

其时，歌手菲弥俄斯，忒耳皮阿斯之子，仍在试图
躲避乌黑的死亡；出于逼迫，他曾经为求婚人歌唱。
眼下，他站在边门近旁，手握弦音
清脆的竖琴，心中思考着两种选择，
是溜出厅堂，前往庭院之神、强有力的
宙斯的祭坛，坐在它旁边——从前，奥德修斯和
莱耳忒斯在此祭焚过许多牛腿——
还是扑上前去，在奥德修斯膝前恳求？
两下比较，他认定后者佳妙：
抱住奥德修斯的膝盖，恳求莱耳忒斯的儿郎。
340　　于是，他把空腹的竖琴放在地上，
放在兑缸和嵌铆银钉的座椅间，
一头冲扑上去，抱住奥德修斯的膝盖，
喊出长了翅膀的话语，出声求道："我在

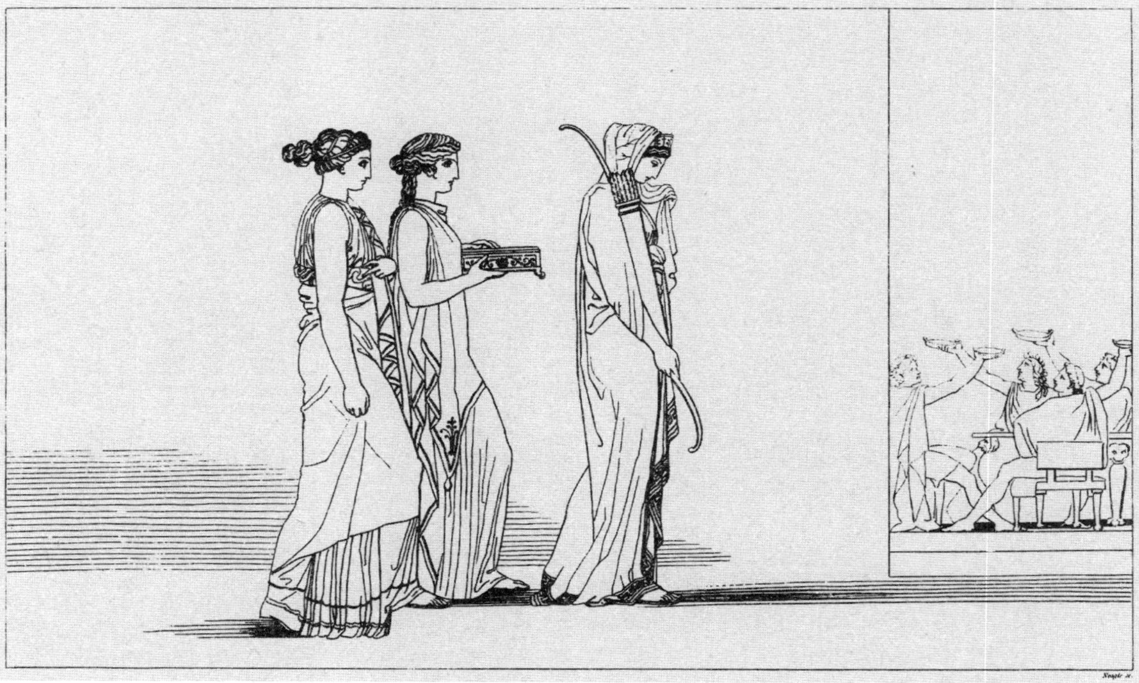

向你求告,奥德修斯,尊重我的意愿,怜悯我的处境!
日后,你的心灵将为之楚痛,倘若杀了唱诗的
歌手——我们为神明,也为世间的凡人唱诵。
我乃自教自会,但神明给我灵感,说唱各种
诗段。我有这份能耐,可以对你演唱,
就像面对神明。所以,不要性急暴躁,割下我的头颅!
忒勒马科斯,你的爱子,会告诉你这些,替我作证,
我并非出于情愿,而是违心背意,
为求婚人唱诵,就着宴席,在你家中。
他们人数太多,十分强健,逼我效劳。"

他言罢,灵杰豪健的忒勒马科斯听到了他的声音,
当即开口说话,对站在身边的父亲说道:
"且慢,不要砍杀此人,用你的铜械;歌手清白无辜。
另外,我们亦不宜斩杀信使墨冬,此人对我关心爱护,
总是这般,当我尚是个孩子,在你的房宫,
除非菲洛伊提俄斯或牧猪人已把他杀掉,
或正好撞在你的手下,当你横扫宫厅的时候。"

他言罢,心智敏捷的墨冬听到了他的话音,
其时正藏在椅子下,身上压着一张
方才剥脱的生牛皮,躲避幽黑的死亡。
他动作迅捷,从桌底爬走出来,拿掉牛皮,
冲跑过去,抱住忒勒马科斯的膝盖,
用长了翅膀的话语,出声求道:
"我在这儿,亲爱的朋友,切莫动手,劝说你父亲,
瞧他这身力气,不要把我杀了,用锋快的铜剑,
出于对求婚人的愤恨:他们一直在损耗他的财产,
在他的房宫;这帮笨蛋,蔑视你的尊荣。"

其时，多谋善断的奥德修斯咧嘴微笑，答道：
"不要怕，忒勒马科斯已为你说情，救你一命，
让你心里明白，亦能告诉别人，
善行可取，远比作恶多端。
去吧，走出宫门，坐在外面，离开
屠宰，置身院内，你和多才多艺的歌手，
让我完成这件必做之事，在宫居之中。"

他言罢，两人抬腿离去，走出房宫，
坐在强有力的宙斯的祭坛边，
举目四望，仍然担心死的临头。 380

奥德修斯扫视家内，察看是否
还有人活着，躲过幽黑的死亡，
只见他们一个不剩，全都躺倒泥尘，
挺尸血泊，像一群海鱼，被渔人
抓捕，用多孔的线网，悬离
灰蓝色的水波，撂上空广的滩沿，
堆挤在沙面，盼想奔涌的大海，
无奈赫利俄斯的光线，焦烤出它们的命脉。
就像这样，求婚人一个压着一个，堆挤在一块。

其时，多谋善断的奥德修斯话对他的儿男，说道：
"去吧，忒勒马科斯，叫来保姆欧鲁克蕾娅，
以便让她知晓我的想法，遵听我的嘱告。"

他言罢，忒勒马科斯服从心爱的父亲，
打开门面，传唤保姆欧鲁克蕾娅，要她前来：
"起来吧，年迈的妇人，前来这边，

你督察所有女仆的活计,在宫居里面。
来吧,家父要你过来!他有事吩咐,让你知晓。"

他言罢,欧鲁克蕾娅说不出长了翅膀的话语,
但她打开门面,洞开建造精固的大厅,
400 抬腿出去,忒勒马科斯引路先行,走在她前面。
她找到奥德修斯,正在被杀的死者中间,
满身泥秽血污,像一头狮子,
食罢野地里的壮牛,带着一身
血斑走开,前胸和双颊上
猩红一片,嘴脸的模样看后让人心惊胆战;
就像这样,奥德修斯的腿脚和双手血迹斑斑。
眼见死人和满地的鲜血,欧鲁克蕾娅发出
胜利的欢呼,辉煌的战绩使她心欢,
但奥德修斯制止她的热情,不让喧喊,
送出长了翅膀的话语,对她说道:
"把欢乐压在心底,老妈妈,不要高声叫喊,
此事亵渎神灵,对着被杀的死人炫唤!
他们已被摧毁,被神定的命运和自己放肆的行为;
他们不尊重来者,无论是谁,
不管优劣,来到他们身边。所以
这帮人悲惨地死去,得咎于自己的狂蛮。
现在,我要你告知宫中女仆的情况,
哪些清白无辜,哪些贱污了我的门楣。"

其时,欧鲁克蕾娅,他所尊爱的保姆,答道:
420 "好吧,我的孩子,我将对你回话,把全部真情告说。
你有五十名女仆,在宫中生活,
我等训授她们活计,教她们

梳理羊毛,学会忍受,做好奴仆的工作。
她们中,十二人走了不轨的邪道,
无视我的存在,甚至把裴奈罗珮撇在一旁!
忒勒马科斯甫及成年,母亲
不让他管带女性的侍从。
好吧,让我去那楼上闪亮的房间,
告知你的妻侣,某位神明已使她入躺睡床。"

其时,多谋善断的奥德修斯发话,答道:
"先不要把她叫唤,可去召来女仆,
那些个不要脸的东西,要她们过来。"

他言罢,老妇遵命走去,穿行房居,
传话那帮女子,要她们去往主人身前。
其时,奥德修斯叫来忒勒马科斯,连同牧猪的
和牧牛的仆人,对他们说道,用长了翅膀的话语:
"动手吧,抬出尸体,嘱告女人们帮忙,
然后涤洗精美的桌椅,用
清水和多孔的海绵搓擦。接着,
当清理完宫房,使之恢复原有的井然, 440
你等可把女仆们带出精固的家居,
押往圆形建筑和牢不可破的院墙之间,
挥起长锋的利剑,尽情劈砍,把她们
全都杀光,使其忘却床上的情爱,
这帮贱货,偷偷地睡在求婚人身旁!"

他言罢,女人们推搡着出来,挤作一团,
哭声尖厉可怕,泪水成串地掉落。
首先,她们抬出尸体,所有死去的人们,
放在围合精固的院里,它的门廊下,

堆成垛子，一个叠着一个；奥德修斯亲自指挥，
催督她们，后者被迫行动，搬出尸首。
接着，她们涤洗精美的桌椅，用
清水和多孔的海绵搓擦；然后，
忒勒马科斯，会同牧猪的和牧牛的伙伴，
手操平锹，铲刮建造精固的房居，它的地面；
女仆们把刮下的脏物搬出门外。
当洗理完房宫，使之恢复原有的井然，
他们把女仆带出精固的房居，
押往圆形建筑和牢不可破的院墙之间，
460　逼往一个狭窄的去处，谁也不得逃脱，
善能思考的忒勒马科斯开口发话，说道：
"我要结果她们的性命，这帮女子，不让她们死得
痛痛快快。她们把耻辱泼洒在母亲和
我头上；不要脸的东西，睡躺在求婚人身旁！"

　　言罢，他抓起绳缆，乌头海船上的用物，
一头绕紧在粗长的廊柱，另一头系着圆形的建筑，
围绑在高处，使女人们双脚腾空，
像一群翅膀修长的鸫鸟，或像一群鸽子，
试图栖身灌木，扑入抓捕的
线网，睡眠的企愿带来悲苦的结果。
就像这样，女仆的头颅排成一行，每人一个活套，
围着脖圈，她们的死亡堪属那种最可悲的样式，
扭动着双腿，时间短暂，只有那么几下。

　　然后，他们带出墨朗西俄斯，穿走庭院和门廊，
操使无情的铜剑，剁去鼻耳，
割下阳具，作为喂狗的食料，

截断四肢,带着他们心中的狂暴。

　　接着,他们洗净手脚,走入
奥德修斯的宫房——事情已经办妥。
其时,奥德修斯发话尊爱的保姆,对欧鲁克蕾娅说道: 480
"弄些硫磺,老妈妈,平治凶邪的用物,给我弄来火把,
让我烟熏厅堂,还要请裴奈罗珮
过来,带着侍女,让屋里
所有的女仆,到此集中。"

　　其时,欧鲁克蕾娅,他所尊爱的保姆,答道:
"你的话条理分明,我的孩子,说得一点不错。
来吧,让我给你拿一件衫衣,一领披篷,
不要站在宫中,宽阔的肩上披着
破旧——人们会惊责你的仪容。"

　　其时,多谋善断的奥德修斯发话,答道:
"在此之前,先给我弄来火把,在我的宫中。"

　　他言罢,欧鲁克蕾娅谨遵不违,他所尊爱的保姆,
取来硫磺火把,让奥德修斯接握在手,
净熏宫居,里里外外,包括厅堂、房居和院落。

　　老妇穿走厅居,奥德修斯绚美的房宫,
把口信带给女仆,要她们赶快集中,
后者走出厅房,手握火把,围住
奥德修斯,伸手拥抱,欢迎他回返家中,
感情热烈,亲吻他的头颅、肩膀
和双手;悲哭的念头,甜美的企望, 500
使他放声号哭;奥德修斯认出了每一个仆人。

457

第二十三卷

　　老妇放声大笑，走向楼上的房间，打算
告诉女主人，后者钟爱的丈夫已在屋子里边，
双膝迅速摆动，双腿在疾步中摇颤，
俯站在裴奈罗珮头前，开口说道：
"醒醒，裴奈罗珮，亲爱的孩子，用你
自己的眼睛，看看你天天思盼的人儿。
奥德修斯已在这里，置身房居之中，虽说迟迟而归，
他已杀灭狂傲的求婚者，这帮人糟损他的家院，
欺逼他的儿子，吃耗他的财产。"

　　听罢这番话，谨慎的裴奈罗珮答道：
"神明，亲爱的保姆，已把你弄得疯疯癫癫。他们
能把最聪明的智者搞得稀里糊涂，
让心智愚钝的笨蛋变得聪伶敏捷。
他们迷糊了你的心智，在此之前，你的思路相当清晰。
为何讥嘲我的处境，我的心里已塞满痛苦，
用你这派胡言，把我从舒美的睡境中
弄醒，它已合盖我的眼睑，使我睡得香甜？
我已许久没有如此沉睡，自从
奥德修斯去了邪毒的特洛伊，不堪言喻的地界。
20　下去吧，离开此地，回返你的住处。
要是换个别的女子，侍服于我的仆人，
捎来此番信息，把我弄醒在酣睡之中，

我将当即把她赶走,让她回返厅里,带着
我的愤恨。算你走运,老迈的年纪把你救护!"

其时,欧鲁克蕾娅,她所尊爱的保姆,答道:
"我没有讥辱你,亲爱的孩子——我的话句句当真。
奥德修斯已在这里,如我说的那样,置身房居之中。
那个陌生的客人就是他呀,那个受到厅里所有对手责辱
的来人。忒勒马科斯早已知晓他的身份,
但他处事谨慎,藏隐着父亲的筹谋,
以便让他仇惩暴行,这帮为非作歹的人们。"

她言罢,裴奈罗佩喜不自禁,从床上
一跃而起,一把抱住老妇,眼里滚出泪珠,
开口说话,吐出长了翅膀的言语:
"快说,亲爱的保姆,告诉我此事的真情,
他是否真的已经返家,如你说的那样,
敌战众人,虽然仅凭一己之力,击打
求婚的恶棍,他们总在这边,成群结队。"

其时,欧鲁克蕾娅,她所尊爱的保姆,答道:
"我不曾眼见,无人对我说告,但我耳闻被杀的人们
发出阵阵凄叫;我等女人坐身坚固的藏室,
吓得瞠目结舌,关紧的门扇把我们堵在里头,
直到忒勒马科斯,你的儿子,从厅堂里
把我招呼,遵从他父亲的告嘱。
我找到奥德修斯,见他站在被杀的死者
之中,尸体覆盖坚硬的地面,一个
压着一个,堆躺在他的四周。你会乐得心花怒放,
见他满身泥秽血污,像一头雄狮。

40

现在,他们全都躺倒在地,在院门近旁,
而他已点起熊熊的柴火,用硫磺净熏
坚美的房宫,差我过来,把你召唤。
来吧,和我一起过去,如此,你俩的心灵便可
双双欣享欢悦;你们已承受了这许多悲愁。
如今,你长期求祷的事情终于得以实现:
奥德修斯已经回返,回到自家的火盆边,安然无恙,
眼见你和儿子都在宫殿,仇报了求婚的人们,
他们欠下的每一笔恶债,在他的家院。"

听罢这番话,谨慎的裴奈罗佩答道:
"不要放声大笑,亲爱的保姆,不要高兴得太早。
你知道大家会何等欢欣,假如他现身
宫中,尤其是我,还有我俩生下的孩儿。
但是,你说的并非真情,不。
一定是某位神明,杀了狂傲的求婚人,
震怒于他们的恶行,他们的猖蛮和骄虐。
这帮人不尊重来者,无论是谁,
不管优劣,来到他们身旁。他们
粗莽愚顽,招来了痛苦的结局。但奥德修斯
已丢失回归的企望,丢失了性命,在远离阿开亚的地方。"

其时,欧鲁克蕾娅,她所尊爱的保姆,答道:
"这是什么话,我的孩子,崩出了你的齿隙?
尽管丈夫已在火盆边沿,你却说
他将永远不会回返!你总是这般多疑。
他还出示了一个清晰无误的标记,我将对你告言:
那道疤口,野猪用白牙裂留的痕迹。
我认出了伤疤,在替他洗脚之际。当我欲将

此事告你,他却用手堵住我的嘴巴,
不让说话;他的心智总是那样聪达。
走吧,随我前去,我将以生命担保,
倘若撒谎欺骗,你可把我杀了,用最凄楚的方式。"

听罢这番话,谨慎的裴奈罗佩答道: 80
"虽然你很聪明,亲爱的保姆,你却不能
滞阻神的计划,他们不会死亡。
尽管如此,我仍将去见儿子,以便看看那些
死者,追求我的人们,还有那位汉子,把他们杀戮。"

言罢,她走下楼上的睡房,心中左思
右想,是离着心爱的丈夫,开口发问,
还是走上前去,握住他的手,亲吻他的头颅。
她跨过石凿的门槛,步入厅中,
就着亮光下坐,面对奥德修斯,
贴着对面的墙壁,而他则坐在高耸的房柱边,
眼睛看着地面,静等雍贵的妻子,
有何话语要说,眼见他在身旁。
她静坐良久,默不作声,心中惊奇诧异,
不时注目观望,盯着他的脸面,
但却总是不能把他辨认,褴褛的衣衫使她难以判断。
其时,忒勒马科斯发话,出声呼唤,责备道:
"我的母亲,残忍的妈妈,你的心灵可真够狠呢!
为何避离父亲,不去坐在他
身边,开口发问,盘询一番?
换个女人,谁也不会这般心狠, 100
坐离丈夫,后者历经千辛万苦,
在第二十个年头里,回返家乡。

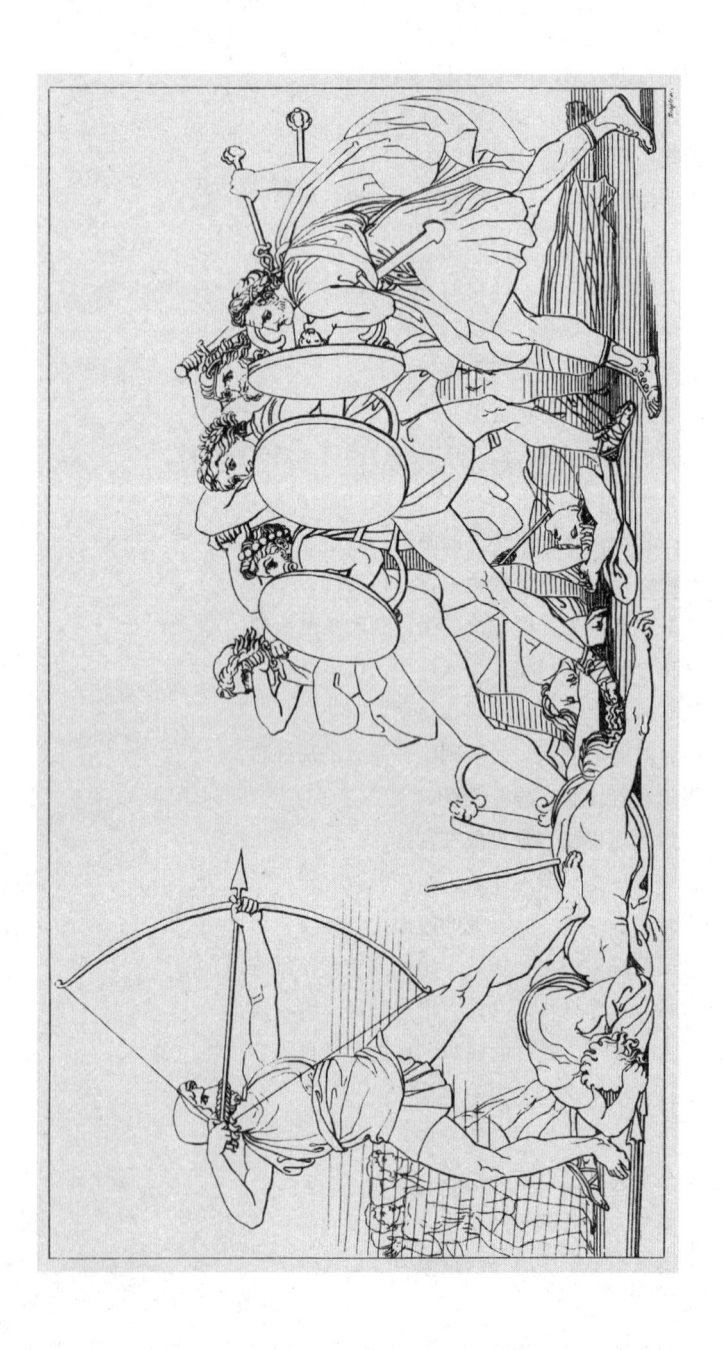

你的心啊硬过石头,总是这样。"

听罢这番话,谨慎的裴奈罗珮答道:
"眼下,我的孩子,我的心中充满惊异。
我找不出同他说对的言词,想不出问题,甚至
无法看视他的面孔。但是,倘若他真是奥德修斯,
回返家中,如此,我俩定能互相识认,
用更好的方式。我们有试察的标记,
除了我俩以外,别人谁也不曾知晓。"

她言罢,高贵和坚忍不拔的奥德修斯咧嘴微笑,
当即送出长了翅膀的话语,对忒勒马科斯说道:
"让你母亲,忒勒马科斯,盘查我的身份,
在我们宫中,她马上即会知晓得更多更好。
眼下,我身上脏浊,穿着破旧的衣服,
她讨厌这些,说我不是她的丈夫。
来吧,让我们订个计划,想个最好的办法。
你知道,当有人夺命乡里,只杀一人,
留下雪仇的亲属,人数并不很多,但即便如此,
他仍然亡命流浪的生活,丢下亲人和故土逃跑。
瞧瞧我们,我们杀了城市的中坚,伊萨卡
最好的年轻人。所以,我要你考虑此事的结果。"

听罢这番话,善能思考的忒勒马科斯答道:
"你可自己揣摩,我的父亲,人们说
世上你的心计最巧,凡人中
找不到对手,可以和你争高。
我们将跟你行走,以旺盛的热情战斗;我想谁也
不会缺少勇力,只要还有力气可用。"

120

听罢这番话，多谋善断的奥德修斯说讲，答道：
"如此，我将对你说告，在我看来，此法绝妙。
首先，你等都去盥洗，穿上衫衣，
告诉宫中的女人，选穿她们的裙袍。
然后，让那通神的歌手，拿着声音清脆的竖琴，
引奏伴舞的曲调，以便让屋外
之人，不管是路上的行者，还是街坊邻居，
听闻之后，以为我们正在举行婚礼庆贺。
不要走漏半点风声，让城民们知晓求婚人
已被我们杀倒，直至我们抵达
果树众多的田庄。到那以后，我们可再谋

140 出路——或许，俄林波斯大神会送来有利于我们的高招。"

　　他们认真听罢奥德修斯的嘱告，执行他的计划。
首先，他们离去盥洗，穿上衫衣，
女人们全都打扮得漂漂亮亮，通神的
诗人拿起空腹的竖琴，激挑
歌舞的欲望，甜美的歌声，舒展的舞蹈，
大厅里回荡着舞步的节奏和声响，
起舞的男子，束腰秀美的女郎。
有人如此说道，于屋外听闻里面的响声：
"毫无疑问，有人已婚娶被他们穷追不舍的王后，
狠心的人儿，不愿看守原配夫婿的居所，
偌大的房宫，坚持到最后，等待他归返。"

　　有人会如此说道，但他们却不知已经发生了什么。
其时，家仆欧鲁诺墨浴毕心志豪莽的
奥德修斯，在他自己家里，替他抹上橄榄油，
穿好衫衣，搭上绚美的披篷；

在他头上,雅典娜拢来出奇的俊美,使他看来
显得更加高大,越加魁梧,理出曲卷的发绺,
从头顶垂泻下来,像风信子的花朵。
宛如一位技艺精熟的工匠,把黄金铸上银层,
凭着赫法伊斯托斯和帕拉丝·雅典娜教会的各种 160
技巧,制作一件件工艺典雅的成品;
就像这样,雅典娜饰出迷人的雍华,在他的头颅肩膀。
奥德修斯跨出浴缸,俊美得像似仙神,
走回刚才起离的椅子,弯身下坐,
对着妻子,开口说道:
"真奇怪,你这个人儿!家住俄林波斯的神明
使你心顽至此,女辈中无人可以比攀。
换个女子,谁也不会这般心狠,
坐离丈夫,后者历经千辛万苦,
在第二十个年里,回返家乡。
来吧,保姆,在此备床,让我
躺下;这个女人的心灵硬似灰铁一样。"

听罢这番话,谨慎的裴奈罗佩答道:
"你才怪呢——我既不傲慢,也不冷漠,
亦不曾过分惊讶,但我清楚地记得你当时的形貌,
那时,你登上带长桨的海船,从伊萨卡远航。
来吧,欧鲁克蕾娅,给他备下坚实的睡床,
在建造精美的寝房外,那张由他自做的床铺,
搬出坚实的睡床备妥,
铺上羊皮、毛毯和闪亮的盖罩。" 180

她如此一番说告,对丈夫,权作一番试探,
但奥德修斯勃然大怒,对心地贤善的妻子说道:

"你的话语，我说夫人，刺痛了我的心房！
谁已把我的床铺搬了地方？此事不易，
即便对一位能工巧匠，除非有一位神明，
亲来帮忙，如此便能轻而易举地移变地方。
但世间没有活着的凡人，哪怕他年轻力壮，能够
轻松搬动，因为此物包容一个重要的'关节'，
连接在做工复杂的床上，我的精工，并非别人手创。
庭院里有棵叶片修长的橄榄树，
长得遒劲挺拔，粗大坚实的树干像柱子一样。
围着它，我建起自己的睡房，砌起
密密匝匝的石头，完工之后，铺好屋顶，
装好坚固的房门，严严实实地合上。
接着，我砍去橄榄树上叶片修长的枝节，
从底部开始，平整树干，用一把青铜的手斧削打，
紧贴着划出的粉线，做得仔细利索，把它
加工成一根床柱，打出所需的孔眼，借用钻头的力量。
由那开始，我动手制作，直到做出睡床，
饰之以黄金、白银和象牙。然后，
我用牛皮的绳条穿绑，闪出新亮的紫光。
这便是此床的特点，我已对你说讲，但我不知，
夫人，我的床铺是否还在那里。抑或，有人
已将橄榄树干砍断，把它移往别的地方。"

他言罢，裴奈罗珮双膝发软，心力酥散，
她已听知确切的话证，从奥德修斯的言谈，
顿时热泪盈眶，冲跑着奔扑上前，展开双臂，
抱住奥德修斯的脖圈，亲吻他的头颅，说道：
"不要生我的气，奥德修斯；凡人中你是
最通情达理的一员。神明给我们悲难，

心生嫉烦,不愿看着我俩总在一起,
共享我们的青春,双双迈过暮年的门槛。
所以,不要生气,不要把我责备,只因我,
在首次见你之际,不曾像现在这样,吻迎你的归来。
我的心里总在担惊受怕,害怕
有人会出现在我面前,花言巧语,将我
欺骗。此类恶棍甚多,用险毒的计划谋取进益。
阿耳戈斯的海伦,宙斯的女儿,
不会和一个外邦人欢爱睡躺,
倘若她知道阿开亚人嗜战的儿子们 220
会把她带回家里,带回可爱的故乡。
是一位神明催使她做出可耻的事情,
在此之前,她可从未有过此般愚盲的
心念;那件事使我们大家受害。
现在,你已给我确切的言证,描述
我们的睡床,其他人谁也不曾见过,
除了你我,还有一名女仆,
阿克托耳的女儿,家父把她给我,陪嫁这边,
过去曾为我俩把门,在建造精固的睡房。
所以,虽说心地耿倔,你已使我不再彷徨。"

她言罢,奥德修斯的心里激起更强烈的悲哭欲望,
抱着心爱的妻子,呜咽抽泣,她的心地纯洁善良。
像落海的水手看见了陆地,
坚固的海船被波塞冬击碎在
大洋,卷来暴风和汹涌的浪涛,
只有寥寥数人逃出灰黑的水域,游向
岸基,满身盐腥,厚厚的斑迹,
高兴地踏上滩岸,逃身险厄的境况——

对裴奈罗佩，丈夫的回归恰如此番景状。她眼望亲人，
240 雪白的双臂拢抱着他的脖子，紧紧不放。
其时，黎明，垂着玫瑰红的手指，将点照他俩的悲哭，
要不是灰眼睛女神雅典娜安排了另一种情景。
她让长夜滞留西边，让享用金座的
黎明停等在俄开阿诺斯河旁，不让她
套用捷蹄的快马，把光明带给凡人，
朗波斯和法厄松，载送黎明的驭马。

  其时，多谋善断的奥德修斯对妻子说道：
"我们的磨难，我的爱妻，还没有
了结。今后，还有许许多多难事，
艰巨、重大的事情，我必须做完。
泰瑞西阿斯的精灵曾对我预言，那天，
我进入哀地斯的府居，寻访回家
的路子，既为自己，也替我的伙伴。
来吧，我的夫人，让我们上床，
享受同床的舒怡，睡眠的甜香。"

  听罢这番话，谨慎的裴奈罗佩答道：
"你的床铺将会备整就绪，在你心想睡觉的
任何时候，既然神明已让你回返，
回抵建造精固的家府，世代居住的地方。
260 眼下，既然你已得知此事，神明把它注入你的心房，
说吧，告诉我这件苦役，我想，将来我会知道——
所以，现在得知不会比那时更糟。"

  听罢这番话，多谋善断的奥德修斯说讲，答道：
"你这人真怪，为何催我道说此事，

如此急不可待？好吧，我这就告你，绝不隐瞒。
此事不会欢愉你的心灵，也难以使我
开怀。他要我浪迹许多凡人的城市，
手握造型美观的船桨，带着上路，
直至抵达一方地界，那里的生民
不知有海，吃用无盐的食餐，
不识船首涂得紫红的海船，不识
造型美观的船桨，推送航船，像鸟儿的翅膀。
他还告我一个迹象，相当醒目，我亦不予隐瞒。
他说，当我一径走去，我会邂逅某个赶路的生人，
他会说我扛着一支簸铲，在闪亮的肩头，
其时，我要把造型美观的船桨牢插在地，
献出丰足的牲祭，给王者波塞冬，
一头公羊、一头公牛和一头爬配的公猪，
然后转身回家，举办神圣、隆重的牲祭，
献给不死的仙尊，统掌辽阔天空的神明，
按照顺序，一个不漏。将来，死亡会从远海袭来，
以极其温柔的形式，值我衰疲的
岁月，富有、舒适的晚年；我的人民将享过
幸福美满的生活。这一切，他说，将来都会成为现状。"

听罢这番话，谨慎的裴奈罗珮答道：
"倘若神明真会给你带来更幸福的晚年，
那么，你就可以期望，可望摆脱你的困烦。"

就这样，他俩你来我往，一番谈论。
其时，保姆和欧鲁诺墨已将舒软的披盖
展开，借着火把的明光，
手脚麻利，铺好厚实的睡床，

老妇走回自己的房间,平身息躺,
而欧鲁诺墨,作为寝房的侍仆,
举着火把,将他俩引往床边。
她把二位引入睡房,转身回头,后者
高兴地走向床铺,他俩早已熟悉的地方。
其时,忒勒马科斯以及牧猪的和牧牛的仆人
停下舞步,并让女仆们就此作罢,
然后走去睡觉,在幽暗的宫房。

300　　奥德修斯夫妻享受过性爱的愉悦,
开始领略谈话的欢畅,述说各自的既往。
裴奈罗佩,女人中的佼杰,诉说了她所忍受的一切,
在这座宫中,看着求婚的人们,一帮作孽的混蛋,
为了追她,杀掉许多壮牛肥羊,
喝去大量的美酒,罄空了一个个坛缸。
神育的奥德修斯告说了他给敌人带去的苦痛,
一件不漏,讲述了他所经历的磨难,
所有的悲哀。妻子高兴地听领他的叙述,毫无
倦意,直到听完一切,睡眠才把她的眼睑合上。

　　他以击败基科尼亚人的经历,并以其后
前往吃食落拓枣的生民部落,富足的国邦开始,
叙说了库克洛普斯做下的一切,以及他如何仇报
巨怪的恶行,后者吞食他强健的伙伴,不带怜悯。
他还说了如何抵达埃俄洛斯的地面,受到热情款待,
为他提供回返的便利,但命运注定他不能那时
还乡,被风暴速着,任他高声
吟叫,卷往鱼群游聚的海洋。他还
提及如何来到莱斯特鲁戈奈斯人的忒勒普洛斯地方,

470

那帮人毁了他的木船和胫甲坚固的伙伴,
一个不留;奥德修斯只身逃离,乘坐乌黑的海船。 320
他描述了基耳凯的诡黠,众多的花招本领,
说了如何前往哀地斯阴霾的府居,
咨询塞贝人泰瑞西阿斯的灵魂,
乘坐凳板众多的海船,见着了所有的伙伴,
还有生他的母亲,养育他的妈妈,在他幼小之时。
他还说了如何听闻塞壬婉转的歌声,
如何行至晃摇的石岩,如何遭遇可怕的卡鲁伯底丝
和斯库拉——从未有人驶过她的海域,不受损伤。
他还说及伙伴们如何偷食赫利俄斯的牧牛,
炸雷高天的宙斯又如何击打他的快船,
用带火的霹雳,高贵的伙伴全都
葬身海底,惟他躲过险厄的死难,
其后漂抵俄古吉亚岛,遇会女仙卡鲁普索,
后者将他拘留,意欲招为丈夫,
在深旷的洞府,关心爱护,甚至出言劝说,
可以使他长生不老,享过永恒不灭的生活,
但女神决然不能说动他的心房。他还
说及如何历经千辛万苦,及至法伊阿基亚人的地域,
人们真心实意地敬他,像敬对神明一样,
把他送回亲爱的故乡,用一条海船, 340
堆满黄金、青铜和衣裳。讲完
末句,他缄口作罢;甜美的睡眠
轻软他的四肢,消解了心中的愁伤。

其时,灰眼睛女神雅典娜谋算着另一件要做的事情。
当她觉知奥德修斯的心灵已得到满足,
和妻子同床,领受睡眠的熟香,

马上催促早起和享用金座的黎明,从俄开阿诺斯河
升起,把光明送给凡人;奥德修斯从
松软的床上起身,话对妻房,说道:
"你我二人,我的夫人,已历经磨炼,
你在家中,哭念我的充满艰险的
回归,而我则受到宙斯和其他神明的中阻,
强忍痛苦,不能回返家乡,尽管我急切地盼望。
现在,你我已在情欲的睡床中卧躺,
你可照看我的财产,收藏在我的宫房。
至于我的羊群,它们已惨遭骄蛮的求婚人涂炭,
我将通过掠劫弥补,补足大部损失,其余的将由
阿开亚人给予,把我的羊圈填满。
但眼下,我将去果树成林的农庄,

360 探视高贵的父亲,老人常常为我的不归痛心悲伤。
我还要对你嘱告,我的妻子,虽说你聪灵明达。
用不了多久,伴随太阳的升起,此事将在邻里传扬,
关于那些追求你的人们,被我杀死在宫房。
其时,你可迈步楼上的房间,带着女仆,
静身稳坐,谁也不看,不予问话。"

言罢,他把绚美的铠甲披上肩头,
唤醒忒勒马科斯以及牧猪的和牧牛的仆从,
告诉他们拿起拼战的武器,握在手里,
后者谨遵不违,穿上青铜的铠甲,
打开大门,由奥德修斯率领,走出宫房。
其时,阳光布满大地,但雅典娜把他们
藏身黑暗,引着他们疾行,迅速走离城邦。

第二十四卷

其时,库勒奈的赫耳墨斯召聚起
求婚者的魂灵,手握漂亮的
金杖——用它,赫耳墨斯既可迷合凡人的
瞳眸,只要他愿意,又可让睡者睁开眼睛。
他用金杖拢合灵魂,领着前行,后者跟随,唧喳低鸣。
像一群蝙蝠,飞扑在某个神秘的岩洞深处,
发出叽叽呱呱的声响,而其中的一只从岩壁掉落,
脱离互相搭攀的同类;就像这样,
他们发出混糊的声响,跟着赫耳墨斯前行,
帮送者①带着他们,奔向霉浊的路径。
他们一路走去,经过俄开阿诺斯水流和白岩,
经过太阳神的大门和成片的
梦原,很快来到常春花盛开的草地。
这是灵魂的去处,死人的虚影住在这里。

他们见着阿基琉斯的灵魂,裴琉斯之子,
以及帕特罗克洛斯和雍贵的安提洛科斯的魂灵,
还有埃阿斯的魂魄——若论容貌体形,除了裴琉斯
豪勇的儿子,达奈人中谁也不能比及。
就这样,他们围拥在阿基琉斯身边;其时,阿伽门农的
亡魂飘至来临,阿特柔斯之子,
带着愤恨,另有兵勇们的幽灵,拥聚在他
周围,和他一同死去,亡命在埃吉索斯家里。

20

裴琉斯之子的灵魂首先开口,说道:
"阿特柔斯之子,我们以为,所有的英雄中,
你的一生最能得获喜好炸雷的宙斯的宠幸,
因你率统着浩荡的军队,众多骁勇的精英,
在特洛伊地面,我们阿开亚人经受了苦战的锤砺。
同样,对于你,暴虐的死亡降临得
太早,死的精灵,俗生的凡人谁也不能躲避。
咳,我真想,想望你能迎遇命运和死亡,在特洛伊
大地,占据统帅的高位,连同权势带来的声威。
这样,阿开亚全军,所有的兵壮,会给你堆垒坟茔,
使你替子孙争得巨大的荣光,传世的英名。
然而,严酷的现实却给你带来了最凄惨的死运。"

听罢这番话,阿特柔斯之子阿伽门农答道:
"神样的阿基琉斯,裴琉斯幸运的儿郎,
你死在特洛伊,远离阿耳戈斯,身边躺着
阵亡的将士,特洛伊军勇和阿开亚人中最好的战英;
双方为争夺你的尸体鏖战,而你,躺倒飞旋的泥尘里,
40 偌大的身躯,沉甸甸的一片,把车战之术忘尽。
我们打了一个整天,绝不会
停止战斗,若非宙斯干预,卷来风暴
狠吹。我们把你抬到船边,避离战斗,
放上尸床,用热水净洗俊美的
躯体,抹上油膏;达奈人围在你身边,
热泪滚滚,倾洒在地,割下一束束发绺奠祭。
你母亲闻讯赶来,踏出水波,还有众位女神,
海里的仙女。神女们出声哭喊,哀号之声飘播在

---

① 帮送者:或"医者",指赫耳墨斯。

深沉的海面,把所有的阿开亚人吓得浑身打战。
其时,他们会拔腿惊跑,跑向深旷的海船,
若非一位通古的人士出面阻拦,
奈斯托耳,他的谋略最佳,已被证明在那天之前。
怀着对众人的善意,他开口说道:'都给我
站住,阿耳吉维人;不要惊跑,年轻的阿开亚军汉!
这是他母亲,踏出水波,另有众位女神,
海里的仙女,前来悼见死去的儿男。'

"他言罢,心胸豪壮的阿开亚人停止了惊乱。
海洋老人的女儿们围站在你身边,
面色悲苦,呜咽哭泣,给你穿上永不败坏的衣衫。
所有的缪斯,一共九位,以悦耳动听的轮唱   60
悼念。其时,你不会眼见谁个不哭,阿耳吉维人
个个泪水涟涟,缪斯的歌声深深打动了他们的心怀。
一连十七天,白天黑夜不断,
我们悲哭你的阵亡,神和凡人亦然。
到了第十八天上,我们把你置放火堆,杀了
成群的肥羊和弯角壮牛,在你身边。
你在神的衣饰中火化,连同大量的
油膏和蜂蜜;众多阿开亚英雄,
全副武装,行进在焚你的柴堆边,
乘车的勇士,足行的步兵,响声轰然。
当赫法伊斯托斯的柴火把你焚烧殆尽,
拂晓时分,我们收捡起你的白骨,阿基琉斯,
放在不掺水的醇酒和油膏里面。你母亲给你
一只双把的金罐,她说那是狄俄尼索斯的
礼物,著名的赫法伊斯托斯手铸的精品。
你的白骨置放在金罐里,哦,闪光的阿基琉斯,

掺和着已故的帕特罗克洛斯的尸骨,墨诺伊提俄斯的儿男;
安提洛科斯的白骨另外安放,帕特罗克洛斯死后,
所有军友中,他是你最珍爱的朋伴。
80　围绕死者的遗骨,成队的阿耳吉维壮勇,强有力的
枪手,堆起一座巨大、宏伟的坟茔,在
一片突兀的高地,沿着赫勒斯庞特宽阔的水流,
以便让航海的水手,从远处凭眺它的风采,
包括今天活着的人们和将来出生的后代。
接着,你母亲讨问神明,要各位拿出精美的礼件,
放在场地中间,让阿开亚首领们争比竞赛。
你一定参加过许多英雄的
葬礼,为了尊祭死去的王贵,
年轻人束扎准备,为争夺奖品,参加比赛。
但你不会把那批酬礼等同于已经见过的赏件,
女神,银脚的塞提丝摆出如此辉煌的奖品,
悼祭你的死难——神明对你真是宠爱。
现在,即便已经死去,你的名字却不曾消亡泯灭,
你的英烈永存,阿基琉斯,存活在世人心间。
相比之下,我搏杀后罢离战场,无有愉悦可言。
我回返家园,宙斯谋设了凄惨的死难,
丧命在埃吉索斯手里,还有我那该受诅咒的妻伴。"

　　就这样,两个灵魂你来我往,一番说告,
其时,导者阿耳吉丰忒斯走近他俩身边,
100　带着求婚者的魂灵,被奥德修斯杀灭。
二者惊诧不已,迎上前去,见得此番景状,
阿特柔斯之子阿伽门农的心魂认出了
光荣的安菲墨冬,墨拉纽斯心爱的儿男,
曾经款待过阿伽门农的采访,在伊萨卡他的家院。

阿伽门农的亡魂首先开口,说道:
"这是怎么回事,安菲墨冬,来到昏黑的泥土之下,
你们这帮精选的年轻人,年龄相仿——从一座城里
挑出最好的精壮,人们不会有别的择选。
是因为波塞冬卷来酷暴的狂风,掀起
滔天巨浪,摧打你们的海船,葬毁了你们的人生?
抑或,你等死在干实的陆野,被凶狠的部民击杀,
试图截抢他们的牛群和卷毛的绵羊,或
正和他们打斗,为了掠劫他们的女人,荡毁他们的城垣?
说吧,回答我的问告;我宣称,我是你家的宾客。
忘了吗,我曾登门府上,由
神样的墨奈劳斯陪同,催邀奥德修斯同行,
请他乘坐带凳板的海船,前往伊利昂?
此行花去整整一月时间,跨过浩淼的海洋,
好不容易说动奥德修斯,荡劫城堡的战将。"

听罢这番话,安菲墨冬的灵魂答道: 120
"阿特柔斯之子,最高贵的王者,军队的统帅阿伽门农,
你说的一切,卓著的王爷,我全都记得。
我将告说一切,准确地回答,关于
我们如何凄惨地死去,事情如何收场。
那时,我们都在穷追奥德修斯的妻子,他已久久不在家乡。
裴奈罗珮既不拒绝可恨的婚姻,也无力了结这场纷乱,
但却谋划着我们的败灭,乌黑的死亡。
她还想出另一番诡计,在她心间,于
宫中安起一架偌大的织机,编制
一件硕大、精美的织物,对我们说道:
'年轻人,我的追随者们,既然卓著的奥德修斯已经死去,
你们,尽管急于娶我,不妨再等上一等,让我完成

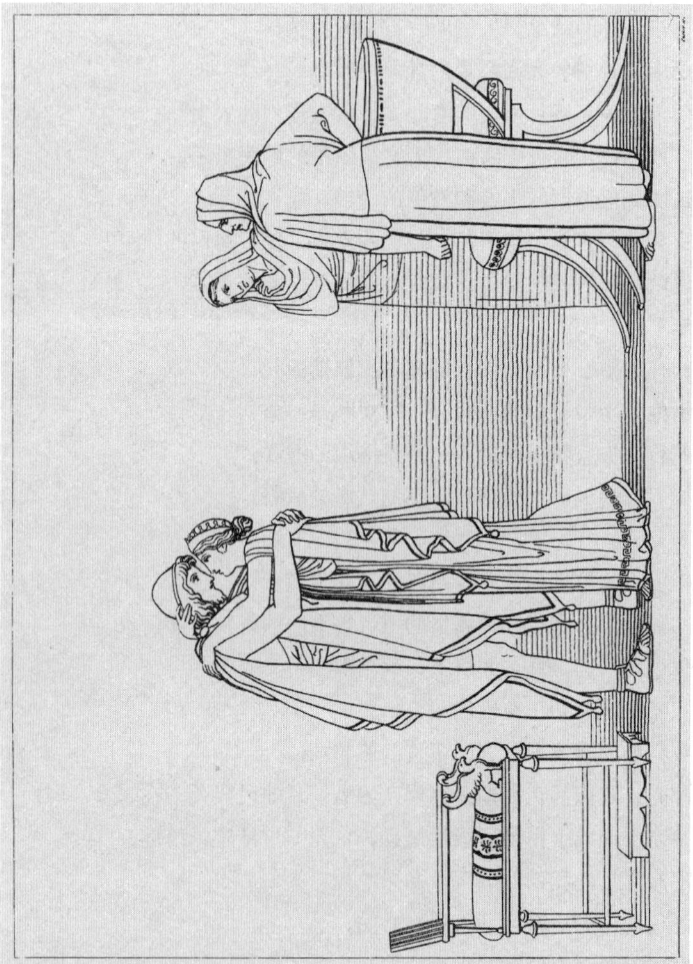

这件织物,使我的劳作不致半途而废。
我为英雄莱耳忒斯制作披裹,备待使人
蹬腿撒手的死亡将他逮获的时候,
以免邻里的阿开亚女子讥责于我,说是一位
能征惯战的斗士,死后竟连一片裹尸的织布都没有。'
她如此一番叙告,说动了我们高豪的心灵。
从那以后,她白天忙活在偌大的织机前,
夜晚则点起火把,将织物拆散,待织从头。 140
就这样,一连三年,她瞒着我们,使阿开亚人
信以为真,直到第四个年头,随着季节的转换,
时月的消逝,日子一天天过去,
她家中的一个女子,心知骗局的底细,把真情道出。
我们当场揭穿她的把戏,在她松拆闪亮织物的当口。
于是,她只好收工披裹,被迫违背自己的愿望。
织罢,她洗过披裹,展示出
偌大的织件,像太阳和月亮一样闪光。其后,
某个残忍的神灵带回奥德修斯,从某个地点,
落脚荒僻的田庄,牧猪的仆人生活的地方。
其时,神样的奥德修斯的爱子从
多沙的普洛斯归来,乘坐乌黑的海船,
两人聚首合谋,谋划求婚人凶险的死亡,
然后来到著名的城邦,奥德修斯跟在
后头,忒勒马科斯先行,走在前面。
牧猪人带入奥德修斯,身上破破烂烂,
一副乞丐模样,像个穷酸的老汉,
拄着支棍,一身破旧的衣衫。
我们中谁也认不出他来,在他突然,是的,
突然出现之际,即便是年龄较大的伙伴也看不出来。 160
我们对他粗鲁横蛮,说讲恶毒的言词,甩出抛投的物件。

然而，奥德修斯以坚强的意志忍让，接受
投掷物的敲打，咽下粗毒的言词，在自己的家院。
其后，当带埃吉斯的宙斯的意志催他行动，他，
凭借忒勒马科斯的帮忙，搬走光荣的甲械，
放入藏室，把门关上。随后，
凭靠诡黠的心计，他催命妻子
拿出弓和灰铁，放在求婚人前面，
布设一场竞赛，为我等命运险厄的一帮，作为起点，
把我们屠宰。我们中谁也不能安置弦线，挂上
强劲的弓杆；我们的力气远不能使自己如愿。
然而，当那把硕大的射弓被交往奥德修斯手中，
我们一起咆哮威胁送者，不让他
递交，不管他如何申说答辩，
惟有忒勒马科斯催他向前，要对方传送，
坚忍不拔的奥德修斯接过强弓，
轻而易举地挂上弦线，一箭穿过铁斧，成排的洞孔。
他站挺门槛，倒出箭矢，在脚前的地面，
目光炯炯，凶狠地四下张望，放倒王者安提努斯，

180 继而送出歹毒的羽箭，对着其他求婚的人们，
瞄准发射，击倒对手，一个接着一个，尸体码成了垛儿。
很明显，他们得到某位神明的助佑，
对着我们直冲，赶过厅堂，挟着狂怒，
拼命追杀，我方死者甚众，发出撕人心肺的号喊，倒在
这边那边，宫居里人头纷落，地面上血水横流。
就这样，阿伽门农，我们被人杀死，直到现在，
尸体还暴躺在奥德修斯的宫邸，无人收管。
亲友们尚在各自的家里，不知那边的境况，
否则，他们会洗去我们伤口上的黑血，
抬出尸体，安排死者应受的礼遇，哭悼我们的死难。"

听罢这番话，阿特柔斯之子阿伽门农的灵魂答道：
"哦！莱耳忒斯幸运的儿子，多谋善断的奥德修斯，
毫无疑问，你娶了个贤惠的妻子，绝好的女人。
她的心灵是那样的高洁，无瑕的裴奈罗珮，
伊卡里俄斯的女儿，总把奥德修斯，婚配的夫婿，
放在心间。美德赢获的英名将
永不消逝，不死的神明会给凡人
送来动听的诗篇，赞美忠贞的裴奈罗珮。
与之相比，屯达柔斯的女儿行迹恶劣，
谋杀婚配的夫婿——人间会有   200
恨恼的诗唱，贬毁女人的声名，
殃及所有的女子，包括她们中品行贤善的佼杰。"

就这样，他俩你来我往，一番谈论，
站在哀地斯的府居，黑深的地底。

其时，奥德修斯一行离开城市，很快抵达精耕细作
的庄园，莱耳忒斯的住处，后者亲自
开垦的农地，付出苦涩、艰辛的劳动，在过去的年月。
农庄上有他的房居，四周是搭起的遮棚，
那是仆工们的居所，被迫帮他劳作，使他欢心，
在里面吃饭、息坐，度过夜晚的时光。
另有一位年迈的西西里妇人，精心照看
老人的起居，后者以农庄为家，远离城区。
其时，奥德修斯开口发话，对儿子和他的仆役：
"去吧，你等各位，进入坚固的房居，
杀祭最好的肉猪，动作要快，作为我们的晚餐。
我将就此前往，试探我的亲爹，
看他是否知晓是我，双眼能否把我识辨——

抑或,他已认不出我来,我离别家门,日久经年。"

言罢,他把兵器交给工仆,
220 后者迅速走向房屋,但奥德修斯
步入繁茂的葡萄园,举目索望,
探走在偌大的林间,既不见多利俄斯,
也不见他的儿子或别的仆役,他们已全部出动,
搬取石头,建造垒墙,围护园内的
葡萄,由老人带路,领着他们。
但他还是找到了父亲,独自一人,忙作在齐整的果园,
松铲一株枝干的边土,穿一件脏浊的衣衫,
缝缝连连,破破烂烂,腿上绑着牛皮的护胫,
紧密缝连的片件,抵御磨伤刮损,
指掌上戴着手套,因为劳作在枝丛之间,还有
头上的那顶皮帽,怆楚中平添了几分辛酸。
卓著的、坚忍不拔的奥德修斯观视他的形态,
看出他心中悲苦难言,老迈的年纪使他憔悴不堪,
见他站在一棵高大的梨树下,不禁泪水潸涟,
心魂里斟酌思考,是去
抱住父亲,送去儿子的亲吻,告知
一切,他已回返亲爱的故园,
还是先张口发问,问明细里,把他试探。
两下比较,觉得后者佳善,
240 先来开口试探,用嬉刺的语言。
主意已定,高贵的奥德修斯对着他走来,
后者正低埋着脑袋,铲挖在一棵枝干的边沿,
光荣的儿子站在他身边,开口说出话言:
"老先生,你技艺精熟,绝非看顾园林的
门外汉。这里的一切井井有条,园中所有的植物

全都得到精心的照看，不论是无花果和葡萄，还是
橄榄树和梨树，还有这里的菜地，无一疏略。
然而，我还要冒昧说上一句，你可不要因此发起火来。
你本人缺乏精心照料，在这可悲的
暮年；你浑身脏杂，穿着破旧的衣衫。
显然，不是因为你懒散，失去了主人的关怀，
也不是因为你的身材，你的长相——这些，在我看来，
不像是个奴隶的外观。你看来像是一位王贵，
是的，像一位王者，理应在洗澡进食之后，
睡享床面的舒软，此乃年长者的权益。
来吧，告诉我你的情况，要准确地回答。
你是谁家的仆工，忙作在谁的果园？
此外，告诉我，真实地告诉我，让我了解这一点：
这里可是伊萨卡，我落脚的可真是这块地面，诚如那人
告诉我的那样，在我前来的路上，我们曾会面相见，
并非十分通情达理，亦没有那份平和耐心，
告诉我所有的一切，把我的话语听辨——我问他
一位朋友的讯息，是否仍然活着，
还是已经死去，奔入哀地斯的府居。
我将讲说此事，你可认认真真地听来。
我曾款待过一位朋友，在亲爱的乡园，
他来到我的房居；凡人中，在来自远方、
造访我家的客人中，此君最得我的亲爱。
他宣称出生在伊萨卡地面，还说
父亲是莱耳忒斯，阿耳开西俄斯的儿男。
我把他引进家里，热情招待，
权尽地主之谊，用家中成堆的好东西。
我给他表示客谊的礼物，做得很是得体，
给他七塔兰同精工锻打的黄金，

一只白银的兑缸,铸着一朵朵花卉,
十二件单面的披篷,十二条盖毯,
十二领精美的篷穿,以及同样数量的衫衣,
另有四名标致的女子,女工精美
娴熟,由他自己物色、挑选。"

280　　听罢这番话,他的父亲答话,泪水涟涟:
"你脚下踩的,朋友,正是你要找的地域,
只是眼下握掌在那帮人手里,他们凶暴、横蛮,
你所给的难以估价的礼物,就算丢人了清风里面。
倘若你能寻见他活在伊萨卡地面,
他会给你送行的礼物,回报你的厚爱,
给你施恩者的报偿,盛情款待。
来吧,告诉我你的情况,要准确地回答。
自从你招待那个不幸之人,距今已有几年,
你的客人,我的儿子,他可曾存活在人间?命运
艰厄的人儿,远离故乡,别离亲朋,被
鱼群吞食,在那汪洋大海,或在干实的陆野,
填入走兽和鹰鸟的腹胃。他的母亲和
父亲,他是双亲的儿男,不曾为他发丧哭祭,
还有他丰足的①妻子,谨慎的裴奈罗珮,
不曾放声悲哭,在丈夫尸床的边沿,作为合宜之举,
为他合上双眼——此乃祭送的礼仪,死者应该享受这一切。
我还要你告诉我,真实地告诉我,让我了解这一点:
你是谁,你的父亲是谁?来自哪个城市,双亲在哪里?
快船停在何处,把你载到这边,
300　还有你那神样的伙伴?抑或,你搭乘别人的

---

① 丰足的:poludoros,"争获许多财礼的"。

484

海船，他们让你下来。然后续航向前？"

听罢这番话，多谋善断的奥德修斯说讲，说道：
"放心吧，我会准确无误地回话，把一切告答。
我乃阿路巴斯人，拥住一所光荣的房院，
阿菲达斯的儿子，父亲是波鲁裴蒙的儿男。
厄裴里托斯是我的名字，眼下，神明
把我赶到这边，从西卡尼亚，违背我的意愿。
我的海船远离城区，停驻在乡间。
至于奥德修斯，离别我的住处，走离
我的国邦，至今已是第五个长年。
不幸的人儿——虽说离去之时，鸟迹确呈吉祥的兆端，
出现在他右边；我喜形于色，送他登程；
朋友离我而去，兴高采烈。其时，我心怀希望，
我们将以主客的身份重见，互致光荣的礼件。"

他言罢，悲苦的乌云罩住了莱耳忒斯的心间。
他十指勾屈，抓起地上的污秽，撒抹在
自己的脸面，灰白的发际间，悲声哀悼，痛哭不已。
奥德修斯激情澎湃，望着
亲爱的父亲，鼻孔里一阵痛酸。
他扑上前去，抱住父亲，热烈亲吻，送出话言： 320
"父亲，我就是他，你所询问的儿男。我已回来，
在第二十个年头，重返家园。
停止号哭，莫要洒泪悲哀，
我将告你此事，我们不能耗磨时间。
我已杀死求婚的人们，在我们的宫殿，
仇报他们的恶行，他们的猖蛮和骄虐。"

听罢这番话，莱耳忒斯开言，答道：
"倘若你真是奥德修斯，返回家来，
何不出示某个清晰的标记，也好使我相信你的话言。"

听罢这番话，多谋善断的奥德修斯说讲，答道：
"好吧，你可先看这道伤疤，用你的双眼，
野猪撕开的口子，用白亮的獠牙，在帕耳那索斯大山，
我正置身其间——你和高贵的母亲差我寻会
奥托鲁科斯，母亲钟爱的亲爹，以便得获
那些礼物，老人来访之时，已同意并答应赠给。
过来，让我再对你讲讲这些果树，你曾把它们
给我，在齐整的林园。那时，我还是个孩子，
颠跑在你身后，问这问那，穿走林地，行走
在果树之间，你告我它们的名字，一棵棵地道来，
340　给了我十三棵梨树，十棵苹果树
和四十棵无花果树，另外还许下五十垄葡萄，
答应将归我掌管。它们成熟在不同时期，
每个时节都有葡萄可摘，当宙斯统掌的节令
从天上降落，累累的果实把枝条压弯。"

他言罢，莱耳忒斯双膝发软，心力酥散，
他已认知此番确凿的实证，奥德修斯说得明明白白，
于是展开双臂，抱住心爱的儿男，卓著和
坚忍不拔的奥德修斯将他拥入怀里，老人已陷于昏迷状态。
然而，当他喘过气来，神志复又回返
心间，于是再次开口作答，说道：
"父亲宙斯，你等众神一定还雄踞在巍伟的俄林波斯，
倘若求婚者们确已付出代价，为他们的骄蛮暴虐。
但现在，我却打心眼里害怕，担心伊萨卡人

会即刻赶来，和我们对阵，派出信使，
前往各地，各处开法勒尼亚人的城垣。"

听罢这番话，多谋善断的奥德修斯说讲，答道：
"不要怕，不要担心这些。让
我们前往房居，在那果林的边沿，
我已派遣忒勒马科斯先行，带着牧牛的
和牧猪的仆人，让他们以最快的速度，备下食餐。" 360

他言罢，两人步入朴美的房居，
置身坚固的住房，眼见
忒勒马科斯和牧猪的及牧牛的仆人，
正切下大堆畜肉，兑调闪亮的醇酒。

与此同时，那位西西里女仆，浴毕心志豪莽的
莱耳忒斯，在他的房居，替他抹上橄榄油，
搭上精美的披篷。此外，雅典娜
站在民众的牧者身边，粗壮了他的肢腿，
使他看来显得比以前更加高大魁梧，
后者走出浴室，儿子惊奇地举目视看，
目睹他的再现，俨然不死的神明一般，
吐出长了翅膀的话语，开口说道：
"毫无疑问，父亲，某个长生不老的神明
使你看来较前魁美——瞧瞧你的身貌，你的体形。"

听罢这番话，聪睿的莱耳忒斯答道：
"哦，父亲宙斯，雅典娜，阿波罗，
但愿我能像当年那样，作为开法勒尼亚人的王者，
攻破滩边的奈里科斯，陆架上精固的城堡；

但愿昨天我能像当年那样，在我们宫里，
380　肩披铠甲，站在你身边，打退
求婚者的进击，酥软许多人的膝腿，
在厅堂里面——你的心灵将为之欢悦。"

　　就这样，他俩你来我往，一番叙言。
与此同时！忒勒马科斯等人已整治完毕，备妥食餐，
众人依次入座，在凳椅和靠椅上面。
然后，他们伸手抓起食物，年迈的多利俄斯
行至他们身边，还有老人的儿子，
息工归来，精疲力竭，应他们母亲的召唤，
那位西西里女子，把他们养大，精心
照看老人的生活，他已进入昏黄的暮年。
当他们眼见奥德修斯，认出他的身份，
痴站厅里，瞠目结舌，但奥德修斯
出言抚慰，对他们说道：
　　"坐下吧，老人家，忘却惊诧，和我们一起食餐。
我们已等待多时，虽说思食心切，急于动手，
等盼你的归来，聚宴在厅堂里面。"

　　他言罢，多利俄斯展开双臂，冲扑
过来，抓住奥德修斯的手，亲吻他的手腕，
吐出长了翅膀的话语，开口说道：
400　"太好了，亲爱的主人，你已回到我们中间。我们想你盼你，
虽说已断了见你回返的奢念——一定是神明送你归来。
我们衷心地欢迎你，愿神明使你幸福康泰！
告诉我，真实地告诉我，让我了解这一点。
谨慎的裴奈罗佩是否已确知此事，
知你已经回返——是否需要我们给她送个信？"

听罢这番话,多谋善断的奥德修斯说讲,答道:
"她已知此事,老人家,为何多此一举,再去道来?"

他言罢,多利俄斯复又下坐闪亮的椅面,
围着卓著的奥德修斯,多利俄斯的儿子们
前来欢迎他的归还,和他握手言谈,
回头依次坐在父亲多利俄斯身边。

就这样,他们忙着整备食餐,在厅堂里面;
与此同时,信使谣言迅速穿走整片城域,
高声呼喊,告说求婚人惨暴的死亡,他们的毁灭,
城民们闻讯出走,从各个方向奔聚而来,
发出声声吟叫,阵阵哭喊,在奥德修斯的房居前。
他们把尸体抬出屋外,分头埋葬了自己的亲男,
将来自别地城邦的死者搬上快船,
交给水手,由他们逐个送还。
然后,他们心怀悲愤,集合聚会。 420
当他们聚合完毕,集中在一个地点,
欧培塞斯起身发言,难以忘却的
悲痛涌积在心间,为了安提努斯,
他的儿子,被高贵的奥德修斯第一个杀倒在里边。
带着哭子的悲情,他面对众人,开口说道:
"朋友们,此人的暴行给阿开亚人带来了巨大的祸难!
初始,他带走众多精壮的男子,乘坐海船,
丢尽了深旷的船艘,毁了所有的兵男;
然后,他又回转此地,杀了开法勒尼亚人中最好的壮汉。
干起来吧,趁他还没有迅速撤往普洛斯
或闪亮的厄利斯,厄培亚人镇统的地面。
让我们即刻出发,否则,我们将蒙受永久的耻辱,

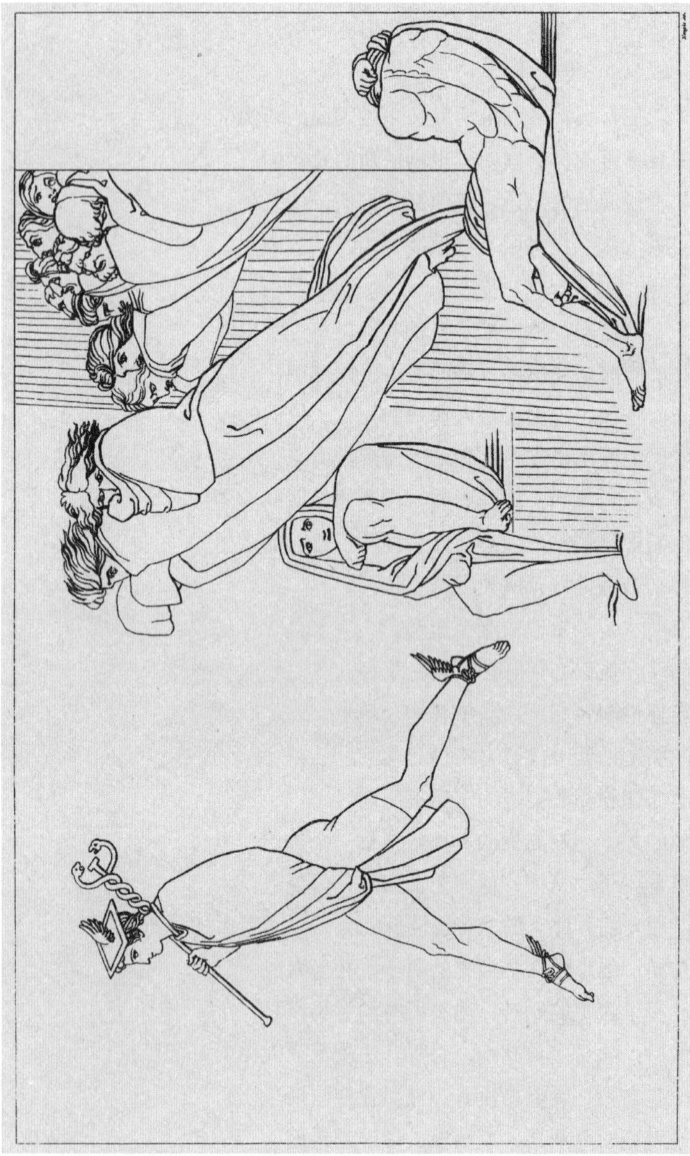

是的,这将是个奇耻,甚至让后代听来,
假如我们不仇报兄弟和儿子的死难,杀除
凶手——如此,生活将不再给我带来
愉悦;我将一死了之,和死人做伴。
走吧,让我们就此出发,别让他们溜走,行船大海!"

  他声泪俱下,怜悯揪住了阿开亚人的心怀。
其时,墨冬走近他们,还有通神的歌手,
来自奥德修斯的宫中——睡眠已离开二位—— 440
站在人群中间;众人见状,无不惊异。
心智敏捷的墨冬开口发话,说道:
"听我说,伊萨卡民众,奥德修斯
谋设了这些作为,得益于永生神明的指点。
我曾亲眼看见一位不死的神明,站在
他身边,从头到脚恰似门托耳一般。
某位永生的神明频频出现,时而在奥德修斯前头,
催他奋进,时而又怒扫宫厅,
荡溃求婚人,后者一个接一个倒下,码成了垛儿。"

  墨冬言罢,入骨的恐惧揪揉着他们的心怀。
其时,哈利塞耳塞斯,马斯托耳之子,一位年迈的斗士,
开口说话,众人中惟他具有瞻前顾后的智判。
怀着对各位的善意,他开口发话,喊道:
"听我说,伊萨卡民众,听听我的告言。
这些事情的发生,朋友们,实因出于你们自己的懦弱。
你等不听我的劝告,也不听门托耳的,民众的牧者;
我们曾嘱告尔等,劝说你们的儿子,中止他们的愚盲。
他们做下一件凶蛮的蠢事,出于粗莽和骄狂,
屈辱房主,一位王者的妻子,滥毁

460 他的财产,以为他再也不会回还。
这么办吧,听我的,按我说的做。
我们不宜去那;去的人会自找祸灾。"

他言罢,人们跳立起来,与会者的大部,
发出轰杂的啸喊,虽说其他人坐留原地,不想动弹。
哈利塞耳塞斯的话语不曾使他们欢心,而欧培塞斯的
言论却得到他们的赞同;众人一跃而起,朝着铠甲急奔
穿戴完毕,通身闪耀着青铜的光芒,
集聚起来,在城前宽敞的地面,
欧培塞斯领着他们,一帮愚蠢的人们,
心想以此仇报杀子的怨恨,但他已不能
活着回来,必须在那里和死亡会面。

其时,雅典娜问话宙斯,克罗诺斯的儿男:
"克罗诺斯之子,我们的父亲,最高贵的王者,
告诉我,回答我的问题。可否说出你心里的旨意?
是打算再次挑起惨烈的恶战和痛苦的搏杀,
还是让双方言归于好,重结友谊?"

听罢这番话,汇聚乌云的宙斯说讲,答道:
"为何询问,我的孩子,问我这些?
难道这不是你的意图,你的谋划,
480 让奥德修斯回返,惩罚那帮人的行为?做去吧,
凭你的自由,但我仍想告诉你处置此事的机宜。
现在,既然高贵的奥德修斯已仇报了求婚者,
何不让双方订立庄重的誓约,让他终身王统在那边。
我等可使他们忘却兄弟和儿子的死亡,
互相间重建友谊,像在过去的岁月;

让他们欣享和平,生活富足美满。"

宙斯的话语催励着早已迫不及待的雅典娜,
她急速出发,从俄林波斯山巅直冲而下。

其时,当各位满足了领享美食的欲望,
卓著和坚忍不拔的奥德修斯首先开口,说道:
"谁可出去探望,看看他们是否逼近农庄。"

他言罢,多利俄斯之子抬腿走去,听从奥德修斯
的命告,站在门槛之上,眼见他们正朝屋边逼迫,
急忙喊出长了翅膀的话语,对奥德修斯说道:
"他们来了,正对着我们进逼!让我们武装起来,赶快!"

他言罢,人们一跃而起,动手披挂,
奥德修斯和他的三个帮手,外加多利俄斯的六个儿子,
连同多利俄斯和莱耳忒斯,身披铠甲,
虽说鬓发灰白,紧急的情况迫使他们杀战。
当穿戴完毕,浑身闪耀着青铜的光芒, 500
他们打开大门,由奥德修斯率领,走出房居。

其时,雅典娜,宙斯的女儿,前来帮忙,
幻取门托耳的形象,摹仿他的声音。
卓著和坚忍不拔的奥德修斯眼见心喜,
当即发话亲爱的儿子,对他说道:
"现在,忒勒马科斯,你已置身决斗的战场,
最勇敢的战士显试身手的地方。记住,
不要羞辱你的祖先;过去,我们
曾所向披靡,凭我们的勇力,我们的刚强。"

听罢这番话，善能思考的忒勒马科斯答道：
"你将会看到，心爱的父亲，只要你愿意。凭着眼下的
性情，我绝不会羞辱自己的血统，你所提及的荣烈！"

他言罢，莱耳忒斯喜上心头，开口说道：
"今天是什么日子，哦，我所尊爱的仙神！我感到高兴，
欣喜由衷；我的儿子和儿子的儿子竞比起各自的豪勇！"

其时，灰眼睛雅典娜站到他身边，说道：
"阿耳开西俄斯之子，伙伴中我最钟爱的人，
祈祷吧，对灰眼睛姑娘，对宙斯，她的父亲，
然后迅速持平落影森长的枪矛，投掷杀击！"

520　　言罢，帕拉丝·雅典娜给他吹入巨大的勇力，
后者作过祈祷，对大神宙斯的女儿，
迅速投掷，平举起落影森长的枪矛，
击中欧培塞斯，命中帽盔上青铜的颊片，
铜枪冲破阻力，将它彻底透穿；
欧培塞斯随即倒地，轰然一声，铠甲在身上铿锵作响。
奥德修斯和光荣的儿子扑向前排的对手，
挥剑劈砍，用双刃的枪矛刺捅。
其时，他们会杀了所有的来人，谁也甭想回转家门，
要不是雅典娜，带埃吉斯的宙斯的女儿，
大声呼喊，止住了冲杀的人群：
"住手吧，伊萨卡人，撤离痛苦的战斗，
尽快解决争端，避免流血牺牲！"

雅典娜言罢，彻骨的恐惧揪住了他们的心怀，
众人惊慌失措，扔下手中的武器，

全都掉在地上，听闻女神的声音，
转过身子，急于避死保命，朝着城边冲去。
随着一声声可怕的呼啸，坚忍不拔的奥德修斯收紧
全身的肌肉，猛扑向前，像一只搏击长空的雄鹰。
其时，克罗诺斯之子扔下一个带火的炸雷，
撞击在灰眼睛姑娘，强力天尊的女儿身前，
雅典娜于是发话，对奥德修斯，双眼中闪出灰蓝的光彩：
"莱耳忒斯之子，宙斯的后裔，多谋善断的奥德修斯，
停止攻击，罢息这场近战，以恐
沉雷远播的宙斯动怒，他是克罗诺斯的儿男。"

　　雅典娜言罢，奥德修斯心里高兴，谨遵不违。
帕拉丝·雅典娜让双方盟发誓咒，奠定
和睦相处的前景，带埃吉斯的宙斯的女儿，
以门托耳的形象，摹仿他的声音。

540

名称索引

A

阿波罗(Apollo)：或福伊波斯·阿波罗，宙斯和莱托之子，3·279，银弓之神。

阿德瑞丝忒(Adreste)：海伦的侍女，4·123。

阿尔菲俄斯(Alpheios)：河流，位于伯罗奔尼撒西部，3·489。

阿耳戈(Argo)：船名，12·70，曾载送伊阿宋等英雄们远征，获取金羊毛。

阿耳戈斯(Argos)：奥德修斯的家狗，17·292。

阿耳戈斯(Argos)：伯罗奔尼撒北部城市或区域，常泛指"希腊"，1·344，3·251。

阿尔基摩斯(Alkimos)：门托耳的父亲，22·234。

阿尔基努斯(Alkinoos)：法伊阿基亚人的国王，6·12，7·185，接待过奥德修斯。

阿尔基培(Alkippe)：海伦的侍女，4·124。

阿耳吉丰忒斯(Argeiphontes)：赫耳墨斯的别名，1·38。

阿耳吉维人(Argives)：征战特洛伊的希腊人，1·61；亦指慕凯奈或斯巴达的居民，3·309。

阿耳开西俄斯(Arkeisios)：莱耳忒斯之父，奥德修斯的祖父，16·118—119等处。

阿尔康德瑞(Alkandre)：居家埃及，波鲁波斯之妻，4·125。

阿尔克迈昂(Alkmaion)：安菲阿拉俄斯之子，15·248。

阿尔克墨奈(Alkmene)：赫拉克勒斯(其父宙斯)之母，2·120，11·266。

阿耳奈俄斯(Arnaios)：伊罗斯的真名，18·5。

阿耳塔基厄(Artakie)：水泉，在拉摩斯，10·108。

阿耳忒弥丝(Artemis)：宙斯和莱托之女，6·102，15·410等处。

阿菲达斯(Apheidas)：奥德修斯编造的父名，24·305。

阿芙罗底忒(Aphrodite)：宙斯之女，爱和美之神，4·14。在《奥德赛》里，她是神匠赫法伊斯托斯的妻子，8·267。

阿格劳斯(Agelaos)：求婚人，达马斯托耳之子，20·321；被奥德修斯所杀，22·293。

阿基琉斯(Achilleus)：《伊利亚特》里的头号英雄，后被对方箭杀，其灵魂曾同奥德修斯交谈，11·467。

阿伽门农(Agamemnon)：进兵特洛伊的希腊联军统帅，被妻子及埃吉索斯谋杀，1·30，3·143等处。

阿卡斯托斯(Akastos)：希腊西部的一位国王，14·336。

阿开荣(Acheron)：冥界的一条河流，10·514。

阿开亚人(Achaians, Achaioi)：希腊人的总称，1·90，2·7等处。另见"达奈人"和"阿耳吉维人"。

阿克罗纽斯(Akroneos)：法伊阿基亚人，8·111。

阿克托里丝(Aktoris)：阿克托耳的女儿，裴奈罗佩的侍女，23·228。

阿勒克托耳(Alektor)：斯巴达人，其女嫁随墨伽彭塞斯，4·10。

阿里阿德奈(Ariadne)：米诺斯之女，被阿耳忒弥丝所杀，11·321—325。

阿鲁巴斯(Arubas)：西冬贵族，欧迈俄斯保姆的父亲，15·426。

阿路巴斯(Alubas)：城名，地点不明，24·304。

阿洛欧斯(Aloeus)：伊菲墨得娅之夫，11·305。

阿慕萨昂(Amuthaon)：克瑞修斯和图罗之子，11·259。

阿那伯西纽斯(Anabesineos)：法伊阿基亚人，8·113。

阿培瑞(Apeire)：欧鲁墨杜莎的家乡，7·7。

阿瑞苏沙(Arethousa)：伊萨卡一水泉名，13·408。

阿瑞忒(Arete)：阿尔基努斯之妻，法伊阿基亚人的王后，7·54，招待过奥德修斯。

阿瑞托斯(Aretos)：奈斯托耳之子，3·414。

阿斯法利昂(Asphalion)：墨奈劳斯的伴从，4·216。

阿斯忒里斯(Asteris)：伊萨卡界外一小岛，4·846。

阿索波斯(Asopos)：河流，河神，安提娥培的父亲，11·260。

阿特拉斯(Atlas)：大力神，卡鲁普索的父亲，1·52。

阿特鲁托奈(Atrutone)：雅典娜的别名，4·762。

阿特柔斯(Atreus)：阿伽门农和墨奈劳斯之父，1·35。

埃阿科斯(Aiakos)：裴琉斯之父，阿基琉斯的祖父，11·471。

埃阿斯(Aias)：(1)忒拉蒙之子，曾与奥德修斯争夺阿基琉斯的铠甲，11·469等处；(2)俄伊琉斯之子，死于波塞冬的风浪，4·499—510。

埃阿亚(Aiaia)：基耳凯居住的岛屿，10·135。

哀地斯(Haides, Hades)：宙斯的兄弟，冥界之主，4·834，11·47。

埃多塞娅(Eidothea)：海仙，普罗丢斯之女，4·365。

埃俄利亚(Aiolia)：埃俄洛斯(1)居住的岛屿，10·1。

埃俄洛斯(Aiolos)：(1)王者，掌管海风，10·1；(2)克瑞修斯之父，11·237。

埃厄忒斯(Aietes)：基耳凯的兄弟，10·137，12·70。

埃古普提俄斯(Aiguptios)：伊萨卡长老，欧鲁诺摩斯之父，2·15。

埃古普托斯(Aiguptos)：埃及河流，即尼罗河，14·257。

埃及(Aiguptos)：地名，3·300，4·355。

埃吉索斯(Aigisthos)：克鲁泰奈丝特拉的情人，谋杀阿伽门农，被俄瑞斯忒斯所杀，1·29，3·194等处。

埃伽伊(Aigai)：阿开亚城市，内有波塞冬的房宫，5·381。

埃蕾苏娅(Eileithuia)：女神，主管生育，19·188。

埃塞俄比亚人(Aithiopians)：一个住在遥远地带的部族，1·22，5·282。

埃松(Aithon)：奥德修斯同裴奈罗佩交谈时所用的化名，19·183。

埃宋(Aison)：图罗和克瑞修斯之子，11·259。

埃托利亚(Aitolia)：地名，位于希腊中部，14·379。

安德莱蒙(Andraimon)：索阿斯之父，14·499。

安菲阿拉俄斯(Amphiaraos)：或安菲阿劳斯，俄伊克勒斯之子，攻打塞贝的七勇之一，15·244—247。

安菲阿洛斯(Amphialos)：法伊阿基亚人，8·114，128。

安菲昂(Amphion)：(1)安提娥培之子，11·262；(2)米努埃人的首领，11·283。

安菲洛科斯(Amphilochos)：安菲阿拉俄斯之子，15·248。

安菲墨冬(Amphimedon)：求婚人，22·242，被忒勒马科斯所杀，22·284。

安菲诺摩斯(Amphinomos)：求婚人，16·351，尼索斯之子，被忒勒马科斯所杀，22·89—94。

安菲塞娅(Amphithea)：奥德修斯的外祖母，19·416。

安菲特里忒(Amphitrite)：海中女神，3·91。

安菲特鲁昂(Amphitruon)：阿尔克墨奈的夫婿，11·266。

安基阿洛斯(Anchialos)：(1)门忒斯之父，1·180；(2)法伊阿基亚人，8·112。

安尼索斯(Amnisos)：克里特一地名，19·188。

安提娥培(Antiope)：阿索波斯之女，安菲昂和泽索斯的母亲，11·260。

安提法忒斯(Antiphates)：(1)莱斯特鲁戈奈斯人的王者，10·106；(2)俄伊克勒斯之父，15·242。

安提福斯(Antiphos)：(1)奥德修斯的伙伴，被库克洛普斯所杀，2·17—20；(2)伊萨卡长者，17·68。

安提克蕾娅(Antikleia)：奥德修斯的母亲，11·85。

安提克洛斯(Antiklos)：阿开亚人，藏身木马，4·286。

安提洛科斯(Antilochos)：奈斯托耳之子，死于特洛伊战争，3·112，4·187。

安提努斯(Antinoos)：欧培塞斯之子，求婚人的头领之一，1·383，2·84，被奥德修斯所杀，22·8—20。

奥德修斯(Odusseus, Odysseus)：或俄底修斯，莱耳忒斯和安提克蕾娅之子，4·555，11·84—85，《奥德赛》的"主角"。

奥托鲁科斯(Autolukos)：安提克蕾娅之父，奥德修斯的外祖父，11·85，19·394。

奥托诺娥(Autonoe)：裴奈罗佩的侍女，18·182。

B

波厄苏斯(Boethoos)：厄忒俄纽斯之父，4·31。

波利忒斯(Polites)：奥德修斯的伴从，10·224。

波鲁波斯(Polubos)：(1)欧鲁马科斯之父，1·399;(2)居家埃及，曾招待墨奈劳斯和海伦，4·126;(3)工匠，8·373;(4)求婚人，22·243，被欧迈俄斯所杀，22·284。

波鲁丹娜(Poludamna)：埃及女子，瑟昂的妻子，曾给海伦神妙的药剂，4·228。

波鲁丢开斯(Poludeukes)：莱达和屯达柔斯之子，宙斯使其成为"半仙"，11·298—304。

波鲁菲得斯(Polupheides)：门提俄斯之子，先知，15·249—256。

波鲁菲摩斯(Poluphemos)：库克洛佩斯中最强健者，被奥德修斯捅瞎，1·70，9·403。

波鲁卡丝忒(Polukaste)：奈斯托耳的末女，3·464。

波鲁克托耳(Poluktor)：(1)工匠，曾在伊萨卡筑井，17·207;(2)裴桑得罗斯之父，18·299。

波鲁纽斯(Poluneos)：安菲阿洛斯之父，8·114。

波鲁裴蒙(Polupemon)：阿菲达斯之父，24·305。

波鲁塞耳塞斯(Polutherses)：克忒西波斯之父，22·287。

波塞冬(Poseidon)：宙斯的兄弟，镇海之王，奥德修斯的"对头"，1·20等处；波鲁菲摩斯之父，1·68—73。

波伊阿斯(Poias)：菲洛克忒忒斯之父，3·190。

布忒斯(Bootes)：星座名，5·272。

D

达马斯托耳(Damastor)：阿格劳斯之父，20·321。

达奈人(Danaans, Danaoi)：征战特洛伊的希腊人，1·350。

黛墨忒耳(Demeter)：女神，宙斯的姐妹，5·125。

德洛斯(Delos)：爱琴海中一小岛，阿波罗的圣地，6·162。

德摩道科斯(Demodokos)：法伊阿基亚人中的盲歌手，8·44。

德谟普托勒摩斯(Demoptolemos)：求婚人，被奥德修斯所杀，22·242，266。

德墨托耳(Dmetor)：亚索斯(2)之子，塞浦路斯国王，17·443。

德伊福波斯(Deiphobos)：普里阿摩斯之子，4·276。

狄俄克勒斯(Diokles)：菲莱王贵，3·488，15·186。

狄俄墨得斯(Diomdes)：图丢斯之子，《伊利亚特》里的英雄，3·180。

狄俄尼索斯(Dionusos)：宙斯之子，酒神，11·324。

迪亚(Dia)：爱琴海中一岛屿，11·325。

典雅女神(Charites)：6·18。

丢卡利昂(Deukalion)：克里特国王，伊多墨纽斯的父亲，19·180。

杜利基昂(Doulichion)：岛屿，受奥德修斯制辖，1·246。

杜马斯(Dumas)：法伊阿基亚人，娜乌茜卡好友的父亲，6·22。

多多那(Dodona)：地名，位于希腊西北部，宙斯通过该地的巫师传送神谕，14·327，19·296。

多里斯人(Doriees, Dorieis)：居住克里特的部分希腊族民，19·177。

多利俄斯(Dolios)：裴奈罗珮的父亲送给女儿的仆人，4·735—736，在莱耳忒斯的农庄工作，24·222。

E

俄底浦斯(Oidipodes, Oedipus)：塞贝英雄，11·271。

俄耳科墨诺斯(Orchomenos)：米努埃人的城镇，在波伊俄提亚，11·284。

俄耳墨诺斯(Ormenos)：克忒西俄斯之父，15·414。

俄耳提洛科斯(Ortilochos)：狄俄克勒斯之父，3·489，曾接待过奥德修斯，21·16。

俄耳图吉亚(Ortugia)：地域，位置不明，5·124。

俄耳西洛科斯(Orsilochos)：伊多墨纽斯之子，13·259。

俄古吉亚(Ogugia)：卡鲁普索居住的岛屿，1·85。

俄开阿诺斯(Okeanos)：环拥大地的长河，河神，4·567，10·139，11·639。

俄库阿洛斯(Okualos)：法伊阿基亚人，8·111。

俄里昂(Orion)：(1) 黎明钟爱的英雄，被阿耳忒弥丝所杀，5·121，奥德修斯曾见着他的灵魂，11·572;(2) 星座，5·274。

俄林波斯(Olumpos, Olympos)：或奥林波斯，山脉，神的家居，1·102。

俄奈托耳(Onetor)：弗荣提斯之父，3·282。

俄普斯(Ops)：欧鲁克蕾娅之父，1·429。

俄萨(Ossa)：山脉，在塞萨利亚，11·315。

俄托斯(Otos)：波塞冬和伊菲墨得娅之子，被阿波罗所杀，11·305—320。

俄瑞斯忒斯(Orestes)：或奥瑞斯忒斯，阿伽门农之子，曾替父报仇，1·30，298，3·306。

俄伊克勒斯(Oikles)：安菲阿拉俄斯之父，15·243。

俄伊诺普斯(Oinops)：琉得斯之父，21·144。

厄尔裴诺耳(Elpenor)：奥德修斯的伙伴，从房顶摔下致死，10·552，奥德修斯曾与他的灵魂交谈，11·51。

厄菲阿尔忒斯(Ephialtes)：波塞冬之子，俄托斯的兄弟，被阿波罗所杀，11·308。

厄夫瑞(Ephure)：地域，位置不明（可能在希腊西部），1·259，2·328。

厄开夫荣(Echephron)：奈斯托耳之子，3·413。

厄开纽斯(Echeneos)：法伊阿基亚长者，7·155，11·342。

厄开托斯(Echetos)：希腊西部的一位暴君，18·85，21·308。

厄拉特柔斯(Elatreus)：法伊阿基亚人，8·111。

厄拉托斯(Elatos)：求婚人，被欧迈俄斯所杀，22·267。

厄里芙勒(Eriphule)：安菲阿拉俄斯之妻，11·326。

厄里努丝(Erinus)：复仇或责惩女神，15·234。

厄利斯(Elis)：城市，地域，位于伯罗奔尼撒西部，遥对伊萨卡，4·635。

厄鲁门索斯(Erumanthos)：山脉，在伯罗奔尼撒西北部，6·103。

厄鲁西亚平原：幸福之园，墨奈劳斯最终的去处，4·563。

厄仑波依人(Eremboi)：墨奈劳斯漂游中遇见的一群族民，4·84。

厄尼裴乌斯(Enipeus)：河流，图罗钟爱的河神，11·238。

厄培俄斯(Epeios)：木马的制作者，8·493，11·524。

厄裴里托斯(Eperitos)：奥德修斯的化名，24·306。

厄培亚人(Epeans, Epeioi)：栖居厄利斯的族民，13·275。

厄丕卡丝忒(Epikaste)：即伊娥卡丝忒，俄底浦斯的母亲和妻子，11·271。

厄瑞波斯(Erebos)：死人的去处，10·528。

厄瑞克修斯(Erechtheus)：雅典英雄，7·81。

厄瑞特缪斯(Eretmeus)：法伊阿基亚人，8·112。

厄忒俄纽斯(Eteoneus)：墨奈劳斯的伴从，4·22。

F

法厄松(Phaethon)：黎明的驭马，23·246。

法厄苏莎(Phaethousa)：女仙，赫利俄斯之女，看放父亲的牛群，12·132。

法罗斯(Pharos)：埃及岛屿，墨奈劳斯曾登陆该地，4·355。

法伊阿基亚人(Phaiakians, Phaiekes)：阿尔基努斯的属民，5·35等处。

法伊德拉(Phaidra)：名女，奥德修斯曾见着她的灵魂，11·321。

法伊底摩斯(Phaidimos)：西冬尼亚国王，墨奈劳斯的朋友，4·617—618。

法伊斯托斯(Phaistos)：克里特城市，3·296。

菲埃(Pheai)：陆架某地，朝对伊萨卡，15·297。

菲冬(Pheidon)：塞斯普罗提亚国王，14·316。

菲莱(Pherai)：(1)塞萨利亚地域，欧墨洛斯的家乡，4·798；(2)地域，位于普洛斯和斯巴达之间，狄俄克勒斯的家乡，3·489。

菲洛克忒忒斯(Philoktetes)：英雄，出色的弓手，3·190，8·219。

菲洛墨雷得斯(Philomeleides)：莱斯波斯摔跤手，被奥德修斯摔倒，4·343。

菲洛伊提俄斯(Philoitios)：奥德修斯的牛倌，20·185。

菲弥俄斯(Phemios)：忒耳皮阿斯之子，歌手，1·153，奥德修斯对其开恩不杀，22·330—331。

菲瑞斯(Pheres)：克瑞修斯和图罗之子，11·259。

腓尼基人(Phoinikes, phoenicians)：族民，善航海，重贸易，见13·273，14·288等处。

夫拉凯(Phulake)：伊菲克勒斯的家乡，11·289—290，15·236。

夫拉科斯(Phulakos)：英雄，曾关押墨朗普斯，15·231。

福耳库斯(Phorkus)：海洋老人，13·96，苏莎的父亲，1·72。

芙罗(Phulo)：海伦的侍女，4·125。

弗罗尼俄斯(Phronios)：诺厄蒙之父，2·386。

弗荣提斯(Phrontis)：俄奈托耳之子，墨奈劳斯的舵手，3·282。

弗西亚(Phthia)：阿基琉斯的家乡，11·496。

福伊波斯(Phoibos)：阿波罗的别称，饰词，3·279。

G

戈耳工(Gorgon)：魔怪，11·634。

戈耳吐斯(Gortus)：克里特地域，3·294。

格莱斯托斯(Geraistos)：欧波亚岛上的突崖，3·178。

格瑞尼亚(Gerenian)：奈斯托耳的饰词，3·68。

古莱(Gurai)：爱琴海上一岛屿，4·500。

H

哈利俄斯(Halios)：阿尔基努斯之子，8·119。

哈利塞耳塞斯(Halitherses)：伊萨卡人，善卜占，深受奥德修斯喜爱，2·157，24·451。

海伦(Helen)：墨奈劳斯之妻，4·12。

赫蓓(Hebe)：宙斯和赫拉之女，赫拉克勒斯的妻子，11·603—604。

赫耳弥娥奈(Hermione)：墨奈劳斯和海伦之女，4·14。

赫耳墨斯(Hermes)：宙斯之子，信使，护导之神，又名阿耳吉丰忒斯，1·38。

赫法伊斯托斯(Hephaistos)：神界工匠，4·617；在《奥德赛》里，他是阿芙罗底忒的丈夫，后者曾和阿瑞斯通奸，8·266—366。

赫拉(Hera)：宙斯之妻，神界的王后，4·513。

赫拉克勒斯(Herakles)：宙斯和阿尔克墨奈之子，11·268，杀伊菲托斯，21·26，成仙后与赫蓓结婚，11·601—604。

赫拉斯(Hellas)：阿基琉斯统治的地域，11·496；亦可泛指希腊，1·344。

赫勒斯庞特(Hellespont)：即达达尼尔海峡，在特洛伊附近，24·82。

赫利俄斯(Helios)：太阳神，1·8。

呼拉科斯(Hulakos)：卡斯托耳(2)之父，14·204。

呼裴里昂(Huperion)：（1）太阳神赫利俄斯的饰词或别称，1·24，（2）赫利俄斯之父(？)，12·176。

呼裴瑞西亚(Huperesia)：阿开亚城市，波鲁菲得斯的家乡，15·254。

呼裴瑞亚(Hupeireia)：法伊阿基亚人移居前的故乡，6·4。

晃摇的石岩(普兰克塔伊)：位于塞壬的居地附近，12·61，23·327。

J

伽娅(Gaia)：提图俄斯的母亲，7·324。

基俄斯(Chios)：岛屿，位于小亚细亚岸外，3·170。

基耳凯(Kirke)：女神，栖居埃阿亚，8·448，9·31。

基科尼亚人(Kikonians, Kikones)：族民，曾受奥德修斯掠杀，9·39—61。

基墨里亚人(Kimmerians, Kimmerioi)：族民，居住在冥界附近，11·14。

K

卡德摩斯(Kadmos)：塞贝人的祖先，伊诺的父亲，5·333。

卡德墨亚人(Kadmeians, Kadmeioi)：塞贝族民，11·276。

卡尔基斯(Chalkis)：地域，位于希腊西部海岸，15·295。

卡鲁伯底丝(Charubdis)：漩魔，12·104。

卡鲁普索(Kalupso)：女仙，阿特拉斯之女，1·14，曾与奥德修斯同居，5·214—268。

卡桑德拉(Kassandra)：普里阿摩斯之女，阿伽门农的"床伴"，被克鲁泰奈丝特拉谋害，11·421—422。

卡斯托耳(Kastor)：(1) 屯达柔斯和莱达之子，宙斯使其成为"半仙"，11·298—304；(2) 呼拉科斯之子，奥德修斯曾冒名卡氏之子，14·204。

开法勒尼亚人(Kephallenians)：开法勒尼亚族民，亦指群岛上的居民，20·210，24·355等处。

开忒亚人(Keteians, Keteioi)：欧鲁普洛斯镇统的族民，11·520。

考科奈斯人(Kaukones)：族民，可能居住在普洛斯附近，3·366。

科库托斯(Kokutos)：冥界的一条河流，10·513。

克拉泰伊丝(Krataiis)：斯库拉的母亲，12·124。

克雷昂(Kreion)：墨佳拉的父亲，11·269。

克雷托斯(Kleitos)：门提俄斯之子，貌美，被黎明带走，15·249。

克里特(Krete)：岛屿，伊多墨纽斯王统的地方，3·192。

克鲁墨奈(Klumene)：名女，奥德修斯曾面见她的灵魂，11·326。

克鲁墨诺斯(Klumenos)：欧鲁迪凯之父，3·452。

克鲁诺伊(Krounoi)：地域，位于希腊西海岸，伊萨卡对面，15·295。

克鲁泰奈丝特拉(Klutaimnestra)：阿伽门农之妻，埃吉索斯的姘妇，3·265—272，合伙谋害了阿伽门农和卡桑德拉，11·421—434。

克鲁提俄斯(Klutios)：裴莱俄斯的父亲，15·540。

克鲁托纽斯(Klutoneos)：阿尔基努斯之子，8·119。

克罗米俄斯(Chromios)：奈琉斯和克洛里丝之子，奈斯托耳的兄弟,11·286。

克罗诺斯(Kronos):宙斯之父,1·386等处。

克洛里丝(Chloris):奈琉斯之妻,奈斯托耳之母,11·281。

克诺索斯(Knossos):城市,在克里特,19·178。

克瑞修斯(Kretheus):埃俄洛斯(2)之子,图罗的丈夫,11·258。

克忒西波斯(Ktesippos):求婚人,曾对奥德修斯投掷牛蹄,20·287—302,被菲洛伊提俄斯击杀,22·285。

克忒西俄斯(Ktesios):欧迈俄斯之父,15·414。

克提墨奈(Ktimene):奥德修斯的姐妹,15·364。

库多尼亚人(Kudonians, Kudones):克里特族民,3·292,19·176。

库克洛佩斯(Kuklopes, Cyclopes):一个原始野蛮的部族,奥德修斯曾到过他们的地域,9·106。单数为"库克洛普斯(Kuklops)",指波鲁菲摩斯,1·69,2·19。

库勒奈(Kullene):山脉,在阿耳卡底亚,赫耳墨斯的"故乡",24·1。

库塞拉(Kuthera):岛屿,位于希腊南端海面,9·81。

库塞瑞娅(Kuthereia):即阿芙罗底忒,"库塞拉的夫人",8·288,18·193。

L

拉达门苏斯(Rhadamanthus):可能是厄鲁西亚平原的王者或头领,4·564。

拉凯代蒙(Lakedaimon):斯巴达地区,墨奈劳斯镇统的地域,3·326。

拉摩斯(Lamos):莱斯特鲁戈奈斯人的地域,10·81。

拉庇赛人(Lapithai):裴里苏斯的族民,21·297。

莱达(Leda):屯达柔斯之妻,卡斯托耳和波鲁丢开斯之母,11·298—300。

莱耳开斯(Laerkes)：普洛斯工匠，3·425。

莱耳忒斯(Laertes)：阿耳开西俄斯之子，奥德修斯之父，忒勒马科斯的祖父，1·189。

莱姆诺斯(Lemnos)：爱琴海北部岛屿，受赫法伊斯托斯的护爱，8·283。

莱斯波斯(Lesbos)：岛屿，位于小亚细亚海岸外，奥德修斯曾在岛上与菲洛墨雷得斯角力，4·342。

莱斯特鲁戈奈斯(Laistrugones)：或莱斯特鲁戈尼亚人，一群吃人的生灵，奥德修斯及随从曾与之相遇，10·82—132。

莱托(Leto)：阿波罗和阿耳忒弥丝的母亲，6·106。

兰裴提娅(Lampetia)：仙女，赫利俄斯的女儿，看管父亲的牛群，12·132，374。

朗波斯(lampos)：黎明的驭马，23·246。

劳达马斯(Laodamas)：阿尔基努斯的爱子，7·170，8·117。

雷斯荣(Rheithron)：伊萨卡海港，1·186。

黎明(可能指Eos)：女神，提索诺斯之妻，2·1，5·1。

利比亚(Libya)：指非洲沿岸地区，4·85，14·295。

琉得斯(Leodes)：求婚人，俄伊诺普斯之子，21·144，被奥德修斯所杀，22·310—329。

琉科塞娅(Leukothea)：伊诺的神名，5·333—334。

琉克里托斯(Leokritos)：求婚人，被忒勒马科斯所杀，22·294。

M

马拉松(Marathon)：雅典娜钟爱的地方，位于雅典附近，7·80。

马荣(Maron)：阿波罗在伊斯马罗斯的祭司，9·197。

马勒亚(Maleia)：滩壁，可能位于伯罗奔尼撒东南角，3·287。

马斯托耳(Mastor)：哈利塞耳塞斯的父亲，2·157，24·451。

迈拉(Maira)：名女，奥德修斯曾面见她的灵魂，11·326。

迈娅(Maia)：赫耳墨斯之母，14·436。

门农(Memnon)：最美的凡人，11·522。

门忒斯(Mentes)：雅典娜所用的假名，1·105。

门托耳(Mentor)：奥德修斯的朋友，以家居相托，2·225，雅典娜常幻取门氏的形象，2·268，22·206，24·548。

弥马斯(Mimas)：岩壁地带，和基俄斯隔海相望，3·172。

米努埃人(Minuai, Minueios)：族民，11·284。

米诺斯(Minos)：宙斯之子，克里特国王，19·178，冥界的判官，11·568。

墨冬(Medon)：奥德修斯在伊萨卡的信使，忠于俄氏的家眷，4·677，免遭杀戮，22·361。

墨耳墨罗斯(Mermeros)：伊利斯之父，1·259。

墨佳拉(Megara)：克雷昂之女，赫拉克勒斯之妻，11·269。

墨伽彭塞斯(Megapenthes)：墨奈劳斯和一名女仆的儿子，4·11—12，15·100。

墨拉纽斯(Melaneus)：安菲墨冬之父，24·103。

墨兰索(Melantho)：多利俄斯之女，裴奈罗佩不忠诚的女仆，18·321，19·65。

墨朗普斯(Melampous)：一位著名的先知，11·291，15·225。

墨朗西俄斯(Melanthios)：多利俄斯之子，牧羊人，脚踢奥德修斯，17·212，被忒勒马科斯等肢解，22·474—477。

墨奈劳斯(Menelaos)：阿伽门农之弟，海伦之夫，4·2。

墨诺伊提俄斯(Menoitios)：帕特罗克洛斯之父，24·77。

墨萨乌利俄斯(Mesaulios)：欧迈俄斯的仆工，14·449。

墨塞奈(Messene)：地域，位于希腊西南部，21·15。

慕耳弥冬人(Murmidons, Murmidones)：阿基琉斯和尼俄普托勒摩斯统治的属民，3·189。

慕凯奈(Mukene)：(1)名女，2·120；(2)阿伽门农的城堡，3·304。

慕利俄斯(Moulios)：杜利基昂信使，18·423。

N

那乌波洛斯(Naubolos):欧鲁阿洛斯之父,8·115。

那乌丢斯(Nauteus):法伊阿基亚人,8·112。

娜乌茜卡(Nausikaa):阿尔基努斯和阿瑞忒之女,曾友待奥德修斯,6·17。

那乌西苏斯(Nausithoos):波塞冬之子,阿尔基努斯之父,7·56—63,法伊阿基亚人在斯开里亚的鼻祖,6·7。

奈埃拉(Neaira):赫利俄斯之妻,12·133。

奈里科斯(Nerikos):地名,莱耳忒斯曾攻占该地,24·378。

奈里同(Neriton):或奈里托斯,伊萨卡大山,9·22,13·351。

奈里托斯(Neritos):(1)奈里同;(2)工匠,曾在伊萨卡筑井,17·207。

奈琉斯(Neleus):奈斯托耳之父,普洛斯先王,3·409。

奈斯托耳(Nestor):奈琉斯之子,普洛斯国王,《伊利亚特》里的老英雄,1·284,3·17。

尼俄普托勒摩斯(Neoptolemos):阿基琉斯之子,11·506。

尼索斯(Nisos):杜利基昂国王,安菲诺摩斯之父,18·127。

诺厄蒙(Noemon):忒勒马科斯的朋友,曾借船给忒氏,2·386,4·630。

O

欧安塞斯(Euanthes):马荣之父,9·197。

欧波亚(Euboia):岛屿,位于希腊中部岸外,3·175。

欧厄诺耳(Euenor):琉克里托斯之父,2·242。

欧鲁阿得斯(Euruades):求婚人,被忒勒马科斯所杀,22·267。

欧鲁阿洛斯(Eurualos):一位年轻的法伊阿基亚人,8·158。

欧鲁巴忒斯(Eurubates):奥德修斯的信使,19·247。

欧鲁达马斯(Eurudamas):求婚人,被奥德修斯所杀,22·283。

欧鲁迪凯(Eurudike)：克鲁墨诺斯之女，奈斯托耳之妻，3·452。

欧鲁克蕾娅(Eurukleia)：奥德修斯和忒勒马科斯的保姆，1·428 等处。

欧鲁洛科斯(Eurulochos)：奥德修斯的副手，10·205，俄氏的亲戚，10·447。

欧鲁马科斯(Eurumachos)：波鲁波斯(1)之子，求婚人的头领，1·399，2·177；被奥德修斯所杀，22·79—88。

欧鲁摩斯(Eurumos)：忒勒摩斯之父，9·509。

欧鲁墨冬(Eurumedon)：裴里波娅之父，7·58。

欧鲁墨杜莎(Eurumedousa)：娜乌茜卡的保姆，7·8。

欧鲁诺摩斯(Eurunomos)：求婚人，埃古普提俄斯之子，2·21，22·242。

欧鲁诺墨(Eurunome)：裴奈罗珮的保姆，家仆，17·495。

欧鲁普洛斯(Eurupulos)：忒勒福斯之子，被尼俄普托勒摩斯杀死在特洛伊，11·520。

欧鲁提昂(Eurution)：一个醉酒的马人，21·295。

欧鲁托斯(Eurutos)：伊菲托斯之父，俄伊卡利亚国王，被阿波罗所杀，8·224。

欧迈俄斯(Eumaios)，奥德修斯的猪倌，14·55。

欧墨洛斯(Eumelos)：菲莱王贵，伊芙茜墨(裴奈罗珮的姐妹)的丈夫，4·798。

欧培塞斯(Eupeithes)：安提努斯的父亲，1·383，被莱耳忒斯所杀，24·523。

P

帕耳那索斯(Parnassos)：山脉，位于希腊中部，19·394。

帕福斯(Paphos)：地域，在塞浦路斯，有阿芙罗底忒的祭坛，8·362—363。

帕诺裴乌斯(Panopeus)：福基斯城市，11·581。

帕特罗克洛斯(Patroklos)：阿基琉斯的亲密伴友，《伊利亚特》里的英雄，3·110等处。

派厄昂(Paieon)：医药之神，4·232。

潘达柔斯(Pandareos)："夜莺"的父亲，19·518，女儿被劲风卷走，20·66。

庞丢斯(Ponteus)：法伊阿基亚人，8·113。

庞托努斯(Pontonoos)：阿尔基努斯的信使，7·182。

裴耳塞(Perse)：水仙，俄开阿诺斯之女，10·139。

裴耳塞丰奈(Persephone)：女神，哀地斯之妻，冥界的王后，10·491，11·47等处。

裴耳修斯(Perseus)：奈斯托耳之子，3·414。

裴拉斯吉亚人(Pelasgians, Pelasgoi)：族民，《奥德赛》中出现在克里特，19·177。

裴莱俄斯(Peiraios)：伊萨卡人，忒勒马科斯的朋友和伙伴，15·539。

裴里波娅(Periboia)：欧鲁墨冬之女，那乌西苏斯之母，7·57。

裴里克鲁墨诺斯(Periklumenos)：奈琉斯和克洛里丝之子，奈斯托耳的兄弟，11·286。

裴里墨得斯(Perimedes)：奥德修斯的伙伴，11·23。

裴里苏斯(Peirithoos)：英雄，塞修斯的朋友，11·631；拉庇赛人的国王，21·296。

裴利阿斯(Pelias)：波塞冬和图罗之子，伊俄尔科斯国王，11·256。

裴利昂(Pelion)：山脉，在塞萨利亚，11·316。

裴琉斯(Peleus)：阿基琉斯之父，5·310等处。

裴罗(Pero)：奈琉斯之女，出名的美人，11·287。

裴奈罗珮(Penelope)：伊卡里俄斯之女，奥德修斯之妻，忒勒马科斯之母，1·223等处。

裴桑得罗斯(Peisandros)：波鲁克托耳之子，求婚人，18·299，被菲洛伊提俄斯所杀，22·268。

裴塞诺耳（Peisenor）：（1）伊萨卡信使，2·37；（2）俄普斯之父，欧鲁克蕾娅的祖父，1·429。

裴西斯特拉托斯（Peisistratos）：奈琉斯之子，3·36，陪同忒勒马科斯去斯巴达，3·481—485。

皮厄里亚（Pieria）：俄林波斯附近的山地，5·50。

普拉姆内亚酒：一种醇香、亦可作药用的饮酒，出处不明，10·234。

普雷阿得斯（Pleiades）：星座，5·272。

普里阿摩斯（Priamos）：特洛伊国王，3·107。

普里弗勒格松（Puriphlegethon）：冥界的一条河流，10·513。

普仑纽斯（Prumneus）：法伊阿基亚人，8·112。

普罗丢斯（Proteus）：海洋老人，4·365—570。

普罗克里丝（Prokris）：名女，奥德修斯曾见过她的灵魂，11·321。

普罗柔斯（Proreus）：法伊阿基亚人，8·113。

普洛斯（Pulos）：奈斯托耳的城堡，位于希腊西南海岸，1·93。

普苏里俄斯（Psuries）：岛屿，3·171。

普索（Putho）：位于帕耳那索斯山坡，有阿波罗的神庙，8·80，11·581。

R

瑞克塞诺耳（Rhexenor）：那乌西苏斯之子，7·63。

S

萨尔摩纽斯（Salmoneus）：图罗之父，11·236。

萨墨，萨摩斯（Same，Samos）：岛屿，位于伊萨卡附近，受奥德修斯管辖，1·246。

塞拜（Thebai）：埃及城市，4·127。

塞贝(Thebe, Thebai)：卡德墨亚人的城，在波伊俄提亚，15·247。

塞俄克鲁墨诺斯(Theoklumenos)：出身于占卜之家，逃离阿耳戈斯，受到忒勒马科斯的友待，15·223，256。

塞弥丝(Themis)：女神，督察凡人集会之神，2·69。

塞浦路斯(Cyprus)：地中海东部的一个大岛，4·83。

塞壬(Sirens, Seirenes)：擅歌，能以歌唱迷人致死，12·39。

塞斯普罗提亚人(Thesprotians, Thesprotoi)：族民，居家希腊北部，14·315—316。

塞提丝(Thetis)：奈柔斯之女，婚配裴琉斯，生子阿基琉斯，24·91。

塞修斯(Theseus)：雅典英雄，曾将阿里阿德奈带出克里特，11·322。

瑟昂(Thon)：埃及人，波鲁丹娜的丈夫，4·228—229。

斯巴达(Sparta)：墨奈劳斯的城邦，1·93。

斯开里亚(Scheria)：法伊阿基亚人的地域，5·34。

斯库拉(Skulla)：吃人的魔怪，抢食奥德修斯的随从，12·85，245等处。

斯库罗斯(Skuros)：岛屿，奥德修斯曾从该地将尼俄普托勒摩斯带往特洛伊，11·509。

斯拉凯(Thrake, Thrace)：阿瑞斯钟爱的地方，位于希腊以北，8·361。

斯拉苏墨得斯(Thrasumedes)：奈斯托耳之子，3·39。

斯里那基亚(Thrinakia)：赫利俄斯的岛屿，岛上有他的牛群，11·107，12·127。

斯特拉提俄斯(Stratios)：奈斯托耳之子，3·413。

斯图克斯(Stux)：河流或瀑流，神们以此誓证，5·185，10·514。

苏厄斯忒斯(Thuestes)：埃吉索斯之父，4·517。

苏里亚(Suria)：岛屿，位置不明，欧迈俄斯的故乡，15·403。

苏尼昂(Sounion)：阿提开(或阿提卡)海岬，位于雅典附近，3·278。

苏莎(Thoosa)：女仙，福耳库斯之女，波鲁菲摩斯之母，1·71。

索阿斯(Thoas)：安德莱蒙之子，14·499。

索昂(Thoon)：法伊阿基亚人，8·113。

索鲁摩伊人(Solumoi)：族民，5·283。

T

塔菲亚人(Taphians, Taphioi)：族民，可能生聚在希腊西部沿海地区，1·105，14·452。

塔福斯(Taphos)：(1)门忒斯(雅典娜冒称)的故乡，1·417；(2)塔菲亚人的家乡，参考15·427。

泰瑞西阿斯(Teiresias)：塞贝先知，10·492，曾预言奥德修斯的未来，11·90—137。

唐塔洛斯(Tantalos)：英雄，在冥界吃苦受难，11·582。

陶格托斯(Taugetos)：山脉，在拉凯代蒙，6·103。

忒耳皮阿斯(Terpias)：菲弥俄斯之父，22·330。

忒克同(Tekton)：波鲁纽斯之父，8·114。

忒拉蒙(Telamon)：埃阿斯之父，11·553。

忒勒福斯(Telephos)：欧鲁普洛斯之父，11·519。

忒勒马科斯(Telemchos)：奥德修斯和裴奈罗佩之子，1·113。

忒勒摩斯(Telemos)：卜者，9·509。

忒勒普洛斯(Telepulos)：莱斯特鲁戈奈斯人的城，10·82。

特里托格内娅(Tritogeneia)：雅典娜的别名，3·378。

特洛伊(Troy, Troie)："特罗斯的城"，被阿开亚人攻陷，1·2等处。

特洛伊人(Troes)：普里阿摩斯的属民，1·237。

忒墨塞(Temese)：雅典娜(以门忒斯的形象)提及的一个地名，1·183。

忒奈多斯（Tenedos）：小亚细亚岸外岛屿，位于特洛伊附近，3·159。

提索诺斯（Tithonos）：黎明的丈夫，5·1。

提图俄斯（Tituos）：英雄，在冥界吃受苦难，11·576。

图丢斯（Tudeus）：狄俄墨得斯之父，3·167。

图罗（Turo）：奈琉斯之母，其灵魂曾与奥德修斯交谈，2·120，11·235。

屯达柔斯（Tundareus）：卡斯托耳、波鲁丢开斯和克鲁泰奈丝特拉的父亲，11·298，24·199。

X

希波达墨娅（Hippdameia）：裴奈罗佩的侍女，18·182。

希波塔斯（Hippotas）：埃俄洛斯（1）之父，10·2。

西冬（Sidon, Sidonia）：腓尼基城市，13·285。

西卡尼亚（Sikania）：奥德修斯提及的一个地名，24·307。

西苏福斯（Sisuphos）：或西绪福斯，英雄，在冥界服受苦役，11·593—600。

西西里人（Sicilians, Sikeloi）：或西开洛伊人；古时的西西里可能是个买卖奴隶的地方，20·383，24·211。

新提亚人（Sintians, Sinties）：莱姆诺斯居民，赫法伊斯托斯的朋友，8·294。

Y

雅典（Athens）：城市，位于希腊中东部，3·278。

雅典娜（Athene）：或帕拉丝·雅典娜，宙斯之女，1·44等处，曾多次帮助奥德修斯。

亚耳达诺斯（Iardanos）：河流，在克里特，3·292。

亚索斯（Iasos）：（1）安菲昂（2）之父，11·283；（2）德墨托耳之父，17·443。

亚西昂(Iasion)：黛墨忒耳钟爱的英雄，5·126。

伊阿宋(Ieson, Jason)：英雄，曾驾导阿耳戈远征，12·72。

伊多墨纽斯(Idomeneus)：克里特王者，《伊利亚特》里的英雄，3·191，13·260。

伊俄尔科斯(Iolkos)：地域，在塞萨利亚，裴利阿斯的故乡，11·257。

伊菲克勒斯(Iphikles)：夫拉凯王者，11·290。

伊菲墨得娅(Iphimedeia)：俄托斯和厄菲阿尔忒斯的母亲，11·305。

伊菲托斯(Iphitos)：欧鲁托斯之子，奥德修斯年轻时的朋友，21·22—41。

伊芙茜墨(Iphthime)：欧墨洛斯之妻，裴奈罗佩的姐妹，4·797。

伊卡里俄斯(Ikalios)：裴奈罗佩的父亲，1·329。

伊克马利俄斯(Ikmalios)：工匠，曾制作裴奈罗佩的椅子，19·57。

伊利昂(Ilion)：特洛伊城，2·18；希腊人曾在那儿苦战十年。

伊罗斯(Iros)：又名阿耳奈俄斯，乞丐，曾与奥德修斯打斗，18·1—107。

伊洛斯(Ilos)：墨耳墨罗斯之子，1·259。

伊诺(Ino)：又名琉科塞娅，卡德摩斯的女儿，曾是凡女，后成仙，5·333，461。

伊萨卡(Ithaka)：海岛，奥德修斯的故乡，位于希腊西部海岸外，1·17；另见9·21—26等处。

伊萨科斯(Ithakos)：工匠，曾在伊萨卡筑井，17·207。

伊斯马罗斯(Ismaros)：基科尼亚人的家乡，9·39—40。

伊图洛斯(Itulos)：泽索斯(2)之子，被亲母所杀，19·518—523。

Z

泽索斯(Zethos)：(1)安提娥培之子，曾和兄弟安菲昂一起建筑塞贝，11·262；(2) 伊图洛斯之父，19·522。

扎昆索斯(Zakunthos)：岛屿，归奥德修斯治辖，1·246。

宙斯(Zeus)：克罗诺斯之子，神中最强健者，主宰天空，1·10等处。

荷马生平轶闻

陈中梅 编

据传荷马(Homeros)祖籍马格奈西亚,曾祖父名伊萨格奈斯,祖父名墨拉诺普斯,移居埃俄利亚城市库墨(位于小亚细亚沿海)。墨拉诺普斯与一库墨女子结婚,生一女,名克瑞塞丝,墨氏与其妻早逝,将幼女托付契友克勒阿纳克斯。克瑞塞丝成年后与一男子暗合怀孕,克勒阿纳克斯顾及名声,遂将她送往新建城市斯慕耳纳,交托好友伊斯墨尼阿斯,该城市由塞修斯主持创建,为尊念王妻斯慕耳奈,故以斯慕耳纳作为城名。日后,克瑞塞丝随同城妇女前往墨勒斯河畔,参加一次节庆活动,不料产期突至,生下一子,遂指河为名,唤其墨勒斯格奈斯(Melesigenes),意为"墨勒斯生养的"(孩子)。克瑞塞丝靠打工抚养孩子,竭己所能使他受到尽可能好的教育。其时外邦来了一位男子,名菲弥俄斯,以教授书写和诗歌为业,克瑞塞丝接受他的帮助,日后与他同居。菲弥俄斯精心培养年幼的墨勒斯格奈斯,孩子聪明伶俐,很快脱颖而出,成为男孩中最拔尖的学生。菲弥俄斯收养墨勒斯格奈斯为子,去世后尽留遗产与他,使其子承父业,以办学教诗谋生。墨勒斯格奈斯遍访各地城镇,到过包括奥德修斯(即俄底修斯)的家乡伊萨卡在内的许多地方,后因眼疾加重,逐渐致盲,不得已回到故乡斯慕耳纳,开始编诵诗歌。

墨勒斯格奈斯亦外出诵诗。一次,他来到库墨,诵诗受到欢迎,提出若得该地民众赡养,他将用诗歌传扬库墨的名声。元老们均表赞同,只有一人例外,认为若开此先例,收留并供养外邦"人质"(homeroi),各地闲散文人便会闻风而至,使城邦的财政不堪重负。经此事件后,人们遂改动墨勒斯格奈斯的叫名,唤其为荷马(Homeros),因为在库墨人的用语里,homeroi(homeros 的复数形式)意指盲人。荷马到过基俄斯,并在该地开办学校,教授自编的诗歌,挣得钱财后婚娶妻子,妻子为他生养两个女儿,其中一个夭折,另一位嫁配本地的小伙,在基俄斯成家立业。荷马的名声不仅在伊俄尼亚广为人知,而且还远传希腊本土,在雅典和阿耳戈斯,荷马是千家万户熟悉的名字。一年春天,荷马打算由萨摩斯坐船前往雅典,但海船偏离航线,抵达小岛伊俄斯。荷马年迈,加之在船上时便开始感觉不适,上岸后又因无有顺风,耽搁数日,心情郁闷。民众闻知荷马来到,对他表示了应有的敬重。但渔村的男孩子们并不知他为何人,故以谜语相逗,要他猜度"所有被抓的我们留下,不被抓的我们带着"所指何物。包括荷马在内的"外邦人"均猜不出这个谜语,男孩们在"幸灾乐祸"之余亮出谜底,说那些被他们逮住便予以留下,而逮不住的则被带上的东西,便是他们身上的虱子。荷马卒于伊俄斯岛,不是如人们所说的那样死于羞愧猜不出谜语,而是因为疾病加重和身体的日趋虚弱。(详阅 M. R. Lefkowitz, *The Lives of the Greek Poets*, Baltimore: The Johns Hopkins University Press, 1981, pp. 139—155)